Buch

Während eines Maskenballs wird die schöne und stolze Catherine Mayfield von einem Mann, Rafael Navarro, kompromittiert. Zum ersten Mal in ihrem Leben erfährt die junge Frau das unbändige Feuer der Leidenschaft, das Navarro in ihr geschickt entfacht hat. Noch wenige Tage zuvor führte er ein ungewöhnliches Piratenleben, doch nun sucht er bei der temperamentvollen Catherine Zerstreuung. Als er jedoch feststellen muß, daß sie nicht die Halbweltdame ist, für die er sie gehalten hat, kommt er seinen Verpflichtungen als Gentleman nach und heiratet sie. Marcus Fitzgerald, ein alter Verehrer von Catherine, kann jedoch diese Hochzeit nicht billigen. Er reist dem jungen Paar nach, das sich auf einer Plantage niedergelassen hat. Catherine fühlt sich ständig zwischen Fitzgerald und Navarro hin- und hergerissen. Immer wieder versucht sie herauszubekommen, wie ihr Mann zu ihr steht. Dieses Unterfangen erweist sich jedoch als schwierig, und daraufhin beschließt Catherine, Navarro zu verlassen. Doch noch ehe dieser Entschluß richtig gefaßt ist, wird sie plötzlich von einem unendlich eifersüchtigen Fitzgerald entführt...

Autorin

Jennifer Blake wurde in der Nähe von Goldonna,Louisiana, auf der Farm ihrer Großeltern geboren. Mit fünfzehn heiratete sie, mit zwanzig begann sie, Romane zu schreiben. Seitdem hat sie über dreißig Bücher veröffentlicht und sich kontinuierlich in die Spitzenränge der amerikanischen Unterhaltungsautorinnen emporgeschrieben.

Im Goldmann Verlag erschien von Jennifer Blake:

Bitteres Paradies. Roman (9812)
Ein Hauch von Paradies. Roman (9752)
Der Kreole. Roman (9463)
Feuerlilien. Roman (9997)
Mitternachtswalzer. Roman (9675)
Nacht über Louisiana. Roman (9684)
Serenade der Leidenschaft. Roman (9998)
Strom der Sehnsucht. Roman (9814)
Träume des Südens. Roman (9467)
Wie Feuer im Blut. Roman (9830)
Zur Liebe verdammt. Roman (41246)

Jennifer Blake

Wie Feuer auf meiner Haut

Roman

Aus dem Amerikanischen
von Sabine Ivanovas

GOLDMANN VERLAG

Deutsche Erstveröffentlichung

Die Originalausgabe erschien unter
dem Titel »Love's wild desire« bei Ballantine Books,
a division of Random House, Inc., New York

Der Goldmann Verlag
ist ein Unternehmen der Verlagsgruppe Bertelsmann

Made in Germany · 1. Auflage · 2/92

Umschlaggestaltung: Design Team München
Umschlagillustration: Schlück/Daeni, Garbsen
Satz: IBV Satz- und Datentechnik GmbH, Berlin
Druck: Elsnerdruck, Berlin
Verlagsnummer: 41250
Redaktion: Ursula Walther/SD
Herstellung: Ludwig Weidenbeck
ISBN 3-442-41250-1

Liebe ist ein fernes Lachen im Geiste.
Sie ist ein wilder Ansturm, der dich
zum Erwachen drängt.
Sie ist ein neues Erwachen auf der Erde,
Ein Tag, der in deinen oder meinen Augen
noch nicht erreicht ist,
Doch schon erreicht in seinem eigenen
größeren Herzen.

Kahlil Gibran
»Die Erdgötter«

TEIL 1

1

Die Mietkutsche klapperte über die ausgefahrenen Straßen des Vieux Carré, das in den Dunst der Nacht gehüllt lag. Ein junges Mädchen saß am Fenster der Kutsche, das Gesicht vom Schimmer der Seitenlampen erleuchtet. Sie hatte ein bemerkenswertes Profil, und die hohen Wangenknochen und klar geschnittenen Augenbrauen wirkten edel. Das etwas vorgereckte Kinn hatte eine eigensinnige Neigung, und um den fein geschnittenen Mund lag nur eine Spur von Verletzlichkeit.

Ein gut gekleideter, eleganter Mann saß neben ihr. »Nun, Catherine?« fragte er, und seine Stimme klang nach ausgeprägtem, lässigem Selbstvertrauen.

»Nun, was, Marcus Fitzgerald?« rief das junge Mädchen und wandte sich zu ihm um, wobei ihre bernsteinbraunen Augen vorwurfsvoll blitzten. »Wie seid Ihr auf den Gedanken gekommen, daß ich einem so ungeheuerlichen Vorschlag zustimmen könnte?«

Marcus faßte in einer Geste des Unbehagens an einen der Knöpfe seiner plissierten Hemdbrust. »Ihr braucht gar nicht so zornig zu sein.«

»Zornig?!« zischte Catherine Mayfield. »Wenn ich ein Mann wäre, würde ich Euch fordern!«

Eine warme, etwas aufgebracht klingende Stimme ertönte aus einem dunklen Winkel der Kutsche. »*Mais oui,* richtig so. Ich habe diesen Fitzgerald noch nie gemocht. Ich habe dich gewarnt, und deine Mama auch. Er verdient es, daß sein schlechtes Benehmen auf dem Duellplatz ein Ende nimmt!«

Catherine warf ihrer Anstandsdame, die auch schon ihr Kindermädchen gewesen war, einen strafenden Blick zu. Die dunkelhäutige Frau schloß den Mund mit einer plötzlichen Bewegung, die eine Art von Untergebenheit zum Ausdruck bringen sollte und drückte ihre füllige Gestalt noch mehr in die Ecke der Kutsche. Sie war Catherines Kindermädchen und Wärterin gewesen, aber auch schon die Freundin und Vertraute von Yvonne Mayfield, geborene Villère, und zwar seit deren Geburt, als sie im Alter von drei Jahren dem neugeborenen Mädchen zum Geschenk gemacht worden war. Sie hatte von ihrem jüngeren Schützling niemals Rügen einfach locker hingenommen und hatte für sie nie die Bewunderung und Treue empfunden wie für Catherines Mutter.

Die Gegenwart der Kinderfrau war nichts Ungewöhnliches. Sie war eine annehmbare Anstandsdame. Viele Frauen brachten ihre Dienerinnen mit auf Bälle, damit sie ihnen gelegentlich eine Locke feststecken oder einen losgerissenen Volant annähen konnten. Es war auch üblich, daß die Zofen, Kutscher und Burschen Erfrischungen bekamen, so daß auch in den Dienstbotenräumen bei Bällen immer viel geflirtet wurde.

Marcus faßte es als gutes Zeichen auf, daß Catherine ihre Anstandsdame zurechtgewiesen hatte. Er streckte den Arm aus und legte seine Hand auf die von Catherine, die auf dem abgenutzten Ledersitz lag. »Ich bitte Euch«, sagte er eindringlich, »wäre das denn so wesentlich anders als die Spiele, die Ihr in der Klosterschule gespielt habt, oder die Art, wie Ihr mit Euren beiden Vettern zum Schwimmen gegangen seid?«

Catherine riß ihre Hand weg. »Das waren Kinderstreiche, mehr nicht. Das war in dem Sommer, als mein Vater starb. Ich war erst zwölf und ein wenig verwirrt durch diesen Verlust. Meine Mutter gab sich völlig ihrem Schmerz hin, und deswegen wurden mir auch so viele Freiheiten zugestanden. Meine Vettern, diese schrecklichen Zwillinge, waren Lausbuben, die nicht viel älter waren als ich. Sie fanden es sehr komisch, mich halb im Fluß zu ertränken – aber ich habe doch noch schwimmen gelernt.« Und auch, fügte sie innerlich hinzu, laufen und an rankenden Pflanzen schaukeln, die auf der Plantage wuchsen, auf die sich ihre Mutter zurückgezogen hatte, um sich in ihrem Leid zu vergraben.

»Ich glaube, mich daran zu erinnern«, sprach er nachdenklich weiter, »daß Ihr auf Eurem ersten Ball barfuß getanzt habt –«

»Meine Schuhe haben mich gedrückt.«

»Und dann war da noch die Sache mit den Schuhen und Bändern in Rot, der Farbe des Teufels, die Ihr vor einem oder zwei Jahren zur heiligen Kommunion getragen habt. Das hat doch dazu geführt, daß eine ganze Menge Leute voller Grauen die Hände über dem Kopf zusammengeschlagen hat.«

Catherine hob in einer bedenkenlosen Geste eine weiße Schulter, obwohl eine Falte zwischen ihren Brauen stand. »Mir war langweilig.« Wegen dieses Vorkommnisses hatte sie länger als einen Monat ihr Zimmer nicht verlassen dürfen. Durch diesen Stubenarrest war aber weder ihr Benehmen noch ihr Verhältnis zu ihrer Mutter verbessert worden.

»Das ist ja alles verständlich«, stimmte ihr Marcus besänftigend zu. »Aber was für einen Grund hattet Ihr dafür, den Bräutigam Eurer Freundin Sophia Marie ausgerechnet bei der Verlobungssoirée in den Garten zu locken? Er sah verwirrt und auch ziemlich dumm aus, als er wieder in den Salon kam und Euren Fächer in der Tasche seiner Weste stecken hatte.«

Das junge Mädchen schwieg so lange, daß es schien, als würde sie darauf nicht antworten wollen. Schließlich sagte sie: »Es war eine dumme Wette, und es hat mir später sehr leid getan, daß ich sie gewonnen habe. Sie hat mich eine gute Freundin gekostet.«

»Ha!« Marcus stürzte sich auf dieses Eingeständnis. »Eine Wette! Eine dumme Wette, die Ihr gewonnen habt. Dann könnt Ihr doch sicher meine Gefühle verstehen, oder?«

»Ihr verlangt von mir, daß ich alles aufs Spiel setze, meinen Namen, meinen Ruf, meine gesellschaftliche Stellung und meine Aussichten für die Zukunft, und dabei riskiert Ihr gar nichts. Warum sollte ich das tun? Was könnte zerstörerischer auf den guten Charakter eines jungen Mädchens wirken, als auf einem Ball für Viertelnegerinnen gesehen zu werden? Es würde sie brandmarken als absolut unehrenhaft, ganz zu schweigen davon, daß es Gerüchte über eine Spur von *café au lait* in dem Blut ihrer Familie in die Welt setzen könnte. Da könnte ich ja genausogut gleich in ein Kloster gehen, meine ich, oder mich umbringen, wenn ich ertappt werde.«

»Ihr übertreibt, und es wäre gar nicht gefährlich. Es ist ein Maskenball, und Ihr braucht nur einen Augenblick dortzubleiben. Man muß mich nur mit einer weißen Frau am Arm dort sehen. Niemand wird je erfahren, wer sie ist. Hier neben mir liegt die Halbmaske für Euer Gesicht, eine Art Turban für Euer Haar und ein Umschlagtuch, um Euer Kleid zu bedekken. Nur einen Moment Eurer Zeit, und es ist vollbracht. Was könnte daran gefährlich sein?«

Catherine warf kaum einen Blick auf die bunten Kleidungsstücke, auf die er zeigte, und sagte: »Ihr müßt Euch Eurer Sache und meiner Zustimmung ja ziemlich sicher gewesen sein.«

Er warf ihr sein charmantestes Lächeln zu und schüttelte den Kopf. »Ich habe nur gehofft.«

Catherine spürte, wie sich ihre Lippen, ohne daß sie es wollte, zu einem Lächeln verzogen. Marcus konnte sehr anziehend sein, wenn er wollte. Er war ein gutsituierter Mann von mittlerer Größe, und seine Schultern hatten eine sehr entschlossene Haltung. Er hatte festes, kastanienbraunes Haar, freche braune Augen, und seine Züge waren nur deswegen nicht schön zu nennen, weil er eine kurze irische Nase besaß. Er war einer von Catherines ausdauerndsten Bewunderern und Freiern seit ihrem ersten Erscheinen in der Gesellschaft vor zwei Jahren in dem Ballsaal in der Conde Street. Er hatte ihr schon mehrmals einen Heiratsantrag gemacht, aber Catherine hatte ihn ebensooft abgelehnt. Irgendwann würde sie ihn oder einen anderen, der in einer ebensolchen gesellschaftlichen Stellung war, zum Mann nehmen. Aber ihre Mutter, deren Pflicht es eigentlich war, einen passenden Mann für sie zu finden, hatte es nicht eilig, sie zu verheiraten und Großmutter zu werden. Infolgedessen hatte Catherine in ihrer Auswahl entschieden mehr Freiheit, als viele andere weder angemessen noch gut für sie fanden. Catherine, die sich im wesentlichen amüsieren wollte, hatte es nicht eilig, ihren gegenwärtigen Lebensstil gegen die zweifelhaften Vorteile eines Eheringes auszutauschen.

Obwohl sein Nachname Fitzgerald war, stammte Marcus aus einer alten Familie in Louisiana. Sein Großvater war ein irischer Abenteurer gewesen, der sozusagen nur mit seinem Degen und seinem Namen hierhergekommen war. Doch er setzte beides gut ein und wurde von der spanischen Krone mit einer Landschenkung belohnt. Nachdem er eine schöne französisch-kreolische Frau geheiratet hatte, hatte er auf seinem Land ein prachtvolles Haus im spanischen Stil gebaut, das er Alhambra nannte. Sein Sohn, Marcus' Vater, war eher ein Müßiggänger gewesen als ein Mann des Abenteuers oder der großen Errungenschaften. Marcus' Vater hatte den Besitz beträchtlich reduziert, bevor er bei einem Reitunfall ums Leben gekommen war. Marcus schließlich hatte den Ruin vollendet und das Haus und die großen Ländereien am Spieltisch verloren.

Doch trotz der finanziellen Katastrophen behielt Marcus seinen persönlichen Charme. Er war nett, ein guter Gesprächspartner und hervorragender Tänzer, mütterlicherseits mit den besten kreolischen Familien verwandt und bei allen Gastgeberinnen der Stadt beliebt. Familiärer Hintergrund war hier immer schon wichtiger gewesen als Geld. Es gab so manchen kreolischen Vater, der gern einen Platz an seinem Tisch freigemacht hätte – und so manche Tochter, die auch mit einem nur schwach gefüllten Brautkorb zufrieden gewesen wäre, wenn sie dadurch eine solche Partie hätte machen können. Catherines Verdacht, daß Marcus selbst bei einer derartigen Verbindung einfach nicht zufrieden wäre, gründete sich eigentlich auf nichts Konkretes. Er hatte einen teuren Geschmack, kleidete sich elegant und hatte eine Wohnung in einer feinen Gegend; und obwohl er keine eigene Kutsche besaß, war er immer mit luxuriösen Fahrzeugen unterwegs, wenn er einen Abendausflug machte. Alles dies schaffte er ohne ein ersichtliches Einkommen, soweit Catherine erkennen konnte, obwohl Marcus oft in ironischem Ton von seinem phänomenalen Glück in Spielhallen und Hahnenkampfarenen erzählte, seit er den Familienbesitz verloren hatte. Aber vielleicht war ihm die Glücksgöttin wieder einmal nicht wohlgesinnt. Heute abend benahm er sich außergewöhnlich drängend. Die Wette, von der er gesprochen hatte, mußte wohl bemerkenswert sein und nicht nur von durchschnittlicher Bedeutung für seine Börse. In diesem Falle mußte er das Gefühl haben, daß die Ereignisse dieses Abends vom lieben Gott gelenkt wurden. Zuerst hatte sich Catherines Mutter zurückgezogen mit der Behauptung, sie habe Kopfschmerzen, und im letzten Moment beschlossen, sich ein Eau de Cologne-getränktes Tuch an die Stirn zu pressen und zu Hause zu bleiben, wobei sie Marcus erlaubte, Catherine und ihre Anstandsdame ins Theater und zu dem danach stattfindenden kleinen Wohltätigkeitsball zu begleiten, der zugunsten der Waisen aus Santo Domingo stattfand. Auf dem Ball war ihm der kleine Unfall, den Catherine gehabt hatte, sehr gelegen gekommen. Catherine hatte nämlich mit ungewohnter Ungeschicklichkeit ein Glas Bowle über ihr himmelblaues Kleid geschüttet, noch bevor man zur ersten Quadrille gerufen hatte. Aber war das wirklich nur eine Ungeschicklichkeit gewesen? War sie nicht im Gedränge der Menge leicht gestoßen worden, als sie das Glas an die Lippen gehoben hatte? Der Eindruck, der sich im Augenblick des Ärgers schnell wieder verloren hatte, kam plötzlich mit ziemlicher Macht zurück, und Catherine betrachtete den Mann neben sich aus schmalen Augen.

Marcus wählte diesen Moment, um ein Lachen ertönen zu lassen. »Wir wollen nicht darüber streiten«, sagte er. »Wenn Ihr das Gefühl habt, daß es nicht geht, dann geht es eben nicht. Macht Euch keine weiteren Gedanken darüber. Ich mag es eben nur nicht, wenn ich eine Wette nicht gewinnen kann. Das ist nur eine Frage des Stolzes, versteht Ihr?«

Das Teuflische daran war, daß Catherine es tatsächlich verstand. Sie spürte dasselbe Unbehagen, wenn sie fürchtete, die Unterlegene zu sein. Sie empfand ein gewisses Mitgefühl mit ihm und bedauerte wirklich, seinem Wunsch nicht nachkommen zu können. Wieder kam unerwartet ein Lächeln auf ihre Lippen, bevor sie sich wieder dem Fenster zuwandte.

Obwohl der April noch nicht angefangen hatte, war die Nachtluft warm. Als sie eine der lauteren, helleren Straßen überquerten, drang das Aroma von gekochten Meeresfrüchten, frisch aufgebrühtem Kaffee und Orangenblüten vom Deich durch das offene Fenster, verbunden mit dem unvermeidlichen Geruch nach Abwasser aus den offenen Gossen an der Straße. Ein paar Matrosen, erkennbar an den engsitzenden Mützen, den geteerten Haarschwänzen und ihrer sonnenverbrannten Haut, stolperten betrunken die Straße hinunter, wobei sie aus vollem Hals ein anzügliches Lied grölten. In einem der nur schwach erleuchteten Barräume war eine Schlägerei im Gange. Die ›Kaintocks‹, die Bootsleute vom Mississippi, waren wieder einmal bei der Sache. Sie schienen eine besondere Leidenschaft für Gewalt und Schmerz zu haben und jederzeit Aufruhr dem Frieden vorzuziehen. Dann sah sie durch die offene Tür eine Frau an der Wand lehnen. Ihr Kopf war zurückgeneigt, so daß ihr nackter Hals und die weiße Haut ihrer Brüste über dem tief ausgeschnittenen Mieder erkennbar waren.

Mit einer kleinen Geste ihrer Hand lenkte sie Marcus' Aufmerksamkeit auf die Frau. »Wie wäre es mit einer solchen Frau?« schlug sie vor.

Marcus schüttelte den Kopf. »Eine Halbweltdame? Nein, sie muß schon eine richtige Dame sein.«

»Mit der richtigen Erziehung –«, sagte Catherine und nahm keine Notiz von Dédés entsetztem Ächzen und ihrem zwingenden Blick.

»Der Maskenball der Viertelnegerinnen findet heute abend statt – ist Euch denn nicht aufgefallen, wie wenige Männer bei unserem Wohlfahrtsball waren? Es war eine dumme Idee von dem Komitee für die Unterstützung der Waisen, den Ball ausgerechnet auf diesen Donnerstag zu legen. In den kommenden zwei Wochen wird es keinen anderen Ball der Viertelnegerinnen geben, und auch dann steht nicht fest, ob es ein Kostümball sein wird. Heute abend oder gar nicht heißt die Devise.« Er hielt einen Moment inne, bevor er hinzusetzte: »Aber wie auch immer. Hättet Ihr Lust auf einen Reiskuchen, da Ihr ja schon das Abendessen ausgelassen habt?«

Eine *vendeuse*, eine Mulattin mit einem weißen Tignon, dem über der Stirn geknoteten Kopftuch, und einer Schürze pries ihre Waren am Straßenrand an. Sie trug die *calas, tout chaud* in einem zugedeckten Tablett auf dem Kopf und blieb mit einem Lächeln und einem Knicks stehen, um Marcus ein Päckchen davon zu übergeben, als die Kutsche neben ihr anhielt.

Auf diese Art wurde das Thema wirkungsvoll abgebrochen, und Marcus schien sich ohne weitere Probleme Catherines Weigerung untergeordnet zu haben, als er während der restlichen Fahrt von anderen Themen sprach.

Schließlich hielt die Kutsche vor einem schmalen Gebäude mit einem schmiedeeisernen Balkon, der über die Straße hinausragte. Das Haus bestand aus einer seltsamen Mischung von frühviktorianischen und spanischen Stilrichtungen. Anders als die meisten anderen kreolischen Gebäude, die es umgaben, wurde das untere Stockwerk des zweistöckigen Gebäudes ebenfalls genutzt, und der Haupteingang, unter einem halbrunden Oberlicht mit dem spinnenwebähnlich gemusterten Glas, war eine Haustür zur Straße anstatt eines Zugangs zum Innenhof. Das untere Stockwerk war in roten Ziegeln gebaut, während die obere Hälfte, auf der Höhe des Balkons, weiß verputzt war. Es war kein besonders schönes Haus, sondern im wesentlichen ein Symbol der Ehe zwischen Catherines Vater, einem Banker aus Neuengland, der in der letzten Dekade des achtzehnten Jahrhunderts nach New Orleans gekommen war, um eines der ersten Bankunternehmen in der Stadt zu gründen, und ihrer das Vergnügen liebenden kreolischen Mutter. Seit dem Tode Edward Mayfields lebten Catherine und ihre Mutter allein in dem Haus, trotz aller Warnungen der kreolischen Verwandtschaft und Freunde, die das Gefühl hatten, daß sie einen männlichen Verwandten brauchten, der sie beschützte. Yvonne Mayfield hatte nur gelacht und ihnen versichert, daß ein halbes Dutzend männliche Diener und dazu vier oder fünf Zofen sicher für jeden genug

Schutz bedeuteten. Doch Catherine hatte sich oft gefragt, ob diese Wohnbedingungen vernünftig waren. Große Familien mit zahlreichen Tanten, Vettern, Großeltern und Großtanten, dazu Brüder und Schwestern, die alle unter einem Dach lebten, waren in New Orleans normal. Es hätte dann viel Lachen und Fröhlichkeit in ihrem Haus gegeben und wesentlich weniger Einsamkeit für ein junges Mädchen. Vielleicht wäre auch weniger Spannung zwischen ihr und ihrer Mutter aufgekommen, da ihre Mama weniger Zeit gehabt hätte, über die Ereignisse der vergangenen Jahre und die kleinen Fältchen nachzudenken, die an ihren Augenwinkeln entstanden waren.

Kieferfackeln brannten hell in ihren Halterungen auf beiden Seiten der Haustür. Ihr orangefarbenes Licht glitt über die glänzenden, hoch aufgetürmten Locken, die *à la Grecque* Catherines Kopf schmückten, als sie Marcus' Hand nahm, der ihr beim Aussteigen half. Sie stand neben ihm, während er Dédé ebenfalls half, und starrte zu den unbeleuchteten Fenstern der Schlafzimmer im oberen Stockwerk. Hatte ihre Mutter sich schon zurückgezogen? Es sah ihr gar nicht ähnlich, schon so früh ins Bett zu gehen. Als sie so vor dem stillen Haus mit den undurchsichtigen Fenstern stand, wurde ihr plötzlich etwas unbehaglich.

Marcus trat an die Vorderseite der Kutsche, um mit dem Kutscher zu sprechen. Gefolgt von Dédé näherte sich Catherine der Tür, doch sie blieb geschlossen, statt sich zu öffnen, wie sie erwartet hatte. Alle Türen im Vieux Carré waren nachts abgeschlossen wegen der plündernden Banden betrunkener ›Kaintocks‹, deren größtes Vergnügen darin zu bestehen schien, das Eigentum anderer zu zerstören. Aber eigentlich hätte ein Diener wach sein müssen, um sie hereinzulassen, egal wie spät es war. Sie warf ihrer Begleiterin einen verwirrten Blick zu und hob die Hand, um zu klopfen.

»Warte, warte, Catherine. Du könntest deine Mama aufwecken. Darüber wird sie nicht sehr erfreut sein, besonders wenn sie sich nicht wohl fühlt. Laß mich zur Hintertür gehen, ich werde dir die Tür aufmachen.«

»Was ist los? Warum ist niemand hier, Dédé?« fragte Catherine. Dédé schüttelte den Kopf, und ein finsterer Ausdruck huschte über ihr dunkles Gesicht, als sie sich umdrehte, um wegzugehen.

»Stimmt etwas nicht?« fragte Marcus, als er sich ihnen von hinten näherte.

»Ich bin mir nicht sicher. Es brennt kein Licht, und niemand von der Dienerschaft ist zu sehen.«

»Wahrscheinlich eine Laune Eurer Mutter«, sagte Marcus leichthin. »Aber ich gehe trotzdem vorsichtshalber mit Euch und sehe nach dem Rechten.«

»Ich bin sicher, daß das nicht nötig ist –« Catherine verstummte. Erst vor wenigen Wochen waren M'sieur und Madame Duralde nach einer Soirée nach Hause zurückgekommen und hatten ein ausgeplündertes Haus vorgefunden. Die Diebe waren noch am Werk, und da M'sieur Duralde seinen Degen bei sich hatte, hat er die Eindringlinge angegriffen und war wegen dieser mutigen Tat von ihnen schwer verwundet worden. Er kann möglicherweise seinen rechten Arm nie wieder gebrauchen. Möbel und Fenster waren zerschlagen und unschätzbare Erbstücke gestohlen worden, bevor die Constables von der *Garde de Ville* am Tatort ankamen und die Aufmerksamkeit der ›Kaintocks‹ auf sich lenkten. Es gibt auch noch andere Gefahren außer den ›Kaintocks‹, andere Verbrecher, andere Möglichkeiten. New Orleans ist nicht umsonst als die gefährlichste Stadt der Welt bekanntgeworden.

Catherine hörte das Geräusch des Riegels im Innern, als geöffnet wurde. Als die Tür aufschwang, drängte sie, gefolgt von Marcus, ins Haus.

»Meine Mutter – geht es ihr gut?«

»Beunruhige dich nicht, Catherine. Ich bin sicher, daß alles in Ordnung ist«, sagte Dédé besänftigend und schützte die Kerze in ihrer Hand vor dem Luftzug, als Marcus die Tür hinter sich schloß.

Catherine zog ihre Spitzenhandschuhe aus Spitzenstoff aus und ließ sie auf einen kleinen Spiegeltisch fallen, dann wandte sie sich Marcus zu. »Ich sehe nach ihr, wenn Ihr mich entschuldigt. Ihr werdet Wein im Salon finden, falls es Euch nichts ausmacht, ihn Euch selbst einzuschenken.«

Bei diesen letzten Worten war sie schon auf dem Weg zu der breiten Treppe, die an einer Seite der Halle nach oben führte.

»Ich warte«, erklärte sich Marcus einverstanden und wandte sich in Richtung Salon, wobei er seinen Hut in der Hand drehte.

»Nein, Catherine, laß mich gehen«, sagte Dédé und hob mit einer Hand ihre Röcke, während sie hastig die Treppe hinter Catherine erklomm und dabei die Kerze hochhielt.

»Du? Aber warum denn, Dédé?«

»Ich – ich muß –«

»Du versuchst irgend etwas vor mir zu verbergen, ich spüre das«, sagte Catherine und blieb stehen, um den entschlossenen Ausdruck auf dem Gesicht ihrer Zofe zu betrachten. Als sie den Schweiß auf ihrer Oberlippe glänzen sah, lief ein Schauder der Angst über Catherines Rücken. Sie würde sich nie verzeihen, ihre Mutter allein gelassen zu haben, wenn ihr etwas zugestoßen wäre. Sie stritten ständig über alles – von der Religion angefangen bis zur Mode –, aber sie waren trotzdem Mutter und Tochter und empfanden die starke Familienbindung, die bei Kreolen sprichwörtlich war.

Als sie tief Luft holte, bemerkte sie Marcus, der mit einem Glas in der Hand in der Tür des Salons stand. Sie empfand seine Gegenwart als unangenehm, dennoch hob sie das Kinn. »Sag es mir«, forderte sie.

Aber Dédé schwieg zu lange. Ein leises Ächzen ertönte aus dem oberen Flur.

Catherine hob hastig ihre Röcke, rannte die Treppe hinauf und lief durch den Flur.

»Nein!« rief Dédé, aber es war schon zu spät. Catherine hatte die Tür zum Schlafzimmer ihrer Mutter aufgestoßen und stand keuchend in der Öffnung.

Es dauerte einen Augenblick, bevor die beiden Personen, die dort in dem zerwühlten Bett mit dem Betthimmel eng umschlungen lagen, bemerkten, daß jemand hereingekommen war. Sie wandten ihre von der Leidenschaft gezeichneten Gesichter dem Licht zu, das auf sie fiel, als Dédé mit der Kerze näher kam.

Ein schweres Parfüm hing in der Luft, überlagert von dem Geruch schwitzender Körper und dem sauren Dunst schalen Sekts von dem Tablett mit dem Abendessen, das am Fußende des Bettes stand.

Plötzlich lachte Marcus hinter Catherine leise auf. Das Geräusch schien die beiden im Bett zusammengeschmolzenen Gestalten aus ihrer Erstarrung zu lösen. Mit einem undeutlichen Wutschrei stieß Yvonne ihren schwer atmenden Partner von sich. Sie glitt aus dem Bett und riß dabei fast das weidenblattfarbene Moskitonetz vom Baldachin, weil sie sich so hastig bewegte. Sie griff sich ihren Morgenrock aus smaragdfarbenem Satin und hielt ihn vor sich, als sie aufstand.

»Hinaus!« schrie sie. »Du neugieriges, falsches kleines –« Ihr wilder Blick fiel auf eine Porzellankaraffe auf dem Tisch neben dem Bett. Sie nahm sie und warf sie in Richtung Tür, während sich ihre Stimme weiter in schrillen Schimpfworten hob. Der Wasserkaraffe, die am Türrahmen zerschellte, folgte eine Schachtel mit Kämmen, ein Kerzenständer und ein Gebetbuch.

Einen Moment traf Catherines Blick auf die Augen des jungen Mannes, der im Bett hockte und dessen aristokratisches Gesicht starr vor Schreck und Widerwillen war.

»Es – tut mir leid«, flüsterte sie. Sie drehte sich hastig um, rannte mit Tränen in den Augen an Marcus vorbei, stolperte und wäre beinahe auf der Treppe gefallen. Die Szene, die sie gerade erlebt hatte – die Atmosphäre des kopflosen Strebens und der fiebrigen Leidenschaft – grub sich tief in ihre Erinnerung. Das plötzliche Unwohlsein ihrer Mutter, die fortgeschickten Bediensteten und das dunkle Haus fanden plötzlich eine Erklärung. Es war nicht so, daß sie die ursprünglichen Bedürfnisse von Männern und Frauen oder die Pflichten des Ehelebens nicht gekannt hätte. Sie hatte unter der Oberherrschaft ihrer Mutter zu viele Jahre als die Leiterin eines Haushalts fungiert und dabei die Dienerschaft in ihren Quartieren auf der Rückseite des Hauses betreut und bei Krankheiten und Geburten versorgt, als daß sie nicht gewußt hätte, was geschehen war. Dennoch hatte sie solche Bedürfnisse und Handlungen nie mit ihrer verwitweten Mutter in Zusammenhang gebracht. Es schien ihr ein Betrug an der Erinnerung an ihren Vater zu sein, ein gemeiner Ehebruch. Außerdem war der Mann neben ihr fast zwanzig Jahre jünger gewesen als ihre Mutter – kaum älter als Catherine selbst – und außerdem ein völlig mittelloser Nichtsnutz, vor dem Yvonne Mayfield ihre Tochter schon öfter gewarnt hatte –

Im Laufen konnte Catherine hinter sich Dédé sprechen hören, die besänftigend auf Yvonne einredete, während sie ins Schlafzimmer trat. Sollte doch die Zofe ihre Herrin trösten und ihren Zorn besänftigen. Es war ohnehin zweifelhaft, ob irgend jemand sonst dazu in der Lage sein würde. Catherine war sich nicht sicher, ob sie ihrer Mutter jemals wieder entgegentreten konnte.

Catherine riß die Haustür auf und ließ sie offenstehen, als sie hinausstürmte.

Die auffrischende Brise fühlte sich kühl an auf ihrem Gesicht, als sie auf dem Gehweg stehenblieb. Sie wußte nicht, wohin sie gehen sollte, wußte nur, daß sie nicht bleiben konnte. Als jemand sie am Ellenbogen berührte, zuckte sie zusammen. Marcus stand ihr gegenüber.

»Hier ist die Kutsche«, murmelte er.

Catherine zögerte kaum einen Augenblick, bevor sie ihm erlaubte, ihr hineinzuhelfen. Marcus rief dem Fahrer etwas zu, das sie nicht ganz verstand, dann schwankte die Kutsche, als er einstieg und die Tür hinter sich zuschlug. Er setzte sich neben sie, die Kutsche fuhr mit einem Ruck an, und sie rollten die Straße hinab.

»Wie konnte sie das nur tun?« flüsterte Catherine, und als sich der Schock langsam in ein zorniges Angewidertsein verwandelte, wiederholte sie energischer: »Wie konnte sie das nur tun?«

»Warum denn nicht?« fragte Marcus im Gesprächston.

»Warum nicht? Weil – weil –«

»Weil sie Eure Mutter ist? Sie ist eine normale Frau, auf ihre reife Art sehr attraktiv, und sie kann kaum älter als vierzig sein, würde ich annehmen. Sie besitzt wohl noch all die normalen Bedürfnisse, zu denen sie auch ein Recht hat.«

»Ja, aber mit diesem Mann –«

Er zuckte mit den Schultern. »Er ist kein ausgesprochen einnehmender Charakter, da gebe ich Euch recht, doch solange beide Beteiligten einverstanden sind, macht das doch eigentlich nichts. Ihr einziges Verbrechen besteht – gesellschaftlich betrachtet natürlich – darin, daß man sie erwischt hat.«

»Ihr habt eine seltsame Vorstellung davon, was zulässig ist«, sagte sie mit kühler Stimme.

»Ach wirklich? Die bedeutendste Waffe der Gesellschaft ist, daß sie sich über eine Person lustig macht. Daraus ist also zu schließen, daß es auf alle Fälle zu vermeiden ist, sich in eine Lage zu begeben, in der man – ausgelacht werden könnte.«

»Auch nach Eurer Logik bleibt sie schuldig«, sagte Catherine.

»Unglücklicherweise ja«, stimmte er ihr zu, »und ihr Ärger und ihre Beschämung waren natürliche Reaktionen darauf.«

»Beschämung?«

»Aber natürlich. Wie könnte es auch anders sein? Menschen sind in den seltensten Fällen besonders souverän, wenn sie nackt vor einem bekleideten Publikum stehen.«

»Da sprecht Ihr zweifellos aus Erfahrung«, murmelte sie trocken. Diesen Seitenhieb hätte sie sicher zu keinem anderen Zeitpunkt gewagt, doch irgendwie schien dieses Gespräch und die Szene, die ihm vorausgegangen war, außerhalb der Wirklichkeit zu liegen. Als er auf ihre Anschuldigung mit einem Kopfschütteln und einem Lachen reagierte, konnte sie ein kleines Lächeln nicht unterdrücken.

»Na also, so ist es besser«, sagte er ruhig.

»Ihr denkt Euch Entschuldigungen für meine Mutter aus«, sagte sie, wandte sich ab und starrte auf die gegenüberliegende Seite des gemieteten Fahrzeugs, wo sich die billige braune Filzverkleidung über dem Sitz gelöst hatte.

Seine Stimme klang immer noch nach vergnügtem Einverständnis, als er ihr zustimmte. »Das mag vielleicht tadelnswert sein, aber ich dachte doch, daß ein Wort der Verteidigung in diesem Falle angebracht sein könnte.«

War es das? Als sie an ihre Mutter dachte, deren fülliger weißer Körper im Kerzenschein schimmerte und deren feuchtes Haar an ihren Armen und ihrem Rücken klebte, erschien es ihr außerordentlich unangebracht. Und doch, war da nicht auch eine Spur von Scham hinter dem Ärger spürbar gewesen?

Catherine wollte nicht darüber nachdenken. Dennoch blieb Marcus' ruhige Vernunft, auch wenn sie ihr irgendwie unmoralisch zu sein schien, nicht wirkungslos. Das Ereignis hatte schon nicht mehr das Odium einer Tragödie.

»Ich wußte gar nicht, daß Ihr so dreist sein könnt«, erklärte sie ihm.

»Wie könnt Ihr mich beschuldigen, Mademoiselle Catherine, wo Ihr selbst ohne den Schutz einer Anstandsdame aufgebrochen seid?«

Sie sah sich erschrocken in der Kutsche um. Es stimmte. Zum ersten Mal in ihrem Leben war sie mit einem Mann völlig allein. Sie drehte sich zu ihm um und sah ihn finster an. »Ist das von Belang?«

Er antwortete ruhig: »Für mich nicht, aber vielleicht für Euch.«

In seinen Augen stand eine Frage, und seine Stimme klang so ernst, daß Catherine sich nicht länger fragte, ob seine Worte eine tiefgründige Bedeutung hatten. Daß sie in der Kutsche saß, war die direkte Folge des

Verhaltens ihrer Mutter, aber war dadurch auch ihr eigener Ruf gefährdet? Sie starrte aus dem Fenster auf die geschlossenen Türen von Läden und auf die im Wind schwingenden Schilder, die bei ihrer Schaukelbewegung hörbar knirschten. Die staubigen Straßen schienen jetzt leerer zu sein, die Nacht noch dunkler. Der Schmerz der Desillusionierung wurde in Catherines Brust deutlich spürbar. »Das könnte sein«, antwortete sie rücksichtslos, und der Verdacht, den sie vor nicht allzu langer Zeit noch gegen ihn gehegt hatte, war vergessen. »Das könnte sehr gut sein.«

Marcus Fitzgerald war ein intelligenter Mann. Er beugte sich vor, nahm die Kleidungsstücke aus leuchtend türkisfarbener Seide mit goldenem Muster in die Hand, die auf dem gegenüberliegenden Sitz lagen, und bot Catherine mit einem schrägen Lächeln die Verkleidung an.

»Wie wäre es damit?« fragte er.

Eine derart zartfühlende Reaktion war absolut entwaffnend. Catherine lachte, und in der Stille klang ihre Stimme angespannt. »Ja wirklich. Das sollte mich eigentlich – ablenken.«

Vor beinahe fünfundzwanzig Jahren im Jahre 1786 hatte der spanische Gouverneur Miro erlassen, daß alle Viertelnegerinnen ihr Haar in einem Tuch einzubinden hätten. Dieses Tuch, auch Tignon genannt, war zum Symbol dieser schönen Frauen geworden. Sie hatten dieses Abzeichen ihrer Klasse in ein außergewöhnliches Schmuckstück verwandelt, das oft aus teuren und besonders schönen Stoffen gefertigt war. Obwohl man das Tuch, das Catherine jetzt in die Hand nahm, vielleicht auch Tignon hätte nennen können, hatte es doch mehr Ähnlichkeit mit dem Turban eines Sultans. Die Falten und Windungen waren festgenäht, so daß sie es leicht über ihr Haar streifen konnte, wobei die Bernsteintropfen an kleinen Goldkettchen, die zum Schmuck an der Stirn angebracht waren, auf vollendete Weise das goldene Licht in ihren braunen Augen leuchten ließen. Versteckt unter den fülligen Falten des türkisfarbenen, schweren Umschlagtuchs mit der Goldstickerei und den langen Fransen und hinter einer Halbmaske aus türkisfarbenem Samt verborgen, fühlte sich Catherine sicher genug, um nicht erkannt zu werden, als sie vor dem neuen St.-Philips-Theater aus der Kutsche stieg. Jetzt, da sie sich auf die Sache eingelassen hatte, konnte sie alle unangenehmen Gefühle verdrängen. Sie schob sie zusammen mit allem, was an diesem Abend geschehen war, aus ihrem Gedächtnis. Eine Art fröhlichen Trotzes trieb sie vorwärts.

Geld wanderte von einer Hand in eine andere, und der Kutscher ließ sich überreden zu warten. Sie betraten das Theater durch weit geöffnete zweiflüglige Türen und stiegen eine gewundene Treppe hinauf auf die Geräusche und die Musik zu.

Während Marcus das Eintrittsgeld bezahlte, stand Catherine schweigend da und betrachtete die Tanzenden, die über den Boden des Theaters dahinflogen, danach die Anstandsdamen in den Logen. Die Neugierde der beiden älteren Damen, die das Eintrittsgeld an der Tür entgegennahmen, war offensichtlich. Sie schienen jedoch nicht das Gefühl zu haben, daß irgend etwas nicht in Ordnung war, und Catherines Selbstvertrauen stieg.

Ein Diener mit weicher Stimme, der in einen flaschengrünen Rock mit braunen Hosen gekleidet war, bot ihr an, ihr das Umschlagtuch abzunehmen, aber sie lehnte mit einem kleinen Kopfschütteln ab. Ihr einfaches blaues Musselinkleid mit dem Weinfleck hätte unangenehm deplaziert ausgesehen zwischen all den schillernden Gewändern der Viertelnegerinnen, die sich wie ein riesiges Kaleidoskop um sie herum drehten. Sie war von den Versammlungen der *haute monde* an pastellfarbene Musselintöne mit sehr viel Weiß gewöhnt. Die glitzernde, schimmernde Pracht vor ihr war einfach unglaublich. Hier hatte niemand an Zeit, Aufwand oder Geld gespart. Die meisten Kleider waren in dem Stil gehalten, den Napoléons Joséphine in Mode gebracht hatte, mit einem leichten, schmalen Rock, der von einer hohen Taille direkt unter der Brust herunterfiel. Doch das war die einzige Ähnlichkeit mit der Kleidung, die auf den Bällen der Weißen getragen wurde. Die Tanzenden trugen Roben aus flammender Seide, topasfarbenem Satin, saphirblauem Samt und in jeder anderen denkbaren kräftigen Farbe. Diese Schöpfungen waren mit großen Rosetten und flatternden Bänden geschmückt, mit Schleifen aus golden und silbern bestickten Flechten, Troddeln, Fransen und bestickt mit Zuchtperlen, Straß und bunten Farben – und zu allen die passenden verzierten Turbane. Einen kurzen Augenblick fühlte sich Catherine völlig in den Schatten gestellt von der Pracht. Sie war ein wenig neidisch auf all diese herrlichen Zierden. Dann richtete sie sich gerade auf. Einfachheit. Wahre Eleganz beruhte auf Einfachheit, nicht auf übermäßigem Schmuck.

Nach diesem ersten überwältigenden Eindruck nahm Catherine erst die Frauen selbst wahr, deren Hautfarben von Cremefarben über Milchkaffeebraun bis zu einem weichen Goldbronzeton rangierten und deren glänzende braune Augen durch die Schlitze in ihren Halbmasken glitzerten. Sie bewegten sich mit Anmut und Haltung in den Armen ihrer Partner. Ihrer Partner –

Mit einer plötzlichen Bewegung wandte sich Catherine ab, und eine warme Röte breitete sich über ihrem Hals und ihrem Gesicht aus. Sie kannte mehr als nur einen der Herren auf der Tanzfläche. Nur wenige trugen ein Kostüm, viele waren nicht maskiert. Alle kreolischen Frauen lebten in der Hoffnung, daß ihre Freier oder ihre Ehemänner gegen den Reiz der Viertelnegerinnen immun waren. Es war beunruhigend, plötzlich vor Augen geführt zu bekommen, welche Herren der Gesellschaft es nicht waren.

Plötzlich wurde ihr klar, daß sie nicht hätte herkommen dürfen. Als Marcus ihr den Arm bot, klammerte sie sich an ihn und spürte die Bewegung kaum, als er sie enger an seine Seite zog.

2

»Marcus, mein alter Freund, *comment ça va?*«

Marcus drehte sich langsam um. Catherine fand, daß der Mann eigentlich harmlos aussah. Kurz und gedrungen war er, und seine stämmige Figur war in einen grauen Domino gehüllt.

»Warum seid Ihr nicht maskiert, mein Freund?« rief der runde Mann. »Seht mich an! Diese Farbe nennt man ›Nebel der Intrigen‹. Schlau, *n'est ce pas?* Ich werde damit eine neue Mode begründen.«

»Das kann ich mir gut vorstellen«, versicherte Marcus.

»Ich bitte Euch, ich habe nicht einen Schlaganfall riskiert, indem ich so durch den Saal geeilt bin, nur um mich mit Euch zu unterhalten, Marcus. Stellt mich sofort diesem reizenden Wesen neben Euch vor.«

Catherine spürte, wie sie angesichts seines vertraulichen Tonfalls und des selbstsicheren Ausdrucks in seinen kleinen, vorstehenden Augen erstarrte, die sie musterten, als risse er ihr im Geiste alle Kleider vom Leib.

»Eine Vorstellung ist nicht notwendig«, sagte Marcus mit kühler Stimme. »Die Dame ist schon vergeben.«

»Ach, das tut mir leid, aber Ihr wart immer schon ein Glückspilz. Dennoch, wenn ich mich mit ihr unterhalten möchte, muß ich sie irgendwie benennen können. Ihren Namen, *mon ami*. Den könnt Ihr mich ja wissen lassen, wenn Euch schon alles andere gehört.«

Catherine unterdrückte ein Stöhnen, als plötzlich Ärger in ihr hochstieg. Man konnte doch ganz bestimmt nicht von ihr erwarten, daß sie einfach dastand und solche Beleidigungen hinnahm.

Marcus rührte sich nicht, obwohl er die Stirn runzelte. Ein Augenblick Nachdenken überzeugte dann auch Catherine davon, daß das sicher die beste Vorgehensweise war. Er konnte sich kaum damit exponieren, das Benehmen des stämmigen Mannes zu rügen, ohne dabei unangenehmerweise die Aufmerksamkeit aller auf sich zu ziehen. Dieser Mann mit dem interessierten Glitzern in den kleinen Augen war sicher der Typ, der sich bei einem Streit amüsierte. Warum er glaubte, das tun zu können, ohne dafür zur Rechenschaft gezogen zu werden, war Catherine ein Rätsel. Vielleicht spielte er auch eine Rolle bei dieser verdammten Wette und wußte, daß Marcus sich nicht auf eine öffentliche Auseinandersetzung einlassen konnte, ohne ihren Ruf zu gefährden. Vermutlich war der kleine Mann also doch nicht ganz so harmlos.

»Mein Name ist – Celeste«, sagte Catherine plötzlich.

»Celeste, die Himmlische. Ein wahrhaft himmlischer Name«, murmelte der Mann, griff nach ihrer Hand und hob sie an seine Lippen. »Ein leuchtender Stern des Himmels – und hellhäutig, sicherlich der hellhäutigste Stern, der je diesen Ballsaal geziert hat. Ich, Antoine Robichaux, würde eine Menge dafür geben, wenn ich Eure Abstammung erfahren könnte, *ma chère*. Ein so schön geformter Kopf, so schlank – exquisit.«

»Wenn Ihr uns bitte entschuldigen wollt«, sagte Marcus kurz angebunden, »Celeste hat den Wunsch, ein Glas Sekt zu trinken.«

»*Certainement*. Der Sekt ist durchaus trinkbar. Viel besser als der, der heute abend am anderen Ende der Stadt serviert worden ist.« Er nahm die Gelegenheit wahr, um noch einmal Catherines Hand zu küssen, und verbeugte sich. »*Votre serviteur*, Mademoiselle.«

Doch noch bevor sie ein halbes Dutzend Schritte gemacht hatten, rief er hinter ihnen her: »Ihr wißt doch, daß Rafe wieder in der Stadt ist?«

Marcus blieb wie versteinert stehen, und seine braunen Augen funkelten. »Nein, das wußte ich bis jetzt noch nicht«, antwortete er rauh.

»Kein Grund, gleich in die Luft zu gehen«, erwiderte Antoine Robichaux, und seine Stimme klang nach Wein und einem seltsam mißgünstigen Vergnügen. »Irgend jemand hat behauptet, er hätte heute am frühen Nachmittag an der Börse nach Euch gefragt. Es heißt ja, er hätte sich den Tod der armen kleinen Lulu sehr zu Herzen genommen. Ich würde an Eurer Stelle wachsam sein, *mon ami.*«

Marcus machte sich nicht die Mühe, darauf zu antworten. Er drängte sich rücksichtslos durch die Menge und zog Catherine hinter sich her.

Vor dem Tisch, auf dem die große, mit Sekt gefüllte Schüssel stand, herrschte ein solcher Andrang, daß sie stehenbleiben und warten mußten. Zwei weiß gekleidete Diener schöpften den prickelnden Wein, so schnell sie konnten, in flache Kelche, aber die Kristallgläser wurden immer schon von jemandem weggenommen, noch bevor sie sie richtig hingestellt hatten.

»Was hatte das zu bedeuten?« fragte Catherine, als sie wieder zu Atem gekommen war.

»Nichts«, antwortete Marcus, ohne ihr in die Augen zu sehen.

Catherine legte nachdenklich den Kopf schief. »Dieser Mann hat mir nicht besonders gefallen. Es hatte den Anschein, als wollte er Euch warnen – aber auf eine irgendwie beängstigende Art.«

»Laßt Euch nicht durch eine solche Kröte beunruhigen.«

»Nein, natürlich nicht«, stimmte sie ihm vorsichtig zu. »Wer ist dieser Rafe?«

»Ein Pirat.«

Dieses eine Wort weckte Catherines Interesse. »Was habt Ihr mit einem Piraten zu tun?«

Marcus lächelte mit finsterem Gesichtsausdruck. »Er würde mich gern mit seinem Degen durchbohren.«

»Könnte er das denn?« fragte Catherine nach einem kurzen Zögern.

»Er glaubt, daß er es könnte«, warf ihr Marcus über seine Schulter hinweg zu, als er sich zwei gefüllte Gläser schnappte. Er gab eines davon Catherine und sah über ihren Kopf hinweg, doch obwohl er sich bemühte, einen lässigen Eindruck zu machen, suchte sein Blick die Menge ab. War er nicht sogar eine Spur blasser als sonst? Catherine betrachtete ihn, als er das Sektglas an die Lippen führte; seine Fingerknöchel waren weiß, weil er den Stiel des Glases so fest hielt.

»Ist denn dieser Pirat ein so hervorragender Fechter?« fragte sie.

»Er war der beste in New Orleans. Vor zwei Jahren wurde sein Vater aus dem Hinterhalt von drei seiner eigenen Sklaven ermordet. Rafe verfolgte sie bis in den Sumpf und tötete sie. Damals herrschte eine gewisse Unruhe unter den Sklaven in jenem Gebiet, und eine ganze Menge Leute hatte das Gefühl, er hätte sich einer Gerichtsverhandlung stellen sollen. Wie auch immer – Gouverneur Clairborne war ungehalten über ihn. Er verbannte ihn aus der Stadt, bis sich die Unruhe gelegt haben würde.«

»Und gerade jetzt ist er zurückgekehrt?«

Marcus nickte. »Man hat ihn noch einmal in Paris gesehen, dann war er ungefähr ein Jahr verschwunden. Etwa zur gleichen Zeit gewann dieser Wilde, Lafitte der Piratenkönig, einen neuen Mann, der seine rechte Hand wurde. Man kannte ihn nur als *El Capitan*.«

Als Catherine begriff, in welche Richtung seine Erzählung ging, sagte sie: »Das ist doch sicher nur ein geringer Beweis.«

»Wenige Menschen vergessen das Gesicht von Rafael Navarro.«

Diese Bitterkeit in seiner Stimme hatte sie nicht erwartet. »Navarro? Das ist doch eine bekannte Familie.«

»Ja sicher, das schon. Rafael kann es mit den besten von uns aufnehmen, wenn es darum geht, den Gentleman zu spielen, falls er Lust dazu hat. Und diese Familie ist der Grund, warum er wieder hier ist.«

»Sie haben sich für ihn eingesetzt?«

»Oh, das würde ich nicht gerade sagen. Ich bezweifle, daß ihn irgend jemand so gern hat«, fügte Marcus finster hinzu. »Aber er hat eine Schwester, die von ihm abhängig ist – und eine Plantage, die in seiner Abwesenheit verkommt. Er hat also Gründe, jetzt zurückzukehren.«

»Eine Plantage? Ich glaube, die kenne ich nicht.«

»Nein? Sie heißt Alhambra.«

Catherine starrte Marcus in plötzlichem Verständnis an. Das Heim der Fitzgeralds, das Marcus im Spiel verloren hatte. Alhambra war jetzt im Besitz dieses Mannes, dieses Rafael Navarro. Eigentlich war es wirklich nicht verwunderlich, daß Marcus kein Interesse daran hatte, gesellschaftliche Höflichkeiten mit diesem Mann auszutauschen, der ihm so viel genommen hatte. Dennoch erklärte das nicht seine vorsichtige Haltung. Hatte Marcus bei einer Begegnung etwas zu befürchten? Und wenn es so war, hatte das etwas mit dem Tod jener ›armen kleinen Lulu‹ zu tun?

Sie streckte die Hand aus und berührte Marcus' Ärmel. Doch noch bevor sie die Frage aussprechen konnte, legte er seine Hand auf die ihre und zog sie mit erneuter Entschlossenheit aus der Menge in eine Fensternische am anderen Ende des Saals.

»Meine liebe Catherine«, sagte er unterwegs, »ich muß in einer wichtigen Angelegenheit mit Antoine sprechen. Bitte bleibt hier außer Sicht und genießt Euren Sekt, bis ich wiederkomme. Ihr werdet hier sicher sein. Ihr müßt es nur vermeiden, mit irgend jemandem zu sprechen, bis ich wiederkomme, indem Ihr Euch scheu und ängstlich verhaltet. Ich bin sicher, daß Ihr so viel Theater spielen könnt, wenn Ihr Euch Mühe gebt.«

»Wartet. Marcus –«, protestierte sie, aber er war schon fort. Er ließ sie allein in der Fensternische zurück, zwischen den dicken Glasscheiben und den davorhängenden Portieren aus goldfarbenem Satin. Mit einem verärgerten Ausruf sah sie zu, wie er sich durch die Menge drängte, bis die Tanzenden ihn verdeckten.

Sie drehte dem Saal den Rücken zu und starrte aus dem Fenster, wobei sie an der goldenen Flüssigkeit in ihrem Glas nippte und die neugierigen Blicke der Vorübergehenden genauso ignorierte wie die Pärchen, die auch die Abgeschiedenheit ihres Rückzugsortes aufsuchen wollten. Plötzlich war sie voller Unruhe und sehnte sich danach, diesen merkwürdigen Ball verlassen zu können. Was tat sie eigentlich hier? Wie konnte sie nur so dumm gewesen sein, sich überhaupt zu dieser Maskerade überreden zu lassen? Der Turban auf ihrem Haar drückte auf ihre Schläfen, und sie spürte, daß ihr Kopf zu schmerzen begann. Der Sekt schien ihre Stimmung eher zu drücken, anstatt sie zu heben. Mit einer Geste der Abneigung stellte sie ihr Glas vor sich auf das niedrige Fenstersims.

Hinter ihr bewegte sich jemand. Sie drehte sich hastig um und sagte: »Marcus, nehmt mich –«

Der Mann, der in der Öffnung stand, hatte eine Hand gehoben, um den Vorhang zur Seite zu halten, und deutete eine scherzhafte Verbeugung an. »Ich würde das sehr gern tun, wenn das irgendwie möglich wäre, Mademoiselle.«

Eine lebhafte Röte stieg in Catherines Wangen, und sie trat einen Schritt zurück, so daß sie die kühle Glasscheibe am Rücken spürte. Der Mann, der vor ihr stand, war völlig in die dunklen Farben der Trauer gekleidet. Schwarzsamtene Revers schmückten seinen dunklen Rock. Jetknöpfe glitzerten zwischen den Rüschen auf seiner Hemdbrust. Seine Weste war aus silbergrauem Brokat, und seine dunkelgraue Hose war unter Halbstiefeln aus glänzend schwarzem Leder befestigt. Seine Haltung wirkte hochmütig, wie er ihr so den Weg versperrte, und obwohl das Lächeln auf seinem sonnengebräunten Gesicht so aussah, als sei er entschlossen, sie zu beeindrucken, erreichte es doch nicht ganz die finsteren Tiefen seiner Augen. Er wartete mit erstaunlicher Geduld ihre Reaktion ab und schien sich gleichzeitig für nichts und niemanden sonst zu interessieren.

Catherine, deren Fassung schon ins Wanken gekommen war, spürte, wie sie unter diesem ruhigen, nachdenklichen Blick noch weiter in Unruhe geriet. »Ich – ich habe Euch für jemand anderen gehalten«, sagte sie.

»Ich bedauere außerordentlich, daß ich nicht er bin, aber in seiner Abwesenheit könnte ich Euch vielleicht dazu überreden, mich zu dieser *courante,* die gerade getanzt wird, zu begleiten.«

»Ihr seid sehr freundlich, Monsieur, aber das kann ich nicht tun.« Obwohl es eigentlich nicht nötig war, ihm etwas zu erklären, merkte sie, daß sie nach einer Rechtfertigung suchte. »Wir – man hat Euch mir noch nicht vorgestellt.«

»Das läßt sich ohne weiteres beheben. Wenn Ihr mir erlaubt, mit Eurer Anstandsdame zu sprechen, bin ich sicher, daß sie nichts dagegen haben wird.«

Catherine senkte die Wimpern und war froh über die Maske, die ihr dabei half, ihren Gesichtsausdruck zu verbergen, während sie ihm wieder den Rücken zudrehte. »Ich habe keine Anstandsdame, Monsieur. Bitte verlaßt mich jetzt.«

Sie spürte eine seltsame Spannung in dem Schweigen des Mannes, so als läge in ihrer Antwort etwas Abstoßendes für ihn. »Also habt Ihr einen Beschützer«, stellte er sachlich fest. »Ihr müßt mir erlauben, festzustellen, daß es äußerst unklug von ihm war, Euch allein zu lassen.«

»Nein – er wird jeden Augenblick zurück sein«, teilte sie ihm steif mit.

»Ach ja?« fragte der Mann mit langsamer Nachdenklichkeit. »Dann werde ich ja das Vergnügen haben, ihm seine Nachlässigkeit persönlich zur Kenntnis bringen zu können.«

»Das meint Ihr doch wohl nicht im Ernst«, protestierte sie und drehte sich hastig um, damit sie ihn ansehen konnte. Ihr fuhr der Schreck durch die Glieder, als sie sich vorstellte, wie die beiden Männer aneinandergeraten und welche Aufmerksamkeit das erregen würde.

»Es hat doch ganz den Anschein, als müßte einmal jemand sein Verhalten korrigieren. Ich versichere Euch, Mademoiselle, daß ich nichts lieber täte.«

Sie zögerte und zog ihr Umschlagtuch enger um ihre Schultern. »Er ist ein – gefährlicher Fechter, Monsieur.« Sie wußte nicht, ob das wirklich stimmte, aber Marcus trug seinen Zierdegen, sein *colchemarde*, ebenso stolz wie jeder andere Mann in ihrer Bekanntschaft.

»Ja, wirklich? Man sagt mir auch eine gewisse Geschicklichkeit mit dem Degen nach«, meinte er und ließ seine Fingerspitzen auf dem Knauf seines Degens ruhen.

Irgend etwas, vielleicht eine leichte Spur von Ironie in seinem Tonfall, lenkte ihre Aufmerksamkeit auf ihn. Sie betrachtete ihn aus schmalen Augen, und der Kupferton seiner Haut, die die Sonne verbrannt hatte, fiel ihr besonders auf. Das war nicht die Haut eines Gentleman. Was war er dann? Ein Mann mit einer gewissen Geschicklichkeit im Fechten, der vielleicht erst kürzlich von hoher See zurückgekehrt war? Ein plötzlicher Schreck erfaßte sie. Konnte er vielleicht Navarro sein?

»Monsieur«, begann sie, doch eigentlich wußte sie nicht, was sie sagen sollte. Sie hatte das Gefühl, daß es besser wäre, wenn Marcus und dieser Mann sich nicht begegneten, aber sie sah keine Möglichkeit, das zu verhindern. Aber vielleicht wäre es günstiger, wenn sie sich zwischen vielen Menschen begegneten. Das müßte eigentlich eine abkühlende Wirkung auf ihre Gemüter haben und ihre Auseinandersetzung, wenn sie schon eine Auseinandersetzung haben mußten, auf einen geeigneteren Augenblick verschieben.

»Ja, Mademoiselle?« fragte er.

Catherine lächelte absichtlich provokativ. »Die Musik spielt noch. Würdet Ihr einer Dame erlauben, ihre Meinung zu ändern?«

»Aber sicherlich«, stimmte er so schnell zu, daß sie die Richtigkeit ihrer Entscheidung sofort bezweifelte. Und als sie ihre Hand auf seinen ausgestreckten Arm legte, fragte sie sich, ob er sie jetzt nicht dazu gebracht hatte, das zu tun, was er von Anfang an beabsichtigt hatte.

Aber sie erreichten die Tanzfläche gar nicht. Sie waren erst ein paar Schritte gegangen, als sie schon Marcus ihren Namen rufen hörte.

»Celeste, meine Liebste, ich hatte nicht die Absicht, Euch so lange warten zu lassen –«, sagte er, während er auf sie zukam. Als sein Blick auf den Mann neben ihr fiel, verstummte er. Sein Lächeln verschwand, und sein Gesicht bekam den starren Ausdruck einer Maske, während er die letzten Schritte bis zu ihnen zurücklegte.

Es entstand ein unangenehmes Schweigen, dann sagte der Mann in Schwarz mit trügerisch milder Stimme: »Also begegnen wir uns doch noch einmal wieder, Marcus? Habt Ihr keinen Willkommensgruß für mich übrig nach all den vielen Monaten?«

»Ja, natürlich«, Marcus neigte den Kopf. »Ich hoffe, es geht Euch gut, Rafael.«

Sie hatte recht gehabt. Der Mann neben ihr war Navarro. Sie ließ seinen Arm los und näherte sich Marcus ein Stück. »Würdet Ihr mich bitte nach Hause bringen?« fragte sie ihn mit ruhiger Stimme.

Marcus murmelte eine Zustimmung, und sie hatten sich schon abgewandt, als Rafael Navarro sagte: »Nicht so hastig, mein Freund. Ich habe der Dame zugesichert, daß ich ein Wörtchen über Euer Verhalten mit Euch sprechen würde.«

»Mein Verhalten?« erwiderte Marcus verständnislos.

Ein seltsames Lächeln flog über die Lippen des dunklen Mannes. »Es läßt sehr zu wünschen übrig«, sagte er mit weicher Stimme.

Marcus erbleichte, schien sich aber fest unter Kontrolle zu haben. »Das ist schlecht«, sagte er. »Vielleicht könnten wir ein anderes Mal meine Fehler diskutieren. Im Augenblick fühle ich mich verpflichtet, der Bitte der Dame nachzukommen.«

Navarro warf Catherine einen frechen Blick zu. »Grausam«, sagte er in so komischem Ton, daß sie sich auf die Unterlippe beißen mußte, um nicht zu lächeln, obwohl ihr Vergnügen auch eine gewisse hysterische Note hatte.

Doch als sich Rafael Navarro Marcus wieder zuwandte, war seine Stimme so stahlhart, daß auch die in der Nähe tanzenden Paare auf sie aufmerksam wurden. »Ich bin dagegen. Die – Dame – und ich haben gerade angefangen, uns miteinander bekannt zu machen.«

Marcus sah sich schnell um und bemerkte die interessierten Gesichter, die sie umgaben. Während Catherine ihn betrachtete, spürte sie plötzlich so etwas wie Mitleid. Er war hin- und hergerissen zwischen seinem Bedürfnis, sie zu beschützen, und der Notwendigkeit, das zu verteidigen, was die Gesellschaft als seine Ehre betrachtete. Diesen schlimmen Seitenhieb konnte er nicht einfach hinnehmen. Darüber hinaus mußte eine solche Bemerkung in bezug auf eine Frau, die unter seinem Schutze stand, schnell geahndet werden. Wenn er nicht auf diese Herausforderung reagierte, würde er sich die Verachtung seiner Zeitgenossen einhandeln, aber es konnte natürlich katastrophal werden, wenn er Catherine in Ehrenhändel verwickelte, die beim *Bal du Cordon Bleu* entstanden waren. Er brauchte Zeit zum Nachdenken. Catherine suchte verzweifelt nach einer Möglichkeit, dieses Aufeinandertreffen abzuwenden, dessen Näherkommen sie deutlich spürte, aber es fiel ihr einfach nichts ein, das die kalte Feindschaft, die sie bei diesem Navarro spürte, hätte ausgleichen können.

Die Musik der *courante* ging weiter, doch das Murmeln der Stimmen um sie her wurde immer lauter. *Was ist los? Wer? Was geschieht da?* Als die Musik verstummte, sagte eine rauhe Stimme in die Stille hinein: »Ich glaube, der schwarze Panther ist heute abend auf der Jagd – und es sieht ganz so aus, als würde er dabei jemanden töten –«

Der bissige Kommentar brachte Marcus zur Weißglut, denn seine Hand verkrampfte sich langsam um den Griff seines Degens. Dennoch unternahm er eine letzte Anstrengung, um die Lage in den Griff zu bekommen. Er verbeugte sich steif vor Navarro. »Komm, Celeste«, sagte er.

Rafael Navarro streckte plötzlich die Hand aus und packte Catherines Handgelenk. »Vielleicht solltet Ihr besser Mademoiselle Celeste fragen, ob sie noch Wert auf Eure Begleitung legt. Die meisten Frauen sind empfindlich, wenn ihr guter Name auf dem Spiel steht. Doch wenn ich Euch nicht dazu bringen kann, für Celestes Ehre zu kämpfen, dann wird es mir vielleicht gelingen, Euch durch eine kleine Erinnerung an – Lulu zu überreden.«

Daß der Name den neugierigen Zuhörern etwas sagte, ging deutlich aus den vielen Kommentaren hervor. Aber Navarro schien nichts zu hören.

»Vielleicht sollte man Celeste fragen, ob sie den Wunsch hat, in Begleitung eines Mannes zu bleiben, der wochenlang auf Kosten einer anderen Frau lebte und sie verließ, als sie kein Geld mehr von einem früheren Liebhaber bekam. Lulu ist gestorben, Marcus, wußtet Ihr das? Sie starb in einem heruntergekommenen Verschlag irgendwo am Fluß, erhängt mit dem Gürtel ihres Morgenrocks. Sie starb in Scham und Verzweiflung – und in der Hoffnung, daß ihr Tod verhindern könnte, daß ich von Eurem unglaublichen Benehmen erfahren würde. Aber so leicht gebe ich nichts auf.«

Marcus, der bis zu den Lippen weiß geworden war, rief aus: »Ihr habt sie zuerst verlassen, Navarro, Ihr könnt Eure Schuld nicht einfach auf meine Schultern laden, das lasse ich mir nicht gefallen. Aber Euren gemeinen Anschuldigungen werde ich ein Ende machen!«

Der Mann in Schwarz verbeugte sich, und der Ausdruck von Befriedigung lag in seinem Blick. »*Bien*. Sollen wir uns in den Garten begeben?«

Mit einem plötzlichen Nicken wandte sich Marcus Catherine zu. »Wartet auf mich in der Kutsche«, sagte er und folgte Navarro mit entschlossenen Schritten.

Der St. Anthony's Garten, ein kleiner, von einer Hecke umgebener Bereich hinter der Kathedrale, war immer schon ein beliebter Duellplatz gewesen. Seine Lage war günstig – abgeschieden und auf neutralem Boden. Catherine bat den Kutscher, in der Conde Street zu halten, so nah am Garten, wie es möglich war. Vielleicht war es dumm von ihr, sich Marcus' Anweisung zu widersetzen, aber sie konnte das Warten einfach nicht ertragen. Sie hätte zu Fuß zu der Begegnung gehen können wie auch die Männer, aber durch die Kutsche gewann sie eine gewisse Anonymität, eine Illusion von Sicherheit.

Sie zog den ledernen Verschluß vor dem Fenster zur Seite und horchte. Das einzige Geräusch, das zu hören war, schien die Musik aus einer entfernten Bar zu sein, und die Schritte eines in eine Robe gekleideten Priesters unter den Bögen des Kreuzganges direkt hinter ihr. Links von ihr lag der kahle Paradeplatz der *Place d'Armes*, und die dort aufgestellten Pranger und das Schafott warfen bedrohliche Schatten über die staubige Erde. Rechts von ihr standen die mächtige Ludwigskathedrale mit den runden Doppeltürmen und dahinter das mächtige Regierungsgebäude, an dem Öllampen an rauchgeschwärzten Ketten vor den Türen brannten. Das helle Licht machte Catherine Mut. Sie klopfte nervös auf den Fensterrahmen, dann entschloß sie sich plötzlich, beugte sich vor, stieß die Tür auf und stieg aus der Kutsche.

Ohne den erschreckten Ruf des Kutschers zu beachten, eilte sie die Straße entlang bis zu der Gasse zwischen dem Cabildo und der Kathedrale. Das war einer der beliebtesten Zugänge zum Vordereingang der Kirche, deswegen hatte man ein paar Ballaststeine in die Mitte der Straße gelegt, damit die Kirchgänger den Schlamm trockenen Fußes überwinden konnten. Catherine stieg vorsichtig darüber, und nur einmal rutschte ihr Fuß ab. Plötzlich ertönte das scharfe, klare Klirren von Stahl auf Stahl, und das Geräusch erschreckte sie in seiner durchdringenden Art. Es wurde dunkler, als sie sich den dicht beieinanderstehenden Wänden der Gebäude näherte. Schließlich tauchte rechts von ihr eine dichte Hecke auf. Zwischen den Blättern hindurch entdeckte sie das schwache Leuchten einer Laterne.

Noch ein kleines Stück weiter, und Catherine blieb schwankend auf einem der Pflastersteine stehen. An der Hecke stand eine Gruppe von Männern, die offensichtlich die Ereignisse im Garten beobachteten. Sie verspürte den starken Drang umzukehren, aber das Bedürfnis zu erfahren, was im Garten vor sich ging, war noch stärker. Ihre Zukunft, mit oder ohne Marcus, konnte vielleicht von den Ereignissen dieser Nacht abhängen. Sie hob die Hand und berührte die Maske vor ihren Augen, um sich zu vergewissern, daß sie unerkannt blieb. Die Männer vor ihr, die zwar nicht aussahen wie echte Gentlemen, waren bestimmt keine ungehobelten Kerle. Mit hoch aufgerichtetem Kopf trat sie vor.

Die Männer wichen nach einem Augenblick der Überraschung einen Schritt zurück, um sie vorübergehen zu lassen. Jemand murmelte eine Bemerkung, die zu leise war, als daß sie sie hätte verstehen können. Gelächter ertönte, aber der Mann, der neben dem Witzbold stand, schüttelte warnend den Kopf und deutete auf die Duellanten. Catherine war doch etwas schockiert, daß die Verbindung zwischen ihr und den kämpfenden Männern so schnell hergestellt worden war, aber dann zuckte sie mit den Schultern und kümmerte sich nicht weiter darum. Es war nicht zu ändern. Sicherlich hatte es auch keine große Bedeutung.

Die Wolken, die am früheren Abend den Mond bedeckt hatten, hatten sich aufgelöst. Der St. Anthony's Garten war in kühles, weißes Licht getaucht. Ein leichter Wind bewegte die Blätter der Hecke und brachte die Flamme in der Laterne zum Flackern, so daß die Schatten der beiden Männer vor ihr grotesk über den Boden tanzten.

Marcus und Navarro hatten die Stiefel, Röcke und Krawatten ausgezogen. Navarro hatte auch noch auf den zusätzlichen Schutz seiner Weste verzichtet, und der graue Brokatstoff glänzte auf dem Stapel Kleidungsstücke, der zusammen mit den Scheiden der Degen im Gras lag. Nur mit Strümpfen an den Füßen standen sie einander gegenüber, hatten ihre Umgebung vergessen, waren ganz darauf konzentriert, einander Schmerzen zuzufügen – und wenn möglich sich zu töten.

Wie lange war dieser Kampf schon im Gange? Sicherlich noch nicht sehr lange, und doch hörte sie über dem Klirren und Knirschen ihrer Klingen das Geräusch von schwerem Atem. Marcus, das Gesicht gerötet von Zorn und Anstrengung, war schon fast völlig außer Atem, und aus einem Kratzer auf seiner Wange rann Blut auf das makellose Weiß seiner Weste. Im Gegensatz zu ihm schien sich Rafael Navarro gut zu amüsieren. Ein angespanntes Lächeln ließ seinen präzise geformten Mund schmaler wirken, und seine Augen leuchteten in einem durchdringenden, mörderischen Glanz. Einen Moment lang dachte sie, er wäre von der Klinge seines Gegners noch nicht berührt worden, dann bemerkte sie einen Schnitt in der Weite seines Hemdes an der Taille. Es war keine schwere Verletzung, denn sie schien seine Bewegungen nicht einzuschränken, doch am Gürtel seiner Hose erkannte sie einen feuchten Schimmer, wo das Blut von dem schwarzen Stoff aufgesogen wurde.

Es war ein Kampf auf Leben und Tod, das war ganz offensichtlich. Die Ehre war gewöhnlich durch die erste blutende Verletzung wiederhergestellt. Catherine kannte sich mit dem Fechten nur wenig aus, trotzdem konnte sie erkennen, daß Marcus, wie immer es am Anfang des Kampfes gewesen sein mochte, jetzt in Verteidigungshaltung war. Er zog sich langsam vor Navarros unermüdlichem Degen zurück. Er parierte jeden Stoß, doch seine Gegenstöße waren unwirksam, und er schien nicht mehr in der Lage zu sein, selbst zum Angriff überzugehen.

Catherine, die die blitzenden Klingen beobachtete, fürchtete sich vor dem endgültigen Stoß. Sie hielt den Blick auf die im Gras tanzenden Schatten gerichtet. Es war viel besser, nur ihren Umrissen zu folgen. Dennoch erschien vor ihrer überempfindlichen Vorstellungskraft der schwarze Schatten Navarros nicht weniger tödlich, nicht weniger satanisch als der Mann, der ihn warf. Er bewegte sich fließend vorwärts und rückwärts und bedrängte Marcus mit einer katzenhaften Grazie und Beweglichkeit in der sicheren Beherrschtheit eines jagenden Panthers, wie man ihn auch im Ballsaal genannt hatte.

Aber vielleicht war ja auch Marcus' scheinbare Schwäche eine Finte – denn plötzlich machte er einen Satz. Funken sprühten an den Klingen, als sie knirschend übereinanderglitten und sich am Heft begegneten. Eine gemurmelte Bemerkung Navarros brachte Marcus in Rage, denn er befreite seine Klinge und stürzte sich wieder auf seinen Gegner. Der Stahl schien zu wirbeln, plötzlich ertönte ein Fluch, und Marcus' Degen fiel zu Boden, stand einen Augenblick schwankend auf der Spitze und fiel dann langsam ins Gras.

Navarro trat einen Schritt zurück, und Marcus hielt seine Hand auf seinen Unterarm gedrückt, während das Blut zwischen seinen Fingern hindurchsickerte.

»Verbindet Eure Wunde«, befahl Navarro. »Der Tau auf dem Gras ist schon glatt genug, auch ohne daß noch Euer Blut hinzukommt.«

Catherine preßte eine Hand auf den Mund und holte tief Luft angesichts dieser gefühllosen Bemerkung.

Das Geräusch lenkte die Aufmerksamkeit des dunklen Mannes auf Catherine. Er hob die Klinge vor das Gesicht in einem kurzen Fechtgruß und lächelte spöttisch. Dann weitete sich sein Blick und wanderte langsam und genießerisch über sie hinweg. Catherine spürte, daß ein Strom von purer Furcht durch ihre Adern floß. Sie spürte die untergründig drohende Gefahr, die in einer ungeahnten Verbindung zu der beherrschenden Kraft dieses Mannes, dieses Navarro, stand.

Sie sah schnell zu Marcus, der ein Taschentuch um seinen Arm band und es mit den Zähnen festzog. Sein Gesicht war blaß, als er seinen Degen aufhob und seine Kampfstellung wieder einnahm.

Als ihre Klingen erneut aufeinandertrafen, hatte Catherine den Eindruck, als hätte sich ihr Kampfstil geändert, als beherrsche Navarro sich jetzt, um Marcus' Verteidigung ganz bewußt und methodisch zu vernichten. Die schillernde, sorglose Leichtigkeit ihres Kampfes war vorüber. Es blieb nur noch das finstere Bemühen um den Sieg.

Catherine erkannte, daß Marcus nachließ. Dann war alles vorüber – schneller, als ihr Auge wahrnehmen konnte. Voller Schrecken registrierte sie, daß die glitzernde Spitze von Navarros Degen Marcus' Schulter durchdrungen hatte und einen kleinen Augenblick später mit rot gefärbter Spitze aus seinem Rücken ragte. Mit einem Schmerzensschrei sank Marcus auf die Knie, seine Klinge fiel aus seinen gefühllosen Fingern ins Gras.

Noch einmal trat Navarro einen Schritt zurück. »Endlich habe ich Genugtuung bekommen«, sagte er gedehnt, ordnete seine Manschetten, so daß sie wieder über seine Hände fielen.

Catherine sah ihren eigenen Unglauben in den nußbraunen Schatten in Marcus' Augen widergespiegelt und wußte, daß er, ebenso wie sie, erwartet hatte, dieser Kampf würde tödlich enden. Sie fragte sich, ob er wohl die Großzügigkeit des spanischen Kreolen zu schätzen wußte – er hätte leicht auch sein Herz treffen können.

Aber Marcus war ganz sicher nicht besonders glücklich darüber, daß sie seine Niederlage gesehen hatte. Und er wäre wahrscheinlich auch nicht sehr an ihrem Mitgefühl interessiert – selbst wenn es ihr gelingen konnte, passende Worte zu finden, um es zum Ausdruck zu bringen. Noch nie in ihrem Leben hatte sie ein so ängstliches Mitleid empfunden wie jetzt, nachdem sie gesehen hatte, wie ihr Begleiter so hoffnungslos besiegt worden war. Nein, der stolze Marcus, der so viel Wert auf seinen Ruf legte, würde weder auf ihre Hilfe noch auf ihr Mitleid Wert legen. Vor allem würde er wollen, daß sie sich nicht am Schauplatz seiner Niederlage aufhielt – falls er überhaupt bemerkt hatte, daß sie zugesehen hatte.

Sie wandte sich der Gruppe von Männern neben sich zu und murmelte: »Seine Kutsche steht am Ende dieser Gasse neben dem Eingang zur Kathedrale. Wenn Ihr so freundlich sein könntet –« Als sie sah, daß zwei der Männer sich in Bewegung setzten, um dem gefallenen Mann zu helfen, raffte sie ihre Röcke und zog ihr Umschlagtuch fester um sich. Mit einem letzten Blick zurück drehte sie sich um und ging den Weg zurück, über den sie gekommen war. Ihre Schritte wurden immer schneller. Plötzlich hatte sie das Gefühl, sich beeilen zu müssen. Sie mußte die Kutsche erreichen. Es war niemand hinter ihr, und doch legte sie die letzten Schritte in der Panik eines Menschen zurück, der verfolgt wird.

Der Kutscher stieg von seinem Kutschbock, um ihr die Tür zu öffnen, als er sie kommen sah. Das Geräusch der Tür, die sich hinter ihr schloß, erschien ihr sehr beruhigend. Sie atmete tief durch, um sich zu beruhigen, und faltete die Hände im Schoß. Der arme Marcus. Hatte er überhaupt je die Chance gehabt, Navarro zu besiegen?

Sie dachte noch einmal an die Szene zurück, die zu dem Duell im Garten geführt hatte. Die Eindrücke waren ausgesprochen verwirrend. Das einzig Klare daran schien ihr die spöttische Stimme des dunklen Mannes zu sein, der sie und Marcus so manipuliert hatte, daß sie in die Lage gezwungen worden waren, in der er sie hatte haben wollen. Nicht nur ihre überspannten Nerven sagten ihr, daß dieser Mann unheimlich war. Sie wünschte sich sehr, sie hätte ihn nie kennengelernt. Da das aber nicht mehr rückgängig zu machen war, wünschte sie wenigstens, ihm nie wieder begegnen zu müssen.

Die Stimme eines Mannes weckte ihre Aufmerksamkeit. Sie waren schnell gewesen. Konnte es sein, daß Marcus schlimmer verletzt worden war, als sie angenommen hatte?

Sie beugte sich zur Tür, um sie zu öffnen, als sie unter ihrer Hand aufgerissen wurde. Ein Degen, ein Mantel und eine Krawatte wurden auf den Sitz ihr gegenüber geworfen. Während die Kutsche anfuhr, schwang sich ein Mann herein, warf sich auf das Kissen neben sie und schlug die Tür hinter sich zu.

Catherine schreckte zurück und erstarrte, als sie die lachenden Augen von Rafael Navarro vor sich sah. Er hielt ihren Blick, lehnte sich an die Kissen zurück und streckte seine langen Beine aus.

»Wo ist Marcus?« flüsterte Catherine. »Was habt Ihr mit ihm gemacht?«

»Gemacht? Nichts. Er wartet geduldig auf die Ankunft meiner Kutsche – ich versichere dir, daß es ein wesentlich bequemeres Fahrzeug ist als dieses hier. Man wird ihn zu einem Arzt bringen, aber wenn er meinem Rat gefolgt wäre, hätte er besser weit weglaufen sollen, als zu diesem Quacksalber zu gehen.«

»Ihr habt ihn nicht... Er ist nicht...«

»Tot? Nein, ich habe nicht, und er ist nicht.« Seine Zähne blitzten in dem schwach erleuchteten Innenraum der fahrenden Kutsche. »Ich gebe zu, daß die Versuchung groß war, aber als ich dich dastehen sah, deine Haltung so kühl und königlich wie die einer Dame, entschloß ich mich zu einer vernichtenderen und weniger blutrünstigen Vergeltung. Kannst du dir vorstellen, was ich damit meine, Celeste, *ma belle*?«

Der spöttisch-zärtliche Ton in seiner Stimme machte Catherine wütend. Sie biß die Zähne zusammen. Während sie sich überlegte, was sie ihm antworten konnte, fuhr die Kutsche um eine große Kurve und bog in eine Straße ein, die sicher nicht zum Haus ihrer Mutter führte. Sie warf dem Mann neben sich einen Blick zu. Er konnte ihre wahre Identität und Position nicht kennen. Wohin mochte er sie bringen?

Sie nahm ihre ganze Würde zusammen und erklärte ihm kühl: »Wir werden bald am Haus von Monsieur Duralde vorbeikommen. Wenn Ihr so freundlich sein könntet, mich dort abzusetzen, werde ich selbst nach Hause finden.«

»Wirst du das wirklich?« fragte er sarkastisch. »Ich bin untröstlich, daß ich deiner Bitte nicht entsprechen kann.« Er schwieg einen Moment. »Etwas Derartiges ist in meinem Plan nicht vorgesehen.«

Catherine preßte die Hände im Schoß zusammen und sagte sich, daß sie ihm nur ihren wirklichen Namen und den ihrer Mutter zu nennen brauchte, um dieser Farce ein Ende zu bereiten. Aber sie konnte ja nicht wissen, was dieser Mann mit einer solchen Information anfangen würde. Sie konnte sich nichts Unangenehmeres vorstellen, als sich jemandem in dieser Weise auszuliefern, und erst recht nicht einem so rücksichtslosen Mann. Welche Rache würde er sich wohl für Marcus ausdenken, wenn er ihre Identität kannte?

»Ich muß darauf bestehen«, sagte sie, aber auch ihr selbst fiel auf, wie wenig Kraft in ihrer Stimme lag. Deshalb war sie nicht überrascht, als er ihr nicht antwortete.

Sie fuhren schweigend weiter, dann ertönte seine Stimme aus dem Dunkel: »Liebst du Fitzgerald?«

»Was hat das schon zu bedeuten?« fragte sie.

»Ist es so?«

Seine Stimme klang weich, aber seine sanfte Unerbittlichkeit hatte einen so eindringlichen Ton, daß sie die Wahrheit sagen mußte. »Nein, ich glaube nicht«, meinte sie schließlich.

»Habe ich das seltene Glück, einer ehrlichen Frau begegnet zu sein?«

Angesichts des plötzlich sarkastischen Tons wandte sich Catherine von ihm ab. Seine entspannte Haltung war erzwungen, als er die Hand ausstreckte und nach ihrem Arm griff. »Bleib so, *ma belle*. Das hochmütige Verhalten ist reizvoll, aber ein Mann hat schnell genug davon. Ein Lächeln könnte vielleicht nicht schaden. Und wenn du mich mit einem Kuß bitten würdest –«

Der Druck auf ihrem Arm nahm langsam zu. Sie versuchte, sich seinem Griff zu entziehen, doch das tat ihr nur am Handgelenk weh. Langsam zog er sie immer näher zu sich. Seine rechte Hand hob sich zu ihrem Nacken, und dann lagen seine Lippen warm und sanft auf ihrem Mund.

Einen Augenblick lang hielt sie still und empfand mit instinktiver Neugier dieses seltsame Gefühl. Dann richtete sie sich zornig auf, riß den Kopf weg und stieß mit beiden Händen gegen seine Brust, als sie spürte, wie sich sein Griff lockerte. Doch er nahm nur eine andere Haltung ein. Als Catherine eine Hand hob, um ihn zu schlagen, packte er ihre beiden Handgelenke und zog sie an sich, so daß sie auf seinen festen Schenkeln lag.

»Marcus oder ich, was macht das schon für einen Unterschied?« fragte er direkt. »Du bist als Viertelnegerin geboren und dazu erzogen worden, einem Mann angenehme Stunden zu bereiten. Was hat es schon zu sagen, wer der Mann ist, solange er gut für dich sorgt?«

»Ich bin keine Viertelnegerin«, sagte Catherine und war sich der Kraft seiner Hände und der straffen Muskeln seiner Schenkel unter sich bewußt. Sein Lächeln blitzte noch einmal auf, und sie nahm an, daß sein Blick auf ihren weißen Schultern ruhte, von denen das Umschlagtuch gerutscht war.

»Also gut, von mir aus – Achtelnegerin. Du bist bestimmt hellhäutig genug, um diese Bezeichnung zu verdienen.«

»Ihr versteht mich nicht«, sagte sie schwer atmend und schüttelte den Kopf.

»Wirst du darauf bestehen, daß ich deine Mutter um Erlaubnis frage? Das scheint unter den gegebenen Umständen überflüssig zu sein. Aber wie auch immer – du kannst ganz sicher sein, daß sie nichts dagegen haben wird, wenn du meinen Schutz annimmst – nicht wenn sie mit Fitzgerald einverstanden war. Und du kannst aufhören zu zittern. Ich bin kein Menschenfresser.«

»Nein«, flüsterte sie, »nur ein Panther.«

Plötzlich ließ er ihre Hände sinken und schob sie von sich. »Wo hast du diesen Unsinn gehört – obwohl das nicht von Bedeutung ist. Ich nehme an, du hast den Rest der Geschichte auch gehört. Man lobt oder beschuldigt mich – ganz nach dem Standpunkt des jeweiligen Erzählers –, drei Männer verfolgt und kaltblütig umgebracht zu haben, nicht wahr?«

»Ihr – Ihr bestreitet das?« fragte sie, eher um weiter bei der sicheren Konversation zu bleiben, als aus echtem Interesse.

»Nein. Was würde mir das schon nützen?« Er ließ sie los, lehnte sich zurück und schloß die Augen. Als die Räder der Kutsche über ein Schlagloch in der Straße rumpelten und die Kutsche erschüttert wurde, nahm Catherine die Gelegenheit wahr und rückte ein Stück von ihm ab. In diesem Augenblick machte sie eine wichtige Entdeckung. Auf seinen Lippen hatte der Geschmack von Absinth gelegen. Derselbe Geruch war ihr schon öfter im Atem der Männer aufgefallen, mit denen sie getanzt hatte. Er schien aber überhaupt nicht beeinträchtigt zu sein von dem Alkohol. Waren seine Art zu sprechen nicht doch ein wenig zu präzise und seine Bewegungen etwas zu gewollt? Und seine Art zu kämpfen – hatte man nicht den wagemutigen Überschwang eines Mannes erkennen können, dem es kaum etwas ausmachte, ob er lebte oder starb? Und jetzt? War seine Beherrschung unter den gegebenen Umständen nicht außerordentlich? Vielleicht hatte er am Abend viel getrunken, um seine Lulu vergessen zu können. Vielleicht zeigte der Alkohol erst jetzt Wirkung? Wie sehr konnte ihn das beeinträchtigen? Vielleicht genug, um ihn daran zu hindern, ihr folgen zu können, wenn sie aus der Kutsche sprang und fortlief, sobald sie anhielt. Die Möglichkeit war einen Versuch wert, in dieser Situation war alles einen Versuch wert.

3

Catherine erkannte die Straße, als die Kutsche einbog. Sie wußte von den leisen Gesprächen zwischen ihrer Mutter und ihren Freundinnen, daß diese Gegend an dem alten Stadtwall von den kreolischen Männern dazu auserwählt worden war, viele ihrer Geliebten, die Viertelnegerinnen waren, dort anzusiedeln. Daher war sie nicht allzu überrascht, als die Kutsche langsamer wurde und vor einem kleinen weißen Haus anhielt, das direkt bis an die Straße reichte. Sie hielt die Augen direkt auf den Mann im Schatten neben sich gerichtet und beugte sich ganz langsam vor, bis ihre Hand die Türklinke beinahe berührte.

Plötzlich drückte sie hastig die Klinke herunter und sprang aus der Kutsche. Sie landete auf Händen und Knien im Schlamm. Aber es war jetzt keine Zeit, sich Gedanken über mögliche blaue Flecken zu machen. Sie kam schnell wieder auf die Füße, senkte den Kopf und lief los – ohne sich zu überlegen, wie sie jetzt wohl wirken mochte. Ihre Schuhe blieben im klebrigen Schlamm stecken, aber sie konnte nicht stehenbleiben, um sie zu suchen.

Vor ihr lag eine finstere Gasse. Sie floh in den Schutz ihrer Dunkelheit, und das Herz schlug ihr bis zum Hals. Eine Katze flüchtete fauchend unter ihren Füßen hervor, und irgendwo in der Ferne hörte sie einen unterdrückten Ausruf. Trotzdem hielt sie nicht an, um sich umzusehen, nicht einmal, als sie das dumpfe Dröhnen von Schritten hinter sich lauter als das Blut in ihren Adern hörte.

Grausame Finger bohrten sich in ihre Schulter. Der Puffärmel ihres Kleides gab nach und riß, und sie wurde gewaltsam zum Stehen gebracht. Alle Luft wich aus den Lungen, als sich ein Arm um ihre Rippen legte.

Einen Augenblick später wurde sie hochgehoben und an eine harte, muskulöse Brust gedrückt, während die Arme wie Stahlbänder unüberwindlich unter ihren Knien und Schultern lagen.

»Du kleine Närrin«, murmelte Navarro in ihr Ohr. Seine Stimme klang, als würde er sich prächtig amüsieren. »Da unten sind Leute, die dir deine hübsche Gurgel durchschneiden würden, nur um an den Glitzerkram an deinem Turban zu kommen. Glaubst du etwa, es könnte kein schlimmeres Schicksal geben, als in meinen Armen zu liegen? Du täuschst dich.«

Die Tür des weißen Hauses öffnete sich, als er näher kam. Ein Diener, der eine geschlossene Laterne aus durchbrochenem Blech in der Hand hielt, trat zurück, als Navarro eintrat.

»Bezahle diesen knopfäugigen Kerl draußen für seinen von Pferden gezogenen Schubkarren«, sagte er nur kurz über seine Schulter. Der Diener trat gehorsam auf die Straße, während Navarro im Dunkeln die steile Treppe im Innern des Hauses hinaufstieg. Er trug sie scheinbar mühelos, seine Schritte auf den schmalen Stufen waren sicher und fest, als wäre er schon hundertmal diesen Weg gegangen. Wie hatte sie sich nur so von seinem nach Alkohol riechenden Atem täuschen lassen können? fragte sie sich verwirrt. Aber daran durfte sie jetzt nicht denken. Ihre letzte Gelegenheit zu entkommen, ohne ihren Namen zu nennen, war vorüber, jetzt mußte sie sich und ihre Zukunft in die Hände dieses Mannes legen.

Ein verwirrtes Lachen stieg in ihr auf, und sie unterdrückte es nur mühsam. Was konnte sie schon erwarten, solange sie sich in der Gewalt von Rafael Navarro befand? Nein, sie durfte nicht daran denken. Jetzt gleich, sobald sie sicher war, daß der Diener sie nicht mehr hören konnte, würde sie ihm sagen, wer sie war.

Im oberen Flur hing ein dumpfer Geruch nach staubigen Vorhängen und ungelüftetem Bettzeug, verbunden mit dem schwachen Hauch eines Parfüms, das vor langer Zeit benutzt worden war. Der dumpfe Geruch verstärkte sich noch, als Navarro in ein Schlafzimmer trat und die Tür mit dem Fuß zustieß. Als er sie auf ein ungemachtes Bett fallen ließ, stieg in einer dünnen Wolke Staub auf und kitzelte sie in der Nase.

Navarro murmelte einen Fluch, ging zu den hohen Fenstern, riß die Fensterläden auf und ließ die Mondstrahlen und frische Luft herein.

Catherine, die sich auf einen Ellenbogen stützte, um ihre Maske abzunehmen, damit sie besser atmen konnte, hielt mitten in der Bewegung inne. Ganz unerwartet war ihr Blick auf die männliche Schönheit gefallen, die erkennbar wurde, als sich das Mondlicht über Kopf und Schultern des dunklen Mannes ergoß. Das feine schwarze Haar mit den geordneten Wellen glänzte, und die kupferfarbenen Flächen seines Gesichts schimmerten silbern, während seine Augen und die Vertiefung in seinem Kinn im Schatten blieben. Plötzlich formte sich in ihrem Kopf der Gedanke, daß sie einer größeren Gefahr ausgesetzt war, als sie bis zu diesem Augenblick geahnt hatte. Der Mann, der sich jetzt umdrehte und auf sie zukam, schien irgendwie unwirklich, ein wildes, mythisches Wesen, das sich nicht an die Regeln der zivilisierten Welt gebunden fühlte und in der Lage war, Freude zu bereiten oder Angst hervorzurufen, ohne selbst etwas dabei zu empfinden. Eine ganze Weile lag sie fasziniert da.

Mit einem unterdrückten Schrei wandte sie sich um und glitt vom Bett. Eine einzige geschmeidige Bewegung brachte ihn zwischen sie und die Tür. Sie hielt inne und klammerte sich an einen der Pfosten des hohen Himmelbettes.

»Hab keine Angst, *petite*«, sagte er, und in dem dunklen Timbre seiner Stimme lag ein zärtlicher Klang. »Dies war unvermeidlich von dem Augenblick an, als ich dich verloren und allein am Fenster des Ballsaals sah. Ich bin nicht dein Marcus, aber wer weiß, vielleicht wirst du morgen früh froh sein, daß es so ist.«

Als er näher kam, wich Catherine zurück. »Da ist – es gibt etwas, das ich Euch sagen muß«, stammelte sie und schämte sich wegen der dünnen Stimme, die aus ihrer Kehle drang, während er immer näher kam. »Mein Name ist nicht Celeste. Er ist Catherine. Catherine –«

Aber sie hatte schon zu lange gewartet. Mit stetiger Kraft zog er sie in seine Arme und erstickte ihre Worte mit einem Kuß.

»Es ist mir egal, welchen Namen du hast«, flüsterte er, und sein Atem strich warm über ihre Lippen. »Es ist mir egal, wer du bist oder was du warst. Ich weiß nur, daß ich dich begehre, wie ich noch nie eine Frau begehrt habe.«

»Marcus – meine Familie – sie werden Euch töten«, sagte sie, als sie wieder zu Atem gekommen war und wandte den Kopf ab.

»Glaubst du?« fragte er, und in seinem weichen Ton lag eine Spur Zynismus. »Es wird viele Tage dauern, bis Marcus wieder einen Degen halten kann. Und was die anderen betrifft, habe ich festgestellt, daß eine volle Börse meistens jedes Gewissen besänftigt und bei fast allen Familien auch der Ehre Genugtuung verschafft.«

Was konnte sie da noch sagen? Als sie spürte, wie er sie hochhob und der Turban von ihrem Kopf fiel, stieß Catherine einen verzweifelten Schrei aus. Sie wehrte sich gegen ihn. Sie schlug mit den Händen gegen sein Gesicht, wand sich in alle Richtungen, zitterte vor Angst und Zorn. Trotzdem suchte sie mit plötzlich erwachtem Instinkt nach irgendeiner Schwäche, die es zulassen würde, daß sie aus seinem Griff entkam.

Es gab keine. Ihre Schläge beeindruckten ihn nicht. Er schien sie nicht einmal zu spüren. Und während sie noch kämpfte und sein Gewicht sie in die federgefüllte Matratze preßte, spürte sie, daß er ihren Widerstand viel schneller hätte überwinden können – und auch deutlich schmerzvoller für sie –, wenn er gewollt hätte. Dieses Wissen war demütigend und ließ eine heftige tiefe Wut entstehen. Das konnte ihr doch eigentlich gar nicht geschehen. Es konnte nicht sein.

Einer ihrer Arme lag unter seinem Körper begraben, während er mit unnachgiebiger Kraft den zweiten nach oben neben ihr Gesicht zog. Ihr Kopf lag auf seinem Arm, und er packte ihr Handgelenk mit einer Hand, so daß sie sich nicht mehr rühren konnte.

Seine Lippen drückten sich schmerzhaft auf ihren Mund, bis sie die ihren etwas öffnete, dann küßte er sie mit langsamem Genuß und kostete sie voller Freude. Noch nie hatte ein Mann ihre Lippen berührt. Ihre Hilflosigkeit erschien ihr entwürdigender als alles andere, was sie bis jetzt erlebt hatte.

Aber sie täuschte sich. Der dünne blaue Musselin zerriß ganz leicht, ebenso das seidene Unterkleid. Doch ihre Nacktheit und die Kühle der Nachtluft auf ihrer bloßen Haut war nichts im Vergleich zu der brennenden Hitze seiner Hand, die sich nach Lust und Laune über ihren Körper bewegte. Sie wand sich mit schluchzenden Atemzügen, als seine Lippen über ihr Kinn und die angespannte Haut ihres Halses wanderten. Sein Mund verweilte etwas in dem Tal zwischen ihren Brüsten und bewegte sich dann zärtlich über die weichen, weißen Hügel bis hin zu den Spitzen, die sich fest zusammengezogen hatten – nicht vor Leidenschaft, sondern vor Angst. Sie schauderte, als sie der Widerwille und gleichzeitig der Schreck des lustvollen Gefühls in Wellen überlief. Sie konnte es nicht ertragen, dachte sie verwirrt und wandte den Kopf von einer Seite zur anderen. Sie konnte es nicht ertragen –

Die Zärtlichkeiten hörten einen Augenblick auf, und er sah sie an. »Vielleicht ist es die größte Grausamkeit, zärtlich zu sein. Machen wir dem ein Ende.«

Er bewegte sein Gewicht zur Seite, und einen Augenblick dachte Catherine erleichtert, er würde sie loslassen wollen. Dann spürte sie die glatte Fläche seiner nackten Brust an ihrem Busen. Schnell und geschickt befreite er sie vom Rest ihres Kleides, zog sie eng an sich, drückte sie gegen seinen Körper, so daß sie die warme Härte seines Körpers und das Drängen seines Verlangens spürte.

»Sei ruhig, meine Liebste«, murmelte er an ihrem Haar. Doch das war unmöglich. Sie bog den Rücken durch, um dem brennenden, heftigen Eindringen zu entgehen, ihre Kehle verkrampfte sich zu einem tonlosen Schrei, ihr Atem blieb ihr schmerzend in der Brust stecken. Undeutlich spürte sie, wie er zögerte, hörte sein leises »*nom de Dieu*«, als er plötzlich ausatmete, als hätte ihn jemand geschlagen. Sie kannte den Grund dafür nicht. Sie spürte viel deutlicher den Augenblick, als er ihre Hände losließ und sie ihn schlagen und ihre Fingernägel über seine Brust ziehen konnte.

Er machte keine Bewegung, um sie zu bremsen. »Also gut, *pauvre petite*, tue mir weh, wenn du das Bedürfnis hast. Denn ich muß –«

Als er sich langsam über ihr zu bewegen begann, spürte Catherine die Feuchtigkeit von Blut unter ihren Händen. Sicherlich hatte sie nicht – Aber wenn ihr das gelungen war, war sie froh darüber, sehr froh. Der scharfe Schmerz verging langsam und wurde von einem seltsamen, barbarischen Frohlocken ersetzt. Sie waren aneinandergekettet durch gemeinsamen Schmerz. Als die Spannung nachließ, bewegte er sich tiefer, drang gnadenlos in sie vor, bis er ein Teil von ihr war und sie ein Teil von ihm, ihre Körper untrennbar verbunden.

Sie war kaum noch bei Bewußtsein, als er sich schließlich von ihr löste, und trotzdem versuchte sie, sich zu bewegen, sich so weit von ihm zu entfernen wie nur möglich, als sie wieder reagieren konnte. Doch das ließ er nicht zu. Als er sie noch einmal an sich zog, nahm sie plötzlich seinen warmen, männlichen Geruch wahr. Sie krampfte ihre Hände zusammen gegen ein sehr körperliches Gefühl von Übelkeit, und Tränen stiegen ihr in die Augen. Nach einem kurzen Moment war ihr nicht mehr übel, aber sie konnte die bitteren Tränen nicht mehr unterdrücken, die in ihr Haar tropften.

Als ihre Brust sich mit schweren Atemzügen zu heben und zu senken begann, streckte Navarro seine Hand nach seinem Hemd aus, gab es ihr in die Hand und drückte ihr Gesicht an seine Schulter.

»Weine, *minou*«, sagte er und küßte die salzigen Tränen weg, die ihre Schläfen benetzten. »Das ist dein Recht.«

Doch seine Erlaubnis und die besänftigende Bewegung seiner Hand über ihr Haar brachten keine Erleichterung.

Nach einer Weile wurde er ungeduldig. »Jetzt ist es genug, Kleine. Du bist eine Frau, kein Kind oder verletztes Kätzchen. Komm, zieh deine Krallen ein, und laß uns zusammen den kleinen Tod suchen, der den Schlaf bringt.«

Als sie verstand, was er meinte, versuchte Catherine zu protestieren, aber es hatte keinen Sinn. Sie hatte weder die Kraft noch genügend Willen, sich ihm zu widersetzen. Der süße, schwere Geschmack des Verlangens war auf seinen Lippen, und wenn schon kein Feuer der Leidenschaft in ihren Adern strömte, so reichte die Hitze des seinen doch aus, ihre Tränen zu trocknen und sie in den Bereich der dunklen, gedankenlosen Lust zu tragen, etwas, an das sie sich noch voller Verwunderung erinnerte, bevor sie schließlich die Augen schloß.

Ein helles Leuchten hinter ihren Augenlidern weckte sie schließlich. Sie drehte heftig den Kopf, um der blendenden Helligkeit zu entkommen, da sie das tröstliche Vergessen des Schlafes weitergenießen wollte. Sie versuchte, ihre Augen zu bedecken, aber beide Arme waren an ihre Seiten gedrückt. Seltsam. Sie war so müde. Ihre Augen fühlten sich geschwollen an. Alles tat ihr weh, als hätte man sie geschlagen.

Als sie schließlich ganz bei Bewußtsein war, öffnete sie die Lider langsam. Daß sie sich nicht bewegen konnte, lag daran, daß sie unter einer Steppdecke lag, die auf beiden Seiten von starken braunen Armen heruntergedrückt wurde. Ein Mann beugte sich über sie, ein Mann, der nackt war bis zur Taille, und seine Stirn war in ärgerlicher Nachdenklichkeit in Falten gelegt.

Rafael Navarro. Eine ganze Minute lang starrte Catherine in seine schwarzen Augen und dachte dabei, daß das eigentlich die leuchtend gelbgrünen Augen eines der großen Sumpfpanther hätten sein sollen. Dann wurde sie langsam von einer schmerzlichen Röte überströmt, die ihre Schultern und ihren Hals tönte und in heißer Scham auf ihren Wangen blühte. Sie sah schnell zur Seite, haßte diese Schwäche, die ihre Fassung vernichtete, haßte diesen Mann mit einer Innigkeit, die sie ihm nicht zeigen wollte.

Die Dunkelheit der Nacht lag immer noch in den Zimmerecken außerhalb der Reichweite der Lampe, die auf der Kommode neben dem Bett stand. Die Fensterläden waren wieder geschlossen, und die Tür eines Schranks in der Ecke stand offen, so daß ein Stapel gefalteter Bettwäsche sichtbar wurde. Angesichts der nächtlichen Kühle ihres Körpers unter der Decke nahm Catherine an, daß sie nicht lange geschlafen hatte. Was war das für ein Mann, der sie in einem Augenblick zwingen konnte, ihn zu lieben, und sich schon im nächsten um ihr Wohlergehen kümmerte?

Und was beunruhigte ihn jetzt, während er sie im Lampenlicht betrachtete und sich ihre Züge genau einzuprägen schien? Mit einer langsamen Bewegung streckte er die Hand aus, nahm eine ihrer honigfarbenen Locken in die Hand und ließ sie über seine Finger gleiten. Das Haar fiel auf ihre Brust, und er strich es wieder ordentlich zur Seite und legte die Locke sorgfältig um eine ihrer rosigen Brustspitzen.

Mit einer plötzlichen Bewegung, die die Matratze zum Schwanken brachte, ließ er sie los und stand auf. »Wie heißt du?« fragte er.

Sie betrachtete ihn besorgt, bevor sie sprach. »Catherine. Catherine Mayfield.«

»Deine Mutter?«

»Yvonne Villère Mayfield.«

»Dein Vater hieß Edward, und er hatte eine Handelsbank in der Royal Street. Mein Gott!« Er legte sich eine Hand an den Kopf, als litte er Schmerzen, schob seine Finger durch sein Haar und über seinen Nacken. Dann drehte er sich um und ging entschlossen zu der Klingelschnur, die sich neben der hölzernen Kaminumrandung befand. Er zerrte kräftig an der geflochtenen Schnur, drehte sich dann wieder zu ihr um, wobei ihn seine spärliche Bekleidung gar nicht zu stören schien. »Warum hast du mir das nicht gesagt?« fragte er.

Catherine starrte in den Betthimmel. »Ich habe es versucht«, sagte sie.

»Ein schwacher Versuch«, sagte er beißend. »Du hättest genug Zeit gehabt, mir deine ganze Lebensgeschichte zu erzählen, bevor wir hier ankamen, aber ich kann mich nicht daran erinnern, daß wir über etwas Wichtiges gesprochen hatten.«

Sein Benehmen traf sie an einem empfindlichen Punkt. »Sicherlich«, rief sie und drehte sich zu ihm um. »Du hast mir ja auch besonders großes Vertrauen eingeflößt, als du in der Kutsche gesessen und dir selbst zu deinem Racheplan gegen Marcus gratuliert hast. Du hättest sowohl Marcus als auch mich ruinieren können, wenn du meine Gegenwart bei dem Maskenball verraten hättest. Wie konnte ich ahnen, daß du einen noch drastischeren Racheplan im Sinn hattest?« Sein Gesicht war angespannt, aber sie kümmerte sich nicht darum. »Und was meinen schwachen Versuch betrifft, dir meine Identität zu offenbaren – du hast mir schließlich deutlich zu verstehen gegeben, daß es dir egal ist, wer und was ich bin. Nichts konnte dich von dem abbringen, was du wolltest. Was hatte ich für eine Wahl?«

Er schwieg eine ganze Weile und dachte nach, und sein Blick war so rätselhaft, daß sie sich plötzlich unbehaglich fühlte. Ein schwaches Lächeln huschte über seinen Mund, bevor er ihr schulterzuckend antwortete: »Zweifellos war ich in diesem Augenblick wirklich so entschlossen.«

»Eine Einstellung, die ich überhaupt nicht komisch finden kann«, sagte sie scharf und stützte sich auf einen Ellenbogen.

»Nein?« fragte er. »Was, zum Teufel, hattest du auf einem Ball für Viertelnegerinnen zu suchen?«

Wie konnte sie auf diese grimmige Frage antworten? »Das – das war eine private Angelegenheit. Ich bezweifle, daß dich das interessieren würde.«

»Du wirst feststellen, daß ich außerordentlich interessiert bin an den Angelegenheiten von Marcus Fitzgerald.«

»Ich sehe keinen Grund, warum ich deine Neugier in diesem Punkt befriedigen sollte.«

»Ich erinnere mich daran, daß dein phantastischer Begleiter gestern abend in nicht ganz so kriegerischer Stimmung war wie sonst immer. Ich mußte ihn regelrecht zum Kampf zwingen. Ich frage mich, warum das wohl so war.«

»Weil er vermeiden wollte, mich in eure Auseinandersetzung mit einzubeziehen.«

Man konnte ihm nicht ansehen, ob er ihrer Meinung war oder nicht. Catherine wünschte, sie wüßte, was in seinem Kopf vorging, als er sie aus seinem kupferfarbenen, maskenhaften Gesicht ansah. »Ich habe den Eindruck«, sagte er dann, »daß der Kampf nicht zu Marcus' Plänen für den gestrigen Abend gehört hat. Vielleicht hattest du etwas mit seinen Plänen zu tun. Vielleicht hat er erwartet, daß ich versuche, mich zu rächen, indem ich dich von dem Ball entführe – dann wäre Marcus aufgetreten, voller Wut, vielleicht mit deiner entsetzten Mutter, genau rechtzeitig, um dich davor zu bewahren, daß du vergewaltigt wirst. Ich hätte ausgesehen wie ein Narr und Verführer unschuldiger Mädchen, nicht wahr? Der Aufruhr hätte vielleicht sogar ausgereicht, mich wieder aus New Orleans zu vertreiben.«

»Wie kannst du glauben, daß ich der Ausführung einer so infamen Intrige zustimmen könnte?« fragte sie nach einer atemlosen Pause.

»Du warst doch auf dem Ball, oder? Und nach hübsch gespieltem Widerwillen hast du meine Aufforderung zum Tanz angenommen. Außerdem sagt man mir einen gewissen Wohlstand nach. Und wer weiß, wenn ich die Zerstörung deines Rufs entsprechend bereut hätte, hätte ich dir dann vielleicht sogar die Ehe angeboten.«

Heißer, unbändiger Zorn kochte in Catherines Brust auf. Sie sah sich nach etwas um, das sie nach ihm werfen konnte, aber es gab nichts; keine

Spur der früheren Bewohnerin war geblieben, keine Flaschen oder Schachteln oder Porzellanfiguren, die einem weiblichen Gemüt so wichtig sein können. Sie setzte sich auf und preßte die Steppdecke an sich.

»Was bringt dich auf den Gedanken, daß ich auf eine derartige gnädige Behandlung eingehen würde?« rief sie. »Ich brauche dein Geld nicht, mein eigenes Vermögen ist ausreichend für mich. Und was meine Anwesenheit im Ballsaal betrifft, handelte es sich dabei nur um eine Wette. Mein Auftreten auf dem Ball war absolut unschuldig – zumindestens war es das, bis du gekommen bist!«

»Die Damen, die ich kannte, bevor ich die Stadt verließ, hätten ihren hübschen kleinen Fuß nicht in einen Ballsaal für Viertelnegerinnen gesetzt, selbst wenn man sie mit dem Tode bedroht hätte, und schon erst recht nicht wegen einer Wette«, erklärte er.

»Nein? Dann müssen sie arme, geistlose Wesen gewesen sein.«

»Den Eindruck gewinne ich auch allmählich«, stimmte er ihr zu, obwohl sie keine Spur von Humor in seiner Stimme bemerkte.

»Zweifellos ist das auch die Art Frau, die du vorziehst«, sagte sie beißend. »Schwache Frauen ohne Rückgrat, die nicht für sich selbst eintreten können – wie die arme kleine Lulu zum Beispiel –«

Er kam so schnell auf sie zu und mit einem so verärgerten Gesichtsausdruck, daß Catherine nach Luft schnappte und sich hastig zurücklehnte. Dabei rutschte die Decke von ihrer Brust. Aber er berührte sie nicht. Bei ihrer Bewegung hielt er inne und stützte sich an den Bettpfosten.

»Du selbst bist natürlich stark und kannst für dich selbst sorgen«, sagte er mit einer hochgezogenen Augenbraue, eine vielsagende Erinnerung an ihre Hilflosigkeit in seinen Armen. »Bemitleide du ruhig Lulu, die schon im zarten Alter von fünfzehn von ihrer Mutter verkauft wurde. Hier in diesem Haus konnte sie ein halbes Jahr ihre unbeschwerte Jugend genießen, in dem Bewußtsein, daß sie gut behandelt wurde. Als ich gezwungen war, New Orleans zu verlassen, ließ ich ihre Angelegenheiten von meinen Anwälten regeln. Das war ein Fehler, aber was hätte ich sonst tun sollen? Ich habe ihr verschiedene Teile meines Besitzes hier in der Stadt und die Rendite daraus überschrieben, auch dieses Haus. Aber ich hatte nicht daran gedacht, daß sie in ihrem jugendlichen Leichtsinn so vertrauensselig sein würde, und darum habe ich nicht dafür gesorgt, daß man sie daran hindert, ihren Besitz zu verkaufen. Ein solcher Gedanke wäre ihr niemals ohne die Hilfe eines Mannes gekommen, eines Mannes, der auch ihren Schmuck und ihre anderen Wertsachen an sich genommen hat. Wie er sie dazu gebracht hat, weiß ich nicht, aber ich kann es mir vorstellen. Als sie nichts mehr hatte, was er ihr hätte wegnehmen können, verließ er sie.«

»Marcus?« flüsterte sie.

»Marcus Fitzgerald. Ich nehme an, er ist davon ausgegangen, daß niemand bemerken würde, was er aus ihr gemacht hat. Aber da hat er sich getäuscht.«

»Kommst du da nicht etwas spät?« Sie hätte gern an seinen Worten gezweifelt, aber sie mußte auch an Marcus' Verhalten denken. Im Ballsaal am vergangenen Abend hatte er ziemlich elend ausgesehen, als der Name des Mädchens genannt wurde, und er hatte die Anschuldigungen nicht zurückgewiesen, die Rafael Navarro gemacht hatte.

»Das ist wahr, denn nicht einmal meine Anwälte konnten mich erreichen. Ein Freund von mir kaufte dieses Haus in meinem Namen, als es zum Verkauf kam – eine sentimentale Geste, die ich sehr zu schätzen weiß. Aber ich bezweifle, daß Lulu versucht hat, mich zu finden. Ich hatte sie nicht gern genug, um sie mitzunehmen, und das wußte sie. Außerdem war sie selbst mir ja untreu geworden, und nach ihrem Verständnis hätte das jedes mögliche Interesse bei mir endgültig vernichtet. Also ging sie auf die Straße. Sie war nicht so hellhäutig und nicht so schön wie du, Catherine, aber sie war doch recht hübsch, und sie besaß jene seltene Gabe: ein liebendes Herz, das keine Erwiderung verlangt. Sie starb, allein, voller Schmerz und Scham. Sie ist nur siebzehn Jahre alt geworden.«

Mit einer Entschuldigung für ihre Worte hätte Catherine eine Schwäche eingestanden, und selbst wenn es ihr gelungen wäre, sie auszusprechen. Also schwieg sie stur, und ihre klaren, braunen Augen waren hart vor Trotz.

Rafael stieß sich von dem Bettpfosten ab. Der bittere Zug um seinen Mund verriet ihr, daß es ihm vermutlich leid tat, ihr so viel erzählt zu haben. Aber warum hatte er sich eigentlich die Mühe gemacht, ihr das alles zu erklären? Es war genaugenommen nicht nötig, daß sie seine Motive verstand. Mit einer steilen Falte zwischen den Augenbrauen starrte er ihren Oberkörper an.

Als Catherine hinabsah, bemerkte sie die rostroten Flecken von getrocknetem Blut auf ihren Brüsten und ihrem Bauch. Er sah selbst auch nicht besser aus. Rohe Kratzer durchzogen seine Haut, und an seiner Taille erkannte sie die aufgeworfenen Kanten eines Degenschnittes, der mehrere Zentimeter lang war. Catherine holte erleichtert Luft, als sie das bemerkte. Nicht nur sie war für diesen Zustand verantwortlich.

»Du bist verletzt«, sagte sie und errötete dann bei dem Blick, der plötzlich in seinen Augen stand. Um ihre Verwirrung zu verbergen, griff sie nach der Decke und verschränkte ihre Arme darüber.

»Ein Kratzer«, behauptete er. »Reine Nachlässigkeit.«

»Oder der Absinth?« fragte sie, als er noch einmal eine Hand zu seinem Kopf hob. Aber was er auch antworten wollte, blieb ungesagt, denn jetzt ertönte ein sachtes Kratzen an der Tür. Als Navarro sie öffnete, stand der schwarze Diener, der ihnen am Abend die Tür geöffnet hatte, draußen. Die Pantoffel an seinen Füßen, das rauhe baumwollene Nachthemd, das er nur hastig in seine Hosen gesteckt hatte, und der schläfrige Ausdruck in seinem Gesicht deuteten darauf hin, daß er im Bett gewesen war, als man ihn gerufen hatte.

»Bist du der einzige Diener im Haus?« wollte Navarro wissen.

»Ja, *Maître*. Die anderen sind schon wieder in 'Lambra, *Maître*. Auf Befehl Eures Freundes, Monsieur Barton.« Er zuckte mit den Schultern. »Sie hatten den ganzen Tag nichts zu tun und immer Schwierigkeiten. Jetzt bin ich allein hier, um auf das Haus aufzupassen.«

Navarro nickte. »Gibt es Cognac im Haus?«

»Ja, *Maître*, es gibt guten Cognac. Noch aus den alten Zeiten.«

»Dann bring eine Flasche und zwei Gläser. Und setz Wasser für ein Bad auf.«

»Ja, *Maître*«, sagte er noch einmal und verbeugte sich, während er hinausging, ohne einmal in Catherines Richtung geschaut zu haben. Trotzdem nahm sie nicht an, daß ihm auch nur ein winziges Detail entgangen war.

Ein Bad wäre angenehm, dachte sie, während sie zusah, wie der dunkle Mann die Tür schloß. Aber er hatte befohlen, nur ein Bad zu machen, und sie hatte nicht die geringste Absicht, zu fragen, für wen das gedacht war.

Ein Stapel Feuerholz lag im Kamin. Navarro nahm ein Streichholz aus einem Messinghalter und entzündete die unter dem Holz liegenden Späne. Erst dann sah er sich nach seiner Hose um und zog sie an.

Das trockene Holz mußte schon seit Monaten im Kamin gelegen haben, denn es entzündete sich mit einem plötzlichen Prasseln, und das Licht der zuckenden Flammen erhellte das Zimmer. Der Geruch des Holzrauches machte Catherine die Kühle des Zimmers noch bewußter, und sie schauderte unter der Steppdecke, während sie einen dumpfen Neid auf Navarro empfand, der in der Nähe der Hitze am Feuer stand, einen Ellenbogen auf das Kaminsims gestützt. Das Schweigen zwischen ihnen wurde immer länger. Catherine lehnte sich gegen die hölzerne Rückseite des Bettes und zog die Decke bis zum Kinn.

Das Prasseln des Feuers erschien ihr erstaunlich laut. Aus der Ferne ertönte das Krähen eines Hahns, ein melancholisches und in der Dunkelheit irgendwie lächerliches Geräusch.

Catherine stellte nach einer Weile fest, daß sie im Nachteil war, weil sie nackt war, während Rafael Kleider trug, und als ihr jetzt plötzlich das Verhalten ihrer Mutter am vergangenen Abend verständlich wurde, legte sich ein grimmiges Lächeln auf ihren Mund. Sie sah sich nach ihrem Kleid um und tastete auch vorsichtig unter der Decke danach.

»Suchst du danach?« fragte er, bückte sich und hob mit einer Hand den blauen Musselin und das weiße Unterkleid vom Boden auf, um es ihr dann hinzuhalten.

»Ich – ja, danke«, sagte sie und hielt ihren Blick fest auf die Kleidungsstücke gerichtet, als sie sie von ihm entgegennahm.

Als er sich wieder dem Feuer zugewandt hatte, breitete sie sie um sich aus. Sie hatte nicht erwartet, daß das Musselinkleid noch zu retten sein würde, deshalb war sie auch nicht besonders enttäuscht, als sie es betrachtete. Die Bänder an Hals und Taille ihres Kleides waren aus ihren Nähten gerissen worden. Vielleicht war es möglich, eine Art Schärpe dafür zu finden. Auch wenn es am Rücken offenstand, würde wenigstens dem Anstand Genüge getan. Vielleicht könnte es ihr sogar mit etwas Glück gelingen, ihren Ruf über diese Katastrophe hinwegzuretten, wenn sie es bis nach Hause schaffte. Irgendeine Geschichte, die plausibel klang, konnte man sich sicher auch für die Dienerschaft ausdenken. Vielleicht konnte sie sagen, daß sie über Nacht bei einer Freundin geblieben war. Das Haus war so früh am Morgen sicher noch geschlossen, aber Dédé würde sie hereinlassen. Der schwarzen Zofe müßte sie die Wahrheit sagen; Catherine konnte nicht hoffen, etwas vor ihren scharfen Augen geheimhalten zu können, auch nicht mit Hilfe dieses bunten Umschlagtuchs. Doch Dédé war auch eine der wenigen Personen, denen man ein Geheimnis anvertrauen konnte. Sie paßte besser auf den guten Namen ihrer Herrinnen, Catherine und Yvonne auf, als sie selbst es taten.

Das Umschlagtuch. Was war daraus geworden? Das letzte Mal hatte sie es in der Kutsche gesehen. Sein Verlust würde alles sehr viel schwieriger machen, aber es würde ihr auch gelingen, dieses Problem zu überwinden. Sie mußte es schaffen. Sie würde nicht hierbleiben wie eine Gefangene und sich von diesem Rafael Navarro herumkommandieren lassen.

4

Der Cognac war eine willkommene Ablenkung. Obwohl Catherine während ihres ganzen Lebens zu ihren Mahlzeiten Wein getrunken hatte, hatte sie noch nie etwas so Hochprozentiges wie diesen Cognac versucht. Normalerweise war so etwas Männern vorbehalten. Trotzdem zögerte sie keinen Augenblick, das Glas zu nehmen, das Navarro ihr anbot. Die brennende Wärme des Cognacs in ihrem Mund war eine Warnung, und sie bemühte sich, nicht zu husten, aber die Anstrengung trieb ihr die Tränen in die Augen.

Der Weinbrand wirkte sehr rasch und brachte ihre Sinne einigermaßen wieder in Gang. Als sie das Glas geleert hatte, spürte sie, daß sich ihre Stimmung besserte und die Kälte aus ihrem Körper verschwand. Sie gewann sogar so viel Mut, daß sie das Gespräch an der Stelle fortsetzen konnte, wo sie es abgebrochen hatten.

»Warst du es wirklich?«

Er sah nicht von seinem Glas auf. »War ich wirklich was?«

»Ein wenig – *piqué* – weil du zu viel getrunken hattest«, antwortete sie und machte eine kleine Geste mit der Hand, als würde sie ein Glas heben.

»Was macht das schon aus?«

»Nichts, nehme ich an«, sagte sie schließlich, aber das stimmte nicht. Sie wußte zwar die Tatsache zu schätzen, daß er nicht gern eine Schwäche zugab oder sich dahinter versteckte, aber es machte ihr durchaus etwas aus. Die genauen Umstände, die zu den nächtlichen Geschehnissen geführt hatten, hatten unvermeidlich einen Einfluß darauf, wie sie sich fühlte. Es war ihr wichtig zu erfahren, wie sehr er für sein Tun verantwortlich zu machen war.

Woran mochte er denken, während er so dastand und grübelte wie ein verletzter, ausgestoßener Dämon? Dachte er an Lulu, jenes beklagenswerte verlassene Mädchen – oder war sie selbst vielleicht Teil seiner Gedanken? Bedauerte er, was geschehen war, tat es ihm leid – empfand er überhaupt etwas? Sie bezweifelte es.

Aber wenn sie ehrlich war, mußte sie sich eingestehen, daß er nicht die alleinige Schuld trug. Das änderte natürlich in keinster Weise die Abneigung, die sie empfand, oder ihren Widerwillen gegen seine Gesellschaft.

»Könntest du mir eine Kutsche besorgen?« sagte sie plötzlich.

»Ihr denkt daran, mich zu verlassen, Mademoiselle?« Deutlich erkennbarer Spott stand in seinen Augen. »Das würde ich sehr bedauern.«

»Es tut mir wirklich leid, daß ich Euch jetzt verlassen muß. Aber ich darf Eure Gastfreundschaft nicht länger in Anspruch nehmen«, versetzte sie mit ebensolchem Sarkasmus.

»Ich bin sicher, daß es *möglich* wäre, eine Kutsche zu besorgen. Darf ich erfahren, wo du hinwillst?« fragte er.

»Nach Hause natürlich.« Sie war ärgerlich, weil er sie zu einer Erklärung genötigt hatte. »Meine Zofe wird mich ins Haus lassen, und ich bezweifle sehr, daß meine Mutter mich nach meinem Aufenthaltsort fragen wird.«

»Das ist eine ungewöhnliche Haltung für eine Mutter, meinst du nicht?«

Sie hatte keine besondere Lust dazu, von der unangenehmen Episode des vergangenen Abends zu erzählen, die zu all den folgenden Ereignissen geführt hatte. Daß Yvonne Mayfield aus diesem Grund nur wenig Interesse am Wohlergehen ihrer Tochter hatte, brauchte ihn nicht zu interessieren. Doch sie mußte leichter zu durchschauen gewesen sein, als sie angenommen hatte.

»Komm schon, *petite*«, sagte Rafael. »Du willst doch nicht, daß ich wieder irgendwelche Tricks anwende, damit ich erfahre, was ich wissen möchte.«

Catherine starrte ihn an. Er konnte sogar charmant sein, wenn er wollte. Sie war sicher, daß manche Frauen dieses gelassene Lächeln sehr reizvoll fanden.

»Wir hatten Streit«, sagte sie schließlich und ohne weitere Umschweife.

»Jetzt verstehe ich langsam.«

War das wirklich so? Aber sie würde nicht den Mund aufmachen, um ihm noch weitere Dinge preiszugeben.

»Das muß ja eine ernste Angelegenheit gewesen sein, die dich aus dem Haus und zu einer so ungewöhnlichen Eskapade getrieben hat – oder machst du das üblicherweise so?«

Sie warf ihm einen Blick voller Ablehnung zu. »Es ist ziemlich wahrscheinlich, daß es meine übliche Methode werden könnte, wenn ich nicht möglichst bald nach Hause komme«, erklärte sie.

»Du scheinst sicher zu sein, daß es möglich ist, deine vorherige Position zurückzugewinnen.«

Irgend etwas in seinem weichen Ton klang nach einer Warnung. »Ja, warum nicht?«

»Du mußt mir verzeihen, aber ich habe kein besonderes Vertrauen in Marcus Fitzgeralds Fähigkeit, sich zu verstellen.«

»Nein«, sagte sie und stimmte ihm im stillen zu. »Aber er und du, ihr seid die einzigen, die von meinem Abenteuer wissen.«

»Und der Kutscher?« meinte er ruhig.

Catherine spürte, wie das Blut aus ihrem Gesicht wich. Natürlich, der Kutscher, der freie Farbige, der sein Geld verdiente, indem er seine Kutsche vermietete. Er hatte Marcus und sie zum Wohltätigkeitsball gefahren, dann zu ihr nach Hause und von da aus direkt zum Ballsaal von St. Philips. Er wußte, daß sie eine Weiße war, und sie hatte nur wenig Hoffnung, daß er sich nicht bemühen würde, ihren Namen in Erfahrung zu bringen. Besonders nachdem er ihre Entführung miterlebt hatte! Ein so saftiger Skandal konnte nicht unentdeckt bleiben – das war die Strafe dafür, wenn man die Gegenwart eines Dienstboten als selbstverständlich ansah.

Aber vielleicht war doch nicht alles so düster. Vielleicht konnte man das Schweigen des Mannes erkaufen, wenn man ihn noch rechtzeitig erreichte.

»Ich sehe, daß du ihn vergessen hast«, sagte Navarro. »Und wenn du daran denken solltest, ihm Geld zu bieten, damit er schweigt, kommst du vermutlich auch zu spät. Er hatte genug Zeit, während er mit den anderen Kutschern vor dem Ballsaal wartete, den interessantesten und vernichtendsten Teil deines Geheimnisses mehr als ein dutzendmal zu erzählen. Die Neuigkeiten sind wahrscheinlich schon in den Dienstbotenzimmern der ganzen Stadt im Umlauf. Ich wette, daß zwei Dutzend Damen diesen Klatsch mit ihrem *café au lait* zum Frühstück serviert bekommen.«

Catherine hatte schon zu oft die Geschwindigkeit und Präzision erlebt, mit der Gerüchte bei der Dienerschaft die Runde machten, um seine Voraussage anzuzweifeln. Mit finsterer Miene sah sie ihrem Ruin entgegen und hob schließlich den Kopf. »Dann darf ich nicht zulassen, daß meine Mutter von anderen davon erfährt. Wenn du so freundlich sein könntest –« Sie deutete mit einer knappen Handbewegung auf ihre Kleidung und dachte, daß er das Zimmer verlassen würde. Doch die Worte und die Empfindlichkeit waren eigentlich überflüssig. Navarro kümmerte sich nicht um ihre Wünsche. Seine Nachdenklichkeit wurde erst durch das Klopfen an der Tür gestört.

»*Entrez.*«

»Euer Bad, *Maître.*« Der Diener kam gebeugt ins Zimmer und trug die kupferne Sitzbadewanne auf dem Rücken vor den Kamin. Kannen mit dampfendem Wasser folgten, von denen drei die Wanne zur Hälfte füllten. Der Mann ließ die Tür offen, während er hinausging und kehrte dann mit Handtüchern zurück, die er über einen Arm gelegt hatte, dazu ein duftendes Stück Seife.

»Einen Wandschirm«, sagte Navarro abwesend, als sei er mit den Gedanken bei einer ganz anderen Sache.

Catherine betrachtete den Dampf, der aus der Wanne aufstieg, dann ihre Hände mit den braunroten Rändern unter den Nägeln. Ein Bad. Nein, sie durfte nicht daran denken. Sie durfte nur daran denken, dieses Haus möglichst bald zu verlassen. Jetzt sofort. Vielleicht war doch nicht alles so hoffnungslos, wie Navarro angedeutet hatte. Irgend etwas war vielleicht noch zu machen.

Der aus Bambus geflochtene Wandschirm, der mit Imitationen von Fragonardbildern bemalt war, wurde an die richtige Stelle gerückt, und der Diener zog sich zurück. Gewöhnlich stellte man einen Wandschirm auf, um den Badenden vor Zugluft zu schützen, aber Navarro trat ein paar Schritte vor und zog ihn zwischen Badewanne und Bett.

Dann ging er zur Tür und verbeugte sich. »Mein Zugeständnis an Eure Verlegenheit, Mademoiselle«, sagte er. »Also, lieg nicht nur so da. Selbst wenn du gern kalt baden solltest, ich nicht.« Er öffnete die Tür. »Wenn der Rest des Hauses genauso ungastlich ist wie dieses Zimmer, werde ich wohl kaum etwas finden, womit ich mich über eine längere Zeit unterhalten kann. Also nutze deine Gelegenheit. Sie wird nicht allzu lange andauern.«

Er genießt das alles, dachte Catherine, ohne es recht glauben zu können, als sich die Tür hinter ihm schloß. Er genoß ihr Unbehagen und die unerträgliche Situation, in der sie sich befanden. Das war nicht die Haltung eines Mannes, der Schmerz um eine vergangene Liebe empfand, aber eigentlich hatte er ja auch schon zugegeben, daß er die kindliche Viertelnegerin nicht geliebt hatte. Sie war ein Spielzeug gewesen, das er zur Seite gelegt hatte, als es ihm keine Freude mehr bereitete. Und als sein Spielzeug zerbrochen worden war, hatte er voller Reue und Schuldbewußtsein versucht, denjenigen zu bestrafen, der das Unglück verursacht hatte.

Plötzlich war ihr die Bedeutung seiner letzten Worte klar. Sie warf die Decke zurück und stieg aus dem Bett.

Das Wasser war heiß, aber nicht unerträglich. Die Hitze hatte eine wohltuende Wirkung und vertrieb ihre Müdigkeit und Verzweiflung. Das flackernde Feuer und der Duft der Seife luden sie zum Bleiben ein. Sie ließ das seidige Wasser über ihre Arme und Brüste laufen, bis sie sich völlig sauber fühlte. Nach einer Weile schien ihr die Wärme des Wassers die Kraft zu entziehen. Sie konnte sich einfach nicht entschließen aufzustehen – bis sie Schritte auf dem Flur hörte.

Navarro kam zurück! Sie stand so hastig auf, daß das Wasser über den Wannenrand schwappte, und griff nach einem Handtuch. Mit der anderen Hand tastete sie nach dem Unterkleid, das sie über den Wandschirm gehängt hatte. Sie zerrte es zu sich herunter, und der wacklige Bambusschirm begann zu schwanken. Instinktiv streckte sie die Hand aus, um es aufzufangen, als es über ihr zusammenbrach. Das Handtuch flatterte auf den Boden. Als sich die Tür öffnete, biß Catherine die Zähne zusammen.

Knietief im Wasser stehend stellte sie den Wandschirm wieder auf und nahm ihr Unterkleid mit einer Würde an sich, die zu drei Vierteln aus Todesmut und zu einem Viertel aus eisernem Willen bestand. Sie spürte, daß Navarro neben ihr stand, dennoch wandte sie sich ihm nicht zu, bis er leise sagte: »Euer Handtuch, Mademoiselle.«

»Ich danke Euch«, antwortete sie ernst und nahm es von ihm entgegen. Die Tränen standen ihr in den Augen. Der letzte Streich, den ihr das Schicksal gespielt hatte, schien der schlimmste von allen zu sein. Sie begegnete seinem Blick, ohne mit der Wimper zu zucken. Aber wenn er gelacht oder sich lustig gemacht hätte, wäre sie imstande gewesen, ihn umzubringen. Navarro jedoch wandte sich von ihr ab.

Mit zitternden Fingern zog sie sich das Unterkleid über den Kopf und riß einen Streifen, den sie als Schärpe benutzen wollte, von dem blauen Musselin ab. Das Ergebnis war nicht sehr befriedigend. Sie hatte noch gar nicht bemerkt, wie dünn und durchsichtig die weiße Seide war, wenn sie nichts anderes trug. Ihr Haar fiel ihr über den Rücken, und sie versuchte, die wirren Strähnen etwas zu ordnen, aber ihre Finger waren kein Ersatz für einen Kamm. Sie hatte keine Ahnung, was aus ihren Haarnadeln geworden war. Doch wenigstens würde die dunkelgoldene Fülle die Lücke am Rücken des Unterkleides überdecken.

Als sie hinter dem Wandschirm hervorkam, warf ihr Navarro einen kurzen Blick zu. Er ging zur Klingelschnur und zog daran. Wie auf ein vorher vereinbartes Signal betrat der Diener das Zimmer mit noch zwei Kannen heißen Wassers, die er in die Wanne kippte.

Catherine wandte dem Geschehen den Rücken zu, ging zum Fenster und strich mit einer fahrigen Bewegung das Haar auf ihren Rücken. Eine Seite des Fensterladens öffnete sich nach innen, als sie daran zog. Vor dem Fenster befand sich eine Galerie unter einem Dachvorsprung, und von dieser Galerie aus konnte man einen kleinen Garten sehen, der auf beiden Seiten von den massiven Mauern anderer Häuser begrenzt wurde. Die nur undeutlich erkennbare Spur eines Pfades und Überreste eines kleinen Springbrunnens waren in dem schwachen Licht gerade noch zu erkennen. Sie seufzte, trat ins Zimmer und schloß den Fensterladen.

Der Diener bezog das Bett frisch, und Catherine kam kurz der Gedanke, dagegen zu protestieren, aber dann überlegte sie es sich doch anders. Der Mann kümmerte sich nur um die Bequemlichkeit seines Herrn.

Eine andere Bedeutung hatte das nicht. Dennoch war sie froh, als er fertig war und fortging.

Aus den Geräuschen konnte sie entnehmen, daß sich Navarro in die Wanne setzte. Ohne seinen durchdringenden Blick befürchten zu müssen, trat sie zu der Kommode, auf der jetzt aufgerolltes Leinen und ein kleiner Nähkasten lagen. Beides war vorher noch nicht da gewesen. Vorsichtig berührte sie das Leinen. Sie dachte an Navarro und fragte sich, ob er ihr die Wahrheit gesagt hatte. Kümmerte sich jemand um Marcus? Was mußte Marcus denken, wenn er hörte, was mit ihr geschehen war? Was hatte er vor? Würde er sein Teil der Verantwortung tragen? Ob er sie wohl immer noch heiraten wollte? Wollte das überhaupt ein Mann? Oder würde sie ihr ganzes Leben unverheiratet bleiben und ein Opfer der Verachtung werden? Vielleicht welkte sie langsam im Hinterzimmer des Hauses irgendeines Verwandten dahin, wurde alt und faltig und zum Schreckgespenst für widerspenstige Töchter. *Sieh dir Tante Catherine an! Willst du dich etwa ruinieren, wie sie es getan hat, hm?*

Sie hatte nicht bemerkt, daß sie mit den Fingern das Muster des Nähkästchens – eine blumenumwundene Lyra – nachgezeichnet hatte, bis schließlich Navarro wieder etwas sagte.

»Das hat Lulu gehört, aber du brauchst dich nicht weiter darum zu kümmern. Gehe ich recht in der Annahme, daß du ebenso gut mit der Nadel umgehen kannst wie sie? Mir wäre es lieb, wenn du diese Wunde an meiner Seite mit ein paar einfachen Stichen nähen könntest.«

»Das – das könnte ich nie.«

»Natürlich kannst du das.«

Sein dunkler Kopf glänzte feucht, ein Handtuch hing um seinen Nakken, und er hatte seine Hose angezogen. Trotzdem sah er ganz und gar nicht wie ein zivilisierter Gentleman aus, und sein Ansinnen, daß sie ihre Nähkunst an seiner Wunde erproben sollte, ließ ihn auch nicht umgänglicher erscheinen.

»Oder etwa nicht?« fragte er mit einer etwas provozierend gehobenen Augenbraue.

Sie deutete auf seine Seite und ignorierte die Frage. »Du hast doch gesagt, daß es nur ein Kratzer ist.«

»Er ist tiefer, als ich zuerst angenommen habe«, sagte er. »Ich habe mich wohl etwas übernommen, und die Wunde blutet immer noch.«

Das stimmte. Aus dem Schnitt, dessen getrocknete Blutkruste jetzt abgewaschen war, sickerte Blut, und so nah, wie er ihr jetzt gekommen war, konnte sie erkennen, daß der Taillenbund der schwarzen Hose schon starr war von Blut. Also war die Wunde von Anfang an nicht so harmlos gewesen, wie er vorgegeben hatte, und Catherine hatte während dieser Nacht bestimmt nicht dazu beigetragen, daß sich sein Zustand verbesserte. Und genau diese Erkenntnis schwächte ihre Entschlossenheit.

»Du solltest zu einem Arzt gehen«, erklärte sie.

»Damit er mir Schröpfköpfe anlegt, sobald er mich zu fassen bekommt? Nein danke. Außerdem, was könnte er schon tun, das du und ich nicht auch tun könnten? Ich kenne mich in der Heilkunst ein wenig aus. Und du bist wahrscheinlich geschickter mit der Nadel als jeder Bader in der Stadt.« Sein Blick wanderte zu ihrem Haar, das wie ein goldener Mantel um ihre Schultern lag. »Tu das für mich«, bat er, »und ich will sehen, ob ich nicht einen Kamm für dich finde. Später werde ich dich begleiten, wohin auch immer du willst.«

Das Versprechen, sie zu begleiten, war bestechend. »Also gut«, stimmte sie widerwillig zu. »Ich werde es versuchen.«

Er hielt die Nadel in die Flamme der Öllampe und ließ sie dann zusammen mit einem Faden aus Stickseide in ein Glas Cognac fallen. Er erklärte, daß er diese Tricks von einem Arzt an Bord eines Schiffes gelernt habe. Catherine, die sich an die Geschichte erinnerte, die Marcus ihr erzählt hatte, hätte ihn gern gefragt, unter welchen Umständen das gewesen war, aber sie wagte es nicht.

Er riß ein Stück von der Leinenbandage ab, tauchte es ebenfalls in Weinbrand und gab es ihr, bevor er sich aufs Bett legte.

»Wasch den Schnitt gut aus. Wenn deine Nägel ebenso tödlich sind wie die Blicke, die du mir zuwirfst, sterbe ich vermutlich an Blutvergiftung, noch bevor die Sonne untergegangen ist.«

Die Erinnerung an das, was zwischen ihnen geschehen war, trieb sie an. Sie holte tief Luft und machte sich ans Werk.

Aber ihre feindselige Entschlossenheit dauerte nicht sehr lange an. Er war ein verletztes menschliches Wesen, und solange sie ihn nicht ansah, konnte sie vergessen, wer und was er war. Sie stellte ihn sich als jemanden vor, der ihre Hilfe brauchte, und sie ließ sie ihm zukommen wie der Dienerschaft in ihrem Haushalt. Dédé braute selbst eine Tinktur, die

Catherine schon oft gebraucht hatte. Als der Geruch des Cognacs in ihre Nase stieg, wurde Catherine klar, daß die Tinktur Alkohol und verschiedene Kräuterextrakte enthalten mußte. Sie hob die Flasche mit dem Cognac, die neben ihr stand, hoch, hielt die Wundränder mit dem Tuch auf und füllte den sauberen Schnitt mit dem Alkohol.

Die Haut war fest, und Catherine mußte schon kräftig zustechen, um sie mit der Nadel durchdringen zu können. Sie tat es schnell, und Navarro gab kein Geräusch von sich, aber sie spürte, daß sich seine Muskeln zusammenzogen, als sie die Haut durchbohrte. Sie arbeitete schnell, da ihr klar war, welche Schmerzen er aushalten mußte. Die Ränder der Wunde wurden langsam zusammengezogen. Als sie fertig war, standen Schweißtropfen auf ihrer Oberlippe, und die Knie waren ihr weich geworden.

Sie ließ die Nadel in das Nähkästchen fallen und setzte sich ans Fußende des Bettes. Erst dann sah sie ihren Patienten an. Er hatte keinerlei Geräusch von sich gegeben, war aber bei klarem Bewußtsein. Ein Lächeln erhellte seine Augen trotz der bleichen Verfärbung um seinen Mund, und seine Hand bewegte sich sicher, als er nach der Flasche mit dem Weinbrand griff, eine doppelte Portion in das Glas goß und es ihr reichte.

Catherine trank einen Schluck und gab es ihm zurück. Als sie zusah, wie er den Rest in einem Zug hinunterkippte, lachte sie unsicher. »Meine alte Zofe Dédé würde jemandem, der wieder zu Kräften kommen muß, Rotwein empfehlen.«

»Und dazu eine Rinderbouillon?« fragte er. »Ich hatte früher auch eine Dédé.«

»Ja wirklich? Was ist aus ihr geworden?«

Er setzte sich mühsam auf und sagte: »Sie ist tot.«

Nach einem kurzen Augenblick des Schweigens ging Catherine zur Kommode und holte die leinene Bandage. Sie machte ein Polster daraus, das sie auf die Verletzung legte. Sie überlegte, wie sie den Verband am besten befestigen sollte, und Navarro hob zu ihrer Unterstützung die Arme. Sie mußte noch näher an ihn herantreten und die Leinenbandage um seine Taille wickeln, wobei sie ihn fast umarmte. Sie spürte seinen amüsierten Blick, war aber fest entschlossen, sich ihre Verwirrung nicht anmerken zu lassen.

»So ernst«, sagte er, und sein warmer Atem strich über ihr Haar.

»Wußtest du, daß du dir auf die Lippen beißt, wenn du dich konzentrierst?«

Sie warf einen Blick nach oben, antwortete aber nicht. Ihre Finger drückten sich auf die Haut an seinem Rücken und hielten den Verband stramm, dabei glättete sie das Leinen, damit keine Falten entstanden. Plötzlich fühlte sie die Kratzer, die sie selbst verursacht hatte, auf seinem Rücken. Sie waren lang und verkrustet. Sie bückte sich ein wenig und knüpfte einen flachen Knoten an seiner Seite. Dann holte sie tief Luft. Sein Rücken war mit einer Vielzahl von alten Striemen bedeckt. Die Haut hatte den größten Teil ihrer Glätte zurückgewonnen, und die Sonne hatte sie vergoldet, aber doch waren die Narben stumme Wahrzeichen von erduldetem Schmerz.

»Zufrieden?« fragte er.

»Ich habe einmal einen Sklaven gesehen, der so ähnlich... aber noch nie einen...«

»Noch nie einen Weißen? Ich vermute, süße Catherine, daß du überhaupt nur wenige weiße Männer ohne Kleider gesehen hast. Entschuldige, ich habe versprochen, dir nicht zu nahe zu treten. Aber irgendwie scheint mir das nicht möglich zu sein. Nein, die Narben waren ein Geschenk von meinem Vater. Er hatte eine besondere Vorliebe für die Peitsche. Du hast doch bestimmt gehört, daß er meine Mutter getötet hat. Das war zwar nicht seine Absicht, aber trotzdem ist es wahr.«

»Du brauchst mir nichts zu erklären«, versicherte sie hastig.

»Weil du glaubst, daß wir uns nie wieder begegnen werden? Da solltest du dir nicht zu sicher sein.«

»Was meinst du damit?«

»Ich habe eine Theorie –«, erwiderte er gedehnt, »aber da ich mich täuschen könnte, möchte ich sie lieber für mich behalten.«

Obwohl sie behauptet hatte, er brauche ihr nichts zu erklären, war sie enttäuscht, als er nichts weiter sagte. Es ärgerte sie auch, daß er sich weigerte, ihre Frage zu beantworten. »Es tut mir leid, Monsieur, aber ich fürchte, daß es unmöglich ist, daß wir weiterhin auf so etwas wie freundschaftlicher Basis miteinander zu tun haben«, entgegnete sie sachlich.

»Da stimme ich dir zu. Eine so oberflächliche Beziehung können wir sicher nicht führen. Ich hatte die besten Absichten, aber wenn du dich weigerst, mich in Zukunft zu kennen, dann ist es wohl an der Zeit, daß ich die augenblickliche Gelegenheit so gut wie möglich nutze.« Seine Stimme klang humorvoll, aber sein Blick gefiel ihr nicht.

»So spröde, süße Catherine? Dabei ist dir gar nicht bewußt, wie verführerisch du in deiner Unschuld bist.«

»Bitte –«, flehte sie und wich einen Schritt zurück. »Du willst doch nicht jetzt...«

»Wäre das denn so schlimm?«

»Aber du hast schließlich nicht gewußt –«

»Nein, ich habe es nicht gewußt«, unterbrach er sie lächelnd und gab ihren Worten auf diese Art eine völlig neue Bedeutung.

Jetzt wußte sie, wie es sich anfühlte, wenn der Panther zuschlug. Sie empfand Angst und gleichzeitig diese merkwürdige Schwäche, die sie dazu drängte, sich ihm zu ergeben. Sie geriet in Panik und wirbelte herum, um zu fliehen. Aber ein scharfer Schmerz bohrte sich in ihre Fußsohle, noch bevor sie einen zweiten Schritt gehen konnte, sie verlor das Gleichgewicht und fiel.

Navarro fing sie mit einem eisernen Griff auf, und sein Gesicht verzerrte sich vor Schmerz.

»Deine Wunde«, rief sie. »Sie wird aufbrechen!«

»Nicht wenn du stillhältst«, antwortete er mit einem leisen Lachen. Er hob sie aufs Bett und ließ sich neben sie fallen.

Sie befreite sich aus seiner Umarmung und zog das Bein an, um ihren Fuß betrachten zu können. »Ich glaube, da ist etwas –«

Sie war auf einen Knopf getreten, der offensichtlich von Navarros Hemd stammte. Die Fassung, die den Jetstein hielt, hatte sich in ihre Fußsohle gebohrt, aber zu ihrem Ärger blutete die Wunde nicht einmal, als Navarro den Knopf herauszog. Er hielt ihn hoch, damit sie ihn sehen konnte, warf ihn achtlos auf den Tisch und rieb mit dem Daumen über ihren Fuß.

Catherine hätte ihm gern für seine Hilfe gedankt, aber Dankbarkeit schien bei einem Mann, der so verwerfliche Absichten hegte, nicht unbedingt angebracht zu sein. Plötzlich jedoch wandte er sich von ihr ab und drückte eine Hand auf den Verband an seiner Seite.

Catherine musterte lange sein Gesicht, und als er sich nicht rührte, fragte sie leise: »Geht es dir gut?«

»Ich weiß nicht genau«, murmelte er.

»Also es blutet wieder.«

Er antwortete nicht und ließ nur seine Hand sinken.

Catherine beugte sich über ihn, prüfte, wie fest der Verband saß, und suchte nach frischen Blutflecken, aber sie fand keine.

»Ich sehe nichts –«, murmelte sie, aber mit einemmal packte er ihren Kopf und zog ihn an sich, um ihren Mund mit seinen harten, triumphierenden Lippen zu bedecken.

»Du könntest, meine süße Catherine, einen Mann treffen wie ein *coup de foudre*«, flüsterte er ihr nach dem Kuß ins Ohr.

»Laß mich los«, zischte sie, »oder du wirst wirklich denken, ein Blitz hätte dich getroffen!«

»Ich werde dich loslassen, aber nur, damit du dieses Nonnengewand ausziehen kannst.«

»Niemals«, rief sie.

»Mir ist es egal«, sagte er und zuckte mit den Schultern, »ob du mit einem zerrissenen Kleid nach Hause gehst oder vielleicht sogar überhaupt nicht –«

»Das ist Erpressung«, sagte sie und entzog sich heftig der heißen Spur seines Mundes, die er auf ihren Hals zeichnete. Aber sie landete nur auf dem Rücken. Navarro schob sich über sie und legte eine Hand auf ihren Schenkel. »Ich glaube, du hast recht«, stimmte er ihr nachdenklich zu.

Catherine starrte ihm in die Augen und hatte den Verdacht, daß er sich schon wieder über sie lustig machte. Aus ihren Worten klang eher Unglauben als Zorn, als sie fragte: »Wie kannst du das nur tun?«

»Ohne weiteres«, sagte er und brachte sie mit einem weiteren Kuß zum Schweigen.

Das erregte Stimmengewirr drang nur gedämpft ins Zimmer. Die beiden auf dem Bett hatten gerade erst bemerkt, daß jemand auf dem Flur war, als die Tür heftig aufgestoßen wurde.

Marcus, den Arm in einer Binde aus schwarzer Seide, trat mit schnellen Schritten und erstaunter Miene ins Zimmer, als hätte er erwartet, daß die Tür verschlossen war.

Eine weibliche Gestalt in Lilagrau stand in der Tür. Sie betrachtete das Paar mit prüfenden Blicken aus harten, schwarzen Augen. »Bezaubernd«, sagte sie gedehnt, »ich darf wohl sagen, daß wir jetzt quitt sind, meine liebe Tochter.«

Der Diener, dessen Haut eine leichte Graufärbung angenommen hatte, drängte sich hinter Yvonne Mayfield ins Zimmer. »Es tut mir leid, *Maître*«, stammelte er und hob seine zitternden Hände. »Ich habe versucht, sie daran zu hindern, aber sie haben mich total überrumpelt.«

Navarro winkte ab, setzte sich ohne Eile auf und gab Catherine Zeit, ihr Oberteil in Ordnung zu bringen und den Saum des Kleides hinunterzuschieben. Erst als sein Diener den Raum verlassen hatte, ergriff er das Wort.

»Welcher Tatsache verdanke ich die Ehre dieses Besuches?«

Marcus, der den Blick aufmerksam durch das Zimmer schweifen ließ und eindeutige Hinweise auf die nächtlichen Ereignisse registrierte, wandte sich ihm heftig zu. Er verzog seinen Mund zu einem höhnischen Grinsen. »Das dürfte offensichtlich sein – die Situation ist nicht mißzuverstehen.«

»Und jetzt wollt Ihr nur noch in Erfahrung bringen«, erwiderte Navarro gelangweilt, »ob Ihr zu spät kommt? Die Antwort lautet: ja – viel zu spät.«

Marcus ballte die Hände zu Fäusten und trat aufs Bett zu, aber als er Yvonnes tiefes, kehliges Lachen hörte, hielt er inne.

»Ihr wart immer schon ein Draufgänger, Rafael. Aber Ihr dürft den armen Marcus nicht noch mehr reizen. Er ist heute nacht durch die Hölle gegangen, und seine Reue ist grenzenlos. Stimmt das nicht, Marcus?«

Angesichts dieses Stichworts wandte sich Marcus von Navarro ab. »Catherine«, sagte er ernst, »ich kann Euch nicht sagen, wie sehr ich diese Vorfälle bedauere. Es tut mir sehr leid, daß ich Euch in eine Sache verwickelt habe, die für Euch so viel Scham und Entehrung bedeutet. Ich werde alles tun, was in meiner Macht steht, um alles wiedergutzumachen. Ich muß zugeben, daß das alles ausschließlich mein Fehler war. Und ich werde mein zukünftiges Leben damit verbringen, Euch die schrecklichen Dinge vergessen zu lassen, wenn Ihr damit einverstanden seid, mich zu heiraten.«

Catherine wußte nicht, was sie darauf erwidern sollte. Sie schämte sich über Navarro und war deshalb vollkommen durcheinander. Sie wünschte sich in diesem Augenblick nichts mehr, als allein zu sein, um ihre Gefühle ordnen zu können und ihre Fassung wiederzufinden. Sie mußte in aller Ruhe darüber nachdenken, was geschehen war und was sie tun mußte. Aber Navarro, der sich noch immer neben ihr räkelte, gab ihr keine Gelegenheit, ihren Wunsch in Worte zu fassen.

»Sehr edelmütig«, sagte er in beißendem Ton zu Marcus. »Ihr seid ja daran gewöhnt, die Frauen zu nehmen, die ich verlassen habe.«

Yvonne Mayfield schnappte nach Luft, und Catherine schauderte. Sie rückte noch ein Stück von Navarro ab, der entspannt am Kopfende des Bettes lehnte.

»Navarro – um Himmels willen –«, protestierte Marcus, und sein Blick richtete sich auf Catherines blasses Gesicht.

»Ihr scheint plötzlich Beschützerinstinkte zu entwickeln«, versetzte Navarro. »Es ist sehr bedauerlich, daß Ihr nicht schon früher an das Wohlergehen und die Sicherheit dieser Dame gedacht habt. Vielleicht bin ich ein wenig zu mißtrauisch, aber es fällt mir schwer, Euer bereitwilliges Angebot zu würdigen. Ich kann nur vermuten, daß Ihr darauf hofft, daß eine vermögende Frau, deren Ehre Ihr gerettet habt, Euch zu ewigem Dank verpflichtet ist.«

»Wollt Ihr damit andeuten, daß ich Catherine nur wegen ihres Vermögens zu meiner Frau machen möchte?« fragte Marcus entrüstet, und auf seinen Wangen bildeten sich rote Flecken. »Also wenn ich nicht verwundet wäre, würde ich dafür sorgen, daß Ihr diese Worte bereut.«

»Das glaube ich gern. Ihr solltet Euch nicht von Eurem Vorhaben abhalten lassen. Solche Kleinigkeiten können mir nie ein Vergnügen verderben.«

»*Mon dieu*«, hauchte Yvonne Mayfield und trat ans Bett. »Und ich hatte dich schon fast beneidet, meine arme Catherine. Komm mit uns. Achte nicht auf diesen Barbaren, diesen *panthère diable*.«

Aber Navarro streckte den Arm aus und griff fest nach Catherines Handgelenk. »Nicht so hastig. Ich glaube, daß Catherine sehr interessant finden wird, was ich zu sagen habe – und Ihr vielleicht ebenfalls, Madame, wenn Euch etwas an Eurer Tochter liegt. An der Börse sagt man, daß Fitzgerald völlig am Ende ist, seine Gläubiger schlafen vor seiner Tür, und seine Schuldscheine werden in den Spielsälen nicht mehr angenommen. Kommt es Euch nicht seltsam vor, daß dieser Mann eine so kompromittierende Situation für ein wohlhabendes junges Mädchen arrangiert hat? Denkt einmal darüber nach.«

»Ihr dürft ihm nicht glauben«, warf Marcus nervös ein. »Er hegt wegen einer alten Sache Groll gegen mich und würde alles tun, um sich zu rächen.«

Navarro sprach weiter, als wäre er gar nicht vorhanden. »Fitzgerald hat einen Augenblick, in dem Catherine außer sich war, ausgenutzt und sie dazu überredet, mit ihm auf den Ball der Viertelnegerinnen zu gehen. Er hat nicht einmal Vorkehrungen getroffen, daß ihre Identität vor dem Kutscher und den Männern verborgen blieb, die den Ball besuchten und ihre Verkleidung durchschauen könnten. Vielleicht hat er sogar Ränke geschmiedet, wie er eine unbescholtene junge Dame – vor Zeugen – in eine zweideutige Situation bringen könnte. Auch dann hätte Fitzgerald den reumütigen Kavalier spielen und um ihre Hand anhalten können – nur mein Auftreten hat seine Pläne ein wenig gestört, aber er kann sein Ziel trotzdem erreichen und an Catherines Vermögen herankommen.«

Yvonne Mayfield musterte Marcus aufmerksam. »Ein solcher Plan wäre wirklich teuflisch, aber Navarro könnte recht haben. Wenn man die widerspenstige Art meiner Tochter in Betracht zieht, könnte ich sogar meinen Teil zum Erfolg des Vorhabens beigetragen haben, nicht wahr?«

»Das ist eine Lüge«, behauptete Marcus und wandte sich an Catherine. »Es war vielleicht verrückt von mir, so viel zu riskieren und zuzulassen, daß Ihr Eure Ehre aufs Spiel setzt, Catherine – und ich gebe zu, daß ich eine Dummheit begangen habe, weil ich nicht an den Kutscher gedacht habe –, aber derart ernste Folgen hatte ich niemals vorausgesehen. Ich habe das nicht geplant, bitte glaubt mir.«

Catherines Mutter betrachtete ihn eine ganze Weile, aber ihr sanftes, rundes Gesicht verriet nicht, was sie dachte. Schließlich wandte sie sich mit einer graziösen Bewegung Navarro zu und sagte ohne den sonst üblichen spöttischen Unterton: »Soweit ich die Sache beurteilen kann, ist es nur von geringer Bedeutung, ob Marcus eine solche Situation geplant hat oder nicht. Das Unglück ist geschehen, und jetzt müssen wir uns gründlich überlegen, wie wir alles wieder ins Lot bringen können. Die Lösung, die Marcus anbietet, scheint, soweit ich es übersehen kann, die einzige Möglichkeit zu sein.«

»Hofft Ihr auf einen zweiten Antrag, verehrte Madame Mayfield?« fragte Navarro.

»Ihr könntet meine Hoffnungen mit einem Satz zunichte machen, trotzdem hatte ich eigentlich mehr Vertrauen in Euren Widerspruchsgeist ...« Sie runzelte die Stirn. »Wenn Ihr allerdings etwas Bestimmtes beabsichtigt habt, muß ich Euch tadeln.«

»Madame, ich bin von Eurer Unterstützung abhängig«, sagte Navarro.

Die Blicke der älteren Frau streiften Marcus mit verhohlenem Vorwurf. »Und die werdet Ihr auch bekommen.«

Catherine, die diesem Gespräch zugehört und den verständnisvollen Blick sah, den Navarro und ihre Mutter wechselten, fragte sich, worüber die beiden eigentlich sprachen. Sie schienen zu einer Art von Einverständnis gekommen zu sein, und Catherine empfand plötzlich Widerwillen.

»Catherine«, sagte Marcus und ging auf sie zu, aber Yvonnes volle Gestalt verstellte ihm den Weg. Marcus ließ sich nicht beirren und fuhr fort: »Laßt es nicht zu, daß er sich zwischen uns stellt, Catherine. Ich liebe Euch schon so lange. Habe ich Euch nicht schon oft gebeten, meine Frau zu werden? Ich möchte für Euch sorgen und Euch beschützen. Ich will das Recht haben, alle, die schlecht über Euch sprechen, zur Rechenschaft zu ziehen. Sagt, daß Ihr meine Frau werden wollt.«

Seine Worte klangen aufrichtig, und wenn Catherine Navarros Theorie über Marcus' Machenschaften nicht gehört hätte, hätte sie ihm wahrscheinlich genau die Antwort gegeben, die er sich wünschte.

»Es tut mir leid, Marcus«, sagte sie und schüttelte den Kopf, »ich habe nicht den Wunsch zu heiraten. Ich habe außerdem das Gefühl, daß ein solcher Entschluß ein wenig übereilt wäre.«

»Ihr habt Catherines Meinung gehört«, sagte Navarro, »und Eure Antwort bekommen, Fitzgerald, und damit wir uns richtig verstehen, werde ich noch eines hinzufügen. Was ich mir nehme, behalte ich auch, und ich schütze meinen Besitz. Auch wenn ich gelegentlich etwas nachlässig sein sollte, brauche ich Euch wohl nicht daran zu erinnern.«

Seine Selbstsicherheit und die besitzergreifende Art, in der er ihre Hand festhielt, waren Catherine zuwider. Mit einer schnellen Drehung ihres Handgelenks befreite sie sich aus seinem Griff und stand auf, ohne sich um ihre spärliche Bekleidung zu kümmern. Sie hatte nur den einen Wunsch, Navarros erdrückender Gegenwart zu entkommen.

»Catherine –«, flehte Marcus.

Catherine schüttelte nur den Kopf, strich ihren Rock glatt und blieb erst stehen, als sie hörte, daß Marcus in Gelächter ausbrach.

»Ihr –«, lachte er und deutete auf Navarro, »Ihr wollt Catherine selbst heiraten? Das hieße doch, die Vergeltung ein wenig zu weit zu treiben. Ich wäre an Eurer Stelle vorsichtiger und würde mich nicht allzu sicher fühlen. Zuerst müßt Ihr die Zustimmung der Dame bekommen.«

»Das ist eine Angelegenheit, um die Ihr Euch nicht zu kümmern braucht. Ihr habt Eure Chance gehabt. Und jetzt werdet Ihr mir verzeihen müssen... ich finde Eure Gegenwart ein wenig *de trop.*«

Marcus blieb nichts anderes übrig, als sich zu verbeugen und den Raum widerwillig zu verlassen.

»Gut«, sagte Yvonne Mayfield. »Den wären wir, wie es scheint, los.«

»Ihr seid ziemlich hartherzig, findet Ihr nicht?« fragte Navarro und erhob sich mit einer geschmeidigen Bewegung. Er umrundete das Bett und lehnte sich an einen Pfosten.

»Auch nicht mehr als Ihr«, erwiderte die ältere Frau. »Aber ich nehme an, daß Euch meine Enttäuschung über sein Verhalten nicht als Entschuldigung genügt.«

»Wenn Ihr enttäuscht seid, ist das Eure eigene Schuld«, erklärte er geheimnisvoll.

Yvonne seufzte. »Ja, ich denke, da habt Ihr recht. Ich habe ihn wirklich ermutigt, Catherine den Hof zu machen. Wir alle sind gelegentlich Narren.«

»Wenn Ihr damit auf mich anspielen solltet –«

Catherines Mutter schüttelte den Kopf. »Nein, nein. Ich – werde Euch jetzt verlassen. Ich sehe hier kein Kleidungsstück, das ich Catherine zu tragen erlauben würde, aber ich habe Eurem Diener meinen Umhang gegeben. Ich hole ihn. Falls wir damit rechnen können, daß Ihr uns nach Hause begleitet, wird es uns vielleicht gelingen, diese Sache mit einem gewissen Maß an Würde zu einem Ende zu bringen.«

Catherine hatte ihre Mutter selten so bedrückt und nachgiebig erlebt und sah ihr erstaunt nach, als sie mit stolzer Haltung das Zimmer verließ.

»Deine Mutter ist eine kluge Frau«, sagte Navarro.

Catherine warf einen kurzen Blick in seine Richtung. Meinte er, daß sie dankbar sein sollte, weil ihre Mutter sie mit ihm allein gelassen hatte? Das war sie nicht. Sie hatte ihm nichts mehr zu sagen, weder jetzt noch in Zukunft.

Als Navarro auf sie zukam, wich sie argwöhnisch zurück, aber er streckte den Arm aus, um sie festzuhalten. Sie wurde ärgerlich, als er seine Hand unter ihr Kinn legte und sie zwang, ihn anzusehen, trotzdem rührte sie sich nicht von der Stelle und starrte geradeaus.

»Du hast Ringe unter den Augen, *ma petite*. Du bist erschöpft, nicht wahr? Zu erschöpft, um einen klaren Gedanken zu fassen. Soll ich dir die Gelegenheit geben, meinen Antrag abzuschlagen? Sicher wäre das eine Genugtuung für dich, und es würde deine Lebensgeister wecken. Aber ich denke, es wäre nicht gut, dich zu einer Äußerung zu zwingen, die du nur schwer revidieren könntest. Nein, ich werde dich nicht bitten, mich zu heiraten, süße Catherine. Geh nach Hause und hasse mich. Das ist besser, als Tränen zu vergießen. Du wirst mich verabscheuen, aber am Ende wird dir klar, daß ich die Kränkungen nur ausgesprochen habe, um die Wahrheit ans Licht zu bringen. Sie haben dich davor bewahrt, einen Mann zu heiraten, der dich zu einer lieblosen und schändlichen Verbindung gezwungen hätte, nur um an dein Vermögen heranzukommen. Denk darüber nach, Kleines, und vergib mir.«

Seine Lippen berührten sanft ihre Lider, und Catherine spürte das Gewicht eines Umhangs, der sich um ihre Schultern legte, und den Arm ihrer Mutter.

Wie blind verließ sie das Zimmer und ging die Treppen hinunter. Als sie aus dem Haus trat, kühlte die frische Luft des Morgens die heißen Spuren der Tränen auf ihrem Gesicht.

5

Grenzenlose Reue und Scham beschäftigten Catherines Gedanken, bis sie nach einer Weile Dédés Stimme aus der Ferne hörte.

»O mein Baby, meine unschuldige Kleine, meine Catherine. Ich habe sie im Stich gelassen, Madame. Ich bin schuld, daß sie diesem Mann in die Hände geraten ist. Ich hätte wissen müssen, daß sie in ihrer Verzweiflung etwas Kopfloses tut. *Ma petite enfant, ma pauvre jolie petite fille.* Ich habe nicht genügend auf sie aufgepaßt und bin Euer Vertrauen nicht wert, Madame Yvonne. Ich werde mir das nie verzeihen. Alles ist meine Schuld – ausschließlich meine. Diesen Kummer werde ich mein ganzes Leben lang mit mir herumtragen. Bestraft mich, Madame.«

»Vergib mir, Dédé«, antwortete Yvonne mit ruhiger Stimme, »aber ich kann nicht zulassen, daß du die ganze Schuld auf dich nimmst. Ich selbst habe auch meinen Teil zu dieser mißlichen Lage beigetragen.«

»Wie könnt Ihr das nur sagen, Madame? Ihr seid ein Engel.«

»Mit etwas angeschmutzten Flügeln. Ich bin mir meiner Schwäche bewußt, Dédé. Ich brauche sie nicht zu verleugnen und will es auch gar nicht. Wir beide haben gestern Fehler gemacht und müssen jetzt zusehen, daß wir die Sache in Ordnung bringen.«

»Die Frage ist jetzt nur, wie wir das bewerkstelligen können, Madame.«

In Catherines Zimmer war es dunkel. Nur schwache Sonnenstrahlen drangen durch die Ritzen der geschlossenen Fensterläden. Catherine verstand das Gespräch im anderen Zimmer, war aber zu erschöpft, um die Bedeutung der Worte zu erfassen. Als die Stimmen verstummten, schloß sie ihre Augen und schlief ein.

Es war dunkel, als sie erwachte. Die äußeren Fensterläden waren inzwischen geöffnet worden, aber hinter den Gardinen aus zartem Schweizer Musselin war nur schwaches Mondlicht zu erkennen.

Ein rauhes Flüstern ertönte in der Dunkelheit. »Was ist los, Catherine?«

»Dédé, bist du das? Wie spät ist es?«

»Es ist beinahe Mitternacht, Catherine. Du hättest fast zweimal rund um die Uhr geschlafen.«

Catherine dachte über diese Feststellung nach. Eine Holzdiele quietschte unter dem Wollteppich, als Dédé den grünen Sessel ein wenig verrückte, um aufzustehen und mit schweren, aber graziösen Schritten durchs Zimmer ging.

Sie riß ein Streichholz an, und kurz darauf flackerte ein Licht auf dem Ankleidetisch neben dem Kamin. Die Zofe drehte sich mit dem Porzellankerzenständer in der Hand zu ihr um.

»Wie fühlst du dich, *enfant*?«

Fühlen? Wie sollte sie sich fühlen? »Ganz gut«, sagte Catherine und richtete sich mühsam auf. »Ich bin ein wenig hungrig.«

»Hungrig? Aber natürlich. In der Küche gibt es bestimmt Suppe –«

»Das ist genau das Richtige.«

»Und dazu vielleicht ein wenig Brot und ein kleines Glas Wein, ja?«

»Ja«, sagte Catherine dankbar. Aber als die Zofe fortgegangen war, runzelte sie die Stirn. Hatte in Dédés Stimme so etwas wie Mißbilligung mitgeschwungen? War es so ungewöhnlich, daß sie Hunger spürte, wenn schon beinahe vierundzwanzig Stunden vergangen waren, seit sie etwas gegessen hatte? Was war falsch daran, wenn sie sich ausgeruht, gesund, sogar voller Lebenskraft fühlte? Wenn in ihrem Unterbewußtsein noch eine gewisse Unruhe lag, weigerte sie sich einfach, sie zur Kenntnis zu nehmen, ebenso wie sie sich weigerte, eine Schwäche vorzutäuschen, die es nicht gab. Ihr Charakter hatte sich nicht verändert. Am kommenden Morgen würde sie ihre gewöhnlichen Aktivitäten wiederaufnehmen, wo sie damit aufgehört hatte. Vielleicht würde sie einen Besuch bei der Modistin machen, um sich ein neues Kleid zu bestellen.

Als Dédé mit einem Tablett hereinkam, ein Kissen hinter Catherines Rücken stopfte und einen Löffel in die Hand nahm, um sie zu füttern, rief Catherine ungeduldig: »Ich bin doch nicht krank, Dédé. Bitte mach doch nicht so ein Aufhebens.«

Dédé preßte die Lippen fest zusammen.

Catherine sah sie unter den Wimpern hervor an. »Das ist doch nicht der Weltuntergang«, sagte sie leise.

»Nein, Mademoiselle.«

»Glaubst du vielleicht, ich würde mich besser fühlen, wenn ich es zuließe, daß du meinetwegen weinst oder mich verhätschelst?« Sie seufzte tief. »Ich darf nur nicht zurückschauen.«

»Nein, Catherine, schließlich bist du ja kein kleines Mädchen mehr.«

»Genau«, stimmte Catherine zu und beschäftigte sich mit der Suppe.

Dédé wandte sich jedoch nicht ab, wie sie erwartet hatte, sondern zog ein Päckchen aus der großen Tasche ihrer steif gestärkten Schürze.

»Das ist heute nachmittag für dich gebracht worden. Deine Mutter und ich wollten es eigentlich in deinem Namen zurückgeben, aber vielleicht möchtest du ein Geschenk von diesem Mann ja annehmen.«

Die Andeutung hinter diesen Worten blieb Catherine nicht verborgen, obwohl sie nicht recht glauben konnte, daß sie richtig gehört hatte. Sie nahm das Päckchen entgegen. »Von Navarro?« fragte sie. »Woher weißt du das?«

»Deine Maman hielt es für das beste, es zu öffnen.«

»Ich verstehe«, sagte Catherine. Es war nicht ungewöhnlich, daß die

Eltern eines jungen Mädchens alle Geschenke und Mitteilungen an ihre Töchter inspizierten. Trotzdem ärgerte sie sich über die Handlungsweise ihrer Mutter. Außerdem störte sie die spürbare Herablassung in Dédés Verhalten, und deshalb klang ihre Stimme ziemlich kühl. »Möglicherweise werde ich es behalten. Danke, Dédé, das ist alles.«

Der Appetit war ihr eigentlich vergangen, aber dennoch aß sie die zart gewürzte und mit Sahne angedickte Hühnerbrühe und das knusprige Brötchen und trank den kräftigenden Rotwein. Sie wischte ihre Finger an der Serviette ab, bevor sie sich schließlich dem in silbernes Papier gewikkelten Päckchen zuwandte, das Navarro ihr geschickt hatte.

Die Verpackung war außerordentlich widerspenstig und schwer zu öffnen, aber es gelang ihr doch, die Dose aus geschliffenem Glas mit getriebenem Silberdeckel auszuwickeln. Sie öffnete den Deckel und entdeckte Haarnadeln, die mit ungeheurer Sorgfalt aus reinem Gold gefertigt waren. Goldene Haarnadeln als Ersatz für die elfenbeinernen, die sie verloren hatte.

Was hatte sie erwartet? Ein wertvolles Schmuckstück, mit dem er sein schlechtes Gewissen beruhigte? Einen Fächer? Ein Buch? Parfüm? Ein bedeutungsloses Nichts? Möglich. Aber sie hatte ganz bestimmt nicht erwartet, daß er ein Geschenk aussuchen würde, das verriet, daß er es sorgfältig ausgesucht hatte, und das so sehr an ihre gemeinsamen Stunden erinnerte. War das eine Geste, die ihm genauso leichtfiel wie die übliche Verbeugung als Dank für die Gesellschaft einer Dame bei einem Ball?

Catherine fand keine Antworten auf die quälenden Fragen.

Als die Nacht vorüber war, war auch die Kerze, die Dédé angezündet hatte, heruntergebrannt. Obwohl sie sich jede schmerzliche Einzelheit ihres Zusammenseins mit Navarro in Erinnerung gerufen hatte, konnte sie ihn immer noch nicht verstehen. Hatte er wirklich daran gedacht, sie zu heiraten, wie Marcus angedeutet hatte? Hatte er sich dagegen entschieden, weil er annahm, sie würde seinen Antrag ablehnen? Hätte sie es getan, wenn er ihr das Angebot gemacht hätte? Darauf gab es nur eine Antwort – aber trotzdem hätte sie gern gehört, daß er sie bat, seine Frau zu werden. Vielleicht wünschte sie sich auch nur eine Gelegenheit, ihn zurückzuweisen und zu demütigen.

Es war noch sehr früh, als sie nach Dédé klingelte, aber sie konnte es keinen Augenblick länger ertragen, nur so dazuliegen und allein mit ihren Gedanken zu sein. Ein Bad würde sie erfrischen, und eine Toilette *en grande tenue* konnte ihre Stimmung anheben. Vielleicht würde sie sogar die goldenen Haarnadeln tragen. Schließlich hatte sie keine anderen.

Dédé, die ihren Schützling mißbilligend anfunkelte, legte gerade letzte Hand an Catherines Frisur, als Yvonne hereinkam. Die ältere Frau blieb verblüfft auf der Schwelle stehen, als sie die glitzernde Haarnadel in der Hand der Zofe sah.

»Aha«, sagte sie und kam mit gemessenen Schritten ins Zimmer. »Er hat dir also doch noch einen Antrag gemacht.«

»Nein, das hat er nicht«, antwortete Catherine gleichmütig.

»Aber sein Geschenk nimmst du an?«

»Das ist das mindeste, was er mir schuldet.«

Ein harter Ausdruck legte sich auf Yvonne Mayfields Gesicht. »Zweifellos. Aber willst du dich in dieser Form bewerten lassen? Das ist kaum das Verhalten einer richtigen Dame.«

»Und du folgst natürlich immer den Vorschriften für die Verhaltensweisen einer Dame«, erwiderte Catherine sanft.

Ihre Mutter reckte das Kinn, als wollte sie eine scharfe Antwort darauf geben. Aber als sie dem Blick ihrer Tochter begegnete, wurde sie unsicher. Sie drehte sich um und setzte sich in den Sessel neben das Bett.

»Du bist schon früh auf. Hast du die Absicht, auszugehen?«

Catherine nickte. »Ich wollte Madame Estelle einen Besuch abstatten, um mir ein neues Kleid zu bestellen. Möchtest du mitkommen?«

»Ja, vielleicht«, antwortete ihre Mutter und ordnete ihren aprikosenfarbenen Seidenrock. Zu dem Kleid trug sie ein ärmelloses Oberteil aus jadegrünem Samt. Die Kombination war zwar modern, stand ihr aber nicht besonders gut. Ihre vollen Brüste füllten den Samt, und der Schnitt betonte ihre üppigen Rundungen zu sehr. Catherine wirkte gegen sie fast ätherisch in einem Kleid aus hellrosa Musselin, das mit Bernsteinperlen besetzt war.

»Ich hätte es wissen müssen«, sagte Madame Mayfield nach kurzem Schweigen. »Navarro war immer schon *le plus dangereux des hommes.* Es war lächerlich von mir, anzunehmen, er würde sich durch deine Unschuld einfangen lassen. Das ist ein großer Schlag für mich.« Sie sah Catherine an. »Und für deine Heiratschancen natürlich ebenso.«

»Ja. Ein großer Schlag«, stimmte ihr Catherine trocken zu.

War das alles? fragte sie sich. Kein Wort der Besorgnis oder der Sympathie; nur diese Sorge um ihre Zukunft? Sie betrachtete ihre Mutter in dem kleinen ovalen Spiegel, der über ihrem Toilettentisch hing.

»Einfangen, Maman? Willst du damit sagen, daß du meinst, ich wäre provokativ gewesen?«

»Warst du das denn nicht, *chérie*? Schließlich muß es einen Grund dafür gegeben haben, daß er sich so zu dir hingezogen fühlte. Ich versichere dir, daß der schwarze Panther es nicht nötig hat, eine Frau zu vergewaltigen. Es gibt viele, die nur allzu willig wären, das Bett mit ihm zu teilen. Er mußte doch einen Grund gehabt haben, anzunehmen, daß du ihn nicht abweisen würdest.«

»Maman, er dachte, daß ich eine Viertelnegerin bin, und als solche hatte ich nicht das Recht, abgeneigt zu sein«, sagte Catherine mit fester Stimme, obwohl die Scham ihre Wangen rötete.

Ihre Mutter machte eine ungeduldige Handbewegung. »Wie auch immer... Du mußt mir genau erklären, was geschehen ist. Marcus war völlig außer sich, als er nachts zu mir kam. Wenn du so unbescheiden bist, das Geschenk eines Mannes anzunehmen, der dich angeblich mißhandelt hat, dann sollten wir ohne Umschweife darüber reden.«

»Der arme Marcus«, meinte Catherine. »Woher wußte er eigentlich, wo er uns finden konnte?«

»Schlußfolgerung, *chérie*. Es dauerte eine ganze Weile, bis Marcus verarztet war und sich einigermaßen beruhigt hatte. Er kam sofort zu mir, und wir gingen zuerst ins Stadthaus der Navarros, fanden es jedoch leer vor. Danach suchten wir eine ganze Reihe der einschlägig bekannten Orte auf, wenn du mir den Ausdruck erlaubst. Zum Glück erinnerte sich Marcus an das Haus neben der Stadtmauer. Ich war in meinem Leben noch nie so schockiert wie in dem Augenblick, als ich in das Zimmer trat. Du mußt mir erzählen, wie du dorthin gekommen bist.«

In der Stimme ihrer Mutter schwang ein seltsames Flehen mit. Zögernd, den Blick auf ihre Hände im Schoß gerichtet, erzählte Catherine ihr, was sie wissen wollte.

Als sie fertig war, sagte ihre Mutter ernst: »Es sieht so aus, als wäre ich auch mitschuldig an der Sache. Ich war dir keine besonders gute Mutter, nicht wahr? Und es ist sicher auch keine angenehme Erkenntnis, daß die Leute recht hatten, als sie prophezeit haben, daß wir allein nicht zurechtkommen würden. Aber die Folgen sind für dich sehr tragisch. Das tut mir wirklich leid, Catherine.«

»Glaubst du, daß ich mit Konsequenzen rechnen muß?« Sie sah auf und musterte ihre Mutter, die auf die smaragdgrünen Spitzen ihrer Schuhe starrte, die unter ihrem Kleid hervorschauten.

»Wir können nur hoffen, daß es nicht allzu schlimm wird, und sollten Pläne für eine Reise nach Paris machen. Sobald die *saison des visites* vorüber ist und wir die Stadt verlassen können, ohne beschuldigt zu werden, daß wir die Flucht ergreifen, brechen wir auf.«

»Ist es so schlimm?«

Das Lächeln der älteren Frau war ein wenig zu strahlend. »Vergib mir, Kleines, ich mache im falschen Augenblick Scherze, nicht wahr? Vielleicht wird es überhaupt keine unangenehmen Folgen haben. Wir müssen einfach abwarten.«

Yvonnes Blick fiel auf ein Stück Handarbeit, das fast völlig versteckt unter dem Sessel lag. »Was ist denn das?« fragte sie und hob es auf.

Catherine bemerkte, wie die Zofe neben ihr erschrak.

»Nur eine Stopfarbeit –«, stammelte Dédé, doch noch während sie sprach, fiel ein Gegenstand aus dem Stoff in Yvonnes Schoß.

Sie kreischte und sprang auf, so daß der Gegenstand mit einem dumpfen Geräusch auf den Boden polterte. Ein Stück rauchgeschwärztes geschmolzenes Wachs in der Form eines Menschen, der mit einer goldenen Haarnadel durchbohrt war, lag auf dem Teppich. Es bedurfte keiner Erklärung, was die Figur bedeutete. Sie war eine Voodoo-Puppe, mit deren Hilfe man einen tödlichen Zauber heraufbeschwören und Rache verüben konnte. Der Mann, den sie darstellte, war Navarro.

Catherine war die erste, die sich bewegte. Sie hob hastig die Figur auf, zog die Haarnadel heraus und zerdrückte das Wachs schnell zu einer formlosen Masse.

»Nicht, Catherine!« rief Dédé. »Das habe ich doch für dich gemacht!«

Aber Catherine brachte sie mit einer schnellen Handbewegung zum Schweigen. »Hier«, sagte sie und schob der Frau das Wachs entgegen, »nimm es und vernichte es. Ich wünsche nicht, daß du meinetwegen etwas so Böses tust.«

Dédé starrte sie eine ganze Weile an. »Ja, Mademoiselle Catherine.« Sie sprach jede Silbe ihres Namens ganz deutlich aus, ein sicheres Zeichen dafür, daß sie zutiefst gekränkt war. Sie machte einen tiefen Knicks und bewegte sich dann mit majestätischer Würde zur Tür.

Als sie fort war, stand Catherines Mutter auf. »Bravo, *chérie*«, sagte sie weich. »Mein Beifall zu dieser mutigen Geste. Aber du wirst mir vergeben, wenn ich deine Fürsorge für Navarro doch ein wenig seltsam finde.«

Das Licht in Madame Estelles Geschäft war gedämpft. Zwar schadete das der Sehkraft einer Frau ihres Berufes, war aber doch nötig, da sie so ihre Kreationen in einer geheimnisvollen Atmosphäre präsentieren konnte. Madame bot ihrer Kundschaft den zweifelhaften Komfort von vergoldeten Louis-Quinze-Sesseln, bezogen mit glattem, moiriertem Taft. Es gab auch einige exotische Stücke in dem Geschäft: einen arabischen Teppich, eine Messinglampe, einen chinesischen Wandschirm. Mit diesen Gegenständen wollte Madame die ortsansässige Gesellschaft darauf hinweisen, daß sie sie für provinziell hielt. Madame Estelle hatte vor dem Terror der Revolution in Paris gelebt. In einer Ecke stand ein Regal, in dem erlesene Duftstoffe aufbewahrt wurden.

Madame Estelle bevorzugte manche ihrer Kundinnen. Yvonne Mayfield hatte sie gern, weil sie ähnlich unabhängig war wie Madame selbst und weil sie ein scharfes Auge für Stil hatte; Catherine mochte sie, weil sie eine so vollendete Figur und eine ungewöhnliche Haarfarbe hatte – eine Herausforderung und ein Vergnügen für eine Modistin, da sie üblicherweise Kleider für brünette Frauen entwarf.

»Bonjour, Madame, Mademoiselle. Entrez, entrez«, rief sie, und die schwarze Seide, die ihre üppige Gestalt bedeckte, raschelte, als sie auf die Damen zuschwebte. »Mademoiselle Catherine, erst gestern habe ich an Euch gedacht. Ein Seefahrer aus der Levante hat mir zwanzig Ellen der herrlichsten Seide direkt aus Cathay gebracht – natürlich erzähle ich Euch ganz im Vertrauen, woher ich den Stoff habe, *entendu*? Aber *ravissante, ravissante* – die Farbe hat genau denselben Ton wie Catherines schönes Haar. Mir blutet das Herz, daß Ihr keine verheiratete Frau seid, sonst könnte ich ein traumhaft schönes Kleid für Euch daraus machen.«

»*Tiens*, Madame Estelle«, sagte Madame Mayfield und lachte. »Habt Ihr wieder mit Schmugglern und unehrenhaften Seefahrern Geschäfte gemacht? Man wird Euch noch auf die Schliche kommen, und wo werdet Ihr dann sein?«

»Hier, *chérie* – solange ich wunderschöne Kleider für die Frauen aller Beamten vom Gouverneur an abwärts entwerfe.«

Madame Mayfield stimmte ihr mit einem Lachen zu.

Catherine war froh, daß ihre Mutter die Konversation führte. Sie glaubte, im Blick der Modistin so etwas wie Mitgefühl entdeckt zu haben. Das war natürlich Einbildung, aber trotzdem war sie beunruhigt.

»Habt Ihr es eilig? Nein? Vielleicht möchtet Ihr einen *petit noir* mit mir trinken, während ich Euch die goldene Seide vorführe. Setzt Euch, setzt Euch. Meine Gehilfin bringt uns den Kaffee und was wir sonst noch brauchen. So. Vielleicht werft Ihr inzwischen einen Blick auf ein paar Entwürfe, die ich gemacht habe. Die Skizzen zeigen, wie man die Seide am besten drapieren könnte. Vielleicht sollte man den Stoff mit cremefarbenen Perlen, wie Ihr sie von Eurer Großmutter Villère geerbt habt, besticken, Madame Yvonne, um die auffallende Farbe ein wenig zu mildern. Ich bin diese blassen Farben leid – immer nur Weiß, Weiß und wieder Weiß. Ich finde die Art und Weise, wie sich die Frauen aus Santo Domingo kleiden, wirklich interessant. Der spanische Einfluß hat einiges für sich. Die Flüchtlinge von der blutgetränkten Insel haben zwar keine Lebensart, aber sie sind verrückt nach Amüsements. Ich bewundere ihre Lebhaftigkeit und ihre farbenfrohe Kleidung. In dieser Richtung sehe ich einen ganz neuen Trend. Seid Ihr nicht auch meiner Meinung?«

Madame Estelles Redeschwall nahm kein Ende, und Catherine nahm mit einer kleinen Tasse Mokka in der Hand Platz. Sie schaffte es lange genug, dem Gespräch der beiden Frauen zuzuhören, bis ihre Mutter den Zweck ihres Kommens erklärt hatte. Sie entschied sich für ein Kleid, das aus zartrosa Musselin gefertigt werden sollte. Doch dem Rest der Unterhaltung und der Diskussion um gebauschte Ärmel, Falten, Biesen und Volants mit Rüschen oder Bändern folgte sie nicht mehr.

Als sie später in der Enge von Madame Estelles Umkleidekabine stand, die von Madames Prunkstück, einem riesigen Spiegel mit vergoldetem Rahmen beherrscht wurde, ließ sie alles teilnahmslos über sich ergehen, und sie hatte auch nichts dagegen einzuwenden, als die goldfarbene Seide um sie drapiert wurde.

»Ja, herrlich«, seufzte Madame, »aber sie ist wirklich ein wenig zu leuchtend für eine *jeune fille.*«

»Ich glaube, Ihr habt recht«, stimmte Catherine bedauernd zu. Der weiche Stoff fühlte sich wunderbar an, und die Farbe paßte wirklich exzellent zu ihrem Haar.

»Verzeiht, Mademoiselle«, murmelte Madame Estelle, als eine Klingel im Geschäft ertönte. »Ich bin sofort zurück.«

Catherine lächelte und befreite sich von dem Stoff. Doch einem letzten Blick auf die Seide konnte sie nicht widerstehen.

»Catherine, das mußt du haben«, rief eine mädchenhafte Stimme von der Tür aus, »das ist doch genau deine Farbe!«

Catherine drehte sich mit einem Lächeln zu der jungen Frau, die sie aus der Klosterschule kannte.

»Vielen Dank, Gigi, aber ich glaube nicht, daß sie passend wäre.«

»Unsinn, Catherine. Jemand wie du kann es doch wagen, mit der Tradition zu brechen und eine neue Mode zu beginnen!«

War der Vorschlag wirklich so unschuldig wie das Lächeln, das ihn begleitete? Oder war das Licht in Gigis kleinen Augen nicht doch etwas zu strahlend? Catherine war nie mit dem Mädchen befreundet gewesen; Gigi war ein Jahr jünger, und soweit sich Catherine erinnerte, hatte sie immer unter ihrem fahlen Teint und dem dünnen, strähnigen Haar gelitten. Das Wissen darum, daß sie ein Mauerblümchen bleiben und sich mit Stickereien beschäftigen mußte, während die hübscheren Mädchen auf Bällen tanzten, hatte Gigi verbittert gemacht. Sie neigte dazu, anderen Mädchen überschwengliche Komplimente zu machen und sich bei Bällen und Soiréen an ihre Fersen zu heften, in der Hoffnung, daß sich einige Männer, die notwendigerweise abgewiesen wurden, wenn die Musik einsetzte, verpflichtet fühlten, sie aufzufordern.

Catherines Befürchtungen bestätigten sich, als Gigi nach einem vorsichtigen Blick in das Geschäft schnell in die Kabine huschte.

»Ist das wahr?« flüsterte das junge Mädchen. »Man erzählt, daß du bei einem *Bal du Cordon Bleu* warst und Anlaß zu einem Duell gegeben hast. Hat dich der Sieger wirklich entführt? *Sacre*, Catherine. Das ist das aufregendste Abenteuer, von dem ich je gehört habe«, fügte Gigi aufgeregt hinzu. »Erzähl mir alles. Wie war es? Was hat er mit dir gemacht? Hat es dir gefallen? Ich würde sterben, wenn mir so etwas geschehen würde, und doch siehst du so normal, so – so unberührt aus. Man sagt, der Mann sei Rafael Navarro gewesen. War er so satanisch, wie man es ihm nachsagt? Mein älterer Bruder hat meinem Vater erzählt, daß er die Stadt verlassen hat, ohne einen weiteren Gedanken an dich zu verschwenden. Das ist doch das Verhalten eines Piraten oder eines Teufels, nicht das eines Gentleman. Bist du traurig? Wie fühlst du dich? Du mußt mir alles erzählen.«

Gigi ergriff Catherines Arm, und Catherine fiel es schwer, sich nicht zu wehren. Ihr Gesicht war aschfahl geworden. Jetzt war sie sicher, daß ihr Name in aller Munde war und ihr Unglück in den schillerndsten Farben ausgemalt wurde.

»Es tut mir leid, Gigi«, sagte sie. »Ich weiß nicht, wovon du sprichst.«

»Du meinst, daß du nicht darüber reden möchtest«, rief Gigi. »Ich finde es gemein, daß du mir nicht anvertraust, was du erlebt hast.«

»Bitte entschuldige mich«, erwiderte Catherine nachdrücklich und ging auf den Vorhang zu.

Aber Gigi lockerte ihren Griff nicht. »Vielleicht haben sie ja recht. Vielleicht hast du das, was dir geschehen ist, selbst heraufbeschworen, und vielleicht hat es dir sogar gefallen. Man sagt, daß du nie mehr einen Mann finden wirst – nicht hier in New Orleans. Maman hat prophezeit, daß du dich der Halbwelt anschließen wirst. Und ich – ich denke, daß das genau der Ort ist, an den du gehörst!«

»Gigi!«

Der rauhe Ruf ließ das junge Mädchen zusammenfahren. »Hier, Maman!«

»Was tust du da? Komm sofort da weg.«

Eine Frau, die Gigi sehr ähnlich sah, erschien in der Tür. Ihr faltiges Gesicht drückte Mißbilligung und Empörung aus, als ihre Tochter aus der Kabine schlüpfte. Ihr Blick bohrte sich mit kalter Abneigung in den Catherines, dann folgte sie Gigi. Man hörte noch ihre verärgerte Stimme, bevor sie die Tür hinter sich zuschlug: »Ich dulde nicht, daß du mit dieser Person Umgang hast, das habe ich dir schon einmal gesagt. Diesen Ungehorsam wirst du bereuen, wenn wir nach Hause kommen, meine Liebe.«

Langsam drehte Catherine sich um und starrte ihr Spiegelbild an. Was für eine schreckliche Frau. Eine gefühllose Hexe. Aber war ihr Verhalten so ungewöhnlich? Zeigte es nicht nur genau die Einstellung aller Frauen ihrer Gesellschaftsschicht?

Daß man sie verdammte, ohne sie gehört zu haben, und ihren Namen in den Schmutz zog, war einfach unerträglich. Man erwartete also, daß sie sich den Freudenmädchen der Halbwelt anschloß. Nun gut, man durfte die Damen der Gesellschaft nicht allzusehr enttäuschen. Sie würde es ihnen schon zeigen.

»Madame Estelle?« rief sie.

»*Oui,* Mademoiselle?« Die füllige Modistin schob den Vorhang zur Seite. Yvonne Mayfield stand mit zorniger Miene hinter ihr.

Catherine schob die Seide in die Arme der schwarzgekleideten Frau. »Ich werde doch das goldene nehmen«, sagte sie. »Und ich möchte, daß Ihr etwas Außergewöhnliches daraus macht – etwas Aufsehenerregendes – etwas –«

»Etwas Unerhörtes, *ma chérie?*« fragte die Modistin mit traurigem Blick.

»Genau«, antwortete Catherine.

Catherines Zorn dauerte an, bis sie wieder zu Hause angekommen war. Sie weinte nicht, aber die Anstrengung, die Fassung zu bewahren, hatte sie erschöpft. Stundenlang lag sie auf ihrem Bett und starrte mit weit geöffneten, trockenen Augen das jungfräuliche Weiß des Betthimmels an.

Also Navarro war fort. Er hatte die Stadt verlassen und sie der Verdammnis ausgesetzt, ohne sich von ihr zu verabschieden. Das hatte sie nicht von ihm erwartet. Seine Gesellschaft war ihr keine besondere Freude gewesen, und sicherlich hatte sie auch nicht den Wunsch, seine Frau zu werden, aber dennoch hatte sie jetzt das Gefühl, einen Verbündeten verloren zu haben. Eigentlich hätte sie wütend auf ihn sein sollen, aber warum empfand sie keinen Zorn?

Dédé hatte Mitleid mit Catherine und vergaß, daß das Mädchen sie gekränkt hatte. Sie brachte Catherine Schokoladencrème und heiße Suppe, Kaffee und kühle Getränke, aber Catherine rührte kaum etwas an. Dédé behandelte sie, als wäre sie krank, badete und zog sie an, bürstete stundenlang besänftigend ihr Haar und braute ihr einen Kräutertee, von dem Catherine annahm, daß er etwas Einschläferndes enthielt. Sie wehrte sich nicht dagegen und erhob auch keine Einwände, als Dédé eine Kerze anzündete, von der sie behauptete, sie halte die Dämonen ab, die versuchen, sich der Seelen der jungen Menschen zu bemächtigen. Dédé schloß die Fensterläden, damit es dunkel im Zimmer war, bewachte das Zimmer, als könnten es unerwünschte Eindringlinge stürmen, und fragte ein dutzendmal am Tag nach Catherines Befinden, um einen Ausgleich für die ausbleibenden Einladungen all jener Menschen, die Catherine für ihre Freunde gehalten hatte, zu schaffen. Früher hatte man ihr manchmal ein Dutzend Billets am Tag geschickt, in denen sie um ihre Anwesenheit bei allen möglichen Morgentees, Soiréen, Bällen und Kutschpartien gebeten worden war, aber von einem Tag auf den andern kümmerte sich niemand mehr um sie.

Obwohl sich Dédé jede nur erdenkliche Mühe gab, wurde Catherine immer niedergeschlagener. Weder ein Besuch von Marcus noch die Ankunft des goldenen Kleides am selben Tag konnten sie aufheitern. Sie weigerte sich, Marcus zu empfangen, so daß ihre Mutter gezwungen war, ihn in den kleinen Salon zu bitten. Catherine starrte ihr neues Kleid mit ausdruckslosen Augen an und wandte sich rasch wieder ab.

Sie stellte sich schlafend, als ihre Mutter nach Marcus' Besuch ins Zimmer kam.

»Catherine?«

Als sie schließlich eine Hand auf ihrer Schulter spürte, die sie sanft schüttelte, seufzte Catherine und öffnete die Augen.

»*Chérie,* wie lange willst du so weitermachen? Du bist jetzt schon seit drei Tagen so apathisch. Du kannst dich nicht für immer hier verstekken.«

»Nein?«

»Nein, jetzt ist es genug. Marcus war eine Stunde bei mir. Er hat einen wirklich reuigen Eindruck gemacht, und er scheint immer noch willens zu sein, dich zu heiraten – trotz des furchtbaren Skandals, den man aus der Angelegenheit gemacht hat. Ich glaube, du solltest ernsthaft darüber nachdenken, ob du seinen Antrag nicht doch annehmen willst.« Yvonne setzte sich auf die Bettkante und betrachtete ihre Tochter.

»Maman –«

»Laß mich zu Ende sprechen, Catherine. Er ist nicht der Mann, den ich mir für dich gewünscht hätte, aber er ist respektabel. Ich nehme an, daß du ihn nach der Hochzeit als brauchbaren Ehemann empfinden wirst. Du könntest vor allen Dingen so leben, wie du möchtest.«

»Das ist natürlich ein echter Trost.«

»Ja, aber das wirst du erst zu schätzen wissen, wenn du älter bist. In ein paar Wochen könnten die Klatschtanten ihre Zungen erneut wetzen, aber wenn deine Eskapade durch eine standesgemäße Ehe zugedeckt wird, hat niemand mehr Anlaß, sich um deine Angelegenheiten zu kümmern.«

»Noch ein großer Trost«, murmelte Catherine und schloß die Augen.

Madame Mayfield erhob sich mit einer heftigen Bewegung, die das Bett zum Schwanken brachte. »Also gut. Dann mach dir eben das Leben schwer. Im Grunde habe ich auch nichts anderes erwartet. Aber hör mir gut zu: Heute abend wirst du ein züchtiges Kleid anziehen – *nicht* dieses goldene, das heute morgen geliefert wurde –, und du wirst Marcus erlauben, dich ins Theater zu begleiten. Er hat mich darum gebeten. Wenn du es nicht tust, wirst du es ganz bestimmt dein Leben lang bedauern. Wenn du dir nicht selbst hilfst, brauchst du auch kein Mitgefühl mehr von mir zu erwarten. Ich bin am Ende meiner Geduld. Ich frage mich allmählich, ob ein Kloster in Südfrankreich nicht bequemer für dich wäre, als hier in diesem Haus mit mir zu leben. Wenn ich richtig verstanden habe, schätzt der Karmeliterinnenorden die Ruhe und die Einsamkeit. Bei mir ist das anders!«

6

Yvonne Mayfield schleuderte die Tür hinter sich ins Schloß, und Catherine starrte ihr nach. Ein Kloster. War das eine Drohung?

Im Augenblick sah es so aus, als hätte Catherine drei Möglichkeiten: die Halbwelt, eine Ehe mit Marcus oder das Kloster. Seltsam – von diesen drei Möglichkeiten schien ihr die erste die reizvollste zu sein. Zweifellos hatte sie eine Charakterschwäche, die sie in diese Lage gebracht hatte und nun solche verwerfliche Gedanken hervorrief.

Auf Befehl ihrer Mutter wurde ein Bad vorbereitet, und Dédé bekam die Anweisung, Catherines Haar zu waschen und zu frisieren. Ein weißes Musselinkleid mit apfelgrünen Bändern und ein Kopfputz aus Schleifen und kleinen, grün eingefärbten Federn wurden auf dem Bett ausgelegt.

Catherine ließ Dédé ohne Widerspruch gewähren. Das war leichter, als Streit anzufangen. In ihren Morgenrock gewickelt, der aus extravagantem Brokat gefertigt war und den sie von ihrer Mutter zu Weihnachten geschenkt bekommen hatte, ließ sie sich von Dédé das Haar trockenreiben und à la Helena frisieren. Mit schnellen, geschickten Händen schlang die Zofe Catherines Haar zu einem weichen Knoten, aus dem eine dicke, glänzende Locke fiel. Um der Frisur die Strenge zu nehmen, zupfte sie ein paar kleine Löckchen um Catherines Stirn und an ihren Ohren heraus.

»Diese Frisur kann nicht jede tragen, aber dir steht sie ganz vollendet, *enfant*«, sagte Dédé, als sie fertig war. »Du bist blaß, aber immer noch *très, très belle.* Ich muß dich jetzt verlassen und mich um deine Mutter kümmern, aber ich komme bald zurück, um dir in dein Kleid zu helfen und dir den Kopfschmuck aufzusetzen. Ich bringe eines der roten spanischen Papiere von deiner Mutter mit, die sie immer verwendet, damit sie eine gesunde Farbe hat, oder?«

Catherine lächelte über Dédés besorgte Art. »Nein, vielen Dank, Dédé. Ich denke, daß ich eher übermüdet aussehen sollte.«

Die Zofe fand das nicht sehr amüsant. Ein beunruhigtes Stirnrunzeln zog ihre Augenbrauen zusammen. »Du darfst deiner Mutter nicht böse sein, *chérie.* Sie will doch nur dein Bestes. Und sie ist auch nur eine Frau. Sie gibt sich alle Mühe. Manchmal kommt etwas Schlechtes dabei heraus, manchmal etwas Gutes.«

»Es ist nur natürlich, wenn du sie verteidigst, und vermutlich hast du sogar recht. Aber sie verfügt über *mein* zukünftiges Leben. Warum darf ich nicht für mich selbst entscheiden?«

»Aber *chérie,* das ist eben nicht üblich. Und außerdem hast du die ganze Zeit in deinem Bett gelegen, als wolltest du den Rest deines Daseins in diesem Raum verbringen. Das ist einfach nicht richtig; deine Maman würde einen Fehler machen, wenn sie es erlauben würde.«

»So wird es wohl sein«, stimmte Catherine zu.

Die Zofe ging so leise hinaus, daß es einen Augenblick dauerte, bis Catherine bemerkte, daß sie fort war. Sie stand auf. Dédé hatte recht. Sie hatte nichts unternommen, um ihr Schicksal zu beeinflussen. Es war nicht genug, zu warten und darauf zu hoffen, daß irgend etwas geschehen würde, das sie in dieselbe bequeme Lage versetzen würde, in der sie sich früher befunden hatte. Nichts konnte je wieder wie früher werden. Sie mußte dieser Tatsache ins Auge sehen, so unangenehm sie auch sein mochte. Ihre Möglichkeiten waren klar. Alles, was ihr zu tun blieb, war, zwischen den Alternativen zu wählen.

Sie starrte das grünweiße Kleid an, das für sie bereitlag. Schließlich wandte sie sich der Tür zu.

Der Flur war leer, als sie zur Treppe ging. Unten in der Eingangshalle saß ein Diener auf einer kleinen, weinroten, samtbezogenen Bank auf seinem Posten.

Er stand hastig auf, als Catherine oben an der Treppe erschien.

»Mademoiselle?«

»Jules, richte Monsieur Fitzgerald, wenn er ankommt, bitte aus, daß ich indisponiert bin.«

Es dauerte nicht lange, bis diese Neuigkeit Madame Mayfield erreicht hatte, doch weder Proteste noch Drohungen oder flehentliche Bitten konnten Catherine umstimmen, und Madame Mayfield ging allein mit Marcus ins Theater. Man durfte den Mann nicht noch weiter demütigen. Seine Gefühle mußten besänftigt und die Unentschlossenheit ihrer Tochter erklärt werden.

Catherine stand hinter dem Vorhang des kleinen Salons auf der Vorderseite des Hauses und beobachtete, wie Yvonne in die Kutsche stieg. Sie fragte sich, ob ihre Mutter wohl immer noch die Hoffnung hegte, die Situation, in der sich ihre halsstarrige Tochter befand, irgendwie retten zu können. Catherine fürchtete, daß eine solche Hoffnung kaum berechtigt war. Marcus konnte ein amüsanter Gesellschafter sein, aber sein Verrat war ihr sehr zu Herzen gegangen. Der Entschluß, seine Freundlichkeit zurückzuweisen, war Catherine nicht leichtgefallen. Und doch war es die richtige Entscheidung gewesen. Sie war nicht ganz sicher, was sie eigentlich vorhatte, aber sie zog in jedem Fall das Klosterleben der Möglichkeit vor, den Rest ihrer Tage an der Seite von Marcus Fitzgerald zu verbringen.

Das Haus war still. Nur ein oder zwei Bedienstete waren in der Nähe, und Jules bewachte die Tür. Die anderen hatten sich für die Nacht in die Dienstbotenquartiere auf der Rückseite des Innenhofs zurückgezogen. Selbst Dédé war zum Abendessen in die Küche neben dem Bedienstetenflügel gegangen. Das Alleinsein gefiel Catherine.

Sie wanderte aus dem Salon und durch den Flur, und ihr Morgenrock schmiegte sich bei jedem Schritt an ihre Knöchel. Sie fröstelte und verschränkte die Arme vor der Brust und ließ ihren Gedanken freien Lauf. Sie träumte von Paris im Sommer. Ein Mann, der Navarro ziemlich ähnlich sah, war an ihrer Seite. Oder hielt die Zukunft für sie die Mauern eines Klosters bereit, in dem sie friedlich leben konnte?

Sie konnte sich eigentlich in keiner der beiden Situationen so richtig vorstellen. Wie sollte sie sich auch entscheiden, fragte sie sich verzweifelt, wenn sie aufgrund ihrer Unwissenheit die Folgen nicht richtig beurteilen konnte?

In ihrem Schlafzimmer warf sie sich aufs Bett. Der Rauch der Kerze, die Dédé angezündet hatte, brannte in ihren Augen. Sie bekam Kopfschmerzen.

Als sie fast eingeschlafen war, klopfte jemand leise an die Tür. Es dauerte eine ganze Weile, bevor Catherine in die Wirklichkeit zurückkehrte.

»Ja?«

»Mademoiselle, da ist ein Gentleman, der zu Euch möchte.«

Ein Gentleman? Wer – aber das war egal. Sie konnte keinen Mann empfangen, solange sie allein im Haus war.

»Entschuldige mich bei ihm, Jules«, rief sie leise. »Und bitte ihn, morgen wiederzukommen.«

»Ja, Mademoiselle.«

Aber obwohl sie wußte, daß sie die einzig mögliche Entscheidung getroffen hatte, war sie doch neugierig. Kurz entschlossen schwang sie die Füße vom Bett und stand auf. Wenn sie sich beeilte, konnte sie vielleicht seine Kutsche noch sehen, bevor sie verschwand, vielleicht auch den Mann selbst, wenn er zu Fuß unterwegs war.

Sie war schon auf halbem Weg zur Tür, als ein festes Klopfen an der Tür ertönte, die sich auch sofort öffnete. Ein großer, dunkelhaariger Mann in makelloser Abendgarderobe stand in der Tür.

»Navarro«, hauchte sie tonlos.

»Catherine.« Er neigte den Kopf in einer spöttischen Verbeugung und schloß die Tür. »Es war nicht nett von dir, mich nicht zu empfangen.«

»Du kannst doch nicht einfach hier hereinkommen«, protestierte sie, ohne auf seine Bemerkung einzugehen.

»Aber ich bin schon hier.«

Catherine, die langsam ihre Fassung zurückgewann, straffte die Schultern. »Dann darfst du eben nicht bleiben. Du mußt sofort wieder gehen. Was werden denn die Diener denken?«

»Da ich deine Dienerschaft nicht kenne, kann ich das nicht ahnen«, antwortete er und sah sich mit einem arroganten Lächeln in ihrem Schlafzimmer um.

»Ich kann es aber«, sagte sie, und ihr Gesicht war wie erstarrt vor Abscheu. »Und wenn du auch nur eine Spur von höflichem Benehmen besitzt, ersparst du mir eine weitere Entehrung.«

Sein Lächeln verblaßte. »Catherine«, sagte er sanft, »ich habe festgestellt, daß die beste Methode, Beleidigungen zu überstehen, ist, sie möglichst schnell zu erwidern. Du würdest gut daran tun, das zu bedenken.«

Der Schreck fuhr ihr durch die Glieder, aber Catherine weigerte sich, sich einschüchtern zu lassen. »Geh, oder ich rufe Jules«, zischte sie.

»Wenn du auch nur den geringsten Wert auf die Gesundheit deines Dieners legst, wirst du nichts dergleichen tun. Ich würde mich nur sehr ungern gezwungen sehen, ihn töten zu müssen.«

Er berührte seinen Degen. Catherine starrte ihn aus großen Augen an. Was blieb ihr anderes übrig, als ihm zu glauben?

Sie fuhr sich mit der Zunge über die Lippen. »Was willst du?«

Ein belustigtes, ein wenig teuflisches Lächeln glitzerte in seinen dunklen Augen. »Ich bin deinetwegen hier, süße Catherine.«

»Was?« hauchte sie.

»Ich bin gekommen, um dich aus dem tiefen Tal des Selbstmitleids herauszuholen, in das du dich vergraben hast.«

»Ich verstehe nicht.«

»Das Theater, *chérie*. Ich muß dich bitten, mir die Ehre zu geben, dich dorthin zu begleiten.«

»Ich verstehe.« Sie holte erleichtert Luft und atmete langsam wieder aus. »Ich bedauere, das ablehnen zu müssen.«

»Das ist nicht möglich.«

»Natürlich ist es das«, widersprach sie mit schriller Stimme. »Ich möchte nicht ins Theater gehen, also werde ich es auch nicht tun.«

»So einfach ist die Sache nicht«, stellte er fest. »Als ich deine Mutter heute abend aus der Kutsche steigen sah, versprach ich ihr, all meine Überredungskunst aufzuwenden, um dich ins Theater zu bringen. Ich würde sie nur ungern enttäuschen.«

Catherine mußte sich zwingen, den Blick von seinem betörenden Lächeln zu wenden. »Ich bin sicher, daß ihr beide euch von diesem Schlag erholen werdet.«

»Herzlos«, sagte er weich und zuckte dann mit den Schultern. »Die einzige Wahl, die du hast, ist, *wie* wir ins Theater gelangen.«

In seinen Augen lag ein Blick von stählerner Entschlossenheit, als er auf sie zukam. Unbewußt wich Catherine einen Schritt zurück.

»Du kannst mich nicht zwingen, mitzugehen. Ich bin nicht angezogen.«

»Das sehe ich, aber wenn die Lage es erfordert, kann ich mich auch als Zofe betätigen.«

»Das Ergebnis wäre sicher furchtbar.« Sie schleuderte ihm die Worte todesmutig entgegen, ohne an die Wirkung zu denken. Ihre Nerven waren bis aufs äußerste gespannt.

»Dann tätest du gut daran, mir die Mühe zu ersparen.«

Wenn er noch ein paar Schritte näher kam, war sie in einer Ecke des Zimmers gefangen. Es sah ganz so aus, als müßte sie sich seinem Willen fügen. Dann fiel ihr Blick auf den Schlüssel zu ihrem Zimmer, der an einem Haken neben der Tür hing.

»Gut«, sagte sie. »Ich komme mit – wenn du in der Halle auf mich wartest.«

Seine Augen wurden schmal, aber er stimmte zu und verließ das Zimmer.

Catherine schloß die Tür und wartete, bis seine Schritte verklungen waren. Dann nahm sie mit zitternden Fingern den Schlüssel vom Haken, steckte ihn ins Schloß und drehte ihn um.

Ihr erleichtertes Seufzen war laut im Zimmer zu hören. Plötzlich fühlte sie sich schwach und preßte die Stirn an die Tür.

»Du enttäuschst mich, Catherine«, sagte Navarro hinter ihr. »Daß du feige bist, hätte ich nicht erwartet.«

Catherine wirbelte herum. Er stand in der Tür, die zu Dédés Zimmer führte. Wie war er so leise durch den Flur und das kleine Zimmer gegangen? Eine ganze Weile war Catherine sprachlos vor Überraschung und einer Art abergläubischer Angst, dann wurde sie zornig.

»Feige?« rief sie wütend. »Du bist doch weggelaufen. Und du kannst auch wegbleiben. Hinaus!«

»Und dich hilflos der *canaille* ausliefern? Du hast doch die Absicht, den Klatschmäulern gegenüberzutreten, oder etwa nicht? Ich hätte meinen halben Besitz darauf verwettet, daß du ein Lächeln aufsetzt und der Menge mit so viel Würde entgegentrittst, daß sie dich wegen deines Abenteuers beneiden. Das Geheimnis der Klatschtanten ist ein nagender

Neid auf jene, die ein ereignisreiches Leben führen. Aber vielleicht fehlt dir der Mut, und du versteckst dich lieber wie ein ängstliches Kaninchen, hinter dem die Hunde her sind.«

Verärgert rief Catherine noch einmal: »Hinaus!«

Dann stürmte sie zum Toilettentisch, riß den Porzellankerzenhalter hoch und warf ihn nach seinem Kopf. Er duckte sich, und das Porzellan zerschellte an der Wand. Der Kerzenstummel fiel auf den Boden. Catherine ergriff den Silberrahmen mit dem Bild ihres Vaters und holte erneut aus, um ihn zu werfen, als sie von einer Erinnerung gebremst wurde. Sie dachte an ihre Mutter, die wie eine Furie schrie und mit Gegenständen um sich warf. Als sie zögerte, hatte Navarro sie schon erreicht. Er nahm den kleinen Rahmen aus ihren gefühllosen Fingern und betrachtete stirnrunzelnd Catherines starres Gesicht.

Plötzlich drehte sie ihm den Rücken zu, als ihr Tränen des Schmerzes, des Zorns, der Reue und – ja, auch des Selbstmitleids in die Augen traten. Sie wollte nicht, daß er sie weinen sah.

Als sie seinen leisen Fluch hörte, spähte sie vorsichtig in den Spiegel über dem Toilettentisch und sah ihn mit dem Kerzenstummel in der Hand dastehen. Seine Augen verengten sich, während er das gelbe Wachs zwischen den Fingern rollte und daran schnupperte.

Er schob den Kerzenstummel in seine Tasche, wandte sich dem Schrank zu und öffnete ihn. Er knurrte zufrieden.

»Genau das ist es«, sagte er und zog das goldene Seidenkleid hervor. »Ziehst du es freiwillig an, oder muß ich dich dazu zwingen?«

Sie wandte sich ihm widerwillig zu.

»Nun komm schon, Catherine, willst du mich allein in die Höhle des Löwen gehen lassen?«

»Ich dachte, sie wären *canaille*«, sagte sie so bissig, wie sie konnte, während sie das Kleid, das er ihr hinhielt, entgegennahm.

»Ob sie nur ein wilder Haufen oder ein Rudel Löwen sind, hängt hauptsächlich von deiner eigenen Haltung ab. Wirst du die *Grande Dame* spielen oder die Verurteilte?«

Navarro zog den Sessel ein Stück vor und nahm Platz. Diese Handlung führte dazu, daß Catherine die Fassung verlor.

»Was – was hast du vor?« fragte sie unsicher.

»Ich gehe sicher, daß du auch tust, was ich will«, antwortete er gefaßt.

Ihre Stimme kam nur als ein Flüstern heraus. »Du bist ein Teufel.«

»Eine interessante Charakterisierung«, meinte er. »Das haben auch schon andere vermutet. Aber wenn dies Satans Werk sein sollte, ist es zumindest unterhaltsam.«

»Du wirst mir sicher vergeben, wenn ich dir da nicht zustimme.«

»Aber natürlich«, antwortete er, und seine Augen wurden schmal, als er die Ironie in ihrer Stimme vernahm. »Aber ich bin kein sehr geduldiger Mann, und ich habe heute Abend noch andere Pflichten. Es ist zulässig, daß man kommt, bevor der Vorhang sich hebt und auch vor der ersten Pause, aber danach ist es völlig undenkbar.«

»Kannst du – dich nicht wenigstens umdrehen?«

Ein schwaches Lächeln huschte über seine Lippen, während er den Kopf verneinend von einer Seite zur anderen drehte. »Du bist viel zu schlau. Außerdem würde ich dadurch einen wichtigen Teil der heutigen – Unterhaltung versäumen.«

Die Wut über seine Unbeugsamkeit trieb ihr die Tränen in die Augen. Sie riß an der Schärpe ihres Morgenmantels, ging auf den Schrank zu und zog das tief ausgeschnittene Unterkleid, das zu der goldenen Seide paßte, heraus. Sie hielt es einen Augenblick in der Hand und ließ dann mit einer trotzigen Kopfbewegung den Morgenmantel zu Boden fallen, um gleich darauf das Unterkleid aus gelbem Satin über den Kopf zu ziehen.

Sie wandte sich ihm mit triumphierendem Blick zu, aber sie stand plötzlich der fülligen Gestalt ihrer Zofe gegenüber, die in der Tür des kleinen Schlafzimmers stand.

»Mademoiselle«, rief Dédé entrüstet aus, als ihr entsetzter Blick von dem halbbekleideten jungen Mädchen zu Navarro wanderte, der es sich in dem Sessel bequem gemacht hatte. Hastig machte sie das Zeichen des Kreuzes und streckte die Finger in einer uralten Geste aus, die gegen den bösen Blick schützen sollte.

Für einen kurzen Moment wirkte Navarro verwirrt, dann lächelte er. »Die treue Zofe, nehme ich an, die sich gelegentlich mit Schwarzer Magie beschäftigt.«

Dédé trat ins Zimmer, ohne den dunklen Mann zu beachten. »Jules kam zu mir, Catherine. Gibt es irgend etwas, das – wir – für dich tun können?«

Die Versuchung, herauszufinden, was Navarro gegen Dédés schlaue

Winkelzüge unternehmen würde, war groß, aber Catherine unterdrückte ihre Neugier.

»Wenn Jules immer noch draußen steht, kannst du ihm sagen, daß ich ihn nicht brauche. Und dann kannst du mir helfen, mich für das Theater anzukleiden.«

»Du gehst doch hoffentlich nicht mit diesem Mann aus.«

Dédés Stimme klang mehr als dramatisch. »Würdest du es vorziehen, wenn wir hierbleiben?« fragte Catherine mit einem bedeutsamen Blick aufs Bett. »Natürlich gehe ich mit Monsieur Navarro.«

»Aber, Catherine, du hast doch gesagt –«

»Das ist nicht mehr von Belang. Jetzt möchte ich sofort gehen.«

Dédé war erstaunt über die Entschlossenheit ihres Schützlings und entschied sich, eine andere Methode anzuwenden. »Nun gut, aber muß es das goldene Kleid sein? Deine Mutter hat mir deutlich zu verstehen gegeben, daß du etwas Unauffälliges anziehen solltest.«

»Das goldene«, beharrte Catherine, und dann holte sie, um Navarros spöttischem Blick zu entgehen, ein Paar goldene Satinschuhe, die zu dem Kleid paßten, aus dem Schrank.

Es war völlig still im Zimmer, als Dédé hinausging, um Jules über die Vorgänge zu unterrichten. Navarro hielt den Blick auf Catherines schlanke Gestalt gerichtet und sagte nachdenklich: »Ich darf nie vergessen, *chérie*, daß du einen ausgeprägten Widerspruchsgeist besitzt.«

Catherine hatte zwar erwartet, daß ihr Erscheinen Aufmerksamkeit erregen würde, aber sie war nicht auf die gereckten Hälse, durchdringenden Blicke und das Tuscheln vorbereitet, das durch das Publikum ging, als sie an Navarros Arm das Theater betrat. Sie versuchte ebenso unbeteiligt zu bleiben wie Navarro, aber das kostete sie eine große Anstrengung. Die Blicke aller bohrten sich förmlich in sie, und jedermanns Phantasie schien sich mit ihrem Abenteuer zu beschäftigen.

Catherine hatte darauf gehofft, sich in eine *loge grille*, eine der abgeschirmten Logen für Damen, die ein Kind erwarteten, für Trauernde und für Herren, deren Begleiterinnen von zweifelhafter Herkunft waren, verstecken zu können. Doch eine solche Rückzugsmöglichkeit blieb ihr verwehrt. Die mit einer Blumenfülle geschmückte Loge, in die man sie führte, war von allen Seiten einsehbar.

Wenigstens war sie nicht mit Navarro allein: Marcus Fitzgerald, ihre Mutter, ein junges Mädchen mit hochaufgetürmtem Haar und eine Frau, die offensichtlich die Gesellschafterin oder arme Verwandte des Mädchens war, saßen in der ersten Reihe der Loge. Hinter ihnen befand sich ein Paar, das überraschenderweise die helle Haut und die blonden Haare von Amerikanern besaß.

Der erste Akt des Stücks näherte sich dem Ende, und Navarro versuchte nicht, sich mit den anderen bekannt zu machen. Er brachte Catherine zu einem der freien Stühle in der Mitte und setzte sich neben sie.

Das französische Melodram, *Selico*, wurde von Schauspielern, die aus Santo Domingo geflüchtet waren, aufgeführt. Das Haus war mit mehr als siebenhundert Plätzen voll besetzt.

Die Geschichte war spannend, und die Schauspieler boten hervorragende Leistungen, aber Catherine bemerkte es nicht. Sie betrachtete die Fensternische, in der sie das Unglück gehabt hatte, Rafael Navarro zu begegnen. Der Ball der Viertelnegerinnen, der erst vor ein paar Abenden hier in diesem Theater stattgefunden hatte, beschäftigte ihre Gedanken. Wenn sie sich umsah, würde sie sicher eine ganze Reihe von Männern erkennen, die an jenem Abend hier gewesen waren und jetzt mit ihren Frauen in ihrer Nähe saßen. Ihr war, als hätte sie ein verborgenes Stück des Lebens dieser Männer gesehen und wäre selbst ein Teil davon gewesen.

Zum ersten Mal, seit Navarro in ihr Zimmer eingedrungen war, hatte Catherine Zeit, sich zu fragen, was er mit dieser Aktion bezweckte. War das eine neue Methode, Marcus in Rage zu bringen? Gab er einer teuflischen Laune nach? Sie wünschte, sie wüßte es. Im abgedunkelten Theater glich sein Gesicht einer Bronzemaske.

Das Ende des ersten Aktes kam mit erschreckender Geschwindigkeit. Der Vorhang schloß sich, und ein Lampenanzünder zog den mittleren Kronleuchter mit den Kristallüstern herunter und entzündete die Kerzen. Die Leute setzten sich aufrecht hin, und es raschelte überall, während sich die Damen mit ihren Fächern aus Spitze, bemalter Seide und Palmblättern Luft zufächelten. Die Herren standen auf und bereiteten sich auf die ersten Besuche in den anderen Logen vor, eine Sitte, die bei Mädchen im heiratsfähigen Alter großen Anklang fand.

Catherines Mutter brach das Schweigen in der Loge.

»Eine äußerst reizvolle Ergänzung zu den anderen Stücken dieser Saison, nicht wahr? Leicht im Vergleich zu den üblichen Dramen, aber ausgesprochen unterhaltsam.«

Sie wartete, bis das zustimmende Gemurmel verstummt war, und sprach dann weiter. »Es ist wirklich schade, daß ihr den Anfang versäumt habt, Catherine, aber ein paar Worte werden ausreichen, um euch das Versäumte zu erklären. Haben deine Kopfschmerzen nachgelassen? Es freut mich wirklich, daß du dich von Rafael hast überreden lassen, auch hierherzukommen. Ich war sicher, daß du gern seine Schwester kennenlernen würdest.«

»Ganz bestimmt«, sagte Navarro und riß das Gespräch an sich, bevor Catherine antworten konnte. »Catherine, darf ich dir meine Schwester Solange und ihre Begleiterin, Madame Thibeaut, vorstellen? Die Blumen, die uns hier umgeben, sind zu Solanges Ehren hergebracht worden. Sie ist gerade achtzehn geworden, und der heutige Abend ist ihr Debüt. Bisher hat sie friedlich auf dem Land auf Alhambra gelebt. Ihretwegen habe ich dich die vergangenen drei Tage allein gelassen, Catherine, aber vielleicht könntest du trotzdem so nett sein und sie in den Kreis deiner Freundinnen hier einführen.«

»Natürlich. Wie geht es Euch, Solange?« Catherines Lächeln war vielleicht etwas zu strahlend. Sie war erleichtert, daß Navarro ihr eine brauchbare Erklärung dafür geliefert hatte, warum er so viel Wert auf ihre Begleitung legte. Sie entspannte sich ein wenig.

Solange neigte den Kopf, aber auf ihrem schmalen, blassen Gesicht erschien kein Lächeln. Ihre jetschwarzen Augen waren voller Vorsicht und Aufmerksamkeit. Ihre Frisur war viel zu streng für ein junges Mädchen, und ihr weißes Kleid war offensichtlich von einer Schneiderin aus der Provinz angefertigt worden.

Die Frau neben ihr, Madame Thibeaut, wirkte sogar noch unscheinbarer. Sie trug eine Witwenhaube aus welker Spitze, durch die das schwarze Band der Trauer geflochten war. Ihre formlosen Lippen waren farblos, und ihr Teint unter der dicken Schicht von Reispuder schimmerte gelblich. Vor einem so farblosen Hintergrund wirkte das Gold der Ohrringe, die von ihren Ohren baumelten, unnatürlich strahlend. Die ältere Frau nickte Catherine nur knapp zu.

Navarro schien auch nicht mehr erwartet zu haben. Er wandte sich sofort dem Paar hinter seiner Schwester zu. »Und dies, Catherine, sind Giles Barton und seine Schwester Fanny, Freunde und Nachbarn von mir.«

Giles Barton stand auf, um sich über Catherines Hand zu beugen. Er war ein breitschultriger, blonder Riese mit freimütigen blauen Augen und einem offenen, herzlichen Lächeln. Seine große Hand war warm, und er hielt ihre Finger kurz in einem festen Griff.

Seine Schwester beugte sich vor. »Wir freuen uns sehr, Euch kennenzulernen, Mademoiselle Mayfield. Wenn ich es richtig verstanden habe, war Euer Vater Amerikaner, das gibt uns doch eine gewisse Gemeinsamkeit, nicht wahr? Ich hoffe, Ihr habt nichts dagegen, daß mein Bruder und ich uns der Gesellschaft angeschlossen haben. Rafe bestand darauf, und es kommt sehr selten vor, daß ich Giles überreden kann, mit in die Stadt zu kommen. Deshalb wollte ich mich nicht weiter in die bereits getroffenen Arrangements einmischen.«

»Es macht mir überhaupt nichts aus, Miß Barton«, antwortete Catherine. »Monsieur Navarro kann einladen, wen immer er will, und ich selbst finde es auch angenehmer, in größeren Gesellschaften zu sein.« Fanny Barton war nervös, als sie antwortete. Ihre Worte überschlugen sich, und das Lächeln auf ihrem breiten Mund wirkte ein wenig gezwungen.

»Darf ich Euch ein Kompliment zu Eurem Kleid machen?« fragte die junge Frau. »Es erinnert mich an die Mode, die bei uns zu Hause in Philadelphia getragen wird. Ich kann Euch nicht sagen, wie erfrischend es ist, einmal eine kräftige Farbe zu sehen. Hier wird immer so viel Weiß getragen. Das ist natürlich sehr hübsch, und man paßt sich dem auch an, weil es so praktisch und passend ist in dem heißen Klima, bei dem man oft die Kleider wechseln und nach jedem Tragen waschen muß – aber trotzdem erscheint es mir immer so eintönig. Euer Kleid ist etwas Besonderes wie eine Pfingstrose in einem Beet voller weißer Rosen.«

Catherine hatte schon beinahe vergessen, was sie trug. Die Erinnerung daran, wie sie es vor dem amüsierten Blick des Mannes, den sie Rafe nannten, angezogen hatte, trieb ihr die Röte in die Wangen. Sie mußte jedoch zugeben, daß das Kleid wirklich außergewöhnlich war. Es hatte einen tiefen, runden Ausschnitt und am Nacken einen hohen Kragen. Der Rock fiel von der hohen Taille in schimmernden Falten bis zum Boden. Der Stil war königlich und doch einfach, und die goldene Seide bildete einen herrlichen Kontrast zu dem schimmernden Perlenschmuck ihrer Mutter, den Dédé im letzten Augenblick noch geholt hatte, um von dem auffallenden Kleid abzulenken.

»Ihr besitzt – Land in der Nähe von Alhambra?« fragte Catherine. Es war einfacher, weiter mit Fanny Barton zu sprechen, als sich umzudrehen und mit Navarro ein Gespräch zu beginnen.

»Ja, wir haben eine Plantage etwa fünf oder sechs Meilen von Alhambra entfernt. Das Haus ist nicht groß, und die Ländereien sind auch nicht so umfangreich wie Rafes Besitz. Er hat Alhambra dem Anwesen seines Vaters hinzugefügt, und es entwickelt sich recht schön.«

»Aber Ihr würdet lieber in der Stadt leben?«

»Nein, eigentlich nicht. Ich genieße die Möglichkeiten, die es hier gibt, die Läden, die Bälle und Ausflüge und Morgentees – selbst Monsieur Gaëtanos Zirkus. Aber eigentlich bin ich glücklich auf dem Land.« Sie lachte. »Giles wirft mir vor, ich würde die Fahrt auf dem Fluß mehr genießen als den Stadtaufenthalt. Ich habe immer ziemlich schnell genug von dem Trubel und sehne mich nach dem Frieden meines Heims. Dabei ist es dort auch nicht immer friedlich.«

»Nein? Ich habe einmal einen Sommer auf einer Plantage verbracht. Damals war ich ein Kind, aber ich hatte das Gefühl, daß die Tage so langsam dahinflossen wie der Fluß bei Niedrigwasser.«

»Das ist immer noch so. Aber in letzter Zeit gab es öfter Schwierigkeiten mit den Sklaven. Als Giles die Plantage vor fünf Jahren kaufte, gab es dort nur Inselsklaven, und Ihr wißt ja, daß die Schwarzen von den Westindischen Inseln sehr viel mit dieser schrecklichen Schwarzen Magie zu tun haben, die sie Voodoo nennen. Außerdem denken sie an Revolution, da sie die Geschichte des schwarzen Königreichs in Haiti kennen.«

Madame Thibeaut nickte und beteiligte sich an dem Gespräch. »Darüber könnte ich Euch das eine oder andere erzählen. Wir haben auf Alhambra ebenfalls einige Inselsklaven. Sie sind mörderische Gewaltmenschen, das kann man schon auf den ersten Blick sehen. Ich muß es wissen. Mein Vater, meine Mutter, meine ältere Schwester und mein Mann wurden in Santo Domingo getötet, das sie jetzt Haiti nennen. Mein Sohn starb in dem Boot, in dem wir nach Kuba flüchteten. Ich hatte Glück, daß ich entkommen konnte. So viele sind bei den Massakern gestorben.«

Ihre ausdruckslose harte Stimme machte jedes Mitgefühl zunichte. Ihre Augen schimmerten glasig, und Schweißtropfen standen auf ihrer Oberlippe. Als das Kerzenlicht ihre hohe, vorstehende Stirn beleuchtete, sah Catherine, daß sie mit der dicken Puderschicht ihre Pockennarben überdeckt hatte.

Fanny lächelte und sagte in der besänftigenden Stimme einer Person, die eine Geschichte schon sehr oft gehört hat: »Ich weiß, es war schrecklich für Euch.«

»Schrecklich? Sie waren wie Dämonen, Schreckgespenster aus der Hölle. Irgend jemand sollte eine Armee dorthin schicken und sie alle töten lassen.«

»Napoléon hat es versucht, und es ist ihm nicht gelungen«, erwiderte Fanny sanft. »Aber jetzt seid Ihr in der Stadt. Vielleicht werdet Ihr ja jemanden aus Eurem alten Freundeskreis bei den neuen Flüchtlingen aus Santo Domingo finden, vielleicht auch unter denjenigen, die das spanische Kuba wegen des Krieges zwischen Frankreich und Spanien verlassen haben.«

Die ältere Frau zeigte nicht das geringste Interesse an dieser Aussicht. Sie zuckte mit den Schultern und wandte sich ab.

Solange lenkte mit unerwartetem Taktgefühl die Aufmerksamkeit ihrer Begleiterin auf die Zuschauer im Parkett. »Seht, Madame, dieser seltsame alte Mann. Er sieht aus wie der Sonnenkönig persönlich. Wer mag das wohl sein?«

Catherine, die dem ausgestreckten Finger des jungen Mädchens mit Blicken folgte, lächelte. Der alte Mann, den Solange entdeckt hatte, trug eine gelockte, gepuderte Perücke, Kniehosen aus Satin unter einem Brokatrock, seidene Strümpfe und silberne Schnallen auf seinen mit roten Absätzen versehenen Schuhen. In einer Hand hielt er einen mit Bändern umwundenen Stock und ein Spitzentuch, auf dem anderen Arm saß ein kleiner weißer Pudel, während ein Äffchen sich schwankend an seiner Schulter festklammerte.

»Das ist der Chevalier«, antwortete Catherine. »Er kleidet sich wie ein Herr des *Ancien régime*, schon solange ich mich erinnern kann. Als Kind mochte ich ihn sehr gern, wahrscheinlich weil er einen Bonbonladen besitzt. Ihr müßt ihn besuchen, solange Ihr hier seid, und seine Pralinen kosten.«

Solange erstarrte. »Nein danke«, sagte sie mit eisiger Stimme, »ich bin doch kein Kind mehr.«

Catherine hatte natürlich nichts Derartiges damit zum Ausdruck bringen wollen. Sie ging selbst gern in den Laden des Chevalier auf der Chartres Street. Aber Solange hatte sich schon mit beleidigter Würde abgewandt, drehte ihr den Rücken zu und plauderte mit ihrer Begleiterin.

Die Loge hatte sich schnell gefüllt. Eine ganze Reihe von jungen Männern versammelte sich um Yvonne Mayfield, die mit gewohnter Sicherheit auf die Komplimente reagierte und die Galane mit einer angenehmen Mischung aus Flirt und Mütterlichkeit behandelte. Navarro war aufgestanden, um ein paar Freunde zu begrüßen, und Catherine beobachtete, wie er sie seiner Schwester vorstellte. Die Bartons unterhielten sich mit einem amerikanischen Paar.

Catherine stand auf und ging in den hinteren Teil der Loge, wobei sie sich unbewußt vor den Lorgnetten und Operngläsern in Sicherheit brachte, die sie im Visier hatten.

»Ihr seht heute abend *ravissante* aus, *chérie.*«

Erschreckt fuhr Catherine herum und stand Marcus gegenüber. Sie erkannte schnell, daß ihr Liebenswürdigkeit den besten Schutz bieten konnte, und lächelte. »Danke sehr, mein Herr. Ihr seid sehr freundlich.«

»Und Ihr seid grausam«, klagte er. »Denn anders kann ich mir Euer Verhalten nicht erklären. Mich zuerst hoffen zu lassen, daß ich vielleicht ein Chance haben könnte, dann eine Krankheit vorzuschützen und mir zu überlassen, daß ich Eure Mutter begleite, war nicht sehr nett. Und dann mutet Ihr mir auch noch die Demütigung zu, daß Ihr in Seide und Perlen am Arm dieses verdammten Korsaren hier erscheint.«

Catherine ärgerte sich über seine vorwurfsvolle Ausdrucksweise. Dennoch mußte sie zugeben, daß er Grund zur Klage hatte. Er war ein gutaussehender Mann mit seinen kastanienbraunen Locken, die ihm in die Stirn fielen, und seinen flehenden braunen Augen. Er wirkte sogar ein wenig verwegen, da er einen Arm in der Schlinge trug. Trotzdem fand Catherine ihn nicht sehr aufregend. Sie war froh, daß sie die Lage zwischen ihnen unter Kontrolle hatte.

»Es tut mir leid, Marcus. Ich hatte nicht die Absicht, Euch zu verletzen. Ich wollte tatsächlich heute abend nicht ausgehen. Aber Ihr müßt verstehen, daß ich keine andere Wahl hatte.«

»Ihr meint, Navarro hat Euch gezwungen, mit ihm zu gehen? *Mon Dieu*, er war sehr fleißig. Ihr könnt natürlich nicht wissen, daß er seit seiner Rückkehr drei Herren aufgesucht hat. Antoine Robichaux gestern abend noch. Heute morgen den jungen Marigny und meinen hohlköpfigen Vetter Bernard, dessen einziger Fehler es war, unseren Familiennamen beschützen zu wollen.«

»– auf Kosten des Namens der betroffenen Dame –«, warf Navarro mit leiser Stimme ein.

Er trat an Catherines Seite, nahm ihre kalten Finger und legte sie auf seinen Arm. »Dieses Thema wird Catherine nicht besonders interessieren. Ich trage die Schuld an dieser unglückseligen Lage – nach Euch natürlich, Marcus. Catherines einziger Fehler war ihre betörende Schönheit, das habe ich auch den Herren erklärt, von denen Ihr gesprochen habt. Ich bin sicher, daß daran niemand Zweifel hegt.«

Navarros Worte waren eine Herausforderung, die Marcus mit einem bitteren Lächeln und einer Verbeugung über sich ergehen ließ. Aber als sich Catherine mit Navarro von ihm abwandte, bedachte er sie mit einem mörderischen Blick, der ihr einen Schauer über den Rücken jagte.

»Kalt?« fragte Navarro. »Ich glaube, ich habe etwas, was dich wärmen könnte.«

Catherine warf ihm einen verständnislosen Blick zu. Dann bemerkte sie, wie sich die Tür der Loge öffnete und ein in Livree gekleideter Diener eintrat, der ein mit Sektgläsern gefülltes Tablett hereinbrachte.

Als jeder in der Loge ein Glas bekommen hatte, wandte sich Navarro den Leuten zu, hob sein Glas mit der einen Hand, während die andere Catherines Finger festhielten. Yvonne Mayfield schwebte auf sie zu und postierte sich an ihrer Seite.

»Meine Damen und Herren, auf die Zukunft und auf die junge Dame, die sich einverstanden erklärt hat, die meine zu teilen, auf meine Braut Mademoiselle Catherine Mayfield!«

7

»Ich werde dich nicht heiraten, Navarro. Ich will es nicht!«

Catherine war es gelungen, ihren Zorn zurückzuhalten, bis das Stück vorüber war und sie allein in seiner Kutsche saßen.

»*Chérie*«, sagte er sanft, »glaubst du, du könntest dich überwinden, mich Rafael zu nennen? Schließlich sind wir bald Mann und Frau.«

»Wir werden nicht heiraten. Ich habe dir schon gesagt, daß ich kein Interesse an einer Hochzeit habe.«

»Du hast natürlich einen Grund für diese hartnäckige Weigerung, stimmt's?«

Catherines Stimme drohte zu versagen. »Du bist der arroganteste, eingebildetste Mann, dem ich je das Unglück hatte zu begegnen. Du erklärst mir, du würdest mir keinen Heiratsantrag machen, du verschwindest drei Tage und erwartest, daß ich dir, ohne zu zögern, in die Arme falle und dieser verrückten Idee zustimme, wenn du wieder auftauchst!«

»Das hört sich ja sehr erfreulich an«, seufzte er. »Aber ich habe erwartet, daß du verärgert sein würdest. Genaugenommen hatte ich sogar erwartet, daß du mir sofort, noch in der Loge, widersprichst. Und ich hatte auch schon eine Reihe von Möglichkeiten im Kopf, wie ich dich zum Schweigen bringen könnte. Dein Schweigen hat mich völlig verwirrt. Ich frage mich nur, warum du nichts gesagt hast.«

Catherine warf ihm einen Blick voller Abneigung zu. »Ich wollte keine Szene machen – abgesehen davon habe ich deine Schwester und diese Vogelscheuche, ihre Gesellschafterin, beobachtet. Sie waren entsetzt. Man kann es nicht anders nennen.«

»Wirklich?« fragte er. »Haben sie das gesagt?«

»Das war nicht nötig. Ihre wütenden Mienen haben Bände gesprochen, und sie konnten es nicht glauben.«

»Catherine, du mußt lernen, nicht auf die Gefühle der anderen zu achten. Es spielt kaum eine Rolle, was sie denken oder wollen. Unsere Angelegenheiten gehen sie gar nichts an.«

»Und dann war da noch meine Mutter«, fuhr sie fort, ohne sich um seinen Einwurf zu kümmern. »Sie sah aus, als hätte man ihr eine ungeheure Last von den Schultern genommen. Zweifellos möchte sie mich unter die Haube bringen.«

»Ich glaube, du tust ihr unrecht«, sagte er ruhig. »Aber das ist egal. Ich habe dich auch nicht um ihres Seelenfriedens willen gebeten, mich zu heiraten.«

»Vergib mir mein schlechtes Gedächtnis, aber ich kann mich nicht daran erinnern, daß du mich je darum gebeten hast«, sagte Catherine.

»Also das ist es. Du wünschst dir einen formellen Antrag.«

Das Lachen, das seine Stimme tönte, verbesserte ihre Laune nicht gerade. »Nein, das ist es nicht! Ich will nicht, daß du mich aus Mitleid oder Pflichtgefühl heiratest – und nicht einmal wegen dem, was du für deine Ehre hältst!«

»Sei vorsichtig, süße Catherine«, sagte er ruhig, »meine Geduld ist nicht grenzenlos.«

»Du brauchst mir nicht zu drohen. Ich kann mir kaum vorstellen, was du mir noch antun könntest«, rief Catherine. »Verstehst du denn nicht? Wenn wir überstürzt heiraten, käme es einem Eingeständnis gleich, daß wir tatsächlich all die unerlaubten Dinge getrieben haben, die die Leute vermuten.«

Seine Stimme klang ruhig, sogar nachdenklich, als er antwortete. »Darf ich dich darauf hinweisen, daß eine Ehe die – äh – vorher geschehenen unerlaubten Dinge rechtfertigt und daß sie auch die späteren legalisiert?«

»Ich will keine Rechtfertigung«, warf Catherine hitzig ein. »Ich habe nichts getan, dessen ich mich schämen müßte.«

»Bravo, meine Kleine. Eine gute Einstellung. Aber ich bin sicher, daß es deine Mutter und deine Freundinnen unpassend finden würden, wenn du ohne den Segen der Kirche in mein Haus ziehst.«

Catherine sah, wie seine Zähne blitzten, als er im Dunkeln lächelte.

»Sag mir ganz deutlich«, forderte sie mit harter Stimme, »was du im Sinn hast.«

»Ich werde dir die Verlegenheit ersparen, süße Catherine, und dir nur sagen, daß du noch heute nacht einwilligen wirst, meine Frau zu werden. Andernfalls bist du morgen früh meine Geliebte. Du kannst nur zwischen diesen beiden Möglichkeiten wählen. Entscheide dich, und zwar jetzt.«

Navarros Kutsche fuhr lautlos um die Kurve. Die Hufe der beiden gleichfarbigen Pferde, die sie zogen, verursachten auf der staubigen

Straße kaum ein Geräusch. Der blaue Samt, mit dem die Innenwände der Kutsche bespannt waren und der vor den Fenstern hing, dämpfte die Laute von der Straße. Es war eine ganz andere Fahrt als die, die sie beim letzten Mal mit diesem Mann unternommen hatte, und doch erschien es Catherine, als hätten sie das gleiche Ziel.

»Ich liebe dich nicht«, protestierte sie.

»Nein? Dann sind wir uns in einer entscheidenden Frage einig. Wir werden auf derselben Basis anfangen.«

»Warum tust du das alles?«

»Das ist ganz einfach. Ich begehre dich.«

»Aber du möchtest doch bestimmt keine unwillige Frau zu deiner Geliebten machen, geschweige denn heiraten.«

»Nein«, stimmte er ihr nachdenklich zu. »Aber es könnte interessant werden, herauszufinden, wie lange du unwillig bleiben wirst.«

»Du –«, fing sie an, verstummte aber, weil es ihr unmöglich war, ihren Ärger und ihre Verzweiflung, ihre Scham und, ja, auch ihre Angst in Worte zu fassen.

»Ich weiß. Ich bin arrogant, eingebildet und wahrscheinlich noch eine ganze Menge andere Dinge, aber du wirst mir doch zugestehen, daß ich bereit bin, unserem Kind einen Namen zu geben, falls du eines erwarten solltest.«

Catherine wurde starr vor Schreck. Sie öffnete den Mund, um die Möglichkeit abzustreiten, dann schloß sie ihn wieder. Was sollte sie tun, wenn es wirklich zutraf?

»Nun, Catherine«, fragte er nach einem Augenblick, »hast du nichts dazu zu sagen?«

»Ich – ich finde dein Verantwortungsbewußtsein bemerkenswert.«

»Mehr nicht? Ich würde es phantastisch nennen. Aber die Zeit vergeht, *ma chérie*. Welchen Weg willst du wählen?«

Catherine lächelte ironisch, als sie sich an ihre mutige, vor noch nicht allzu langer Zeit getroffenen Entscheidung, das Leben einer Halbweltdame zu führen, erinnerte. In jenem Augenblick war es ihr als ein wahrhaft freies Leben erschienen, ohne Einschränkungen, ohne die beengenden Vorschriften der Wohlanständigkeit; ein Leben, das sie wirklich ihr eigenes hätte nennen können und bei dem sie niemandem ausgeliefert gewesen wäre. Jetzt, als sie tatsächlich vor der Wahl stand, schien es ihr nur noch ein Leben ohne Schutz zu sein, bei dem sie allen Unwägbarkeiten ausgeliefert wäre. Es konnte nur eine Antwort geben.

Erschöpft lehnte sie sich zurück und wandte das Gesicht ab. »Ich werde dich heiraten.«

»Rafael«, gab er vor.

»Rafael«, flüsterte sie.

Am folgenden Sonntag wurde in der Kathedrale das Aufgebot verlesen. Es würde noch zweimal verlesen werden, und dann, an dem auf die letzte Lesung folgenden Montag, sollte die Trauungszeremonie stattfinden. Der Tag nach der Hochzeit war *Mardi Gras*, Karnevalsdienstag, dem der Aschermittwoch folgte, jener erste Tag der Fastenzeit, in der man sich einschränkte und betete. Während der Fastenzeit zu heiraten wäre im besten Falle eine schäbige Angelegenheit, alle würden auf das übliche Fest und Vergnügen verzichten müssen. Man hielt es auch für ein schlechtes Vorzeichen, das eine Zukunft ohne Reichtum verheißen könnte. Eine Hochzeit an einem Sonntag war, nach Meinung Madame Mayfields, ›gewöhnlich‹. Montag dagegen war ausgesprochen modisch.

Catherine verbrachte die Wartezeit damit, ihre Aussteuer zusammenzustellen. Das war keine sehr mühsame Aufgabe. Kreolische Mädchen waren in ihrer Freizeit damit beschäftigt, das Leinen für den Haushalt zu säumen und zu besticken und die anderen Dinge herzustellen, die sie nach ihrer Hochzeit brauchen würden; die jeweils zwölf Dutzend Laken, Kissenbezüge, Tischdecken, Servietten, Tischläufer, Handtücher und Geschirrtücher, ja sogar Putzlappen, sorgfältig abgeschriebene Rezepte für Gerichte, Heilmittel, Mittel zur Vorbeugung sowie Reinigungsanweisungen gehörten ebenso dazu wie Nachthemden und Frisierumhänge, die bei den Nonnen speziell für Bräute angefertigt wurden.

Auf eine Hochzeitsreise zu gehen, war nicht üblich. Statt dessen war es Tradition, daß Brautpaare fünf Tage, fünf unendlich lange Tage, in ihrem Schlafzimmer eingeschlossen wurden, ohne Besucher zu empfangen. Für manche Paare war das ein Segen nach der langen Zeit des Wartens, für Catherine jedoch waren diese Tage wie eine schreckliche Bedrohung.

Sie war dankbar, daß sie vor der Hochzeit nicht mit Navarro allein zu sein brauchte. Solange bestand darauf, daß ihr Bruder sie auf Schritt und Tritt begleitete, während sie Einkäufe tätigte und den Vergnügungen, die

die Stadt bot, beiwohnte. Rafael gestattete Catherine nur selten, sich zurückzuziehen. Madame Thibeaut ließ ihren Schützling Solange bei all den Unternehmungen nie aus den Augen, und gelegentlich, wenn Catherine das Gefühl hatte, die Mißbilligung der beiden Frauen nicht länger ertragen zu können, gesellte sich Yvonne zu ihnen und heiterte ihre Tochter mühelos auf.

Langsam gewöhnte sich Catherine daran, an Rafaels Arm in der Öffentlichkeit aufzutreten. Sie bemerkte sogar, daß sie ein interessantes, sogar attraktives Paar waren. Und wenn sie sich schon nicht an die Aufmerksamkeit, die sie erregten, gewöhnen konnte, so nahm sie sie doch schließlich als unvermeidlich hin.

Das *déjeuner de fiancailles*, oder Verlobungsfrühstück, konnte man nicht als Erfolg bezeichnen. Es war nur ein Familienfest, aber die Familien der Navarros und Villères waren groß, und man mußte alle – von Großonkel Prosper bis zur Großnichte Tine – dazubitten. Als Catherine alle Einladungen geschrieben und in einem Korb gestapelt hatte, so daß ein Diener sie verteilen konnte, wünschte sie sich von ganzem Herzen, daß wenigstens ein paar von ihnen absagen würden. Doch ihre Hoffnung wurde nicht erfüllt. Die Familien schienen das Gefühl zu haben, daß dies eine Gelegenheit war, ihre Solidarität zu zeigen, und machten sich in Scharen auf den Weg, um ihre bedrängten Verwandten zu unterstützen. Die Versammlung glich dann allerdings eher einer Beerdigung als einer Verlobung, und die rituellen Glückwünsche, die ausgesprochen wurden, hatten mehr Ähnlichkeit mit Kondolenzbezeugungen. Besonders Yvonne wurde viel Sympathie entgegengebracht, obwohl auch Leute anwesend waren, die die Ansicht vertraten, daß sie selbst für diesen Ehrverlust verantwortlich war, schon weil sie seinerzeit einen Amerikaner geheiratet hatte.

Auf beiden Seiten war man sich darüber einig, daß die Feier eine peinliche Angelegenheit war, die man so schnell wie möglich hinter sich bringen mußte. Sie aßen, was man ihnen vorsetzte: die Pilzomelettes, pochierten Eier auf Artischockenherzen, die zarten Schinkenstreifen, das Kalbfleisch und die Hühnerbrust, die Zwiebelsuppe, das Orangesorbet, die Beeren und Nüsse. Sie tranken mit Sekt auf die Gesundheit der Braut, und als der Ring gezeigt wurde, ein großer Rubin umgeben von Diamanten in einer flachen Goldfassung, bewunderten sie ihn pflichtschuldigst.

Dann verabschiedeten sie sich steif, aber höflich und ließen sich beim Verlassen des Hauses gegenseitig den Vortritt.

Catherine, die den Abzug von ihrer Stellung an der Tür aus beobachtete, war nicht sicher, ob sie über die Haltung ihrer Verwandten amüsiert oder gekränkt sein sollte. Dann beugte sich Rafael zu ihr und flüsterte, wobei er das Gesicht verzog: »Wenn man sich vorstellt, daß wir diese finsteren Mienen bei der Hochzeit noch einmal ertragen müssen –!«

Als sie aufsah, entdeckte sie seine Augen amüsiert glitzernd und lächelte. Vielleicht würde die Zukunft doch ganz erträglich werden.

Am Freitag vor der Hochzeit brachte Rafael persönlich den *corbeille de noce*. Die Modistin, Madame Estelle, war besonders stolz auf ihre geschmackvolle Auswahl an Hochzeitskörben, und Catherine hatte erwartet, daß sie bei dieser Gelegenheit eine ihrer Kreationen geschenkt bekommen würde. Der Korb, den Rafael in Catherines Arme legte, hatte durchaus Ähnlichkeit mit denen von Madame Estelle – bis auf sein Gewicht und das goldene Band, das zwischen die weißen Bänder geflochten war, die die Griffe auf beiden Seiten des Weidenkorbes zierten.

Catherine fühlte sich geschmeichelt, daß er so auf Kleinigkeiten achtete, und war verwirrt, weil sie sich davon beeindrucken ließ. »Wo ist Solange?« fragte sie, um sich ihre Gefühle nicht anmerken zu lassen.

»Ich habe sie mit Madame Thibeaut zum Einkaufen geschickt. Deine Mutter hat mir gesagt, daß ich dich nach dem heutigen Tag nicht mehr sehen darf, bis wir zusammen in der Kathedrale den Mittelgang hinuntergehen. Also dachte ich, es wäre an der Zeit, die Formalitäten und Anstandsdamen außer acht zu lassen, falls wir noch irgend etwas zu besprechen haben.«

Catherine warf ihm einen schnellen Blick unter ihren Wimpern hervor zu und antwortete: »Ich wüßte nichts.«

»Ich glaube auch nicht, daß deine Mutter uns stören wird. Komm«, sagte er und nahm ihr den schweren Korb ab. »Laß uns ins Empfangszimmer gehen.«

»Das Empfangszimmer wird für das Hochzeitsessen vorbereitet«, sagte sie befangen. »Bist du auch mit dem Salon einverstanden?«

Sie gingen die Treppe hinauf und in den kleinen, gelben Salon, der von der Sonne durchflutet wurde. Rafael schloß die Tür hinter ihnen.

»Du brauchst keine Angst zu haben, Kleines. Hast du noch nicht bemerkt, daß ich in der letzten Zeit mein bestes Benehmen an den Tag gelegt habe?«

»Natürlich«, erwiderte sie mit einem vorsichtigen Lächeln, »ich habe in den vergangenen Tagen deine Zurückhaltung ausgesprochen geschätzt.«

»Wirklich? Das ist ermutigend. Aber vielleicht solltest du den Korb öffnen, bevor wir dieses Thema weiter erörtern.«

Das Spitzentaschentuch, Brusttuch und der Fächer waren mehr oder weniger wie erwartet, ebenso der Spitzenschleier, dieser beliebteste Kopfputz der kreolischen Frauen, den sie anstatt einer Haube trugen, wenn sie das Haus verließen. Das feine, mit Goldfäden durchwirkte Umschlagtuch aus Kaschmir war eine Überraschung, ebenso die weißen hirschledernen Handschuhe, die mit einem zarten Muster von Glöckchen und geschwungenen Bändern bestickt waren. Doch das kostbarste Geschenk lag am Grund des Korbes in mehreren mit Samt bezogenen Kästchen. Es war Schmuck aus Topasen, die zusammen mit Zuchtperlen in Form von Blüten angeordnet waren – ein Halsband, Ohrringe, zwei Armbänder und ein Paar sorgfältig gearbeiteter Schmuckstücke für das Haar.

Catherine saß lange da und betrachtete die schönen Dinge, die um sie herum ausgebreitet waren. Jedes einzelne Geschenk war so sorgfältig ausgewählt, und Catherine war sprachlos. Rafael setzte sich mit einer ungeduldigen Bewegung auf.

»Wenn dir irgend etwas davon nicht gefällt, brauchst du es nur zu sagen«, meinte er.

»Nein, nein, das ist es nicht«, versicherte sie ihm hastig. »Nur, das ist – einfach viel zuviel. Eine solche Fülle wäre doch nicht nötig gewesen.«

Er drehte sich um und sah sie an. »Doch, es war absolut nötig. Ich wollte dir diese Dinge schenken, das ist Notwendigkeit genug.«

»Ja?«

Mit einem seiner blitzartigen Stimmungsumschwünge lächelte er und betrachtete ihre trotzige Miene. »Glaubst du vielleicht, ich wäre nur so großzügig, um die boshaften Leute zum Schweigen zu bringen? Nein. Ich habe sie gekauft, weil sie mir gefallen haben und weil ich die Hoffnung hatte, daß ich dir eine Freude damit bereiten kann.«

»In diesem Falle nehme ich sie dankbar an.«

»Ich bin nicht ganz sicher, ob ich dir das glauben kann«, sagte er und legte den Kopf schräg. »Vielleicht solltest du mir deine Dankbarkeit zeigen.«

»Was meinst du damit?« fragte sie und hob unruhig die Geschenke auf, um sie wieder in den Korb zu legen.

»Ich meine, meine kleine Unschuld, daß ich wenigstens einen Kuß erwarte für meine Bemühungen bei den Putzmacherinnen, den Modistinnen und den Juwelieren.«

Catherine sah ihm direkt in die Augen. »Also das ist der Grund, warum du mich allein sehen wolltest.«

»Grund genug für den Augenblick. Komm, stell das weg«, sagte er, nahm ihr mit sicherem Griff den Korb aus der Hand und zog sie in seine Arme. »Sei nicht so schüchtern«, flüsterte er, als er seine Lippen auf die ihren senkte.

Catherine gab nach. Erst nach einer Weile rührte sie sich wieder und entzog sich ihm.

»Du bist mir wirklich sehr willkommen«, sagte er und lachte.

Catherine sah ihn an und spürte einen seltsamen Schmerz in ihrer Brust. Dieser Mann liebte sie nicht, das hatte er selbst zugegeben. Was er empfand, war reines körperliches Verlangen. Aber was bewegte sie selbst? War es etwa dieselbe nichtswürdige Leidenschaft?

Sie wandte sich plötzlich ab und stützte sich mit der Hand auf der Rükkenlehne eines ägyptischen Sessels ab. »Es wird dich erfreuen zu erfahren, daß du nicht Vater wirst«, erklärte sie, ohne den Blick von der geschnitzten Sphinx unter ihren Fingern zu heben.

Er schwieg so lange, daß sie schließlich aufsah. Als sie seinem Blick begegnete, fragte er zärtlich: »Das soll mich erfreuen?«

»Warum nicht? Bis zu diesem Zeitpunkt hat es doch nicht ausgesehen, als legtest du sehr viel Wert auf die Verantwortung, für eine Familie zu sorgen.«

Rafael holte tief Luft. Sein Mund war zu einer schmalen Linie zusammengepreßt, und in seinen Augen lag eine Leere, die sie sehr beunruhigte. Seine Hände ballten sich plötzlich zu Fäusten, dann drehte er sich auf dem Absatz um und verließ das Zimmer.

In ihrem Innern tobte ein Kampf. Sollte sie dem Impuls nachgeben, hinter ihm herzulaufen und ihn zurückzurufen, oder ihren Stolz bewahren? Der Stolz siegte, aber es war ein unbehaglicher Sieg. Warum machte sie es sich so schwer, obwohl doch alles so einfach sein könnte? In New Orleans kam es nur sehr selten vor, daß jemand aus Liebe heiratete. Im allgemeinen wurden Ehen arrangiert, die manchmal aus finanziellen Gründen geplant wurden, aber meistens das Prestige der Familien haben. Aber nein, ihre Ehe hatte nichts mit diesen ruhigen, vernünftigen Abmachungen zu tun. In drei Tagen würde sie einen Fremden heiraten, einen zornigen Fremden. Sie dachte ein paar Minuten darüber nach, dann wandte sie ihre Aufmerksamkeit wieder den Vorbereitungsarbeiten zu.

Es war gerade dunkel geworden, als Catherine das Haus verließ, um zur Kathedrale zu fahren. Ihr Kleid, das mit der alten cremefarbenen Spitze der Familie Villère besetzt war, schimmerte geisterhaft im verblassenden Licht. Der Kranz aus Orangenblüten, der den kurzen Spitzenschleier auf ihrem Haar hielt, leuchtete schwach.

Die Kutsche der Navarros stand ihr zur Verfügung, und als Catherine das Fahrzeug bestieg, half ihr Dédé, die Röcke zu arrangieren. Yvonne, die sich aus dem Innern der Kutsche beugte, griff schnell nach dem Schleier und hielt ihn hoch, als Catherine sich zurücklehnte.

»Macht doch nicht so viele Umstände«, protestierte Catherine mit scharfem Ton, »bitte –«

Sie verstummte, als sie den verletzten Ausdruck auf Dédés Gesicht bemerkte. Madame Mayfield murmelte besänftigende Worte, die Catherines schon zum Zerreißen gespannten Nerven noch weiter strapazierten. Sie verkrampfte die Hände im Schoß und nahm sich fest vor, die nächsten paar Stunden mit Würde zu überstehen.

Am Nachmittag hatte es ein wenig geregnet, und der Himmel war immer noch bedeckt. Die Luft war feuchtheiß und bedrückend.

Der Platz war mit allen Arten von Kutschen gesäumt, von offenen Landauern bis hin zu Ponywagen. Man sah sogar ein paar Sänften, neben denen die Träger standen. Diese Überbleibsel aus der französischen Zeit wurden meistens noch von älteren Herrschaften benutzt, wenn die Straßen durch schweren Regen für Kutschen nicht mehr passierbar waren.

Catherine nahm den überwältigenden Geruch nach Pferden und der dunklen Nässe des nahegelegenen Flusses wahr, aber ihre Mutter schien davon nichts zu merken, als sie vor der Kathedrale vorfuhren.

»Die ganze Welt duftet nach Hochzeit. Das sind natürlich die wilden Orangenbäume, die auf dem Deich blühen, aber ist das nicht ein wunderbarer Effekt?« fragte Yvonne begeistert.

Catherine lächelte unsicher, als sie durch die Menge, die sich um die Tür versammelt hatte, geschoben wurde. Sie sah die mittelalterlichen Uniformen der Schweizergarde, die ihr entgegenkam, und spürte, daß ihre Hand ergriffen wurde. Ihr Herz sank, als sie sich klarwurde, daß Rafael Navarro neben ihr stand, und sie konnte sich nicht dazu überwinden, ihn anzusehen.

Kerzenflammen spiegelten sich in ihren weitaufgerissenen Augen, als sie am Kopf der Prozession der Villère- und Navarroverwandtschaft auf den Altar zuging. Einmal, als sie über einen etwas erhabenen Stein stolperte, spürte sie sofort den unterstützenden Halt an ihrem Arm. Lag ihr etwas an Rafaels Hilfe? Sie war sich nicht sicher. Ihr schwaches Lächeln war vielleicht auch nur eine Reaktion auf die Miene des Priesters, der sie erwartete. Sie wiederholte das Ehegelübde mit schwacher Stimme. Rafaels Stimme hörte sich tief und ungewöhnlich ernst an. Der kühle Ehering glitt über ihren Finger, und Rafael half ihr, ihn an die richtige Stelle zu schieben. Ernst hallte der Segen über ihre gebeugten Köpfe hinweg. Die Feder bewegte sich mit lautem Kratzen über das Kirchenbuch, als sie zum letzten Mal mit ihrem Mädchennamen unterschrieb. Dann kam das endlose Warten, als die mehr als dreißig engsten Verwandten die Heiratsurkunde unterschrieben. Und dann war es vorüber.

Die Kutsche wartete immer noch vor den Stufen zur Kathedrale. Sie glänzte feucht im Licht der Laternen, denn inzwischen hatte der Regen wieder eingesetzt. Donnergrollen ertönte, als Catherine und ihr Ehemann die Kirche verließen, aber gleich darauf waren die süßen Töne der Geigen wieder zu hören. Es kam von einer Gruppe von Zigeunermusikanten, die knöcheltief im Schlamm vor der Kutsche standen und darauf hofften, mit ihrer Musik ein wenig Geld zu verdienen.

Rafael, der mit einem Blick die Situation erfaßt hatte, zog seine Börse und warf sie dem Kutscher zu. Dann half er Catherine in die Kutsche. Sie nahmen Platz und lächelten, ohne ein Wort zu sagen, während die großzügige Gabe verteilt wurde. Catherine wußte diese Geste zu schätzen, aber in dem plötzlichen Schweigen fühlte sie sich unbehaglich. Sie warf Rafael einen Blick zu, dann sah sie aus dem Fenster.

In der Dunkelheit bemerkte sie eine schwache Bewegung, dann erkannte sie in der Helligkeit eines Blitzes einen Mann. Er war ein verurteilter Verbrecher, der am Pranger festgekettet war und ein Schild, auf dem seine Vergehen aufgelistet waren, um den Hals trug. Sein Kinn war auf das Brett gestützt, das ihn festhielt. Der Regen lief in Rinnsalen über sein ungeschütztes Gesicht, und er starrte teilnahmslos vor sich hin.

Die Kutsche fuhr an, und Catherine wandte den Blick ab, aber sie hatte das Gefühl, als würde der Ausdruck hoffnungslosen Elends auf diesem bleichen Gesicht für immer in ihrer Erinnerung eingegraben bleiben.

»Un repas de Lucullus.«

Diesen Satz wiederholten die Hochzeitsgäste, die um den langen Tisch versammelt waren, immer wieder. Die Türen zwischen dem Eßzimmer, dem kleinen Salon und dem großen Salon waren geöffnet worden, so daß die große Tafel Platz fand. Man hatte für über hundert Gäste mit dem Service der Villères gedeckt. Auf dem Ehrenplatz in der Mitte stand das *pièce montée*, eine riesige Kreation aus Nougat. Sie stellte eine Replik des Palastes der Alhambra dar, einschließlich des Granatapfeltors, dem Myrtenhof und dem Löwenhof mit dem Säulengang und dem kleinen Springbrunnen, der von zwölf Wüstenlöwen gestützt wird.

Angesichts der vielen Gäste und der Vielfalt der Gerichte wurden die Speisen nicht in Gängen serviert, sondern sie waren auf der Anrichte arrangiert und boten einen wahrhaft lukullischen Anblick. An einem Ende stand ein großer Rinderbraten, am anderen ein knuspriges Spanferkel. Suppenterrinen mit *bouillon* und der kreolischen *Bouillabaisse*, die man *gumbo* nennt, standen an verschiedenen Stellen, dazwischen Schüsseln mit dampfendem Reis, Platten mit gekochten Krabben, gewürzten Austern, Tabletts mit *vol-au-vents*, gefüllt mit einer Austernfarce, Krebsen und Schnepfenzungen. Große Schüsseln mit *coq au vin* wechselten mit Platten, auf denen *filet de boeuf* mit Pilzen angeordnet war, ab. Daneben fand man *daube glacé* und Gänseleberpastete. An den Wänden entlang waren Sideboards aufgestellt, die auf der einen Seite mit verschiedenen Desserts, wie Kuchen, Torten, Strudel, Pudding, Baisers, Gelees, Cremespeisen und kandierten Früchten beladen waren. Auf der anderen Seite wurden Getränke ausgeschenkt, von heißem Getreidekaffee bis zu Sekt. Bedienstete standen hinter den Stühlen, jeden Augenblick bereit, aufzutragen, was immer die Gäste wünschten.

In einer Ecke spielte ein Terzett Geige, Waldhorn und Cembalo. Nach dem Mahl würde man den langen Tisch wegräumen, und wenn die Braut und der Bräutigam die Feier verließen, sollte getanzt werden. Ganz sicher, so dachte Catherine, würde so viel Essen und Unterhaltung seinen Zweck erfüllen, und man würde sie und ihren neuen Ehemann die Scham eines *charivari* ersparen.

Der Anblick der üppigen Speisen, der Geruch, der sich mit den schweren Parfüms mischte, und die Rauchschwaden von den vielen Kerzen, die das Zimmer erhellten, verursachten Catherine Übelkeit. Sie stocherte ohne jeden Appetit in ihrem Essen herum. Das einzige, was sie durch ihre Kehle zwingen konnte, waren ein paar Schluck Sekt. Sie spielte mit ihrem Glas, sah zu, wie die glänzenden Bläschen an die Oberfläche stiegen und spürte nur allzu intensiv die Nähe genau des Mannes, der neben ihr saß. Navarros Blick war abwesend auf die gegenüberliegende Wand gerichtet. Woran mochte er wohl denken? War ihm aufgefallen, daß Marcus auch da war, daß er seinen galanten Charme auf Solange Navarro anwandte, Leckerbissen für sie aussuchte und ihr solche Schmeicheleien zuflüsterte, daß ihr sonst eher ausdrucksloses Gesicht schon beinahe hübsch wirkte? Bemerkte er die bedeutsamen Blicke, die ihm andere Frauen zuwarfen? Besonders Fanny Barton bedachte Rafael und Catherine mit schmerzerfüllten Blicken, aber sie bemühte sich sehr, tapfer zu sein.

Giles Barton, der neben seiner Schwester saß, beugte sich vor, hob sein Glas und prostete Catherine lächelnd zu. Catherine fühlte sich fast ein wenig erleichtert und erwiderte das Lächeln.

Schließlich war das Festmahl zu Ende. Satt verließen die Gäste die Tafel und drehten der verschütteten Soße, dem angeschnittenen Fleisch und den überall verstreuten Krümeln den Rücken zu. Catherine fing einen Blick von ihrer Mutter auf, der ihr klarmachte, daß es jetzt Zeit für sie war, die Gesellschaft zu verlassen. Ruhig wandte sie sich Rafael zu, aber sie brauchte ihm nichts zu erklären. Er nahm ihre Hand und hob sie mit einer galanten Bewegung an die Lippen. Plötzlich entstand eine allgemeine Unruhe, während die Gäste so taten, als würden sie ihr Fortgehen nicht bemerken, als wüßten sie nicht, daß Catherine in ihr Zimmer ging, wo ihre Mutter und ihre Zofe sie auf die Hochzeitsnacht vorbereiteten.

Mit hocherhobenem Kopf ging Catherine zur Tür. Wieviel besser wäre es doch, wenn Bräutigam und Braut zusammen fortgehen oder in ein anderes Haus gehen könnten. Dann wären auch die Gäste gelöster und nicht so befangen wie jetzt.

Catherine war so nervös, daß sie Marcus nicht bemerkte, bis er sich ihr am Fuß der Treppe in den Weg stellte.

»Catherine«, flüsterte er, »ich muß mit Euch sprechen.«

»Laßt mich bitte gehen.« Catherine warf nur einen kurzen Blick auf seine flehenden Augen und senkte die Lider.

»Sagt mir, daß Ihr glücklich seid, und ich werde fortgehen.«

»Bitte, jemand könnte uns sehen –«

»Ihr könnt es mir nicht sagen, nicht wahr? Ihr seid genauso unglücklich wie ich. Ich habe Euch den ganzen Abend beobachtet und bemerkt, daß Ihr diese Farce von einer Hochzeit nur mit Mühe überstanden habt. Es ist noch nicht zu spät. Kommt mit mir. Wir gehen fort von hier und werden zusammen glücklich.«

Catherine legte die Hand auf das Treppengeländer neben sich. »Ihr müßt verrückt sein«, flüsterte sie.

»Ja. Verrückt vor Liebe zu Euch. Beinahe wahnsinnig, weil ich mit ansehen mußte, wie Ihr einen anderen geheiratet habt. Ich konnte es dort drinnen keinen Augenblick länger aushalten. Ich mußte Euch sehen, mußte Euch fragen –«

»Es tut mir leid, Marcus«, unterbrach sie seinen Redefluß. »Es tut mir wirklich leid. Aber Ihr müßt verstehen, daß ich niemals tun könnte, was Ihr von mir verlangt. Meine Zukunft war bereits entschieden, als ich der Ehe mit Rafael zugestimmt habe. Ich kann mein Wort nicht brechen.«

Sein Mund verzog sich zu einem bitteren Lächeln. »Warum, Catherine? Stolz? Ehre? Das alles sind Worte, die nur den Geist einschränken. Worte, die uns wie Sklaven an die Pflicht binden.«

»Mag sein«, stimmte sie ihm ruhig zu, umrundete ihn und ging die Treppe hinauf. »Aber manchmal haben wir nichts anderes, an das wir uns halten können.«

»Also gut«, rief er wütend. »Er hat wieder gewonnen. Aber am Schluß werde ich den Sieg davontragen. Ich, versteht Ihr? Und ich werde den Sieg genießen.«

Catherines Mutter kam auf den Flur.

»War das nicht Marcus' Stimme?« Catherine nickte, ohne etwas zu sagen. »Ich hoffe, er hat dich nicht belästigt oder aus der Fassung gebracht.«

Catherine, die nach dieser Begegnung ein wenig zitterte, ging unbeirrt weiter. »Nein«, sagte sie mit gleichmäßiger Stimme, »er hat mich nicht aus der Fassung gebracht.«

8

Catherine lag in ihrem tief ausgeschnittenen Nachthemd auf den Kissen und streckte die Hand nach dem zurückgeschlagenen Moskitonetz aus. Weder das Netz noch der bräutliche Betthimmel darüber waren aufgehängt gewesen, als sie das Haus verließ, um in die Kathedrale zu fahren. Der Betthimmel war mit breiter, crèmefarbener Spitze gesäumt, und die gebauschte Seide darunter wurde in der Mitte von einem goldenen Ring zusammengehalten, den vier fliegende Putten hielten. Er war wirklich sehr hübsch, aber Catherine bezweifelte, daß Rafael einen Blick darauf verschwenden würde.

Dédé hatte eine selbstgedrehte Kerze auf dem Toilettentisch links neben dem Bett stehenlassen. Sie brannte sehr hell, und die Flamme war von einem eigentümlichen Schimmer umgeben. Catherine hatte das Gefühl, daß sie noch stärker als gewöhnlich mit Vetiver parfümiert war, aber sie wollte sich nicht beklagen. Die Zofe hatte sich unermüdlich um sie bemüht, ihr das Haar gebürstet und die Locken auf dem Kissen ausgebreitet, hatte sie zugedeckt und die Decke sorgfältig geglättet. Catherine, die diese Geschäftigkeit immer unerträglicher gefunden hatte, wollte sie schon beinahe wegschicken, als Madame Mayfield sie mit sehr viel Taktgefühl aus dem Zimmer geführt hatte.

Und jetzt konnte Catherine nur noch warten. Warten auf den Mann, den sie geheiratet hatte.

Sie fragte sich, wie sie sich wohl fühlen würde, wenn sie nicht wüßte, was in den kommenden Stunden passierte. Wäre Unschuld ein Schutz vor dieser entsetzlichen Ungewißheit gewesen, oder hätte sie alles nur noch verschlimmert? Sollte sie Rafael Navarro vielleicht sogar dankbar sein? Eine seltsame Vorstellung.

Aber wenn sie ihm schon nicht danken konnte, durfte sie ihm zumindest auch keine Schuld zuweisen. Er war ein Mann und hatte nichts anderes getan, als wie ein Mann zu handeln. Er hatte sie genommen, aber als er seinen Fehler bemerkt hatte, hatte er die Verantwortung dafür übernommen. Was immer seine Gründe und wie auch immer seine Methoden gewesen sein mochten, er hatte die *amende honorable*, die einzig ehrenvolle Lösung für die Situation, gewählt.

Sie hörte, wie der Regen auf das Dach trommelte und vom Wind gegen das Fenster gepeitscht wurde. Der arme Mann am Pranger. Sie hoffte, daß man ihn inzwischen an einen geschützteren Ort gebracht hatte.

Ihr Blick fiel auf den Ehering an ihrem Finger. Plötzlich zog sie ihn ab und nahm vorsichtig die beiden Hälften auseinander. Da war die Gravur, genau wo sie hingehörte. *R. S. N und C. D. M., 13. März 1810.* Rafael Sebastian Navarro und Catherine Denise Mayfield.

Catherine schloß die Augen und steckte die Ringe wieder an den Finger. Die Initialen hatten eine seltsame Tendenz, zusammenzufließen. Alle diese Trinksprüche. Zwei Gläser – oder waren es drei gewesen? – Sekt auf leeren Magen. Das Geräusch des Regens wirkte entspannend. Über ihre Lippen huschte ein mattes Lächeln. Es würde ihrem trödelnden Bräutigam nur recht geschehen, wenn er seine Braut schlafend vorfand.

Als Catherine erwachte, stand Rafael vor ihr. Er hatte die Hände auf ihre Schultern gelegt, und sie starrte zu ihm auf. Ein unsicheres Lächeln lag auf ihren Lippen. Sein Gesichtsausdruck war angespannt, und der Griff um ihre Schultern wurde fester.

»Was ist los?« flüsterte sie rauh.

»Cannabis und Mandragora«, antwortete er. »Das ganze Zimmer riecht nach den Kräutern, mit denen man die Volksmassen in Asien dazu bringt, sich in ihr Schicksal zu fügen.« Er sah auf sie herab. »Bist du mit dem deinen jetzt auch zufrieden, süße Catherine?«

»Ich weiß nicht«, sagte sie. »Ich weiß nicht, was du meinst.«

Er ließ sie plötzlich los. Durch einen seltsamen Nebel sah sie, wie er zum Toilettentisch ging und die halbabgebrannte Kerze nahm. Dann wandte er sich dem Fenster zu, riß die Vorhänge auf, schob das Fenster auf und warf die Kerze in hohem Bogen in die Dunkelheit.

Der regenfeuchte Wind fegte ins Zimmer und blähte die Vorhänge wie Segel. Rafaels dunkles Haar wurde durcheinandergebracht, als er sich umdrehte und auf sie zukam. Ihr Herz begann heftig zu schlagen, und sie stützte sich auf einen Ellenbogen. Als er die Arme nach ihr ausstreckte, zuckte sie zurück, aber er zog nur die Decke zurück.

»Was ist los?« rief sie und griff nach der Decke, um sie zurückzuziehen.

Er antwortete nicht. Statt dessen beugte er sich vor und riß sie von ihrer spitzenbesetzten Unterlage in seine Arme. Dann stellte er sie vor dem offenen Fenster auf den Boden und seufzte.

»So hatte ich es mir wirklich nicht vorgestellt, meine Süße, aber was spielt das schon für eine Rolle?« Noch bevor sie erraten konnte, was er vorhatte, beugte er sich hinunter, griff nach dem Saum ihres Nachthemds und zog es ihr mit einer geschmeidigen Bewegung über den Kopf.

Catherine holte tief Luft, als die kalte Nachtluft ihren warmen Körper berührte. Ihre Haut prickelte, und sie bekam eine Gänsehaut. Ärgerliche Worte bestürmten ihre Gedanken, als sie ihr Nachthemd ansah, das auf dem Boden lag. Doch noch bevor sie etwas sagen konnte, wurde ihr klar, daß dieser Fremde das Recht hatte, sie so zu behandeln, wenn er wollte.

»Warum?« flüsterte sie und ließ die Arme sinken.

Er streckte die Hände aus und berührte ihre Arme. »Ich habe nicht das Bedürfnis, eine halbbetäubte Frau in meinem Bett zu haben. Was immer auch zwischen uns sein mag, sei es Verlangen oder Widerwillen, Liebe oder Haß – es soll doch wenigstens Wirklichkeit sein.«

Sie konnte die Rüge in seiner Stimme nicht verstehen. Sie wußte nichts von Cannabis oder Mandragora. Oder vielleicht doch? Dédés Kerze. Während sich ihr Gehirn klärte, erinnerte sie sich daran, daß Rafael an dem Abend, als sie ins Theater gegangen waren, den Kerzenstummel genommen und daran geschnuppert hatte. Der Geruch dieser Kerzen war ihr vertraut. Er erinnerte sie an Krankheiten, als sie noch ein Kind gewesen war. Manchmal, wenn sie niedergeschlagen oder traurig gewesen war, hatte Dédé eine Zauberkerze angezündet, die die Dämonen vertreiben sollte. Weder Catherine noch ihre Mutter hatten sie je für irgendwie bedenklich gehalten. Sie gehörten zu Dédés Medizin. Was immer sie auch enthalten mochten, Dédé wollte ihr nur helfen.

Und hatten sie das nicht auch getan? Selbst jetzt schämte sie sich nicht wegen ihrer Nacktheit. Sie fürchtete sich nicht vor Rafael, sie war sich nur seiner warmen, sicheren Gegenwart bewußt. Sie spürte etwas wie Schmerz in der Kehle, als sie seine weiße Hemdbrust anstarrte. Der

Druck seiner Finger um ihre Arme nahm langsam zu. Ihre Brüste berührten den rauhen Stoff seines Rockes. Und dann wurde sie an ihn gepreßt.

Sie schauderte kurz und heftig, als sie die Hitze seines Körpers spürte, und unbewußt schmiegte sie sich noch enger an ihn. Er schob seine Finger in ihr Haar und zog sanft ihren Kopf nach hinten, und schon eroberten seine Lippen die ihren. Catherine zögerte nur kurz, bevor sie ihm in der uralten Weisheit der Frauen das Recht gewährte, mit ihrem Körper nach seinem Willen zu verfahren.

Die Falten seiner Kleidung, die Knöpfe und Schnallen, bohrten sich in ihre Haut. Plötzlich spürte sie das drängende Verlangen, seine nackte Haut zu fühlen.

Seine Lippen wanderten zu einem zarten, feuchten Mundwinkel. »Wenn du verzaubert bist«, flüsterte er, »dann ist das eine wunderbare Magie. Du bist in meinem Blut, eine goldene Hitze, eine zarte Flamme.«

Der leise Humor in seiner Stimme war auf ganz eigene Art verführerisch. Catherine lachte verzaubert, und er hob sie hoch und legte sie auf die Leinenlaken des Bettes. Sie sah mit nachdenklicher Neugier zu, wie er sich auszog.

Als er neben ihr aufs Bett sank, wollte sie sich abwenden, um ihm Platz zu machen, aber er griff nach ihrer Schulter und strich mit den Lippen über ihre Rundung, bevor er sie zu sich drehte. Er drückte sie an sich. Ihr Haar lag unter ihm, und sie konnte sich nicht bewegen. Sie wollte es auch nicht. Durch ihre Adern strömte eine berauschende Freude und wachsende Erregung. Sie breitete ihre Finger auf seinem Rücken aus, fühlte die flachen Narben und das Spiel der Muskeln unter ihren Handflächen, während er die Wölbung ihrer Hüfte streichelte. Plötzlich empfand sie das Bedürfnis, etwas an ihm wiedergutzumachen, und schmiegte sich an ihn.

Sie wurde von dem plötzlichen, zarten Ansturm seiner Reaktion mitgerissen, als er sie auf den Rücken drehte. Sein Knie war zwischen ihren Schenkeln, während die brennende Hitze seiner Hände ihre Lust weckte. Sie spürte eine wachsende Leidenschaft, ein verzehrendes Feuer, das auch demütigend zu sein schien. Sie schloß die Augen. Sie merkte, wie sie sich nach innen zurückzog. Plötzlich war sie nicht mehr sie selbst, sondern ein Wesen, das bebte und schwer atmete und sich gehorsam so bewegte, wie es der Mann, in dessen Armen sie lag, von ihr forderte. Ihr Geist war bezaubert, so daß kaum noch etwas von ihrem Bewußtsein übrigblieb.

Ein Blitz zerriß den bewölkten Himmel. Der Regen strömte mehr als zuvor und wurde vom Wind ins Zimmer getrieben, durchnäßte die dünnen Vorhänge am Fenster und bildete Pfützen auf dem Boden. Das Geräusch rief Catherine nach einer Weile in die Wirklichkeit zurück. Sie drehte den Kopf zum Fenster und wollte sich aufrichten.

»Bleib liegen«, murmelte Rafael und drückte sie aufs Bett.

»Der Boden –«

»– kann warten. Da sind noch andere Dinge, mit denen du dich beschäftigen solltest.«

»Nämlich?« flüsterte sie und spürte den zärtlichen Druck seiner Hand auf ihrer Brust.

»Die verschiedenen Möglichkeiten der Liebe zwischen einem Mann und einer Frau.«

»Liebe?«

»Also Leidenschaft. Sie kann zu Verzweiflung führen – oder zur Erfüllung; zu Erschöpfung – oder zur Zufriedenheit.«

»Du sprichst in Rätseln.«

»Ich weiß.« Er zog sie noch enger an sich. »Manche Dinge kann man besser in der Praxis zeigen, und es wird mir ein Vergnügen sein.«

»Voilà votre café.«

Bei dem vertrauten Gruß öffnete Catherine langsam die Augen, schloß sie aber schnell wieder. Außerhalb des Moskitonetzes war das Zimmer in grelles Sonnenlicht getaucht. Der Geruch des Kaffees, den Dédé ihnen brachte, war ihr willkommen, aber sie hatte es nicht eilig, davon zu trinken. Es erschien ihn, als würde sie von einem schweren Gewicht aufs Bett gedrückt, eingewickelt in einen Kokon herrlicher Wärme.

»Mademoiselle!« rief Dédé erschrocken. Sie stellte das Tablett auf den Waschtisch und hastete um das Bett herum. »Wie konntest du das tun, Catherine? Du wirst noch krank. Du weißt, wie gefährlich es ist, die tödlichen Düfte der Nachtluft zu atmen. Und der Fußboden, *mon Dieu*, er ist ganz naß! Was deine Maman sagen wird, wenn ich ihr davon erzähle, wage ich mir nicht vorzustellen.«

Als die Zofe die Vorhänge aufzog, ertönte ein Befehl: »Laß das!«

Die rauhe Stimme, die so nah an ihrem Ohr erklang, erschreckte Catherine bis ins Mark. Dédé hielt inne, und ihre Augen weiteten sich vor Überraschung. Dann bekam ihr Gesicht einen eigensinnigen Ausdruck. »Aber Monsieur –«, begann sie.

»Ich sagte, laß das«, wiederholte Rafael. Er ließ Catherine los und stützte sich auf einen Ellenbogen. »Und in Zukunft betrittst du das Zimmer nur, wenn du gerufen wirst, und selbst dann klopfst du an und wartest, bis man dir erlaubt, einzutreten. Wenn wir etwas zum Essen, Kleidung, ein Bad oder einen anderen Dienst benötigen, werden wir klingeln. Offensichtlich ist das Zimmer neben diesem hier deines. Du wirst deine Sachen sofort daraus entfernen.«

»Aber, Monsieur, ich habe die vergangenen neunzehn Jahre darin geschlafen.«

»Jetzt schläfst du nicht mehr dort. Du kannst in den Bedienstetenflügel umziehen oder sonst irgendwo unterkommen. Wie du das machst, ist mir egal. Aber du wirst keinen Zugang mehr zu diesem Zimmer oder zu meiner Frau haben. Du hast deine Autorität deutlich überschritten und das Vertrauen mißbraucht, daß man in dich gesetzt hat, als du Catherine mit deinem Gebräu betäubt hast. Das wirst du nicht noch einmal tun.«

»Also werdet Ihr Catherines Haar frisieren und ihr beim Anziehen helfen?«

»Ich glaube kaum, daß wir eines von beidem in nächster Zeit brauchen werden«, erwiderte er entschieden. »Falls wir doch etwas brauchen, rufen wir dich.«

Dédé richtete sich kerzengerade auf. »Wie Ihr wünscht, Monsieur.«

Als sich die Tür hinter der Zofe geschlossen hatte, drehte Catherine mit beunruhigtem Gesicht den Kopf zu ihrem Mann, sah ihn aber nicht direkt an.

»Du hast ihre Gefühle verletzt. Jetzt ist sie bestimmt stundenlang beleidigt.«

»Solange sie uns in Ruhe läßt, ist mir das egal. Ich halte nicht viel von plötzlichen Unterbrechungen.«

»Unterbrechungen? Wobei?«

»Hierbei, meine kleine Unschuld«, flüsterte er, und seine Lippen wanderten über ihre Wange zu ihrem Mund. Seine Hand bewegte sich über ihren Körper.

Es war Faschingsdienstag. Gelegentlich drang ein Ruf von der Straße in das Zimmer, während die jungen Männer von New Orleans den letzten Tag vor der kargen Fastenzeit in der traditionellen Weise feierten. Sie ritten in der Verkleidung von Dominos und hinter Masken versteckt durch die Straßen und flirteten mit den auf den Balkonen stehenden Damen. Die Frauen maskierten sich nicht, amüsierten sich aber außerordentlich dabei, mit den Reitern zu scherzen und ihnen kleine Andenken zuzuwerfen: Blumen, zarte Taschentücher und ähnliche Dinge.

Als Catherine hörte, wie eine besonders laute Gruppe am Haus vorüberging, seufzte sie in Erinnerung an frühere Jahre, aber gleich darauf vergaß sie den Gedanken.

Rafael sah von seiner Zeitung *Le Moniteur de Louisiane* auf. »Armes Liebes«, spottete er. »Ist es dir denn schon langweilig?«

»Unwahrscheinlich«, erwiderte Catherine in einem dumpfen, klagenden Ton, von dem sie hoffte, er würde verbergen, wie zufrieden sie in Wirklichkeit war.

Sie hob den Teller mit den Krümeln ihrer Frühstückscroissants von seiner Brust und stellte ihn auf das Tablett zwischen sich. Dann beugte sie sich vor, um das Tablett auf den Boden zu stellen. Von der hohen Matratze aus war das gar nicht so einfach.

Eine warme Hand schloß sich um ihren Ellenbogen. »Fall nicht aus dem Bett«, sagte Rafael lässig. »Ich möchte nicht für irgendwelche Verletzungen verantwortlich gemacht werden.«

»Verletzungen?« fragte sie verständnislos.

»Du siehst so zerbrechlich aus«, sagte er und legte seine Hand an ihren Hals, wobei sein Daumen über ihr Schlüsselbein strich. »Fast könnte ich dich mit einer Hand zerdrücken, und doch ist mir klargeworden, daß du widerstandsfähiger bist, als es den Anschein hat. Wußtest du, daß deine Haut einen Perlenschimmer hat?«

»Aber natürlich«, sagte Catherine, senkte die Lider und bemühte sich um einen lockeren Gesprächston trotz des heftigen Pulsschlags, den sie in der Kehle spürte. Warum ließ sie es zu, daß er sie so beeindruckte? Warum konnte sie seine Berührung nicht einfach ignorieren? Es war, als hielte er ihren Körper unter einem Bann. Ob ihm das wohl klar war?

»Das ist der Hochmut der Frauen«, murmelte er und gab ihr einen plötzlichen, harten Kuß. Dann nahm er das Laken, zog es über sie, so daß es sie bedeckte, und steckte es in Höhe der Brüste unter ihrem Rücken fest. »So. Bleib so«, sagte er. »Sonst kann es dir passieren, daß du die nächsten fünf Tage flach auf dem Rücken verbringst.«

Catherine war nicht sicher, ob sie erleichtert oder verärgert sein sollte. Sie musterte ihn, während er seine Aufmerksamkeit wieder seiner Zeitung zuwandte.

»Was gibt es so Interessantes?« fragte sie schließlich.

Er sah sie mit einem Lächeln in den Augen an. »Politik.«

»Was zum Beispiel?«

»Die Spanier durchbrechen den eisernen Griff der Franzosen. Die Banden der Aufständischen kommen von überall aus den Bergen, um den Briten dabei zu helfen, den Feind in die Enge zu treiben. Aber die Spanier können keine Niederlage hinnehmen – niemals. Was die hiesigen Nachrichten betrifft: Wieder einmal wird darüber verhandelt, ob das Gebiet von Louisiana zum Bundesstaat erklärt werden soll. Es gibt immer noch Leute, die glauben, wir sollten auf ein besseres Angebot warten, vielleicht von Spanien oder England.«

»Wird Louisiana ein Bundesstaat?«

»Angesichts der Bedeutung des Mississippi und des Hafens von New Orleans für die westlichen Gebiete, die jetzt immer mehr besiedelt werden, muß es dazu kommen. Vielleicht nicht dieses Jahr, auch noch nicht im nächsten, aber irgendwann wird es dazu kommen.«

»Ich kann mir nicht vorstellen, daß sich viel verändern wird. Bestimmt gibt es keine so drastischen Wechsel wie zu der Zeit, als die spanischen Dons Louisiana verlassen haben.«

»Nein, äußerlich nicht. Aber dem wird eine Stabilität folgen, die für das Wachstum eines jeden Landes wichtig ist, und wir werden dadurch ein Mitspracherecht bei der Politik bekommen, die uns am meisten betrifft.«

Catherine nickte verständnisvoll.

»Was fand der *Moniteur* sonst noch berichtenswert?«

»Das hier ist vielleicht noch interessant. Weißt du, daß sich Napoléon im Januar doch von seiner Joséphine getrennt hat? Jetzt sucht er nach einer neuen Frau und Kaiserin. Es wird spekuliert, daß er vielleicht die Tochter des russischen Zaren nehmen wird. Andere meinen, daß er versucht, sich dem alten Adel anzuschließen, indem er sich mit der Nichte von Marie Antoinette, Marie Luise aus dem Hause Habsburg, verheiratet.«

»Die arme Joséphine«, sagte Catherine.

»Ich denke, daß es ihr relativ mühelos gelingen wird, sich zu trösten. Das hat sie auch getan, während Napoléon in Ägypten war. Außerdem hat ihr Napoléon ihr Landhaus *Malmaison* geschenkt und das Versprechen gegeben, für ihre nicht unbeträchtlichen Ausgaben aufzukommen.«

»Bist du ihnen begegnet, als du in Paris warst?«

»Ich wurde bei Hofe vorgestellt, ja.«

»Was hältst du von ihnen?« fragte sie neugierig.

»Napoléon ist die Art Mann, die man liebt oder haßt. Er hat eine Einstellung, die man entweder tolerieren kann oder verabscheut. Joséphine ist charmant, eine witzige, intelligente Frau, aber ihre beste Zeit ist vorbei. Sie war eine bewundernswerte Kaiserin, aber bedauerlicherweise keine gute Ehefrau.«

»Weil es ihr nicht gelungen ist, ihrem Mann ein Kind zu schenken?« fragte sie und wünschte sich sofort, sie hätte es nicht getan, denn das Thema hatte schon einmal zu Schwierigkeiten zwischen ihnen geführt.

Rafael schien ihr Unbehagen nicht zu bemerken. »Das war einer der Gründe«, stimmte er ihr zu. »Joséphine war auch untreu, wenig pflichtbewußt und eigentlich dumm. Sie weigerte sich, Napoléon auf seinen Reisen zu begleiten, und sie hat auch seinen Wert bis zu dem Augenblick nicht erkannt, als er in der Lage war, ihr eine Krone auf den Kopf zu setzen. Ein Mann erwartet mehr als das von seiner Frau.«

Klang da etwa eine Warnung mit? Falls es so war – sie kümmerte sich nicht darum. Catherine wandte sich mit einem nachdenklichen Blick ab. Ein Morgenmantel aus besticktem Musselin lag neben dem Bett. Er war nicht dazu gedacht, ohne das passende Nachthemd getragen zu werden, aber sie hatte keine Ahnung, wo das Nachthemd sein könnte. Sie glitt aus dem Bett, zog das Moskitonetz zurück und nahm dann den Morgenmantel. Er war besser als nichts, aber doch so durchsichtig, daß sie sich nicht die Mühe machte, das Band unter dem Busen zu schließen.

Sie wanderte durchs Zimmer, nahm eine Haarbürste vom Frisiertisch und bürstete ihr Haar, während sie ans Fenster trat. Sie schob die Vorhänge auf und sah hinaus. Im Hof herrschte die übliche Aktivität der Bediensteten. Dienstmädchen rührten reinigendes Alaun in große Krüge mit Trinkwasser, das täglich vom Fluß geholt wurde. Größere Mädchen rupften unter der Aufsicht einer älteren Frau zum Abendessen Hühner. Eine Frau schüttelte einen Staubwedel aus, so daß sich die Luft mit Staubwolken füllte. Das Bild war ihr so vertraut, daß Catherine es kaum wahrnahm.

»Rafael?« fragte sie zögernd.

Er warf die Zeitung auf den Boden, reckte sich und sah sie an.

»Hättest du – hättest du mich wirklich zu deiner Geliebten gemacht?«

Seine Augen wurden schmal, als er sie gründlich von den kleinen weißen Füßen aufwärts bis zur glänzenden Fülle ihres Haars betrachtete. Sein Blick blieb auf ihrem ovalen Gesicht haften, auf dem sich die Röte langsam vertiefte. Ein leichtes Lächeln wurde schließlich an seinen Mundwinkeln erkennbar.

»Aber natürlich, *ma chérie*«, antwortete er.

Langsam verkrampften sich Catherines Finger um die Bürste. Dieser Mann erschien ihr plötzlich so fremd, wie ein Eindringling, der ihr Leben, ihr Heim und ihr Bett zu seinem Besitz gemacht hatte. Er war ein grausamer Mann, der gegen andere gekämpft und sie blutend auf dem Kampfplatz zurückgelassen hatte. Was tat sie hier zusammen mit ihm in einem Zimmer? Wie hatte er sich das Recht erworben, sie mit diesem besitzergreifenden Blick zu betrachten? Alles schien ihr plötzlich unwirklich zu sein, und das wurde auch nicht besser, als er das Bett verließ, ihr die Bürste aus der Hand nahm und sie in zärtlichen Strichen durch ihr honiggoldenes Haar zu ziehen begann.

Irgendwie vergingen die Stunden und wurden zu Tagen. In einem gegenseitigen schweigenden Einverständnis vermieden sie kontroverse Themen. Ihre Beziehung war noch zu neu, und jede Uneinigkeit war unangenehm.

Catherine nahm an, daß Dédé nicht die Absicht hatte, Rafaels Befehl zu befolgen, und ihr Zimmer nicht räumte, aber gegen Nachmittag des ersten Tages hörten sie ihre Schritte. Als Rafael schließlich den Riegel vor die Tür legte, sobald sie fort war, fand Catherine seine offensichtliche Befriedigung etwas übertrieben. Doch selbst sie, die gerade erst die ständige, aber unerklärliche Art des Begehrens bei einem Mann zu verstehen begann, war erleichtert, daß sie nicht mehr gestört wurden. Sie war auch wirklich dankbar, als sie bemerkte, daß er vorhatte, das kleine Zimmer als Bade- und Ankleidezimmer zu nutzen. Diese Umsicht machte ihr Zusammenleben wesentlich angenehmer.

Doch Catherine hatte keine Hoffnung darauf, irgendwann einmal wirklich allein sein zu können. Oft kam Rafael herein, wenn sie in der Badewanne saß, und sah ihr mit offenem Genuß zu.

Einmal fragte Catherine, um ihn abzulenken: »Was werden wir tun, wenn das hier zu Ende ist? Bleiben wir in der Stadt, oder ziehen wir aufs Land? Hast du dich schon entschieden?«

»Was wäre dir lieber?«

Sie sah überrascht auf. »Mir ist eigentlich beides recht.« Sie drückte Wasser aus dem Schwamm in ihrer Hand, so daß es über ihre angezogenen Knie lief. »New Orleans ist – eben New Orleans –, und ich liebe es. Andererseits ist hier nach Ostern nur sehr wenig los. Im Frühling und Sommer wüten Krankheiten in der Stadt, während es auf dem Land um diese Zeit am schönsten ist. Ich habe eigentlich immer die Leute beneidet, die ihre Zeit zwischen Stadt und Land aufteilen konnten.«

»Dann hast du also nichts dagegen, wenn wir so bald wie möglich nach Alhambra aufbrechen – vielleicht schon in zwei Tagen?«

»Meine Aussteuer ist verpackt. Ich gehe genausogern nach Alhambra wie an einen anderen Ort.«

»Du erstaunst mich. Seit zwei Wochen denke ich darüber nach, wie ich dich zum Mitkommen überreden könnte. Notfalls hätte ich dich entführt.«

»Du würdest das tun?« sagte sie verwundert. »Jetzt enttäuschst du mich wirklich.«

Er achtete nicht auf ihre Herausforderung. »Alhambra ist vernachlässigt worden«, erklärte er ernst. »Der Verwalter, auf den ich mich in meiner Abwesenheit verlassen hatte, war nicht nur unfähig, er war auch noch ein Dieb. Dabei hat er schon seit Jahren auf der Plantage gearbeitet. Er stammte noch aus der Zeit von Fitzgerald, und er hätte vielleicht ein guter Mann sein können, wenn er jemandem Rechenschaft hätte ablegen müssen. Aber unter den gegebenen Umständen mußte ich ihn entlassen. Die Ernten sind nicht richtig beaufsichtigt worden, die Felder sind in einem fürchterlichen Zustand. Der Boden ist nicht mehr gedüngt worden. Die Tiere wurden nicht an der Inzucht gehindert und liefen wild im

Sumpf herum. Die Sklaven sind gewalttätig behandelt und schlecht ernährt oder an andere Pflanzer als Arbeitskräfte ausgeliehen worden, und die Bezahlung floß in die Taschen des Verwalters. Wenn überhaupt noch etwas gerettet werden soll, muß das schnell geschehen.«

»Ist es so schlimm?« murmelte sie.

»Mein eigenes Land, das an das der Alhambra grenzt, ist in etwas besserem Zustand. Land leidet immer unter der Abwesenheit seines Besitzers.«

»Hat die andere Plantage auch einen Namen?«

»Meine Mutter nannte sie ›Serenity‹«, sagte er ausdruckslos.

»Serenity –«, wiederholte Catherine. »Das gefällt mir.«

»Ja? Ich habe das immer als eine Art makaberen Scherz empfunden. Wenn ich dorthin zurückgehe und mir das baufällige Haus aus Lehm, Moos und Hirschhaaren betrachte und wenn ich daran denke, wie das Zypressendach zusehends über dem Kopf des alten Schwarzen zusammenfällt, der das Haus versorgt, dann sieht es in meinen Augen alles andere als heiter aus.«

»Weil deine Eltern beide tot sind?« fragte sie, ohne ihn direkt anzusehen, denn sie wußte, wie gewagt diese Frage war.

»Ja. Möchtest du gern mehr wissen?« Seine schwarzen Augen musterten sie aufmerksam. »Meine Mutter war eine stille, schüchterne Frau. Ihre Ehe mit meinem Vater war von ihrer Familie arrangiert worden und nicht sehr glücklich. Sie hatte schreckliche Angst vor ihm. Außerdem war sie leidend. Eine fiebrige Erkrankung in ihrer Kindheit hatte ihr Herz geschwächt. Aber um ganz ehrlich zu sein, war es auch schwierig, Mitgefühl mit ihr zu haben. Sie jammerte ständig und nahm jedes beliebige Mittel, Pulver oder Elixier ein, das hausierende Quacksalber anboten. Sie gebrauchte ihre Krankheit einerseits als Waffe und andererseits als Ausrede dafür, die Dinge, die sie verabscheute, nicht tun zu müssen. Das ist einer der Gründe für den großen Altersunterschied zwischen Solange und mir.« Er schwieg einen Augenblick. »Ich kann mich noch gut an die schreckliche Zeit der Klagen, Tränen und Unruhe erinnern, die sie während ihrer Schwangerschaft mit Solange durchlebt hat. Jetzt kann ich den Ärger und die drängende Ungeduld meines Vaters verstehen, dennoch gibt es keine Entschuldigung für das, was er getan hat. Einen Monat vor der Entbindung brachte er eine Viertelnegerin ins Haus, die offiziell als

Zofe für meine Mutter eingestellt wurde, doch in Wirklichkeit war sie seine Geliebte.«

Das Badewasser wurde langsam kalt, doch Catherine bewegte sich nicht, um seine Erzählung nicht zu unterbrechen. Sie erkannte seine Gefühle auf seinem Gesicht. Er sprach mit ironischem Unterton, und es schien ihm nichts auszumachen, daß sie von dieser sehr persönlichen Tragödie seiner Eltern erfuhr. Offenbar war es ihm wichtig, seine Gedanken zu klären, während er davon erzählte.

»Die Geburt war sehr schwer. In der letzten Phase gab die Hebamme meiner Mutter Laudanum gegen die Schmerzen. Doch sie machte den Fehler, die Flasche neben dem Bett der Gebärenden stehenzulassen. Meine Mutter nahm eine Überdosis. Man konnte nicht feststellen, ob das zufällig oder absichtlich geschehen war. Beides war möglich. Doch die Leute gaben meinem Vater die Schuld, und er hat sie auch auf sich genommen.«

Was konnte sie dazu sagen? Der Mann, den sie geheiratet hatte, würde einfaches Mitgefühl sicher ablehnen. Wie bitter mußte seinem Vater das Leben gewesen sein – und wie leicht war es, ihn für das alles verantwortlich zu machen.

Rafael entfernte sich langsam von dem Türrahmen, an dem er gelehnt hatte, ging auf die Kupferwanne zu und ließ sich daneben auf ein Knie sinken. »Mach kein so betroffenes Gesicht, *chérie*. Das alles ist vor achtzehn Jahren geschehen, nicht gestern. Jetzt ist es schon eine ziemlich verstaubte Tragödie, die sich an den Ecken aufrollt wie Pergament.« Er lächelte. »Aber wenn du mich natürlich gern trösten möchtest, würde ich nicht nein sagen.«

»Du wirst – naß«, sagte sie mit rauher Stimme, als er seine Hand ins Wasser tauchte.

»Das macht nichts«, erwiderte er zärtlich, »wenn ich meine Kleider ausziehe. Ich kann mich eigentlich schon gar nicht mehr erinnern, warum ich mir überhaupt die Mühe gemacht habe, mich anzuziehen.«

»Du warst es leid, im Bett zu liegen, und ohne Kleider war es dir zu kalt«, erinnerte sie ihn schnell und griff nach seiner Hand, die sich über die flache, glatte Haut ihres Bauches abwärts bewegte.

Er sah auf und fing ihren bernsteinfarbenen Blick mit seinen leuchtenden schwarzen Augen ein. Langsam bildete sich ein Lächeln auf seinen

Lippen. »Ich bin es auf einmal gar nicht mehr leid – und kühl ist es mir genaugenommen auch nicht.«

»Nein?« flüsterte sie.

Seine einzige Antwort war ein weiches Lachen, während er seinen Blick über sie hinwegwandern ließ bis zu dem auf dem Kopf aufgetürmten Haar. Mit der linken Hand tastete er durch die weiche Lockenpracht und zog die Nadeln heraus, so daß sich die Mähne löste und über Catherines Rücken bis fast auf den Boden hinter der Badewanne fiel.

Ihre Aufmerksamkeit wurde für einen Augenblick von dem goldenen Glitzern der Haarnadeln gefesselt, die er auf den Boden hatte fallen lassen. Catherine sagte: »Ich habe mich nie bei dir für dieses Geschenk bedankt.«

»Für die Haarnadeln? Nein, ich glaube nicht. Würdest du mir gern danken?«

Ihre Lippen bebten, weil sie versuchte, nicht zu lachen. »Ach Rafael«, sagte sie, »führt alles denn immer nur dazu?«

»Hierzu?« fragte er und hob sie naß und tropfend aus der Wanne.

Sie nickte. Sie konnte nicht sprechen, weil seine Lippen auf den ihren lagen.

»Alles Wichtige führt dazu«, antwortete er, als er sie zum Bett trug.

Das Läuten der Angelusglocken zwei Tage später bedeutete das Ende ihrer Abgeschiedenheit. An diesem Abend konnten sie also endlich dieses Schlafzimmer verlassen und mit Catherines Mutter zu Abend essen. Dédé sollte Catherines Habseligkeiten zusammenpacken, und im Morgengrauen würde ihre Reise nach Alhambra beginnen.

Catherine konnte nicht sagen, was diesen Eindruck hervorrief, aber irgendwie schienen die Glocken der Kathedrale einen düsteren Klang zu haben.

Der Himmel wurde mit unerbittlicher Geschwindigkeit dunkel, während Catherine am Fenster stand und die grauen Tauben beobachtete, die in der Luft kreisten oder zu ihrem nächtlichen Ruheplatz flogen.

Es konnte doch nicht möglich sein, daß sie traurig war, weil die fünf Tage vorüber waren? Den ständigen Bewegungsmangel war sie herzlich leid, auch das Essen vom Tablett oder einem improvisierten Tisch, ebenso die dauernde Beobachtung durch ihren Mann und die Notwendigkeit, ständig ihre Zunge im Zaum halten zu müssen. Und doch hatte es in dieser Zeit keine wesentlichen Schwierigkeiten gegeben. Trotz all ihrer Vorbehalte und anfänglichen Zurückhaltung waren diese Tage eine Zeit des zerbrechlichen Friedens zwischen Rafael und ihr gewesen.

Rafael mühte sich in seinen Rock. Aus seinen leisen Flüchen schloß Catherine, daß er die Dienste seines Kammerdieners vermißte. Da sie wußte, daß bei der gegenwärtigen Mode oft ein Kammerdiener und zwei Lakaien nötig waren, um den Herren in ihre perfekt geschnittenen Röcke zu helfen, hatte sie ihm ihre Hilfe angeboten, aber er hatte strikt abgelehnt. War er so kurz angebunden zu ihr, weil er ihre Gesellschaft satt hatte, oder war er auch beunruhigt wegen der Schwierigkeiten, die sie erwarteten? Wie auch immer, sie hatte das Gefühl, als hätte er sich innerlich schon ein Stück von ihr entfernt. Schließlich hatte er jetzt ja auch seine Rache gegen Marcus vollendet, und schon wandte er seine Aufmerksamkeit anderen Problemen zu.

Du benimmst dich lächerlich, schalt sie sich, und machst dir unnötigerweise Sorgen, nur weil Rafael seine bisherige Haltung des Liebhabers aufgegeben hat, um sein normales Leben aufzunehmen. Und doch war das alles nicht nur Einbildung, denn als sie zum Toilettentisch ging, ihre Bürste nahm und etwas Ordnung in ihr Haar zu bringen versuchte, betrachtete er sie lange, dann trat er ans Kopfende des Bettes, um nach Dédé zu klingeln. Als die Zofe schließlich kam, machte er ihr die Tür auf und verließ ohne ein Wort das Zimmer.

9

Die breite Flußbiegung schimmerte im Morgenlicht. Das Frühlingshochwasser füllte den breiten Strom bis zum Deich. Für Catherine, die zwischen ihren Kästen und Bündeln am Ufer stand, sah es aus, als wäre der Fluß, so weit sie sehen konnte, mit Booten bedeckt, die das Hochwasser deutlich höher hinaufhob als die Häuser der Stadt. Direkt vor ihr war ein großer Leichter vertäut – das Schiff, das sie die fünfunddreißig Meilen den Fluß hinauf transportieren sollte. Stromaufwärts lagen viele flache Boote. Ein halbes Dutzend Segelschiffe aus ebenso vielen unterschiedlichen Ländern lagen im tieferen Teil des Flusses vor Anker. Kleine Boote schwangen an ihren Haltetauen hin und her oder waren ans Ufer hinaufgezogen, darunter waren auch Birkenrindenkanus. Pirogen aus ausgehöhlten Baumstämmen und Boote, die man *mackinaws* nannte.

Catherine schauderte, und sie zog ihren Umhang fester um sich, als Schutz vor dem kühlen Wind, der über das Wasser wehte. Die Stadt lag im Dunkeln bis auf das Flackern einer Straßenlaterne hier und da, die noch nicht verloschen war. Um diese Tageszeit rührte sich nichts, und es war unnatürlich still in der Stadt. Selbst die Stimmen der Männer, die den Leichter beluden, klangen gedämpft. Es würde noch eine ganze Weile dauern, bis die Sonne die Luft erwärmte und den Dunst auflöste, der wie ein Gazeschleier über den Bäumen und dem Fluß lag. Vielleicht würde sie auch diese seltsame Apathie zerstreuen, die Catherine erfaßt hatte.

»Catherine! Warum bleibt Ihr da stehen? Kommt doch an Bord. Meine Zofe wird in ein paar Minuten den Kaffee fertig haben.«

Fanny Barton kam vom Laderaum des Schiffes, und ein Willkommenslächeln lag auf ihrem breiten Mund. Angezogen vom Ruf seiner Schwester erschien Giles rechtzeitig von der Rückseite des Laderaums, um die Laufplanke zu halten und Catherine seine Hand zu reichen, als sie auf das Deck sprang.

»Ich weiß wirklich nicht, was Rafe sich dabei gedacht hat, Euch einfach so da stehenzulassen«, sagte er mit einem Grinsen. »Er hätte bestimmt ein ziemlich dummes Gesicht gemacht, wenn wir Euch zurückgelassen hätten. Ich glaube, er kümmert sich im Laderaum um Solange und Madame Thibeaut und sorgt dafür, daß die neuen Kleider keine Wasserflekken bekommen.«

Fanny pflichtete ihm bei. »Ja, ich habe auch so etwas gehört.« Ihre Stimme hatte einen so seltsamen Unterton, daß Catherine vermutete, daß sie ihr zu Hilfe kommen wollte. Einen Augenblick später wies sie den Gedanken von sich. Zweifellos war diese Geste nur ein Ausdruck ihrer Gastfreundschaft und ihrer guten Manieren gewesen.

»Sind das Eure Kisten?« fragte Giles und deutete auf die Dinge, die auf dem Deich stehengeblieben waren. Als sie nickte, schickte er ein paar Bedienstete los, um sie an Bord holen zu lassen. Catherine zeigte auf die mit einem Band zugebundene Schachtel, die sie mit in ihre Kajüte nehmen wollte. Dann sah sie interessiert zu, wie der blonde Riese, der von jetzt an ihr Nachbar sein würde, das Gepäck zu ihrem Mann bringen ließ.

»Danke sehr«, sagte sie und wandte sich den beiden mit würdiger Haltung zu. »Ihr seid wirklich sehr freundlich.«

Giles lächelte auf sie herab. »Ich würde ja gern dieses Lob für mich in Anspruch nehmen«, sagte er offen, »aber ich habe einen Scherz gemacht, als ich sagte, Ihr könntet vielleicht zurückgelassen werden. Genaugenommen hat Rafe mich gebeten, mich um Euch zu kümmern. Seine Schwester hat ihn länger als erwartet in Anspruch genommen. Solange reist nicht gern mit dem Schiff. Es macht sie verdrießlich – und auch ein wenig –«

»Das Wort, nach dem du suchst, mein lieber Bruder, ist unausstehlich«, sagte Fanny. »Vergebt mir, wenn das undankbar klingt, aber es ist wirklich wahr. Solange ist sehr anspruchsvoll und reizbar heute. Und wenn wir noch nicht einmal eine Bootslänge vom Ufer entfernt sind, wird sie sich über ihre Seekrankheit beklagen und dafür sorgen, daß Ihr ihr Unbehagen teilt.«

»Ihr habt vielleicht schon erraten«, sagte Giles mit einem Glitzern in den Augen, das seinen ernsten Ton Lügen strafte, »daß Fanny und Solange sich nicht besonders gut verstehen.«

»Weil ich mich nicht beeindrucken lasse von ihren Gemütszuständen, die sie erleidet, wenn sie das Interesse anderer wecken will, und weil ich die Tollkühnheit besitze, sie auch noch zu bedauern wegen der Einsamkeit, die sie empfinden muß, wenn sie solche Dinge für nötig hält«, fügte Fanny hinzu.

»Deine offene Art hat damit gar nichts zu tun«, murmelte Giles.

»Kaum etwas«, meinte seine Schwester mit einem schrägen Lächeln. »Als ich Anfang der Woche mit Eurer Mutter gesprochen habe, Catherine, habe ich erfahren, daß Eure Zofe mit Euch nach Alhambra kommen soll. Ist sie aufgehalten worden?«

»Nein«, antwortete Catherine, und ihr Lächeln verblaßte. »Sie kommt nicht mit.«

Als ihre Mutter vorgeschlagen hatte, daß Dédé Catherine als persönliche Zofe begleiten solle, war Catherine nicht sehr begeistert gewesen. Erst als Rafael abgelehnt hatte, daß die Frau mitkam, wurde ihr langsam klar, wie allein sie im Haus ihres Ehemannes sein würde. Sie hatte versucht, ihm ihre Gefühle verständlich zu machen, aber er war hart geblieben. Wenn sie die Dienste einer Zofe brauchte, würde er ihr eine suchen, wenn sie die Plantage erreicht hatten, aber diese finstere Zauberin wollte er nicht in seinem Haus haben.

»Na ja«, sagte Fanny, »sie hätte meiner Zofe Gesellschaft leisten können, aber auf diese Art ist für die anderen Frauen mehr Platz in der Kajüte.«

»Ihr sagtet, Ihr hättet kürzlich mit meiner Mutter gesprochen?« fragte Catherine mit scheinbar geringem Interesse.

»Ich glaube, das war am Tag nach der Hochzeit. Ich brauchte einen Rat, wieviel Proviant ich für die Reise besorgen soll.«

Also hatte Rafael damals schon vorgehabt, die Reise zur Plantage so bald wie möglich anzutreten. Daß er sie nach ihrer Meinung gefragt hatte, war also nichts weiter als eine Formalität gewesen. Wie angenehm für ihn, daß sie sich einverstanden erklärt hatte. Wenn sie es nicht getan hätte, hätte er vielleicht die Gelegenheit bekommen, seine neue Autorität unter Beweis zu stellen. Wenn sie dagegen protestiert hätte, wäre er vielleicht sogar tatsächlich so weit gegangen, Gewalt anzuwenden und sie zu entführen, wie er im Scherz angedeutet hatte. Bei ihm war wirklich nichts unmöglich.

Giles, dessen Blick besorgt auf ihrem blassen Gesicht ruhte, sagte: »Vielleicht möchtet Ihr Euch in der Kajüte etwas hinlegen. Es tut mir leid, daß wir Euch schon so früh am Morgen aus dem Bett holen mußten, aber es ist nötig, früh aufzubrechen. Ich bin nur ungern nach Einbruch der Dunkelheit noch auf dem Fluß.«

»Nein, wirklich«, stimmte ihm Fanny mit einem echten Schaudern zu, »nur wenn es absolut sein muß. Ihr solltet froh sein, daß Ihr in der letzten Nacht nicht auf dem Boot übernachtet habt wie ich. Selbst mit zwanzig Männern und Giles in meiner Nähe habe ich mich nicht sicher gefühlt. Ihr müßt wissen, daß manche der Banden von Flußpiraten aus dreißig oder vierzig der blutrünstigsten Männer bestehen, die man sich vorstellen kann. Sie sind wilde Tiere, die Spaß daran haben, andere zu quälen, zu verstümmeln und sich gegenseitig die Augen auszustechen. Ihr könnt Euch vorstellen, was sie mit ihren Opfern machen.«

»Du hast Catherine noch keine Gelegenheit gegeben, mir zu antworten«, erinnerte Giles seine Schwester nachdrücklich.

Fanny sah Catherine an. »Laßt Euch nicht von mir angst machen. Ich bin sicher, daß es uns ziemlich gutgehen wird. Seid Ihr müde?«

Aus der Kajüte im Laderaum ertönte die ärgerlich erhobene Stimme einer Frau. Auf diesem Schiff schien es nur wenig ruhige Plätze zu geben. Catherine lehnte hastig ab.

»Gut«, rief Fanny aus. »Dann könnt Ihr bleiben und mir Gesellschaft leisten. Wir können hier auf dem Laderaum sitzen und uns etwas näher kennenlernen, während wir Kaffee trinken. Ich glaube, da kommt er schon.«

Der Leichter war etwa fünf Meter breit und siebzehn Meter lang, dabei hatte er nur den geringen Tiefgang von weniger als zwei Metern. Der Laderaum, dessen eine Hälfte als Kajüte für die Damen geräumt worden war, nahm die Mitte des Schiffs ein, wobei auf beiden Seiten nur noch ein schmaler Durchgang blieb und ein kleines Stück freie Deckfläche am Bug und am Heck. Auf den Durchgängen lagen Stangen, die halb so lang waren wie das Boot, zehn auf jeder Seite. Das hintere Deck war bevölkert von der Mannschaft, Schwarzen in groben Baumwollhosen, die an die Reling gelehnt auf dem Boden hockten und heißen Kaffee mit Rum schlürften. Auf dem Vorderdeck war eine Schiffswinde angebracht, die, so erklärte Fanny, gebraucht wurde, um das Boot in Stromschnellen und bei starker Strömung zu stabilisieren und es von Sandbänken zu ziehen.

Während sie noch in diese Richtung sahen, kam Rafael aus dem Laderaum und stellte sich zu Giles an die Schiffswinde. Sie beugten sich zusammen über eine ausgebreitete Karte, die auf dem Unterteil der Winde lag.

Catherine sah weg und schloß ihre Hände fest um den Kaffeebecher, so daß sie die angenehme Wärme in den Händen spürte. Um ihr Desinteresse an der Tätigkeit der Männer zum Ausdruck zu bringen, plapperte sie drauflos: »Um welche Zeit werden wir voraussichtlich in Alhambra ankommen?«

»Giles hofft, mit Einbruch der Dunkelheit zu Hause zu sein. Rafe hat, als er vor fast einem Monat kam, um uns abzuholen, die Fahrt in etwas weniger als fünfzehn Stunden geschafft. Mein Bruder hat die Absicht, diesen Rekord zu brechen, aber Rafe besitzt ein eigenes Schiff und eine erfahrene Mannschaft – Giles nicht. Die Männer dort hinten sind neue Sklaven, die er erst dieses Jahr gekauft hat, um diejenigen zu ersetzen, die wir verloren haben; wir hatten nämlich dieses Jahr einen schlimmen Winter mit vielen Fällen von Lungenentzündung und Malaria. Uns sind auch eine ganze Reihe von Sklaven weggelaufen. Aber Männer sind Männer, und Giles wird mehr davon haben, wenn er seine Sklaven einsetzt und dann vielleicht den Rekord einstellt.«

»Also gehört dieses Schiff Eurem Bruder?«

»Ja. Er hat es von einem Händler gekauft, der es mit Waren beladen von Louisville heruntergebracht hat. Es wäre schön, wenn er es behielte. Ich könnte es mit Vorhängen und Kissen ausstatten, streichen und mit Goldverzierungen versehen lassen, dann wären unsere Fahrten nach New Orleans komfortabler. Giles sagt, meine Pläne würden eher zu einer Barke für Kleopatra passen. Er will es in Einzelteile zerlegen und das Holz weiterverarbeiten. Ich vermute, er wird eine Schmiede daraus bauen oder etwas Ähnliches.«

Ein Befehl wurde gerufen. Einer der Männer sprang auf den Deich, schob die Laufplanke herauf, löste das Haltetau und kletterte wieder an Bord.

»Ich glaube, wir sollten besser hier weggehen«, sagte Fanny und stand auf, als die Männer ihre Stangen aufhoben und ihre Plätze an den Seiten des Schiffes einnahmen. Die Frauen gingen zum Bug und sahen zu, wie die Männer zu arbeiten begannen.

Zwanzig Mann, zehn auf jeder Seite, stießen ihre Stangen ins Wasser bis auf den Grund, legten ihre Schultern in das krückenähnliche Teil am oberen Ende der Stangen und lehnten sich dagegen, wobei sie langsam zum Heck gelangten. Wenn die ersten Männer das Ende der schmalen Durchgänge erreicht hatten, drehten sie sich um und liefen über den Laderaum zurück zum Bug und fingen dann in derselben Weise den nächsten Gang an, so daß das Boot flußaufwärts gestakt wurde.

Langsam fiel New Orleans mit den runden Zwillingstürmen der Kathedrale hinter ihnen zurück.

Bei Sonnenaufgang lagen die meisten Anzeichen von Zivilisation schon hinter ihnen. Stundenlang sahen sie Felder oder rauchende Schornsteine, die zwischen den mit spanischem Moos behangenen Bäume zu sehen waren. Möwen folgten ihnen lange Zeit den Fluß hinauf. Im stillen Wasser kleiner Nebenarme des Mississippi schwammen wilde Enten in der Nähe des Ufers. Blaue Kraniche und braune Pelikane flogen über ihre Köpfe hinweg. In den sumpfigen Gegenden waren die Bäume weiß von nistenden Silberreihern. Ihr klagendes Geschrei hallte gespenstisch über den stillen Wald, der den Fluß auf beiden Seiten begrenzte. Wenn sie sich näherten, glitten Schildkröten lautlos ins Wasser, und dann und wann erhob sich ein majestätischer weißer Kranich auf schweren, vom Sonnenlicht versilberten Flügeln in die Lüfte.

Zu Mittag gab es eine kalte Mahlzeit aus Schinken und Huhn auf Brötchen, die mit reichlich heißem Kaffee heruntergespült wurden, der über dem Kohlebecken in der Damenkajüte gekocht worden war. Als die Sonne hoch über ihre Köpfe kletterte, rann den angestrengten Männern der Schweiß über das Gesicht. Sie zogen ihre Hemden aus. Diejenigen, die Schuhe besaßen, hatten sie schon vor einer ganzen Weile ausgezogen. Die Männer stakten das Schiff kraftvoll vorwärts, wobei sie manchmal in einen tiefen und melodiösen Gesang fielen, der ihnen den Rhythmus für ihre Bewegungen vorgab.

Unter den Sklaven war auch ein älterer Mann. Catherine, die den feinen Stoff seines Hemdes bemerkt hatte, nahm an, daß er ein Hausdiener gewesen und an derart harte Arbeit nicht gewöhnt war. Sie registrierte, daß er in seinen Bemühungen nachließ, und als er auf die Knie sank, eilte sie auf ihn zu. Aber Rafael kam ihr zuvor. Er fing die Stange des Mannes auf, noch bevor sie die Strömung mitreißen konnte, und stützte den Mann mit einem Arm. Einen Augenblick später war die Ordnung schon wiederhergestellt. Am Heck legte man den Mann unter den Schutz eines Segeltuchverdecks, wo sich Fannys Zofe um ihn kümmerte.

Rafael warf Giles einen herausfordernden Blick zu und ergriff die freie Stange. Giles zögerte einen Augenblick, schickte dann jedoch einen der Männer auf der anderen Seite zum Ausruhen und nahm seine Stange und Rafaels Herausforderung mit einem Grinsen an. Die beiden Männer feuerten ihre Mannschaften zu größeren Anstrengungen und versuchten so, die Seite des anderen in Richtung Ufer abzulenken. Schon bald waren sie beide nackt bis zur Taille, strengten sich an, lachten und riefen sich scherzhaft gemeinte Beleidigungen zu.

Fanny warf Catherine einen amüsierten Blick zu, aber Catherine lächelte kaum als Erwiderung. Wenn sie das Spiel der geübten Muskelstränge auf Rafaels gebräuntem Rücken betrachtete, empfand sie ein eigenartiges Gefühl in der Nähe des Herzens. Der Anblick der dünnen roten Linie, die von der Wunde, die sie damals genäht hatte, übriggeblieben war, weckte Erinnerungen, die sie lieber vergessen hätte.

»Es wird jetzt doch ziemlich warm, findet Ihr nicht?« sagte sie, zog die Handschuhe aus und fächelte sich damit Luft zu.

»Doch, das finde ich auch«, sagte Fanny knapp, nachdem sie Catherine einen schnellen Blick zugeworfen hatte. »Eure Haut auf den Wangen und dem Nasenrücken rötet sich schon ein wenig. Ich habe bereits so viele Sommersprossen, daß es nichts ausmacht, aber es wäre doch ein Jammer, wenn Eure schöne Haut verbrennen würde. Solange müßte inzwischen die schlimmste Attacke ihrer Seekrankheit hinter sich haben, falls Ihr jetzt lieber hineingehen wollt.«

»Ich glaube, das würde ich gern tun«, erwiderte Catherine und wandte sich ab, ohne noch einmal in Rafaels Richtung zu sehen.

Das Halbdunkel in der Kajüte, die nur ein kleines Fenster hatte, war eine Erleichterung nach dem grellen Sonnenlicht, das sich auf dem Wasser spiegelte, aber die Luft war heiß und stickig. In dem Raum gab es nur wenig Platz. An jeder Wand befanden sich zwei Kojen übereinander, und in einer Ecke lagen Steppdecken für die Zofe. Als sie die dünne Strohmatratze befühlte, die auf den Tragebändern der Koje lag, dachte Catherine, daß sie gern ihren Platz mit der Dienerin tauschen würde.

Solange lag auf der unteren Koje vor dem Fenster. Ein feuchtes Tuch war zusammengefaltet über ihre Stirn gelegt, und mit einer Hand umklammerte sie ein Fläschchen Riechsalz. Madame Thibeaut saß zu ihren Füßen und stickte.

»Ich wußte, daß unsere Einsamkeit zu schön war, um längere Zeit andauern zu können«, hauchte das junge Mädchen mit schwacher Stimme.

Catherine musterte Fanny und bemerkte an ihrer Miene, daß sie sich entschloß, Solange freundlich zu behandeln.

»Wie geht es Euch?« fragte Fanny fröhlich. »Können Catherine oder ich irgend etwas für Euch tun?«

»Ja«, sagte Solange mit gedämpfter Stimme. »Geht hinaus.«

»Sehr amüsant«, erwiderte Fanny. »Wir haben aber nicht die Absicht, uns wegen Eurer schlechten Laune von der Sonne rösten zu lassen.«

»Schlechte Laune!« Solange drehte sich mit einer heftigen Bewegung im Bett um und starrte Fanny aus anklagenden Augen an. »Ich leide an *mal de mer*«, sagte sie finster, »und an einer zusätzlichen Seelenqual, weil ich weiß, daß mein Bruder von dieser – dieser gewitzten *intrigueuse* zur Ehe verführt worden ist!«

»*Chérie* –«, warnte Madame Thibeaut, aber Solange ignorierte sie .

»Ich werde nicht mehr schweigen. Ich habe nur um meines Bruders willen während der letzten Wochen nichts gesagt, weil er mich gebeten hat, mich mit dieser Person anzufreunden. Aber jetzt habe ich genug.«

Catherines Gesicht wurde aschfahl, als sie hörte, daß sie als Abenteurerin bezeichnet wurde.

»Solange«, warf Fanny ein. »Ihr wißt nicht, was Ihr sagt.«

Catherine schüttelte den Kopf. »Laßt sie weitersprechen. Euer Bruder hat Euch also gesagt, ich hätte ihn zur Ehe verführt?«

Solange sah ihre Gesellschafterin an, als brauche sie ihre Unterstützung. »Das weiß doch jeder«, entgegnete sie trotzig. »Seit unserer Ankunft in New Orleans hat man kaum über etwas anderes gesprochen. Euer unmanierliches Benehmen, Eure Dreistigkeit, auf einem Ball für Viertelnegerinnen zu erscheinen, war doch in aller Munde.«

»Ach wirklich?« fragte Catherine sanft.

»Ja, das war es. Und ich glaube, daß Ihr das, was geschehen ist, genau geplant hattet. Ihr habt einen Gentleman gefunden, der bereit war, sich von Euch um den Finger wickeln zu lassen. Als die Sache nicht mehr in Ordnung gebracht werden konnte, gebrauchtet Ihr seine Ehre als Waffe, um ihn zur Ehe zu zwingen.«

»Das ist nicht wahr«, flüsterte Catherine.

»Nein? Warum sollte sich Rafael denn sonst entschlossen haben, Euch zu heiraten, sobald er wieder in der Stadt war? Er hat mich aus meinem Heim geholt, nur um Euch und Eurer Mutter, dieser alternden *femme fatale*, äußeren Anschein von Ansehen und Respektabilität zu geben.«

»Das reicht jetzt«, sagte Catherine, und in ihrer ruhigen Stimme lag ein so bedrohlicher Unterton, daß Solange verstummte, obwohl ihre Augen immer noch vor haßerfülltem Widerwillen glitzerten.

Catherine ließ sich davon nicht beirren. »Ich bezweifle, daß irgend etwas, das ich je getan habe oder tun werde, auch nur ein winziges Stückchen von Eurem Verhalten beeinflußt werden könnte, Solange. Was meine Mutter betrifft: Von ihr werden wir nicht sprechen, weder jetzt noch irgendwann in der Zukunft, denn ich glaube, in dieser Beziehung seid Ihr sicher verletzlicher als ich. Meine Ehe geht niemanden etwas an – außer meinen Mann und mich. Wenn er damit zufrieden ist, werdet Ihr es, fürchte ich, auch sein müssen.«

»Ja, und ich werde auch zusehen müssen, wie Ihr ihm das Herz brecht und ihn achtlos beiseite schiebt, wie Ihr es auch mit Marcus Fitzgerald gemacht habt.«

»Ich glaube nicht –«, begann Catherine, hielt aber inne, als sie die triumphierende Miene des jungen Mädchens gewahrte.

»Nein? Marcus hat mir erzählt, wie Ihr Euch verhalten habt. Ihr habt ihn mit Eurer Schönheit und Euren süßen, leeren Versprechungen umgarnt, bis er schließlich bereit war, alles zu tun, worum Ihr ihn gebeten hättet. Er erzählte mir, daß Ihr ihn benutzt habt, um ein vielversprechendes Opfer für Eure Pläne zu finden, und daß Ihr ihn danach zurückgewiesen habt. Er ist wegen Eures Verrats am Boden zerstört. Aber Ihr sollt erfahren, daß er ein wenig Trost in meiner Gegenwart gefunden und eine einfache Freude genossen hat, die er jedoch mit Euch nie erfahren hat. Er sagte selbst, daß er diese Freude sein ganzes Leben lang empfinden möchte. Er hat die Absicht, Verwandten mütterlicherseits einen längeren Besuch abzustatten, den Trepagniers, die nur zehn Meilen entfernt von Alhambra leben. Könnt Ihr Euch den Grund seines Besuchs vorstellen? Er hat die Absicht, mir den Hof zu machen. Vielleicht werdet Ihr sogar die überraschende Erfahrung machen, daß sein Herz durch meinen Einfluß völlig von Eurem schlechten Einfluß geheilt werden kann. Was werdet Ihr wohl empfinden, Catherine, wenn Ihr uns Eure Glückwünsche aussprechen müßt?«

Catherine lächelte matt, und Solange sah sie verblüfft an. »Ich werde Euch mit dem größten Vergnügen meine Glückwünsche aussprechen, falls Ihr wirklich das Interesse von Marcus Fitzgerald für Euch gewonnen haben solltet.«

Es war unmöglich, nach diesen Worten noch weiterhin in der Kajüte zu bleiben. Catherine trat ins Sonnenlicht und erinnerte sich an das kleine Fenster über der Koje des jungen Mädchens und fragte sich, wieviel von der Unterhaltung die Männer wohl verstanden haben mochten. Sie war von Solanges Benehmen keineswegs überrascht, aber sie wäre sehr froh gewesen, wenn Rafael ihr ein kleines Zeichen der Zustimmung gegeben hätte. Aber ihre Hoffnungen wurden enttäuscht.

Catherine war dankbar, als Fanny Barton ihrem Bruder zurief, daß sie die Enge der Kajüte nicht ertragen konnte und man ein Sonnensegel errichten sollte. Wirkte Giles ein wenig befangen, als er sie ansah? Catherine konnte es nicht sagen. Der Eindruck verlor sich auch, als er sich gutmütig über die Launen seiner Schwester beklagte.

Nachdem sie es sich unter dem Segeltuch bequem gemacht hatten, wandte sich Catherine Fanny zu, um ihr zu danken. »Ihr seid wirklich sehr nachsichtig mit mir, wenn man bedenkt, was Ihr über mein Verhalten gehört haben müßt.«

Fanny winkte ab. »Laßt Euch nicht von Solange durcheinanderbringen. Sie neigt dazu, ihre Eifersucht zu übertreiben. Sie ist auch in ihren besten Zeiten kein glücklicher Mensch.«

»Nein?«

»Sie war in den vergangenen Jahren zuviel allein und ist entsprechend unsicher. Meiner Meinung nach war es keine gute Idee, sie nur der Aufsicht einer Gesellschafterin zu überlassen, besonders einer solchen wie Madame Thibeaut. Aber es ging nun einmal nicht anders. Die Menschen neigen dazu, jene zu meiden, die mit Tragödien zu tun gehabt haben. Das ist bedauerlich, aber nicht zu ändern. Ich habe mir alle Mühe gegeben, mich mit Solange anzufreunden, aber sie hat eine kindische Schwärmerei für Giles entwickelt. Sie ist ausgeritten, um ihm auf den Feldern zu begegnen, ist ihm gefolgt wie ein Kätzchen, das gestreichelt werden möchte, und hat endlose Ausreden dafür gefunden, um mit ihm allein sein zu können. Irgendwann war ihm das alles dann doch zu peinlich, und für sie hätte es zu sehr nach einer Ermutigung ausgesehen, wenn wir weiterhin so engen Kontakt gepflegt hätten.«

»Mit Tragödie meint Ihr den Tod ihrer Mutter?« fragte Catherine, weil sie nichts zu Solanges Verhalten sagen wollte.

»Und den ihres Vaters. Es war auch nicht sehr hilfreich für sie, daß sie erleben mußte, wie ihr Bruder verbannt wurde und im Verdacht stand, ein Mörder zu sein. Ich mische mich ungern in fremde Angelegenheiten, aber ich glaube, es ist wichtig, daß Ihr versucht, Rafaels Gefühle für seine Schwester zu verstehen. Ich glaube, daß er Schuldgefühle empfindet, weil er glaubt, sie vernachlässigt zu haben. Deshalb läßt er ihr allzuviel durchgehen. Ich halte das für einen großen Fehler, aber ich bin dabei wohl kaum eine unparteiische Beobachterin. Ich ärgere mich oft über Solange, selbst wenn sie mein Mitleid am meisten braucht. Nun ja, ich möchte in Euch keine Vorurteile wecken. Es ist ja möglich, daß Ihr Euch in Alhambra mit ihr anfreunden könnt.«

»Das erscheint mir unwahrscheinlich«, sagte Catherine trocken. »Solange hat mich vom ersten Augenblick an verabscheut.«

»Das überrascht mich kaum. Ihr seid nur ein oder zwei Jahre älter als sie. Und doch hattet Ihr freien Zugang zu dem Leben, nach dem sie sich sehnt. Noch dazu seid Ihr eine solche Schönheit, daß sie nur Neid empfinden kann. Ihr hattet zahlreiche Verehrer. Nun ja, genaugenommen bin ich auch ein bißchen neidisch. Und darüber hinaus habt Ihr auch noch ihren einzigen Bruder geheiratet.«

»Es sieht aus, als würde noch mehr als das hinter ihrer Abneigung stecken.«

»Laßt Euch davon nicht beeinträchtigen. Ich gebe zu, daß Solange schwierig ist, aber das liegt sicher in den seltsamen Schicksalen ihrer Eltern begründet.«

»Ich frage mich –« Catherine hielt inne, sprach dann aber entschlossen weiter. »Würdet Ihr mir wohl von ihrem Vater erzählen? Ich habe schon ein paar Dinge gehört, aber ich weiß nichts Genaueres, und ich wage es nicht, Rafael danach zu fragen. Das Ereignis scheint offensichtlich immer noch schmerzlich für ihn zu sein.«

Fanny nickte. »Ich werde Euch erzählen, was ich weiß, aber viel ist das nicht. Ihr wißt ja, daß Männer mit Frauen nicht über solche Dinge sprechen.«

Sie tauschten ein Lächeln aus, und Fanny fuhr fort: »Rafaels Vater fühlte sich verantwortlich für den Tod seiner Frau. Ihr müßt wissen –«

»Ja, davon hat man mir erzählt.«

»Na ja, also sein Gemütszustand war schon vorher nicht besonders gut gewesen, doch nach dem Selbstmord seiner Frau wurde es noch schlimmer. Er trank immer mehr, und der Alkohol zerstörte langsam seinen Verstand. Er konnte Solanges Anblick nicht ertragen. Das arme Kind mußte die meiste Zeit im Kinderzimmer verbringen – zumindest wenn er sich im Haus aufhielt. Selbst als sie älter war, wollte er sie nicht sehen, und er ließ den größten Teil seines Zorns, der sich ins Unermeßliche steigerte, wenn er getrunken hatte, an Rafael aus. Er konnte auch nicht eine Andeutung von Widerspruch ertragen, und er griff des öfteren nach der Peitsche, wenn Rafael versuchte, sich in seine Geschäfte einzumischen. Die Plantage verkam immer mehr, und es ist nicht weiter erstaunlich, daß Rafael seine eigenen Wege ging. Die Sklaven konnten dem Alten natürlich nicht so leicht entkommen. Ihre einzige Möglichkeit, Widerstand zu leisten, war stille Rebellion, langsame Arbeit, Faulheit, wenn sie nicht unter ständiger Beobachtung standen, und keine Diebstähle. Einige dieser Sklaven waren während des Aufstandes in Santo Domingo gewesen und kannten sich mit so etwas wie militärischer Organisation aus. Diese Sklaven waren – und sind – ganz besonders gefährlich. Die stille Revolte brachte Rafaels Vater in Rage, und er wurde noch strenger. Nachdem er einmal einen der Sklaven aus Santo Domingo hatte auspeitschen lassen, erfolgte die offene Rebellion. Der Mann und zwei seiner Freunde entkamen in den Sumpf. Etwa eine Woche später wurde Monsieur Navarro auf dem Weg nach Alhambra auf der alten Sumpfstraße angegriffen, vom Sattel gezerrt und zu Tode geprügelt.«

»Wie schrecklich«, murmelte Catherine leise.

»Ja. Aufstand. Eines der schlimmsten Dinge, die in einer Sklavengemeinschaft passieren können. Rafe fand die Leiche. Wie alle jungen Männer kannte er den Sumpf gut, weil er dort öfter zur Jagd ging. Er befahl seinem Kammerdiener, der ihn begleitete, Hilfe zu holen, und machte sich allein auf die Suche nach den Mördern. Der Suchtrupp durchkämmte den Sumpf die ganze Nacht lang, und bei Tagesanbruch fand man Rafe. Er teilte den Männern mit, daß man sie nicht mehr brauchte. Was getan werden mußte, war bereits getan.«

Catherine war sich darüber im klaren, daß ihr Mann rücksichtslos sein konnte, aber das, was Fanny erzählt hatte, erschreckte sie dennoch. Als sie das zum Ausdruck brachte, verteidigte ihn die junge Amerikanerin.

»Es gab Menschen, die ihn nicht verstanden haben und so dachten wie Ihr. Andere, unter ihnen auch Giles, hatten das Gefühl, daß er auf diese Art den Aufstand aller Sklaven verhindert hatte. Also war es keine reine Kaltblütigkeit, Catherine, sondern Gerechtigkeit. Rafe ist ein gerechter Mann, was immer es auch kosten möge.«

Catherine wandte den Blick von Fannys ernsten grauen Augen ab. Catherine wußte jetzt, daß sie sich beim Hochzeitsessen nicht getäuscht hatte. Wenn Fanny von Rafael sprach, lag ein Ausdruck auf ihrem Gesicht und ein Klang in ihrer Stimme, die... nein, sie bildete sich zuviel ein. Was sie sah, war nicht mehr als bloße Zuneigung, die Fanny dem Freund ihres Bruders entgegenbrachte.

Catherine lächelte warm. »Vielen Dank, daß Ihr mir davon erzählt habt. Darf ich Euch noch eine Frage stellen? Mich interessiert brennend, was mich wohl in Alhambra erwartet. Wie ist das Haus? Und das Land?« Weil sie dachte, daß es seltsam erscheinen könnte, wenn Rafael ihr nichts davon erzählt hatte, fügte sie noch hinzu: »Männer sind, was Einzelheiten betrifft, manchmal nicht sehr redselig.«

Fannys Gesicht erhellte sich, als wäre sie froh über den Themenwechsel. »Wißt Ihr, daß Ali, Rafes Kammerdiener, vorausgeschickt worden ist, um alles für Eure Ankunft vorzubereiten? Ali ist mehr als nur ein Diener. Er ist seit Jahren Rafes Freund, Sekretär und Reisebegleiter. Wenn er Vorbereitungen trifft, braucht Ihr Euch sicher nicht allzu viele Gedanken über den Zustand des Hauses zu machen. Es ist ein typisches westindisches Herrenhaus mit schweren Fensterläden und breiten Galerien als Schutz gegen Sonne und Regen. Das hochgelegene Erdgeschoß und die Hauptwohnräume sind vor Überschwemmungen sicher. Alhambras besonderes Merkmal ist der Innenhof, der den ursprünglichen Besitzer wahrscheinlich auf diesen Namen gebracht hat. Die Schlafzimmer öffnen sich zu diesem Innenhof hin, dessen Anlage einen starken spanischen Einfluß zeigt, sogar bis hin zu dem Springbrunnen und der schmiedeeisernen Wendeltreppe, von der es heißt, daß sie aus Madrid importiert worden ist. Ich hoffe, Ihr werdet nicht allzu enttäuscht sein, daß das Steinbecken des Brunnens nur von vier Löwen gehalten wird statt von einem Dutzend.«

Catherine schüttelte lächelnd den Kopf. »Das klingt, als ob das Haus ziemlich groß wäre.«

»Größer als die meisten derartigen Gebäude. Der erste Stock hat zehn Zimmer, die alle miteinander verbunden sind, damit die Luft frei zirkulieren kann. Die großen und kleinen Salons, das Arbeitszimmer und ein Damenzimmer, das gleichzeitig auch Eingangshalle ist, liegen auf der Vorderseite, und dann sind im rechten Winkel dazu um den Innenhof herum die Flügel der Schlafzimmer mit je drei Zimmern pro Seite angeordnet. Ich nehme an, Ihr seid an diesen Stil gewöhnt, aber als ich hierherkam, fand ich es häßlich und irgendwie geheimnistuerisch. Die Häuser wirken verschlossen. In Neuengland haben wir steile Dächer, damit sich nicht so viel Schnee darauf sammelt, und nur schmale Dachvorsprünge, so daß die Sonne die Zimmer erwärmen kann. Doch in Cypress Bend habe ich den Nutzen von breiten Galerien schnell kennengelernt.«

»Ist Cypress Bend der Name Eures Hauses?«

Fanny nickte. »Es steht etwas abseits auf einer Erhebung in der Nähe einer Flußbiegung und wie Alhambra in einem Wäldchen von Eichen und Zypressen. Nur die Küche haben wir geändert. Letztes Jahr ist sie abgebrannt, sie war natürlich ein eigenes Gebäude, darum ist das Wohnhaus nicht beschädigt worden. Aber Giles konnte der Versuchung nicht widerstehen, die Konstruktion der Küche zu verbessern, indem er rote Ziegel aus Neuengland importierte. Ich muß allerdings zugeben, daß sie hinter dem verputzten Haus etwas seltsam anmutet.«

Auf diese Art ging ihr Gespräch den ganzen Nachmittag weiter, wobei alles Persönliche sorgfältig ausgespart wurde. Gelegentlich bemerkte Catherine eine Spur von Zurückhaltung in Fannys Verhalten, aber die Amerikanerin war sehr freundlich, und Catherine nahm sich vor, diese Kleinigkeit nicht überzubewerten. Während des Tages war die Anzahl der stakenden Männer immer geringer geworden, bis schließlich nur noch vierzehn übrigblieben, während sich die anderen ausruhten. Alle waren erschöpft, das erkannte man an ihren grauen Gesichtern und den leeren Blicken, die vielleicht auch vom Rum verursacht wurden. Speisen waren immer abrufbereit, falls jemand etwas wünschte, doch bei Sonnenuntergang erhob sich Fanny und sagte, sie wolle die Vorbereitungen des Abendessens beaufsichtigen.

»Kann ich helfen?« fragte Catherine und stand ebenfalls auf.

»Nein, nein, dafür habe ich meine Zofe. Eigentlich geht es mir hauptsächlich darum, die in Fett gebackenen Fruchtkuchen zu finden, die ich extra habe machen lassen. Sie sollen uns allen wieder Kraft geben. Wir haben noch eine ziemliche Strecke vor uns.«

Catherine nahm diese Ablehnung ohne weiteren Protest hin. Jetzt, da sie Fanny etwas näher kennengelernt hatte, nahm sie an, daß sich ihre Gastgeberin auch noch ein wenig um die anderen Frauen kümmern wollte.

Die Fahrt verlief im wesentlichen ereignislos. Einmal waren sie beinahe auf Grund gelaufen, als sie einem treibenden Baumstamm auswichen. Dennoch war es ihnen gelungen, den Sandbänken aus dem Wege zu gehen und keine falschen Abzweigungen zu nehmen. Zwei oder drei Leichter oder Flöße waren ihnen begegnet, eines davon mit einem langen Aufbau als Wohnung, der sogar einen Schornstein gehabt hatte. Bei einer anderen Gelegenheit hatten sie ein hoch mit Fellen beladenes Kanu gesehen, das von einem Indianer und seiner Frau gepaddelt wurde.

Sie hörte Schritte hinter sich und drehte den Kopf, als Giles sich neben sie stellte und sich mit einer Hand auf die Reling stützte.

»Ich nehme an, daß Ihr auf Euer neues Heim neugierig seid«, meinte er.

Catherine nickte und sagte dann höflich: »Ich habe die Fahrt heute aber auch genossen.«

»Wir hatten gutes Wetter und Glück«, sagte er.

»Und einen guten Steuermann«, ergänzte sie.

Eine Spur von Rot erschien auf seinem Gesicht bei diesem Kompliment. »Sagt das lieber nicht, bevor wir wirklich zu Hause sind. Zwischen hier und dort liegt immer noch eine ganze Menge Wasser.«

Catherine lächelte, ohne etwas zu sagen. Die Sonne versank hinter den Bäumen. Indigoblaue Schatten fielen auf das schimmernde Wasser. Eine frische Brise brachte den Duft von Farn und wildem Geißblatt mit sich, der den dumpfen Flußgeruch überlagerte. Und am Ufer ertönte der Frühlingsgesang der Grillen und Frösche wie ein endloses Lamento.

Giles streckte die Hand aus und drückte Catherines Arm. »Eine Mücke«, sagte er und zeigte ihr das zerdrückte Tier. »Sie werden uns das Leben noch ziemlich schwermachen, wenn es dunkler wird. Fanny haßt sie, sie gehören zu den wenigen Dinge, an die sie sich nicht gewöhnen kann.«

»Manche Menschen sind auch empfindlicher als andere. Mein Kindermädchen hat sich immer Minze- und Salbeiblätter über Arme und Gesicht gerieben und eine Flasche mit Minzöl offen in ihrem Zimmer stehen gehabt –« Catherine verstummte, weil sie eine plötzliche Spannung in dem großen Mann neben sich spürte. Sie folgte seinem Blick und sah auf dem Fluß vor sich einen zweiten Leichter, der auf sie zukam.

Das Boot fuhr stromabwärts, und die drei oder vier Männer, die mit Stangen in der Hand auf dem Deck standen, mußten nur steuern. Als der Abstand zwischen den Schiffen geringer wurde, traten noch andere zu den Männern. Als sie eine blonde Frau sahen, riefen sie und gestikulierten, aber ihre Worte blieben unverständlich.

Noch mehr Männer versammelten sich auf dem Deck des näher kommenden Boots, rauhe Kerle, die in Wildleder, halbbearbeitete Felle und andere grobe farblose Stoffe gekleidet waren. Ihr Haar war lang und verfilzt, und ihre Gesichter waren mit verwegenen Vollbärten bedeckt.

Kaintocks, dachte Catherine bedrückt, und dann sah sie mit Entsetzen, daß das Boot seinen Kurs geändert hatte und direkt auf sie zusteuerte.

Giles richtete sich auf, stellte sich vor Catherine und schützte sie mit seinem breiten Körper vor den Blicken der Männer. Mehr Zeit hatte er nicht, denn hinter ihnen ertönte eine harte Stimme.

»Catherine, geh in den Laderaum. Sofort.«

Sie spürte die beißende Verurteilung in Rafaels Stimme wie einen Schlag, aber als sie sein finsteres Gesicht und den Degen in seiner Hand sah, wurde sich Catherine klar, daß es nicht der richtige Augenblick war, um zu streiten. Sie tat, was er von ihr gefordert hatte.

Angespannte Minuten vergingen, die noch schlimmer wurden durch das Geschrei, die Beleidigungen und obszönen Bemerkungen, die jetzt mehr als deutlich zu verstehen waren. Plötzlich wurden die Stimmen leiser. Ob den Männern die Aussicht auf einen Kampf oder der Anblick des blanken Stahls der Degen nicht gefallen hatte oder ob sie einfach nur entschieden hatten, daß das Vergnügen eine solche Anstrengung nicht wert war, konnte niemand ahnen. Das Schiff passierte sie ohne jede Berührung und verschwand flußabwärts.

10

Nachdem die Sonne hinter dem Horizont versunken war und das Ufer auf beiden Seiten von der Dunkelheit verschluckt wurde, ermöglichte es ihnen ein Rest von mattem Licht auf dem Wasser, ungehindert weiterzufahren. Als das auch verloschen war, wurde eine Laterne am Bug befestigt. Catherine lag auf ihrer Koje, den Arm über die Augen gelegt, und tat so, als würde sie schlafen. Der rauhe Befehl, den Rafael ihr vorher zugerufen hatte, hallte immer noch in ihren Gedanken wider und rief ein Gefühl von Kränkung und verletztem Stolz hervor. Sie spürte auch Solanges unverhohlene Freude an ihrem Unbehagen und Fannys unausgesprochenes Mitgefühl. Sie zog sich vor beidem in eine Haltung von schweigender Würde zurück und betete im stillen, daß diese Reise endlich vorüber sein möge.

Der Mondschein zeichnete einen silbern glänzenden Lichtpfad auf das Wasser, als sie endlich das Ufer ansteuerten. Das Boot streifte knirschend einen Landepfosten und blieb stehen. Ein Befehl wurde gerufen, und das Boot wurde vertäut, trotzdem wurde es im gleichmäßigen Rhythmus der Strömung mit dumpfen Schlägen gegen den Landepfosten geschleudert.

»Wir sind angekommen, *ma petite*«, verkündete Madame Thibeaut in übertrieben fröhlichem Ton ihrem Schützling. »Komm, ich helfe dir. Du wirst dich bestimmt gleich besser fühlen, sobald du an Land bist. Gib mir deine Hände, dann ziehe ich dich hoch. So. Und jetzt leg einen Arm um meine Taille – na also, das ist doch gar nicht so schlimm, oder?«

»In meinem Kopf dreht sich alles«, jammerte Solange. »Wo ist mein Riechfläschchen? Ich brauche mein Riechfläschchen.«

Fanny ging zur Tür, und Catherine glitt von ihrer Koje. Sie schlüpfte aus der Kajüte und sog die kühle Nachtluft tief in ihre Lungen.

Einen Augenblick dachte Catherine, es hätte sich vielleicht jemand getäuscht. Obwohl sie in der Nähe des Ufers waren und ein schwaches Licht durch die Bäume schimmerte, war das Boot ringsherum von Wasser umgeben. Dann sah sie die Signallaterne mit den roten Gläsern an der Seite, die an den Landepfosten gebunden war, und ihr wurde klar, daß der Steg vom Hochwasser überspült war. Ein Ruderboot, das ebenfalls an den Pfosten gebunden war, deutete darauf hin, wie sie ans Ufer gelangen würden.

Giles stand mit Rafe am Bug und betrachtete eine silberne Taschenuhr. Rafe, die Hände auf die Hüften gestützt, grinste seinen Freund spöttisch an.

»Ich brauche kein solch tickendes Gerät, um zu wissen, daß ich schneller war als du.«

Giles blinzelte im schwachen Licht, um das Zifferblatt seiner Uhr erkennen zu können. »Eine Stunde und vierzig Minuten langsamer«, stimmte er ihm kopfschüttelnd zu. »Ich weiß wirklich nicht, wie du das gemacht hast. Keiner könnte besser vorankommen als wir heute – oder mehr Glück haben.«

»Du schuldest mir einen Drink«, erinnerte ihn Rafael. »Den werde ich beanspruchen, sobald ich hier ein wenig Ordnung gemacht habe. Wenn du einen Sündenbock brauchst, dann mach doch einfach den Steuermann verantwortlich.«

»Was meinst du damit, du Schuft? Ich bin der Steuermann.«

Beide Männer lachten, als sie sich den Frauen zuwandten.

Nur nach einigen Protesten nahmen Giles und Fanny Barton schließlich die Einladung an, über Nacht zu bleiben. Sie wollten offensichtlich nicht stören bei Catherines und Rafaels erster Nacht in ihrem Heim, aber Giles war doch, wie Rafael gesagt hatte, ein vorsichtiger Mann, der nur ungern das unnötige Risiko auf sich nehmen wollte, während der Nacht noch die restlichen fünf oder sechs Meilen stromaufwärts zu fahren. Es würde sowieso schon bald Morgen werden. Dennoch stimmten Fanny und Giles erst zu, nachdem auch Catherine sie inständig gebeten hatte zu bleiben.

Es entstand ein kurzer Streit darüber, wer als erstes das Ruderboot benutzen würde, aber Rafael war an Höflichkeit nicht zu überbieten. Giles sprang also schließlich in das kleine Boot und hob seine Schwester und ihre Zofe zu sich herein.

Sie waren kaum mehr als ein halbes Dutzend Ruderschläge gefahren, als Rafael über den Rand des Leichters sprang, nach Halt suchte und schließlich knietief im Wasser auf der überschwemmten Landungsbrücke stand. Lachend wandte er sich Catherine zu und streckte die Arme aus.

»Spring«, lud er sie ein, und seine spöttischen schwarzen Augen funkelten herausfordernd.

Catherine holte tief Luft. Er hatte sie den ganzen Tag kaum zur Kenntnis genommen. Erwartete er jetzt, daß sie von einem Augenblick zum andern in heitere Stimmung verfiel? Natürlich gab es noch andere Gründe für ihre schlechte Laune, die sie ihm nicht verraten wollte, und außerdem wäre es wirklich dumm, ein so angenehmes Angebot auszuschlagen, oder?

Sie setzte sich auf die Reling und schwang die Beine auf die andere Seite. Dort balancierte sie einen Augenblick, beugte sich dann mit ausgestreckten Händen vor und ließ sich in seine wartenden Arme fallen.

Er war schon die Hälfte des Weges zum Ufer gewatet, als ein Schrei hinter ihnen ertönte.

»Rafe! Warte!« kreischte Solange. »Warte auf mich. Laß mich nicht allein!«

Er drehte sich um, und sein Griff um Catherines Rücken und Knie spannte sich an. Solange stand an der Reling und winkte wild, während Madame Thibeaut versuchte, sie zurückzuhalten. Die schwarzen Sklaven hatten sich entschlossen, Rafaels Beispiel zu folgen und stiegen aus dem Boot. Einer nach dem anderen sprang, beladen mit Kisten und Gepäckstücken, auf den wasserbedeckten Landungssteg.

Catherine spürte Rafaels Unentschlossenheit, die ihm sonst überhaupt nicht eigen war. »Vielleicht solltest du besser zurückgehen«, flüsterte sie ihm widerstrebend zu.

Plötzlich schüttelte er den Kopf, drehte sich um und kletterte auf den Deich. Dort setzte er sie ab, drückte ihre Hand und kehrte zu dem Leichter zurück.

Er brachte Solange über den Deich und zu dem erleuchteten Haus. Seine Schwester hatte den Kopf an seine Schulter gelegt und schluchzte wie ein Kind. Catherine hielt ihre Röcke hoch über das taufeuchte Gras und wanderte hinter ihnen her.

Eine doppelte, geschwungene Freitreppe führte direkt zu den Hauptwohnräumen im ersten Stock des Gebäudes, über dem erhöhten Erdgeschoß. Die breite Eingangstür öffnete sich, und Licht ergoß sich auf die dunkle Vordergalerie. Ein Diener trat in den orangegoldenen Schein und verbeugte sich tief.

»*Bienvenu, Maître* Rafe. *Maîtresse,* Alhambra heißt Euch willkommen«, sagte er.

Die Stimme mit dem seltsamen Akzent, die die gedehnte Redeweise der meisten Sklaven vermissen ließ, klang fast wie eine Warnung. Als der Diener sich zu seiner ganzen Größe aufrichtete, holte Catherine überrascht Luft. Daß das Blut eines uralten Wüstenstammes in seinen Adern floß, war offensichtlich. Seine Haut hatte einen messingartig metallischen Schimmer, und sein Gesicht sah aus wie eine unbewegliche Maske. Tiefliegende braune Augen lagen unter hochgewölbten Brauen. Die Nase war leicht gebogen, und der volle Mund drückte Entschlossenheit und gleichzeitig Empfindsamkeit aus. Um seinen Kopf war ein kleiner Turban gewickelt.

Catherine, die auf eine Reaktion ihres Mannes wartete, zögerte. In diesem Augenblick schob sich Madame Thibeaut nach vorn.

»Ali, geh sofort und teile der Zofe von Mademoiselle Solange mit, daß wir sie brauchen. Mademoiselle fühlt sich nicht wohl. Sie braucht einen beruhigenden Tee und muß ins Bett gebracht werden. Sie sollte so bald wie möglich etwas Warmes an ihre Füße gelegt bekommen. Sag der Köchin, daß wir angekommen sind und in einer halben Stunde im Eßzimmer eine kleine Abendmahlzeit zu uns nehmen möchten.«

Die harte Stimme der Frau und ihre entschlossene Art, die Rolle der Hausherrin an sich zu reißen, waren ein Affront, und Catherine war drauf und dran, Madame Thibeauts Anordnungen sofort zu widerrufen. Aber sie zögerte, da sie sich klar war, daß das eine unvernünftige Vorgehensweise wäre; vielleicht würde sie damit nur in eine sorgfältig geplante Falle tappen. Möglicherweise bildete sie sich das auch nur ein. War es denkbar, daß die ältere Frau gar nicht die Absicht hatte, ihren Platz einzunehmen und daß sie nur aus Gewohnheit so aufdringlich gehandelt hatte und weil sie sich um das Wohlergehen ihres Schützlings sorgte? Nein. Solange hörte plötzlich auf zu schluchzen, und das war für Catherine Beweis genug, daß ihre erste Vermutung richtig gewesen war.

»Einen Augenblick«, sagte sie ruhig.

Ali hatte sich bereits umgedreht, um den Anweisungen Madame Thibeauts Folge zu leisten. Jetzt wandte er sich wieder um.

»Ich glaube, Madame Thibeaut, daß Ihr unsere Gäste vergeßt«, sagte Catherine. »Ich bin sicher, daß mein Mann den Weg zum Zimmer seiner Schwester kennt. Während er sie dorthin begleitet, könntet Ihr vielleicht nach Solanges Zofe klingeln oder jemanden nach ihr schicken. Ali sollte zuerst Monsieur Barton und seine Schwester in die für sie vorbereiteten Zimmer bringen und sich dann darum kümmern, daß Monsieur Bartons Sklaven Quartier finden.«

Als Fanny protestieren wollte, winkte Catherine ab. »Solange, könnt Ihr in einer halben Stunde fertig sein für ein leichtes Abendessen? Gut. Ali, du kannst die Köchin informieren, daß um diese Zeit aufgetragen werden kann.«

»Madame Ti muß mit mir kommen«, wimmerte Solange, aber niemand beachtete sie. Das war ein Glück, dachte Catherine. Es wäre nicht angegangen, daß sie sich nicht den Wünschen von Rafaels Schwester beugte, wenn es ihr wirklich schlechtging.

Rafael antwortete kurz angebunden, während er Solange ins Haus trug: »Madame Thibeaut wird zu dir kommen, sobald sie kann.«

Solange spielte die Gekränkte, als Rafael sie fortbrachte.

Die anderen gingen durch eine große Eingangshalle, die wie ein Salon möbliert war, auf die hintere Galerie. Man gelangte in die Schlafzimmer, indem man durch die äußeren Zimmer ging, aber die schmale Galerie, die auf den Innenhof hinausging, war der kürzeste Weg. Als sich die Bartons nach links wandten, ging Catherine einfach mit ihnen. Ihr wurde plötzlich klar, daß sie keine Ahnung hatte, wo sich ihr eigenes Zimmer befand.

Der Anfang ihres neuen Lebens war wirklich seltsam. Nachdem sie schließlich in ihr Zimmer gebracht worden war, fand sie Käfer in dem Wasser in der Kanne auf dem Waschtisch, und auf dem Ständer lag kein Handtuch. Die Möbel waren abgestaubt worden, aber auch mit einem Öl behandelt, das dem Geruch und den vielen Ameisen nach zu schließen aus Speck hergestellt worden war. Die Mahlzeit, die für sie bereitet worden war, bestand aus einer dünnen Brühe, die als Suppe bezeichnet wurde, und Schinken zwischen Scheiben von gebuttertem Brot. Die Butter war ranzig, und auf der Unterseite der Brotscheiben waren gelegentlich graue Schimmelspuren zu sehen.

Fanny und Giles schienen diese Mängel nichts auszumachen, denn sie betrachteten sie als deutliches Zeichen dafür, daß der Haushalt tatsächlich eine straffe Führung brauchte. Auf Catherine wirkte das alles jedoch sehr düster.

Wenn Rafael sich ihnen angeschlossen hätte, als sie das jämmerliche Essen kritisierte, und zugestimmt hätte, daß ein Haus ohne eine richtige Hausfrau verkam, oder wenn er angedeutet hätte, daß er seine Frau bei ihren Bemühungen unterstützen würde, wäre es Catherine vielleicht gelungen, das, was vor ihr lag, mit einem gewissen Selbstvertrauen zu betrachten. Aber das tat er nicht. Statt dessen saß er am Kopfende des Tisches, spielte mit seinem Weinglas und trank mehr, als er aß. Er sagte kaum einmal ein Wort, und wenn, dann sprach er nur mit Giles. Einmal schaute Catherine auf und stellte fest, daß er sie mit einem durchdringenden, abschätzenden Blick ansah, so als hätte er sie geprüft und für mangelhaft befunden.

Die Herren saßen lange bei ihrem Cognac. Fanny und Catherine, die müde waren und sich inzwischen schon gut genug kannten, um keinen übertriebenen Wert mehr auf die angemessenen Formen zu legen, zogen sich, nachdem der Kaffee im Salon serviert worden war, zurück.

Catherine lag schon im Bett, als Rafael ins Zimmer kam. Sie hörte seine unsicheren Schritte, und seine Stiefel fielen dumpf auf den Boden. Er streifte mit dem Schienbein die untere Kante des Himmelbettes, und sein gemurmelter Fluch klang schleppend. Die Bänder, die die Matratze hielten, gaben nach, als er ins Bett stieg. Dann fiel er schwer nach hinten und rührte sich nicht mehr.

Catherine lag still, ohne sich zu bewegen, und starrte mit weit geöffneten Augen auf den Betthimmel. Sie strengte sich an, die Atmung eines natürlichen Schlafs beizubehalten, ihre Glieder waren steif, und sie zwang sich, sich wieder zu entspannen.

Rafael bewegte sich nicht. Sie spürte nur ein wenig das ruhige Heben und Senken seiner Brust. War er erschöpft, stumpf vor Alkohol – oder war er sich ihrer Gegenwart ebenso bewußt wie sie sich seiner? Versuchte er herauszufinden, ob sie schlief?

Eine kalte Mattigkeit senkte sich über sie. Sie fühlte sich isoliert durch die Haltung, die er im Laufe des Abends ihr gegenüber eingenommen hatte. Das Gefühl gefiel ihr nicht besonders gut, und doch hatte sie sich dagegen gewehrt, wenn er sich ihr in diesem Augenblick zugewendet hätte. Sie konnte den Gedanken nicht ertragen, genauso beiläufig und kühl wie eine ausgehaltene Frau genommen zu werden.

Eine ausgehaltene Geliebte oder eine ungeliebte Ehefrau, wo war da schon der Unterschied? Machte sie sich über sich selbst lustig? Wenn es einen gab, konnte sie ihn nicht feststellen. Dennoch wußte sie, daß es ein ausgesprochener Genuß war, von Rafael in zärtlicher Stimmung in die Arme genommen zu werden.

Sie hätte sich aber keine Sorgen zu machen brauchen. Rafael wollte nichts von ihr. Die Minuten vergingen bleiern. Die Müdigkeit überwältigte Catherine schließlich, und sie schlief ein.

Als sie erwachte, füllte das graue Licht der Morgendämmerung das Zimmer. Rafael war fort. Sie war allein in dem breiten Bett.

Catherine setzte sich auf, griff nach der Klingelschnur, die neben dem Bett hing. Die Bartons hatten geplant, heute morgen früh aufzubrechen. Sie und Fanny hatten sich schon am vergangenen Abend voneinander verabschiedet, aber es war ihre Pflicht als Gastgeberin, sich darum zu kümmern, daß sie eine Erfrischung bekamen, bevor sie sich auf den Weg machten.

Obwohl sie lange und geduldig wartete, reagierte niemand auf ihr

Klingeln. Etwas Derartiges hätte es im Hause ihrer Mutter niemals gegeben. Die Köchin sollte in ihrer Küche und die Dienerschaft in der Nähe sein, und sie müßten ihr Frühstück rechtzeitig einnehmen, damit sie bald an ihre Arbeit gehen konnten. Die meisten Reinigungsarbeiten in den Wohnräumen sollten eigentlich schon getan sein, wenn die Herrschaft ihr Schlafzimmer verließ.

Catherine durfte jedoch nicht vergessen, daß dieser Haushalt schlecht organisiert war. Aus der Katastrophe vom vergangenen Abend zu schließen, wartete vielleicht in der Küche ein erloschener Herd auf sie, wenn sie hinausging. Sie stieg aus dem Bett, streifte das Nachthemd ab und zog sich an.

Ihre Befürchtungen bestätigten sich. Als sie schließlich die Küche in dem etwas abseits gelegenen Gebäude erreichte, sah sie keinen Rauch aus dem Schornstein aufsteigen. Kalte Asche lag noch auf der Feuerstelle, und schwarze eiserne Töpfe mit Speiseresten, in denen die Ameisen wimmelten und über denen die Fliegen schwärmten, standen auf den Arbeitstischen auf beiden Seiten des Raums an den Wänden. Dunkelbraune, drei Zentimeter lange Kakerlaken krabbelten hastig davon, als sich Catherine näherte. Es gab kein Spanholz, und in der Feuerholzkiste lagen auch nur ein paar unförmige Klötze. Weniger als zwei Zentimeter trübes Wasser stand in dem eichenen Zuber neben der Tür. Sah es hier immer so aus, oder war die Schlampigkeit nur eine Folge ihrer Ankunft? Diese Unsicherheit war das einzige, was Catherines Zorn und Betroffenheit im Zaum hielt.

Es mußte etwas unternommen werden, und zwar schnell. Catherine drehte sich entschlossen um und ging über den Pfad zurück zur Galerie.

Doch als sie durch die schattige, einer Veranda ähnliche Vorhalle an der Frontseite des Hauses ging, erregte eine Bewegung hinter den Bäumen ihre Aufmerksamkeit. Sie blieb stehen und beobachtete das Geschehen am Landesteg. Sie hatte ein hohles Gefühl in der Brust, als sie sah, wie der Leichter in die Fahrrinne glitt. Die Sklaven sahen wie Traumgestalten aus, als das Boot vom Morgendunst verschluckt wurde. Fanny und Giles fuhren ab.

Rafael stand am Ufer. Hinter ihm fraß ein gesatteltes Pferd das frische grüne Gras, das unter den Bäumen wuchs. Vielleicht war es besser gewesen, daß er sie hatte schlafen lassen. Das Paar, das abfuhr, waren seine

Freunde, seine Gäste. Ihre Gegenwart war nicht nötig, vielleicht nicht einmal erwünscht. Daß sie ihnen keinen Kaffee und keine Croissants hatte anbieten können, war keine Tragödie. Fannys Zofe war auf dem Boot gut genug ausgestattet, um ihnen alles Nötige zu bieten. Es war wirklich unsinnig, daß sie, als sie beobachtete, wie ihr Mann sein Pferd bestieg und in die entgegengesetzte Richtung davonritt, ein Gefühl von Verlassenheit empfand, wie sie es bisher noch nie erlebt hatte.

Die Sonne stand schon hoch am Himmel, als sich im Haus etwas rührte. Bis zu diesem Zeitpunkt hatte sich Catherine genau zurechtgelegt, wie sie vorgehen wollte. Sie mußte vorsichtig sein, aber sie hatte auf keinen Fall die Absicht, die Zustände, die sie vorgefunden hatte, hinzunehmen.

Sie wartete geduldig auf ein Anzeichen dafür, daß Madame Thibeaut und Solange aufgestanden waren. Als sie eine Zofe sah, die Kaffee zum anderen Flügel des Hauses brachte, nickte sie befriedigt. Mit finsterer Miene verließ sie das Zimmer und ging über die hintere Galerie bis zu dem Zimmer, in dem die Zofe mit dem Kaffee verschwunden war. Sie klopfte an.

Madame Thibeaut, die der in ihrem Bett sitzenden Solange eine Tasse Kaffee reichte, drehte sich um, und ihre dünnen Augenbrauen hoben sich überrascht, als Catherine eintrat.

»Meine liebe Madame Navarro!« rief die ältere Frau aus.

Ihre Stimme klang affektiert. Sie hatte sich bereits angezogen. Das schwarze Kleid war bis hoch zum Hals geschlossen, und das Haar hatte sie zu einem kleinen festen Knoten geschlungen.

Solange trank einen Schluck von ihrem Kaffee. »Was wollt Ihr?« fragte sie, ohne Höflichkeit vorzutäuschen.

Catherine richtete sich auf und lächelte ihre Schwägerin freundlich an. »Es tut mir leid, wenn ich Euch zu dieser frühen Stunde störe. Ich hoffe, Ihr habt Euch von den unangenehmen Auswirkungen der Reise erholt.« Als das Mädchen widerwillig nickte, fuhr sie fort: »Rafael ist fort, ich nehme an, er wird seine Felder inspizieren, und ich dachte, daß das eine gute Gelegenheit ist, mich mit dem Haus vertraut zu machen. Ich dachte, ich könnte Madame Thibeaut dazu überreden, mich zu begleiten.«

»Ihr müßt warten. Madame Ti hat noch nicht einen Bissen gefrühstückt«, sagte Solange.

»Ich auch nicht«, warf Catherine vorsichtig ein. »Es ist wirklich bedauerlich, daß wir warten müssen, bis unsere Dienerschaft es für an der Zeit hält, zu arbeiten. Glaubt Ihr nicht, Madame Thibeaut, daß wir diese Angelegenheit unter uns regeln könnten? Ihr weißt ja, daß Rafael gewöhnlich früh aufsteht, und ich sehe es ausgesprochen ungern, daß er seinen Tag beginnt, ohne etwas Kräftigendes zu sich genommen zu haben.«

Madame Thibeaut konnte einer fürsorgenden Ehefrau eine solche Bitte kaum abschlagen. Der Impuls, es dennoch zu tun, spiegelte sich auf ihrem Gesicht wider, aber sie fügte sich.

»Es wird sofort dafür gesorgt werden«, sagte sie.

»Ich danke Euch. Ich wußte ja, daß ich mich auf Euer Verständnis verlassen konnte, Madame Thibeaut. Und dann ist da noch eine Angelegenheit, die ich gern mit Euch besprochen hätte. Ich weiß, daß Rafael eine starke Abneigung gegen Insekten empfindet. Denkt Ihr, wir könnten vielleicht einen Weg finden, das Ungeziefer aus dem Haus zu verbannen?«

»Ihr scheint ja die Neigungen und Abneigungen meines Bruders sehr genau studiert zu haben«, versetzte Solange gereizt.

Catherine lächelte sie schwach an. »Es zahlt sich schließlich aus für eine Frau, wenn sie das tut, nicht wahr? Aber jetzt werde ich Euch in Ruhe Euren Kaffee trinken lassen. Ach, Madame Thibeaut, vielleicht könntet Ihr, wenn Ihr fertig seid, nach einer Zofe für mich klingeln. Offenbar ist Euer Klingelsystem anders als in unserem Haus in New Orleans, denn ich habe mehrmals geklingelt, aber es ist niemand gekommen. Falls Ihr mehr Glück haben solltet, könntet Ihr dann bitte den gesamten Haushalt informieren, daß ich alle Bediensteten gleich nach dem Frühstück im Salon zu sehen wünsche?«

»Aber natürlich, Madame Navarro.«

Bevor Catherine das Zimmer verließ, neigte sie den Kopf und bemühte sich, ein Lächeln zu unterdrücken.

Eigentlich hätte Rafael sie seinen Bediensteten als ihre neue Herrin vorstellen müssen, da er das aber nicht für nötig gehalten hatte, würde sie sich auf ihre eigene Art mit dem Personal bekannt machen.

In Alhambra gab es nicht übermäßig viele Hausangestellte. Acht Personen kamen zur verabredeten Zeit ins Zimmer, fünf oder sechs weniger, als Catherines Mutter in ihrem kleinen Haus beschäftigt hatte. Es war nichts Ungewöhnliches, wenn es eine Zofe oder einen Diener für jede Person im Haus gab, dazu einen oder zwei zusätzliche für Gäste, sowie einen Diener für jeden allgemein zugänglichen Raum, dessen einzige Pflicht es war, diesen ständig bereitzuhalten für Besucher. Eine Köchin für Herzhaftes, eine Köchin für Süßes, Küchenmädchen und Gärtner kamen dann noch dazu.

Eine breite runde Frau, die höchstwahrscheinlich die Köchin war, stand vor Catherine. Sie trug die typischen Tätowierungsnarben aus dem Kongo auf der breiten Stirn. Ihr Gesichtsausdruck war gutmütig, aber ihre schludrige Erscheinung erinnerte Catherine an den Zustand der Küche. Als Helferinnen hatte sie zwei Küchenmädchen, schüchterne, plumpe Mädchen, die vielleicht ihre Töchter waren. Ihre Hände waren aber zu zart und die Fingernägel zu lang, als daß sie bei ihrer Arbeit effektiv sein konnten. Die Waschfrau war mager und hatte eine schlechte Haltung. Ali, Rafaels Kammerdiener, war nicht zu sehen, und Catherine hielt es für wahrscheinlich, daß er seinen Herrn begleitet hatte, auch wenn sie ihn nicht gesehen hatte. Es waren jedoch noch zwei andere Diener da. Sie schienen ruhige Männer zu sein – der eine schon etwas älter und grauhaarig, der andere kaum mehr als fünfzehn, aber sie hatten beide empfindsame Gesichter und kluge Augen. Mit den Dienerinnen war Catherine nicht so zufrieden. Die eine war die Zofe, die Catherine schon heute morgen gesehen hatte – eine ältere Frau mit leerem Gesichtsausdruck und einem Stück Kautabak im Mund. Die andere war ein Mädchen, das ständig kicherte und sich seiner sinnlichen Erscheinung durchaus bewußt zu sein schien. Das Oberteil von dem Kleid aus bedruckter Baumwolle, das die junge Frau trug und das vielleicht einmal Solange gehört haben mochte, stand am Hals weit offen, und die Zipfel des Kopftuches standen steif zur Seite ab wie die Ohren einer Katze.

Catherine betrachtete den Notizzettel in ihrer Hand und fragte sich, ob die hier Versammelten wohl ausreichen würden, um die Aufgaben zu erfüllen, die sie ihnen stellen wollte. Gab es womöglich noch andere, die geeignet waren, im Haus zu arbeiten? Wenn sie darum bat, würde sie sie bekommen? Sie wußte es nicht genau, und sie hielt es nicht für sinnvoll, das in diesem Augenblick zur Sprache zu bringen.

Sie stand auf und straffte die Schultern. Ihre Haltung war gebieterisch, aber ihr Lächeln war warm und freundlich, während sie sich im Zimmer umsah. Als sie schließlich Luft holte, um etwas zu sagen, trat Madame Thibeaut von ihrem Posten in der Nähe der Tür vor.

Ein zwingender Blick aus ihren tiefliegenden Augen zog die Aufmerksamkeit der Dienerschaft auf sich. »Ihr seid hierhergerufen worden, um der neuen Frau von Monsieur Rafe vorgestellt zu werden. Erlaubt mir, Madame Navarro, Euch mit dem Personal bekannt zu machen. Dies ist die Köchin, ihre beiden Töchter und Helferinnen Marie Belle und Marie Ann, Hattie, unsere Wäscherin, Oliver und Charles, die Diener, und die beiden Zofen Nonnie und Pauline.«

Als ihre Namen aufgerufen wurden, deuteten sie eine nervöse Verbeugung an oder machten einen schnellen Knicks.

Daß Madame Thibeaut absichtlich ihren Vornamen und ihre neue Stellung nicht genannt hatte, nämlich die der Herrin, entging Catherines Aufmerksamkeit nicht. Sie machte sich jedoch nicht die Mühe, das zu korrigieren, und verließ sich darauf, daß ihre Haltung die Lage schon klarmachen würde.

»Ich danke Euch, Madame«, sagte sie und bedachte die Frau mit einem herablassenden Blick, als wäre sie weniger wichtig als die anderen Anwesenden. »Ich wollte euch alle kennnenlernen und euch davon in Kenntnis setzen, daß euer Herr und ich jetzt ständig in Alhambra wohnen werden.« Catherine schmunzelte, als sie die Blicke bemerkte, die sie einander zuwarfen, und fuhr fort: »Das bedeutet, daß eine Menge Veränderungen stattfinden werden. Ich habe die Absicht, das Haus heute zu inspizieren – die Küche habe ich schon heute morgen gesehen. Ich werde kurz vor Mittag noch einmal vorbeischauen. Ich möchte noch nicht über den Speisezettel sprechen. Ich hoffe, ihr habt etwas Nahrhaftes vorgesehen, denn mein Mann hat heute morgen nicht gefrühstückt. Morgen werden wir die Speisenfolge für eine Woche im voraus festlegen, und es wäre mir lieb, wenn ihr euch jeden Montagmorgen bereithalten könntest, um den Speisezettel für die kommende Woche entgegenzunehmen.

Denjenigen von euch, die im Haus arbeiten, kann es nicht entgangen sein, daß der Frühling begonnen hat und der Sommer sich schnell nähert. Es ist an der Zeit, die Teppiche zusammenzurollen, frische Binsen- oder Grasunterlagen auf den Boden zu legen und die Spinnennetze und Rauchspuren des vergangenen Winters zu entfernen. Auch damit werden wir morgen beginnen.

Ich verteile viele harte Aufgaben«, schloß sie, indem sie das Kinn hob, »aber ihr werdet feststellen, daß wir es alle bequemer haben, wenn wieder Ordnung im Haus herrscht und ihr eure neuen Pflichten genauer kennt. Das ist im Augenblick alles.«

Nichts von dem, was sie gesagt hatte, konnte man eindeutig als Kritik an Madame Thibeauts Haushaltsführung verstehen, und doch hatte die ältere Frau, noch bevor Catherine zu Ende war, den Salon verlassen. Catherine sah den Bediensteten nach und spürte, daß sich die Leute unbehaglich fühlten.

Hatten sie Angst, daß sie zwei Hausfrauen dienen mußten? Sicherlich konnte es dabei kaum um einen Vergleich zwischen der Hausherrin und einer bezahlten Gesellschafterin gehen, oder doch? Mit einem Kopfschütteln ließ Catherine den Gedanken fallen.

Catherine wanderte langsam von einem Zimmer zum nächsten. Die Schlafzimmer waren mit schweren Himmelbetten, Schränken und Ankleidetischen ausgestattet, manche der Möbel waren geschnitzt, andere mit Einlegearbeiten versehen, deren Muster einen maurischen Einschlag hatten. Die Stores und Vorhänge waren im spanischen Stil aus Samt und ägyptischem Baumwollbrokat in dunklen Farben gehalten. Sie waren verblaßt und fadenscheinig – außer in den Zimmern, die für die Navarros neu eingerichtet worden waren, und das deutete klar auf das sinkende Glück und Vermögen der Fitzgeralds hin, bevor das Haus neue Besitzer bekommen hatte. Schmutz hatte sich in den Edelsteinfarben der persischen Teppiche festgesetzt, aber sie waren immer noch schön.

Dennoch hatte Catherine den Eindruck, daß die Räume seltsam kahl waren, da sich keine persönlichen Dinge darin befanden. Wo waren die silbernen Kerzenständer und Toilettenartikel, die Figürchen aus Porzellan, die Vasen und anderen dem Schmuck dienenden Dinge, die eigentlich auf den Simsen über den offenen Kaminen in jedem Zimmer hätten stehen sollen, oder die Kruzifixe, die ihre geisterhaften Schatten an den Wänden über den Betten hinterlassen hatten? Manche hatten vielleicht als Teil des persönlichen Besitzes der Fitzgeralds mit ihnen das Haus verlassen, aber sicher nicht alle. Sie hatte nie erfahren, daß Marcus schon vor dem entscheidenden Kartenspiel mit Rafael in finanziellen Nöten gewesen war oder daß er sich gezwungen gesehen hatte, kleine Wertgegenstände zu Geld zu machen.

Die Hauptwohnräume machten den gleichen kahlen Eindruck. Große Möbelstücke waren geblieben, ebenso Kronleuchter und Wandlampen mit matten Petroleumbehältern und staubigen Kristallteilen, aber es gab nur noch ein oder zwei unbedeutende Gemälde. Die vielen kahlen Rechtecke auf der seidenen Tapete wiesen jedoch darauf hin, daß es andere Bilder gegeben haben mußte. Die weiß getünchten Wände des Eßzimmers über der Täfelung, die förmlich nach Wandteppichen zu schreien schienen, wirkten so nackt wie gebleichte Knochen.

Erstaunlicherweise lag das Tafelsilber immer noch unberührt hinter dem Glas eines Schranks im Eßzimmer.

Die Schubladen der langen Anrichte an der einen Wand, und auch die daraufstehenden Messerkästen, waren ebenso verschlossen. Zweifellos waren die Schlüssel dafür und zu den anderen Türen und Schränken im Haus im Besitz von Madame Thibeaut. Catherine nahm sich vor, sie danach zu fragen.

Was sollte sie wegen der fehlenden Dinge unternehmen? Wußte Rafael, daß sie fort waren? Und wenn es so war, wenn es eine einfache Erklärung gab, die sie nicht kannte, wollte sie doch nicht den Anschein erwekken, daß es ihr um ihren finanziellen Wert ging. Aber wenn er nichts von diesen Dingen wußte, war es ihre Pflicht, mit ihm darüber zu sprechen.

Während sie darüber nachdachte, wanderte sie durch die Eingangshalle zur hinteren Galerie. Unter ihr lag der Innenhof, und sie lehnte sich an das Geländer und starrte in den kleinen, von Hauswänden umgebenen Raum. Der Springbrunnen mit den vier Löwen war trocken, das Becken nur mit Blättern und Abfall gefüllt. Unkraut wuchs zwischen den Pflastersteinen, und in einem Beet, das ursprünglich für Blumen gedacht gewesen war, wurden lilarote Stiefmütterchen von sattgrünem Wintergras erdrückt, aus dem noch die vertrockneten Stiele der Blumen vom letzten Jahr ragten. In einer Ecke stand ein verwilderter Palmbusch. Wild wuchernder gelber Jasmin rankte sich ungezähmt die gewundene, schmiedeeiserne Treppe hinauf, wand sich um das obere Geländer, und die Blüten füllten die warme Luft mit süßem Duft.

Es hätten Rosen dort wachsen sollen, die im Sommer ihren Duft verbreiteten, dachte Catherine verträumt, und Lilien, die nach den Rosen blühen würden. Sie mußte sich um geeignete Pflanzen kümmern, wenn sie das nächste Mal in New Orleans war.

»Ihr wollt doch wohl nicht behaupten, daß Euch Eure Energie schon verlassen hat?« flötete Solange, die über die Galerie auf sie zukam. »Hier herrscht immer noch keine richtige Ordnung.«

Catherine wandte den Kopf und sagte: »Seid Ihr gekommen, um mich auf meine Versäumnisse aufmerksam zu machen?«

Solanges Lächeln erlosch. »Wie klug Ihr doch seid! Seid vorsichtig, daß Ihr Euch nicht selbst überlistet.«

»Was soll das bedeuten?«

»Das soll bedeuten, daß Ihr feststellen werdet, daß Madame Ti keine Gegnerin ist, die man so leicht besiegt.«

»Ich wußte gar nicht, daß wir uns im Kriegszustand befinden«, sagte Catherine leichthin.

»Oh, ich bitte Euch, Ihr braucht Euch nicht zu verstellen. Hattet Ihr wirklich erwartet, Ihr könntet unsere Bediensteten mit einem Lächeln und einer hübschen Ansprache für Euch gewinnen? Ihr wißt, daß sie nicht für Euch arbeiten werden. Sie wagen es nicht.«

Catherine starrte die boshafte Miene des Mädchens an. »Ich habe absolut keine Ahnung, wovon Ihr sprecht. Wollt Ihr damit sagen, daß die Dienerschaft mir nicht gehorchen wird?«

»O nein! Dann würde mein Bruder ja vielleicht auf sie aufmerksam werden. Sie werden Eure Befehle entgegennehmen, werden lächeln und sich verbeugen, und solange Ihr dasteht und zuseht, werden sie tun, was Ihr verlangt. Aber sobald Ihr ihnen den Rücken zukehrt, werden sie ihre Arbeit niederlegen, und wenn man sie dann befragt, werden sie tausend Ausreden dafür finden, warum sie die ihnen zugewiesenen Aufgaben nicht beendet haben. Wenn Ihr Eure Befehle nicht an die jeweiligen Personen direkt richtet, werden sie erst Madame Ti fragen, ob sie damit einverstanden ist.«

»Warum?« fragte Catherine plötzlich.

»Weil sie die wahre Herrin hier ist – nicht Ihr. Sie hält ihre Herzen und Seelen in ihren Händen. Euer Reinigungsfeldzug ist nicht nötig. Jetzt, da Madame Ti wieder zurück ist, wird das Essen besser und der Zustand des Hauses auch. Ihr braucht nur herunterzukommen von Eurem lächerlichen Podest der geliebten und besorgten Gattin und Herrin von Alhambra und zuzulassen, daß die Dinge so weiterlaufen wie schon seit Jahren.«

»Und wenn ich das nicht tue?«

»Dann werdet Ihr gezwungen, es zu tun. Ihr werdet feststellen, daß es keine andere Möglichkeit gibt. Ihr habt schon einen entscheidenden Fehler gemacht, und Ihr werdet auch weiterhin Fehler begehen.«

Hatte sie Solanges Gesellschafterin unterschätzt – oder hatte sie vielleicht ihre eigene Fähigkeit überschätzt? Der Gedanke war ihr nicht angenehm, aber es war das beste, die Wahrheit herauszufinden.

»Fehler?« fragte Catherine.

»Ihr habt es für selbstverständlich gehalten, daß Eure Fähigkeit anhalten würde, die niedereren Instinkte meines Bruders zu fesseln. Ihr habt Eure Person und Euer Gepäck in das Zimmer meines Bruders transportiert, ohne ihn nach seinen Wünschen zu fragen, sonst hättet Ihr feststellen müssen, daß er es vorzieht, allein zu sein. Er macht nur eine Ausnahme, wenn er, wie alle Männer, einmal eine Frau braucht. Ich habe ihn oft sagen hören, er würde immer bei der Tradition der Navarro-Männer bleiben und ein eigenes Zimmer bewohnen. Ihr könnt Euch vielleicht vorstellen, welche Vorzüge es für die Männer hat, wenn sie eigene Schlafzimmer haben? Zweifellos wird mein Bruder Euch seine Wünsche irgendwann unterbreiten, aber ich an Eurer Stelle würde ihm die Mühe ersparen. Er kann ziemlich brutal werden, wenn er es für nötig hält.«

»Eure Besorgnis um mein Wohlergehen überwältigt mich«, entgegnete Catherine ironisch. »Ich finde sie beinahe ebenso unglaublich wie Eure vorgebliche Kenntnis von den Bedürfnissen der Männer.«

»Jede Frau weiß doch, wie die Männer sind«, sagte Solange und wich Catherines scharfem Blick aus.

Wenigstens besaß das Mädchen noch die Fähigkeit zu erröten, dachte Catherine. »Ja, wissen wir das alle?«

»Madame Ti hat mir erklärt, wie sich die fleischlichen Gelüste der Männer auswirken und wie sich die Männer im Ehebett benehmen.«

»Hat sie das?«

»Ja«, fuhr das junge Mädchen sie an. »Und sie hat mir auch erzählt, wie wenig sie es zu schätzen wissen, welche Opfer die Frauen für sie bringen, und daß sie sich kaum noch um eine Frau kümmern, wenn sie von ihr bekommen haben, was sie wollten.«

Catherine legte den Kopf schief. »Und Ihr erwartet, in dieser rauhen Weise von Eurem Mann behandelt zu werden, wenn Ihr geheiratet habt, auch wenn der Mann Marcus Fitzgerald heißt?«

Der erschreckte Blick, der in Solanges Augen trat, reichte Catherine als Antwort. Sie drehte sich um, um in ihr Schlafzimmer zu gehen. »Dann solltet Ihr einmal darüber nachdenken. Falls Ihr einmal heiraten solltet, werdet Ihr keine Gesellschafterin mehr brauchen.«

11

Solange erwies sich als fähige Prophetin, was die Sache mit den Hausangestellten betraf. Als Catherine kurz vor Mittag die Küche betrat, war dort von der eifrigen Geschäftigkeit, die sie erwartet hatte, nichts zu sehen. Die Töpfe waren zwar gespült worden, und über dem Feuer drehte sich am Spieß ein Stück Rindfleisch, das einen aromatischen Duft verbreitete, der sich mit dem Geruch nach frischem Hefebrot mischte. Entweder Marie Ann oder Marie Belle – Catherine konnte die beiden nicht unterscheiden – stand am Feuer und rührte in einem Topf. Schüsseln mit Suppe und Gemüse standen auf den Anrichtetischen. Aber unter dem Tisch nagte in einem Haufen aus Stroh und Gemüseabfällen ein Hund an einem Knochen, und die Schicht aus Asche und Glut, die aus der Feuerstelle herauszuquellen drohte, schien noch dicker und damit dem hölzernen Gebäude noch gefährlicher geworden zu sein als zuvor. Um in den Raum zu gelangen, mußte Catherine über eine Pfütze aus fettigem Spülwasser steigen und die mageren Hühner wegscheuchen, die an den Essensresten pickten, die mit dem Spülwasser ausgeschüttet worden waren.

Catherine war entsetzt, besonders wenn sie daran dachte, welche Verwirrung immer in ihrer Küche ausgebrochen war, wenn der Besuch ihrer Mutter auf einer Kontrollrunde durchs Haus bevorstand. War die Gleichgültigkeit hier ein Mangel an Respekt oder, wie Solange schon angedeutet hatte, ein Zeichen der Treue zu Madame Thibeaut? Daß es möglicherweise das letztere war, konnte sie nur schwer glauben. In keinem der Haushalte, die sie bisher besucht hatte, war die Stellung der Gesellschafterin etwas Besonderes gewesen. Daß die Wünsche einer Gesellschafterin über die Wünsche einer Hausherrin gestellt wurden, war für Catherine undenkbar. Es war eher wahrscheinlich, daß sie als an letzter Stelle stehend, vielleicht noch dem Kindermädchen untergeordnet, betrachtet wurde, denn eine solche Person hatte keinerlei Autorität. War das der Schlüssel? Die Dienerschaft erwartete nicht, daß ihre neue Herrin Mittel besaß, die Ausführung ihrer Befehle zu erzwingen.

Aber es war auch möglich, daß der Zustand der Küche nur einer anderen Auffassung von Sauberkeit entsprach. Damit keine weiteren Mißverständnisse entstanden, gab Catherine ausführliche Anweisungen, wie sie zu reinigen war. Die Köchin, die sich an einem leuchtendroten Baumwollbeutel festklammerte, der an einer Schnur um ihren Hals hing, erklärte sich einverstanden, aber irgend etwas in dem runden, tätowierten Gesicht machte Catherine klar, daß ihre Befehle nicht befolgt werden würden.

Wenn Solange recht hatte, konnte es dann sein, daß sie auch mit ihrer zweiten Behauptung ins Schwarze getroffen hatte? Trotz all ihrer mutigen Worte heute morgen wußte sie nichts von den Wünschen und Abneigungen des Mannes, den sie geheiratet hatte. Während der fünf Tage, die sie miteinander verbracht hatten, hatte Rafael nie den Eindruck gemacht, als störe ihn ihre Gegenwart. Aber immerhin hatten sie sich auch in einem Zimmer in *ihrem* Haus aufgehalten. Er hatte sich sehr viel Mühe gegeben, für ein persönliches Badezimmer zu sorgen. War das vielleicht eher um seiner selbst willen als um ihretwillen gewesen?

Gestern abend hatte es nicht den Anschein gehabt, als freue er sich, sie in seinem Bett vorzufinden. Genaugenommen hatte es nicht einmal ausgesehen, als sei er sich ihrer Anwesenheit bewußt gewesen. Vielleicht hatte er mitten in der Nacht wach dagelegen und sich gewünscht, sie wäre nicht da, hatte sie aber nicht wecken wollen, um sie fortzuschicken.

In dem Schlafzimmer, das Catherine in der vergangenen Nacht mit Rafael geteilt hatte, sah sie sich um und versuchte, sich darüber klarzuwerden, was sie tun sollte. Ihre Kisten und Koffer standen immer noch herum. Sie hatte keine Zofe, die sie für sie hätte auspacken können, und hatte bisher auch noch keine Zeit gehabt, sich selbst darum zu kümmern. Ihre Aussteuer mußte weggeräumt werden, dachte sie. Irgendwo würde es bestimmt auch einen Wäscheschrank geben.

Dieses Schlafzimmer war ein wenig größer als das daran angrenzende. Beide waren mit ähnlich aussehenden Möbelstücken und Farben ausgestattet, fast als wären sie früher einmal als Suite gedacht gewesen. Es würde keinerlei Schwierigkeiten machen, ihre Sachen in den kleineren der beiden Räume zu transportieren.

Auch ihre Eltern hatten in getrennten Schlafzimmern geschlafen, da ihr Vater geschnarcht hatte. Catherine hatte oft gehört, wie ihre Mutter lachend und mit etwas belegter Stimme davon sprach.

Aber was wollte sie selbst? Catherine brauchte nicht lange zu überlegen – sie wäre froh, wenn sie Rafael Navarro nicht ständig zur Verfügung stünde. Dennoch würde sie es nicht gern sehen, wenn er annahm, daß sie ihm aus dem Wege gehen wollte.

Warum machte sie sich so viele Gedanken über eine im Prinzip einfache Angelegenheit? Wenn er Wert darauf legte, daß sie bei ihm bliebe, brauchte er es ja nur zu sagen. Bis jetzt hatte er auch noch nicht gezögert, ihr seine Wünsche mitzuteilen.

Catherine warf einen letzten Blick auf das Himmelbett mit dem blauen Samtvorhang, der zusammen mit dem Moskitonetz aus blauem Musselin zur Seite geschoben war, auf den großen Schrank und den passenden Waschtisch, dessen Porzellanteile mit Veilchen bemalt waren, und die Chaiselongue mit dem lavendelfarbenen Seidenbezug. Sie nickte entschlossen, griff nach einem Koffer und schleppte ihn in das angrenzende Zimmer.

Rafael und Ali kamen nicht wie erwartet zum Mittagessen. Erst am späteren Nachmittag kehrten sie ins Haus zurück.

Catherine packte selbst aus und verstaute ihre Sachen in einen der großen Schränke. Als sie in das Schlafzimmer ihres Mannes zurückging, fiel ihr auf, daß sein Handkoffer offenstand. Die Hemdärmel von Hemden und Hosenbeine hingen wild durcheinander über den Rand, als hätte er sich hastig umgezogen und die Sachen schnell herausgezogen. Sie entschloß sich, den Koffer auszupacken. Sie glättete die Hemden, faltete sie zusammen und stapelte sie ordentlich auf, dann schüttelte sie noch die Gehröcke und Hosen aus.

Als sich die Tür plötzlich öffnete, erschrak sie und preßte die gestärkten Krawatten an ihre Brust.

Ali kam herein und trat zur Seite, damit sein Herr ins Zimmer kommen konnte, dann schloß er die Tür.

Rafael runzelte die Stirn, als er sie sah. »Was tust du da? « fragte er.

»Ich packe aus«, antwortete Catherine und fühlte sich so, als hätte man sie dabei erwischt, wie sie in Dingen wühlte, die sie nichts angingen.

»Das ist nicht nötig. Ali wird sich darum kümmern.« Er warf sich auf die Chaiselongue und hob ein Bein, damit ihm sein Diener aus dem wadenhohen Reitstiefel helfen konnte.

»Es macht mir gar keine Mühe. Es gibt nichts anderes –«, begann Catherine.

»Nein? Ich hätte angenommen, daß noch eine ganze Menge Dinge in diesem Haus zu tun sind«, unterbrach er sie gereizt. »Du zerknitterst meine Krawatten. Leg sie irgendwohin.«

Catherine hob das Kinn und warf sie aufs Bett. »Was den Haushalt betrifft, hätte ich ein paar Fragen an dich.«

»Später bitte. Ich bin völlig ausgehungert und sehne mich nach einem heißen Bad, um diesen Pferdegeruch loszuwerden. Außerdem kann dir Ali mehr dazu sagen als ich. Er ist jetzt schon seit sechs Monaten hier und mußte mit den chaotischen Zuständen zurechtkommen.«

Obwohl der Kammerdiener schwieg, glaubte Catherine eine Spur von Mitleid in seinem Gesicht zu bemerken.

»Ich bin sehr glücklich, wenn ich Euch helfen kann, Madame«, sagte er ruhig.

»Ich danke dir, Ali. Es wäre schön, wenn du mir morgen früh im Damenzimmer zur Verfügung stehen könntest.« Sie sah Rafael an, der sein Hemd aufknöpfte, und fragte: »Hast du dir ein Bad bestellt?«

Rafael nickte. »Und eine Kleinigkeit zum essen. Ich habe nur vergessen, zu sagen, daß man es mir hierherbringen soll und nicht ins Eßzimmer. Würde es dir etwas ausmachen, meine Wünsche weiterzuleiten?«

»Nein, gar nicht.« Sie faßte das als Verabschiedung auf und verließ das Zimmer, als Ali die Tür für sie aufhielt.

Catherine mußte nicht bis zum Morgen warten, um mit Ali sprechen zu können. Rafael hatte seine improvisierte Mahlzeit noch nicht beendet, als eine Nachricht von Giles Barton eintraf.

Catherine leistete Rafael bei seiner Mahlzeit auf seinen Wunsch Gesellschaft und beobachtete ihn, als er die Nachricht las.

»Was ist los?« fragte sie.

Er zerriß das Stück Papier in kleine Stücke und warf sie zu den Speiseresten auf den Teller. »Nichts, was dich zu beunruhigen braucht. Ich muß nach Cypress Bend.«

Catherine ließ sich nicht täuschen. Er verheimlichte ihr etwas, und zwar etwas Wichtiges, wenn er seine Erschöpfung so schnell vergaß. Ali half ihm beim Anziehen eines blauen Rockes aus feinem Wollstoff und einer hellen Wildlederkniehose, und Catherine dachte darüber nach, was Giles geschrieben haben könnte. Ihre Gedanken beschäftigten sich mit Fanny, aber sie rief sich sofort wieder zur Ordnung. Rafael war kein Mann, der dem Ruf einer Frau so hastig folgte, und Fanny war auch nicht der Typ Frau, die ihre Freundschaft ignoriert hätte. Aber was für eine Angelegenheit konnte Giles bewogen haben, Rafael zu einem überstürzten Besuch zu bitten? Vielleicht machte sie sich zu viele Gedanken. Vermutlich war die Nachricht nicht mehr als eine Erinnerung daran, daß Giles ihrem Mann noch einen Drink schuldete.

Dennoch – als Rafael weg war, ging Catherine unwillkürlich ans Fenster, um zuzusehen, wie er über die schmale Straße in Richtung Cypress Bend ritt.

»Macht Euch keine Sorgen, Madame. Er wird sicher bald zurückkommen.«

Als die Stimme hinter ihr ertönte, wandte sich Catherine vom Fenster ab. Sie hatte schon fast die Gegenwart des Kammerdieners vergessen. »Ja, das glaube ich auch«, erwiderte sie.

Ali ging an seine Arbeit, hob die Handtücher und die verstreuten Kleidungsstücke auf und räumte den Rest von Rafaels Sachen auf. Catherine merkte, daß sie ihm im Weg war, und ging auf die Tür zum angrenzenden Schlafzimmer zu und blieb nur stehen, als Ali leise hüstelte, um ihre Aufmerksamkeit zu erregen.

»Habt Ihr den Wunsch, Euch fürs Abendessen umzuziehen, Madame?«

Der Abend erschien ihr plötzlich langweilig. Sich umzuziehen, wenn kein Mann da war, der das zu würdigen wußte, kam ihr ziemlich sinnlos vor. Als sie zögerte und nach einer höflichen Antwort suchte, fuhr Ali fort:

»Eine der Zofen würde Euch gern dabei helfen, Madame. Soll ich nach ihr klingeln?«

Catherine schüttelte den Kopf. »Ich glaube nicht. Ich bin nicht sehr hungrig. Eine Kleinigkeit auf einem Tablett würde mir völlig genügen – aber vielleicht könntest du die Badewanne hierlassen, wäre das möglich?«

»Ich werde mich darum kümmern, daß Ihr frisches Wasser bekommt, Madame, aber –«

»Ja, Ali?«

»Madame, Ihr solltet eine persönliche Zofe haben, die kleine Aufgaben für Euch übernimmt, sich um Euer Wohlergehen kümmert und Eure Kleidung versorgt. Die eine von den Frauen, Hattie, mag vielleicht gut genug sein für die Kleider der Dienerschaft, aber sie kann nicht mit empfindlichen Stoffen umgehen. Außerdem gibt eine Zofe einer Hausherrin mehr Gewicht, mehr Autorität, in der Durchsetzung ihrer Stellung.«

»Du bist sehr überzeugend«, sagte Catherine mit einem matten Lächeln. »Mein Mann hat mir versprochen, eine Zofe für mich zu besorgen. Vielleicht erinnert er sich in ein paar Tagen wieder daran.«

»Es gibt hier eine Frau, die Euch bestimmt gefällt. Ihr Name ist India.«

Catherine, die sich auskannte in der Ausdrucksweise der Bediensteten, warf ihm einen fragenden Blick zu. »Diese India bedeutet dir etwas, stimmt's?«

Ein Lächeln huschte über sein Gesicht, und er neigte den Kopf in einer kleinen Geste des Respekts. »Sie ist meine Seele«, sagte er, »der Mond meines Begehrens. Ihr seid überrascht, Madame? Das habt Ihr doch bestimmt erraten. Aber nein, meine Worte überraschen Euch, nicht wahr? Ihr müßt wissen, Madame, daß ich in der Wüste Nordafrikas geboren und erzogen worden bin. Mein Vater war Beduine, meine Mutter Äthiopierin. In meinem neunten Lebensjahr wurde mein Vater, der Rif, der Oberste des Stammes, von meinem Onkel getötet. Man wollte mich in die Wüste bringen, damit ich dort sterbe, aber mein Vetter, der zehn Sommer mehr zählte als ich, war geldgierig. Er verkaufte mich an eine Sklavenkarawane. Meine Muttersprache ist Arabisch, und meine Religion ist der Islam, obwohl ich jetzt an den Gott meines Herrn glaube. Meine India ist Heidin, fürchte ich, aber ich hoffe immer noch, den Priester überreden zu können, daß er unsere Vereinigung segnet, wenn er das nächste Mal kommt.«

»Da ist eine Sache, die ich nicht verstehe. Mein Mann hat doch vorhin gesagt, daß du schon seit einiger Zeit in Alhambra bist. Ich dachte, du hättest ihn auf seinen Reisen begleitet.«

»Das ist teilweise richtig so. Vor sechs Monaten bekam Monsieur Rafe eine Nachricht von Monsieur Barton, daß die Plantage dem Ruin nahe sei und daß der Mann, den er als Verwalter zurückgelassen hatte, dafür verantwortlich sei. Doch noch bevor er handelte, wollte er einen Beweis, den er nicht erhalten hätte, wenn er selbst hergekommen wäre. Er hat mich vorausgeschickt. Ich habe alles genau beobachtet und Monsieur Rafe berichtet, was vor sich ging. Es dauerte eine ganze Weile, bis er die offizielle Erlaubnis erhielt, hierher zurückzukommen. Als er schließlich in New Orleans ankam, fuhr ich in die Stadt, um ihm zu dienen und ihm ausführlicher zu erklären, was sich in Alhambra ereignet. Nach drei Wochen in der Stadt beauftragte mich Monsieur Rafe, zurückzukehren und seine Ankunft mit Euch hier vorzubereiten. Ich bedauere sehr, Madame, daß ich meiner Aufgabe so schlecht nachgekommen bin.«

»Ich fange langsam an, deine Schwierigkeiten zu verstehen«, erwiderte Catherine. »Und ich bin sicher, daß du dein Bestes getan hast.«

»Ja, so war es. Die Pläne für Euren – Empfang – waren schon lange gemacht, bevor ich ankam. Bitte glaubt mir, daß ich nicht nur versuche, mein Versagen zu rechtfertigen. Ich möchte Euch meine ganze Kraft zur Verfügung stellen, Madame, damit Ihr Euren Feinden besser entgegentreten könnt.«

Dieses Versprechen war beunruhigend, aber seine Ernsthaftigkeit war auch rührend. »Ich danke dir, Ali«, sagte sie einfach. »Vielleicht brauche ich eines Tages deine ganze Unterstützung. Aber du darfst nicht glauben, daß ich dir die Schuld an der Unordnung in diesem Haus gebe.«

»Nein, und ich denke, Ihr dürft auch den anderen keine Schuld geben. Sie sind Werkzeuge, angstvolle Werkzeuge. Meine India kann man nicht so mißbrauchen, denn da sie eine Wilde aus den tiefen Wäldern ist, verehrt sie den Sonnengott, der das Leben gibt. Sie hat keinen Bedarf an Schwarzer Magie und fürchtet sie auch nicht.«

Catherine runzelte die Stirn und sagte: »Das verstehe ich nicht.«

Noch bevor er antworten konnte, wurde die Tür aufgerissen, und Solange trat ins Zimmer.

»Wohin ist mein Bruder gegangen?« erkundigte sie sich scharf.

Ohne sie zu beachten, sagte Catherine zu Ali: »Was unser Gespräch betrifft: Wenn du meinen Mann überreden kannst, werde ich mich seiner Entscheidung fügen.«

»Sehr gut, Madame, und ich lasse Euch das Abendessen und frisches Wasser bringen.« Nach einer formellen Verbeugung ging Ali hinaus. Die Tür hatte sich schon hinter ihm geschlossen, als Catherine sich Solange zuwandte. »Was habt Ihr gesagt?«

»Ich habe nach meinem Bruder gefragt!« Solange schien die Worte regelrecht auszuspucken, und ihr Gesicht war verzerrt vor Zorn, weil sich Catherine zuerst mit einem Diener beschäftigt hatte, bevor sie sich ihr zuwandte.

Catherine hatte nicht die Absicht, dem Mädchen noch mehr Widerstand entgegenzusetzen, sie wollte Ali nur aus dem Zimmer schicken, um freie Hand zu haben. Jetzt bemühte sie sich, ihr Temperament zu zügeln, und fragte: »Hat es Euch denn niemand gesagt? Rafael bekam eine Nachricht aus Cypress Bend.«

»Eine Nachricht? Was für eine Nachricht?«

»Es hatte etwas mit einer Wette zu tun«, sagte sie, um nicht zu erkennen zu geben, daß sie es selbst nicht wußte. »Ihr kennt ja die Männer und ihre Ehrenschulden.«

»Um diese Tageszeit?« sagte Solange ungläubig.

Es gelang Catherine zu lächeln, und sie antwortete: »Ja, und er wird wahrscheinlich erst spät zurückkommen. Wolltet Ihr mit ihm etwas Besonderes besprechen?«

»Nein – nein«, stammelte Solange und sah zur Seite. »Nichts Besonderes. Aber ich denke doch, daß er mit mir darüber hätte sprechen können.«

Catherine, die in diesem Moment fast so etwas wie Sympathie mit Solange empfand, erwiderte: »Wahrscheinlich hätte er das auch getan, wenn er gewußt hätte, daß seine Abwesenheit so traurig macht. Ihr dürft nicht vergessen, daß er in den vergangenen Jahren allein gelebt hat und nicht daran gewöhnt ist, jemandem Rechenschaft über sein Tun abzulegen.«

Solange nickte und bedachte ihre Schwägerin mit einem verschlagenen Blick. »Es ist doch wirklich erstaunlich, wie verständnisvoll Ihr seid. Ich persönlich wäre nicht begeistert, wenn mein Bräutigam wegreiten und mich kaum eine Woche nach der Hochzeit allein lassen würde. Ist das klug, ihn an einer so langen Leine zu lassen? Ich muß zugeben, daß ich an Eurer Stelle doch versucht wäre, sie ein wenig kürzer zu fassen, besonders bei einem Mann wie Rafe, der die Instinkte eines Jägers besitzt. Ihr müßt wissen, daß die Navarro-Männer die Jagd immer sehr geschätzt haben. Dennoch ist es wahrscheinlich, daß sie sich ziemlich bald schon mit ihrer Beute langweilen, wenn sie sie erst einmal sichergestellt haben. Natürlich ist alles in Ordnung, solange Rafael nicht versucht, seine neue Eroberung hierherzubringen – wie mein Vater es getan hat.«

»Wer hat Euch das erzählt?« fragte Catherine scharf.

»Ich kann mich nicht erinnern. Hattet Ihr geglaubt, ein solches Thema sei zu vulgär für meine jungen Ohren? Das ist wirklich ausgesprochen dumm, Catherine. Ich zweifle nicht daran, daß ich Euch das eine oder andere sagen könnte, obwohl Ihr eine verheiratete Frau seid.«

»Ja, wirklich? Ich nehme an, es handelt sich dabei um weitere Lehren von Madame Thibeaut, nicht wahr?«

»Madame Ti hat das Gefühl, daß es Wahnsinn wäre, wenn ein junges Mädchen von solchen Dingen nichts wüßte.«

Das stimmte natürlich schon in gewissem Sinne, obwohl Catherine, so wenig Erfahrung sie auch haben mochte, wußte, daß Madame Thibeaut Unsinn redete. Das, was zwischen Mann und Frau geschah, war bei weitem nicht so schrecklich, wie sie Solange glauben machte. Doch noch bevor Catherine Worte dafür gefunden hatte, hatte sich Solange abgewandt und eine Hand auf den Türknauf gelegt. Ein spöttisches Lächeln stand auf Solanges Gesicht, wodurch sie flüchtig ihrem Bruder ähnelte.

»Madame Ti sagte auch, daß eine Frau, die einem Mann vertraut, eine Närrin ist und es verdient, betrogen zu werden.«

Catherine, die die Böswilligkeit dieses Seitenhiebs nicht zur Kenntnis nahm, erwiderte nachdenklich: »Irgendein Mann muß Eure Gesellschafterin sehr verletzt haben, als sie noch jünger war. Das tut mir sehr leid, Solange, vor allem um Euretwillen!«

»Euer Mitleid brauche ich nicht«, rief Solange mit hochrotem Kopf. »Nur Eure Abwesenheit!«

Als das Mädchen die Tür hinter sich zuschlug, seufzte Catherine. Hatte sie sie überhaupt erreicht mit ihren Worten? Das erschien ihr zweifelhaft, da Madame Thibeaut offenbar großen Einfluß auf Solange ausübte. Wie hatte sie eine solche Macht über Solange und die Bediensteten erlangt? Beruhte diese Macht auf Angst – aber wovor fürchteten sie sich? Vor Schwarzer Magie, wie Ali angedeutet hatte?

Die Tür von Catherines Schlafzimmer wurde aufgerissen und krachte an die Wand. Rafael stand nackt in der Öffnung. Catherine starrte ihn aus schreckensgeweiteten Augen an und setzte sich im Bett auf. Sie hatte gehört, daß ihr Mann zurückgekommen war. Sie konnte sich jedoch nicht erklären, warum er so wütend war.

»Was ist los?« fragte sie und schämte sich, daß ihre Stimme so dünn klang.

Rafael gab nicht zu erkennen, daß er sie überhaupt gehört hatte.

Sie zitterte am ganzen Körper. Ihre Fassung zerbröckelte vor der löwenhaften Wut, die in den schwarzen Tiefen seiner Augen funkelte. Sie wandte sich ab und schlug hastig die Decke zurück. Rafael packte hart und grausam ihren Arm und riß sie an sich. Eine Hand griff in ihr Haar und zog ihren Kopf zurück, bevor Rafael seinen Mund auf ihre Lippen preßte. Einen Augenblick später wurde die Luft aus ihren Lungen gedrückt, als er sie über seine Schulter legte und aus dem Zimmer trug.

Sie flog durch die Luft und landete auf der Matratze. Ihre Brust hob sich, und sie holte tief und ächzend Luft, dann war Rafael neben ihr, seine Hände fest und fordernd auf ihrem Fleisch. Er riß ihr das Nachthemd vom Leib, und sein warmer, harter Körper bedeckte sie im nächsten Augenblick. Sie bewegte in einer schwachen Geste der Ablehnung den Kopf hin und her, aber er achtete nicht darauf. Im nächsten Augenblick wurden ihre Finger zu Krallen, die sich in die harten Muskeln seiner Arme gruben, aber plötzlich erkannte sie, was mit ihr geschah. Ihre Hände fielen auf das Laken. Mit geschlossenen Augen lag sie unbeweglich da, und ihre Gedanken taumelten ins Nichts. Erst als er sich von ihr abwandte, kehrte sie in die Wirklichkeit zurück.

Sie lagen eine lange Zeit schwer atmend und schweigend nebeneinander. Plötzlich griff er nach ihren Armen und drehte sie heftig zu sich.

»Du bist meine Frau, Catherine«, sagte er, und seine Stimme klang leise, aber eindringlich an ihrem Ohr. »Vergiß das nie.«

»Wie könnte ich das vergessen«, antwortete sie stockend.

»Warum bist du dann in das andere Zimmer umgezogen?«

»Ich – ich dachte, die Navarro-Männer schlafen lieber allein.« Sie hätte beinahe gesagt, daß Solange ihr das erzählt hatte, aber die Erinnerung an Fannys Worte, was Rafaels Einstellung seiner Schwester gegenüber betraf, hielt sie davon ab.

»Mein Vater hat es so gemacht, weil meine Mutter darauf bestand, und das ist einer der Gründe, warum ich mir geschworen habe, das in meiner Ehe niemals zu dulden.«

»Und der andere Grund?« fragte sie gewagt.

»Mein beständiges Verlangen nach dir, *chérie.* Ich begehre dich so sehr, daß ich keine Willenskraft und keine Fähigkeit zur Zurückhaltung mehr habe. Ich bin sicher, daß es dumm von mir ist, dir das zu sagen, und doch bin ich dir das vielleicht schuldig.«

»Du schuldest mir nichts«, murmelte Catherine.

Er stützte sich auf einen Ellenbogen und fragte: »Nein? Dann bestreite, wenn du das kannst, daß du eine Abneigung gegen mich hegst und daß du immer etwas von dir zurückhältst.«

»Ich bin mir dessen nicht bewußt«, sagte Catherine leise, weil sie sich plötzlich schämte.

»Du lügst. Du weißt es ganz genau, und ich meine nicht etwa das, was du gerade so höflich ertragen hast«, sagte er mit weichem Sarkasmus.

Catherine warf ihm einen anklagenden Blick zu und schüttelte den Kopf.

»Ich kann mir eine ganze Reihe von Gründen vorstellen, aber keiner davon reicht eigentlich wirklich aus. Soll ich sie aufzählen? Der erste ist eine grundsätzliche Gefühlskälte. Aber ich habe mich sehr bemüht, diesen Mangel zu beseitigen – zu meiner völligen Zufriedenheit«, setzte er mit einem schwachen Lächeln hinzu. »Der zweite«, fuhr er fort und legte eine ihrer goldenen Locken über ihre Brust. »Der zweite ist eine tiefe Abneigung gegen unsere erste Begegnung, die der Grund für unsere Ehe war. Das könnte vielleicht überwunden werden, wenn wir uns genügend Zeit lassen und Geduld haben. Die dritte Möglichkeit ist die Erinnerung an einen anderen Mann.« Er runzelte die Stirn. »Du bist bestimmt nicht überrascht, daß ich dies als unerträglich empfinden würde. Und dann ist da noch eine weitere –«

»Bitte –«, sagte Catherine mit einer Spur von Verzweiflung in der Stimme.

»Willst du es immer noch leugnen?«

Der in seinen Augen leuchtende Spott war wie ein Stachel.

»Du hast die Erlaubnis, mit meinem Körper nach deinem Willen zu verfahren«, sagte sie, und ihre bernsteinfarbenen Augen blitzten. »Was willst du mehr?«

»Obwohl du mir nichts dafür gibst?«

Einen Augenblick war der Ausdruck in seinen Augen sehr ernst, dann lächelte er. »Ich gebe nur so viel, wie du zu nehmen in der Lage bist.« Er hielt inne. »Hast du wirklich geglaubt, ich würde es vorziehen, allein zu schlafen?«

Daß er das Thema wechselte – falls er das wirklich tat –, war beunruhigend. Aber sie mußte ihm antworten. »Gestern abend hat es wirklich ganz danach ausgesehen«, sagte sie einen Moment später.

»Ich hatte viel Cognac getrunken. Ich wollte dir den Geschmack und die Erinnerung ersparen. Du warst so müde, und ich wollte deinen Schlaf nicht stören. Aber«, fragte er, und ein Lächeln klang aus seiner Stimme, »hast du dich zurückgewiesen gefühlt? Sollte man einen solchen Mangel an Stolz belohnen oder vielleicht eher alle Zweifel ausräumen?«

Catherine biß sich auf die Lippen. So leicht wollte sie sich nicht verführen lassen, obwohl sie ein wenig schauderte, als seine warmen Lippen über ihr Schlüsselbein zu der empfindlichen Mulde an ihrem Hals glitten. »Könntest du mich wirklich in einem Moment bedrohen und im nächsten schon in dein Bett ziehen und lieben?« fragte sie.

»Beklagenswert«, murmelte er, »aber genau das habe ich vor.«

»Ich lasse das nicht zu«, sagte sie fest.

»Nein?« Er zog sich etwas zurück, so daß er ihr ins Gesicht sehen konnte. »Warum? Wegen deines Stolzes? Willst du ihn zwischen uns stellen?« Er schüttelte den Kopf. »Das kann ich nicht dulden. Ich werde mich entschuldigen und alles wiedergutmachen mit Zärtlichkeiten, selbst wenn ich dich zwingen müßte, sie anzunehmen.«

»Das wäre ziemlich widersinnig.«

»Möglicherweise«, stimmte er ihr mit unverändert ruhiger Stimme zu. »Wenn es mir nicht gelingt, meine Absicht erfolgreich auszuführen.«

»Rafael«, sie wandte den Kopf und sah in die Tiefen seiner schwarzen Augen, aber das einzige, das sie dort entdeckte, war ihr eigenes Spiegelbild.

»Ja, *chérie?*«

»Es wird nicht nötig sein«, flüsterte sie.

Später, als sie im Dunkeln unter dem Moskitonetz lag, wußte Catherine, daß Rafael recht hatte. Sie hielt wirklich ein Teil von sich zurück, obwohl sie in seinen Armen bestimmt nicht kalt blieb. Sie widersprach ihm nicht absichtlich; genaugenommen war sie sich, bevor er davon gesprochen hatte, nicht einmal bewußt gewesen, daß sie sich ihm entzog. Es war kein Gefühl der Abneigung, sie gab sich ihm nur nicht vollständig preis. Aber warum? Sie wußte es nicht.

Sie konnte auch nicht verstehen, warum Solange versucht hatte, einen Keil zwischen sie und Rafael zu treiben. Warum verabscheute Solange sie so sehr? Sie stellte doch keinerlei Bedrohung für das Mädchen dar. Aber möglicherweise hatte Madame Thibeaut sie auch in diesem Punkt beeinflußt. Und doch war es unnatürlich, daß sich Solange so vehement gegen ihre Schwägerin stellte.

Catherine hätte Solange gern direkt darauf angesprochen, aber sie wollte ihr nicht die Befriedigung gönnen, zu erfahren, daß sie es beinahe geschafft hätte, eine Kluft zwischen Rafael und ihr aufzureißen. Nein, sie würde Solange nicht zur Rede stellen, aber sie nahm sich vor, von jetzt an vorsichtig zu sein.

12

Nach einer Woche guten Wetters folgten zwei Wochen Regen. Graue Wolken zogen Tag für Tag über den Himmel, so daß ein unnatürliches Zwielicht im Haus herrschte und sogar mittags schon Kerzen angezündet werden mußten. Das Donnergrollen klang, als ob der liebe Gott im Himmel Steine rollen würde, und wenn sich das Gewitter verzog, ging ununterbrochener Nieselregen nieder. Sogar das Tageslicht schien einen Grünschimmer zu haben, wenn es zurückgeworfen wurde von den nassen, glänzenden Oberflächen des frischen Grases und der zarten jungen Blätter.

Rafael, der durch das schlechte Wetter daran gehindert war, auszureiten, verbrachte viel Zeit mit Rechnungsbüchern in seinem Arbeitszimmer. Catherine wurde dieser Zeitvertreib verwehrt. Als sie nach den Haushaltsbüchern gefragt hatte, in dem die Mengen und Preise der Nahrungsmittel, Kleidungsstücke und Vorräte standen, die für den Haushalt und die Menschen in den Sklavenquartieren angeschafft und an sie ausgeteilt worden waren, sagte man ihr, es gebe keine solchen Bücher und außerdem beschenke man in Alhambra die Sklaven nicht.

Catherine hatte Madame Thibeaut erstaunt angestarrt. Selbst ihre Mutter, die ja wirklich nur an sich und nie an andere dachte, hatte einmal in der Woche an die Sklaven die verschiedensten Dinge ausgegeben, Bohnen, Speckseiten, Mehl, Maismehl, Fett, Eier, Obst und Fisch. Jeder der Bediensteten bekam im Frühling und im Herbst neue Kleidung. Den Stoff suchte Madame Mayfield persönlich aus, und der wurde von zwei Schneiderinnen verarbeitet, die extra zu diesem Zweck ins Haus kamen. Die Sklaven hatten wenig Zeit oder Mittel, um solche Dinge selbst zu kaufen. Und wenn so etwas in Alhambra wirklich nicht üblich war, in welcher Verfassung mochten denn die Sklaven auf den Feldern sein? Catherine beschloß, das herauszufinden, sobald das Wetter es zuließ.

Aber sie blieb bis dahin nicht untätig. Als sie – entsprechend Solanges Voraussage – entdeckt hatte, daß das Personal nicht arbeitete, wenn sie es nicht direkt beaufsichtigte, trieb sie die Leute ständig an, stand neben ihnen, während sie jedes einzelne Möbelstück im Haus mit Seife und Wasser abschrubbten und mit einer Politur behandelten, die aus Leinöl und Essig bestand. Graue Spinnenweben wurden aus den hohen Winkeln der Zimmer gewischt. Die Teppiche wurden zusammengerollt und auf die vordere Galerie transportiert, wo sie auf den nächsten Sonnentag warteten, an dem sie geklopft werden konnten. Dann würde man sie mit Tabak bestreuen, in Musselinhüllen einnähen und bis zum Winter auf dem Dachboden lagern. Unter den Teppichen kam eine zwanzig Jahre alte Schicht aus trockenem Gras als Unterlage zum Vorschein, das schon verrottet war. Als der Regen einmal etwas schwächer war, wurde der Unrat hinausgetragen und verbrannt. Der darunter verbleibende Staub wurde weggefegt und der Boden gründlich gescheuert, bevor die Mädchen frische Unterlagen für die Teppiche auslegten, die den angenehm würzigen Geruch von Heu verbreiteten.

Die Polituren, Reinigungsmittel und Grasunterlagen waren mit dem Leichter aus New Orleans geholt worden. Rafael besaß ein eigenes Boot, ein Handelsschiff, das den Fluß zwischen Natchez und New Orleans auf- und abfuhr und unterwegs bei den verstreut liegenden Plantagen anlegte. Das Schiff ankerte gelegentlich über Nacht in Alhambra. Die Mannschaft war nur selten zu sehen, entweder weil Rafael es so angeordnet hatte oder weil die rauhen Kerle lieber unter sich blieben. Catherine übergab die Liste der Dinge, die sie brauchte, an Rafael, der sie dann dem Bootsmann weitergab, und wie durch ein Wunder wurden tatsächlich immer alle Waren an ihrer Tür abgeliefert.

Ali erwies sich im Haus als brauchbarer Verbündeter, der ihr immer zur Seite stand, wenn es darum ging, etwas zu heben oder zu tragen. Er scheuchte die Mädchen im unteren Stockwerk aus ihren Zimmern oder holte die männlichen Diener aus der Schmiede am Ende der Sklavenquartiere, wo sie an die Wand lehnten und ins Feuer spuckten.

Doch trotz seiner Nähe zu Rafael schien Ali nur ungern die Sprache auf India, Catherines mögliche Zofe, zu bringen. Aus Dankbarkeit für seine Hilfe schnitt Catherine eines Abends beim Essen selbst das Thema an.

»Eine Zofe?« fragte Rafael und sah mit gerunzelter Stirn von einer Platte mit Täubchen auf, die man ihm gerade anbot. »Brauchst du wirklich eine?«

»Ali besteht darauf. Du wirst das besser verstehen, wenn ich dir erkläre, daß er eine bestimmte Frau im Auge hat, die er für besonders geeignet hält.«

Rafael ließ sich eines der Täubchen auf den Teller legen und lehnte sich zurück. »Ach so, jetzt verstehe ich. Ist sie attraktiv?«

»Ich weiß es nicht, ich habe sie noch nicht gesehen, aber ich bin sicher, daß ich mich in dieser Beziehung auf Alis Geschmack verlassen kann«, antwortete Catherine, während sie versuchte, Solanges verächtliches Schnauben nicht zur Kenntnis zu nehmen. Madame Thibeauts Interesse an ihrem Gespräch war besser verborgen, weil sie die Augenlider gesenkt hielt.

»Was Ali anziehend findet, entspricht vielleicht nicht unbedingt auch deinem persönlichen Geschmack«, meinte Rafael trocken. »Aber ich hatte dir ja versprochen, dir eine Zofe zu besorgen. Da ich mir in diesem Falle nicht die Mühe zu machen brauche, nach jemandem zu suchen, bin ich einverstanden. Kennst du den Namen der Glücklichen?«

»Ich glaube, Ali nannte sie India.«

»India ist ein ungewöhnlicher Name.«

»Ja«, stimmte sie zu. »Vielleicht hat sie so wie Ali selbst etwas fremdes Blut in den Adern.«

»Du hast sie wirklich noch nicht gesehen?«

»Nein.« Ihre Finger schlossen sich immer fester um ihre Gabel, da ihr auffiel, daß er plötzlich kritisch wurde.

Er warf ihr einen scharfen Blick zu. »Dann würde ich dir raten, dir das Mädchen anzusehen und mit ihr zu sprechen, bevor du sie anstellst. Vielleicht kann sie nichts und kennt sich mit der Hausarbeit nicht aus. In diesem Fall müßtest du eine Menge Geduld aufbringen, um aus ihr eine gute Zofe für eine Dame zu machen. Du mußt dir darüber klar sein, daß du sie nur mit einem sehr guten Grund an ihren alten Platz zurückschicken könntest, denn das würde sie dem gnadenlosen Spott ihrer Familie preisgeben.«

»Das hatte ich noch nicht bedacht«, gestand Catherine nachdenklich. »Da es sich hier um deine Sklavin handelt, würdest du dir vielleicht selbst gern ein Urteil über sie bilden.«

Rafael streckte die Hand nach seinem Weinglas aus und starrte in die rubinrote Flüssigkeit. »Nein«, sagte er langsam. »Das hat mit mir doch nur sehr wenig zu tun. Ich gehe davon aus, daß du genau weißt, was du möchtest.«

»Danke«, sagte Catherine, überrascht über seine plötzliche Kapitulation. »Ich bin sicher, daß Ali sich darüber freut.«

Ein Lächeln huschte über Rafaels strenge Lippen. »Vielleicht könnte ich dann die Dienste meines Kammerdieners wieder in Anspruch nehmen, wenn du deine eigene Zofe hast.«

»Ich war mir nicht bewußt, daß ich ihn dir entzogen habe, wenn du ihn brauchtest.«

»Nein, nein«, versicherte er schnell. »Ich hatte ihm ja aufgetragen, sich etwas nützlich zu machen.«

»Ja? Dann bin ich dir sehr dankbar«, erwiderte Catherine und sah ihrem Mann direkt in die Augen.

Solange räusperte sich demonstrativ. »Meiner Meinung nach bildet sich Ali ziemlich viel auf seine Stellung ein. Er behandelt die anderen Bediensteten sehr autoritär und mischt sich in alles, was den Haushalt betrifft, ein. Er hat schon mehrmals die Stirn besessen, Madame Ti mitten am Tag um die Schlüssel für die Silberschränke zu bitten, und er gibt sie erst zurück, wenn er ausdrücklich dazu aufgefordert wird.«

»Ich fürchte, das ist meine Schuld«, sagte Catherine sanft. »Er und ich haben einen Tag damit verbracht, das Silber zu putzen. Ich wollte sehen, ob mein altes Familienrezept mit Kalk und Weingeist einen bessern Glanz bewirken kann als die Silberseife, die in diesem Haushalt benutzt wird. Es gab auch ein paar Verfärbungen durch Eier, die wir mit Salz abgerieben haben.«

Rafael, der am oberen Ende des Tisches saß, runzelte die Stirn. »Aber wirklich, Catherine. War es denn tatsächlich nötig, daß du selbst das Silber polierst?«

»Es waren nur ein paar Stücke, das versichere ich dir. Ali hat den Hauptteil der Arbeit erledigt.«

»Ich weiß deine Bemühungen zu schätzen«, sagte er, und seine Augen wanderten über den Glanz des Messings und den mit frischer schwarzer Farbe gestrichenen Rand des Kamins, »aber ich hatte nicht die Absicht, daß du meine Bemerkungen über den Zustand des Hauses so auffaßt. Wir alle brauchen manchmal etwas Entspannung. Reitest du?«

»Ich – ja.«

»Dann würde ich mich freuen, wenn du mit mir kommen würdest, wenn ich morgens ausreite – vielleicht möchtest du auch einmal allein einen Ausritt unternehmen – nur in den Sumpf solltest du nicht gehen. Es wäre mir lieber, wenn du dich nicht überanstrengst.«

Catherine errötete ein wenig und wandte den Blick ab, um den ironisch wissenden Zug um seine Lippen nicht sehen zu müssen. Sie wußte, daß sie in einem Haus voller Bediensteter keine Müdigkeit vorschützen konnte, um seine Avancen unter dem Moskitonetz ihres Bettes zurückzuweisen. Um die Richtung ihrer Gedanken etwas abzulenken, nickte Catherine kurz und wandte sich Madame Thibeaut zu.

»Dürfte ich Euch bitten«, sagte sie, »mir den Schlüssel zum Wäscheschrank zu geben? Ich möchte mir morgen früh den Inhalt ansehen, Euch aber nicht schon so früh morgens stören.«

»Ich werde Euch natürlich dabei helfen«, erwiderte Madame Thibeaut, und ihr kleiner Mund nahm einen pflichtbewußten Ausdruck an.

»Das ist nicht nötig. Ich weiß, wie sehr Ihr es haßt, früh aufzustehen, und Ali kann mir zur Hand gehen. Außerdem muß die Wäsche aus meiner Aussteuer noch aufgeräumt werden, und das würde ich gern selbst tun, versteht Ihr?«

Madame Thibeaut machte ein Geräusch, das man für eine widerwillige Zustimmung hätte halten können.

Catherine fuhr unbeirrt fort: »Ich könnte Euch eine Menge Unannehmlichkeiten ersparen, Madame, wenn Ihr mir vorübergehend vielleicht alle Schlüssel überlassen würdet. Ich besitze eine silberne Gürtelkette, ein Abschiedsgeschenk von meiner Mutter, an der sie ganz sicher aufgehoben wären. Ich gebe zu«, sagte sie und bedachte auch Solange und Rafael mit ihrem charmantesten Lächeln, »daß ich sie wirklich gern einmal tragen würde.«

Die Pockennarben auf dem Gesicht der Gesellschafterin verfärbten sich rot vor Ärger. Sie holte tief Luft, dann trat ein verletzter Ausdruck auf ihre sonst eher unbeweglichen Züge. »Ja – also, natürlich, Madame Navarro. Ich wäre auch vorher schon jederzeit bereit gewesen, Euch die Schlüssel zu übergeben, wenn ich gewußt hätte, daß Ihr sie haben möchtet. Ihr hättet nur zu fragen brauchen. Unglücklicherweise habe ich sie im Augenblick nicht bei mir. Vielleicht morgen früh –«

»Ich wußte ja, daß ich mich auf Eure Mitarbeit verlassen kann.« Catherine lächelte. »Doch morgen früh habe ich mit der Wäsche zu tun. Wenn es Euch nicht allzuviel ausmacht, schicke ich Ali später zu Euch, um sie zu holen.«

»Wie Ihr es wünscht.« Madame Thibeauts Tonfall drückte Unterwürfigkeit aus, aber Catherine bemerkte ihren eiskalten Blick. Hatte Rafael sich von ihrem Benehmen beeindrucken lassen? Catherine konnte es nicht sagen. Sein Gesicht war ausdruckslos, sein Blick auf die Wand gerichtet, als wäre er in Gedanken mit anderen Dingen beschäftigt. Sie hätte ihm gern ihre Probleme dargelegt, aber sie hatte keine Ahnung, wie er reagieren würde, wenn sie ihn mit ihren Schwierigkeiten belästigte. Er hatte selbst schon genug davon, und außerdem war sie nicht sicher, ob er sich in dem häuslichen Kleinkrieg auf ihre Seite stellen würde.

Sie beendeten ihr Essen nahezu schweigend. Als das Dessert serviert und verzehrt worden war, sagte Catherine:

»Wir werden dich jetzt deinem Cognac überlassen.« Sie erhob sich, aber als sie aufsah, stand Rafael schon.

»Ich glaube, ich würde heute einen Kaffee vorziehen«, sagte er und ging um den Tisch herum, um ihren Stuhl nach hinten zu ziehen. »Vielleicht trinken wir ihn im Schlafzimmer?«

Catherine erstarrte, als sie aus dem Augenwinkel das spöttische Grinsen auf Solanges Gesicht sah. Rafaels Bitte hatte freundlich geklungen, nur sein bedeutsamer Blick machte daraus etwas ganz Persönliches. Und es konnte nur dann peinlich werden, wenn sie es zuließ. Mit so viel Würde, wie sie aufbringen konnte, antwortete sie: »Das wäre – wirklich schön.«

Er nahm ihre Hand, hob sie zu seinen warmen Lippen und zog sie dann durch seine Armbeuge. »Bitte kümmert Euch darum, Madame Thibeaut«, bat er freundlich, ohne die Gesellschafterin anzusehen.

»Aber natürlich«, erwiderte die Frau und schaffte es, es so klingen zu lassen, als würde sie jemandem einen Gefallen tun.

Sie war klug, das mußte Catherine ihr lassen. Dann vergaß sie sie, als Rafael sie durch den Eingangsraum auf die hintere Galerie führte.

Er ließ sie los, legte seinen Arm um ihre Taille und zog sie an sich. »Du warst bezaubernd heute abend dort im Kerzenlicht. So ernsthaft, so sehr die Herrin meines Hauses mit deinem Gespräch über Wäsche und Schlüssel. Es gefällt mir nicht, wenn du am anderen Ende des Tisches sitzt, so weit weg von mir. Ich konnte es nicht eine Sekunde länger ertragen.«

Es wäre verrückt, ihm zu glauben, sagte sie sich, und es wäre ebenso verrückt, es zu ernst zu nehmen, selbst wenn er es wirklich so meinte. Es konnte zu einer tödlichen Krankheit werden, wenn sie sich zuviel aus ihm machte. Dennoch schwanden ihr die Sinne, als er sie küßte. Vorsicht erschien ihr zu gefühllos in diesem Augenblick. Sie hob die Arme und legte die Hände um seinen Hals.

Eine Stimme voller mörderischer Süße ertönte hinter ihnen. »Bitte entschuldigt uns«, sagte Solange.

Rafael hinderte Catherine daran, sich zurückzuziehen, indem er seine Arme fester um sie drückte. Erst nach einer ganzen Weile hob er den Kopf. »Vergib du uns, Solange«, sagte er, drehte Catherine in seinen Armen um, und ging mit ihr, ohne noch einen Blick auf seine Schwester zu werfen, zu ihrer Schlafzimmertür.

»Es tut mir leid, Madame, ich hätte es Euch schon vorher sagen sollen. Aber –« Ali zuckte mit den Schultern. »Ich wußte nicht, wie ich dieses Thema zur Sprache bringen sollte. Und ich bedauere es noch mehr, daß Ihr mit Monsieur Rafe über India gesprochen habt – wegen nichts und wieder nichts.«

»Wegen nichts, Ali?« fragte Catherine. »Ich nehme an, daß es dumm von mir ist, so etwas zu sagen, aber eigentlich sehe ich nicht ein, weshalb Indias Befähigung zur Zofe etwas damit zu tun haben sollte, daß sie ein Kind erwartet.«

»Aber, Madame, sie ist nicht mehr schlank. Bald schon werden es alle sehen.«

»Das ist doch natürlich, oder?«

»Ja, sicher, und es ist herrlich, aber die meisten Damen haben keine Verwendung für eine Zofe, die in anderen Umständen ist.«

Seine offene Art schickte sich eigentlich nicht, aber Catherine ließ es durchgehen. Diese Unterhaltung war schon seltsam genug, ohne daß Catherine ihn noch tadelte.

»Ich gehöre nicht zu diesen Damen«, antwortete sie schlicht.

»Ich hätte mir denken können, daß es so ist, Madame. Aber die Nerven einer schwangeren Frau sind oft sehr angespannt, und das ist nicht die ideale Zeitspanne, um sich mit neuen Pflichten auseinanderzusetzen.«

Catherine starrte Ali an und entdeckte einen Schimmer von Schweiß auf seinem zimtfarbenen Gesicht, als er steif vor ihrem Schreibtisch im Salon stand. Lag da nicht ein Schatten von Besorgnis in seinen dunklen Augen?

»Sag mir offen, Ali«, forderte sie, »möchte deine India nicht im Haus arbeiten?«

»Nein, das ist es nicht. Sie spürt nur sehr stark die Würdelosigkeit ihres Daseins als Feldarbeiterin. In Santo Domingo, das sie und ihre Eltern vor sieben Jahren verlassen haben, war ihre Mutter eine Zofe bei einer Dame. Sie selbst war Gesellschafterin für die kleine Tochter des Hauses.«

»Ich verstehe. Ist es vielleicht möglich, daß sich deine Gefühle geändert haben? Jetzt, da India ein Kind erwartet, ist sie vielleicht nicht mehr – der ›Mond deiner Freude‹?«

»Ach, Madame, sagt nicht so etwas. Die Mutter meines Kindes ist für mich immer eine Augenweide. Aber – ich mache mir Sorgen um sie.«

»Du machst dir Sorgen um sie? Warum?«

»Ich habe erfahren, daß India Madame Thibeaut in Santo Domingo gekannt hat, und obwohl sie damals noch sehr jung war, mochte sie sie und ihre Methoden nicht besonders. Seit sie hier sind, ist India der Frau aus dem Wege gegangen und hat ihre Augen niedergeschlagen, wenn sie ihr begegnete, als würde sie sich nicht an sie erinnern. Dennoch fließt in ihren Adern noch das wilde Blut des Indianervolkes, von dem sie abstammt. Die Lektionen über Gehorsam, Schweigen und Selbstbeherrschung, die ihr Volk in der Sklaverei lernen mußte, waren nicht sehr wirksam. Wenn sie unter Druck geraten würde wie Ihr in den vergangenen Woche, wäre sie möglicherweise irgendwann nicht mehr für ihre Handlungen verantwortlich zu machen.«

»Indianervolk? Amerikanische Indianer?«

»Ja, sie stammt von einem Edlen der Natchez-Indianer ab, die sich vor achtzig Jahren gegen die Franzosen erhoben haben. Sie wurden besiegt und in die Sklaverei gebracht. Der Häuptling des Stammes und einige seiner wildesten Krieger wurden auf die Insel Santo Domingo gebracht. India hat ihr ganzes Leben in der Sklaverei verbracht, aber sie ist stolz und hat Würde und Ehrgefühl von ihren Vorfahren geerbt. Sie hat auch noch die Träume von Freiheit, die in den vergangenen Jahren auf jenem in Sonne und Blut gebadeten Eiland aufgekommen sind.«

Catherine schwieg einen Augenblick, und eine steile Falte entstand zwischen ihren Augenbrauen. »Und du glaubst, daß Madame Thibeaut versuchen würde, ihr Schwierigkeiten zu machen?«

Alis Lächeln wirkte seltsam traurig. »Ich bin mir nicht sicher, Madame. Ich bin nur – besorgt.«

»Ich habe fast den Eindruck, daß deine India genau die Art von Verbündeter sein könnte, die ich brauche«, sagte Catherine. »Aber ich möchte nicht, daß du etwas gegen dein Gefühl tust. Ich habe es nicht sehr eilig mit der Zofe, ich habe mich bereits daran gewöhnt, meine Knöpfe selbst zuzumachen.« Sie lächelte. »Mein Mann hat mir die Entscheidung in dieser Angelegenheit überlassen, und ich übergebe sie dir als meinem Haushofmeister.«

»Ihr seid wirklich die Freundlichkeit in Person, Madame Catherine«, sagte er, verbeugte sich und legte eine Hand auf sein Herz. »Es tut mir leid, wenn ich Euch Unannehmlichkeiten bereitet habe. Es gibt noch etwas, was ich in Erfahrung bringen möchte, dann werdet Ihr meine endgültige Antwort bekommen.«

Er erklärte diese Andeutung nicht genauer, und Catherine wollte nicht weiter in ihn dringen. In diesem Augenblick betrat Madame Thibeaut das Zimmer und suchte nach einem Gegenstand, den sie verlegt hatte. Ali, der die Erfüllung anderer Pflichten vorschützte, verließ den Raum.

Tage vergingen, und India wurde nicht wieder erwähnt, aber dann wurde Ali die Entscheidung abgenommen.

Es war der erste klare Tag, nachdem es lange geregnet hatte. Rafael nutzte die Gelegenheit für einen Ausritt, um sich den Wasserstand des Mississippi anzusehen und eine Gruppe von Männern anzuweisen, die Schwachstellen des Deiches zu reparieren. Madame Thibeaut begleitete Solange auf einen Spaziergang im Morgensonnenschein. Catherine war nicht traurig, als sie sie hatte fortgehen sehen. Sie hatten sich jetzt wirklich mehr als genug Gesellschaft geleistet.

Da Rafael die letzten Tage im Haus verbracht und ihre Aufmerksamkeit in Anspruch genommen hatte, hatte Catherine sich nicht um den Wäscheschrank kümmern können, wie es geplant gewesen war. Und sobald alle weg waren, nahm sie sich vor, diese Aufgabe jetzt anzugehen.

Sie hielt die an ihrer Schlüsselkette befestigten Schlüssel in der Hand, damit sie nicht klimperten, ging die hintere Galerie entlang und die schmiedeeiserne Wendeltreppe hinunter. Unten links lag eine kleine, unauffällige Tür, die zu den Lagerräumen führte. Der Wäscheschrank stand in der Nähe der Zimmer der Bediensteten, aber Catherine hatte vor, das zu ändern, weil die Möglichkeit, daß es im Innern des Schranks zu schimmeln begann, zu groß war. Das hintere Schlafzimmer in dem Flügel, in dem sie und Rafael schliefen, wurde schon seit ein paar Jahren nicht mehr benutzt. Es diente offensichtlich als eine Art Abstellkammer.

Der Flur, der die Lagerräume von den Schlafzimmern hier unten trennte, war düster und lang. Das war schon tagsüber unangenehm, wie mußte es erst nachts sein? dachte Catherine und nahm sich vor, Kerzenhalter an den Wänden anbringen zu lassen.

»Madame! Madame Catherine!«

Als Catherine die erschreckte Stimme hörte, kehrte sie um und rannte durch den Flur auf Ali zu. Er war schon auf der Treppe zur Galerie.

»Ali«, rief sie, »was ist los?«

Er blieb stehen wie eine Marionette, an deren Schnüren heftig gerissen wurde. Sein Gesicht war aschfahl. »India! Sie schlagen sie!«

»Wer?«

»Madame Thibeaut und Mademoiselle Solange«, brüllte er und deutete auf die Bäume hinter dem Haus. »Ihr müßt sie daran hindern. Sie werden sie töten. Bitte, Madame!«

»Wo ist Monsieur Rafe?« fragte sie.

»Ich weiß es nicht, Madame. Wir haben keine Zeit, ihn zu suchen. Ihr müßt mitkommen.«

Catherine starrte ihn an und nickte entschlossen. »Also gut. Gehen wir.«

Der Weg zu den Sklavenquartieren war nur ein festgetretener Pfad. Tautropfen hingen an den hohen Grashalmen, die auf beiden Seiten wuchsen, und durchnäßten Catherines Röcke.

Aus der Ferne sahen die Sklavenquartiere wie ein kleines sauberes und gut organisiertes Dorf aus. Eine einzige gerade Straße führte an den Hütten vorbei zu den Ställen und Scheunen, hinter denen die Felder und Weiden lagen. An diesem Ende der Straße befanden sich die Werkstätten, ein großes Räucherhaus und ein zugenageltes Gebäude, das vielleicht einmal ein Krankenhaus oder ein Haus zur Betreuung der Kinder gewesen sein mochte sowie ein Schuppen mit nur einem vergitterten Fenster, der offenbar als Gefängnis diente.

Die mit zwei Zimmern ausgestatteten Sklavenhütten waren genauso aus mit Lehmmaterial gefülltem Fachwerk errichtet wie das Haupthaus. Ein Dutzend dieser Hütten, in denen jeweils zwei Familien wohnten, lagen sich auf beiden Seiten der Straße gegenüber. Am Straßenende standen noch zwei größere Hütten für die unverheirateten Männer und Frauen. In der Mitte eines kleinen Platzes gab es einen Ziehbrunnen mit einem tiefen hölzernen Trog auf jeder Seite. Ein Pranger, wie man ihn in jeder kleinen Stadt findet, stand daneben, auf der anderen befand sich ein kräftiger Pfosten, an dem auf beiden Seiten Ringe befestigt waren. Dort wurden Sklaven zum Auspeitschen festgekettet.

Die lange Straße war eine einzige Schlammwüste, in der sich die Schweine wälzten und die Hühner deutliche Spuren mit ihren Krallen hinterließen. Ausgemergelte Hunde lagen vor den Hütten, in denen es keinerlei sanitäre Anlagen gab. Abfall und Unrat wurden aus den Hintertüren in das üppige grüne Gras geschüttet.

Ein unnatürliches Schweigen, so dick wie die Wolke von Gestank, hing über den Sklavenquartieren. Die meisten Männer begleiteten Rafael, aber wo waren die Frauen, die eigentlich Wäsche waschen, kochen, putzen und schwatzen sollten? Wo waren die Kinder? Versteckten sie sich ängstlich hinter den verschlossenen Türen? Die schweigende Leere wirkte bedrohlich. Catherine spürte, daß sie vor Unbehagen schauderte.

Als sie sich dann dem Schlafhaus auf der linken Seite näherte, hörte Catherine Solanges vor Aufregung schrille Stimme.

»Schlagt sie noch einmal, Madame Ti, schlagt sie noch einmal.«

Man hörte ein scharfes Klatschen, gefolgt von Worten, die zu leise waren, als daß man sie hätte verstehen können. Ali lief schneller und riß die Tür auf.

Der große Gemeinschaftsraum war mit einem Tisch und mehreren grob gezimmerten Stühlen möbliert. Das Feuer in der rauchgeschwärzten Feuerstelle am Ende des Raums war zu Asche heruntergebrannt. Rohe Kojen, deren senkrechte Pfosten aus den unbehauenen Stämmen kleiner Bäume bestanden, säumten die Wände.

An einen dieser Pfosten war eine Frau gebunden, ihre Hände hatte man über ihrem Kopf gefesselt. Die kupfern getönten Züge wirkten edel, und selbst in ihrem Zustand besaß sie eine etwas herablassend stolze Art. Blut sickerte aus einer Platzwunde in der Lippe über ihr Kinn. Ihre Wange war geschwollen und färbte sich dunkel, und das dunkle Haar hatte sich aus den Zöpfen gelöst. Der rauhe Stoff ihrer Bluse war am Hals zerrissen und zeigte die Kratzspuren von rasiermesserscharfen Fingernägeln. Ihr Körper, der nach hinten gegen den Pfosten gedrückt war, zeigte die runde Fülle der schon fortgeschrittenen Schwangerschaft.

Solange drehte sich hastig um, als Catherine und Ali eintraten. Ein schuldbewußter Ausdruck trat in ihre Augen, der einen seltsamen Gegensatz zu dem erregten, brennenden Rot auf ihren Wangen bildete. Aber Madame Thibeauts Miene ließ Catherine erstarren. Noch nie in ihrem Leben hatte sie so viel Haß und Widerwillen gesehen.

Madame Thibeaut sah Solange an, und das Mädchen trat einen Schritt vor. »Was wollt ihr?« fragte sie fordernd.

»Wir sind wegen India gekommen«, erklärte Catherine und sah die ältere Frau direkt an. »Ich habe mich entschieden, sie zu meiner Zofe zu machen.«

»Ich fürchte, Ihr werdet eine Enttäuschung erleben«, sagte Solange mit einem höhnischen Lächeln. »Dieses Mädchen ist eine Wilde, die für den Dienst im Haus nicht geeignet ist. Sie ist aufsässig und unfähig, Aufträge auszuführen.«

»Ach ja? Gehe ich recht in der Annahme, daß das der Grund ist, warum sie bestraft wird?«

»Ja – ja, natürlich.«

»Darf ich die näheren Umstände erfahren?«

Solange warf Madame Thibeaut einen fragenden Blick zu. Als sie keinerlei Ermutigung sah, wandte sie sich wieder an Catherine. »Nein, das dürft Ihr nicht«, sagte sie nervös. »Die Angelegenheit geht Euch gar nichts an.«

»Ich glaube, da irrt Ihr Euch«, erwiderte Catherine. »Als Herrin von Alhambra liegt mir das Wohlergehen aller Bediensteten am Herzen. Dieses Mädchen ist besonders wertvoll. Sie trägt das Kind des Kammerdieners meines Mannes unter dem Herzen. Natürlich wäre Monsieur Rafael äußerst verärgert, wenn ihr etwas zustoßen würde. Ali, du kannst sie losmachen.«

Catherine spürte den Blick des indianischen Mädchens. In ihren Augen, die schwarz waren wie Obsidiane, lag keine Besorgnis, keine Dankbarkeit, aber auch keine Angst, nur ein deutlicher Wille, den Schmerz anzunehmen. Sie strahlte Härte aus, als wäre ihre Seele zu lange starker Hitze ausgesetzt gewesen.

»Nein!« schrie Solange, als Ali ein Messer vom Tisch nahm und die Stricke durchschnitt. »Was für ein Recht habt Ihr, Euch einzumischen? Ihr seid vielleicht die Hausherrin, aber keine Richterin.«

Catherine lächelte und entschloß sich, diesen Einwand wörtlich zu nehmen. »Da habt Ihr recht. Mein Mann ist Richter, nicht wahr? Sollen wir ihn über die Sache entscheiden lassen?«

India, die ihre Handgelenke rieb, hielt plötzlich still wie eine Hirschkuh im Wald, die Gefahr wittert.

»Das ist nicht nötig –«, sagte Madame Thibeaut.

»Und warum nicht?« fragte Solange. »Mein Bruder hat seit seiner Rückkehr selbst schon oft genug einen Sklaven auspeitschen lassen. Ihr werdet feststellen, daß er meiner Meinung ist, meine liebe Catherine. Das würde doch der Rose die Blüte nehmen, nicht wahr, wenn Ihr sehen könntet, wie gnadenlos unser Rafe sein kann?«

Catherine zögerte nur einen Augenblick, dann hob sie das Kinn. »Er wird die Gelegenheit bekommen«, sagte sie und deutete mit einer Handbewegung an, daß Ali India aus der Hütte führen sollte.

»Ich verbiete Euch, die Frau hier herauszuschaffen!« rief Solange, während sie sich nach Hilfe umsah.

Catherine drehte sich heftig zu ihr um und sagte: »Verbieten, Solange? Ihr glaubt doch nicht im Ernst, daß Ihr mir etwas verbieten könnt!

Komm, Ali.« Sie raffte ihre Röcke und marschierte wie ein General aus dem Raum. Sie blieb nicht mehr stehen, bis sie den Hof des großen Hauses errreicht hatte.

»Madame«, sagte Ali, einen Arm um India gelegt, »mein Herz ist voll. Für meine Dankbarkeit kann ich keine Worte finden.«

»Du brauchst gar nichts zu sagen«, antwortete Catherine ernst. Wir sollten uns erst um Indias Verletzungen kümmern.«

»Ja, Madame. Aber – die alte Frau ist eine mächtige Zauberin. Die Kräfte des Bösen in ihrem Körper sind stark. Sie läßt die Knie des stärksten Mannes auf der Plantage schwach werden. Wie Ihr ihr entgegentretet, erfüllt meine Seele mit Freude. Ich bin glücklich, Euer Diener zu sein. Wenn Eure hellbraunen Augen wie die einer Löwin voll Stolz und Zorn blitzen, verstehe ich besser als je zuvor, warum Monsieur Rafe Euch zu seiner Frau gewählt hat. Es ist sehr passend, daß der schwarze Panther sich mit der goldenen Löwin verbindet.«

Eine leichte Röte stieg in Catherines Wangen, und als sie den ernsten Ausdruck in Alis Augen sah, wußte sie, daß er ihr nur seine Bewunderung zum Ausdruck bringen und nicht respektlos sein wollte.

»Ich danke dir«, sagte sie leise. »Ich habe große Zweifel, daß ich ein so außergewöhliches Lob verdiene, aber ich werde an deine Worte denken.«

Vielleicht brachte sie tatsächlich Alis Kompliment dazu, an diesem Abend nach dem Abendessen in Rafaels Arbeitszimmer zu gehen. Sie hätte auch warten können, bis er ins Schlafzimmer kam, aber sie hatte das Gefühl, daß auf diesem Schlachtfeld schon genug Kämpfe ausgefochten worden waren.

»*Entrez*«, rief er, als sie klopfte. Als er sah, wer eintrat, warf er seine Feder auf den Tisch, streckte sich und faltete seine Hände im Nacken. Ein Lächeln lag auf seinen festen Lippen, während sie bis zu dem breiten Tisch vortrat, der ihm als Schreibtisch diente.

»Wie förmlich«, sagte er gedehnt. »Ich wage nicht zu hoffen, daß du mich von meiner Arbeit losreißen möchtest.«

»Ich fürchte nein«, sagte sie und brachte ein Lächeln zustande. »Ich möchte mit dir reden, wenn das geht.«

Seine Augen wirkten plötzlich müde, und er antwortete kurz: »Natürlich kannst du das. Was kann ich für dich tun?«

»Es ist wegen India –«, begann sie und erzählte ihm, was vorgefallen war. Eine steile Falte bildete sich zwischen seinen Augen, während er zuhörte, obwohl sie nicht sagen konnte, ob er ihre Haltung oder die ihrer Schwester verurteilte. Aber sie ließ sich nicht einschüchtern. »Solange meint, daß du, weil du selbst schon jemanden hast auspeitschen lassen, ihre Handlungsweise billigst. Aus irgendeinem Grund ist sie dagegen, daß India ins Haus kommt.«

»Weißt du, warum sie bestraft wurde?« fragte Rafael und starrte auf einen Punkt über ihrer Schulter.

»Nein. Vielleicht hatte es etwas damit zu tun, daß India Madame Thibeaut aus Santo Domingo kennt und nicht leiden kann – und daß sie sich nicht vor ihr fürchtet.«

»Fürchtet?«

»Wenn ich das richtig verstanden habe, hat Madame Thibeaut den Ruf, eine Zauberin zu sein. Ich mache mir Gedanken über ihren Einfluß auf Solange.«

»Wie der von Dédé auf dich?« fragte er trocken.

Hatte er den Verdacht, daß sie den Vorfall aufbauschte, weil sie gekränkt war, daß er ihre Zofe zurückgelassen hatte? Sie verwarf den Gedanken und entschloß sich, sich nicht provozieren zu lassen.

»Nein, es gibt keinen Hinweis auf Drogen«, erwiderte sie langsam. »Aber irgend etwas stimmt nicht, und ich kann nur vermuten, daß Madame Thibeaut etwas damit zu tun hat. Solange geht kaum einen Schritt ohne sie; und dann – war da noch die Sache mit den Mäusen heute nachmittag –«

»Mäuse? Ich verstehe nicht –«

»Pauline und ich haben nach dem Mittagessen Zeit gefunden, den Wäscheschrank auszuräumen. Er war in einem entsetzlichen Zustand. Fast die Hälfte der Laken muß repariert werden. Viele Stücke haben Stockflecken und können nur noch als Putzlappen verwendet werden. Silberfischchen tummelten sich wegen der Feuchtigkeit im Schrank, und in einem Stapel mit Bezügen fanden wir ein Nest mit neugeborenen Mäusen, winzige, blinde, rosa Wesen, die kleiner waren als mein kleiner Finger. Ich schickte Pauline los, um sie zu beseitigen. Sie kam zurück und erzählte mir, Solange hätte sie ihr abgenommen. Sie mußten natürlich getötet werden, aber Pauline sagte, Solange hätte sie auf den Steinplatten im Hof geworfen und mit dem Absatz ihrer Schuhe zertreten.«

Rafael schwieg eine ganze Weile. »Du machst Madame Thibeaut dafür verantwortlich, daß Solange zu so etwas fähig ist?«

»Ich kann mir keine andere Erklärung vorstellen.«

»Nein. Würdest du also empfehlen, daß wir auf ihre Dienste in Zukunft verzichten?«

»Das hast du zu entscheiden, aber wäre es nicht vielleicht besser?«

»Ich weiß es nicht«, sagte er, stützte die Ellenbogen auf die Tischplatte und preßte seine Finger an seine Schläfen. »Solange hat niemanden außer dieser Frau. Schon als Kind war sie immer allein. Madame Thibeaut ist der einzige Mensch, den sie gern hat. Als unsere Mutter starb, hatte sie eine ganze Reihe von Kindermädchen, die alle den Forderungen meines Vaters nicht nachkommen wollten, Solange von allem fernzuhalten. Ich selbst hatte, was ich sehr bedauere, nur sehr wenig Zeit für sie. Und in den vergangenen zwei Jahren hatte sie nur Madame Ti. Ist es ein Wunder, daß sie sich manchmal merkwürdig benimmt oder daß sie an ihrer Gesellschafterin hängt?«

»Aber das ist ganz bestimmt eine ungesunde Abhängigkeit.«

»Das gebe ich zu, und doch ist es alles, was sie hat. Wie kann ich ihr das wegnehmen?«

»Diese Frau praktiziert vielleicht eine schlimmere Form von Zauber als Dédé«, erwiderte Catherine und setzte dabei das Argument ein, das sie eigentlich hatte vermeiden wollen.

Er seufzte, stand auf und ging um den Tisch herum, um sich auf die Tischkante zu setzen. »Du brauchst mir die Gefahren nicht zu schildern. Aber wir wollen uns deswegen nicht streiten. Ich bin dankbar, daß du dir Sorgen um Solange machst – denn ich weiß mehr davon, was in meiner Abwesenheit geschieht, als du glaubst. Ich werde das, was du gesagt hast, überdenken und sehr genau aufpassen. Im Augenblick möchte ich nichts unternehmen. Und was India betrifft –«, fuhr er fort, streckte den Arm aus und nahm Catherines Hand. »Bist du wirklich entschlossen, sie zu deiner Zofe zu machen?«

»Ja«, antwortete Catherine, während er sie an sich zog.

»Dann werde ich mich darum kümmern.«

»Und wenn Solange von dir verlangt, die Bestrafung fortzusetzen?«

»Du kannst ganz beruhigt sein. Ich weiß schon, was ich ihr sagen muß.«

»Ich bin dir sehr dankbar«, sagte sie leise. Sie wagte nicht, zu ihm aufzusehen, weil sie fürchtete, in seinen Augen die Forderung nach einem Beweis für ihre Dankbarkeit zu finden.

Als er antwortete, klang seine Stimme ernst. »Das brauchst du nicht zu sein. Ich tue es ebenso für Ali. Er möchte India in seiner Nähe haben.«

»Du hast ihn sehr gern, wenn man bedenkt, daß er nur ein Sklave ist.«

»Ali ist wie ein Bruder für mich«, antwortete er kurz. »Und er ist kein Sklave. Ich habe ihn in Paris freigelassen.«

»Und er ist trotzdem mit dir zurückgekommen?«

»Ja. Überrascht dich eine solche Treue? Ich habe Ali auf seiner Reise nach Arabien begleitet. Eine Weile dachte ich, er würde zurück in die Wüste gehen, aber sein Platz in der Hierarchie seines Volkes, als Häuptling seines Stammes, war ihm genommen worden. Er stellte fest, daß er nach der langen Zeit kaum noch Gemeinsamkeiten mit den Menschen in den blauen Zelten hatte. Ich sei jetzt sein Stamm, sagte er höflich. Und ich bin sicher, daß er dich jetzt ebenfalls dazuzählt, *chérie.*«

»Es würde mich freuen, wenn es so wäre«, antwortete sie mit einem kleinen Lächeln.

Ein kurzes Schweigen entstand. Catherine spürte die Anziehungskraft, die von ihm ausging. Er wollte, daß sie frei und ungezwungen in seine Arme kam. Noch bevor sie kapitulierte und der Mut sie verlassen konnte, fragte sie: »Ist es wahr, was Solange gesagt hat? Hast du hier in Alhambra schon Leute auspeitschen lassen?«

»Ja«, antwortete er.

Sie sah auf und suchte, ohne sich dessen wirklich bewußt zu sein, in seinem Gesicht nach einem ähnlichen Blutdurst, wie sie ihn in Solanges Augen gesehen hatte. »Aber warum?«

»Ich habe dir schon erzählt, daß die Sklaven schon seit Jahren grausam behandelt wurden – aber sie sind alles, was ich habe, und es gibt so viel, was getan werden muß, wenn wir nicht alles verlieren wollen. Der Deich muß repariert und verstärkt werden, wenn wir nicht riskieren wollen, daß die Wassermassen alles mit sich reißen. Die Herden müssen gezählt, geschätzt und versorgt werden. Die Felder müssen gepflügt, die Zäune repariert werden, und dazu kommen tausend andere Kleinarbeiten. Es ist keine Zeit für Ungehorsam oder Aufsässigkeit, keine Zeit für eine Meuterei gegen den neuen Herrn. Im Augenblick respektieren die Leute hier nur eine einzige Autorität, und die beruht auf der Grundlage der Angst. Das einzige, was die Sklaven fürchten, ist die Peitsche. Freundlichkeit und Vertrauen werden als Schwächen betrachtet, die man ausnutzen muß. Manchmal erinnert mich die Situation irgendwie an unsere Ehe.«

Er legte seine Hand unter ihr Kinn und hob ihr Gesicht an, so daß sich ihre Blicke trafen. »Wenn ich dir sagen würde, daß ich dich liebe, wärest du in der Lage, diese Liebe als Waffe gegen mich einzusetzen, weil du nichts für mich empfindest. Ich hasse es, wenn du unter meinen Händen zitterst, und doch – solange du unsicher bist, solange du auch nur eine Spur Angst vor mir hast, mußt du brav an meiner Seite bleiben.«

»Und woher willst du wissen, daß ich nicht irgendwann noch mehr Angst bekomme und fortlaufe?« fragte sie, und ihre Stimme, die eigentlich trotzig klingen sollte, schien plötzlich belegt zu sein.

»Ich lasse dich niemals gehen«, sagte er.

13

»Marcus!«

Der Freudenschrei hallte durch den stillen Wald. Solange spornte ihr Pferd an und ritt in vollem Galopp auf den Mann zu, der im Schatten einer knorrigen, immergrünen Eiche stand. Sie glitt vom Sattel und warf sich in die Arme von Catherines früherem Verehrer.

Mit finsterer Miene brachte Catherine ihr Pferd neben dem von Solange zum Stehen. Sie hätte es wissen müssen, sagte sie sich. Sie hätte wissen müssen, daß sie bei Solanges Einladung nicht nur einen unschuldigen Morgenritt erwarten konnte. Wie dumm sie doch gewesen war, zu glauben, die Einstellung des Mädchens hätte sich geändert und es könnte sie als Freundin annehmen. Da Catherine ehrlich bemüht war, Rafael zu beweisen, daß sie nicht nur Schwierigkeiten mit seiner Schwester hatte, war es Solange nicht schwergefallen, sie hinters Licht zu führen. Es blieb ihr nichts anderes übrig, als herauszufinden, wessen Idee es gewesen war, daß sie zu diesem Treffpunkt kommen sollte.

Marcus stand schon neben ihr, als sie sich aus dem Sattel schwingen wollte. Er hob sie vom Pferd, nahm ihre Hand und drückte ihre Finger an seine Lippen.

»Also Ihr seid gekommen«, murmelte er.

»Wie Ihr seht«, antwortete sie ironisch.

»Es war wirklich freundlich von Euch, Solange zu begleiten«, fuhr er fort und paßte seinen Ton dem ihren so perfekt an, daß Catherine ihn verwirrt ansah.

»Es ist nett, daß Ihr das sagt«, erwiderte sie, »aber es würde vielleicht so manches klären, wenn ich gestehe, daß ich nicht geahnt habe, wem wir hier begegnen würden.«

Marcus sah Solange an. Ihre Lippen verzogen sich trotzig, und sie zuckte mit den Schultern. »Sonst wäre sie ja nicht mitgekommen.«

»Nein?« fragte Marcus und richtete seinen Blick auf Catherines Gesicht, obwohl er das junge Mädchen angesprochen hatte. »Gerüchte besagen, daß Rafe in letzter Zeit hart gearbeitet hat, und das brachte mich auf den Gedanken, daß Ihr – so wie es jeder anderen Frau ergehen würde – gelangweilt sein müßtet.«

»Ich bin nicht wie jede andere Frau«, erwiderte Catherine vielsagend. »Ich bin seine Frau.«

»Ja, das stimmt.«

Marcus' Stimme klang so kalt, daß Solange von ihm zu Catherine sah, bevor sie sagte: »Ihr braucht Euch gar nicht so herablassend zu verhalten, Catherine. Ihr seid ausschließlich als Anstandsdame für mich hier. Marcus ist sehr auf meinen guten Namen bedacht, und er hat sich geweigert, mich hier noch einmal zu treffen, wenn Ihr Euch nicht einverstanden erklärt, mich zu begleiten.«

»Ach wirklich?« fragte Catherine. »Seltsam, aber ich kann mich gar nicht erinnern, dem irgendwann zugestimmt zu haben.«

»Ich bitte Euch, Catherine, macht keine Szene. Ihr wißt doch, daß Ärger unschöne Falten auf Eurem schönen Gesicht hinterläßt – und ich habe keine Lust, den Schiedsrichter zu spielen, während Ihr und Solange Euch zankt. Seid Ihr mir immer noch böse wegen der Ereignisse in New Orleans? Das würde mir wirklich außerordentlich leid tun. Ich hatte nichts Ehrenrühriges mit Euch vor. Eure Mutter hatte mir zu verstehen gegeben, daß es durchaus möglich sein könnte, daß wir ein Paar werden. Ich hatte nur den Wunsch, die Angelegenheit etwas zu beschleunigen. Ist das so schrecklich?« Er hielt inne. »Nun ja, vielleicht war es das – für Eure Verhältnisse. Meine Methode war ein wenig – unglücklich, aber das habe ich seither schon tausendmal bereut, weil uns diese Methode entzweit hat.«

»Marcus –«, begann Solange unbehaglich.

Er wich sofort einen Schritt von Catherine. »Ihr braucht nicht eifersüchtig zu sein, meine Liebste. Ich kenne Catherine schon eine lange Zeit, und es ist nur natürlich, daß wir das eine oder andere zu besprechen haben. Ich muß sagen, daß ich sie Eurer sonstigen Gesellschafterin vorziehe. Ich glaube nicht, daß sich Madame Ti in meiner Gegenwart wohler gefühlt hat als hinter Euch auf dem Pferd. Das erinnert mich daran –« Er nahm die Zügel von Catherines Pferd und gab sie dem jungen Mädchen. »Seid ein Schatz und findet ein Fleckchen Wiese, auf der Eure Pferde grasen können, damit sie nicht unruhig werden. Wir drei können zusammen ein Stückchen durch den Wald spazierengehen.«

Der Impuls, seiner sanftmütigen Stimme zu trotzen, war deutlich in Solanges Gesicht zu erkennen, aber sie hatte offenbar nicht genug Willenskraft. Abrupt riß sie die Zügel aus seiner Hand und ging mit den Pferden bis zu einer grasbewachsenen Lichtung, die von der Sonne beschienen war. Dort band sie sie neben Marcus' Pferd an einen jungen Baum.

Sobald sie außer Hörweite war, wandte sich Marcus wieder an Catherine. »Vergebt mir dieses Manöver, *chérie*, aber ich mußte Euch einfach sehen, und es schien mir unwahrscheinlich, daß Euer Ehemann mich in Alhambra willkommen heißen würde.«

»Ihr meint, Ihr habt keine ernsthaften Absichten mit Solange? Ich glaube, daß das ein gemeiner Trick ist, Marcus. Ihr könntet ihre Gefühle verletzen.«

»Man sagt doch, in der Liebe und im Krieg sei alles erlaubt.«

»Und als welches von beiden betrachtet Ihr dieses Treffen?« sagte sie unhöflich.

Er lachte. »Ihr glaubt, daß ich einen Racheplan schmiede? Das, *chérie*, entspricht eher Rafes Verhaltensweise. Ich sage Euch ganz offen, daß ich nur Euch will. Welche Mittel ich zu diesem Zweck einsetze und ob sie angemessen sind oder nicht, interessiert mich wenig.«

Ein Augenblick des Schweigens entstand, während Marcus versuchte, Catherines Reaktion zu beurteilen.

»Schmeichelt Euch das?« fragte er schließlich.

Catherine sah ihn kalt an und sagte: »Nicht besonders.«

»Das sollte es aber. Nicht jede Frau bringt einen Mann zu so viel Ergebenheit.«

»Seid Ihr nicht eher meinem Vermögen ergeben?«

»Ich würde nur Euch haben, wenn Ihr mit mir kämt«, erklärte er, und seine nußbraunen Augen wirkten plötzlich ernst. »Wenn Ihr Euch dazu entschließen würdet, hättet Ihr keinen Pfennig, das wißt Ihr. Da Ihr verheiratet seid, hat Euer Ehemann Euer Geld in seiner Macht. Nur der Tod kann es – oder auch Euch – von ihm befreien.«

»Das hatte ich nicht bedacht, und in diesem Fall bin ich tatsächlich geschmeichelt«, erwiderte Catherine langsam. »Aber ich muß Euch sagen, daß Rafael mich nicht gehen lassen würde. Das hat er ausdrücklich gesagt. Seid Ihr sicher, daß Ihr keine Absichten auf Solange habt?«

»Wollte Ihr meine Treue prüfen?« murmelte er. Sein kastanienbraunes Haar glänzte in einem Sonnenstrahl, als er sich näher zu ihr beugte. »Ihr braucht Euch keine Sorgen zu machen. Mir ist schon einmal der Gedanke gekommen, daß ich Solange überreden könnte, mit mir durchzubrennen, nur um Rafe dazu zu bringen, mich in der Familie aufzunehmen. Und als Euer Schwager könnte ich dann mit Euch in einem Haus leben.«

»Das ist ja wohl kaum ein Grund, Solange zu Eurer Ehefrau zu machen«, entrüstete sich Catherine und konnte sich eigentlich nicht vorstellen, daß er das ernst meinte.

»Ich würde für diese Aussicht auch noch schlimmere Dinge auf mich nehmen«, sagte er. Sein Lächeln war alles andere als sicher, als er sich jetzt ganz aufrichtete und Solange mit ausgestreckten Händen entgegenging.

Offensichtlich wollte er sein Vorhaben ausführen. Während Solange mit Marcus plauderte, entspannte sich ihr Gesicht, und es erblühte, als sie seine Komplimente hörte.

Catherine ging schweigend neben ihnen und versuchte gegen den wilden Aufruhr in ihrem Inneren anzukommen. Mit einem flauen Gefühl in der Magengrube fragte sie sich, ob sie Marcus vor vielen Wochen vielleicht falsch eingeschätzt hatte. Eigentlich war das jetzt nicht mehr von Bedeutung, und doch war ihr der Gedanke nicht sehr angenehm. Lag ihm tatsächlich etwas an ihr? Seine Art, wie er seine Verehrung zum Ausdruck brachte, verursachte ihr Unbehagen, aber sie war dennoch sehr wirkungsvoll. Er hätte sich doch sicher nicht so sehr bemüht, Solange den Hof gemacht und zur Mithilfe angestachelt, wenn er sich nichts von diesem Treffen versprochen hätte.

Er war ein attraktiver Mann, auf eine weichere, angenehmere Art als Rafael. Er konnte ein lockeres Gespräch führen, in dem einem alle Antworten leichtfielen, während er immer wieder Komplimente austeilte, die er sehr sorgfältig beiden Frauen gleichermaßen zukommen ließ. Die Trauer und Bewunderung, die seine Augen ausdrückten, wenn er sich ihr zuwandte, waren Balsam für Catherines verwundeten Stolz. Dennoch konnte sie sich nicht überwinden, ihm wirklich zu vertrauen.

Ihr Lächeln war nachdenklich, als sie sich schließlich trennten, und sie erwiderte den Druck seiner Hand nicht.

Solange war schweigsam auf dem Ritt nach Hause. Eine kleine Falte stand steil zwischen ihren Augenbrauen, und sie starrte geradeaus. Catherine hatte auch keine Lust, sich zu unterhalten. Es waren jetzt schon beinahe drei Wochen vergangen, seit es zum letzten Mal richtig geregnet hatte, doch fast jeden Abend waren leichte, tropische Schauer niedergegangen. Die schwarze Erde auf dem Waldweg war an manchen Stellen feucht und glitschig, und sie brauchte ihre ganze Aufmerksamkeit, um ihr Pferd von dem Schlamm fernzuhalten. Der Boden trocknete langsam, und der Wasserstand des Flusses begann zu sinken, aber am Horizont drohten dicke Schichten von grauen Wolken, die sich regenschwer vor die Sonne schoben. Eine atemlose, feuchte Hitze hing über allem und machten jede Bewegung zur Anstrengung. Catherine fühlte sich unwohl in dem jagdgrünen schweren Samt ihres Reitkostüms. Es war für einen gemächlichen Ritt über den Deich und den Place d'Armes im Winter gedacht, nicht für diesen schnellen Ritt in der Morgenhitze.

Sie griff nach oben und nahm ihren mit Federn besetzten Hut ab und hielt ihre Gerte etwas lockerer. Sie betrachtete das Mädchen neben sich und empfand Gewissensbisse. Solange war so jung, und trotz ihre unmöglichen Benehmens, das sie manchmal an den Tag legte, konnte ein Mann wie Marcus sie sehr verletzen. Catherine, die eigentlich nur ein Jahr älter war, fühlte sich weitaus erfahrener.

»Solange?« sagte sie zögernd.

Das Mädchen warf einen Blick in ihre Richtung, antwortete aber nicht.

»Glaubt Ihr, daß es sinnvoll ist, Marcus in dieser Weise zu treffen?«

Das Mädchen zuckte mit den Schultern. »Vielleicht nicht, aber was macht das schon?«

»Das hängt davon ab, was Ihr wollt. Wenn Ihr ihn liebt, wenn Ihr ihn heiraten wollt, dann solltet Ihr vorsichtiger sein.«

»Warum?« fragte Solange betont gleichgültig.

»Eine Frau ist völlig schutzlos bei einer heimlichen Affäre. Wenn sich ihr Verehrer dem Vormund des Mädchens gegenüber nicht verantworten muß, sind ihm Tür und Tor für einen leichten Flirt, der nichts bedeutet, geöffnet.«

»Wollt Ihr mir vorschlagen, daß ich Marcus einladen soll, nach Alhambra zu kommen, damit mein Bruder ihn nach seinen Absichten fragen kann? Sehr komisch. Es ist viel wahrscheinlicher, daß Rafe ihn fordert, und an dieser Feindschaft tragt Ihr die Schuld.«

»Meint Ihr?« fragte Catherine. »Würde es Euch überraschen, zu erfahren, daß Marcus und Rafael schon Feinde waren, lange bevor ich einen von beiden gekannt habe?«

Solange wandte hastig den Kopf und musterte Catherines Gesicht. »Warum sollten sie Feinde sein?«

»Danach müßt Ihr Rafael fragen – wenn Ihr mit ihm über Marcus sprecht.«

»Ihr solltet wissen, daß ich nicht die Absicht habe, das zu tun.«

»Weil er vielleicht eine Möglichkeit finden könnte, Eure Begegnungen zu unterbinden?«

»Ihr wißt, daß er das tun würde«, rief Solange verärgert. »Rafe würde es nie zulassen, daß Marcus mir den Hof macht, und sei es auch nur, weil er mittellos ist.«

Catherine seufzte. »Ihr wißt, daß Rafael nichts gegen seine Werbung einzuwenden hätte, wenn er ein akzeptabler Mann wäre – Geld spielt dabei keine große Rolle.«

»Das ist mir egal! Ich will Marcus haben, und ich werde Marcus auch bekommen. Und ich treffe ihn weiterhin, was auch immer Rafe sagen mag, was auch immer Ihr sagen mögt!«

»Wollt Ihr das wirklich tun? Wenn ich Marcus recht verstanden habe, will er kein Stelldichein mit Euch haben, wenn ich Euch nicht als Anstandsdame begleite. Und wenn ich mich weigere, mitzugehen?«

»Das werdet Ihr nicht wagen«, zischte Solange. »Wenn Ihr das tut, sage ich Rafe, Ihr hättet in der vergangenen Woche jeden Tag einen Ausflug in den Sumpf gemacht, um Marcus zu sehen. Glaubt Ihr etwa, meine liebe Schwägerin, daß er Euch glauben wird, wenn Ihr das bestreitet?«

Catherine starrte in Solanges finster blickende schwarze Augen und murmelte: »Das werden wir dann ja sehen, nicht wahr?«

Trotz dieser mutigen Worte fühlte sich Catherine nicht sehr selbstbewußt. Solanges Drohung hatte im Grunde keine große Bedeutung, denn es war unwahrscheinlich, daß sie ihre heimlichen Begegnungen mit Marcus aufs Spiel setzte, aber wer konnte schon mit Sicherheit vorhersehen, was sie vorhatte? Natürlich brauchte Catherine, um diese Drohung unwirksam zu machen, nur zu Rafael zu gehen und ihm offen zu erzählen, daß sie mit Marcus und seiner Schwester im Wald gewesen war und den Verdacht habe, sein alter Widersacher versuche, Solange zu verführen. Aber konnte sie damit etwas erreichen? Sie erinnerte sich nur allzu gut daran, daß Rafael ihr vorgeworfen hatte, gemeinsame Sache mit Marcus gegen ihn gemacht zu haben. Rafael hätte gehört, wie Marcus ihr seine Liebe gestanden hatte. Aber klang es dann plausibel, wenn Catherine behauptete, er hätte seine Zuneigung nach so kurzer Zeit so schnell auf Solange verlagert, oder würde sich das nur nach einer neuen Verschwörung anhören? Sie hatte schon mehr als einmal den Zorn ihres Mannes zu spüren bekommen. Sie war sich nicht sicher, ob sie das noch einmal riskieren wollte.

Als Solange und Catherine vor dem Haus ankamen, erhoben sich zwei Männer von Stühlen auf der Galerie und kamen die Treppe herunter, um sie zu begrüßen. Der eine war Rafael; und als der andere in die Sonne trat und das Licht sein schimmerndes Haar traf, erkannte ihn Catherine.

»Giles!« rief sie, und die Freude war deutlich aus ihrer Stimme zu hören. »Es ist wirklich schön, Euch wiederzusehen. Habt Ihr Fanny auch mitgebracht?«

Noch während sie sprach, trat Fanny aus dem Schatten der Galerie. »Ihr glaubt, daß ich ihn ohne mich hierherkommen lasse?« rief sie.

Rafael half seiner Schwester beim Absitzen aus dem Sattel, und das Mädchen stürmte nach einer gemurmelten Begrüßung die Stufen hinauf. Madame Thibeaut, die wie ein böser Geist in einer düsteren Ecke am Ende der Galerie gewartet hatte, nahm Solange in Empfang.

Giles streckte Catherine seine Arme entgegen. Sie zog den Fuß aus dem Steigbügel, um sich helfen zu lassen. Seine Hände schlossen sich um ihre schlanke Taille in der engsitzenden Jacke des Kostüms, das so ganz anders war als die gewöhnlich mit hochsitzender Taille geschnittenen Kleider. Catherine mußte lächeln bei dem Ausdruck von Überraschung und Dankbarkeit in seinem Gesicht. Dann stand sie schon auf den Füßen und ging die Treppe hinauf, um Fanny mit stürmischer Freude zu begrüßen.

»Was habt Ihr gemacht? Ihr seid ja nur noch ein Schatten Eurer selbst.«

»Aber ich bitte Euch, Fanny«, lachte Catherine. »Als nächstes werdet Ihr mir noch sagen, ich sähe verhärmt aus.«

»Ich würde nie etwas so Dreistes behaupten«, widersprach Fanny sofort.

»Und ich dachte, Ihr wäret so stolz auf Eure offene Art.«

»Ich versuche auch, meine Freunde nie zu verletzten«, sagte Fanny, und ihr Lächeln verblaßte, um dann noch strahlender zurückzukehren. »Aber ich bin gekommen, um Euch zu einem Fest einzuladen. Die Fastenzeit ist vorüber, Ostern liegt hinter uns. Am ersten Mai hat es geregnet, aber bald wird die Sommersonnenwende kommen –«

»Bis dahin haben wir noch mehr als einen Monat Zeit«, erinnerte sie Giles, als die Männer sich ihnen auf der Galerie zugesellten.

»Das ist überhaupt nicht lange, wenn du bedenkst, was noch alles zu tun ist, außerdem ist das die ideale Zeit für ein fröhliches Fest. Später wird es zu heiß, um die Nacht durchzutanzen oder überhaupt etwas anderes zu tun, als unter einem Moskitonetz zu liegen. Außerdem muß Catherine ja noch den anderen Nachbarn vorgestellt werden. Rafael und Catherine können nicht die ganze Zeit so isoliert leben, so schön das ja sein mag. Ihr müßt die Neugierde all jener befriedigen, die wissen wollen, wie Ihr miteinander zurechtkommt.«

»Fanny, hüte deine Zunge«, tadelte ihr Bruder in einem Ton, der keinen Unsinn verzieh. »Du beschämst Catherine.«

»Wirklich?« fragte Fanny mit reumütigem Blick. »Vergebt mir.«

»Da ist nichts zu vergeben«, versicherte Catherine, die Giles' Vermittlung mehr verwirrte, als Fannys offene Erklärung.

»Also werdet Ihr zu meinem Fest kommen?«

»Sicherlich, wenn Rafael –«

Fanny wandte sich sofort dem ernsten Mann zu, der so geistesabwesend wirkte, daß er seine Mitmenschen gar nicht wahrzunehmen schien.

»Ich bin sicher, daß wir uns hervorragend amüsieren«, murmelte er.

Catherine bemerkte seinen spöttischen Unterton und warf ihm einen schnellen Blick zu, aber sein Gesicht war wie versteinert.

Fanny berührte ihren Arm. »Rafe hat uns von den Verbesserungen erzählt, die Ihr hier für Eure Leute eingeführt habt. Ihr müßt mir unbedingt alles zeigen.«

»Das mache ich sehr gern«, versicherte Catherine nach einem letzten Blick auf ihren Mann, »wenn es Euch nichts ausmacht, mit zu den Sklavenquartieren zu kommen.«

Catherines besonderer Stolz war das Kinderhaus, das sie wieder hatte öffnen lassen. Die Bretter waren von den Fenstern gerissen und neue Fensterläden angebracht worden. Eine frische Lage Kalk erhellte den Innenraum, und man hatte trockenes Gras ausgestreut, damit die Kinder nicht auf den bloßen Brettern herumkrabbeln mußten. Der Zimmermann hatte einfache Bettchen gezimmert und aus den Holzresten Spielzeug gefertigt. Es waren nicht genug Moskitonetze für alle Betten vorhanden gewesen, und deswegen hatte man Gaze als Fliegengitter vor die Fenster genagelt. Die Kinder wurden hier von zwei älteren Frauen beaufsichtigt, während ihre Mütter ihrer Arbeit nachgingen.

Das nächste Projekt, das Catherine geplant hatte, war eine Krankenstation. Unter so vielen Leuten – es waren fast zweihundert, – wenn man auch die Kinder mitzählte – gab es immer Verletzungen und Krankheiten. Es stimmte schon, daß man die meisten Patienten in ihren Hütten behandeln konnte, aber gelegentlich mußte man auch die Kranken isolieren, um die Ansteckungsgefahr einzugrenzen, und die Schwerkranken brauchten eine intensive Pflege, die sie von der Familie nicht erhalten konnten. Das Gebäude mußte wenigstens so groß sein wie die Hütte zur Kinderbetreuung, aber es mußte weit genug von den anderen Hütten entfernt sein, damit im Ernstfall keine Epidemie ausbrach. Wenn die Saatzeit zu Ende war, konnte Rafael vielleicht ein paar Männer damit beauftragen, die Hütte zu bauen. Inzwischen hatte Catherine das Gefängnis putzen und als Krankenstation herrichten lassen, da es das einzige nicht benutzte Gebäude war.

Fanny kommentierte alle Veränderungen, die Catherine vorgenommen hatte, mit erstaunlicher Offenheit.

Catherine hatte sich nicht zuletzt deshalb um Verbesserungen bemüht, um Rafaels Strenge und Unnachgiebigkeit etwas zu mildern. Oft wunderte sie sich darüber, daß er nichts gegen ihre Pläne einzuwenden hatte. Sie konnte tun und lassen, was sie wollte, solange sie nicht die Arbeit auf der Plantage behinderte. Oft empfand sie das Bedürfnis, Rafael um Rat zu fragen, aber sie brachte nur selten den Mut auf, es tatsächlich zu tun. Sie waren beide tagsüber sehr beschäftigt, und in den Nächten fochten sie ihren persönlichen Kampf aus, bei dem keiner von beiden gewinnen konnte.

»Wird Euer Sommerfest«, fragte Catherine, als sie sich auf den Rückweg zum Haus machten, »ein großer Ball?«

»Ich habe mich noch nicht endgültig entschieden, aber ich nehme an, daß es darauf hinausläuft. In dieser abgeschiedenen Gegend wäre es eine Unhöflichkeit, wenn man jemanden nicht zu einer Gesellschaft einladen würde. Ich bin immer wieder überrascht, welche Entfernungen die Menschen hier zurücklegen, nur um sich zu amüsieren. Giles hat gesagt, daß der Pfad am Fluß wieder passierbar ist. Ich vermute, daß die Familie Trepagnier, die etwa fünfzehn Meilen von uns entfernt wohnt, ihren neuen Landauer herausholen wird, um bei uns vorzufahren. Ich habe gehört, daß er blaue Sitzpolster und silberne Beschläge haben soll – sehr schön.«

»Seid Ihr und Giles heute mit einer Kutsche gekommen?«

»Ja. Giles hat einen Einspänner, der sein ganzer Stolz ist. Er hat mir sogar erlaubt, die Zügel auf dem Weg, der durch den Sumpf führt, zu halten. Vielleicht hat er das auch nur getan, um seine Pistole besser halten zu können, falls wir den entflohenen Sklaven begegnen sollten.«

»Entflohene Sklaven?«

»Hat Rafe Euch nichts davon erzählt? Während wir in der Stadt waren, sind ein paar von unseren Leuten in den Sumpf verschwunden, zusammen mit einigen der Euren. Wir haben es schon am Tag unserer Ankunft entdeckt. Giles hat Rafe zu Hilfe gerufen, aber die beiden Männer waren sicher, daß eine Verfolgung zu nichts führen würde, da die Spuren schon zu alt waren. Rafe und Giles haben eine Belohnung auf die entflohenen Sklaven ausgesetzt und beobachten die Gegend. Falls die Sklaven versuchen sollten, sich zu einer Bande zusammenzurotten, müssen wir etwas unternehmen. Aber bisher war alles ruhig, und wir können nur annehmen, daß sie sich in alle Winde zerstreut haben.«

»Wahrscheinlich hat uns Rafael deshalb davor gewarnt, auf dem Sumpfweg zu reiten.«

»Eine Anordnung ohne Erklärung?« Fanny verzog das Gesicht. »Das sieht ihm ähnlich.«

Catherine, die keinerlei Bedürfnis hatte, über ihren Mann zu sprechen, nickte nur und fuhr fort. »Ich wußte nicht, daß Ihr eine Kutsche lenken könnt.«

Fanny nickte eifrig. »Das ist eine meiner wenigen Freizeitbeschäftigungen. Schließlich bin ich unverheiratet und auf dem besten Wege, eine alte Jungfer zu werden. Ich habe große Lust – wie sagt man hier? –, mein Korsett in den hintersten Winkel des Schranks zu verbannen. Die Leute erwarten keine allzu strengen Förmlichkeiten von einer Frau, die das Rennen um einen geeigneten Ehemann nicht mehr mitmacht. Wenn man als unverheiratete Frau nur nicht diese schrecklichen Hauben tragen müßte –«

»Unsinn. Ihr seid beileibe noch nicht alt genug für diese Tracht.«

»Ich versichere Euch, daß ich es bin, aber ich bin ganz zufrieden, bei meinem Bruder zu wohnen und ihm den Haushalt zu führen«, sagte Fanny fröhlich. »Meine Zukunft würde nur dann beeinflußt, wenn Giles sich entschließen sollte, zu heiraten. Aber im Augenblick scheint er nicht nach einer Frau zu suchen. Wir haben beide in der Wahl derer, die wir geliebt haben, nicht sehr viel Glück gehabt.«

Als sie über den Hof und die Wendeltreppe hinaufgingen, war Catherine versucht, Fanny genauer zu dieser letzten Bemerkung zu befragen, aber sie besann sich doch anders. Die aufrichtige Fanny hätte bestimmt mehr verraten, als es für sie beide angenehm wäre. Und sie stellte fest, daß das eine kluge Entscheidung war. Fannys Miene drückte Erleichterung aus, bevor sie Catherines Bemühungen, das Haus zu verschönern, über den grünen Klee lobte. Erst als Madame Thibeaut sich näherte, unterbrach sie ihren Redeschwall.

»Pardon, Madame Navarro. Die Köchin möchte wissen, ob Mademoiselle und Monsieur Barton zum Essen hierbleiben.«

»Das werdet Ihr doch, nicht wahr?« fragte Catherine und drehte sich sofort um, ohne auf die Antwort zu warten. »Sagt der Köchin, daß wir Gäste haben, und bittet Oliver, zwei Gedecke mehr aufzulegen.«

Als Madame Thibeaut fortgegangen war, wandte sich Fanny wieder an Catherine.

»Und wie kommt Ihr mit der geheimnisvollen Madame Thibeaut zurecht?«

»Sie ist gut zu Solange«, wich Catherine aus.

»Ich muß zugeben, daß ich mich fürchten würde, wenn sie in meinem Haus beschäftigt wäre. Meinem Gefühl nach sieht sie aus wie jemand, der an Türen horcht.«

»Ihr könntet recht haben«, meinte Catherine mit einem matten Lächeln. »Ich bin schon mehrmals mit ihr aneinandergeraten, und ich war bei den Auseinandersetzungen nicht immer erfolgreich. Sagt mir – habt Ihr je etwas davon gehört, daß sie – etwas mit Voodoo zu tun hat?«

»Ich habe mich das auch schon oft gefragt«, erwiderte Fanny mit einem Stirnrunzeln. »Ich habe meine Bediensteten sagen hören, daß es hier in Alhambra eine ›obediah-Frau‹ gibt, die Liebestränke und ähnlichen Zauber zusammenbraut – und auch weniger harmlose Tränke. Ich könnte mir außer Madame Thibeaut niemanden vorstellen, der das sein kann. Ist das nicht eine seltsame Beschäftigung für eine Frau von ihrer Herkunft? Ich möchte Euch ja nicht beunruhigen, Catherine, aber das scheint mir auf ein flatterhaftes Wesen zurückzuführen zu sein, das sich einmal als gefährlich erwiesen könnte.«

»Gefährlich? In welcher Weise?«

»Wer kann das sagen? Aber man hat mir erklärt, daß bei den Ritualen und Zaubereien des Voodoo-Kultes Gift eine große Rolle spielt. Ich würde an Eurer Stelle darauf achten, nur das zu essen, was auch Solange oder Rafael zu sich nehmen.«

Mit nachdenklichem Gesicht sagte Catherine: »Sie hat mich noch nie persönlich bedroht.«

»Nein, das wäre auch ziemlich unklug. Ich habe mich mit dieser Magie im Osten im Zusammenhang mit unserer Missionsarbeit ziemlich viel beschäftigt. Ich glaube, daß diese Frau, wenn sie Euch als Gefahr betrachtet, nicht ihre Zauberei an Euch versuchen wird, sondern Euch durch jemanden anderen treffen möchte – jemanden, an dem Euch etwas liegt.«

Catherine starrte Fanny an. »Da war die Sache mit Ali und India. Ich konnte eigentlich nie so recht verstehen, weswegen Solange und Madame Ti das Mädchen bestraft haben.«

Nachdem Catherine ausführlich von dem Ereignis erzählt hatte, meinte Fanny nachdenklich: »India – dieser Name erinnert mich an etwas –« Nach einer Weile schüttelte sie den Kopf. »Ich weiß es nicht mehr genau – irgend etwas war mit ihren Eltern.«

»Sie sagt, daß sie von Natchez-Indianern abstammt.«

»Ja, vielleicht war es das. Aber Madame Thibeaut ist wichtiger. Ich empfehle Euch, mit Rafe über sie zu sprechen.«

»Er will mich nicht anhören.«

»Nein?« fragte Fanny. »Ich kann mir eigentlich nicht vorstellen, daß ein Mann nicht eher Euch zuhört, Catherine, als seiner Schwester, wie gern er sie auch haben mag.«

Ein Lächeln erschien auf Catherines Gesicht. »Das versteht Ihr nicht.«

»Das mag wohl sein. Ist er immer noch eifersüchtig, weil Marcus Fitzgerald sich hier in der Gegend herumtreibt?«

»Immer noch?« fragte Catherine lahm.

»Er war ziemlich aufgebracht, als wir planten, eine gemeinsame Schiffahrt flußaufwärts zu unternehmen. Wußtet Ihr das denn nicht?«

Stumm schüttelte Catherine den Kopf.

»Giles meinte, daß er ihn noch nie in so mörderischer Stimmung gesehen hätte. Mir ist es selbst auch aufgefallen, als Solange davon gesprochen hatte. Ich dachte, daß er Euch die Gelegenheit geben würde, seinen Verdacht zu zerstreuen. Seine Eifersucht ist doch wirklich unsinnig – schließlich macht Fitzgerald überall am Fluß seine Antrittsbesuche, um sich in der Nachbarschaft bekannt zu machen.« Fannys Stimme verschärfte sich etwas. »Ihr wißt ja, daß er Gast bei den Trepagniers ist. Wenn sie zu meinem Fest eingeladen sind, muß ich ihn auch bitten zu kommen. Habt Ihr bedacht, was das bedeuten könnte?«

Catherine hätte Fanny gern von ihrer Begegnung mit Marcus und seiner Beziehung zu Solange erzählt, aber sie hielt sich zurück. »Mir ist das völlig egal«, behauptete sie fest.

»Und Rafael?«

»Ihr wißt ja, Fanny, daß wir sozusagen gezwungen waren zu heiraten. Ich brauche Euch ja nichts vorzumachen. Ich kann mir eigentlich nicht vorstellen, warum sich Rafael für Marcus' Anwesenheit interessieren sollte – außer natürlich, Ihr geht davon aus, daß er seinen Besitz gegen Eindringlinge verteidigen möchte.«

»Ich kann mir nicht vorstellen, daß Rafe je geheiratet hätte, wenn er es nicht selbst gewollt hätte«, sagte Fanny langsam.

»Nicht einmal, um seine oder meine Ehre zu schützen?« Catherines Lächeln war beinahe schmerzlich ironisch.

»Vergebt mir, ich wollte mich nicht einmischen oder Euch in Verlegenheit bringen. Es ist nur so, daß Ihr und Rafe – Ihr seht so vollendet aus zusammen, so passend. Es wäre wirklich tragisch, wenn Ihr nicht glücklich würdet.«

Das Thema wurde fallengelassen, und sie sprachen von anderen Dingen. In Catherines Innerem hämmerte eine gnadenlose Angst. Fanny hatte ihr zu verstehen gegeben, daß Rafael ausgezeichnet informiert war, was um ihn herum vorging. Es sah ganz so aus, als wäre er die ganze Zeit über Marcus' Anwesenheit am Fluß unterrichtet gewesen. Und wenn er davon wußte, was mochte er wohl sonst noch alles entdeckt haben?

Es war schon Spätnachmittag, als Giles und Fanny abfuhren. Catherine stand auf der Galerie und winkte, bis sie außer Sicht waren. Und danach saß sie noch lange, nachdem Rafael in sein Arbeitszimmer gegangen war, auf den Stufen der Vordertreppe. Sie beobachtete die Blauhäher, Kardinalvögel und Spottdrosseln und das hastige Flattern der Stare zwischen den Bäumen, aber ihre Gedanken beschäftigten sich mit anderen Dingen, und ihre Nerven waren zum Zerreißen angespannt. Sie empfand eine eigentümliche Unruhe, als würde sie etwas erwarten, was sie noch nicht kannte.

Als sie einen schlurfenden Schritt hinter sich hörte, drehte sie sich erschreckt um.

»Bitte um Verzeihung, Madame. Ich wollte Euch nicht erschrecken.«

Die ernste Höflichkeit paßte gar nicht zu Madame Thibeaut. Catherine starrte die Frau an und versuchte ihre Miene zu deuten, aber ihr Gesicht war vom Schatten, den die Galerie warf, verdeckt.

»Ja, braucht Ihr irgend etwas?«

Die Frau biß sich auf die Unterlippe und kam einen Schritt näher. »Es ist wegen Mademoiselle Solange. Könnte ich wohl mit Euch über sie sprechen?«

»Natürlich«, sagte Catherine ohne Wärme.

»Ihr seid heute morgen mit ihr ausgeritten.«

Catherine nickte.

»Habt Ihr – ist sie jemandem begegnet? Einem Mann?«

Die Stimme der Frau klang vorsichtig, so als zweifele sie daran, daß es klug war, wie sie vorging. Catherines Augen verengten sich, dann nickte sie plötzlich.

Das pockennarbige Gesicht wurde hart, die knochigen Schultern wurden nach hinten gezogen. »Also gut. Wenn Ihr davon wißt...« Sie drehte sich auf dem Absatz um und ging fort.

Was war der Grund für dieses Verhalten? Pflichtgefühl? Wohl kaum. Angst? Selbstsucht? Das war viel wahrscheinlicher. Vermutlich war sie eifersüchtig und dachte nur an sich. Deshalb schürte sie wahrscheinlich auch Solanges Abneigung gegen Männer und die Ehe. Was erwartete die Frau von ihr? Daß sie Rafael von dem Treffen mit Marcus erzählte und auf diese Weise Solanges Zorn auf sich zog? Was sollte sie tun? Würde Rafael ihr oder seiner Schwester glauben?

Ihr Verhältnis war bisher alles andere als vertrauensvoll gewesen. Und Catherine hatte sich noch mehr zurückgezogen, nachdem sie erfahren hatte, daß auf Rafaels Befehl hin Leute ausgepeitscht worden waren. Es gab kein äußerliches Anzeichen dafür, und doch hatten sich Catherines Gefühle für Rafael irgendwie verändert. Ihre Gefühle? Welche Gefühle? Sie machte sich nichts aus ihm, und er machte sich auch nichts aus ihr. Das hatten sie ganz am Anfang schon klargestellt. Dennoch war es unmöglich, zusammenzuleben und in einem Bett zu schlafen, ohne sich irgendwie einander anzunähern. Sie war enttäuscht von ihm, und sie empfand nicht mehr so großen Respekt vor ihm wie früher. Er hatte sich als unmenschlicher erwiesen, als sie erwartet hatte.

Catherine stützte gedankenversunken das Kinn auf die Hände. Die Sonne verschwand hinter den Bäumen und hinterließ ein goldgetöntes Purpurrot am Himmel, das bald zu einem grauen Zwielicht wurde. Frösche quakten als Zeichen des beginnenden Abends, und von weitem hörte man den klagenden Ruf eines Ziegenmelkers. Der Geruch nach Holzrauch hing in der Luft, gemischt mit dem durchdringenden Duft des gelben Geißblatts aus den Wäldern und dem dumpfen Schlammgeruch vom Fluß. Die Luft wurde kühl und feucht. Dennoch wollte sie nicht ins Haus gehen. Sie rührte sich nicht, bis sie der Stich einer Mücke aus ihren Gedanken riß. Sie ging ins Haus.

India erwartete sie auf der hinteren Galerie. Das Mädchen knickste ungeschickt und öffnete Catherine schweigend die Tür des Schlafzimmers. Catherine sah sie erstaunt an und fragte sich, warum sie wohl draußen gewesen war, statt im Zimmer auf sie zu warten. Eine Sekunde später kannte sie die Antwort: Rafael lag ausgestreckt auf dem Bett.

Er warf Catherine einen spöttischen Blick zu, als sie mit India hereinkam. Da er sich nicht von der Stelle rührte, gab Catherine ihrer Zofe nach kurzem Zögern ein Zeichen, ihr beim Umziehen zu helfen.

Die Zofe gehorchte, aber ihre Finger zitterten, so daß sie kaum die kleinen Knöpfe von Catherines Kleid öffnen konnte.

Es kam nur selten vor, daß Rafael von den Feldern zurückkehrte, bevor sich Catherine für das Dinner umgezogen hatte. Sie erinnerte sich an den Abend, an dem Dédé sie für den Besuch im Theater hergerichtet hatte. Sie verdrängte den Gedanken und fragte: »Ziehst du dich um?«

»Ich möchte vorher mit dir reden.«

»Jetzt sofort?«

»Wenn es dir genehm ist«, sagte er trocken.

Catherine stieg aus ihrem Kleid und nickte der Zofe zu. India nahm das Kleid und verließ das Zimmer.

»Deine Zofe kann mich offensichtlich nicht leiden«, sagte Rafael.

»India? Warum sollte sie dich nicht leiden können? Ich – ich nehme an, sie ist nur ein wenig schüchtern und nervös.«

»Glaubst du das wirklich?« fragte er ungläubig.

Catherine war zwar die verborgene Feindseligkeit in dem Verhalten des Mädchens aufgefallen, aber ihr erster Impuls war, sie in Schutz zu nehmen. »Ich kann mir nicht vorstellen, was es sonst sein könnte«, antwortete sie und sah ihm direkt in die Augen.

Er wandte den Blick ab und betrachtete den Betthimmel. »Ich nehme an, wenn du zufrieden bist, muß ich es auch sein. Jetzt verstehe ich auch, warum Ali so erpicht darauf war, daß sie deine Zofe wird.«

Catherine versuchte die Bänder ihres Hemds zu entknoten und sagte, ohne aufzusehen: »Ja wirklich?«

»Es sieht ganz so aus, als könne man ihm gratulieren.«

»Ach so, ja. Es wird langsam erkennbar. Sie könnte ein paar weitere Kleider gebrauchen. Die augenblickliche Mode ist gut geeignet, um einen heiklen Zustand zu verbergen, aber nach einer Weile werden andere Maßnahmen nötig.«

»Wußtest du von ihrer Schwangerschaft, als du sie angestellt hast?«

»Ali hat es mir gesagt, ja.«

»Hat er das wirklich getan?«

Sein Ton klang so seltsam, daß sie von dem widerspenstigen Knoten aufsah.

»Verzeih«, sagte er, »aber du bist immer so verlegen, wenn ich mit dir über ein solches Thema spreche. Ich kann mir kaum vorstellen, daß du mit Ali über Indias Schwangerschaft geredet hast. Du hast dieses Mädchen also eingestellt, obwohl du wußtest, daß sie dir nur zwei, im besten Falle drei Monate von Nutzen ist. Warum?«

Catherine starrte ihn an, und ihre Augen funkelten trotzig. »Ich habe dir doch gesagt, warum!«

»Ach ja. Du glaubst, sie vor Solange und Madame Thibeaut beschützen zu müssen.«

Er war in einer seltsamen Stimmung, aber Catherine war entschlossen, keine Rücksicht darauf zu nehmen. »Wenn ich sie ordentlich kleiden soll«, sagte sie und knüpfte damit an ihre vorherigen Ausführungen an, »brauche ich Stoff, und wenn ich schon dabei bin: Die anderen Bediensteten, die Feldarbeiter und Helfer haben nur Lumpen am Leib. Sie haben mir erzählt, daß sie, seit die Fitzgeralds vor zwei Jahren die Plantage verlassen haben, keine neuen Kleider mehr bekommen haben.«

»Das stimmt nicht. Ich habe letztes Jahr selbst angeordnet, daß ihnen neue Kleider zur Verfügung gestellt werden.«

»Sie scheinen sie nicht bekommen zu haben. Meinst du, daß man uns Stoffe besorgen könnte?«

»Auf der nächsten Fahrt«, entgegnete er knapp. »Sage mir genau, was und welche Mengen du brauchst, und ich werde mich darum kümmern. Bist du sicher, daß du Zeit hast, die Näharbeiten selbst auszuführen? Ich möchte nicht, daß du dich überanstrengst. Fanny hat recht – du bist tatsächlich dünner geworden.«

War das ein Vorwurf, oder bildete sie sich das nur ein? War ihm aufgefallen, daß sie sich bemühte, ihre Hände und Gedanken mit etwas Sinnvollem zu beschäftigen? Erschöpfung dämpfte die Sinne. Zwar blieb ihr dadurch nichts erspart, aber es half ihr, der sanften Verführung seiner Berührung und ihrer sinnlichen Reaktion darauf zu widerstehen.

Catherine zerrte vergeblich an den Bändern, und eine Spur von

Schärfe wurde in ihrer Stimme hörbar. »Natürlich nehme ich mir Zeit dafür. Du mußt wissen, daß ich nicht die Absicht habe, die Kleider selbst zu nähen. In den Sklavenquartieren gibt es mehrere Frauen, die mit einer Nadel umgehen können.«

Rafael glitt vom Bett und ging auf sie zu. »Du brauchst mir nicht deine Klauen zu zeigen, *La Lionne.* Ich möchte nicht mit dir streiten.«

Catherine sah auf, und ihre goldbraunen Augen waren weit vor Staunen. »Wie hast du mich gerade genannt?«

»Die Löwin. So nennen dich unsere Leute hinter deinem Rücken, wegen deiner blonden Mähne und deines Mutes. Du hast sogar Alis Bewunderung gewonnen. Wußtest du das? Es kommt äußerst selten vor, daß ein Araber für eine Frau Respekt empfindet.«

Er legte seine Hände auf die ihren und hinderte sie so daran, weiter an den Bändern zu zerren. Mit einem einfachen Ruck zerriß er die Bänder und befreite Catherine von der am Körper klebenden Seide. Es gab keinen Zweifel daran, was er vorhatte, als er ihre nackte Gestalt an sich drückte.

»Du – du wolltest doch mit mir reden«, erinnerte ihn Catherine, um ihn abzulenken.

Die Muskeln in seinen Armen spannten sich an und lockerten sich dann wieder. »Seltsam. Jetzt ist mir gar nicht mehr nach einer Unterhaltung zumute.«

»Aber India wartet doch«, protestierte sie und holte tief Luft.

»Laß sie warten«, murmelte er und drückte sein Gesicht in ihr Haar.

14

Wenn Rafael sie wegen Marcus gefragt hätte, dann hätte sie ihm alles erzählen können. Unter den gegebenen Umständen ließ sie aber die Tage vorübergehen, ohne das Vorkommnis zu erwähnen, weil sie den vorübergehenden Frieden zwischen ihnen nicht stören und auch nicht Solanges Zorn wecken wollte. Catherine wurde nicht noch einmal aufgefordert, ihre Schwägerin als Anstandsdame zu begleiten. Sie wußte nicht, ob Solange und Marcus sich weiterhin trafen, und sie wollte es auch nicht wissen. Sie hegte die Hoffnung, daß das Mädchen – oder Marcus – den Flirt bald leid war. Und wenn das nicht der Fall war, würde Madame Thibeaut sicher einen Weg finden, die Stelldicheins zu verhindern. Dieser Optimismus mochte vielleicht unbegründet sein, aber er half ihr, ihr Leben, das so im Unsicheren zu schweben schien, ein wenig im Gleichgewicht zu halten.

Innerhalb des Hauses ging der stille Kampf um die Autorität weiter. India, die jeden Tag runder wurde und immer majestätischer aussah, stand unerschütterlich auf Catherines Seite. Statt Solange und Madame Thibeaut nur aus dem Wege zu gehen, wie Catherine erwartet hatte, schien sie sogar Umwege zu machen, um den beiden Damen ihre Mißachtung zu zeigen. Sie nahm keinerlei Befehl von ihnen entgegen, ohne vorher mit Catherine darüber gesprochen zu haben. Sie erschreckte die anderen Mädchen mit ihrem schwarzen, feindseligen Blick. Die Dienerschaft war voller Angst, ob sie die ihnen zugewiesenen Aufgaben erledigen sollten oder besser nicht, und die Frauen spähten wohl tausendmal am Tag bei ihrer Arbeit über ihre Schultern, um sich zu vergewissern, ob sie das Richtige taten.

Indias Gegenwart bedeutete eine entscheidende Veränderung für Catherine. Sie gewöhnte sich daran, die Sicherheit zu haben, daß die junge Frau ihre Befehle weitergab und unterstützte. Zwischen ihnen entwickelte sich eine Beziehung, die auf Bewunderung und gegenseitigen Respekt gründete – aber nicht mehr als das. Die stolze India schien Freundlichkeit gegenüber immun zu sein, und sie lächelte nie. Ihre Augen wirkten immer wie flache, polierte, stählerne Spiegel, in denen nichts von ihrer eigentlichen Persönlichkeit zu erkennen war.

Catherine war dankbar, als schließlich die Stoffe für die Kleidung der Bediensteten kamen, weil sie hoffte, daß sich alle gemeinsam an die Arbeit machen würden. Aber sie wurde enttäuscht. Rafael ermutigte Madame Thibeaut, das Zuschneiden und Nähen der Kleidung zu überwachen und sich auch um die spätere Verteilung zu kümmern.

Madame Thibeaut nahm die Aufgabe, um ihren guten Willen zu zeigen, aber Solange hatte keine Lust, als Näherin für die Kleidung ihrer Bediensteten eingespannt zu werden, und ließ vorübergehend ihre Mentorin im Stich. Sie war nicht wirklich uneinig mit ihrer Gesellschafterin, aber die Spannung zwischen ihnen war deutlich spürbar, und Catherine nahm an, daß auch Solanges Treffen mit Marcus zu dieser Mißstimmung beitrugen. Auf jeden Fall wurde Solange etwas zugänglicher. Sie kam gelegentlich in Catherines Zimmer, wenn diese sich anzog, begutachtete die Kleider in ihrem Schrank, spielte mit den Schmuckstücken und den wenigen Juwelen in Catherines Schmuckschatulle und beobachtete kritisch, wie India sie frisierte. Wenn sie irgendeine Kleinigkeit bewunderte, Seidenrosen für das Haar oder Schuhschnallen, bestand Catherine manchmal darauf, daß sie sie behielt. Sie konnte sich nicht mit dem Gedanken anfreunden, daß sie das Mädchen mit Geschenken bestach, und doch hatte Solange so viel Freude an solchen Kleinigkeiten, daß Catherine sie ihr gern überließ.

Eines Tages wagte es Catherine, ihr eine Veränderung ihrer Frisur vorzuschlagen und ihre strenge Haartracht durch eine der neuen Mode entsprechende Frisur zu ersetzen. Zu ihrer Überraschung war Solange einverstanden, und Catherine schnitt ihr Haar auf der Stirn kürzer und legte mit dem Lockenstab weiche Locken um ihr Gesicht. Die Wirkung war so reizvoll, und Solange sah dadurch so viel besser aus, daß Catherine Mut faßte und ihrer Schwägerin empfahl, ihre Wimpern ein wenig zu schwärzen, eine Spur von Reispuder aufzulegen und ihre Lippen und Wangen mit zerdrückten Rosenblütenblättern einzureiben. Solange wehrte sich anfangs ein bißchen, aber schließlich beherzigte sie die Vorschläge ihrer Schwägerin. Solange lächelte sogar manchmal, als sie das Ergebnis im Spiegel begutachtete, und ihr Umgang mit Catherine wurde allmählich vertrauter. Rafael war großzügig mit seinem Lob über Solanges neue Erscheinung, aber Madame Thibeaut nannte die Verschönerung verächtlich ›Malerei‹.

Als Solange eines Morgens nicht im Zimmer ihrer Schwägerin erschien, nahm Catherine das gelassen hin. Sie konnte nicht erwarten, das Mädchen so schnell für sich zu gewinnen. Sie machte sich keine Gedanken über sie, bis Solange auch zum Mittagessen nicht herunterkam. Das war doch so ungewöhnlich,daß es auffiel, und Catherine klopfte an ihre Tür.

»Es tut mir leid«, sagte Madame Thibeaut durch einen Türspalt. »Mademoiselle kann nicht mit Euch sprechen. Sie fühlt sich nicht ganz wohl.«

»Sie fühlt sich nicht wohl? In welcher Weise?«

»Nur eine Magenverstimmung, wißt Ihr, wie sie uns alle gelegentlich betreffen.«

»Aber von den anderen ist doch niemand krank –«, fing Catherine an.

»Dafür müssen wir dem lieben Gott danken. Ich persönlich fühle mich übrigens auch etwas unbehaglich. Ich bin mir nicht ganz sicher, ob der Fisch in Tomatensauce frisch war, den die Köchin für Mademoiselle zubereitet hat.«

»Ich kann mich gar nicht an ein solches Gericht erinnern.«

»Wie ich schon sagte, es ist extra für Mademoiselle gekocht worden. Ich habe es ihr persönlich gebracht. Ihr werdet Euch daran erinnern, daß ihr gestern abend das Abendessen nicht zugesagt hat.«

Das stimmte tatsächlich. Solange hatte nur in dem Essen auf ihrem Teller gestochert, obwohl sie erstaunlich wenig dazu gesagt hatte.

»Vielleicht war das schon der Beginn ihrer Krankheit. Wenn ich sie mir ansehen könnte –«

»Sie möchte allein sein und in einem abgedunkelten Zimmer im Bett liegen. Ich habe ihr einen Schlaftrunk gegeben, und sie schläft gerade ein. Ich bin sicher, daß es ihr viel bessergehen wird, wenn sie sich ausgeruht hat.«

»Ich möchte sie natürlich nicht stören. Zweifellos habt Ihr recht mit Eurer Diagnose, Madame, aber ich habe selbst auch ein wenig Erfahrung mit derartigen Beschwerden. Ich bin sicher, daß Ihr nichts dagegen habt, wenn ich hereinkomme und Eure Vermutung zu bestätigen versuche?«

»Ich verweigere Euch nur ungern den Wunsch, Madame«, erwiderte die ältere Frau mit ausgesprochener Höflichkeit und einer recht überzeugenden Demonstration von Unbehagen, »aber Mademoiselle wird bestimmt sehr ungehalten sein, wenn ich jemandem erlaube, hereinzukommen und einen Luftzug zu verursachen, so daß ihre Kopfschmerzen womöglich schlimmer werden. Ich könnte die Folgen nur schwer ertragen.«

»Dann werdet Ihr sie wohl mir überlassen müssen, nicht wahr?« entgegnete Catherine fest. Inzwischen war India gekommen und stand neben ihr. Catherine legte ihre Hand auf die Tür und schob sie auf, um einzutreten, mehr aus Trotz gegen die Gesellschafterin als aus wirklicher Sorge um Solange.

Doch in dem Augenblick, als sie ihre Schwägerin sah, wurde ihr Mitgefühl geweckt. Solanges Gesicht wirkte blaß.

Ihre Augenlider öffneten sich langsam, als Catherine ihre Hand nahm.

Ihre Lippen zeigten ein schwaches Lächeln. »Ich wußte, daß du kommen würdest«, sagte sie.

»Wie fühlst du dich?«

»Schon etwas besser, aber schwach, so unwahrscheinlich schwach.«

»Kann ich dir irgend etwas holen? Brühe? Etwas Kaltes zu trinken?«

»Ich – ja, etwas zu trinken, aber Madame Ti, holt mir bitte Wasser. Vielleicht könntet Ihr auch noch ein wenig Orangenblütenwasser hineintun. Ihr wißt ja, wie gern ich das mag.«

»Hier steht doch Wasser neben dem Bett –«, begann die Frau.

»Nein, frisches Wasser. Frisch aus dem Brunnen. Ich möchte kein anderes.«

»Aber wirklich, Kleines, das muß doch nicht sein.«

»Ich will kein anderes«, wiederholte Solange, und Tränen traten in ihre Augen, während sich ihre Stimme verzweifelt hob.

»Ja, ist schon gut. Reg dich nicht auf. Ich gehe ja schon.«

Es war offensichtlich, daß die Frau nur mit ausgesprochenem Widerwillen das Zimmer verließ. Der Grund dafür wurde in dem Augenblick klar, als sich die Tür hinter ihr geschlossen hatte.

Solange umklammerte Catherines Hand. »Catherine, du mußt etwas für mich tun.«

»Gern, wenn ich kann.«

»Versprochen?«

Catherine zögerte.

»Versprich es mir!«

»Ich werde alles tun, wozu ich in der Lage bin.«

»Gut«, sagte sie leise. »Marcus wartete am Rand des Sumpfes auf mich. Du mußt hingehen und ihm sagen, warum ich nicht kommen kann.«

»Solange, ich –«

»Du mußt das tun! Madame Ti will mir diesen Gefallen nicht tun. Sie hofft, daß er aufgibt und fortgeht. Sie versteht mich nicht. Sie weiß nicht, wie ich mich fühle, wenn ich daran denke, daß er dort draußen auf mich wartet.«

»Ich kann nicht gehen, ohne einen Burschen oder jemand anderen mitzunehmen. Rafael hat gesagt –«

»Du brauchst niemanden mitzunehmen. Ich gehe nicht mehr in den

Sumpf. Marcus erlaubt es nicht. Ich erkläre dir, welchen Weg du nehmen mußt. Er ist nicht lang und sicher.«

»Könnte nicht vielleicht India mit einer Nachricht von dir gehen?« schlug Catherine vor. India, die in der Nähe der Tür stand, nickte.

Ein unentschlossener Ausdruck trat auf Solanges Gesicht, dann drehte sie den Kopf auf dem Kissen hin und her. »Nein. Marcus hat gesagt, daß ich dich schicken soll, wenn ich nicht selbst kommen kann. Er traut keinem anderen Menschen, weil er erwartet, daß ihn jemand täuschen könnte, um ihn von mir fernzuhalten.«

Das klang plausibel. Marcus war wirklich klug.

»Madame, die andere kommt zurück«, zischte India plötzlich.

»Catherine, bitte? Bitte!«

Diese schwarzen Augen, die keine Spur von Feindseligkeit zeigten, flehten sie an. Wie konnte sie die Bitte ablehnen? »Ich werde gehen. Aber India kommt mit mir.«

»India? O ja, sie kann natürlich mitgehen.« Widerstrebend erklärte sich Solange einverstanden. Sie ließ Catherines Hand fallen und wandte sich ab, als Madame Thibeaut ins Zimmer kam.

»Denkt darüber nach, Catherine, ich will nicht mehr als das.«

Catherine seufzte. »Wirklich nicht, Marcus? Ich habe den Eindruck, daß Ihr viel mehr verlangt.«

»Ich fordere nur, daß Ihr einen Ehemann, den Ihr nicht lieben könnt, und ein Heim, das niemals wirklich das Eure sein wird, aufgebt. Ich weiß, was Ihr durchmacht. Ich weiß es, und es zerreißt mir das Herz. Könnt Ihr Euch vorstellen, was es für mich bedeutet, zu wissen, daß Ihr Euch quält und daß Ihr nachts in den Armen eines Piraten schlafen müßt?«

»Und seid Ihr Euch darüber im klaren, was Ihr Solange antut? Ihr bringt sie dazu, Euch zu lieben, aber Ihr selbst empfindet nichts für sie«, erwiderte Catherine und entfernte sich etwas von ihm. Sie war froh, daß sie India gebeten hatte, in Rufweite zu warten.

»Was zählt schon Solange, verglichen mit meinen Gefühlen für Euch?«

»Sie ist nicht wie andere Mädchen. Sie hat außer Euch keine Bewunderer, die ihr eine Perspektive geben. Ihr dürft sie nicht verletzen, Marcus.«

»Ihr macht Euch so viele Gedanken um Solange, Catherine. Habt Ihr denn keinen für mich übrig? Ist es Euch ganz egal, was ich für Euch empfinde?«

»Ihr wißt, daß es mir nicht egal ist, aber ich kann nichts tun.«

»Doch, das könnt Ihr. Ihr könnt mit mir kommen, jetzt sofort. Ich weiß, daß Ihr für mich nicht mehr als eine schwache Zuneigung verspürt. Aber ich empfinde genug Liebe für uns beide. Mit der Zeit werdet Ihr mich sicher auch liebgewinnen.«

Jetzt waren sie wieder an der Ausgangsposition. Catherine hatte nicht gewollt, daß ihre Begegnung diesen Verlauf nahm, dennoch war es schwierig, eine Liebeserklärung zu bremsen, wenn ein Mann entschlossen war, sie abzugeben. Darüber hinaus plagte sie das Gefühl, daß sie für Marcus' Gefühle verantwortlich zu machen war. Sie hatte ihn zwar nicht ermutigt, und es gab nichts, was sie tun konnte, um seine Empfindungen zu dämpfen, dennoch fühlte sie sich irgendwie verpflichtet, seinen Schmerz etwas zu lindern.

»Es tut mir leid. Rafael ist mein Mann, vor Gott und vor dem Gesetz. Das kann ich nicht ändern.«

»Aber Ihr seid nicht glücklich.«

Das entsprach der Wahrheit. Sie lächelte nur ein wenig, ohne etwas zu sagen.

»Ich würde mein Leben dafür geben, Euch glücklich zu machen, Euch lachen und tanzen zu sehen, wie Ihr es früher immer getan habt.«

»Bitte, wenn Ihr das so sagt, fange ich noch an, mich selbst zu bedauern – aber das ist nicht nötig. Ihr müßt wissen, daß nur wenige Frauen in der *haute monde* glücklich verheiratet sind, und doch meistern sie ihr Leben.«

»Ja«, sagte Marcus und nahm ihre Hand. »Wenn sie sich große Mühe geben – nein, bitte wendet Euch nicht ab. Ihr müßt doch wissen, daß das der Wahrheit entspricht – zumindest bei denjenigen, die nicht jedes Jahr ein Kind bekommen. Also gut, ich werde nicht davon sprechen, wenn es Euch in Verlegenheit bringt. Ich werde nur noch dies eine sagen: Ich bin hier, wenn Ihr mich brauchen solltet. Der kleinste Hinweis oder eine Nachricht ruft mich an Eure Seite. Ich bin bereit, Euch in jeder erdenklichen Weise zu dienen.«

»Das ist ein sehr großzügiges Angebot.«

Er verbeugte sich, und seine braunen Augen glühten leidenschaftlich.

»Ich bete sehr darum, daß Ihr es eines Tages in Anspruch nehmt.«

Ihr Lächeln drückte sowohl Anerkennung als auch Bedauern aus. »Ich muß jetzt gehen, Marcus, es wird spät.«

Er streifte ihre Hand mit seinen Lippen und ließ sie dann los. »Vergeßt bitte nicht, was ich Euch gesagt habe.«

»Ja.«

»Und Ihr könnt Solange erklären, daß sie sich nicht zu beunruhigen braucht. Ich werde sie ja bei der Soirée der Bartons treffen – und bringt Ihr bitte mein Mitgefühl und meine besten Wünsche zu ihrer baldigen Genesung zum Ausdruck.«

Marcus hätte sie noch gern zu dem Pfad begleitet, auf dem India wartete, aber das wollte sie nicht zulassen. Genaugenommen war er auch so schon viel zu nah beim Haus. Vielleicht hatte er damit Solange entgegenkommen wollen, aber es war nicht nötig, das Risiko noch zu erhöhen.

Was empfand sie für Marcus? fragte sich Catherine, als sie über den Wildpfad wanderte. Daß er nicht allzu viele Skrupel hatte, war ihr klar, aber deshalb mußte man nicht notwendigerweise an der Ernsthaftigkeit seiner Liebeserklärung zweifeln. Sie war ziemlich sicher, daß ihr eigenes Herz keinen Anteil an ihm nahm, und doch empfand sie eine gewisse Sympathie für ihn. Eine solche Verehrung war wohltuend, und sie bemitleidete ihn unwillkürlich. Vielleicht war genau das seine Absicht?

Eine leichte Bewegung im Gebüsch links von ihr weckte ihre Aufmerksamkeit. Sie drehte sich rechtzeitig um, so daß sie eine schattenhafte Gestalt zwischen den Bäumen verschwinden sehen konnte – die Gestalt eines barfüßigen Mannes in Lumpen aus grober grauer Baumwolle. Fannys Worte klangen ihr in den Ohren. Entflohene Sklaven im Sumpf. Die Geschichten, die sie von den Grausamkeiten auf Santo Domingo gehört hatte, von geköpften Kindern und schlimmeren Massakern, beschäftigten ihre Gedanken. Das Grauen jedes Sklavenbesitzers seit Anbeginn der Sklaverei strömte durch ihre Adern. So etwas konnte doch sicher nicht hier geschehen, oder? In Louisiana hatte es nie einen wirklichen Sklavenaufstand gegeben. Warum sollte es jetzt einen geben?

»Madame! Hier bin ich, Madame!«

»India«, sagte Catherine schwer atmend. Erst als sie die Erleichterung übermannte, bemerkte sie, wieviel Angst sie tatsächlich gehabt hatte. »India , hast du im Sumpf jemanden gesehen, einen Mann?«

»Nein, Madame«, erwiderte India mit ausdruckslosem Gesicht und ohne jede Neugier. »Ich habe nur den Mann gesehen, der gekommen ist, um mir zu sagen, daß der *Maître* auf dem Heimweg ist. Wir müssen uns beeilen, wenn wir das Haus vor ihm erreichen wollen.«

War das vielleicht derselbe Mann gewesen? Aber selbst wenn es so war, gefiel Catherine der Gedanke nicht. Wie viele andere Personen wußten noch von Solanges Geheimnis? Je mehr Menschen eingeweiht waren, desto geringer war die Wahrscheinlichkeit, daß es ein Geheimnis blieb.

Catherines Ausflug hatte keine Folgen. Solange erholte sich nicht richtig von ihrer Krankheit. Sie litt an bleibenden Kopfschmerzen und Mattigkeit, die dazu führten, daß sie ihr Äußeres vernachlässigte und sich oft in ihr Zimmer zurückzog. Wenn sie bei Tisch erschien, waren ihre Launen wechselhaft, zwischen Weinen und Lachen bis fast zur Hysterie; sie war wie besessen von ihren Beschwerden. Es war mühsam, eine Unterhaltung mit ihr zu führen, da sie dauernd beruhigt werden mußte. Man mußte aufpassen, daß Solange nicht jede Bemerkung, sei sie noch so unschuldig, falsch auffaßte. Es war schwer zu sagen, welchen Anteil Marcus an ihrem Nervenzustand hatte – Solange war sich ihrer selbst unsicher und wußte offenbar auch nicht, was sie von ihm zu halten hatte. Vielleicht spürte sie die Unehrlichkeit seiner Bemühungen um sie, und Catherine hegte zudem den Verdacht, daß Madame Thibeaut das Selbstvertrauen des Mädchens weiter untergrub.

Mit finsterer Miene betreute die Gesellschafterin Rafaels Schwester, war immer an ihrer Seite wie ein geduldiger Raubvogel, flüsterte ihr etwas zu, tätschelte ihre Hand, beobachtete alles und jeden in ihrer Umgebung mit ihren wimpernlosen runden Augen.

Die Tage wurden beständig wärmer, so daß Catherine sich angewöhnte, früh aufzustehen, um die morgendliche Kühle nutzen und dann in der Mittagszeit etwas schlafen zu können.

Am Tag von Fannys Fest zog sich Catherine nach dem Mittagessen zurück. Ihr Ballkleid in schattiertem Rostbraun und goldenem Seidenmusselin mit einer kurzen, ärmellosen West aus rostbraunem Samt, die passenden Schuhe, die Schmuckschatulle mit den Topasen und ihre anderen Dinge waren schon verpackt. Da sie früh genug ankommen würde, hatte sie vor, sich erst in Cypress Bend umzuziehen. Doch ihre Frisur mußte schon vorher fertiggestellt werden. India hatte darum gebeten, nicht in der alten Kutsche mitfahren zu müssen, die die Fitzgeralds zurückgelassen hatten. Catherine konnte ihr das eigentlich nicht übelnehmen. Sie selbst wäre auch lieber geritten, aber Solange fühlte sich nicht danach, und Madame Thibeaut konnte nicht reiten.

Catherine wollte Rafael nicht warten lassen, hatte aber auch keine besondere Lust, dabeizusein, wenn er badete und sich umzog. Sie war im Begriff, nach India zu klingeln, damit sie sich um ihre Frisur kümmerte, als es an der Tür klopfte und die Zofe eintrat.

In ihrem Gesicht mit den hohen Wangenknochen war eine ungewöhnliche Bewegung zu erkennen. Ihre basaltschwarzen Augen funkelten vor Zorn, und ihre schlanken Finger waren in ihre Schürze gekrallt.

Noch bevor Catherine etwas sagen konnte, rief sie in einer tiefen, rauhen Stimme: »*Maîtresse*, Ihr müßt etwas wegen dieser Frau unternehmen!«

»Madame Thibeaut?«

»Ja, genau die, diese böse Hündin, diese Teufelsfrau!«

»Beruhige dich, India, und sag mir, was sie getan hat.«

»Sie hat den Sklaven alles genommen, was sie besitzen! Ich habe jahrelang zugesehen, wie sie dieses Haus aller Wertsachen beraubt hat und die Nahrungsmittel verkaufte, die für die Sklaven gedacht waren. Aber wir hatten ja noch unsere Schweine, unsere Hühner und das wenige, das wir angebaut hatten und in den Wäldern finden konnten. Aber jetzt gibt uns diese Frau die Kleider, die für die Bediensteten genäht worden sind, und fordert dafür als Bezahlung unsere Schweine, Hühner und unser Gemüse. Wenn wir ihr nicht alles geben, droht sie uns den schweigenden Tod durch die Voodoo-Priesterin an. Jetzt haben sich schon drei der alten Leute, die ihr nichts geben können, auf ihre Betten gelegt und warten auf ihren Tod.«

»Das ist eine Lüge.«

Diese Erklärung ertönte von der Tür her. Madame Thibeaut kam langsam ins Zimmer und zog Solange hinter sich. Ihr Gesichtsausdruck war ernst, aber ohne merkliche Besorgnis.

»Das ist keine Lüge. Ich weiß von diesen Dingen«, widersprach India stolz.

»Warum? Sag mir, warum ich solche Dinge tun sollte?«

Catherine gefiel Madame Ti's Art, ihre Zofe zu befragen, ganz und gar nicht, aber die Frage war gerechtfertigt. Also mischte sie sich nicht ein.

»Wegen des Geldes, das Ihr für Euren Liebhaber braucht, diesen brutalen Aufseher, den Monsieur Rafe davongejagt hat. Ihr hattet geglaubt, er würde Euch mitnehmen, als er fortging. Statt dessen verschwand er mitten in der Nacht wie ein Dieb, der er ja auch war, mit all den vielen Dingen, die Ihr inzwischen gemeinsam angesammelt hattet.«

»Das ist lächerlich«, erwiderte Madame Thibeaut scharf, und eine deutliche Röte stieg in ihr Gesicht. Catherine hätte nicht sagen können, ob sie durch Zorn oder Scham hervorgerufen worden war.

India sprach ohne zu zögern weiter. »Und jetzt merkt Ihr, wie Euch Mademoiselle Solange entgleitet. Bald wird sie Euch nicht mehr brauchen. Wenn Madame Navarro gegen Euch ist, habt Ihr nur wenig Hoffnung auf die finanzielle Unterstüzung, die Ihr erwartet. Also braucht Ihr Geld, um Euren Unterhalt zu bestreiten und weiterhin die große Dame zu spielen.«

»Genug! Ich werde es nicht zulassen, daß du in dieser Weise meinen guten Namen beschmutzt. Es gibt nur dein Wort –«

»Ja, weil die anderen viel zuviel Angst haben, um Euch anzuklagen.«

»Das sind doch nur Sklaven, wer würde ihnen schon zuhören...«

Madame Ti hatte recht. Kein Gericht würde das Zeugnis eines Sklaven gelten lassen. Catherine wandte sich India zu. »Kannst du beweisen, was du sagst?«

»Madame, diese Frau ist sehr klug. Sie würde nie eines der Schweine anrühren. Die Sklaven müssen ihren Besitz bei einem Kerl auf einem Leichter abliefern, der nachts am Ufer festgemacht hat. Die Habseligkeiten der Sklaven werden auf dieselbe Weise fortgeschafft wie die Wertsachen, die aus dem Haus entwendet wurden. Ein Händler mit zweifelhaftem Ruf verkauft die Dinge, und den Erlös erhält Madame Ti. Es hat mindestens einen Sklaven gegeben – möglicherweise waren es auch mehrere –, der als entflohen bezeichnet wurde, obwohl er es gar nicht war. Sklaven bringen Geld ein – mehr als Schweine oder silberne Kerzenständer. Ich kenne den Namen dieses Mannes auf dem Boot nicht, auch nicht den des Händlers. Kaum jemand kümmert sich darum, welche Waren sie anbieten. Sie sind wie Ratten in der Küche, die beim ersten Zeichen von Licht sofort verschwinden.«

»Das ist wirklich empörend. Madame Navarro, ich weiß schon seit längerer Zeit, daß Ihr mich nicht leiden könnt. Daß Ihr jedoch ernsthaft den gemeinen Anschuldigungen einer Sklavin Gehör schenken könntet, übersteigt meine schlimmsten Befürchtungen!«

»Ich interessiere mich nicht für persönliche Belange, Madame Thibeaut, nur für Gerechtigkeit«, erwiderte Catherine.

Solange, die bis jetzt geschwiegen hatte, trat vor. »Du scheinst von diesen Dingen eine ganze Menge zu wissen, India. Wie kommt das denn?«

Ein kaltes Lächeln erschien auf dem Gesicht der indianischen Frau. »Ich weiß es, weil es in Santo Domingo auch schon so gewesen ist. Diese Frau tut gern so, als hätte sie zu den besseren Leuten auf der Insel gehört. Sie ist von einer Kinderschwester erzogen worden, die die häßliche Magie des *juju* praktiziert und ihrem Schützling beigebracht hat. Manche sagen, Madames Vater hätte seine Gesundheit und sein Vermögen im Alkohol ertränkt, andere behaupten, daß sich die Voodoo-Frau an ihm für eine Gemeinheit gerächt hat. Auf jeden Fall war nichts mehr übrig, als er starb. Madame war gezwungen, einen Händler zu heiraten, der ebenso wie der Mann in New Orleans mit Waren aller Art Geld verdient hat.«

»Stimmt das, Madame Thibeaut?« fragte Solange erstaunt.

»Natürlich nicht. Diese Person hat sich das nur ausgedacht, um mich schlechtzumachen.«

Und doch hatte die Gesellschafterin in New Orleans gar nicht so sehr viel Interesse daran gehabt, den anderen Flüchtlingen aus Santo Domingo zu begegnen.

»Also, dann glaube ich, diese Sache ist jetzt weit genug gegangen«, verkündete Solange und straffte ihre Schultern »Es steht das Wort dieser Sklaven gegen das von Madame Ti.«

»Das ist unglücklicherweise richtig«, gab Catherine zu.

»So ist es«, sagte Madame Thibeaut und verzog ihre schmalen Lippen zu einem grausamen Lächeln. »Dieses Mädchen ist noch dazu die Tochter eines Aufständischen, der ein Mörder war.«

»Mein Vater hat niemanden getötet!« protestierte India.

»Nein, und ich vermute, er hat auch nicht an dem Sklavenaufstand in Santo Domingo teilgenommen, oder? Aber er wurde deswegen mit seiner Familie nach Louisiana verkauft, als er und seine Anhänger in den Hügeln gefangengenommen worden waren. Und er half dabei, Monsieur

Rafaels Vater zu ermorden – aus diesem Grund hat Monsieur Rafael ihn getötet!«

Einen Augenblick lang herrschte entsetztes Schweigen. Dann trat India plötzlich einen Schritt vor.

»Mein Vater hat niemanden getötet!« zischte sie. »Er ist geflüchtet, das stimmt, als er die Behandlung nicht mehr ertragen konnte, die er hier bekam. Aber er hätte niemals kaltblütig einen Mann ermordet. Er wurde nur getötet – von Eurem Monsieur Rafe –, weil er das Verbrechen begangen hatte, mit den Mördern zusammengewesen zu sein!«

»Oh, ich bitte dich –«, begann Madame Thibeaut, aber Catherine winkte heftig ab.

»Das reicht«, sagte sie.

Der Blick, den India ihr zuwarf, drückte Vertrauen aus. »Ihr werdet diese Frau nicht davonkommen lassen, mit dem, was sie getan hat, nicht wahr?«

»Ich muß darüber nachdenken, was zu tun ist.«

»Nachdenken? Was gibt es da nachzudenken? Sie sollte ins Gefängnis gesteckt werden und dort bleiben, bis man sie nach New Orleans bringen kann.«

»So einfach ist das nicht. Ich brauche einen Beweis.«

»Also werdet Ihr gar nichts unternehmen«, sagte India bitter. »So ist es immer. Irgend etwas macht es immer unmöglich, daß uns Gerechtigkeit widerfährt. Wie groß die Grausamkeit auch sein mag, welche Verbrechen auch immer gegen uns begangen werden, wir sind immer diejenigen, die am Schluß darunter leiden müssen.«

»Das ist nicht wahr«, widersprach Catherine und ging auf ihre Zofe zu. India wich zurück, und das Lächeln auf ihren Lippen war eisig vor Haß.

»Ist das wirklich so, Madame?« fragte sie. »Wie wenig Ihr doch wißt, und ich dachte, daß Ihr anders seid. Aber statt dessen muß ich feststellen, daß Ihr nur – dumm seid.«

Die indianische Frau wandte sich hastig um und lief hinaus.

»Na also!« sagte Solange.

»Madame Navarro, darf ich Euch zu Eurer Selbstbeherrschung gratulieren?« warf Madame Thibeaut ironisch ein. »Komm, Solange.«

Catherine hielt die beiden nicht auf. Mechanisch zog sie die Nadeln aus ihrem Haar, bürstete es und schlang es zu einem schlichten Knoten. Vielleicht würde es Fannys Zofe etwas festlicher für sie arrangieren können. Sie mußte natürlich auf das Fest gehen. Sie brauchte Zeit, um zu entscheiden, was jetzt zu tun war.

Ihr erster Gedanke war, Rafael zu informieren und ihm die Angelegenheit zu überlassen. Aber was geschah dann mit India? Vielleicht würde er ihr glauben, zumindest so viel, um die Nachforschungen anzustellen, die den Beweis erbringen konnten, daß Madame Thibeaut tatsächlich schuldig war, aber dann erfuhr er auch, wer Indias Vater gewesen war, und es war kaum zu erwarten, daß Rafael sie auch weiterhin in seiner Nähe duldete.

Aber konnte Catherine auf eigene Faust Nachforschungen anstellen? Marcus war nicht sehr begeistert von Solanges Gesellschafterin, und Catherine hatte am Abend die Gelegenheit, mit ihm zu sprechen. Ob sie ihn wohl dazu überreden konnte, ein paar Fakten in Erfahrung zu bringen?

Es war eine unbequeme Fahrt nach Cypress Bend. Die enge alte Kutsche schwankte über die holperige Spur, die als Straße bezeichnet wurde. Gras, Unkraut und kleine Bäumchen, die zwischen den Fahrspuren wuchsen, scheuerten über den Boden der Kutsche, und Äste kratzten an ihren Seiten. Schwärme von Mücken überfielen die Insassen und zwangen sie, die ledernen Vorhänge zuzuziehen, was die stickige Luft und den Geruch nach muffigen, stockfleckigen Kissen schier unerträglich machte. Noch bevor sie eine Meile vom Haus entfernt waren, wurde es Solange übel, und sie mußte aussteigen und ein Stück in den Wald laufen. Als die Kutsche wieder anfuhr, hielt Solange ihr Riechfläschchen in die Nase und jammerte unentwegt. Catherine war froh, daß Rafael sich entschlossen hatte, neben der Kutsche herzureiten, und Ali den Platz neben dem Kutscher zugewiesen hatte.

Sie kamen später an, als sie ursprünglich vorgehabt hatten, aber doch zeitig genug, daß Catherine eine Tasse Tee trinken und mit Fanny Neuigkeiten austauschen konnte, bevor sie sich zum Essen umzogen.

Giles goß Rafael einen Sherry ein, als sie den Salon betraten. »Ah, die Damen – endlich«, sagte er und reichte seinem Freund das Glas.

»Unsinn«, gab Fanny kurz zurück. »Wir kommen nicht zu spät.«

»Wie auch immer. Unsere Gäste werden uns noch beim Essen antreffen, wenn wir uns nicht beeilen.«

»Du machst dir viel zu viele Sorgen«, erklärte Fanny.

»Und du dir nicht genug.«

Ein Schatten flog über Fannys Gesicht. »Das meinst du doch nicht ernst.«

»Nein, natürlich nicht. Verzeih bitte. Vielleicht kann ich dich versöhnen, wenn ich dir sage, wie gut du heute aussiehst.« Er nahm die Hand seiner Schwester und verbeugte sich. »Dieses Graugrün steht dir sehr gut, meine Liebe, und die Silberspitze an deinem Kopfputz gibt dem Ganzen genau die richtige Note.«

»Schnell, Catherine«, sagte Fanny und drehte sich um, um Rafael ihre Hand zu geben. »Giles scheint Ablenkung zu brauchen.«

»Du mußt Catherine wirklich keine weiteren Anweisungen geben«, erwiderte Giles und hob Catherines Finger an seine Lippen. »Sie könnte jeden Mann von allem ablenken.«

Das waren natürlich nichts als Worte, aber Catherine bemerkte Rafaels spöttischen Blick.

»Auch ihren eigenen Mann«, sagte er zu seinem Freund. »Du hast jedoch meine Erlaubnis, sie an den Tisch zu führen.«

Bei Tisch lenkte Fanny die Unterhaltung in sichere und ungefährliche Bahnen, indem sie die Frage von Louisianas Landeszugehörigkeit ansprach.

»Ich habe vor ein paar Tagen einen Brief von Clairborne bekommen«, verkündete Giles.

»Ach ja, dein Freund«, neckte Rafael ihn.

»Er ist auch der deine, wenn du es nur glauben würdest. Auf jeden Fall ist der Gouverneur der Meinung, daß der Schritt zum Bundesstaat nur eine Formalität ist. Es kann keinen Zweifel daran geben, daß er dafür eine Mehrheit gewinnen könnte.«

Catherine ließ ihre Gedanken abschweifen. Cypress Bend war, wie Fanny gesagt hatte, von der Konstruktion her ähnlich wie Alhambra. Doch das Haus hatte keine Flügel. Die Haupträume befanden sich an der Vorderseite, während die Schlafzimmer in einer Reihe dahinter lagen.

Die Blumen waren ein Hobby von Fanny, sie wuchsen in einem Garten im englischen Stil auf der Rückseite des Hauses. Catherine nahm sich vor, Fanny bei Gelegenheit nach den Namen ihrer Rosen zu fragen. Sie interessierte sich besonders für die zartrosa Sorte, die wie Moosröschen aussah. Sie hatte noch keine Zeit gefunden, den Innenhof von Alhambra neu zu gestalten. Wie dumm sie doch gewesen war an jenem Morgen, als sie dagestanden und dieses ungepflegte Stück Boden betrachtet hatte. Sie hatte erwartet, daß es in ihrem Leben keine größeren Probleme geben würde, als einen vernachlässigten Haushalt zu übernehmen und aus etwas Häßlichem etwas Schönes zu machen.

»Glaubst du nicht auch, Catherine?«

»Was?« fragte sie schuldbewußt. »Ich fürchte, ich habe nicht aufgepaßt.«

»Ich habe gesagt, daß Fannys Halskette ein besonders schönes Stück ist und dich nach deiner Meinung gefragt«, wiederholte Rafael kaum verhohlener Ungeduld. »Ich würde es für orientalische Jade halten.«

Catherine betrachtete den Anhänger an der feinen Goldkette. Der kleine, geschnitzte Elefant war eigentlich nicht das, was sie als schön einstufen würde, aber sie mußte zustimmen, daß es wirklich ein ungewöhnliches Stück war.

»Ich habe sie an meinem sechzehnten Geburtstag von meinem Vater geschenkt bekommen«, sagte Fanny. »Er war Kapitän zur See. Diesen Elefanten hat er auf der letzten Reise vor seinem Tode von den Gewürzinseln mitgebracht. Er behauptete, es sei ein Glückssymbol, ein fernöstlicher Aberglaube, weil der Elefant einen nach unten gerichteten Rüssel hat.«

»Zeig ihnen auch das Armband«, forderte Giles, der sich in seinem Stuhl am Kopf des Tisches zurückgelehnt hatte und mit seiner Uhrkette spielte, sie auf.

»O ja«, rief Fanny und hob gehorsam ihr Handgelenk. »Es ist das Gegenstück zu meinem Elefant. Ich habe es in Natchez gefunden. Ein Mann, Mr. Martin, besitzt dort eine kleine Plantage, glaube ich, aber sein Hobby ist, ungewöhnliche Dinge zu sammeln und zu verkaufen.«

»Ich erinnere mich an ein Mädchen aus der Klosterschule, Helene Dubois, die einen Martin aus Natchez geheiratet hat«, sagte Catherine.

»Jedes junge Mädchen, das eine Schulbildung genossen hat, war in der Klosterschule«, erwiderte Rafael.

Catherine mußte lächeln. »Ja, aber Helene war eine gute Freundin – bis sie vor fast drei Jahren nach Natchez fuhr, um Verwandte zu besuchen und nie mehr zurückkam.«

»So, wie Ihr das sagt, könnte man meinen, Natchez läge am Ende der Welt«, neckte sie Fanny.

»Nein, nein«, sagte Catherine lächelnd und schüttelte den Kopf.

Als sie die erste Kutsche auf der Auffahrt hörten, betraten sie gerade den Ballsaal, um die Gäste zu empfangen.

Solange hatte darauf verzichtet, beim Abendessen teilzunehmen und es vorgezogen, mit Madame Thibeaut in dem Zimmer, das man ihnen zum Umziehen zugewiesen hatte, zu speisen. Die beiden saßen schon im Ballsaal auf einem kamelhaarfarbenen Sofa und unterhielten sich. Catherine betrachtete sie mitleidig, aber sie hatte keine Zeit, mit ihr zu sprechen, bevor der erste Gast angekündigt wurde. Sie spürte, daß Rafael neben ihr erstarrte und ihr einen mißtrauischen Blick zuwarf.

»Was hast du mit ihr gemacht?« fragte er leise. »Sie sieht aus wie eine *fille de joie.*«

Catherine hatte keine Gelegenheit, ihm eine Antwort zu geben. Aber er hatte völlig recht – und möglicherweise war sie wirklich dafür verantwortlich zu machen. Solange hatte sich das Gesicht kalkweiß gepudert und ihre Wangen und die Lippen knallrot geschminkt. Ihr Haar war mit einem zu heißem Lockenstab traktiert worden und ringelte sich unnatürlich um ihren Kopf. Das Mädchen sah aus wie eine bemalte Puppe – oder wie eine Dirne aus einem der Hinterhäuser auf der Tchoupitoulas Street in New Orleans. Das rosafarbene Seidenkleid war skandalös weit ausgeschnitten und war mit breiten straßbesetzten Bändern geschmückt. Catherine konnte sich nicht vorstellen, wie Solange zu diesem Kleid gekommen war. Zu dieser Toilette trug das Mädchen Catherines Kaschmirschal, den Rafael ihr in ihrem Brautkorb geschenkt hatte.

Wer war für diese Verkleidung verantwortlich? Solange? Oder hatte Madame Thibeaut ihre Finger im Spiel? Es schien nur zwei mögliche Erklärungen für diese Entgleisung zu geben. Die eine war Unwissenheit. Die andere häßliche Bosheit, durch die Solange der Lächerlichkeit preisgegeben und Catherine unmöglich gemacht wurde. Denn schließlich war es Catherine gewesen, die Solange ermutigt hatte, sich ein wenig herzurichten – und das wußte Madame Thibeaut.

Aber Solange durfte sich nicht so bloßstellen. Nachdem er die neuangekommenen Gäste begrüßt hatte, überließ Rafael sie Fanny und Catherine und ging zu Solange, um sie in ihr Zimmer zu schicken. Die Auseinandersetzung war nicht sehr laut, aber deswegen doch nicht weniger heftig, soweit Catherine das beurteilen konnte. Dennoch gehorchte Solange ihrem Bruder schließlich.

Catherine war überzeugt, daß Solange kein passenderes Kleid dabei hatte, und sobald sie sich entfernen konnte, ohne unangenehm aufzufallen, folgte sie Solange.

Fanny beauftragte ihre Zofe, ein Spitzentuch aus ihrem Schrank zu nehmen und es Solange zur Verfügung zu stellen. Catherine trennte die Straßbänder von Solanges Kleid und drapierte das Spitzentuch über ihrem Dekolleté. Mit etwas Pomade konnten die krausen Locken geglättet werden, und nachdem Solange die Schminke von ihrem Gesicht gewischt hatte, sah sie wieder gesellschaftsfähig aus. Aber als Catherine sie in den Ballsaal bringen wollte, weigerte sie sich plötzlich. Sie brach in einen Wutanfall aus und schickte alle aus ihrem Zimmer. Catherine vermutete zuerst, daß es ihr guttun würde, eine Weile allein zu sein. Aber kurze Zeit später, als Solange sie bat, Marcus sofort zu ihr zu schicken, war sie nicht mehr so sicher.

Das konnte Catherine natürlich nicht tun. Alle Regeln des guten Tons verbaten eine Begegnung in einem Schlafzimmer. Und in dem Zustand, in dem Solange sich befand, wäre es auch ausgesprochen unvernünftig gewesen.

Catherine runzelte die Stirn und machte sich auf den Weg in den Ballsaal. Sie tanzte eine Quadrille mit Giles. Es war ein schneller Tanz, den sie mit viel Gelächter genossen. Einer oder zwei andere Herren baten um einen Tanz, und sie tanzte mit ihnen. Sie bemühte sich, einige Tänze auszulassen, damit man sie nicht als übermütige junge Ehefrau bezeichnen konnte. Sie unterhielt sich mit den älteren Damen, die an den Wänden saßen.

Die Trepagniers kamen erst spät an. Monsieur Trepagnier war ein hochmütig wirkender Mann mit einem Fleck unter der Nase vom Schnupftabak, und er erzählte, daß ein Teil des Silberbeschlages an seiner Kutsche gefehlt hatte. Er hatte sich geweigert, das Haus zu verlassen, bevor der Bösewicht, der es gestohlen hatte, gefunden und gründlich ausgepeitscht worden war. Man fand heraus, daß das Kind des Gärtners das Stück genommen hatte, weil es so schön glänzte.

Marcus sah in einem dunkelblauen Rock aus feinem Wollstoff, den lichtgrauen Hosen und der grau und gold gestreiften Weste sehr gut aus. Sein Degen war mit einer goldenen Quaste geschmückt. Catherine beobachtete, wie er mit ausgesprochenem Taktgefühl seine Gastgeberin auf die Tanzfläche führte, und sie war nicht überrascht, als er sie während der ersten Tanzpause aufsuchte.

Sie saß in einer der mit Blumen geschmückten Fensternischen und versuchte, sich mit einem Fächer etwas Kühlung zu verschaffen. Der Duft der Rosen und Gardenien war überwältigend, und sie lehnte sich zurück und atmete dankbar die frische Luft von draußen ein.

»Einst habe ich Euch in einer solchen Fensternische verloren.«

Sie wandte den Kopf und lächelte Marcus an. »Damals habt Ihr mich allein gelassen«, antwortete sie leichthin. »Sagt mir, habt Ihr das Geld für die Wette eigentlich bekommen?«

»Ihr solltet wissen, daß es gar keine Wette gegeben hat«, erwiderte er offen.

»Das habe ich schon vermutet.« Sein Gesicht wirkte erschöpft. Dunkle Ringe der Müdigkeit lagen wie Schatten unter seinen Augen. Als er nicht antwortete, sprach sie weiter: »Solange möchte Euch sehen.«

»Ja, wirklich?«

»Sie freut sich seit Wochen auf dieses Fest, und Ihr könntet sie wenigstens bitten, einmal mit Euch zu tanzen.«

»Auf den Gedanken war ich auch schon gekommen, aber ich habe sie nirgendwo gesehen.«

»Nein. Ich glaube allerdings, daß sie ihr Zimmer Euretwegen verlassen würde. Neben der Eingangshalle ist ein Salon. Wenn Ihr dort wartet, schicke ich sie zu Euch.«

»Und dazu zweifellos diese Krähe von Gesellschafterin«, murrte er und verzog das Gesicht. »Also gut.« Als Catherine aufstand, berührte er ihren Arm. »Aber zuerst möchte ich Euch gern etwas sagen.«

»Ja?«

»Ich – werde übermorgen abreisen.«

»Zurück in die Stadt?«

Er nickte. »Selbst bei den freundlichsten Verwandten kennt die Gastfreundschaft Grenzen, und meine Mittel gehen ebenfalls zur Neige.«

»Ihr habt also den Gedanken aufgegeben, Solange zu heiraten?«

»Das war doch eine reine Komödie, *Chérie*, sonst nichts. Ihr wißt ebensogut wie ich, daß Rafe mich lieber töten würde. Abgesehen davon besitzt sie keinen Pfennig.«

»Das ist natürlich ein bemerkenswerter Mangel«, sagte sie ernst.

»Er ist gravierend«, stimmte er ihr zu, »wenn man schon nicht das bekommt, was man wirklich will.«

Catherine schwieg. »Also, ich werde Euch jetzt Solange schicken.«

»Tut das«, sagte er und lächelte. »Aber ich überlasse es Euch, ihr mitzuteilen, daß ich abreise.«

»Ihr seid wirklich zu freundlich«, erwiderte sie spöttisch und ging.

Als sie zurückkam, führte Rafael sie auf die Tanzfläche. Der Walzer, der nun intoniert wurde, war über Frankreich aus Österreich importiert worden, und man hielt ihn für ziemlich vulgär. Unverheiratete Mädchen konnten nicht riskieren, ihren guten Ruf bei diesem Tanz aufs Spiel zu setzen – er war Eheleuten vorbehalten. Catherine hatte ihn zu Hause schon einmal geübt, aber dies war die erste Gelegenheit, ihn in der Öffentlichkeit zu tanzen. Es war ein völlig neues Gefühl, vor allen Blicken von einem Mann umarmt zu werden. Sie konzentrierte sich auf ihre Schritte und spürte die Kraft des Arms, der sich um ihre Taille schlang. Erst als die Musik endete, fiel ihr ein, daß sie Marcus hatte bitten wollen, etwas über Madame Thibeauts heimliche Machenschaften in Erfahrung zu bringen. Aber sie bekam keine Gelegenheit mehr, mit ihm zu sprechen. Ihr Mann wich für den Rest des Abends nicht mehr von ihrer Seite.

15

Rafael ritt dicht neben der Kutsche und hatte die Hand auf den Griff seines Degens gelegt, als sie auf dem Heimweg waren. Es wäre nicht unbedingt nötig gewesen, daß sie die nächtliche Reise durch den Sumpf machten. Fanny hatte sie eingeladen zu bleiben, und Catherine wäre das auch lieber gewesen, aber Rafael hatte darauf bestanden.

Sie mußte allerdings zugeben, daß es nicht sehr bequem geworden wäre, wenn sie in Cypress Bend übernachtet hätten. Mehrere Gäste wollten die Nacht in Fannys Haus verbringen, und sie war sehr beschäftigt gewesen. Catherine nahm auch an, daß Rafael sich geweigert hätte, den Rest der Nacht in einem Zimmer mit anderen Männern zu verbringen.

Außerdem hatte Solange nach dem unglücklichen Anfang des Abends ihr Gleichgewicht nicht mehr zurückgewonnen. Der Gedanke, noch länger hierbleiben zu müssen, hätte fast einen hysterischen Anfall bei ihr bewirkt.

Die Seitenlaternen der Kutsche waren kaum nötig. Der Vollmond erhellte den Himmel und verwandelte das spanische Moos, das von den Ästen der Bäume hing, in versilberten Federschmuck. In seinem Schein nahm Rafael das Aussehen eines aus Metall gegossenen mythischen Reiters an, der dazu verdammt war, ewig durch die Nacht zu reiten. Es rührte sich nichts in der monderhellten Stille. Kein Wind bewegte die Blätter der Bäume, die dunkle Schatten warfen. Selbst die Nachttiere hatten sich verkrochen. Der Kutscher, den die Stille bedrückte, gab keinen Laut von sich, und das Geräusch der Kutsche wirkte störend und unnatürlich.

Der Geruch nach Staub und Gras, das die Räder zerdrückten, und der süßsaure Duft des Geißblatts beherrschten das Innere der Kutsche.

Plötzlich ertönte der Ruf einer Eule, ein langgezogener Jagdschrei, und Catherine empfand das Geräusch als Erleichterung, bis Solange sich auf einmal mit glänzenden Augen aufsetzte.

»Eine Eule. Der nächtliche Schrei einer Eule bedeutet Tod noch vor dem Morgen.«

Madame Thibeaut saß still wie eine Statue und starrte durch einen Schlitz im Vorhang nach draußen, als hätte sie nichts gehört.

»Sei nicht dumm«, beschwichtigte Catherine, »Eulen sind Nachtlebewesen. Wann sonst sollten sie Laut geben?«

»Mein ganzes Leben lang habe ich immer wieder gehört, daß es so sein soll.«

»Aberglauben, sonst nichts.«

»Aberglauben muß auch einen Grund haben. Nachtlebewesen kennen Geheimnisse, die die Tagwesen nicht kennen. Sie spüren, wenn der Tod nah ist.«

Catherine versuchte ihre Stimme so ruhig wie möglich zu halten. »Mach dir keine Gedanken, Solange. Wir sind ja bald zu Hause.«

Das Mädchen sah sie kurz an und zog sich plötzlich zurück. Catherine war nervös, bis sie das große Gebäude von Alhambra und den glitzernden Fluß erkannte.

Als die Kutsche hielt, sprang Ali vom Bock, ließ die Treppe hinab und öffnete die Tür. Madame Thibeaut stieg als erste aus. Sie wartete auf Solange und ging die Treppe hinauf.

Rafael schwang sich aus dem Sattel und band die Zügel an die Rückseite der Kutsche. Er blieb noch einen Augenblick stehen, um dem Kutscher Anweisungen zu geben, wie die Pferde zu versorgen waren, dann folgte er Catherine und Ali.

Das Haus war dunkel, aber in diesem unorganisierten Haushalt hatte Catherine auch nichts anderes erwartet, und deshalb hatte sie vor ihrer Abreise vorsichtshalber Kerzen und Streichhölzer auf den Tisch in der Eingangshalle gelegt. Sie wollte Madame Thibeaut, die schon die Außentreppe hinauflief, zurufen, wo sie die Kerzen finden würde, als die Vordertür aufgerissen wurde. Helles organgefarbenes Licht zuckte auf, und ein betäubender Krach ertönte. Die Gesellschafterin wurde rückwärts gegen Solange geschleudert, so daß sie beide zusammen die Treppen hinunterstürzten.

Ein Gewehr, schoß es Catherine durch den Kopf, und sie blieb einen Augenblick erstarrt stehen, bis starke Hände sie zu Boden zerrten.

»Bleib hier«, zischte Rafael, bevor Ali neben ihnen einen Schuß abfeuerte. Catherine kauerte auf dem Boden, als die beiden Männer die Stufen hinaufhasteten und Rafael seinen Degen zog.

Schreckliche Schreie zerrissen die Stille der Nacht, und eine Horde Sklaven stürmte aus dem Haus. Sie waren mit Stöcken und Äxten, Sicheln und Rechen bewaffnet und umringten Rafael, der sie mit der funkelnden Klinge seines Degens in Schach hielt. Mit einer raschen Bewegung stieß Rafael zu, und einen Wimpernschlag später stöhnte ein Mann und sank zu Boden. Einer der Sklaven schwang ein Beil, aber er konnte nichts ausrichten, da ein weiterer Schwertstreich ihm die Hand abhieb. Der Mann blieb wimmernd stehen und preßte den Stumpf an seine Brust. Ali hatte plötzlich ein Messer mit einer halbmondförmigen Schneide in der Hand und ließ sein nutzlos gewordenes Gewehr fallen. Der widerliche Geruch nach Blut erfüllte die Luft. Ein unmenschlicher Schrei ertönte und erstarb, als Ali seinen Dolch in den Bauch eines Mannes rammte.

Dieser Schrei beendete den Angriff. Zwei Männer, die sich am Rand des Geschehens aufgehalten hatten, flohen über die hohe Veranda, ein weiterer stürmte an Catherine vorbei die Treppe herunter. Diejenigen, die weiterkämpften, wurden zurückgedrängt. Das Blut, das aus mehreren Wunden strömte, hinterließ eine glitschige Spur, der Rafael und Ali unaufhaltsam folgten.

Von einer Sekunde auf die andere war alles vorbei. In wilder Hast rannten die Sklaven davon, und Catherine dachte einen Augenblick, Rafael würde ihnen folgen, dann ließ er aber seinen Degen sinken und wandte sich ab.

Catherine richtete sich langsam auf und warf einen Blick auf Madame Thibeaut, die mit ausgebreiteten Armen auf den Stufen lag. Eine große Wunde klaffte in ihrer Brust, und ihr Blut wurde schon langsam schwarz. Ihre Augen waren weit aufgerissen und starrten ungläubig gen Himmel. Unter ihr lag Solange. Ihre Brust hob und senkte sich, aber ihre Augen waren geschlossen.

Catherine sah auf, um Rafael zu rufen, und in diesem Moment entdeckte sie eine Bewegung in der offenen Tür. Sie erkannte das Glitzern eines erhobenen Messers und eine Gestalt, die ihren Mann angriff.

»Rafael, hinter dir!« schrie sie.

Ali, der neben Rafael stand, wirbelte herum, fing das Messer mit seinem Unterarm ab und hob sein Messer. Er hielt mitten in der Bewegung inne. Die Angreiferin ließ ihre Waffe fallen und taumelte, bevor sie zu Boden fiel und schwer auf den blutverschmierten Brettern landete.

Catherine lief die Treppen hinauf und griff nach Rafaels Arm, um ihn zurückzuhalten. »India«, stöhnte sie, und ihr Blick richtete sich auf die zornigen schwarzen Augen der Frau, die in Alis Armen auf dem Boden lag und sich wehrte. »O India!«

Catherine stand auf, als Rafael das Arbeitszimmer betrat. Sein Gesicht spannte sich an, als er sie sah, dann schloß er die Tür fest hinter sich und ging in die Mitte des Zimmers.

»Du wolltest etwas mit mir besprechen, *chérie?*« fragte er gleichmütig und warf seine Reitpeitsche auf den Schreibtisch, bevor er Platz nahm.

»Ich war gerade in den Sklavenquartieren«, erklärte sie kalt.

»Aha.«

»Sie sind gerade dabei, vier Pfosten in den Boden zu rammen und ein Loch zu graben –«

»Catherine –«

»Ein Loch für Indias Bauch, Rafael. Und vier Pfosten, um ihre Arme und Beine daran festzubinden.«

»Sie muß bestraft werden. Und in dieser Haltung ist die Wahrscheinlichkeit geringer, daß sie ernsthaft verletzt wird.«

»Du wirst sie töten! Das ist unmenschlich. Selbst wenn sie die Strafe überlebt, wird sie niemals diese Demütigung überstehen! Eine schwangere Frau anzubinden und auszupeitschen – die Vorstellung kann ich nicht ertragen.« Sie schauderte und wendete sich ab.

»Catherine, hör mir zu«, sagte Rafael und stand auf. »India ist eine Aufrührerin. Sie hatte Kontakt zu den Männern, die sich im Sumpf aufhielten, und hat nur auf einen geeigneten Augenblick gewartet, um sie zu bewaffnen und ins Haus zu lassen. Für ein solches Verbrechen würde sie bei jedem anderen Herrn zu Tode geprügelt; danach würde man ihr den Kopf abschlagen und ihn als Warnung auf eine Stange stecken. Niemand würde sich um ihre Schwangerschaft kümmern. Sind im Vergleich dazu nicht fünfzig Peitschenhiebe, fünfundzwanzig heute, fünfundzwanzig in einer Woche, viel menschlicher?«

»Sie wird das Kind verlieren.«

»Vielleicht, vielleicht auch nicht.«

»Kannst du nicht warten, bis sie es zur Welt gebracht hat?«

»Zwei Monate? Damit würde ich die unzufriedenen Leute in den Sklavenquartieren ermutigen, sich den Aufrührern im Sumpf anzuschließen? Unmöglich.«

»Warum?« fragte sie und drehte sich zu ihm um. Ihre Augen glitzerten vor Verzweiflung. »Ist für dich ein Leben so wenig wert? Bedeutet Alis Kind nichts für dich?«

Sein Gesicht war hart, seine Stimme bestimmt, als er antwortete. »Glaubst du, ich erspare India um ihrer selbst willen so viel? Sie ist die Tochter des Mannes, der meinen Vater getötet hat, und sie hat den Tod eines anderen Menschen auf dem Gewissen. Oder hast du Madame Thibeaut schon vergessen?«

»Du – du wußtest von India, von ihrem Vater? Warum hast du dann zugelassen, daß sie ins Haus kommt?«

Sein Lächeln wirkte ironisch. »Du hast mich so sehr darum gebeten, *chérie*.«

Das hatte sie wirklich getan – um Alis Willen. Er war damals so hoffnungsvoll gewesen – aber dann hatte er sich geändert. Hatte er Indias Geheimnis entdeckt und die Gefahr, die ihre Anwesenheit im Haus bedeuten konnte, vorausgeahnt? Vielleicht wäre ja auch gar nichts geschehen, wenn sich Solange und Madame Thibeaut nicht eingemischt hätten.

»Damals – wußte ich noch nichts von Indias Herkunft«, erwiderte Catherine hilflos. »Ich habe erst gestern herausgefunden, wer India wirklich ist.«

»Und das soll ich dir glauben?«

Catherine begegnete erstaunt seinem Blick. »Es ist die Wahrheit.«

Rafael schwieg und sah seine Frau unverwandt an. Catherine hielt seinem Blick stand, und die Spannung, die zwischen ihnen herrschte, wurde nahezu unerträglich. Plötzlich drehte sich Rafael auf dem Absatz um. »Tut mir leid«, sagte er heftig. »Würdest du mich jetzt bitte entschuldigen?«

»Rafael – Rafe, bitte –« Er hatte ihr seinen breiten Rücken zugewandt, aber Catherine ließ sich nicht beirren. »Kannst du India nicht freilassen, damit sie mit Ali weit fortgeht – vielleicht zurück in die Wüste?«

Er schwieg so lange, daß Catherine schon Hoffnung schöpfte, dann schüttelte er jedoch den Kopf. »Wenn es dabei nur um mich ginge, würde ich vielleicht auf deinen Vorschlag eingehen. Aber das Leben jedes Mannes, jeder Frau und jedes Kindes hier am Fluß hängt von meiner Entscheidung ab. Jeden Moment kann ein Aufstand ausbrechen, in dem zahlreiche Menschen getötet werden könnten. Im Vergleich dazu war der gestrige Vorfall ein harmloses Geplänkel.«

»Und etwas Derartiges wird verhindert, wenn India ums Leben kommt?«

»Ich glaube, Catherine, daß du mich nicht verstehen willst. Ist dir noch nie der Gedanke gekommen, daß du hättest getötet oder verletzt werden können und daß sich India keinen Deut darum geschert hat, ob dir etwas passiert? Wenn sie noch ein paar Minuten länger gewartet hätte, wenn sie nur etwas weniger entschlossen gewesen wäre, Madame Thibeaut zu beseitigen, dann wären wir wie die Ratten in der Eingangshalle gefangen gewesen. Und was wäre danach gekommen? Hätten sie Cypress Bend und das Haus der Trepagniers angegriffen und eine allgemeine Rebellion angezettelt? Das erscheint mir ziemlich wahrscheinlich.«

»Das alles ist aber nicht geschehen«, entgegnete sie. Ihr Gesicht war blaß geworden, aber sie preßte die Lippen entschlossen zusammen.

»Und es wird auch nicht geschehen – nicht, wenn ich es verhindern kann.«

Was konnte sie darauf noch erwidern? Er war davon überzeugt, daß er das Richtige tat, und Catherine mußte zugeben, daß er gute Gründe für seine Vorgehensweise hatte. Aber dennoch wurde es ihr fast übel, als sie daran dachte, was am Nachmittag geschehen sollte.

Vielleicht konnte ihre Gegenwart bei der Bestrafung die Gemüter ein wenig kühlen. Mit diesem Gedanken machte sie sich zur festgesetzten Zeit auf den Weg zu dem Platz in den Sklavenquartieren.

Die Sonne fiel schräg durch die Bäume, und die Hütten auf der anderen Straßenseite warfen dunkle Schatten über den Platz. Die Arbeiter waren von den Feldern zurückgerufen worden, und der Geruch von Staub und Pferdemist hing in der Luft. Stechmücken umschwärmte die Zuschauer in dichten Wolken. Daß sie erst gestern beinahe eines gewaltsamen, blutigen Todes gestorben wäre, erschien Catherine unvorstellbar, bis sie die ausdruckslosen Gesichter der Sklaven sah.

Sie standen wie versteinerte Statuen auf dem Platz und warteten auf das seltene Schauspiel, das sie auf Geheiß ihres Herrn beobachten mußten. Ihre Haltung drückte Fatalismus aus, aber da war auch noch etwas anderes, das nicht offen zutage trat. Sie musterten ihre Herrin, und Catherine hätte gern etwas gesagt oder getan, um sie freundlicher oder zumindest zugänglicher zu machen. Mit einem Mal wurde ihr klar, daß die Aufmerksamkeit der Sklaven auf einen Punkt hinter ihr gerichtet war.

Sie drehte sich um und sah India, die zwischen zwei kräftigen Feldarbeitern auf den Platz kam, die Hände vor sich gefesselt. Ihre Haltung war würdevoll und stolz, und ihre Miene drückte Verachtung aus. Rafael folgte ihr zu Pferd, das Ali führte.

Catherine starrte die Peitsche, die über Alis Schulter hing, an. Er wollte India doch wohl nicht selbst auspeitschen, konnte Rafael tatsächlich so gefühllos sein, seinen Diener mit einer so grausamen Aufgabe zu betrauen? Aber in diesem Fall hätte Ali sicher den Gehorsam verweigert. Als Ali Catherine einen Blick zuwarf, entdeckte sie das Leid in seinen Augen.

India wurde in die Knie gezwungen und die Seile um ihre Knöchel befestigt. Ihr Gesicht verzerrte sich kurz, aber sie wehrte sich nicht, als sie über das Loch im Boden gelegt und ihre Handgelenke an den beiden anderen Pfosten angebunden wurden. Eine Frau mit einem Messer trat vor, schnitt vorsichtig Indias Kleid am Rücken auf und zog den Stoff weit auseinander. Ein Schauder durchlief Catherine, als sie daran dachte, wie die Peitsche auf die kupferfarbene Haut auftraf, obwohl sie wußte, daß es besser war, wenn keine Stoffstückchen in die Haut gedrückt wurden.

Alis Blick war in die Ferne gerichtet, während er mit versteinertem Gesichtsausdruck die lange Peitsche ausschüttelte. Rafael hob die Hand, und als die Menge in völliges Schweigen verfiel, ließ er den Arm sinken.

Langsam, als müsse er sich zwingen, holte Ali aus. Er atmete tief ein, und die Peitsche zischte durch die Luft. Die Muskeln in Indias Rücken zogen sich ruckartig zusammen, ihre Hände verkrampften sich zu Fäusten, aber sie gab kein Geräusch von sich. Wieder und wieder klatschte die Peitsche hernieder, aber Ali achtete darauf, nicht immer dieselbe Stelle zu treffen. Beim fünften Schlag schloß India die Augen, wand sich, zerrte an den Seilen, beim siebten stöhnte sie vor Schmerz, beim zwölften wurde sie ohnmächtig.

Weiter zischten die Schläge nieder. Schweiß stand auf Alis Stirn, lief in seine Augen und strömte, vermischt mit salzigen Tränen, über sein Gesicht. Seine Lippen waren über seine Zähne nach hinten gezogen, und seine Brust hob und senkte sich schwer.

Blut sickerte in dünnen Rinnsalen aus einigen der Striemen, und Catherine schluckte, um die immer stärker werdende Übelkeit zu verdrängen. Sie zählte im Geiste mit. Einundzwanzig. Zweiundzwanzig. »Mein Gott«, flüsterte sie, »o Himmel, hilf.«

»Genug«, sagte Rafael ruhig.

Dieses Wort bewirkte ein allgemeines Aufatmen. Catherine warf ihrem Mann einen Blick zu und stellte ohne weiteres Interesse fest, daß er blaß geworden war.

»Nein, nein!«

Der Protest kam von Solange, die unbemerkt bis ganz nach vorn gekommen war. Sie stürzte sich auf Ali, riß die Peitsche aus seiner Hand und begann ungeschickt, auf India einzuschlagen. »Tötet sie! Ich will, daß sie stirbt! Sie hat Madame Ti getötet. Sie hat Madame Ti getötet!«

Rafael schwang sich aus dem Sattel, und mit einem einzigen Schritt hatte er seine Schwester erreicht und riß ihr die Peitsche aus den Händen.

Solange rieb sich die Finger und starrte ihren Bruder an. »Sie hat meine Madame Ti getötet«, flüsterte sie und fiel schluchzend in seine Arme.

Rafael starrte Catherine über den Rücken seiner Schwester hinweg an, dann drehte er sich um und ging mit dem Mädchen in Richtung Haus.

Unentschlossen sah Catherine ihm nach. Die indianische Frau zu ihren Füßen stöhnte.

»Löst die Fesseln«, befahl Catherine kurz. »Jemand soll eine Decke holen.«

Zwei Männer brachten India ins Gefängnis zurück. Es schien keinen anderen Platz für sie zu geben, aber dort war es wenigstens sauber. Bevor sie jedoch das kleine Gebäude erreichten, rollte Indias Kopf von einer Seite zur anderen, und Catherine sah, wie sich der Bauch der Indianerin spannte.

Sie legten sie auf die schmale Pritsche, und Catherine spürte jemanden neben sich. Ali streckte die Hände aus, um India auf die Seite zu legen – in die einzige Lage, die nicht schmerzhaft für sie war. Er rollte eine Decke zusammen, die sie stützen sollte.

»Schick die anderen weg«, murmelte Catherine. Rafaels Kammerdiener gehorchte.

Als alle fort waren, standen sie beide da und starrten auf die bedrohlich roten Streifen und Wunden, die Indias Rücken bedeckten.

»Warum?« flüsterte Catherine verständnislos. »Warum nur?«

Er verstand sie so schnell wie immer. »Warum ich die Peitsche selbst geschwungen habe? Wer hätte das besser tun können als ich, Madame? Ich konnte mich nicht darauf verlassen, daß ein anderer sie vorsichtig behandeln würde.«

»Du meinst – das war deine Idee? O Ali!«

»Ein Beweis meiner Liebe, Madame«, fügte er mit einem vor Traurigkeit zitternden Lächeln hinzu, »ich wollte den Schmerz so gering wie möglich halten.«

Sie reinigten die Wunden, strichen eine lindernde Salbe auf Indias Rücken und legten einen Verband an. Die Indianerin rührte sich nicht und ließ alles über sich ergehen. Als sie fertig waren, drehte sie sich etwas zur Seite, öffnete die Augen und starte sie in dumpfer Apathie an. Ali kniete sich neben sie und ergriff ihre Hand. India machte keine Anstalten, sie ihm zu entziehen, aber sie gab auch nicht einmal durch ein winziges Zeichen zu erkennen, daß sie sich seiner Gegenwart bewußt war. Der Schmerz verlieh ihrem Gesicht eine eigentümliche, unheimliche Schönheit.

Plötzlich verzog sich ihre Miene, und ihre Hand verkrampfte sich. India wand sich auf dem Bett, aber kein Laut kam über ihre Lippen.

»Das Kind –«, flüsterte Ali. Catherine nickte nur.

Die Nacht senkte sich über das Geschehen. Eine Waltranlampe, Tücher, heißes Wasser, Speisen und Getränke wurden gebracht.

Die Luft in dem kleinen Raum wurde stickig, und die sanfte Brise kühler Nachtluft, die durch das hohe Fenster drang, konnte die drückende Atmosphäre nicht vertreiben. Schweiß rann ihnen über die Gesichter und befeuchtete ihr Haar, während sie Indias Hände hielten, so daß sie sich festklammern konnte, und versuchten, sie davon abzuhalten, daß sie sich auf dem Bett hin und her warf und sich noch mehr Schmerz zufügte. India bekam Fieber, und Catherine tauchte Tücher in kaltes Wasser, um sie ihr auf die Stirn zu legen, und wusch immer wieder mit einem Schwamm ab.

Immer wenn Indias Augen starr wurden, wünschte Catherine, sie würde schreien oder fluchen – irgend etwas tun, um dieses schreckliche schweigende Dulden zu beenden. Aber das tat sie nicht. Ihre Lippen schwollen an und bluteten, ihre Handflächen waren von ihren Nägeln zerkratzt, aber sie gab nicht das leiseste Geräusch von sich. Und sie wollte sich auch nicht selbst helfen. Sie kümmerte sich nicht um Catherines Anweisungen und ließ sich willenlos von den Schmerzenswellen überrollen.

Der Mond stand schon hoch über den Bäumen, als sich Indias Kind mit den Beinen zuerst in die Welt kämpfte. Es war ein Junge. Einen fürchterlichen Augenblick dachte Catherine, er würde nicht atmen, dann durchbrach sein Schrei die nur von schweren Atemzügen erfüllte Stille. Ihre Tränen benetzten das Baby, als sie es wusch, in ein Stück Stoff wickelte und Ali gab. Er nahm es ganz vorsichtig und ungeschickt, wie alle Männer es bei ihrem Erstgeborenen tun.

»India«, sagte er leise und kniete sich neben das Bett. »Sieh dir unseren Sohn an.«

Ihre Lider flatterten, dann öffnete sie die Augen. Ein schwaches Lächeln huschte über ihre Lippen. »Deinen Sohn, Ali«, seufzte sie und wandte den Kopf ab.

Ali warf Catherine einen Blick zu. Sie schüttelte den Kopf. »Sie verliert viel Blut – und es ist ihr egal.«

»India«, flüsterte Ali leise drängend, legte das schwarzäugige Kind in ihren kraftlosen Arm und drückte ihre Hand auf seine winzigen bewegenden Beine. »Spürst du nicht dein Kind, das warm und süß neben dir liegt? Du mußt dein Leben um seinetwillen festhalten. Diese Zeit wird vorübergehen. Es wird wieder Freude geben und Liebe. Alle Liebe, die ich dir geben kann.«

Ihre Stimme klang wie ein schwaches Rascheln von Blättern im Herbstwind. »Das wäre vielleicht genug gewesen – wenn mein Kind nicht ein Sklave wäre – und du nicht so sehr ein Diener – in deinem Herzen.«

Alis Miene veränderte sich, als ihre schmerzliche Stimme bis zu seiner Seele vordrang. Sie hatte natürlich recht. Das Kind bekam durch den *Black Code of Bienville*, das Gesetz über die Sklavenhaltung, den Status seiner Mutter. Aber der Mann aus der Wüste wollte es nicht zulassen, daß seine Gefühle seine Besorgnis um India behinderten.

»In dieser Welt, meine India, gibt es Dinge, die wichtiger sind als die Freiheit oder das Feuer und der Tod der Rebellion.«

»Wirklich?« fragte sie erschöpft.

»Ja, und dazu gehören Treue, Liebe, Zugehörigkeit –«

»Worte, das sind doch nur Worte.«

Ali beugte sich weiter vor, um ihr Flüstern verstehen zu können. »Das bedeutendste davon ist – die Liebe«, erwiderte er. Seine tränengefüllten Augen fixierten ihr kantiges Gesicht.

India antwortete nicht.

Die gleißende Helle des Sommermorgens lag schon über dem Land, als Catherine zum Haus ging. Die Sonne brachte die Tautropfen zum Glitzern, die Vögel zwitscherten und Grillen zirpten im Gras, aber von all dem nahm Catherine nichts wahr.

Sie begegnete Rafael, der mit einer Kaffeetasse in der Hand auf der hinteren Galerie stand, als wäre er gerade vom Frühstückstisch aufgestanden. Er wirkte so ausgeruht und sauber in seinem frischen Hemd und den ordentlich gebügelten Hosen – ganz im Gegensatz zu ihr mit ihrem verknitterten Kleid und der zerzausten Frisur.

»Guten Morgen«, sagte sie kurz und wollte an ihm vorbeigehen.

»Möchtest du einen Kaffee? Du siehst so aus, als könntest du ihn gebrauchen.«

»Ach, wirklich?« fragte sie scharf. »Das ist bestimmt keine Überraschung, wenn ich daran denke, daß ich heute nacht eine Geburt und einen Tod miterlebt habe.«

Sein Mund wurde schmal, und Catherine glaubte, daß seine Miene Verteidigung ausdrückte. »Aus deinem Benehmen kann ich nur schließen, daß du mir sagen willst, daß India ihr Kind bekommen hat.«

»Genau – und sie ist bei der Geburt gestorben.«

»Das ist bedauerlich«, sagte er nach einer kleinen Weile.

Catherine war klar, daß dies nicht der richtige Zeitpunkt war, um über die Sache zu sprechen, da sie zu erschöpft und niedergeschlagen war, aber sie konnte die Worte nicht zurückhalten, die sich auf ihre Lippen drängten.

»Bedauerlich? Ist das alles, was du dazu zu sagen hast?«

Rafael kippte den Kaffeesatz aus seiner Tasse über das Geländer. »Ich bin kein Heuchler, Catherine. Diese Frau hat versucht, uns alle töten zu lassen. Was soll ich deiner Meinung nach tun? Ihretwegen Schwarz tragen?«

»Ich denke, du könntest ein wenig Mitgefühl zeigen, statt diese kalte Maske zur Schau zu stellen. Selbst im dekadenten Europa werden Frauen während der Schwangerschaft von Strafen verschont, damit das Kind keinen Schaden nimmt. Das, was du getan hast, ist mehr als nur gefühllos. Ich glaube nicht, daß ich das je vergessen kann!«

»Catherine, du benimmst dich hysterisch. Ich denke –«

»Wenn mein Benehmen die Wahrheit ans Licht bringt, dann sollte ich dabei bleiben. Kannst du mit Sicherheit sagen, daß Indias Tod dir nicht äußerst gelegen kommt? Sie war die Tochter des Mannes, der deinen Vater getötet hat. Sind deine Rachegelüste endlich befriedigt? Oder was hast du noch vor, um dich mit der Tatsache auszusöhnen, daß du über den Tod deines Vaters froh warst?«

Ihre Worte schwebten noch in der Luft, als Rafaels Gesicht aschfahl wurde, aber er unternahm keinen Versuch, sich zu verteidigen. Ein kleine Ewigkeit herrschte tödliches Schweigen, schließlich sagte er: »Du wirst die Sünden der Welt nicht wiedergutmachen können, *chérie.*«

»Ich hielt es für meine Pflicht als Herrin von Alhambra, deine Leute mit Güte zu behandeln und Gnade walten zu lassen.«

»Vielleicht kannst du auch ihrem Herrn vergeben – es sei denn, du verabscheust mich und das, was ich getan habe, zu sehr.«

Tat sie das? Sie konnte in diesem Augenblick nicht objektiv sein, und seine Worte wirkten auf sie wie eine Herausforderung, der sie begegnen mußte. Sie warf ihrem Mann einen gleichmütigen Bick zu und antwortete: »Was sollte ich sonst wohl empfinden?«

Ärger – oder war es Schmerz – flackerte in seinen Augen auf. Seine Hände ballten sich zu Fäusten, und er senkte den Blick, damit sie seine Gefühle nicht erkennen konnte. »In diesem Falle«, sagte er langsam, »wirst du vielleicht an der Nachricht interessiert sein, die gestern abend für dich gekommen ist. Sie liegt auf deinem Sekretär im Salon.«

Eine schwere Last legte sich auf Catherines Brust, als sie ihn fortgehen sah. Tränen, die mit ihrem Zorn nicht das geringste zu tun hatten, brannten in ihren Augen. Sie fühlte sich elend, als hätte sie sich selbst verletzt.

Die Nachricht lag auf ihrem Sekretär, ein weißer Umschlag, verschlossen mit blauem Siegelwachs, das das Wappen der Fitzgeralds zeigte. Rafael konnte wohl kaum einen Zweifel gehabt haben, von wem die Nachricht stammte. Bedeutete seine geheimnisvolle Äußerung, daß er ahnte, warum sich Marcus hier in der Gegend aufhielt?

Catherine strich über ihre Augen und bemühte sich, die elegante Handschrift von Marcus zu entziffern.

Dort stand:

Meine liebe Catherine,
ich habe soeben mit Schrecken von den neuesten Ereignissen in Alhambra gehört. Daß Ihr dabei davongekommen seid, war ein Wunder, für das ich Gott danke, aber ich mache mir jetzt doch Sorgen um Euch. Die lebhaftesten Ängste um Eure Sicherheit verfolgen mich. Meine größte Hoffnung ist, daß Ihr meinen Vorschlag noch einmal bedenken und mir erlauben werdet, Euch aus der gefährlichen Gegend fortzubringen. Wenn mir verwehrt bleibt, Euch für mich zu gewin-

nen, so erlaubt mir doch wenigstens, Euch zum Haus Eurer Mutter nach New Orleans zu begleiten.
Ich stelle mich und meine Kutsche zu Eurer Verfügung. In der Stunde von zehn bis elf Uhr morgen früh werdet Ihr mich am gewohnten Ort finden. Wenn ich Euch zu Diensten sein kann, braucht Ihr nur zu kommen.

Ich verbleibe Euer
ergebenster und gehorsamster Diener
Marcus

Von zehn bis elf heute morgen. Rafael hatte gesagt, die Nachricht sei gestern abend gebracht worden.

Konnte ihr Mann erraten haben, was in dem Brief stand? Das war unwahrscheinlich – außer, er hatte Kenntnis von ihren Treffen mit Marcus. Es war ja wirklich nichts geschehen bei diesen Begegnungen, aber man konnte kaum von Rafael erwarten, daß er das glaubte.

Sie war erschöpft, und der Gedanke, nach all dem, was sie gesagt hatte, Rafael entgegentreten zu müssen, war ihr unerträglich. Sie dachte an ihr Zimmer in dem Haus in New Orleans – dort herrschte Frieden, und in New Orleans hätte sie die Gelegenheit, die jüngsten Ereignisse zu überdenken und zu verarbeiten. Indias Kind, so winzig es auch war, würde überleben, da Catherine schon eine geeignete Amme gefunden hatte. Rafael hatte ihr zu verstehen gegeben, daß ihn das alles nicht weiter kümmerte. Also warum sollte sie nicht für eine Weile nach New Orleans zurückkehren? Warum sollte sie Marcus' Angebot, sie zu begleiten, nicht annehmen? Und wenn sie schon so weit war, warum akzeptierte sie dann nicht auch seinen Antrag?

Mit einem finsteren Lächeln schüttelte sie den Kopf. So töricht würde sie nicht handeln. Und sie hatte auch nicht die Absicht, allein mit Marcus flußabwärts zu fahren. Pauline mußte mitkommen. Die dumme kleine Dienerin würde einen Aufenthalt in der Stadt herrlich aufregend finden. Vielleicht war sie keine besonders geeignete Anstandsdame, aber sie war sicher besser als gar keine.

Ihr Koffer war schon halb gepackt, als jemand an die Schlafzimmertür klopfte.

»Ja?«

»Hier ist eine Dame, die Euch besuchen möchte«, rief Pauline.

Noch bevor Catherine etwas sagen konnte, wurde die Tür aufgestoßen, und Fanny segelte herein. »Vergebt meine formlose Art, meine Liebe. Ich konnte einfach keine Minute länger im Salon sitzen bleiben. Ich wollte sofort kommen, als ich von Euren Schwierigkeiten gehört hatte, aber ich mußte bleiben und mich um die letzten Gäste kümmern...«

»Das ist alles, Pauline«, sagte Catherine und bedeutete dem jungen Mädchen, die Tür zu schließen.

Fanny nahm, nachdem sie Catherine flüchtig umarmt hatte, ihr Täschchen vom Arm und ließ es auf den Toilettentisch fallen.

»Ihr müßt mir genau erzählen, was in dieser Nacht geschehen ist –« Sie sah den Koffer und hielt mitten im Satz inne. »Ihr geht fort, Catherine? Es sieht Rafael überhaupt nicht ähnlich, daß er davonläuft.«

»Rafael bleibt auch hier.«

»Er schickt Euch allein weg? Alhambra oder der Fluß, da ist doch das eine ebenso riskant wie das andere! Ich bin überrascht, daß Ihr das Risiko eingehen wollt.«

»Wirklich?« fragte Catherine ruhig. Fannys neugierige Fragen hätten ihr bei einer anderen Gelegenheit vielleicht nichts ausgemacht, aber im Augenblick war sie nicht in der Stimmung, Erklärungen abzugeben.

»Ich würde Giles nicht in dieser Situation allein lassen wollen. Und er würde auch nicht im Traum daran denken, mich ohne seinen Schutz flußabwärts fahren zu lassen.«

»Ihr seid auch nicht in meiner Lage... außerdem fahre ich nicht allein«, erwiderte Catherine freundlich.

»Auf den Bootsmann könnt Ihr wohl kaum zählen. Dieser Sorte Mann kann man nicht trauen –«

»Ich würde ihnen ebensosehr trauen wie einem Gentleman aus meiner Bekanntschaft«, entgegnete Catherine trocken. »Aber ich reise in Begleitung von Marcus Fitzgerald. Er hat mir seinen Schutz angeboten.«

Diese zweideutige Antwort verwunderte Fanny. Sie ließ sich auf die Chaiselongue fallen und hauchte: »Catherine, das könnt Ihr nicht tun.«

»Nein?« fragte sie, ohne Fanny anzusehen.

»Das ist unvorstellbar. Ihr werdet mir doch nicht sagen, daß Ihr ihn Rafael vorzieht.«

»Nein«, bekannte Catherine ohne Reue, »ich ziehe ihn nicht vor.«

Zwischen Fannys Augenbrauen entstand eine Falte. »War es wirklich so schlimm in der vorletzten Nacht?«

»Es war nicht sehr angenehm.«

»Giles hat mir erzählt, daß einige der entflohenen Sklaven umgekommen sind und daß es sicher eine Weile dauern wird, bis sie wieder daran denken, anzugreifen. Jetzt wissen alle, daß sich die Sklaven im Sumpf aufhalten, und man wird versuchen, sie aufzuspüren und einzufangen.«

»Sehr beruhigend. Aber ich fahre trotzdem nach New Orleans.«

»Ihr macht einen großen Fehler, Catherine.«

Fannys überlegener und anklagender Ton ärgerte Catherine, und sie beschloß, die Freundin nicht ins Vertrauen zu ziehen. Sie kümmerte sich nicht darum, daß auf der anderen Seite des Innenhofs eine Schlafzimmertür krachend ins Schloß fiel, und erwiderte scharf: »Das mag schon sein, aber ich begehe diesen Fehler, nicht Ihr.«

Fanny legte den Kopf schräg, um Catherines Gesicht zu sehen, und fragte: »Weiß Rafael, daß Ihr fortgehen wollt?«

Catherine wurde unbehaglich zumute, aber sie machte keine Ausflüchte. »Sähe es mir ähnlich, ihm davon zu erzählen?«

»Nein«, antwortete Fanny in einem eigenartigen Tonfall. »Es wäre auch ziemlich unklug.«

Fanny blieb nicht mehr lange. Catherine begleitete sie zur Tür und sah ihr nach, als sie in die Kutsche ihres Bruders stieg. Sie saß einen Augenblick still da, als ob sie einen Entschluß fassen müßte, dann gab sie plötzlich das Zeichen zum Losfahren. Catherine schaute ihr nach, bis sich der Staub ihrer Kutsche auf die Blätter der Bäume senkte.

Der Koffer war schwerer, als Catherine vermutet hatte. Sie und Pauline schafften es nur unter Anstrengungen, ihn über den schmalen Waldweg zu tragen. Der Lederriemen schnitt in ihre Hände, und wegen ihrer langen Röcke konnten sie nicht sehen, wohin sie traten, so daß sie immer wieder über Wurzeln und Steine stolperten.

Pauline kicherte ständig und ging damit Catherine so sehr auf die Nerven, daß sie die Zofe am liebsten geohrfeigt hätte.

Ganz hinten in ihrem vor Erschöpfung dumpfen Gehirn nagte der Gedanke, ob sie wirklich das Richtige tat. Diese Frage machte sie noch reizbarer, aber sie wich nicht im geringsten von ihrer Absicht ab. Sie konnte und wollte ihre gegenwärtige Lage nicht einen Augenblick länger ertragen.

Ihre Augen brannten von all den ungeweinten Tränen. Wieviel Zeit war vergangen, seit sie das letzte Mal geschlafen hatte? In der vergangenen Nacht und in der Nacht davor hatte sie kein Auge zugetan. In den letzten achtundvierzig Stunden hatte sie zwei Todesfälle und eine Geburt erlebt. Und wie viele Nächte davor hatte sie sich schon nicht mehr ungestörter Ruhe erfreut? Es schien Monate, Jahre, ein Leben lang herzusein.

Die Kutsche, die auf sie wartete, war schwarz mit silbernen und blauen Beschlägen, vermutlich die neue Kutsche der Trepagniers, dachte Catherine. Es war wirklich nett von ihnen, sie Marcus zur Verfügung zu stellen. Marcus lehnte an ihrer Seite und schlug müßig mit einem Zweig gegen sein gestiefeltes Bein. Er warf ihn sofort zu Boden, als er die beiden Frauen auf sich zustolpern sah, und lief ihnen entgegen, um ihnen ihre Last abzunehmen.

»Ich danke Euch«, sagte Catherine atemlos und versuchte zu lächeln.

Mühelos trug Marcus den Koffer zur Rückseite der Kutsche und wuchtete ihn auf den Gepäckständer, wo ihn der Kutscher festzurrte.

»Catherine«, sagte Marcus, nahm ihre Hand und hob sie an seine Lippen, »ich kann Euch nicht sagen –«

»Ich kann Euch auch nicht sagen, wie sehr ich Euer Angebot zu schätzen weiß, mich zum Haus meiner Mutter zu bringen«, sagte sie schnell. »Ich werde Euch dafür immer dankbar sein.«

Ein Schatten huschte über sein Gesicht, und er preßte seine Lippen zusammen. In diesem Augenblick zerriß ein schmerzvoller Schrei die Stille.

»Marcus!«

Solange stürmte mit wehendem Haar auf sie zu. Ihre Augen waren geschwollen und rot vom Weinen. Catherine starrte sie sprachlos an. Der wilde Blick des Mädchens erschreckte sie so sehr, daß sie sich nicht vom Fleck rühren konnte.

Solange hatte nur Augen für Marcus. »Ihr könnt doch nicht einfach so fortgehen, das könnt Ihr nicht tun! Ich habe schon Madame Ti verloren, Ihr dürft mich jetzt nicht allein lassen und mit ihr fortgehen. Es war schon schlimm genug, als ich erfahren habe, daß Ihr abreist, aber als ich diese Person sagen hörte, sie würde mit Euch fortgehen, dachte ich, ich müßte sterben. Bitte, Marcus – und nehmt mich mit. Nehmt mich mit, ich flehe Euch an!«

»Solange, ich bitte Euch«, murmelte er ungeschickt.

»Ich liebe Euch, Marcus«, rief sie flehend, als sie seine abweisende Miene sah. »Tut mir das nicht an.«

Als Antwort öffnete Marcus die Kutschentür und drängte Catherine hinein. »Los, Mann«, rief er dem Fahrer zu.

Solange, der die Tränen in die Augen traten, taumelte vorwärts und umklammerte seinen Arm. »Marcus, hört mir zu – bitte –«

Aber Marcus schüttelte sie ab, während er ungeduldig darauf wartete, daß Catherine über die durcheinandergefallenen Schachteln und Koffer kletterte, die am Boden der Kutsche lagen.

»Ich liebe Euch, ich liebe Euch! Ich werde mich umbringen, wenn Ihr mich ihretwegen verlaßt. Ich werde mich töten!«

»Verrückte kleine Idiotin! Verschwinde und laß mich in Ruhe«, zischte Marcus und stieß sie heftig von sich, so daß sie auf die Knie fiel.

Das Mädchen krümmte sich wie im Todeskampf und schrie wie am Spieß, bevor sie herzzerreißend schluchzte. Verärgert wandte sich ihr Marcus zu, als wolle er sie zum Schweigen bringen.

Sie sah ihn voller schmerzerfülltem Unglauben an und flüsterte: »Ich will sterben.«

Mit einem angewiderten Murren wandte sich Marcus ab. Als er zur Kutsche kam, fiel sein Blick auf sein Rasierkästchen. Es dauerte nur einen Augenblick, den Lederriemen zu lösen und das scharfe Rasiermesser herauszuziehen. Er warf es Solange in den Schoß.

»Da«, sagte er mit gepreßter Stimme dazu. »Ihr solltet Eurem Kummer möglichst bald ein Ende machen.«

Er gab den Befehl zur Abfahrt, und die Kutsche ruckte. Pauline, die bisher schweigend an der Seite gestanden hatte, trat einen Schritt vor, aber ein zorniger Blick von Marcus ließ sie stehenbleiben. Er schwang sich in die Kutsche und landete schwer auf dem Sitz neben Catherine, während er die Tür hinter sich zuschlug.

»Nein, wartet«, rief Catherine und beugte sich vor, um neben ihm aus dem Fenster sehen zu können.

»Macht Euch keine Sorgen«, erklärte ihr Marcus. »Solange ist viel zu feige, um irgend jemandem weh zu tun, am wenigsten sich selbst.«

Catherine hörte ihn kaum. Durch den Staub, den die Kutschenräder aufwirbelten, sah sie Pauline hinter der Kutsche herrennen. Solange saß noch immer auf der Erde und hielt das blitzende Rasiermesser in der Hand. Noch während Catherine sie anschaute, holte das Mädchen tief Luft und schnitt in ihr linkes Handgelenk.

»Halt!« schrie Catherine, als das Blut in einem dunkelroten Strom über den Unterarm des Mädchens strömte. »Die Kutsche soll anhalten!«

Marcus machte keine Anstalten, ihrem Wunsch nachzukommen. Er sah nicht zurück.

»Sie bringt sich um«, kreischte Catherine und sah dem Mann neben sich in die Augen. Ein Moment verging, und er unternahm immer noch nichts. In diesem kleinen Zeitabschnitt konnte Catherine erkennen, daß er nicht die Absicht hatte, Solange zu helfen. Es war ihm egal, was aus ihr wurde.

Sie wandte sich hastig um und klopfte mit der Faust an das Dach der Kutsche, um sich dem Kutscher verständlich zu machen. »Halt! Sofort stehenbleiben!« schrie sie und griff nach der Tür.

Plötzlich wurde ihre Hand weggerissen, und sie wurde auf den Sitz gedrückt. Marcus war über ihr, seine Lippen fest zusammengepreßt. Er holte aus, und ein Schlag traf Catherines Schläfe. Das Bild vor ihren Augen zerbrach in tausend kleine graue Stücke, und sie verlor das Bewußtsein.

Ein feuriges orangefarbenes Licht brachte sie in die Wirklichkeit zurück. Es waren die letzten Strahlen der Sonne, die durch die Kutschenfenster in das staubige Innere des Fahrzeugs fielen. Sie drehte den Kopf, um dem hellen Licht auszuweichen und atmete tief durch, als ein durchdringender Schmerz ihr Gehirn zu zersprengen schien. Nach einem Augenblick erstarb das Pulsieren wieder, und sie entspannte sich ein wenig, obwohl die Geschwindigkeit, zu der der Kutscher die Pferde antrieb, verhinderte, daß sie echte Erleichterung fand.

Sonnenuntergang. Es war Vormittag gewesen, als sie das Haus mit Pauline verlassen hatte. Wo waren all die Stunden geblieben? Wo war Pauline? Zurückgelassen – bei Solange.

Der bittere Geschmack des Grauens erfüllte ihren Mund. Langsam schloß sie die Augen. Solange. Die arme Solange. Zu spät. Das Blut, das sie auf den feuchten Waldboden vergossen hatte, mußte inzwischen schon schwarz und geronnen sein. Zu spät. Welches schwache Gefühl des besitzergreifenden Begehrens Rafael auch immer für sie empfunden haben mochte, es mußte inzwischen im Feuer seines Hasses verglüht sein. Einen derart furchtbaren Verrat würde er weder vergessen noch vergeben können. Sie hatte kein Recht, das zu erwarten – und sie hatte auch nicht den Wunsch danach. Zu spät. Sie war zu einer unsicheren Zukunft verdammt. Mit oder ohne ihre Zustimmung war sie an den Mann gebunden, der sie so aufmerksam aus dem Halbdunkel beobachtete.

Sie konnte niemals zurück nach Alhambra. Nie wieder.

Teil 2

16

»Ich bin der gerissene siebte Sohn eines siebten Sohnes! Ich bin ein Bruder des Grizzlybärs, Vetter des Berglöwen, und mein Vater war ein Wiesel! Ich kann besser rudern, besser betrügen und besser werfen als jeder andere Mann auf dem ganzen Mississippi. Ich kann weiter staken, mehr saufen und höher klettern als jeder andere Kerl weit und breit. Ich kann den Black River schlucken und den Red River ausspucken. Tags bin ich gemeiner als 'ne Klapperschlange mit 'nem wunden Schwanz, und nachts nehm' ich den Mondstrahl als Hühnerleiter! Kikerikii! Kannst du mich hören, meine Welt? Kikerikii!«

Catherine blieb erstaunt in der Tür der schäbigen Flußtaverne stehen. Das schwankende gelbe Licht von den Lampen, die im Halbdunkel unter den niedrigen rauchgeschwärzten Balken hingen, ergoß sich in die Nacht. Auf einer Seite befand sich eine große Feuerstelle, über der eine Bratpfanne und ein Topf hingen. An einem kleinen, schmierigen Bratspieß drehte sich langsam ein Stück Rindfleisch. Der Raum roch nach saurem Bier und Whisky, nach Rauch und Kautabak. Eine Ansammlung schmutziger Bootsleute saßen an den rohgezimmerten Tischen über ihr Essen und ihre Krüge gebeugt und lauschten dem bärtigen Riesen, der breitbeinig auf dem Tisch in der Mitte des Raums stand und in voller Lautstärke grölte.

Catherines erster Gedanke war, sich schnell zurückzuziehen, aber Marcus war hinter ihr und drängte sie in das laute Zimmer. Sie schaffte es gerade noch, einem finster dreinschauenden jungen Mann mit schwarzen Augenbrauen und dunklen, bis auf die Schulter reichenden Haaren auszuweichen. Er wich ihr schnell aus und zuckte zusammen, weil er dabei sein ganzes Gewicht auf seinem verletzten Fuß verlagerte. Er kümmerte sich nicht um ihre Entschuldigung und schlüpfte an ihr vorbei aus der Tür, wobei er ihr einen durchdringenden Blick zuwarf.

»Die is 'ne süße Person, würd' ich sagen!« Der rauhe Gruß ertönte aus einer dunklen Ecke.

»Aber ganz oben auf der Leiter. Wär' vielleicht ganz interessant, sie vom hohen Roß zu holen.«

»Was willst du holen?«

»Meinst du nicht, die wär' nackt noch 'n bißchen besser?«

Was hatte sie wohl an sich, was einen solchen Kommentar hervorrufen konnte? Es gab eigentlich nichts, woran man hätte Anstoß nehmen können bei ihrem grauen Kleid und ihrer rosa Satinhaube, die mit grauen Reiherfedern besetzt war. Sie und Marcus hätten ein Ehepaar sein können, es war nichts an ihnen, was auf etwas anderes hingedeutet hätte. Lag es vielleicht an ihrer erlesenen Kleidung? Ein derart verwahrloster Ort wurde sicher nur von den armseligsten Reisenden besucht. Sicherlich stieg niemand, der zur guten Gesellschaft gehörte, in einer solchen Spelunke ab. Unterkunft und ein herzliches Willkommen war fast immer auch in privaten Häusern zu bekommen. Aber Marcus hatte es nicht gewagt, eine derartige Gastfreundschaft in Anspruch zu nehmen, und vielleicht hatte das dazu geführt, daß sie von den Männern in eben jene Kategorie eingeordnet worden war. Eine süße Person – das war empörend, aber bei dieser Eskapade war es vielleicht das beste, eine solche Bezeichnung als Kompliment aufzufassen.

Mit hocherhobenem Kopf stolzierte Catherine zwischen den Tischen hindurch, ohne auf das anzügliche Gelächter zu reagieren. Marcus hielt sie mit eisernem Griff am Ellenbogen fest, und der Riese auf dem Tisch ließ sie nicht aus den Augen.

Ein kleiner Mann mit schütterem Haar und fettiger Schürze über seinem Bierbauch stand neben der Feuerstelle und sah den Neuankömmlingen entgegen. Die Art und Weise, wie der Wirt Marcus begrüßte, wirkte vertraut, und Catherine gewann den Eindruck, daß der Mann Marcus kannte.

Catherine biß die Zähne zusammen.

»Ihr wollt ein Zimmer?« fragte der Wirt.

»Ja, und nur für uns, bitte. Nicht eins mit vier oder fünf Personen darin.«

Der Wirt blinzelte mit übertriebener Unterwürfigkeit. »Ich weiß genau, woran Ihr denkt, Sir.«

»Ja wirklich?« fragte Marcus möglichst kühl und ironisch und streckte dem Mann eine Münze entgegen.

Der Mann spuckte auf das Silber und rieb es an seiner Schürze blank. »Ganz sicher. Ganz sicher«, sagte er und betrachtete zweifelnd den Stoff von Catherines Kleid. Sein Blick streifte ihr Gesicht und wanderte dann zu der dunklen Zimmerecke. »Jaa.«

Marcus beugte sich vor und sagte mit gesenkter Stimme: »Außerdem werdet Ihr bitte vergessen, daß Ihr uns heute abend gesehen habt.«

»Aber sicher«, erwiderte der Wirt. »Völlig klar.«

Es war offensichtlich, daß Marcus damit nicht zufrieden war, aber er hatte schon genug gesagt – nach Catherines Meinung sogar zuviel. Er trat zurück und ließ den Mann mit einer Lampe über eine grobe, steile Treppe vorangehen.

Das obere Stockwerk der Taverne war kaum überzeugender als das untere. Der rohe Fußboden knarrte bei jedem Schritt, ein scharfer Luftzug wehte durch den engen, dunklen Flur, denn überall zwischen den groben Brettern und Balken der Wände waren Ritzen, und die Holzwände waren so undicht, daß der Schein der Kerzen durch die Löcher drang.

Das Kichern einer Frau brachte Catherine auf den Gedanken, daß diese kleinen privaten Zimmer zu einem bestimmten Zweck dienten. Das rhythmische Quietschen von Matratzen zusammen mit dem Stöhnen ließ keinen Zweifel offen.

»Marcus –«, begann sie und blieb stehen, als ein Schrei aus einem dunklen Zimmer die kühle Nachtluft durchschnitt.

»Jetzt nicht, Catherine«, sagte er rauh und stieß sie über die Schwelle in eine Kammer, die ihm der Wirt gezeigt hatte. Er drehte sich noch um und befahl: »Abendessen, das beste, was Ihr habt, und eine Flasche Klaret.«

»Ich kann Euch etwas zu Essen bringen«, antwortete der Mann, »aber in meinem Haus ist die Nachfrage nach so edlen Getränken sehr gering. Ihr werdet mit entweder Maiswhiskey, Monongahela Rye oder Bier vorliebnehmen müssen.«

Marcus verzog den Mund. »Dann bringt Wasser – und Rye – und wenn Ihr mir noch einen Gefallen tun wollt, könnte Ihr mir sagen, welcher von den Halsabschneidern, die in Eurer Schenke sitzen, zuverlässig ist, daß er uns sicher den Fluß hinunterbringen kann.«

»Na ja, das ist schwer zu sagen. Ich denke, das würde jeder von ihnen tun, wenn dabei genügend Geld rausspringt, auch wenn er es erst in der Stadt der Sünden in Empfang nehmen kann.«

»Gibt es keinen, den Ihr mir empfehlen könnt?«

»Na, also – der Mann, der gerade seine Lungen geübt hat, als Ihr hereinkamt, ist so gut wie jeder andere und besser als die meisten.«

»Sein Name?«

»Dieses alte Moosgesicht ist Bull March, der beste von allen Freistilkämpfern am ganzen Fluß. Der hat diese Woche anderen Kerlen drei rote Truthahnfedern abgenommen.«

»Ich lege Wert auf seine Fähigkeiten als Bootsmann, nicht als Kämpfer.«

»Er ist auch der beste Leichterkapitän. Man sagt, er könnte drei Mann nehmen, ihnen die Nasen und Ohren abbeißen und die Augen eindrükken und dabei nicht ein einziges Mal die Hände vom Ruder nehmen.« Er schielte auf Catherine. »Und er hat auch immer ein Auge auf die Damen.«

Catherine, die das Zimmer in Augenschein nahm, gab vor, diese Bemerkung nicht gehört zu haben.

Marcus erwiderte schroff: »Ich glaube, ich würde jemanden, der weniger lebhaft ist, vorziehen. Ich möchte nicht durch Raufereien aufgehalten werden.«

»Da bleibt natürlich immer noch Parson Vail«, sagte der Wirt und schürzte die Lippen. »Ein Geizhals, der in seinem Leben noch keine Runde ausgegeben hat; aber man sagt von ihm, daß er mit seinem Boot ebenso sorgsam umgeht wie mit seinem Geld.«

»Das könnte genau der Mann sein, den ich brauche. Noch etwas anderes. Ihr kennt nicht vielleicht auch jemanden, der mir eine Kutsche abkaufen würde?«

»Ist der Preis gut?«

»Sehr gut – für jemanden, der mir sofort Geld dafür gibt«, sagte Marcus.

»Vielleicht, aber nur vielleicht.«

Catherine, die sich in diskreter Entfernung befand, betrachtete die einfache Lederschlinge, mit der die Kammertür verschlossen wurde. Marcus nahm dem Wirt die Lampe aus der Hand und wandte sich an Catherine.

»Geschäfte, *chérie*«, sagte er mit einem wagemutigen Glitzern in den Augen. »Amüsiert Euch gut, bis ich wieder zurück bin.«

Sie verschloß die Tür hinter ihm, aber sie konnte keine übermäßige Dankbarkeit dafür empfinden, daß er sich so taktvoll zurückzog.

Mit einer müden Geste stellte sie die Kerze auf den schäbigen Tisch und sank aufs Bett. Ein Rascheln bestätigte, was sie sich schon gedacht hatte: daß die Matratze mit Maisstroh gefüllt war. Das Bett gab so weit nach, daß sie sofort wieder aufstand, weil sie Angst hatte, auf dem Boden zu landen. Auf dem Strohsack lag eine schmuddelige graue Decke, und Bettwanzen, dachte Catherine mit einem Schaudern, waren hier bestimmt keine Seltenheit. Ein brauner irdener Nachttopf mit einem Riß stand am Fußende des Bettes.

Langsam wurde ihr klar, in welcher Lage sie sich befand. In ihrer Brust entstand eine schmerzhafte Enge, und Catherine sank erneut auf das Bett. Sie preßte die Hand auf den Mund und wiegte sich hin und her. Ihr Kopf schien vor Schmerzen zu bersten, und sie brach in Tränen aus.

Sie holte tief Luft, um die Fassung zurückzugewinnen, und tastete vorsichtig die Beule an ihrer Schläfe ab. Sie durfte ihren Gefühlen nicht nachgeben; sie hatte sich selbst in diese Lage manövriert, und die Ironie des Schicksals war, daß sie sich auf der Flucht vor einem brutalen Mann in die Gewalt eines anderen begeben hatte.

Der Gedanke an Marcus' Bemühungen, ihre Spuren zu verwischen, damit Rafael ihnen nicht folgen konnte, brachte sie fast zum Lachen. Er konnte ganz beruhigt sein. Es war äußerst unwahrscheinlich, daß Rafael sie verfolgte, selbst wenn ihn der Tod seiner Schwester nicht aus der Fassung gebracht hatte. Nein, sie hatte keine Angst vor Rafaels Vergeltungsmaßnahmen – vielmehr fürchtete sie sich vor Marcus.

Daß er Solange im Stich gelassen hatte, war das Gemeinste gewesen, was Catherine je erlebt hatte – es war ein richtiges Verbrechen gewesen. Doch was bedeutete das für ihre eigene Zukunft? Welche Absichten hegte er? Sie hatte keine Ahnung. Auf dem letzten Teil der Fahrt hatte schweigender Waffenstillstand zwischen ihr und Marcus geherrscht, was hauptsächlich auf ihre Kopfschmerzen zurückzuführen gewesen war. Sie war nicht in der Lage gewesen, einen klaren Gedanken zu fassen, und sie hatte sich davor gefürchtet, daß ihn ein falsches Wort noch mehr reizen könnte, seine Pläne zu verwirklichen, wie immer die auch aussahen.

Ein müdes Lächeln verzerrte ihre Lippen. War es nicht allzu offensichtlich, was er vorhatte? Schließlich hatte er sie beide in diesem Zimmer einquartiert, das sich in einem Haus mit zweifelhaftem Ruf befand. Dennoch konnte sie immer noch hoffen, daß er sein Lager auf einer Bank im Schankraum aufschlagen würde.

Aber konnte sie das erwarten? Am besten war es, sich so zu benehmen, als erwarte sie, daß sich Marcus wie ein Gentleman verhielt.

Als nach ein paar Minuten das Geräusch schwerer Schritte im Flur ertönte und jemand versuchte, die Tür zu öffnen, sprang sie erschrocken auf.

»He«, lallte eine Stimme, »he, Kleine, laß mich rein.«

Catherine schwieg.

»Ich kann dich doch sehn, Kleine. Laß mich rein.«

Als sie die rohen Türbretter genau betrachtete, erkannte sie ein Auge in einem der Ritze. Catherine drehte sich schnell um, stürzte sich auf die Kerze und pustete sie aus, aber dann wünschte sie sofort, sie hätte es nicht getan. So im Dunkeln gefangen zu sein, war noch viel schlimmer.

»Ich mag's auch gern im Dunkeln, Kleines. Komm schon, mach die Tür auf und laß mich rein.«

»Geht weg«, erwiderte Catherine eiskalt. »Geht – weg.«

Als Antwort ertönte ein dumpfer Schlag, und die Lederschlinge knirschte.

»Ich komme rein!« rief der Mann in betrunkener Fröhlichkeit.

Catherine wich zurück bis an die Wand. Es gab keinen anderen Ausweg, kein Fenster, keine zweite Tür, und der Lederriemen hielt dem Ansturm nicht mehr lange stand.

Noch ein Stoß, und plötzlich gab der Riegel nach, so daß der Mann mit einem Satz ins Zimmer taumelte. Er wedelte wild mit den Armen und versuchte das Gleichgewicht zu halten, aber zu guter Letzt stürzte er doch auf den Boden.

Mit einer Geschicklichkeit, die Catherine an sich noch gar nicht gekannt hatte, wich sie seinen herumfuchtelnden Armen und Beinen aus und huschte um das Bett herum zur Tür. Als sie sie schon fast erreicht hatte, wurde sie von einem Ruf gebremst.

»Hallo! Was ist denn hier los?« Es war der Wirt, der schwer schnaufend mit Marcus im Schlepptau über den Flur hastete.

Einen kleinen Augenblick war Catherine unsicher, ob sie froh oder betroffen sein sollte, sie hier zu sehen. Sie empfand ein beinahe überwältigendes Bedürfnis wegzurennen. Dann deutete sie mit einer kurzen Geste auf das Zimmer.

Der Wirt stellte die Lampe ab, packte den Bootsmann am Kragen, zerrte ihn auf die Füße und schob den schimpfenden Mann aus dem Zimmer.

»*Chérie*, ist alles in Ordnung?« fragte Marcus und legte seinen Arm um Catherines Taille.

Ihre Stimme klang scharf, als sie antwortete: »Natürlich.«

»Ich bin untröstlich, daß ich Euch allein gelassen habe«, murmelte er. »Aber es war notwendig, weil ich die Kutsche verkaufen und unsere Fahrt flußabwärts organisieren mußte. Ich hätte es mir nie verziehen, wenn Euch etwas zugestoßen wäre.«

Catherine nahm die letzte Bemerkung nicht zur Kenntnis und fragte schwach: »Ihr habt die Kutsche verkauft? Die Kutsche der Trepagniers?«

»Schht«, meinte er vorsichtig. »Es war unumgänglich. Wie sonst hätte ich das Geld für unsere Reise beschaffen sollen? Aber macht Euch keine Sorgen. Mein lieber Vetter wird keine Schwierigkeiten haben, sie wiederzufinden, und er hat ausreichende Mittel, sie zurückzukaufen.«

Während Marcus sprach, nickte er dem Wirt, der noch mit seinem rebellischen Gast beschäftigt war, zu, zum Zeichen, daß er sie allein lassen sollte.

»Aber das – das ist Diebstahl«, rief Catherine, als er die Tür schloß.

Ein schmerzlicher Ausdruck trat auf sein Gesicht. »Ganz und gar nicht, ich habe mir Geld geliehen und eine Kutsche als Pfand angeboten. Ich werde meinem Vetter bei erster Gelegenheit das Geld zurückzahlen.«

»Und wann wird das sein?« fragte sie kühl.

Er legte den Kopf schief und sah sie mit nachdenklicher Miene an.

»Warum?« fragte er nach einer Weile. »Ich weiß es nicht genau. Vielleicht schon in dem Augenblick, in dem Rafael die erste Rate der Unterhaltszahlung auszahlt, die wir von ihm fordern.«

Catherine starrte ihn ungläubig an. Er ist wahnsinnig, dachte sie. Rafael würde sich niemals dazu bereit erklären. Nur durch die Ankunft ihres Abendessens wurde sie davon abgehalten, das auch sofort auszusprechen. Eine schmutzige Frau unbestimmbaren Alters mit fettigem Haar und einem tiefen Ausschnitt, aus dem ihre Brüste quollen, stellte die Teller auf den Tisch. Sie aßen im Stehen. Catherine zeigte wirklich Haltung, indem sie sich zwang, das zähe Fleisch und die von Fett glänzenden Kartoffeln zu essen, ohne dabei ihren Widerwillen zu zeigen. Marcus erklärte ihr im einzelnen, wie er Rafael Geld abpressen wollte.

»Euer ehemaliger Gatte, *chérie*, braucht Eure Mitgift wohl nicht, aber es wäre zuviel verlangt, wenn man von ihm erwarten würde, sie Euch vollständig zurückzugeben – besonders wenn er den Verdacht hegt, daß ich von einer solchen Handlung profitieren könnte. Dennoch gibt es für uns keinen Grund zur Verzweiflung. Rafael ist ein gerechter Mann. Außerdem vermute ich, *chérie* – daß er eine jener unangenehmsten Eigenschaften eines Menschen besitzt, ein Gewissen. Ein rührender Brief voller Zerknirschung und Leidenschaft könnte ihm eine Summe entlocken, die es uns erlaubt, nach Paris zu reisen. Dort werden wir zusammenleben und uns ohne Schwierigkeiten vergnügen. Vielleicht können wir nicht in den allerbesten Kreisen verkehren, aber ich bin sicher, daß die *demimonde* ein amüsantes Leben führt.«

Catherine legte die Gabel weg und schob den Blechteller mit einer angewiderten Bewegung von sich. »Da ist nur eines«, sagte sie langsam. »Ich habe nicht gesagt, daß ich mit Euch kommen will.«

»Damit bezieht Ihr euch auf diesen dummen Gedanken, daß ich Euch zu Eurer Mutter bringe? Seid doch nicht so naiv, Catherine. Ich hatte niemals auch nur einen Augenblick die Absicht, das zu tun, das müßte Euch doch inzwischen klargeworden sein. Ich habe Euch diesen Vorschlag nur gemacht, um Euren lächerlichen Vorstellung von Konvention entgegenzukommen. Ist Euch denn nicht bewußt, wie die Kreise, in denen sich Eure Mutter bewegt, es auffassen würden, daß Ihr mit mir Euren Mann verlassen habt – so unschuldig Ihr auch dabei sein mögt? Sie werden Euch kreuzigen, *chérie*. Eure Mutter wird es ohnehin schon schwer genug haben, eine gute Miene zu diesem Spiel zu machen.«

»Auch andere Frauen haben schon ihre Männer verlassen«, stellte sie leise fest.

»Aber wenn sie mit einem anderen Mann durchbrennen, heißt man sie nur selten im Schoße der Familie willkommen, und auch die Gesellschaft empfängt sie nicht gerade mit offenen Armen.«

»Wie Ihr sehr wohl wißt, habe ich Rafael nicht Euretwegen verlassen.

Es ist ein großer Unterschied, ob eine Frau mit einem Mann durchbrennt oder ob sie die Begleitung eines Freundes annimmt.«

»Ja wirklich? Das Ergebnis ist aber dasselbe, wenn in New Orleans bekannt wird, daß wir zumindest eine Nacht ohne Anstandsdame zusammen waren.«

»Wir wären nicht ohne Anstandsdame, wenn Ihr meine Zofe nicht zurückgelassen hättet!«

»Mein Fehler, aber Ihr müßt auch zugeben, daß sie sowieso kein sehr gutes Bollwerk gegen die bösen Zungen gewesen wäre.«

»Sie wäre ausreichend gewesen, wenn wir heute abend in New Orleans angekommen wären«, widersprach Catherine hartnäckig.

»Dann hätte ich mir etwas anderes ausdenken müssen, um Euch zu kompromittieren.«

Catherine war für einen Moment sprachlos, und Marcus streckte den Arm aus und tätschelte ihre Hand. »Ich bitte Euch, *chérie,* seid doch vernünftig. Für eine Frau ist es ausgesprochen unbequem in dieser Welt ohne einen Mann –«

»Und es ist noch unbequemer für einen Mann ohne Geld«, zischte sie ihn an.

Er funkelte sie zornig an, und sein Griff um ihre Finger wurde fester. »Da habt Ihr recht«, stimmte er ihr zu. »Aber darüber brauchen wir uns keine Gedanken zu machen. Wir können jeder das Problem des anderen lösen. Ihr seid eine sehr attraktive Frau, Catherine. Es wird mir in keinster Weise schwerfallen, mit Euch zu leben.«

»Und was war mit all Euren Liebesschwüren?« fragte sie nüchtern.

»Die beruhen auf Tatsachen.«

»Ich hoffe, Ihr werdet nicht allzu überrascht sein, wenn ich Euch das nicht glaube.«

Er seufzte. »Müßt Ihr Euch das Leben selbst so schwermachen?«

Sie lachte spöttisch und spürte die Entschlossenheit in sich wachsen. »Euer Plan hat einen entscheidenden Fehler. Ich will kein Geld von Rafael, und ich weigere mich, einen Brief an ihn zu schreiben.«

Nach dieser Bemerkung trat Schweigen ein. Marcus hellbraune Augen verengten sich. Sein Gesicht wurde von einer hektischen Röte überzogen, als er ihre Finger losließ, mit der Hand ausholte und ihr ins Gesicht schlug.

Ihr Kopf wurde nach hinten geschleudert, und Tränen schossen ihr in die Augen. Noch bevor sie sich wieder erholt hatte, war er neben ihr, und sein Handrücken klatschte auf ihre andere Wange. Als sie zurückwich, riß er sie wieder an sich.

Wut und Schmerz explodierten gleichzeitig in ihrem Gehirn, und Catherine hob ihre Hände und krallte ihre Nägel in Marcus' Arm.

Mit einem Fluch stieß Marcus sie von sich, und die Spitze ihres Kragens riß ab. Marcus ergriff blitzschnell ihr Mieder und zerrte daran, bis es bis zur Taille offenstand. Catherine entwand sich ihm und schrie verzweifelt. Ihr Widerstand schien ihn noch wilder zu machen, denn er griff in ihr Haar, das sich gelöst hatte, und zog sie an sich. Dabei ballte er die andere Hand zur Faust und hämmerte immer und immer wieder auf ihre empfindlichen Brüste ein.

Als ihre Knie nachgaben, stand er über ihr und hielt ihren Kopf am Haar hoch. »Ich glaube – *chérie* –, jetzt wirst du diesen Brief schon schreiben – es sei denn, du hast noch nicht genug.»

Als letzte Demütigung ließ er sich auf ein Knie nieder und bedeckte ihren Mund mit Küssen. Er zwang seine heiße Zunge zwischen ihre Lippen und strich mit der Hand über ihre geschundenen Brüste.

Ein dumpfes Klopfen an der Tür bremste ihn. Er hob langsam den Kopf, und als er sprach, klang seine Stimme belegt. »Was ist?«

»Es ist wegen dem Boot, nach dem Ihr gefragt habt!«

Widerwillig stand Marcus auf, rückte seinen Rock und seine Krawatte zurecht und ging langsam auf die Tür zu.

Catherine zitterte vor Widerwillen und Angst. Ihr war übel, und sie hatte höllische Kopfschmerzen, trotzdem zog sie sich vorsichtig auf die Füße und ging zum Bett. Sie ließ sich darauffallen und zog die Decke bis zum Kinn, um ihre Brüste zu verbergen.

Es war dunkel im Flur, aber Catherine konnte einen kurzen Blick auf den Mann vor der Tür werfen – es war der junge Mann mit dem verletzten Bein.

Falls er sie sah, ließ er es sich nicht anmerken. Er drückte ein Stück Papier in Marcus' Hand und ging wieder.

Marcus drehte die Nachricht so, daß er sie im Licht der Lampe des Wirts erkennen konnte und überflog schnell den Inhalt.

»Es ist von diesem dämlichen Kapitän. Irgend etwas ist mit dem Boot nicht in Ordnung«, sagte er, ohne in Catherines Richtung zu sehen. »Ich bin gleich zurück.«

Diese letzte Bemerkung klang in Catherines Ohren wie eine Drohung.

Sie wußte, daß sie das Gasthaus – und Marcus – so schnell wie möglich verlassen mußte und durfte nicht zulassen, daß ihre Angst die Oberhand gewann.

Plötzlich klopfte es leise an die Tür, und Catherine schlug das Herz bis zum Hals. Sie preßte die Hände zusammen, um das Zittern zu verhindern und ging zur Tür. Marcus würde bestimmt nicht klopfen und auf eine Antwort warten.

Der junge Mann, der die Nachricht gebracht hatte, stand vor der Tür. »Viele Grüße vom Kapitän, Madame. Er – er ist der Meinung, daß Ihr vielleicht froh wäret über ein Transportmittel.« Er deutete mit dem Kopf auf den nebenanliegenden Raum. »Wir haben alles mit angehört, Madame«, gestand er verlegen.

»Euer – Euer Kapitän hat ein Boot?«

Er nickte steif. »Einen Leichter. Aber Ihr müßt Euch beeilen – wenn Ihr mitkommen möchtet –«

»Ja – ja, aber – seid Ihr sicher, daß dies nicht das Boot ist, das der – mein Begleiter gemietet hat?«

»Ganz sicher, Madame.«

Sie wollte fragen, wohin das Boot fuhr, aber eigentlich war das egal, solange es sie nur von hier wegbrachte.

Catherine drehte sich noch einmal um und schnappte sich ihre Haube. »Gehen wir – schnell!«

Er führte sie ans Ende des Flurs und blieb vor einem mit roten Brettern geschlossenen Fenster stehen, um die Fensterläden zu öffnen.

Unten war dunkle Leere, das dachte Catherine wenigstens, bis der Mann ein Bein über das Fensterbrett schwang und aus dem Fenster stieg. Dann sah Catherine die obersten Sprossen einer Leiter, die an der Hauswand lehnte.

»Wenn ich zur Hälfte hinuntergestiegen bin, folgt Ihr mir. Vergeßt nicht, die Fensterläden zu schließen – und macht Euch keine Sorgen. Wenn Ihr fallt, werde ich Euch auffangen.«

Noch bevor er zu Ende gesprochen hatte, verschwand sein Kopf aus ihrer Sicht. Vorsichtig hockte sich Catherine auf das Fensterbrett und schwang ihren Fuß hinüber. Ihre Röcke blieben hängen, und sie klammerte sich ans Fensterbrett, während sie um ihr Gleichgewicht kämpfte. Wie sollte sie sich umdrehen – ja... sie mußte die Läden schließen.

In ihrem Kopf drehte sich alles, so daß sie einen Augenblick innehalten mußte. Es lag nicht an der Höhe, sondern an diesem gnadenlosen Kopfschmerz, der bebenden Schwäche ihrer Glieder und diesem elenden Gefühl von Übelkeit in der Kehle. Aber sie konnte jetzt nicht aufgeben. Mit einer Anstrengung, die Schweißperlen auf ihre Oberlippe trieb, kämpfte sie sich nach unten, bis sie festen Boden unter den Füßen hatte.

»Hier entlang«, flüsterte ihr Führer und verschwand in der Dunkelheit.

Der Weg zu dem Boot war mühsam, und sie kamen nur langsam voran.

Als Catherine schließlich den Leichter auf dem Wasser liegen sah, empfand sie grenzenlose Dankbarkeit. Ihr Führer hob sie hoch und trug sie durch das flache Wasser. Zwei starke Arme nahmen sie in Empfang, und sie wurde mitten in einer Gruppe von rauhen Flußschiffern auf die Füße gestellt. Die Männer sahen ebenso finster aus wie die Kerle in dem Wirtshaus, und Catherine geriet in Panik. Die Bootsleute drängten sich um sie und unterhielten sich leise. Als dann der Mann, der sie hierhergeführt hatte, über die Reling kletterte, wurde er von einem herzlichen Schlag auf die Schulter empfangen. »Also hast du sie doch gekriegt, he?«

»Wie befohlen«, grunzte er und drängte sich durch die Männer bis an ihre Seite. »Ich nehme an, Ihr möchtet lieber unter Deck gehen, Madam«, sagte er.

Catherine brachte nur ein Nicken zustande.

»Verriegelt die Tür«, riet er ihr.

»Wann – wann legen wir ab?« fragte sie.

»Sobald der Kapitän seine Geschäfte beendet hat.«

Er wartete, bis sie die improvisierte Kajüte betreten hatte.

17

Was für ein seltsamer Mann, dachte Catherine und versuchte, die Tür zu verriegeln, aber der Holzbalken, den sie vor die Tür schieben mußte, war zu schwer für sie.

Nach ein paar Minuten gab sie auf. Das beste, was sie damit tun konnte war, ihn in spitzem Winkel an die Tür zu stellen und das untere Ende gegen einen kleinen Vorsprung im Boden zu stemmen.

Dann richtete sie sich auf und musterte die Kajüte. Eine Öllampe hing an der Decke, und ihr Licht fiel auf eine ordentlich gemachte Koje an der Wand. Auf der gegenüberliegenden Seite standen ein Tisch mit einem erhöhten Rand und ein schwerer Stuhl. Auf beiden Seiten einer Holzkonstruktion, die vielleicht das untere Ende des Mastes war, befanden sich zwei schmale Kleiderschränke. Der Raum war überraschend sauber. Catherine war so erschöpft, daß sie auf die Koje sank und sofort einschlief.

Als sie die Augen wieder öffnete, wurde sie heftig von einer Seite zur anderen geworfen. Die Lampe über ihr tanzte gefährlich. Der Balken war umgefallen, und die Kajütentür schwang in den Angeln hin und her. Durch die Öffnung waren lebhafte Blitze zu erkennen. Catherine betrachtete die Bewegung mit einem interessierten, noch etwas unklaren Blick und lauschte auf die Stimmen, die den Wind übertönten.

»Sicher wird der Kapitän bei diesem Gewitter nicht daran denken, abzulegen!«

»Du kennst den Kapitän nicht! Außerdem wird er nicht das Risiko eingehen wollen, seine Fracht zu verlieren!«

»Ich kann mich nicht erinnern, ihn je so scharf auf irgend etwas – oder irgend jemanden gesehen zu haben!«

»Ja, dieser Kerl kann von Glück sagen, wenn er am Leben bleibt. Der Kapitän war wirklich nicht sehr glücklich, als er hörte, daß er Hand an sie gelegt hat.«

»Ich schätze, er kann sich ganz gut vorstellen, wie man das besser machen könnte!«

»Fünf zu eins, daß wir flußabwärts irgendwo festmachen, während der Kapitän der Dame einen Besuch abstattet!«

»Ich weiß nicht, sie hat Mut.«

»So wie ich das einschätze, ist der Kapitän heute absolut nicht in Stimmung, ein Nein zu akzeptieren.«

Langsam hob Catherine eine Hand an den Kopf. Mein Gott, in was für eine Situation hatte sie sich da gebracht? Der Kapitän. Ob sie wohl von diesem riesigen Kerl sprachen, der im Schankraum auf dem Tisch gestanden hatte? War sein Angebot, sie mitzunehmen, nur ein Trick, um sie für sich selbst zu bekommen? Sie hätte es wissen müssen, aber sie war eben so erzogen worden, daß sie an ritterliche Gesten glaubte. Ein leises Lachen schüttelte sie. Wie falsch waren derartige Lehren! Nach ihrer Erfahrung war es wahrscheinlicher, daß die Schwäche einer Frau bei den Männern den Jagdinstinkt weckte.

Aber war sie denn schwach, war sie hilflos? In der Vergangenheit war sie es gewesen, und sie war betrogen, entehrt, belästigt, genötigt und geschlagen worden. Aber damit war jetzt Schluß. Tief in ihrer Brust regte sich langsam und finster Widerstand. Sie würde einen Mord begehen, bevor sie sich dem Willen eines Mannes unterwarf.

In dem schwankenden Boot aufzustehen war nicht einfach, aber sie schaffte es. Sie hielt sich an der Tür fest und überwand dann die wenigen Stufen zum Deck.

Bei ihrem Anblick blieb den Bootsleuten der Mund offenstehen, ihre bärtigen Gesichter wirkten bleich im Licht der Blitze. Sie selbst mußte wohl auch aussehen wie ein Gespenst, dachte Catherine, als sie ihnen kurz zunickte. Sie wandte ihnen so schnell wie möglich den Rücken zu.

Sie ging zu dem im Dunkeln liegenden Heck des Schiffes und konnte das Laternenlicht vom Wirtshaus durch die Zweige der Bäume schimmern sehen. Es schien weiter entfernt als zuvor, und sie bemerkte, daß die Taue des Bootes verlängert worden waren – vielleicht um zu verhindern, daß es auf Grund lief. Der Wind riß an ihrem Kleid, drückte es gegen ihren Körper und ließ den Saum flattern wie eine Fahne. Lose Haarsträhnen wehten um ihr Gesicht.

Was konnte sie tun? Wo konnte sie hingehen? Sie konnte nicht hierbleiben und auf die Ankunft des Kapitäns warten. Am Ufer war Marcus. Weiter im Landesinnern, wenn sie es so weit schaffte, wartete Rafael. *Bekämpfe den Teufel, den du kennst* – hieß ein altes Sprichwort; aber nein, sie durfte nicht zurückgehen. Aber an wen konnte sie sich wenden? An Fanny? Sie hatte nicht unbedingt den Eindruck gemacht, als hätte sie

Catherines Plan gutgeheißen. Giles? Ja, vielleicht Giles. Catherine wußte, daß er sie gern hatte.

Aber zuerst mußte sie nach Cypress Bend kommen, und sie hatte keine Ahnung, wie sie das fertigbringen sollte. Als nächstes mußte sie diesen Leichter verlassen, und zwar schnell, bevor der Kapitän sich entschloß, an Bord zu kommen, und ihre Flucht verhinderte.

»Madam! He, Madame!«

Catherine drehte sich um und sah den hinkenden Mann auf sich zukommen, während sie gleichzeitig die ersten Regentropfen auf ihrem Gesicht fühlte. Ihre Hände spannten sich um die Reling. Der Junge kam auf sie zu, um sie wieder nach unten zu bringen. Sie mußte sich schnell etwas einfallen lassen.

Sie konnte schwimmen, sie war jedoch noch nie bei einem Gewitter und voll bekleidet im Wasser gewesen. Aber was machte das schon? Die eine Art zu sterben war ebenso gut wie die andere.

Sie zögerte nur einen Augenblick, stieg dann auf die Reling und sprang ins Wasser.

Die plötzliche Kälte raubte ihr den Atem. Der Fluß zog sie in die Tiefe und hielt sie in seiner dunklen Umarmung fest. Catherine kämpfte entschlossen dagegen an, bis schließlich mit einem letzten Stoß der Beine ihr Kopf die Wasseroberfläche durchdrang. Undeutlich hörte sie einen Schrei, aber er verklang, bevor sie ausmachen konnte, aus welcher Richtung er gekommen war. Um sie herum herrschte nur Dunkelheit. Sie hatte das Licht des Wirtshauses, das wie ein Leuchtturm gewesen war, aus den Augen verloren. Sie spürte, daß sie von der Strömung des Flusses fortgerissen wurde.

Eine Welle schlug ihr ins Gesicht. Sie schluckte Wasser, verschluckte sich, hustete, blinzelte verzweifelt, um etwas erkennen zu können. War die schwarze, unregelmäßige Linie dort das Ufer?

Zug um Zug schwamm sie vorwärts und legte ihre gesamte Muskelkraft und allen Mut in jeden Stoß, aber ihr Ziel kam nicht näher. Sie machte eine kleine Pause und trat Wasser, dann versuchte sie es noch einmal.

Sie war allein mitten in den Wassermassen, ein kleines Stück Treibgut, das auf den Wellen tanzte. Ihre Arme und ihr Rücken schmerzten, und ihre Augen brannten. An ihren Beinen schienen schwere Gewichte zu hängen, und ihr Gehirn war ein nutzloses Ding, das von pulsierendem Schmerz erfüllt war.

Sie durfte nicht aufgeben. Sie mußte es noch einmal versuchen und noch einmal.

Irgendwann während dieses Alptraums trieb ein entwurzelter Baum auf sie zu. Äste, die wie hochgereckte Arme aussahen, griffen nach ihr und stießen in ihre Seite. Ihr Haar und ihre weiten Röcke verfingen sich, und jede Anstrengung sich zu befreien, schlug fehl. Sie wurde hin und her gerissen, schließlich berührte ihre Hand die rauhe Rinde eines dicken Astes. Catherine zog sich näher heran und umklammerte mit beiden Händen das Holz.

Das Wasser war kalt, und der Wind kühlte ihren feuchten, zitternden Körper noch mehr aus. Der Regen schlug ihr ins Gesicht, aber sie hielt sich eisern fest.

Catherine nahm wie durch einen dicken Nebel wahr, daß sie hochgehoben wurde, und der Schein einer Laterne traf auf ihre geschlossenen Lider. Sie wollte protestieren, aber sie brachte kein Wort über die Lippen. Die Decke, die über sie geworfen wurde, roch nach Fisch, und unter ihren schweren Falten verlor Catherine das Bewußtsein.

Die Zeit war ein Meer, ein fließendes Gebilde, das sich hob und senkte. Manchmal trieb Catherine auf der Oberfläche, und manchmal wurde sie in die Tiefe gezogen, und die Finsternis hüllte sie ein. Sie hörte Stimmen, eine murmelte tröstende Worte, die andere drückte Besorgnis und so etwas wie Ehrfurcht aus. Aber Catherine wollte gar nicht wissen, wer sich in ihrer Nähe aufhielt. Sie war zu matt und erschöpft, um ihre Umwelt wahrzunehmen.

Nur mit dem größten Widerstreben öffnete Catherine schließlich die Augen. Verwirrung bewölkte ihre Gedanken. Der Raum war ihr völlig unbekannt. Er war klein – nicht mehr als ein Kämmerchen. Das Fenster stand weit offen, so daß eine sanfte Brise und Licht hereinfluteten. Durch das Viereck sah sie ein Stück silberbraunen Wassers, gesäumt vom Zartgrün der Weiden, und einen großen Baum mit toten, weit ausgestreckten Ästen. Daran hingen schwarze Klumpen wie riesige, verfaulte Früchte. Nach einem Augenblick erkannte Catherine die Klumpen. Es waren Vögel. Raubvögel.

Die Wände des Zimmers waren nicht gestrichen und kahl. Der einzige Schmuck war ein unbeholfenes, mit der Zeit nachgedunkeltes Porträt eines Kindes, auf dessen Schoß ein Hund saß. Ein verschlissener Vorhang teilte eine Ecke des Zimmers ab. Ein graues, schon oft repariertes Moskitonetz hing am Kopfende des eisernen Bettgestells, auf dem sie lag.

Sie sah sich um und versuchte, sich zu konzentrieren. Sie spürte ein leichtes Schaukeln.

»Du bist wach, stimmt's?«

Catherine drehte den Kopf und konnte eine weibliche Gestalt ausmachen, die vor der Tür stand. Hinter ihr schien so etwas wie eine von einem Geländer umgebene Veranda zu liegen.

»Wollte dich nicht erschrecken, Mädchen.«

»Nein...«, begann sie und staunte, wie dünn ihre Stimme klang und wie schwer es ihr fiel, auch nur ein Wort zu sprechen.

»Wie fühlst du dich?«

Die Frau kam herein. Sie war groß, grobknochig, mit starken Gesichtszügen, wettergegerbter Haut und eisengrauem Haar, das in ihrem Nakken zu einem festen Knoten zusammengefaßt war. Sie trug ein buntes Kleid mit langen Ärmeln und eine Schürze mit Latz. Das Kleid war kürzer als gewöhnlich, so daß man eine mit Fransen besetzte Hose und Mokassins indianischer Herkunft an ihren Füßen sehen konnte.

»Ganz gut«, hauchte Catherine. Sie hatte nicht die geringste Ahnung, wo sie sich befand. Sie wußte nur, daß sie keine Schmerzen hatte.

Die alte Frau nickte. »Ich nehme an, du fragst dich, wo du bist. Du bist an Bord meines Hausboots, das *Jonathan James* heißt, aber ich nenne es die Schlammschildkröte.«

»Ein – Hausboot?«

»Ja, genau. Mein Enkel und ich, haben dich aus dem Fluß gezogen.«

»Ich bin Euch sehr dankbar.«

»Vielleicht bist du es, vielleicht auch nicht. Aber jetzt sollst du nicht sprechen. Du warst schwer krank, Mädchen.«

»Wie lange –«

Da sie die Frage erwartet hatte, beantwortete die alte Frau sie, noch bevor Catherine sie ganz ausgesprochen hatte. »Fast drei Wochen. Lungenentzündung. Denk nicht darüber nach, und ruh dich aus. Wenn du etwas brauchst, ruf einfach nach Tante Em. Das bin ich.«

Sie war schon fort, noch bevor Catherine gemerkt hatte, daß sich die alte Frau bewegte. Catherine wollte so vieles fragen, es gab so vieles, was sie nicht verstand. Doch bevor es ihr gelang, ihre Gedanken zu ordnen, schlief sie ein.

Die Tage vergingen mit Wachen und Schlafen, Schlafen und Wachen. Catherine wurde von der schweigsamen Frau so liebevoll versorgt wie ein Kind. Tante Em verbrachte viele Stunden mit gefalteten Händen an ihrem Bett, und Stück für Stück erfuhr Catherine, was ihr widerfahren war. Sie unterhielt sich mit Tante Em, als würde sie sie schon eine Ewigkeit kennen.

Tante Em stammte aus einer schottischen Familie. Sie war vor ungefähr fünfzig Jahren mit ihrem Mann nach Amerika gekommen, um der Tyrannei der Engländer zu entgehen, und sie hatten sich in den Blue Ridge Mountains niedergelassen. Ihr Sohn James war dort aufgewachsen und heiratete ein Mädchen aus den Bergen und würde Vater eines Sohnes. Doch dann wurde er in Streitigkeiten zwischen der Familie seiner Frau und einer anderen Familie aus den Bergen verwickelt und getötet. Tante Em, ihr Mann und der Enkel, der damals ein Junge von sechs oder sieben Jahren gewesen war, hatten die Berge verlassen und ihre gesamte Habe auf ein Floß gepackt. Sie waren den Cumberland River hinuntergefahren, bis sie den Mississippi erreicht hatten. Ein paar Meilen stromaufwärts von der Stelle, wo jetzt die *Jonathan James* vor Anker lag, waren sie in einen Sturm geraten. Bei dem Versuch, zum Ufer zu steuern, war Tante Ems Mann vom Blitz erschlagen worden. Das Floß war flußabwärts getrieben und wie Catherines entwurzelter Baum in einem stillen Seitenarm des Flusses zum Halten gekommen. Die Strömung trieb viele Dinge hierher: Bauholz, Fässer mit Rum und Melasse. Fellbündel, und alle möglichen anderen Gegenstände. Die alte Frau und der Junge wurden Treibgutsammler.

»Ich sehe dir an, daß du denkst, das wäre kein besonders gutes Leben – Pennies aus den Taschen von Wasserleichen zu holen, aber es ist ein friedliches Leben, und wir tun niemandem weh. Ich denke oft, daß es für meinen Enkel Jonathan vielleicht mehr geben müßte, aber was sollte das sein? Er hat kein Geld, um etwas Neues anzufangen. Er hat nichts gelernt und keinen Beruf. Man könnte sich Land kaufen und Mais anbauen, aber das macht Jonnie noch nicht zum Farmer. Das einzige, was er kennt, ist der Fluß. Ich habe nie an etwas anderes gedacht. Ich wollte nur hier auf dem Fluß bleiben, auf dem sein Großvater gestorben ist.«

Catherine nickte zum Zeichen, daß sie verstand.

Sie hatte Jonnie nicht oft zu Gesicht bekommen, seit sie bei Bewußtsein war. Sie hörte sein fröhliches Pfeifen aus dem anderen Zimmer der kleinen, mit nur zwei Zimmern ausgestatteten Hütte auf dem Boot, sah ihn durch die Tür – einen breitschultrigen, schmalhüftigen jungen Mann mit dem brennendroten Haar eines Schotten. Vielleicht besuchte er sie aus Rücksicht auf ihre Sittsamkeit nicht, solange sie im Bett lag. Als sie zum ersten Mal ihr Zimmer verlassen durfte, sah sie ihn aus der Nähe, denn er trug sie aufs Deck.

Er setzte sie vorsichtig in einen Schaukelstuhl und trat einen Schritt zurück. »Ist es so gut?«

»Hervorragend«, antwortete sie, und ihre Freude, das Bett verlassen zu können, erhellte ihr schmales Gesicht. Es war ein schöner Tag. Die Sonne schien, und eine leichte Brise wehte vom Wasser. Es war wunderbar, am Leben zu sein, und Catherine lächelte warm.

Der junge Mann sog scharf die Luft ein, und Röte überzog seine Wangen. »Dann werde ich dich jetzt allein lassen«, sagte er. »Oma wird gleich kommen.«

»Geh nicht weg, oder hast du viel zu tun?«

Er blieb stehen. »Auf dem Fluß hat eigentlich niemand wirklich viel zu tun«, sagte er, und ein Lächeln funkelte in seinen graubraunen Augen.

»Aber irgend jemand muß doch die ganzen Katzenwelse fangen, die ich immer esse.«

Er zuckte mit den Schultern. »Ich denke, das ist wohl kaum das, woran du gewöhnt bist. Ich würde auch etwas anderes besorgen, wenn ich könnte.«

»Ich habe mich nicht beklagt«, versicherte Catherine hastig, »nur festgestellt, da ihr meinetwegen eine ganze Menge Mühe und Arbeit habt.«

»Es war keine Mühe«, erwiderte er so schlicht, daß Catherine nicht an seiner Ehrlichkeit zweifeln konnte.

In dem Versuch, sein Lächeln wieder zurückzuholen, sagte sie: »Außerdem habe ich sehr viel Abwechslung in meinen Mahlzeiten. Schließlich gab es auch Weißbarsch und Krebse. Meine Genesung ist sicher auf das kräftige Maisbrot und das Löwenzahngemüse zurückzuführen.«

»Laß das Oma nicht hören, sonst werden wir heute abend wieder welches essen müssen.«

»Soll das heißen, daß sie etwas vorbereitet hat?«

»Gebratene Maiskolben – die ersten in diesem Jahr«, teilte er ihr mit und setzte sich neben sie auf einen Hocker.

»Das hört sich wunderbar an. Ich bin wohl bald ganz gesund, denn ich denke die ganze Zeit nur ans Essen.«

»Du mußt dich ja auch stärken«, erklärte er freundlich. »Aber vermißt du nicht die guten Speisen, die du essen könntest, wenn du da wärest – wo du hingehörst?«

»Ich gehöre nirgendwohin«, gestand Catherine.

Es dauerte einen Augenblick, bis Jonathan wieder etwas sagte. »Das kann nicht sein.«

»Nein?«

»Nicht bei jemandem wie dir«, fügte er hinzu und wartete.

Es war vielleicht nicht fair, aber Catherine hatte Tante Em nicht sehr viel mehr von sich verraten als ihren Namen. Manchmal fragte sie sich, wieviel Tante Em wußte und wieviel sie selbst in ihren Fieberträumen preisgegeben hatte, aber sie fragte nie danach. Sie wollte nichts wissen. Sie wollte nur vergessen.

Jonathan beugte sich zu ihr und legte seine Hand auf die ihre.

»Du kannst uns später alles erzählen«, sagte er weich.

Die Tage kamen und gingen mit einer majestätischen Langsamkeit. Es waren ereignislose Tage, und doch waren sie mit einer Vielzahl kleiner Aufgaben wie Angeln von einem bequemen Stuhl an Deck des Hausboots aus, Flicken oder Kochen angefüllt.

Als sich Catherines Gesundheitszustand gebessert hatte, ging sie mit Tante Em spazieren, suchte nach Kräutern und Brombeeren, während Jonathan auf die Jagd ging, um etwas Abwechslung in ihren Speiseplan zu bringen. Langsam wurde es für Catherine zur Selbstverständlichkeit, durch die Wälder zu gehen und unter Tante Ems geduldiger Anleitung andere eßbare Wurzeln und Beeren zu erkennen. Die alte Frau brachte ihr bei, wie man Wild häutete und ausnahm. Catherine lernte, den Geruch von trocknendem Mais zu lieben und genau die Farbe der Bärte zu beobachten, um sagen zu können, wann die Kolben erntereif waren – und welche für Jonathans speziellen Maiwhisky geeignet waren.

Sie zog Tante Ems Brombeerwein dem Whisky vor, aber es war nicht sehr wahrscheinlich, daß sich die Flußschiffer, die den Schnaps kauften, damit zufriedengeben würden.

Sie verkauften oft Whisky an vorüberfahrende Schiffe, aber Jonathan hatte es nicht gern, wenn jemand vor ihrem Hausboot haltmachte. Außerdem konnte er in Natchez einen besseren Preis für sein Gebräu erzielen. Es kam manchmal sogar vor, daß gierige Barbesitzer den Saft von Wacholderbeeren oder braunen Zucker dazumischten und das Ergebnis als Gin oder Weinbrand verkauften.

Wenn die Maisernte und die Whiskyausbeute gut waren, unternahmen Tante Em und Jonathan alljährlich eine Fahrt flußaufwärts. Den Erlös für ihre Erzeugnisse gaben sie für Wintervorräte aus.

Kleidung für Catherine war kein Problem. Weit entfernt von allen, die sie kannten, war es Catherine ziemlich egal, wie sie aussah. Sie trug eines von Tante Ems groben Baumwollkleidern und flocht ihr Haar zu Zöpfen.

Ihre Haut bekam einen aprikosenfarbenen Schimmer, und ihre hohlen Wangen füllten sich. Wenn auch der Schatten des vergangenen Leids nie ganz ihre Augen verließ, empfand sie das Leben auf dem Fluß als friedlich.

18

»Catherine, du bist ein Schatz. Ich liebe dich wirklich.«

Der leichte Kuß auf ihre Stirn, der die Worte begleitete, war eigentlich nichts Besonderes; nur der zärtliche Klang in Jonathans Stimme brachte sie durcheinander. Sie sah ihm erstaunt nach. Sie hatten Maiskolben auf dem Feld gereinigt, und Catherine hatte sich erboten, den Rest zum Boot zu tragen.

Es war heiß und staubig, und ihr Tag hatte vor der Morgendämmerung begonnen, doch jetzt stand die Sonne hoch oben in einem blauheißen, metallenen Himmel.

Jonathan, der mit einem schweren Korb voranging, schaute zurück, um zu sehen, wie sie vorankam. Catherine lächelte, ohne ihm in die Augen zu sehen. Bisher war ihr noch gar nicht aufgefallen, wie gutaussehend er war. Sie hatte ihn betrachtet, wie sie einen Vetter betrachten würde, und angenommen, daß er ihr dieselben Gefühle entgegenbrachte. Wie sehr er ihre Gesellschaft genoß, war ihr natürlich aufgefallen, aber sie hatte vermutet, daß er sich gern mit einem Menschen unterhielt, der in seinem Alter war. Jetzt war sie nicht mehr ganz so sicher.

Sie durfte nicht zulassen, daß Jonathan sie zu lieb gewann. Sie konnte ihm nicht mehr anbieten als eine unkomplizierte Freundschaft.

Ist das wirklich wahr?

Die Frage huschte durch ihre Gedanken, und sie runzelte die Stirn. Tante Em stand an der Reling des Hausboots und sah ihnen entgegen, die Augen zum Schutz vor der grellen Sonne mit einer Hand beschattet.

»Das Land und der Fluß sind große Heiler«, sagte die alte Frau an diesem Abend. Sie rieb mit ihren knochigen alten Händen die Körner von einem Maiskolben und warf den Rest in einen Weidenkorb. Bevor sie den nächsten in die Hand nahm, griff sie nach ihrem Schnupftabak und nahm eine kräftige Prise.

Catherine wartete. Sie hatte inzwischen gelernt, daß Tante Em nur selten etwas ohne Grund sagte. Vorsichtig schob sie die Körner in ihrem Schoß zu einem Haufen zusammen und registrierte mit einem bedauernden Lächeln die Maisstärke, die an ihren rauhen Händen klebte.

»Du siehst wieder gut aus«, fuhr Tante Em fort.

Catherine lächelte zustimmend. »Obwohl ich für das Land und den Fluß großen Respekt empfinde, glaube ich, daß ich das dir und Jonathan verdanke. Ich kann euch wirklich nicht genug danken.«

»Nein, nicht noch mehr solche Reden. Es war uns ein Vergnügen. Aber ich hoffe, du hast nichts dagegen, wenn ich sage, was ich denke.«

»Du weißt, daß ich nichts dagegen habe – und ich verspreche, dich nicht noch einmal zu unterbrechen.«

Ein Lächeln huschte über das verwitterte braune Gesicht. »Du hast uns geholfen, hast alles getan und deine Aufgaben gut erfüllt, das muß ich sagen. Dennoch ist es offensichtlich, daß du nicht daran gewöhnt bist, so zu arbeiten. Ich weiß nicht, wo du herkommst, Cathie, aber du gehörst nicht hierher, nicht zu solchen Leuten wie uns und nicht zum Fluß. Ich denke, daß du in einem großen Haus gewohnt hast und von vielen Bediensteten umsorgt wurdest. Der Ring an deinem Finger und der Ausdruck deiner Augen sagt mir, daß du auch einen Mann hattest. Für eine Frau, die so aussieht wie du, ist das nichts Ungewöhnliches. Es gibt immer einen

Mann, nicht wahr? Du brauchst mir nicht zu antworten. Ich weiß es. Aber – da ist etwas anderes. Ich weiß nicht, warum du dein Zuhause verlassen hast – und ich frage auch nicht danach –, aber wenn du die Absicht hast, wieder dorthin zurückzugehen, ist jetzt der richtige Zeitpunkt dafür gekommen.«

Catherine hatte nichts zu gewinnen, wenn sie so tat, als würde sie sie nicht verstehen. »Wegen Jonathan?›«

»Wegen Jonathan. Es würde mir nicht gefallen, wenn er verletzt würde.«

»Mir auch nicht«, stimmte ihr Catherine zu. »Aber ich fürchte, es gibt keinen Ort, an den ich zurückkehren kann.«

»Das kann ich gar nicht glauben – aber selbst wenn es so ist, gibt es keinen Grund für dich, länger zu bleiben, wenn dein Herz nicht wirklich dabei ist.«

»Du scheinst ja sehr sicher zu sein, daß mein Herz nicht – beteiligt ist«, erwiderte Catherine betroffen.

Die alte Dame seufzte. »Ich wünschte, es wäre nicht so. Das wäre mir wirklich lieber.«

Sie arbeiteten schweigend weiter und sammelten die leeren Maiskolben in einen Korb. Sie sollten im Winter als Brennmaterial dienen. Tante Em verschwendete nichts. Keine Maiskolben. Kein Mitgefühl.

»Ich denke, ihr werdet bald nach Natchez aufbrechen«, sagte Catherine nach einer Weile.

»Das stimmt.«

»Ich habe eine Freundin, die dort lebt. Vielleicht kann ich sie dazu überreden, mir Unterkunft zu gewähren, bis ich meine Mutter erreichen kann.«

»Das kannst du wohl selbst am besten beurteilen«, sagte Tante Em. »Ich kann mir nicht vorstellen, daß eine Mutter sich nicht über die Rückkehr ihres Kindes freut, ganz unabhängig –«

»Ganz unabhängig von einer ganzen Menge Dinge«, sagte Catherine ruhig. Tante Em sah sie schweigend an und wandte ihre Aufmerksamkeit dann wieder dem Mais zu. Catherine schloß die Augen. Sie wußte, daß Tante Em recht hatte. Die unkomplizierten, problemlosen Tage waren erholsam gewesen und sie hatten ihr geholfen, die Krankheit und Schwäche zu überwinden. Aber die unbeschwerte Zeit war vorüber.

Man konnte jedoch nicht erwarten, daß Jonathan das verstehen würde. Die Sonne ging unter und übergoß die sanften kleinen Wellen auf dem Fluß mit einem zartroten Schimmer, als er sich neben Catherine an die Reling stellte.

»Oma hat mir gesagt, daß du uns in Natchez verlassen willst«, sagte er.

Catherine drehte sich mit einem Lächeln zu ihm.

»Ja. Wirst du mir Glück wünschen?«

»Wenn du es möchtest.«

Seine Miene wirkte so verwirrt, daß Catherine sich schnell abwandte. »Ja, das möchte ich wirklich.«

»Warum?« fragte er leise. »Sag mir, warum du weg möchtest.«

»Weil es sein muß.«

»Das ist keine Antwort.«

»Nein?«

»Du weißt, daß es keine ist. Du – du warst wie eine Gestalt aus einem Traum. Ich dachte, es wäre mein Schicksal, daß ich dich gerettet habe.«

»Dafür bin ich dir dankbar. Ich habe mich noch nicht genug dafür bedankt –«

»Ich will keinen Dank!«

Es dauerte einen Augenblick, bis Catherine sich ihrer Stimme sicher sein konnte. »Es – es tut mir leid.«

»Es tut dir leid?« fragte er verwirrt. »Weswegen?«

»Es tut mir leid, daß ich dir nicht geben kann, was du möchtest.«

Es dauerte so lange, bis er wieder sprach, daß sie glaubte, er hätte sich geschlagen gegeben. Aber er suchte nur nach anderen Argumenten.

»Wenn es daran liegt, wie wir leben, dann können wir das ändern. Ich weiß, daß du an etwas anderes gewöhnt bist.«

»Nein, nein. Das ist es nicht, Jonathan, glaub mir. Aber – du mußt wissen, daß ich verheiratet war.«

»Ich habe den Ring gesehen. Aber kein Mann würde dich fortgehen lassen, es sei denn, er ist tot.«

Catherine spürte die Tränen in ihren Augen und erinnerte sich an eine andere Zeit und an einen anderen Mann. *»Ich werde dich niemals gehen lassen«*, hatte Rafael damals geflüstert. Worte, leere Worte.

»Mein Mann ist noch sehr lebendig«, erwiderte sie steif. »Wir – wir hatten ein Mißverständnis.«

»Ist das alles?«

Catherine nickte. Warum sollte sie ihn mit ihrer Geschichte beunruhigen? Es war besser, wenn sie ihm keinen Grund zur Hoffnung gab.

»Aber du kannst dir nicht allzuviel aus ihm machen.«

»Warum sagst du das?« fragte sie.

»Wenn es so wäre, müßtest du interessierter daran sein, zu ihm zurückzukommen.«

Das war unbestreitbar, und sie hatte dieser Feststellung nichts entgegenzusetzen und betrachtete deshalb schweigend den Fluß.

»Nun?«

»Vergib mir, Jonathan«, sagte sie sanft, aber distanziert, »aber ich kann dir das nicht erklären.«

»Glaubst du nicht, daß du mir wenigstens das schuldig bist?«

»Also so weit ist es gekommen? Ich stehe in deiner Schuld?«

Plötzlich stieß er sich von der Wand ab. »Nein. Vergiß, daß ich das gesagt habe. Vergiß alles.«

»Jonathan – sei nicht böse«, bat sie, als er sich von ihr entfernte. »Ich gehöre nicht hierher.«

»Das weiß ich selbst«, murmelte er.

Natchez-Under-The-Hill war eine schmutzige Ansammlung von Segeltuchbaracken, Verschlägen und ungestrichenen Gebäuden. Schlammige verkommene Straßen wanden sich um die Gebäude, und ein unbeschreiblicher Gestank hing in der Luft. Fideln, Maultrommeln und Quetschkommoden, Gelächter, Schreie, Schläge und Schimpfen vermengten sich zu einem lauten Getöse. Auf den windgepeitschten Hügeln von Natchez-On-The-Bluff, befanden sich die Ziegelhäuser feiner Leute.

Jonathan stakte das Hausboot ein Stück flußabwärts von Natchez ans Ufer. Wenn er erst Käufer gefunden hatte, würde er seine Waren in die Stadt bringen, aber bis zu diesem Augenblick wollte er die Einwohner von Natchez-Under-The-Hill nicht durch den Anblick eines mit Maiswhisky beladenen Bootes in Versuchung führen.

Catherine lächelte, als sie Tante Em half, Buschwerk über den an den Abhang gelehnten Verschlag, der ihnen als Schlafplatz diente, zu decken. Was würde wohl ihre Mutter sagen, wenn sie sie sehen könnte? Oder Rafael? Rafael, der ständig befürchtet hatte, daß sie sich zu sehr anstrengte.

Aber er hatte seine Gründe dafür gehabt, daß er sie immer lieber frisch und ausgeruht sehen wollte –

Sie schauderte ein wenig und verdrängte den Gedanken. Irgend etwas stimmte wohl nicht, da solche Erinnerungen sie immer öfter übermannten. Wie würde ihr Mann lachen, wenn er wüßte, daß sie sich mehr an seine Zärtlichkeiten als an die Grausamkeit, für die sie ihn verdammt hatte, erinnerte!

Jonathan drückte seiner Großmutter seine Muskete in die Hand und ging zu Fuß los, um den Verkauf des Schnapses zu regeln. Catherine hätte mit ihm kommen können, aber sie zog es vor, bei Tante Em zu bleiben.

Mittags tranken sie eine Tasse Kaffee und aßen kaltes Fleisch mit Brot. Danach holte Tante Em ihre Schnupftabakdose hervor und griff kräftig hinein.

»Häßliche Angewohnheit«, meinte sie. »Ich weiß eigentlich gar nicht, warum ich das mache.«

»Es stört doch niemanden«, bemerkte Catherine milde und starrte auf den Kaffeesatz in ihrer Tasse.

»Es nützt aber auch niemandem«, entgegnete die alte Frau und seufzte. »Also, ich wollte nicht so bissig sein. Mein Gewissen plagt mich, und ich denke die ganze Zeit über dich nach, Kind. Ich mache mir Sorgen um dich.«

Catherine sah auf. »Das ist nicht nötig.«

»Doch. Ich bin eine selbstsüchtige alte Frau, kümmere mich nur um mich und vergesse alles andere. Ich war hart zu dir, und ich weiß das auch.«

»Unsinn.«

»Nein. Es ist nur wegen Jonathan, verstehst du? Er ist jung und leicht zu verletzen. Ich glaube nicht, daß sein Herz schon zu sehr an dir hängt, aber bald wäre es soweit gewesen. Und ich habe bemerkt, daß du für ihn unerreichbar bist.«

»O nein – das heißt –«

»Siehst du? Du kannst es nicht leugnen. Und selbst wenn es nicht so wäre, würde es mir nicht gefallen. Du bist ganz anders als er. Ich habe schon bei meinem Sohn gesehen, wie das endet. Ich könnte es nicht ertragen, wenn ich das noch einmal miterleben müßte. Zwei Menschen, die immer so tun, als wäre nichts wichtig außer der Liebe. Ich könnte die Tragödie direkt kommen sehen. Ich darf das nicht noch einmal zulassen. Aber trotzdem wünschte ich, ich wüßte, was aus dir wird.«

»Mach dir keine Gedanken«, versuchte Catherine sie zu beruhigen. »Mir wird es gutgehen. Meine Mutter hat einen großen Familiensinn, und sie wird mich nicht abweisen.«

»Eine Frau wie du sollte ein eigenes Heim haben – und Kinder.«

Ein eigenartig schmerzliches Gefühl breitete sich in der Gegend von Catherines Herzen aus. »Das liegt in Gottes Händen, nicht wahr?«

»Dann bete ich, daß er weiß, was er mit dir vorhat –«, sagte Tante Em. »Und das meine ich wirklich so. Ich werde dich in meine Gebete einschließen.«

Catherine war gerührter, als sie zugeben wollte, und konnte nur flüstern: »Vielen Dank.«

Kurze Zeit später kam Jonathan mit einem Käufer zurück, einem dikken Mann, der eine Schürze trug.

Sie ritten an der Spitze einer Maultierkarawane. Und so kam es, daß Catherine auf dem Rücken eines Maultiers nach Natchez ritt.

Catherine trug das Kleid, das sie angehabt hatte, als sie aus dem Fluß gerettet wurde. Es war zwar nicht mehr besonders schön, und das Oberteil wurde von zahlreichen winzigen Stichen zusammengehalten, und doch hatte es immer noch mehr Stil als alles, was Tante Em besaß. Ihre Schuhe hatte sie im Fluß verloren, und es blieb ihr nichts anderes übrig, als Mokassins zu tragen. Sie hatte keine Haube, keine Handschuhe und keine Visitenkarte, und sie wäre nicht überrascht, wenn ihre Freundin sie nicht wiedererkennen und sich weigern würde, sie zu empfangen.

Es war keine Schwierigkeit gewesen, Helene ausfindig zu machen. Jonathan hatte darauf bestanden, Nachforschungen für sie anzustellen, und es hatte den Anschein, als würde jeder der Pflanzer und Schmuckhändler Mr. Wesley Martin kennen. Die meisten konnten ihm auch zeigen, wo sein Haus war.

Catherine mußte zugeben, daß Helene wirklich Glück gehabt hatte. Das Haus am Ende einer gewundenen Auffahrt, die durch Gärten von mehreren Morgen Größe führte, war ein georgianisches Herrenhaus aus roten Ziegeln mit einer doppelten Galerie, die von vier dicken, weißen Säulen gestützt wurde. Ein weißes Geländer verband die Säulen miteinander und begrenzte die Treppe, die zu der mit einem halbkreisförmigen Oberlicht versehenen Haustür führte. Das Anwesen wirkte sehr vornehm, aber für Catherines Geschmack war die Architektur ein wenig zu streng.

Catherine hatte erwartet, daß es schwer sein würde, sich von Jonathan zu trennen. Er machte es ihr leicht. Er hob sie herunter und nahm ihre Hand.

»Ich warte, bis du im Haus bist«, sagte er. »Tante Em und ich werden noch ein paar Tage am Fluß sein. Wenn etwas ist, was dir nicht gefällt, kannst du immer noch zu uns zurückkommen.« Er warf ihr ein schnelles Lächeln zu, beugte sich vor, um ihr einen Kuß auf die Stirn zu drücken. Dann ließ er ihre Hand los und drehte sich um.

Catherine biß die Zähne zusammen, um die Tränen zurückzuhalten, und ging die Stufen hinauf. Um ihre Gefühle zu besänftigen, betätigte sie den Türklopfer und trat zurück, als sich die Tür sofort danach öffnete.

Wie die meisten Menschen seiner Art konnte der Butler, der jetzt vor ihr stand, ihre Erscheinung nach einem kurzen Blick einschätzen. Was er sah, ließ ihn ungerührt, und seine Stimme klang kühl, als er sagte: »Ja, bitte?«

Catherine straffte die Schultern. Mit weicher und doch etwas distanzierter Stimme sagte sie: »Würdet Ihr bitte Eurer Herrin mitteilen, daß Madame Rafael Navarro, geborene Mayfield hier ist, um sie zu sehen.«

Sie konnte genau erkennen, daß der Mann ihr am liebsten sofort die Tür vor der Nase zugemacht hätte. Er zögerte... Die Stimme und das Benehmen der Besucherin waren korrekt, aber die Erscheinung – Schließlich verbeugte er sich steif und bedeutete ihr einzutreten. Als kleinen Kompromiß jedoch ließ er sie in der Eingangshalle zurück, während er zum oberen Stockwerk ging.

Catherine runzelte die Stirn und sah sich in der Eingangshalle um. Das Haus war sehr sauber, wunderschön und neu, aber nichts, was sie hier sah, schien zu dem lieben, süßen, ruhigen Mädchen zu passen, das sie in der Klosterschule gekannt hatte. Die englischen Möbel wirkten steif und unbenutzt, und der Raum strahlte eine unpersönliche Atmosphäre aus.

Ein spitzer Schrei lenkte ihre Aufmerksamkeit plötzlich zur Treppe. Ganz oben stand eine Frau, die rundlichen Hände auf den Mund gepreßt, die kleinen braunen Augen weit aufgerissen. Als Catherine sich umdrehte, stieß Helene noch einen kleinen Schrei aus und flog in einer Wolke von Spitzen und rosa Musselin die Treppe hinunter.

»Catherine! Du bist es. Ja, wirklich! Und sie haben gesagt, du wärst tot!«

19

Das hätte sie sich eigentlich denken können.

»Meine arme, liebe Catherine, ich kann dir nicht sagen, wie erleichtert ich bin, dich zu sehen. Komm und setz dich. Ich muß sofort hören, was geschehen ist.«

Sie blieb nur noch einmal kurz stehen, um anzuordnen, daß ihnen Erfrischungen gebracht wurden, drängte Catherine in den Salon und schloß die Tür.

»Du findest es sicher seltsam, daß ich hier bei dir erscheine«, begann Catherine mit einem unsicheren Lächeln, nachdem sie sich auf die wenig einladenden Polster eines roßhaargefüllten Sofas gesetzt hatte.

»Mag sein«, stimmte ihr die Freundin mit einem trillernden Lachen zu, »aber ich kann dir gar nicht sagen, wie froh ich bin, daß du es getan hast. Es stimmt doch, nicht wahr? Ich meine, daß du bisher noch nicht versucht hast, deine Mutter oder – oder – irgend jemand anderen zu erreichen?«

Helene hatte immer schon ein rundes Gesicht und eine füllige Figur gehabt, war aber inzwischen noch runder geworden, mit einem beginnenden Doppelkinn und vollem Busen. Die glitzernden Ringe, die sie trug, betonten ihre kurzen Finger und die Grübchen auf ihren Handrükken.

»So ist es«, sagte Catherine ernst.

»Dann gehöre ich also zu den ersten, die erfahren, daß du noch am Leben bist. Wie wunderbar! Ich werde all jene in New Orleans in Erstaunen versetzen, die glauben, daß ich hier in Natchez am Ende der Welt wohne. Erzähl mir, was geschehen ist. Marcus Fitzgerald kam von ein paar Wochen in New Orleans an und erzählte eine äußerst romantische Geschichte. Er sagte, ihr beide wärt auf der Flucht vor deinem Mann gewesen, als du von einer Truppe von halsabschneiderischen Flußschiffern verschleppt wurdest. Er wurde niedergeschlagen und als tot zurückgelassen, während du in den Fluß gesprungen bist, um dem schlimmsten Schicksal zu entgehen, das eine Frau treffen kann. Das ist das Romantischste, was ich mir vorstellen kann, wenn etwas Wahres daran ist. Ist es so?«

Catherines Stimme klang sehr kühl, als sie antwortete: »Nur sehr wenig, fürchte ich.«

»Oh –« Helenes Miene drückte Enttäuschung aus. Der eifrige Blick verschwand aus ihren kleinen Augen und wurde durch Mißtrauen ersetzt.

Bitterer Humor verzog Catherines Lippen, und sie mußte die Worte an der Enge in ihrer Kehle vorbeizwingen. »Oh, ein Teil davon ist schon wahr. Ich wollte tatsächlich meinen Mann verlassen. Marcus sollte mich jedoch nur nach New Orleans begleiten. Ob er von den Flußschiffern verletzt wurde, weiß ich nicht, aber ich habe mich tatsächlich entschlossen, in den Fluß zu springen, als sich sein Schutz als – unzureichend erwies.«

»Das verstehe ich nicht. Marcus deutete an, daß dein Mann den Angriff auf dich veranlaßt hätte. Bestreitest du das?«

»Natürlich. Rafael würde sich nie zu einem so plumpen Racheakt erniedrigen – selbst wenn er Empfindungen gehabt hätte, die stark genug gewesen wären, mich zu verfolgen.«

»Du verteidigst deinen Mann gegen deinen – gegen Marcus?«

»Ja«, bekräftigte Catherine nachdrücklich. »Wir hatten keine enge Beziehung, und es gibt keinen Grund für mich, Marcus in Schutz zu nehmen.«

»Warum – hat er dann solche Dinge behauptet?« fragte Helene und beugte sich vor.

»Ich kann nur vermuten«, erwiderte Catherine gedehnt, »daß er versucht hat, Rafael zu verletzen. Aber die Mühe hätte er sich sparen können.«

Helene Martin öffnete ihren wie eine Rosenknospe geformten Mund, aber sie besann sich anders, als sie Catherines Gesicht sah. Mit einem Blick voller bemühter Geduld in den Augen sagte sie: »Vielleicht können wir später herausfinden, was ihn dazu bewogen hat. Aber jetzt mußt du mir unbedingt erzählen, wie du aus dem Fluß gerettet wurdest und wo du dich die ganze Zeit aufgehalten hast.«

Catherine folgte ihrem Wunsch. Das war leichter, als von Rafael zu sprechen. Helenes Interesse war ganz natürlich, und Catherine konnte es kaum erwarten, daß sie ihr half, nach New Orleans zu kommen. Und dennoch spürte sie einen ausgesprochenen Widerwillen dagegen. Daß Marcus versucht hatte, sich besser hinzustellen, als er tatsächlich war, wunderte sie nicht weiter. Aber warum hatte er versucht, Rafael mit in die Sache hineinzuziehen? Und warum schenkten ihm alle ohne weiteres Glauben?

»Ich bin zu dir gekommen«, beendete Catherine ihren Bericht, »weil ich in Natchez sonst niemanden kenne und ich nicht sicher bin, ob ich im Haus meiner Mutter noch willkommen bin.«

Diese zögernden Worte hätten eigentlich bewirken müssen, daß Helene sie sofort mit offenen Armen willkommen hieß, aber sie schwieg. Sie runzelte die Stirn und biß sich auf die Unterlippe.

So etwas wie Entschlossenheit festigte sich in Catherines Brust, und sie fuhr fort: »Ich dachte, daß ich vielleicht deine Gastfreundschaft in Anspruch nehmen könnte. Schließlich waren wir vor noch nicht allzu langer Zeit gute Freundinnen, und du bist auch oft Gast in unserem Haus gewesen. Es wäre nur für ein paar Tage, bis ich eine Nachricht an meine Mutter geschickt und ihre Antwort bekommen habe.«

Helene bewegte sich unbehaglich hin und her und wich Catherines Blick aus. »Ach, Catherine, ich wünschte, ich wäre in der Lage, dich hier willkommen zu heißen, das mußt du mir wirklich glauben. Aber du darfst nicht vergessen, daß ich als verheiratete Frau meinen Mann um Erlaubnis bitten muß. Wesley ist wirklich ein guter Mann, aber – sehr korrekt, weißt du. Ich bin nicht sicher, ob er damit einverstanden ist, wenn ich – wenn ich –«

»Die Gastfreundschaft dieses Hauses einer Frau mit zweifelhaftem Ruf zukommen läßt? Ich verstehe genau, was du meinst. Und ich wünsche dir noch einen guten Tag.«

»Nein, nein, geh nicht fort«, rief Helene und sprang auf, um Catherine zurückzuholen. »Du mußt mir etwas Zeit lassen, mit Wesley zu sprechen.«

»Beunruhige dich nicht weiter, es ist gar nicht so wichtig«, sagte Catherine stolz. »Ich komme schon zurecht.«

»Ich wollte dich nicht beleidigen –«

»Natürlich nicht«, sagte Catherine mit einem strahlenden Lächeln.

In diesem Augenblick öffnete sich mit Schwung die Salontür, und ein kleiner untersetzter Mann trat ins Zimmer.

»W-Wesley«, stammelte Helene erschreckt, und ihr Griff um Catherines Arm wurde fester.

»Helene, meine Liebe, man hat mir gesagt, du hättest Besuch.«

»Ja. Ja, dies ist Catherine Mayfield Navarro, meine alte Freundin aus New Orleans.«

»Ich habe meine Frau schon von Euch sprechen hören, Madame Navarro«, sagte Helenes Mann und trat vor, um Catherines Hand in seine zu nehmen und seinen Kopf darüber zu beugen.

Wesley Martin war ein beträchtliches Stück älter als Helene, vielleicht Anfang Vierzig, ein Mann mit massigen Schultern und einer gewissen Tendenz zum Übergewicht. Sein feines, gelbblondes Haar lichtete sich über der Stirn schon etwas, die dadurch besonders massiv wirkte und die mit großen braunen Flecken von zu viel Sonne bedeckt war. Der Ausdruck in seinen blaßblauen Augen, die von gelben Wimpern umgeben waren, ließ keinen Zweifel daran, daß er ihren Namen kannte und sie im Geiste in eine ganz bestimmte Kategorie einordnete.

»Catherine und ich habe gerade eine Tasse Tee getrunken. Wenn du uns Gesellschaft leisten willst, werde ich nach einer frischen Kanne klingeln«, bot ihm Helene an.

»Nein, nicht für mich«, sagte Catherine fest. »Ich muß jetzt wirklich gehen.«

»Unsinn. Wenn du noch ein wenig bleibst, wird Wesley dich später sicher gern zurück in die Stadt bringen.«

Helenes Mann betrachtete Catherine eingehend, und sein Blick blieb auf ihren Brüsten haften. Als er spürte, daß sie ihn musterte, sah er zur Seite. »Ich bin Euch jederzeit gern zu Diensten«, murmelte er.

Helene griff nach der Klingelschnur und sagte: »Dann wäre das also erledigt. Nimm doch wieder Platz, Catherine. Wesley, du glaubst ja nicht, was für ein Abenteuer Catherine erlebt hat. Ich schwöre dir, ich bin erbsengrün vor Neid. Ich werde dir alles erzählen –«

»Vergib mir, meine Liebe, aber ich würde es vorziehen, die Geschichte von Catherine selbst zu hören, wenn es dir nichts ausmacht.«

Helene sagte knapp: »Ja, vielleicht wäre das das beste.«

Catherine stimmte ihr da zwar nicht ganz zu, aber zweifellos war ihre Version kürzer und weniger beschämend als die von Helene.

Als sie geendet hatte, saß Wesley da und hob die Augenbrauen. »Also, wenn ich Euch richtig verstehe, habt Ihr außer meiner Frau keine Freunde in Natchez.«

»So ist es, Wesley«, rief Helene, bevor Catherine eine unverbindliche Antwort aussprechen konnte. »Aber sie ist so stolz, daß sie die Unbequemlichkeit eines Gasthauses unserem Haus hier vorzieht.«

Wesley Martins Augen verengten sich. »Ein Gasthaus ist kein geeigneter Ort für eine Frau ohne Begleitung, besonders für eine Frau aus besseren Kreisen. Das müßtet Ihr eigentlich wissen, Catherine – ich darf Euch doch Catherine nennen?«

Mit einem kurzen Kopfnicken stimmte Catherine zu und sagte: »Ich bin sicher, daß ich mich auf die Gastfreundschaft meiner Retter auch weiterhin verlassen kann.«

»Dieser alten Frau und ihres Enkels?«

»Sie haben mich immerhin einige Wochen beschützt«, erklärte Catherine steif.

»Da wart Ihr aber auch nicht in Natchez«, erwiderte Helenes Mann. »Erwartet Ihr eine sofortige Antwort auf diesen Brief an Eure Mutter?«

»Ich weiß nicht, wie sie reagiert. Aber natürlich hoffe ich darauf.«

»Das war mir klar. Wenn ihr sicher wärt, daß Ihr zu Hause willkommen seid, würdet Ihr nicht zuerst einen Brief schreiben wollen, um nachzufragen.«

»Sehr richtig«, bestätigte Catherine kurz.

»Ich vermute ebenfalls, daß Eure Mittel begrenzt sind. Schon allein aus diesem Grund wäre ein längerer Aufenthalt in einem Gasthaus unvernünftig.«

Die frische Kanne Tee wurde gebracht, und es entstand eine kurze Pause in ihrem Gespräch. Doch sofort nachdem die Dienerin gegangen war, faßte Wesley Martin zusammen: »Unter den gegebenen Umständen hätten wir sicher das Gefühl, Euch Unrecht zu tun, wenn wir nicht darauf bestehen würden, daß Ihr hier bei uns wohnt. Eure Anwesenheit würde Helene Freude bereiten, und ich kann Euch versichern, daß kein Mann es bedauert, ein attraktives Gesicht mehr an seinem Tisch zu haben.«

Helene warf ihrem Mann einen dankbaren Blick zu. »Also«, sagte sie mit unterdrücktem Triumph, »wirst du jetzt nicht doch hierbleiben, Catherine?«

Ihre Zustimmung war eine reine Formalität. Plötzlich fühlte sich Catherine in einen Wirbel von wilder Energie gestürzt. Sie wurde die Treppen hinaufgezerrt und in einem riesigen Gästezimmer untergebracht. Als sie gefragt wurde, ob es irgend etwas gebe, was sie gern hätte, hatte Catherine, ohne zu zögern um ein Bad gebeten. Das wurde ihr zusammen mit rosenöl-parfümierter Seife und einem Stapel weicher Leinenhandtücher gebracht.

Helenes Zofe wirkte ein wenig geistlos, und sie verlor fast die Fassung, als sie das kleine scharfe Messer in der schweinsledernen Scheide sah, das Catherine von ihrem Schenkel entfernte, bevor sie in die Wanne stieg. Doch schon nach wenigen Augenblicken widmete sie sich voll und ganz der Aufgabe, Catherine zu helfen. Die Zofe wusch Catherines langes honigfarbenes Haar und massierte ihre Haut mit Gänsefett und Buttermilch, um ihr den üblichen hellen Farbton zurückzugeben.

Helene kam mit einem halben Dutzend Kleidern über dem Arm ins Zimmer und hielt sie Catherine mit einer verschwenderischen Geste entgegen. »Hier ist bestimmt etwas dabei, das du tragen kannst, *chérie*, und wir brauchen sie auch bestimmt nur hier und da ein winziges Stückchen enger zu machen. Sie sind so gut wie neu, das verspreche ich dir. Ich habe sie nur anprobiert. Wesley kauft alle meine Kleider in New Orleans. Er will nicht, daß ich diese trage. Er sagt, ich sähe darin zu alt aus. Ich persönlich finde das zwar nicht, aber ich versuche, ihm zu gefallen. Es war sein Vorschlag, sie dir zu bringen. Er nahm an, daß du im Augenblick wohl nicht sehr daran interessiert bist, eine Schneiderin aufzusuchen.«

Catherine nahm die Kleider und Schuhe dankbar an.

Das Abendessen war fast ein Festmahl. Direkt danach zog sich Catherine in ihr Zimmer zurück, um den Brief an ihre Mutter zu schreiben. Es dauerte eine Weile, bis sie ihn verfaßt hatte, denn schließlich mußte sie die falschen Behauptungen von Marcus berichtigen.

Die folgenden Tage zerflossen lang und leer ineinander. Helenes Gesellschaft war bald nicht mehr sehr aufregend. Ihre Gespräche beinhalteten hauptsächlich Klatsch. Außerdem machte sie ständig Anspielungen auf Catherines Vergangenheit, um noch mehr Einzelheiten aus ihr herauszuholen. Und jedesmal war sie eingeschnappt, weil Catherine sich nicht darauf einließ.

Catherine entdeckte in ihrer Freundin auch einen Hang zur Eifersucht. Wesley Martin konnte nicht einmal ein halbes Dutzend Worte mit Catherine wechseln, ohne daß sie sich in die Unterhaltung einmischte, wobei ihre Augen fröhlich funkelten. Um ihre Gastgeberin zu beruhigen, zog sich Catherine immer mehr zurück, verbrachte viel Zeit allein in ihrem Zimmer und gab vor, sich schwach und krank zu fühlen. Sie ermutigte Helene, ihren üblichen Beschäftigungen wie Morgenbesuchen und Nähzirkeln nachzugehen, als wäre sie gar nicht da. Zuerst weigerte sich Helene, aber da Catherine ihr nichts Näheres anvertraute, war sie schließlich so beleidigt, daß sie die Formen der Gastfreundlichkeit mißachtete. Eines Nachmittags, als Catherine sich besonders hartnäckig gegen ihre Fragen zur Wehr gesetzt hatte, rauschte Helene aus dem Haus.

Catherine fragte sich, ob sie wohl ihre Freundinnen im Nähkreis mit ihrem Abenteuer unterhalten würde. Das war mehr als wahrscheinlich, und es würde auch zu Helenes Stil passen, wenn sie die Geschichte noch entsprechend ausschmücken würde.

Catherine war überrascht, als schon kurze Zeit später eine Kutsche kam. Es war noch zu früh für eine Nachricht aus New Orleans, aber Catherine war dennoch neugierig und ging auf den Treppenabsatz.

Wesley Martin stand in der Eingangshalle. Als er Catherine auf der Treppe sah, verzogen sich seine farblosen Lippen zu einem Lächeln. Er stopfte einen Brief, den er gerade gelesen hatte, in seine Tasche und gab dem wartenden Butler seinen Hut und seinen Stock.

»Ich höre, daß Helene ausgegangen ist und Euch allein zurückgelassen hat«, rief er.

Catherine kam die Treppe herunter und entgegnete: »Ja, ich habe darauf bestanden.«

»Es ist so ein schöner Tag heute. Ich dachte, Ihr würdet vielleicht gern eine Fahrt in der offenen Kutsche machen. Ich habe ein paar Besuche in der Stadt zu erledigen, und dann könnten wir über Land fahren.«

»Wie aufmerksam.« Catherine meinte das wirklich ernst. Sie war schon länger, als ihr lieb war, im Haus gewesen. Eine Fahrt ins Grüne konnte sie sicher beruhigen und eine schöne Abwechslung sein.

»So wie ich meine Frau kenne, wird es sicher Stunden dauern, bis sie sich von ihren Freundinnen losreißen kann. Bis dahin ist es schon zu spät. Könnte ich Euch dazu überreden, mir Gesellschaft zu leisten?«

Unter normalen Umständen wäre eine solche Fahrt unschicklich gewesen, und Catherine hatte Bedenken. Aber wenn der sittenstrenge Wesley Martin bereit war, von der guten Form abzusehen, warum sollte sie sich da Gedanken machen? Sie hatte nur wenig zu verlieren.

»Ich würde mich sehr darüber freuen.«

Zwei Füchse zogen die offene Kutsche in Richtung Stadt. In dem lebhaften Zentrum hielten sie vor einem flachen Ziegelgebäude, in dem ein Juwelier seinen Laden hatte. Catherine war nicht überrascht, als Wesley Martin abstieg, denn sie erinnerte sich daran, daß eine seiner Hauptinteressen den Edelsteinen galt. Später machten sie vor einem verzierten Zaun, der ein Haus mit breiten Galerien und hübschen grünen Fensterläden abschirmte, halt. Wesley erklärte ihr, er überlege sich, ob er das Anwesen als Geldanlage kaufen solle, und fragte Catherine nach ihrer Meinung zu einer ganzen Reihe von Verbesserungsplänen. Dann fuhren sie südwärts am langen Steilufer entlang. Wesley nahm die Peitsche aus dem Ständer, trieb das Gespann an und lachte heiser, wobei er tief in Catherines strahlende Augen sah.

Es war ein solcher Genuß, sich nicht innerhalb der beengenden Wände des Hauses aufzuhalten und Helenes neugierigen Fragen ausgesetzt zu sein. Sie wäre am liebsten immer so weitergefahren – wenn der Mann neben ihr nicht –

Als die Kutsche plötzlich um eine Kurve bog, sah sie Wesley scharf an. Die Zügel waren immer noch fest in seinen Händen. Der rauhe, felsige Weg, dem sie folgten, führte zum Rand der Steilküste.

»Es heißt, der Blick von hier aus sei außergewöhnlich schön«, sagte Helenes Mann, legte die Bremsen ein und wickelte die Zügel um den Peitschenständer, bevor er abstieg.

Catherine, die seinem Beispiel folgte, mußte ihm recht geben. Unterhalb der Steilküste erstreckte sich der breite Mississippi.

Catherine trat ein Stückchen vor, um etwas mehr sehen zu können, und Wesley drängte sich dicht neben sie. Er legte eine Hand unter ihren Ellenbogen. »Seid vorsichtig, der Uferrand bricht vielleicht ab«, warnte er sie und zeigte dann über den Fluß. »Schaut dort hinüber, genau auf der anderen Seite liegt mein Land, meine Plantage.«

»Wirklich?«

»Zehntausend Morgen.«

Catherine mußte über seinen Stolz lächeln. »Habt Ihr die Absicht, dort auch ein Haus zu bauen?«

»Nein, nein. Das Land ist zu feucht – das ist gut für die Pflanzen, aber ungesund für Menschen. Die meisten Plantagenbesitzer mit Land im Delta von Louisiana leben auf dieser Seite des Flusses in Natchez. Aber darüber möchte ich eigentlich gar nicht reden. Wißt Ihr, Catherine, ich habe Euch aus einem besonderen Grund hier heraufgebracht. Ich – habe Euch etwas zu sagen.«

Sein ernster Tonfall war plötzlich gar nicht mehr amüsant. »Ja? Worum geht es denn?«

»Als ich Eure Nachricht nach New Orleans geschickt habe, gab ich strenge Anweisungen, daß ein Mann auf die Antwort warten und so schnell wie möglich wieder hierherkommen sollte. Er – er ist heute morgen zurückgekommen.«

Als Wesley nicht weitersprach, zwang Catherine sich zu lächeln. »Dann war er wirklich schnell.«

»Ja, aber – ich weiß nicht, wie ich es Euch sagen soll.« Wesley sah auf dem Boden. »Es gab keine Antwort.«

»Keine Antwort?« wiederholte Catherine.

Wesley Martin sah sie wieder an. »Euer Brief wurde zu Eurer Mutter gebracht. Der Mann wartete stundenlang, und als er nachfragte, sagte man ihm, es werde keine Antwort geben.«

Catherine wandte das Gesicht ab. Sie war überzeugt gewesen, jeder möglichen Reaktion ihrer Mutter gewachsen zu sein, aber sie hatte sich getäuscht. In diesem Augenblick war ihr klar, daß sie nie im Traum daran gedacht hatte, ihre Mutter könnte ihre Bitte um Hilfe zurückweisen.

Wesley umfaßte ihre Schultern.

»Ich weiß, was für ein Schlag das für Euch sein muß«, sagte er. »Ihr werdet Euch sicher fragen, was Ihr jetzt tun sollt. Ich denke, daß ich eine Lösung für Euer Problem habe.«

Catherine hätte viel darum gegeben, jetzt allein zu sein. Dennoch hob sie den Kopf und tat so, als würde sie ihm ihre Aufmerksamkeit schenken.

»Ich bin ein wohlhabender Mann. Ich kann Euch fast alles geben, was

Ihr braucht, Kleider, das Haus, das wir in der Stadt gesehen haben, Schmuck – ich habe hier ein Armband, das ich gerade für Euch ausgesucht habe –«

»Und was fordert Ihr als Gegenleistung?« unterbrach ihn Catherine widerwillig.

»Ihr werdet mir geben, was ich will, seit ich Euch das erste Mal gesehen habe.«

Der Griff um ihre Schulter wurde plötzlich fest. Wesley drehte sie herum und zog sie an seinen dicken Bauch. Schweißgeruch drang in ihre Nase, und sie spürte deutlich das harte Drängen seines Verlangens. Sie schob ihn von sich.

»Nein!« rief sie. »Ich werde mich nicht von Euch aushalten lassen!«

»Was könnt Ihr schon anderes tun?« fragte er mit einem unangenehmen Lächeln.

»Dann gehe ich schon lieber auf die Straße«, erklärte Catherine und warf den Kopf zurück.

Sein Zorn stand deutlich in seinem Gesicht geschrieben. Er riß sie wieder an sich, und seine Finger gruben sich in ihre Oberarme. »Wirklich? Dann könnt Ihr ja mit mir anfangen.«

Seine heißen, nassen Lippen wanderten über ihr Gesicht. Sie spürte, wie er sie an sich preßte. Hilflose Wut durchdrang ihre Gedanken. Und dann erinnerte sie sich an Tante Em, die ihr mit ruhiger, leidenschaftsloser Stimme die Stärken einer Frau und die Schwächen eines Mannes erklärt hatte.

Catherine verlagerte ihr Gewicht etwas und stieß ruckartig ihr Knie zwischen Wesleys Beine. In dem Augenblick, als sein Griff sich lockerte, wirbelte sie herum und versuchte aus seiner Reichweite zu kommen.

Aber er ließ das nicht zu. Er brüllte wie ein Stier und stürzte sich auf sie. Sie fielen zu Boden und rollten durch das Gras. Sie spürte, wie seine Hand unter ihre Röcke glitt. Sie ballte die Hand zur Faust und schlug auf sein ungeschütztes Gesicht ein, aber er schien die Hiebe nicht zu spüren. Sein Unterarm legte sich über ihre Kehle.

Sie konnte nicht atmen. Die Luft fühlte sich kühl an auf der Haut, als er ihre Röcke höher hinaufschob. Sein Knie drängte sich zwischen ihre Beine und zwang sie auseinander.

Plötzlich berührten ihre Finger den Griff des Messers, das an ihrem

Schenkel befestigt war. Sie faßte danach, und es gelang ihr, es freizubekommen. Ihr Rücken bog sich durch, und in diesem Augenblick riß sie die Hand nach oben und stieß die Schneide des Messers durch Stoff, Haut und Muskeln bis auf den Knochen. Sie beendete den Stoß, wie sie es gelernt hatte, mit einer schnellen Drehung des Handgelenks.

Wesley heulte auf und rollte sich von ihr. Er krümmte sich auf dem Boden wie ein verwundetes Tier. Catherine kam taumelnd auf die Füße und zog sich mit dem Messer in der Hand etwas zurück. Ihre Augen waren schmal.

Einen Augenblick rührte sich der Mann nicht, dann rollte er langsam auf die Seite, grunzte und zog sich auf ein Knie. Seine linke Hand hielt er auf die Hüften gedrückt, während er das Bein in einem steilen, eigenartigen Winkel nach hinten weggestreckt hielt.

»Du Hündin«, fauchte er. »Du gottverdammte Hurentochter. Du hast mich verletzt.«

In seinen Kniehosen war ein langer Riß, der an seiner fleischigen Hüfte endete. Das Blut hatte schon einen dunklen Fleck auf dem Stoff verursacht und tropfte durch den Schnitt in der Hose auf das grüne Gras.

»Ich hätte Euch töten können«, erklärte Catherine mit so harter Stimme, daß sie sie beinahe selbst kaum erkannt hätte.

Er kroch langsam und voller Schmerzen zur Kutsche. Während Catherine ihn bewegungslos beobachtete, kletterte er in das Fahrzeug.

Schweiß stand auf seiner Oberlippe. Sein Atem ging schwer und laut, als er die Zügel aufnahm. Langsam wandte er den Kopf zu ihr um und befeuchtete die Lippen mit der Zunge.

»Wenn ich – dich jemals – wiedersehe«, sagte er unter Schwierigkeiten, »dann wirst du wünschen, du hättest – mich getötet.«

Wesley Martin riß an den Zügeln und fuhr auf den Weg, über den sie gekommen waren.

Einen Augenblick mußte Catherine befürchten, daß er sie überfahren wollte, und sie suchte Schutz in der Nähe eines großen Baumes. Als das Geräusch der Kutschenräder verklungen war, lehnte sie sich an den Stamm, spürte die rauhe Rinde unter ihrer Stirn und versuchte sich zu beruhigen. Ihr Griff um das Messer lockerte sich, und es rutschte ihr aus der Hand. Als sie es fallen hörte, bückte sie sich und wischte die Schneide mit einem angewiderten Gesichtsausdruck am Gras ab.

Stille, nur unterbrochen durch fernen Vogelgesang und das leise Flüstern des großen Flusses, breitete sich aus. Catherine starrte das Messer in ihrer Hand an und stand langsam auf. Tante Em. Jonathan. Sie konnte immer noch zu ihnen zurück. Genaugenommen war sie schon halb dort. Sie hatten ungefähr in zwei oder drei Meilen Entfernung angelegt, und wenn sie sich beeilte, konnte sie noch vor Sonnenuntergang bei ihnen sein.

Die letzten roten Strahlen der untergehenden Sonne vergoldeten die Wellen, als sie das Lager am Ufer erreichte. Der Unterstand im Gebüsch war noch da, aber die Asche in der Feuerstelle war kalt und schwarz. Kein Ruderboot lag schaukelnd am Ufer. Sie waren fort.

20

Das strahlende Licht des Morgens bot neuen Mut und Hoffnung, aber unter dem dunklen Schleier der Nacht lag Sicherheit.

Es war nicht schwer, immer weiterzulaufen, aber Catherine mußte sich zwingen, nicht einfach Hals über Kopf zu flüchten vor den Geräuschen der Nacht und den Ängsten, die sie bedrängten.

Rafael. Rafe. Sie hatten ihn den schwarzen Panther genannt, den gefährlichsten aller Männer, und doch hatte sie in seinen Armen Sicherheit erfahren. Sicherheit und noch etwas anderes, eine gefährliche Freude, eine von Beben erfüllte Ekstase.

Sie hatte versucht, das zu leugnen. Aus Stolz und einem schwelenden Widerwillen gegen die Art Umstände, die zu ihrer Heirat geführt hatten, hatte sie in ihrem Innern eine Barriere gegen ihn errichtet. Wie sehr sie sich doch getäuscht hatte! Nicht er trug die Schuld an dem, was zwischen ihnen bei dem Maskenball geschehen war.

Abgesehen davon hatten ihr ihre schrecklichen Erfahrungen mit Marcus und Wesley Martin gezeigt, wie anders diese Nacht hätte verlaufen können. Die ganze Zeit hatte sie instinktiv gespürt, daß Rafe ihr nicht weh tun oder wirklichen Schmerz zufügen würde. In jener Nacht und später, nachdem sie schon verheiratet gewesen waren, war sein Verlangen immer durch Zärtlichkeit und ein feines Gefühl für das, was ihr Freude bereitete, gedämpft worden.

Diese zarten Empfindungen hatten in seinem Urteil über India keine Rolle gespielt, aber konnte sie ihm das wirklich vorwerfen? Tagtäglich wurden Männer und Frauen für geringere Verbrechen ausgepeitscht, gebrandmarkt, an den Pranger gestellt oder gehängt. Seine Entscheidung war so menschlich gewesen, wie er es nur gewagt hatte. Indias Lebensverhältnisse als Sklavin und Tochter eines Sklaven waren die Ursache für ihr Verbrechen gewesen. Und die Verantwortung dafür trug nicht allein Rafael, sondern alle anderen Menschen, die in diesem Landstrich wohnten.

Die Zeit und die Entfernung hatten Catherines unbändigen Zorn schließlich doch abgekühlt. Und aus dem gleichen Grunde war auch die Erinnerung an Indias blutigen Tod langsam verblaßt. Außerdem hatte sie selbst die Verantwortung für den Tod von Solange, und vermutlich war dadurch auch ihr Urteil über Rafael milder geworden.

Sie fragte sich, was wohl geschehen wäre, wenn sie und Rafael sich auf die übliche Art kennengelernt hätten. Hätte er sich zu ihr hingezogen gefühlt? Oder hätte er sie vielleicht nur als langweilige Göre empfunden und unbeachtet gelassen?

Das ferne Jammern einer Quetschkommode zeigte ihr, daß sie sich Natchez näherte. Gewarnt durch das Geräusch konnte sie rechtzeitig drei Reitern ausweichen und sich zwischen den Bäumen verstecken.

Noch ein paar Schritte weiter, und Catherine kam auf eine Lichtung, wo sich die Straße teilte. Rechts von ihr lagen die dunklen, dicht aneinandergedrängten Häuser von Natchez. Direkt unterhalb lag das wilde Lärmen und Leben von Natchez-Under-The-Hill, wo sich durch offene Türen gelbes Lampenlicht auf die von Abfall übersäten Straßen ergoß.

Was sollte sie tun? Wohin konnte sie sich wenden?

Es war unwahrscheinlich, daß Helene ihr helfen würde, selbst wenn Catherine sich aufraffen könnte, sie zu fragen. Zweifellos hatte Wesley sich eine plausible Geschichte für ihre Abwesenheit ausgedacht, die sicher wenig Gutes über sie enthielt. Man konnte es einer eifersüchtigen Ehefrau nicht übelnehmen, wenn sie Lügenmärchen über eine Frau, die schon in einen Skandal verwickelt gewesen war, Glauben schenkte.

Ein zynisches Lächeln verzerrte ihren Mund. Langsam wandte sie sich dem brutalen Lärmen von Natchez-Under-The-Hill zu. Waren die Schicksalsgöttinnen wirklich so unbeugsam? Würde sie also zu guter

Letzt doch noch in der Halbwelt enden? Eine ganze Weile überdachte sie diese Möglichkeit, ohne davor zurückzuschrecken.

»Madame, Ihr habt Besuch.«

Catherine sah zu der Frau des Gastwirts, die an der Tür stand, auf. Ein ungeduldiger Unterton lag in der mit nordlichem Akzent getönten Stimme. Catherine hatte aufgrund der Eitelkeit dieser Frau mit den dünnen Lippen Quartier bekommen. Helenes Haube war der Preis dafür gewesen, und Catherine hatte sie ohne Reue abgegeben.

Mit einem Blick auf Helenes Schuhe fragte sich Catherine, ob sie wohl noch einen weiteren Tag des Bleibens wert waren oder ob es vielleicht sinnvoller war, ihre Dienste als Zimmermädchen für ihren Unterhalt anzubieten. Das erste, was sie brauchte, war eine sichere Unterkunft. Wenn sie die gefunden hatte, mußte sie sich eine dauerhafte Stellung suchen. Vielleicht als Gouvernante? Wie ihr das ohne Beziehungen gelingen sollte, wußte sie nicht.

Jetzt wandte sie den Kopf und sah die Frau an. »Ich habe Besuch?«

Als Antwort trat die bleichgesichtige Frau des Gastwirts zur Seite und machte einer gutgekleideten Dame Platz, die mit einem herzlichen Lächeln auf Catherine zuging. Es war nicht Helene, wie Catherine zuerst vermutet hatte, und sie war auch keine richtige Dame, obwohl Catherine nicht sicher sagen konnte, wie sie zu dieser Überzeugung kam. Der enge Sitz des grünen Spencers über dem apfelgrünen Musselinkleid, die leuchtenden Farben ihres Umschlagtuchs mit Schottenkaros hatten sie vielleicht auf diesen Gedanken gebracht.

»Guten Tag. Erlaubt mir, daß ich mich vorstelle. Ich bin Mrs. Harrelson.« Die Frau zog ihre Handschuhe aus und entließ mit einem Nicken die Frau des Gastwirts.

Catherine erhob sich und antwortete automatisch: »Guten Tag.«

»Ich sehe Euch an, daß Ihr nicht wißt, wer ich bin oder warum ich gekommen bin«, fuhr Mrs. Harrelson fort. »Vielleicht dürfte ich mich setzen, damit wir miteinander sprechen können?«

»Natürlich.«

Catherine konnte sich nicht zu schönen Worten durchringen. Sie hatte kluge, braune Augen und klassische Züge, aber Catherine bewahrte vorsichtshalber ein wenig Distanz. Mit einer kurzen Geste deutete sie auf einen der zwei alten Sessel ihres Zimmers und nahm auf dem anderen Platz.

Mrs. Harrelson ließ ihre Handschuhe und ihr perlenbesetztes Täschchen in ihren Schoß fallen, ordnete die seidenen Fransen ihres karierten Umschlagtuchs auf der Brust und sah dann auf. »Ihr seid eine sehr hübsche junge Frau.«

Catherines Augen wurden etwas schmaler. »Sehr freundlich von Euch, das zu sagen«, erwiderte sie.

»Aha, mir scheint, Ihr fangt an, mich zu verstehen, nicht wahr? In meinem Beruf ist Klugheit nicht immer eine Tugend, aber das wollen wir einmal übersehen. Ich möchte ganz offen mit Euch sein. Ich habe von Eurer netten Wirtin erfahren, daß Ihr, wie soll ich sagen, ohne wesentliche Mittel seid.«

»Nicht direkt«, sagte Catherine.

»Nein?«

»Nein, ich habe eine gute Ausbildung. Ich glaube, eine Stellung als Gouvernante für junge Mädchen würde mich nicht überfordern.«

Mrs. Harrelson lächelte. »Vergebt mir«, sagte sie ruhig. »Ihr scheint darüber noch nicht sehr gründlich nachgedacht zu haben. Wenn ich das so direkt sagen darf: Jede Hausfrau, die Euch in ihr Haus aufnähme, wäre eine Närrin, die nicht durch ihre Stellung oder Familie beschützt wird, wärt Ihr eine unwiderstehliche Herausforderung für die meisten Männer, seien sie nun Großväter, Väter, Ehemänner oder Söhne. Darüber hinaus fürchte ich, Catherine Navarro, daß Ihr Euch mit Eurer Vergangenheit – nicht unbedingt als Erzieherin eignet. Dies ist eine kleine Stadt, versteht Ihr, und es kommt nicht jeden Tag vor, daß eine Frau auftaucht, die sozusagen von den Toten zurückgekehrt ist, besonders nachdem sie ihrem Mann weggelaufen ist. Es war äußerst amüsant, daß Euch einer unserer honorigsten, aber doch habgierigsten Geschäftsmänner unter seinem Dach willkommen geheißen hat. Viele Leute haben gewettet, wie die Sache ausgeht. Ich, die ich schon etwas Erfahrung mit diesem Herrn habe, habe dabei ziemlich viel gewonnen.«

»Und wie sah dieses Ergebnis aus?« fragte Catherine steif.

»Seine Frau behauptet, Ihr wäret geflüchtet, als Ihr erfahren habt, daß Euer Mann nach Natchez kommen wollte. Mr. Martin erzählt seinen Spießgesellen, daß Ihr übereilt abgereist seid, nachdem Ihr Euch zu einem derart hohen Preis angeboten habt, daß er ihn nicht bezahlen wollte. Die Bediensteten hingegen sagen, daß Ihr mit Mr. Martin zusammen zu einer Kutschfahrt aufgebrochen seid, von der nur er zurückkam. Ein wirklich überaus interessanter Fall.«

»Aber unterhaltsam«, sagte Catherine.

»Klang das grausam? Das tut mir leid, aber so ist die Welt nun einmal. Und Ihr versteht jetzt bestimmt auch, daß Eure Idee undurchführbar ist.«

Die Worte waren unangenehm, aber Catherine mußte der Frau recht geben und nickte.

»Gut. Nun, ich bin auf der Suche nach einer Haushälterin. Oh, Ihr braucht nicht die Stirn zu runzeln, Ihr habt mich nicht falsch eingeschätzt. Ich besitze tatsächlich ein Haus der Begegnung, um es einmal so höflich wie möglich zu bezeichnen. Ich habe nicht vor, Euch anzulügen. Ich hoffe, Ihr werdet die anstrengende Hausarbeit zugunsten einer anderen – sagen wir weniger strapaziösen Tätigkeit aufgeben. Ich zwinge jedoch keine junge Frau in mein Haus oder zu meinem Lebensstil. Euer Körper gehört Euch. Ich biete Euch lediglich die Möglichkeit, ihn gewinnbringend einzusetzen, und das könnte für Euch von Vorteil sein.

»Ich hatte daran gedacht zu fragen, ob hier im Haus vielleicht ein Zimmermädchen gebraucht wird –«

»Was dazu führen könnte, daß Euch der erste liebestolle Reisende nachstellt. Ich halte das für eine fragwürdige Idee. Es wird nicht lange dauern, dann wird Euch auch der Wirtshausbesitzer in eines der ungenutzten Zimmer locken, wo er Euch seinen Gästen als Gesellschafterin anbieten wird, wenn er es leid ist, Euch selbst in Speisekammer und Keller zu folgen. Ich weiß von seiner Frau, daß sie Euch nicht noch eine Nacht länger hierbehält, wenn sie Euch loswerden kann, ohne daß ihr Mann davon erfährt.«

»Ihr scheint schon alles genau bedacht zu haben«, erwiderte Catherine trocken. Aber sie hatte schließlich immer noch ihre Ringe, die sie verkaufen konnte, doch sie wollte sich nur ungern von ihnen trennen.

Mrs. Harrelson lächelte. »Ich habe es immerhin versucht.«

»Dann laßt mich ebenso offen sein wie Ihr. Wenn etwas geschieht, das meine Lage verändert und wenn ich die Möglichkeit habe, mein Leben ohne Euch weiterzuführen, dann werde ich Euer Haus sofort verlassen.«

»Das ist fair«, erklärte sich Mrs. Harrelson einverstanden und stand auf. Mit ihrem Täschchen in der Hand ging sie zur Tür und öffnete sie. Die Frau des Gastwirts trat schnell zurück und lächelte schuldbewußt.

Mrs. Harrelson betrachtete sie mit finsterem Vergnügen, während sie in ihrer perlenbesetzten Börse nach etwas suchte. »Gehe ich recht in der Annahme, daß es Euch um Euer Geld geht? Hier ist es, wie vereinbart, und ich verlasse mich darauf, daß Ihr beim nächsten Mal wieder an mich denkt.«

Die andere Frau schluckte, senkte den Kopf und schlurfte davon, wobei sie eifrig das Geld in ihr Mieder stopfte.

»Wollt Ihr damit sagen«, sagte Catherine wütend, »daß Ihr dieser Frau Geld dafür gebt, daß sie Euch auf mich aufmerksam gemacht habt?«

»Ich hielt es für das Beste, wenn Ihr es wißt; nennt es, wenn Ihr wollt, den Anfang Eurer neuen Ausbildung. Ich habe nur wenig Interesse an jemandem, der noch Illusionen hat.« Mrs. Harrelson warf ihr einen abschätzenden Blick zu. »Macht jedoch nicht den Fehler, zu glauben, ihr hättet schon die wahren Tiefen gesehen. Ich fürchte, Ihr habt noch viel zu lernen.«

Als Catherine das Gasthaus verließ und sich auf den Weg zu Mrs. Harrelsons Haus machte, überlegte sie, ob sie der Frau erklären sollte, wie sehr sie sich täuschte. Aber vielleicht war es besser, wenn sie es nicht tat. Und während die Hitze des Augusts langsam den langen goldenen Tagen des Altweibersommers wich, mußte Catherine zugeben, daß sie tatsächlich die wahren Abgründe des Lebens noch nicht kennengelernt hatte.

Sie verstand bald den Unterschied zwischen einem Bordell, in dem Frauen geduldig warten, um von Männern besucht zu werden, und einem Stundenhotel wie dem von Mrs. Harrelson, in dem wohlhabende Herren ein Zimmer mieten konnten, um mit respektableren Frauen, den Gattinnen ihrer Freunde zum Beispiel, in Ruhe allein sein zu können. Sie erfuhr auch, daß Mrs. Harrelson, trotz ihrer anderslautenden Behauptungen, beides betrieb. Zuerst entdeckte sie, welche Mengen von Wäsche in einem solchen Etablissement anfielen.

Nur sehr wenige der Frauen waren wirklich schön, obwohl sie alle auf unterschiedliche Arten anziehend waren. Die Mehrzahl war eitel, faul, eigensüchtig und habgierig. Ein paar waren auch intelligent, obwohl sie, nach Aussage von Betsy Harrelson, gewöhnlich Männer haßten. Ein paar andere waren romantisch veranlagt und neigten dazu, mit den Männern zu prahlen, die sie unterhalten hatten. Eine noch geringere Anzahl von Frauen hatte wirklich Spaß an ihrer Arbeit.

Catherine, die sich in ihrem schwarzen Kleid, ihrer Schürze und ihrer zarten Batisthaube durchs Haus bewegte, putzte, Staub wischte und die schwarzen Zofen und Dienerinnen dirigierte, wurde von den Mädchen mit sehr viel Mißtrauen angesehen. Ihnen gefiel nicht, daß sie nicht auch eine von ihnen geworden war.

In der Frauen eigenen Art errieten sie ihre mangelnde Erfahrung und genossen es, ihr von all den erniedrigenden Dingen zu erzählen, die von ihnen erwartet wurden. Manche versuchten auch, sie sich zur persönlichen Zofe zu machen, indem sie ihre Dienste forderten. Sie waren verärgert, weil Catherine es immer wieder schaffte, ihre Befehle zu umgehen und eine Sklavin die Arbeit tun zu lassen.

Catherine näherte sich niemals dem vorderen Salon, in dem die gelangweilten Mädchen auf Männer warteten. In den ersten Tagen vermied sie auch die Flure, zog sich nachts in das Zimmer unter dem Dach zurück, das ihr zugewiesen worden war. Doch nach einer Weile übertrug ihr Betsy Harrelson, wenn sie selbst verhindert war, die Aufgabe, durch die Flure zu gehen und darauf zu achten, daß keines der Mädchen von einem Kunden ernsthaft verletzt wurde, und, falls nötig, einen der stämmigen Männer zu rufen, die für Ordnung sorgten. Das war ein taktischer Fehler. Die animalischen Geräusche, die durch die Türen zu hören waren, schürten Catherines Widerwillen. Aber ihr war klar, daß sie kein anderes Leben führen konnte.

Eines Abends hörte Catherine einen Schrei und holte einen Rausschmeißer. Sie beobachtete, wie er die Tür zu einem der Zimmer aufbrach, und sah das Mädchen. Sie hatte einen Knebel im Mund, und ihre Arme waren mit ihren eigenen Seidenstrümpfen gefesselt. Die Augen des Mädchens waren starr vor Schmerz und Verständnislosigkeit, und auf dem Laken befanden sich Blutflecken. Ein Mann stand nackt über ihr, das Gesicht verzerrt vor Ärger über die Störung, eine Stockpeitsche in der Hand.

Dieses Ereignis hatte Catherines Absicht gefestigt, möglichst bald von hier fortzugehen.

Doch das erste, woran sie denken mußte, war Geld. Leider hatte Mrs.

Harrelson nie über die Bezahlung für Catherines Arbeit gesprochen, und sie schien zu glauben, daß Verpflegung und Unterkunft im Augenblick ein ausreichender Ausgleich waren. Aber sie versprach eine gute Bezahlung, wenn Catherine endlich Schluß machte mit ihrer Sklavenarbeit und Prüderie.

Catherine wurde erst rot, dann blaß bei diesem Vorschlag, und sie blieb hartnäckig bei ihrem Entschluß, in diesem Etablissement nur die Hausarbeiten zu erledigen. Als sie eines Abends durch den Flur ging, der von den vermieteten zu den Zimmern führte, in denen schamloseren Genüssen gefrönt wurde, hörte sie einen Ruf hinter sich. Sie drehte sich um. Beinahe hätte sie sich wieder abgewandt, aber das hätte womöglich wie eine Flucht ausgesehen.

»Catherine, Ihr seid es tatsächlich«, sagte Wesley Martin, und der Ausdruck von sadistischer Freude erhellte sein Gesicht. »Ich dachte gleich, daß es nicht zwei Frauen in Natchez geben kann, deren Schönheit man so lobt.«

»Ich bin geschmeichelt«, erwiderte Catherine. »Da Ihr Eure Neugierde jetzt befriedigt habt, werdet Ihr mich entschuldigen müssen.«

»Nicht so schnell, mein Mädchen«, murmelte er und berührte mit feuchten Fingern ihren Arm. »Zwischen uns ist da immer noch eine Rechnung offen.«

Catherine schüttelte ihn ab. »Davon weiß ich nichts.«

»Nein? Ich könnte mit dem größten Vergnügen Eurem Gedächtnis gleich hier auf dem Boden nachhelfen, aber das wäre ziemlich unbequem. Ich würde es vorziehen, meine Forderungen in privaterer Atmosphäre zu stellen. Ihr habt eine Menge gutzumachen.«

»Ich fürchte, da muß ich Euch leider enttäuschen«, erwiderte Catherine und entfernte sich wieder von ihm.

»Das glaube ich kaum«, meinte er kopfschüttelnd. »Ich bin hier nicht ganz ohne Einfluß. Bei einem entsprechend guten Preis würde man Euch für mich betäuben und mir nackt ins Bett legen.«

Catherine starrte ihn an, ohne zu blinzeln.

»Die Vorstellung, mir hilflos ausgeliefert zu sein, macht Euch angst, stimmt's? Aber wenn ich es mir genau überlege, Catherine, wäre es mir lieber, wenn Ihr Widerstand leistet.«

»In diesem Punkt könnt Ihr ganz beruhigt sein«, erklärte sie verächtlich. »Aber vielleicht solltet Ihr gelegentlich einen Gedanken daran verschwenden, was Helene sagen würde, wenn ich ihr von Euren Drohungen und Eurem Benehmen erzähle.«

»Meine Frau wird gar nichts sagen. Sie ist genauso hilflos wie Ihr, meine Liebe. Vielleicht glaubt sie Euch sogar, da sie schon Erfahrung mit meinen Methoden hat, aber vielleicht tut sie es auch nicht, da Euer Ruf ziemlich zweifelhaft ist.«

Er zuckte mit den Schultern. »Aber klatscht ruhig, wenn es Euch ein Bedürfnis ist. Das wird Euch nicht das geringste nützen.«

Wahrscheinlich stimmte das sogar.

Catherine hob den Kopf. »Es sieht ganz so aus, als könnte ich mich in diesem Falle nur auf mich selbst verlassen. Ihr werdet Euch bestimmt noch daran erinnern, daß ich nicht ganz wehrlos bin. Falls Ihr mich je anrührt, solltet Ihr mich am besten töten, denn ich verspreche Euch eine schmerzhafte Vergeltung!«

»Wunderbar«, spottete er. »Ich bin den Talgpudding in meinem Bett sowieso langsam leid. Und eine Portion Pfeffer wäre mir sehr willkommen. Ich habe die Absicht, Euch für die Narbe auf meiner Rückseite leiden zu lassen. Meine Initialen eingegraben auf Eurem Hinterteil wären vielleicht eine gute Rache –«

Zorn und Ekel erfüllten Catherine. Sie hätte ihm am liebsten ins Gesicht geschlagen. Ihre Brüste hoben und senkten sich wütend, und die Art und Weise, wie ihn das Schauspiel erfreute und wie offensichtlich er darauf reagierte, hätten beinahe dazu geführt, daß sie sich vor Ekel schüttelte. Ohne es wirklich zu wollen, griff ihre Hand nach dem Türknauf. Er ließ sich drehen, und sie trat in den Salon. Wesley Martin folgte ihr, ohne zu zögern.

Die Mädchen in ihren dünnen, weit ausgeschnittenen Kleidern wandten sich ihr überrascht und erschreckt zu und vergaßen dabei die Männer neben sich, so ungewöhnlich war ihr Erscheinen hier. Catherine schaute sie eine nach der anderen an, und ihr Blick fiel schließlich auf ein etwas dümmlich aussehendes Mädchen mit braunem Haar, dessen Make-up die dunklen Ringe unter ihren Augen überdeckte, die sie bekommen hatte, weil sie fürchtete, sich an Syphilis angesteckt zu haben.

»Sophia«, sagte Catherine laut, »Mr. Martin braucht deine Hilfe.«

Wesley Martin wollte protestieren, aber die spöttischen Blicke der

Mädchen waren auf seine hautenge Hose gerichtet, und er verlor seine Selbstsicherheit. Sein Gesicht wurde puterrot, als Sophia auf ihn zukam.

Sophia zog Wesley auf den Flur, und Catherine wartete eine Weile, bis sie sich auf den Weg zu ihrem Zimmer machte.

Sie war verwirrt, weil sie glaubte, zwischen all den Leuten ein bekanntes Gesicht gesehen zu haben. Der Mann hatte an einer Wand gelehnt, einen Fuß vor sich ausgestreckt, als wäre sein Bein steif.

21

Der Sonntag war immer ein ruhiger Tag. Catherine zählte gerade die Flaschen in dem Schrank mit den alkoholischen Getränken und stellte eine Liste zusammen, was wieder ergänzt werden mußte, als Betsy Harrelson den Raum betrat. Catherine hob die Augenbrauen. Es kam nur selten vor, daß die Frau in die Küche kam.

»Ich bin nicht gekommen, um Euch zu helfen. Ich habe nur der Sammlung etwas hinzuzufügen«, verkündete sie und deutete auf die Flaschen. »Ein großzügiger Kunde hat sich bemüßigt gefühlt, uns mit Sekt zu belohnen.«

Klangen ihre Worte heute nicht ein wenig schleppend, wirkten ihre Augen nicht etwas unstet? Eine der Flaschen in ihrer Hand war fast bis zur Hälfte geleert.

Catherine nahm die vollen Flaschen und stellte sie vorsichtig in den Schrank. »War es jemand, den ich kenne?« fragte sie vorsichtig.

»Ich glaube nicht. Es war ein seltsamer kleiner Mann mit irischem Akzent, der sich für einen großen Wein- und Frauenkenner hält. Lüsterner kleiner Bock. Er hat Euch gestern abend im Salon gesehen. Da Ihr schon einmal so weit vorgedrungen seid, könntet Ihr vielleicht beim nächsten Mal den Sekt für uns verdienen, oder?«

Ohne sie anzusehen, erwiderte Catherine: »Ich glaube kaum. Genaugenommen glaube ich sogar, daß ich Euch verlassen muß.«

Mrs. Harrelson schwieg, und Catherine bemerkte, daß sich rote Flekken auf ihren Wangen bildeten.

»Ich bin Euch sehr dankbar, daß ihr mir so viel Gutes getan habt –«, begann Catherine.

»Ach wirklich?« unterbrach sie Mrs. Harrelson. »Ich hätte angenommen, Ihr würdet mir das in der Weise zurückzahlen, die ich von Euch erwartet hatte. Na ja, man kann nicht immer gewinnen. Ich wünsche Euch alles Gute und bin sicher, daß wir Euch und Eure Dienste sehr vermissen. Ich weiß wirklich nicht, wie wir es ohne Euch schaffen sollen.«

Derartige Schmeicheleien sahen Mrs. Harrelson gar nicht ähnlich, aber gewöhnlich trank sie auch nicht, ohne daß der Kunde doppelt für das Getränk bezahlte.

Als Mrs. Harrelson Catherines heimlichen Blick auf die halb geleerte Flasche in ihrer Hand bemerkte, rief sie über ihre Schulter einem Küchenmädchen zu: »Bring zwei Gläser. Ich möchte mit Catherine anstoßen – mit der einzigen Frau, die meinen Platz hätte einnehmen können.«

Catherine war klar, daß sie das wohl kaum würde ablehnen können. Sie konnte sich glücklich schätzen, daß sie so gut davonkam. Also lächelte sie und nahm das zweifelhafte Kompliment und das Sektglas an.

Es war ein ungewöhnlich starkes Getränk. Catherine spürte schon, wie ihr Kopf zu schwimmen begann, während Betsy Harrelson noch lächelnd vor ihr stand und sie fragte, was sie tun und wohin sie als nächstes gehen wolle. Das Glas fiel mit einem Klirren aus ihren tauben Fingern, aber Catherine hörte das Geräusch nicht einmal. Sie sah nur verschwommen, wie Mrs. Harrelson lächelnd auf sie zukam.

Verrückt, verrückt und hilflos wie ein Kind, das sich nicht wehren kann. Aber diese Selbstbezichtigungen vertrieben den Schmerz, der in ihrem Kopf tobte, auch nicht. Aber sie bewiesen immerhin, daß ihr Gehirn von diesem Betäubungsgetränk nicht ausgeschaltet worden war.

Es war ein Fehler gewesen, daß sie einer Kupplerin vertraut hatte. Eine solche Person fühlte sich niemandem verpflichtet. Und Geld war zweifellos das Zauberwort gewesen, das sie zu dieser Handlung getrieben hatte.

Wieviel mochte man ihr wohl dafür bezahlt haben, daß sie Catherine den mit Betäubungsmittel gemischten Sekt zu trinken gab?

Catherine lag regungslos da, und plötzlich fiel ihr etwas auf, das sie schon vorher bemerkt hätte, wenn nicht dieses Schwindelgefühl in ihrem Kopf gewesen wäre. Sie war auf einem Boot, einem Fahrzeug, das sanft von der Strömung geschaukelt wurde. Sie hörte das hohle Klatschen der kleinen Wellen gegen den Rumpf.

Warum sollte Wesley Martin sie auf ein Boot bringen lassen? Selbst wenn Mrs. Harrelson sie aus ihrem Haus hatte entfernen wollen, war es nicht sehr wahrscheinlich, daß dieser Wüstling sich eine derart unsichere und beengte Umgebung ausgesucht hatte.

Wo war er? Es sah ihm gar nicht ähnlich, daß er nicht sofort daran ging, sich sein Vergnügen zu verschaffen.

Vielleicht hatte er gar nicht gewartet –

Sie war in ein rauhes Laken gewickelt, und ihre Schürze und ihr Kleid aus dunkelgrauem Leinen waren fort – ebenso ihr Messer. Aber immerhin hatte man ihr das Hemd gelassen.

Das sah gar nicht nach Wesleys Plan aus, eher nach Betsy Harrelsons knauseriger Art, sich die Kleider zurückzuholen, die sie ihr damals gegeben hatte.

Plötzlich stand das Bild des hinkenden Mannes vor ihren Augen. Sie hatte ihn schon einmal auf einem Flußschiff gesehen. Hatte er sie zu seinem Herrn zurückgebracht – dem Kapitän mit den drei roten Truthahnfedern, Bull March?

Catherine warf das Laken von sich und stellte die Füße auf den Boden. Ein Tisch stand in ihrem Weg zur gegenüberliegenden Wand. Sie schaffte es, ihn zu umrunden, ohne an einen der Stühle zu stoßen, und einen Moment später berührte sie das rauhe Holz der Tür mit dem schweren Holzbalken als Riegel.

Sie versuchte, den Riegel hochzuschieben. Er bewegte sich nicht. Sie tastete ihn ab und bemerkte, daß er festgenagelt war. Darüber befand sich ein einfacher aber wirksamer Eisenriegel, der ihr keine Schwierigkeiten bereitete.

Eine Schwingtür, die sich nicht verriegeln ließ. Das Krachen von Donnern und das Zischen von Blitzen. Respektlos erhobene Stimmen. Der Kapitän.

Der Kapitän. Das war eine befriedigende Erklärung, und es paßte auch zu der Tatsache, daß sich die Tür trotz des gelösten Riegels nicht öffnen ließ.

Ein gedämpftes Geräusch kündigte an, daß sich jemand näherte. Die Schritte wurden schneller, dann kam plötzlich eine Welle, und die kräftige Strömung des Flusses erfaßte sie.

Ein Riegel, der sich offenbar an ihrer Tür befand, wurde zur Seite geschoben, und Catherine drückte sich an die Wand. Die Tür öffnete sich, und die breitschultrige Gestalt eines Mannes wurde vor dem schwachen Schimmer der Sterne erkennbar.

Catherine huschte um den Türrahmen.

Ein muskulöser Arm legte sich um ihre Taille, und sie wurde hochgehoben. Sie wand sich und bohrte ihre Nägel in den stählernen Unterarm, bevor sie auf die Koje gelegt wurde und von dem Gewicht des Mannes auf die Matratze gedrückt wurde. Sie hatte keine Hoffnung mehr, entkommen zu können.

Catherine biß in ehernem Widerstand die Zähne zusammen und gab vor, sich zu fügen. Er bewegte sich nicht, und Catherine nahm erstaunt den sauberen, männlichen Geruch des Körpers, der sich an sie drückte, wahr.

Sein Mund senkte sich auf den ihren, und sein Unterarm drückte sich schmerzhaft auf ihre Brust.

Bittere Tränen stiegen ihr in die Augen. Eine Frau schien sich immer und ständig unterwerfen zu müssen. Was änderte es schon, daß manche Männer nicht mit brutalen Schlägen ihren Willen durchzusetzen versuchten? Das Ergebnis war immer dasselbe.

Als sie ihre Lippen in dem verzweifelten Bemühen zu atmen öffnete, lockerte der Mann seinen Griff.

Tränen strömten über ihr Gesicht. In ihrer Verzweiflung klammerte sie sich an die Erinnerung an den Mann, der sie früher beschützt hatte. »Rafe«, murmelte sie leise und schüttelte in hoffnungsloser Ablehnung den Kopf. »O Rafe –«

Ein leiser Fluch ertönte aus der Dunkelheit, und plötzlich war sie frei.

Catherine wollte aufspringen und durch die halbgeöffnete Tür fliehen, und doch hielt irgend etwas in der gespannten Stille sie fest.

Der Augenblick, in dem sie hätte weglaufen können, war vorüber. Hoch und bedrohlich schob der Mann die Tür zu und verriegelte sie.

Das Kratzen eines Feuersteins zeigte ihr, was er vorhatte. Blauweiße Funken flammten auf, und der Mann zündete eine Kerze an. Er stellte die Kerze mit dem Kerzenständer auf den Tisch und drehte sich um.

Catherine starrte voller Verzweiflung in die schwarzen, freudlosen Augen ihres Mannes.

Rafael Sebastian Navarro, der schwarze Panther, der Pirat, der unter dem Namen *El Capitan* – der Kapitän unterwegs war. Ein Plantagenbesitzer, der seinen eigenen Leichter besaß. In dieser Kajüte war sie zweifellos schon einmal gewesen, das erkannte sie an der Holzkonstruktion, die den eingelassenen Mast hielt, und an den beiden Schränken, die rechts und links davon standen.

»Also du hast es gewußt«, sagte er hart.

»Nein.«

»Warum dann?«

»Warum ich deinen Namen gesagt habe?« Catherine senkte den Blick.

Sein Nicken wirkte steif.

»Warum hast du dir die Mühe gemacht, mich hierherzubringen?« fragte sie.

Ein finsteres Lächeln huschte über sein Gesicht. »Ich bezweifle, daß du freiwillig gekommen wärst.«

»Ich nehme an, daß du da recht hast«, stimmte sie zu.

Seine Finger glitten unter ihren Hals, strichen über ihr Haar und hoben die weichen Locken an, bevor er die Hand unter ihren Kopf legte und seinen Mund auf ihre Lippen preßte.

Sie spannte sich an, und ihre Haut prickelte vor Nervosität und der Erwartung des Schmerzes. Und dann wurde sein Kuß sanfter, und sie öffnete ihre Lippen und kostete die Süße.

Seine Hand legte sich über ihre schwellende Brust. Sie hob ihren Arm zu seiner muskulösen Schulter und bot ihm so Zugang zu ihrem Körper. Noch bevor sie diese Geste ganz vollzogen hatte, nahm er das Angebot an. Er schob seine Finger unter das schon oft gewaschene, weiche Hemd und riß es vom Ausschnitt bis zum Saum auf. Seine Berührung wurde drängender, und seine Lippen hinterließen flüssiges Feuer auf ihrer Haut.

Ihr Verlangen wuchs, so daß sie sich unter seinen Händen bewegte und stöhnte. Einen Augenblick später zog er sie unter sich. Eine Flut wilder Freude ergriff sie und riß sie beide mit. Catherine wollte ihn ganz in sich aufnehmen, ihr Dasein mit dem seinen verschmelzen lassen und sich in ihm verlieren.

Catherine erwachte, als das Tageslicht durch haarfeine Ritzen in den Fensterläden drang. Sie fühlte sich beengt, und ihre Muskeln schmerzten, aber an ihrem Rücken war es wunderbar warm. Mit einem erschreckten Schaudern erinnerte sie sich an alles und registrierte den schwachen Schmerz zwischen ihren Schenkeln.

Nachdem sie in der vergangenen Nacht so leidenschaftlich auf ihn reagiert hatte, wie sollte sie sich da jetzt verhalten? Sie wollte wirklich nicht eine von diesen bedauernswerten Frauen sein, die ihren Mann lieben, während er nichts für sie empfindet.

Catherine drehte sich um, und Rafe blinzelte den Schlaf aus den Augen und stützte sich auf einen Ellenbogen. Mit einer hochgezogenen Augenbraue beugte er sich vor, um sie zu küssen.

Catherine legte ihre flache Hand gegen die glatten Flächen seiner Brust. Plötzlich erinnerte sie sich an alles. »Solange?« fragte sie beklommen. »Sag mir, was mit ihr geschehen ist?«

Er wurde blaß und ließ sie los. »Wahnsinn«, antwortete er scharf.

»Sie ist nicht gestorben?«

»Wenn du damit meinst, ob das Leben aus ihrem Körper gewichen ist, dann nein, aber ihre Seele und ihr Geist sind zerstört. Sie sitzt murmelnd und nörgelnd da und ist vollständig damit beschäftigt, Pläne zu schmieden, um mit ihrem Geliebten zu fliehen. Die Nonnen sind sehr geduldig mit ihr.«

»Sie – ist in ein Kloster gegangen?«

»Man hat sie hineingezwungen und die Tür hinter ihr zugeschlagen.«

»Das – das tut mir leid«, sagte Catherine und starrte an die Decke.

»Das ist natürlich sehr hilfreich.«

Sie kümmerte sich nicht um seinen Spott. »Pauline, nehme ich an.«

»Pauline hat sie gerettet. Und du brauchst dir keine Sorgen zu machen, sie hat uns von deinem heroischen Versuch erzählt, Solange zu Hilfe zu kommen, und von der brutalen Art, wie sich dein Freund dir gegenüber verhalten hat. Ich spreche dich von jeder Schuld frei – aber ohne dich wäre Marcus Fitzgerald niemals in der Nähe von Alhambra gewesen.«

»Und ohne dich wäre ich niemals dort gewesen«, erinnerte sie ihn.

»Richtig, und ich weiß, daß ich die Verantwortung für alles trage.«

Sie sah ihn an, konnte aber in seiner kalten Miene keinen Hinweis auf seine Gefühle entdecken. »Du bist hinter mir hergefahren«, sagte sie.

»O ja, ich hätte vielleicht schon früher bei Solange sein können, wenn ich nicht hinter dir hergejagt wäre.«

»Ist dies das Boot, auf das ich schon einmal gebracht worden bin?«

»Ja. Ich hatte damals vor, dir eine Lehre zu erteilen, bevor ich dich zurückbringe. Statt dessen wärst du beinahe umgekommen. Ich dachte lange Zeit, daß du tot bist«, sagte er sanft. »Ich habe in Alhambra ein Grabmal für meine geliebte Frau errichten lassen.«

Ein kaltes Band legte sich um Catherines Herz. Sie richtete sich auf, zog die Decke um sich, stand auf und versuchte, etwas Abstand zwischen sich und ihren Mann zu bringen. An dem kleinen, am Boden befestigten Tisch blieb sie stehen und drehte sich um.

»Es scheint mir unmöglich zu sein, daß du Marcus und mir so dicht auf den Fersen warst. Wie hast du das fertiggebracht?«

»Dafür mußt du dich bei Fanny bedanken. Kurz nachdem sie dich an diesem Tag verlassen hatte, hat sie mich aufgesucht. Du warst schon fort, als ich nach Alhambra zurückkam, aber mein Boot war auf dem Weg von Cypress Bend nach New Orleans. Ich ritt am Fluß entlang und ging an Bord. Fanny glaubte, du wärst mit Marcus durchgebrannt, und meine Stimmung war dementsprechend.«

»Wie hast du unseren Aufenthaltsort ausfindig gemacht?«

»Meine Männer wußten, wie weit die Straße am Fluß entlang befahrbar war. Von dieser Stelle aus mußtet ihr auf ein Boot umsteigen. Also haben wir genau aufgepaßt. Und die Kutsche der Trepagniers war schwer zu übersehen.«

»Das ist wahr.«

»Ich hätte sie natürlich sofort anhalten können. Aber du hattest meinen Stolz verletzt und Marcus mein Ehrgefühl. Ich war in der Stimmung, irgend jemand in Streifen zu schneiden. Ich nahm mir das Zimmer neben dem Euren und stellte ihm eine Falle. Was ich durch die dünnen Wände hörte, überzeugte mich wenigstens davon, daß du keine andere Absicht hattest, als vor mir zu fliehen. Als ich das endlich begriffen hatte, warst du in ernster Gefahr. Ich war erschrocken – aber bedauerlicherweise noch nicht bereit, dir zu verzeihen. Ich bin nicht selbst zu dir gekommen, sondern schickte einen Mann mit einer Nachricht, die Marcus von dir fortlocken sollte. Dann bat ich Dan, dich sicher zu dem Boot zu bringen, und machte mich auf den Weg zu dem Innenhof des Gasthauses, um Marcus mit dem Degen die Leviten zu lesen.«

»Ich wünschte, du hättest ihn mit der Pferdepeitsche gezüchtigt.«

»Seltsamerweise hatte ich die Vorstellung, daß dir das nicht gefallen würde. In jedem Falle war meine Methode mörderisch.«

Catherine zog vorsichtig einen Stuhl unter dem Tisch hervor und setzte sich. »Du hast ihn nicht getötet. Man hat mir gesagt, er wäre in New Orleans gesehen worden, verletzt, aber am Leben.«

»Er verdankt dir sein Leben, weil du gerade in dem Augenblick, in dem ich den Gnadenstoß ausführen wollte, in den Fluß gesprungen bist.«

Ein kurzes Schweigen entstand.

»Das habe ich nur getan, weil ich nicht die Bettgefährtin eines Mannes werden wollte, den seine Leute ›den Kapitän‹ nennen.«

»Wenn du meinen Namen gehört hättest, wärst du dann freiwillig auf das Boot gekommen?«

Catherine zögerte und sagte dann ehrlich: »Wenn du mich darum gebeten hättest.«

»Also hat es dir leid getan, daß du fortgegangen bist?«

Sie lächelte bitter. »Das kann ich nicht bestreiten.«

Sie schwiegen eine Weile. Die Stimmen der Männer, die das Boot auf Kurs hielten, waren schwach zu hören. Der Geruch von einem heißen Kohlebecken und frisch gekochtem Kaffee drang in die Kajüte.

Schließlich fragte Catherine: »Wie hast du mich gefunden?«

»Durch deine Mutter natürlich.«

»Meine Mutter?« Erst in diesem Augenblick wurde ihr klar, wie tief sie die Ablehnung ihrer Mutter, sie bei sich aufzunehmen, getroffen hatte, und jetzt war sie erleichtert.

»Sie hat mir sofort deinen Brief geschickt und mich eindringlich gebeten, dich zu suchen. Durch den Boten ließ sie dir ausrichten, daß ich zu dir komme. Was geschah zwischen deinem Bad im Fluß und deiner Ankunft in Natchez? Und warum hast du mich in Natchez nicht erwartet?«

Es dauerte einen Augenblick, bevor sie ihn verstand. »Glaubst du, ich hätte das Haus der Martins verlassen, um dir aus dem Wege zu gehen?«

»Du warst nicht dort.«

»Nein, aber ich habe auch niemals eine Antwort auf meinen Brief bekommen. Man machte mich glauben, es hätte keine gegeben.«

»Willst du mir nicht sagen, warum du das Haus verlassen hast, meine unschuldige Verführerin?«

»Nein«, sagte sie mutig.

»Dann werde ich es dir sagen.«

Mit zusammengepreßten Lippen warf sie ihr Haar über die Schultern zurück.

»Wesley Martin, dein Gastgeber, forderte deine Zuneigung, und du hast ihn mit einem scharfen Messer in seine Schranken verwiesen«, sagte er. Seine Augen glitzerten, und er lächelte.

»Woher weißt du das?«

»Ich habe ihn dazu überredet, es mir zu sagen – nein, unterbrich mich nicht. Zuerst habe ich Helene Martins Worten geglaubt, daß du plötzlich fortgegangen bist, und ich habe vermutet, daß du mich nicht sehen willst. Helene erwähnte die alte Frau und ihren Enkel, die dich aus dem Fluß gerettet haben. Ich hatte den Verdacht, daß du zu ihnen zurückgekehrt bist. In New Orleans habe ich die Namen der beiden erfahren und man hat mir den Standort ihres Hausboots beschrieben. Unglücklicherweise hatten sie dich jedoch seit längerer Zeit nicht gesehen. Ich kehrte vor zwei Tagen nach Natchez zurück und unterhielt mich mit ihm unter vier Augen. Zuerst wollte er nicht über dich sprechen, doch es gelang mir, ihm die Informationen, die ich haben wollte, aus ihm herauszulocken. Er wurde sogar redselig genug, um mir sein Abkommen mit der Dame Betsy Harrelson anzuvertrauen, daß sie dich ihm betäubt ausliefern sollte, und ich entschloß mich, dem Ablauf der Handlung eine neue Richtung zu geben.«

Catherine warf ihm ein etwas unsicheres Lächeln zu. »Ich bin dir sehr dankbar«, erklärte sie ihm. »Aber – warum hast du das getan?«

Er schwang sich aus der Koje, war mit einem großen Schritt bei ihr und zog sie auf die Füße.

»Hast du vergessen, was ich dir gesagt habe?« fragte er rauh. »Ich werde dich nie gehen lassen – niemals.«

22

Die Strömung des Flusses war stark, und ihre Fahrt wurde immer schneller. Warum und wohin sie in dieser Eile fuhren, wußte Catherine nicht, aber als sie ihren Mann beobachtete, wie er das große dreieckige Segel musterte, als er seinen Platz am Ruder einnahm, spürte sie deutlich die Anspannung, die ihn vorantrieb.

In Catherines Gegenwart bewiesen die Bootsleute eine beinahe komische Unterwürfigkeit. Die meisten sprachen sie nicht direkt an. Von allen war ihr der junge Mann mit dem lahmen Bein am liebsten. Dan kochte für die ganze Mannschaft, war jedoch auch für die Vorräte verantwortlich. Wenn Rafe es ihm erlaubt hätte, hätte er Alis Rolle übernommen und Rafe als Kammerdiener zur Verfügung gestanden. Rafe hatte ihn gerettet, als ihn die Piratenmannschaft, zu der er gehört hatte, als nutzlosen Ballast über Bord werfen wollte, nachdem sein Bein bei einem Kampf verletzt worden war.

Soweit Catherine das verstand, war Ali zurückgelassen worden, um sich um Alhambra zu kümmern. Offensichtlich hatte sich die Lage dort weder verbessert noch verschlimmert.

Die Haltung ihres Mannes war sehr verwirrend für Catherine. Sie waren in der Kajüte und hatten gerade das Abendessen beendet, als er sie zur Koje führte und sagte: »Deine Augen lehnen mich ab, süße Catherine, auch wenn deine Lippen lächeln. Womit habe ich dich gekränkt?«

Was konnte sie darauf erwidern?

»Ich weiß nicht, was du meinst«, sagte sie ausweichend.

»Also soll ich raten?«

Sie zuckte mit den Schultern.

Er nahm ihr Kinn und drehte ihr Gesicht zu sich. »Sieh mich an und sag mir, was los ist.«

»Ich freue mich darauf, Alhambra wiederzusehen«, murmelte sie.

»Mehr nicht?« fragte er, aber er ließ sich nicht täuschen.

Catherine senkte den Blick. »Ich habe mich gefragt«, gestand sie vorsichtig, »was du von mir gedacht hast, als du mich an einem solchen Ort in Natchez gefunden hast.«

»Es ist nicht wichtig, was ich gedacht habe«, erwiderte er. »Ich habe schon lange das Recht verwirkt, andere zu verurteilen.«

Ihr Lächeln wurde ironisch. »Und ist dir je der Gedanke gekommen, daß da vielleicht gar nichts zu verurteilen war?«

»Was meinst du damit?« fragte er herb.

»Ich wollte es nur wissen.« Sie schenkte ihm einen matten Blick. »Und jetzt, nachdem du die Tiefe meiner Gefühle und meiner Treue ausgelotet hast, bist du jetzt zufrieden mit dem, was zwischen uns besteht?«

Offenbar war es jetzt an ihr, ihm zu verzeihen. Sie hatte ihm das Geschenk ihrer Treue machen wollen und mußte erleben, wie er es ihr großzügig zurückgab. Daß sie sich unter anderen Umständen vielleicht sehr über diese Geste gefreut hätte, war gar nicht wichtig. Anstatt ihr zu vertrauen, verzieh er ihr. Das schmerzte.

Yvonne Mayfield empfing ihre Tochter in ihrem Boudoir. Ihre Tränen waren echt. Sie rollten über ihre Wangen und hinterließen Flecken auf ihrem seidenen Morgenrock, aber sie achtete nicht darauf.

»Also Rafael hat dich zu mir gebracht. Das war nett von ihm«, sagte Catherines Mutter.

»Ja.« Sanft löste sich Catherine aus ihrer Umarmung.

»Er ist ein guter Mann, wenn es hart auf hart kommt, aber er kann auch außerordentlich unerfreulich sein. Als er dich auf seiner ersten Fahrt nach Natchez nicht gefunden hat, hat er mir vorgeworfen, ich würde dich vor ihm verstecken? *C'est infâme*! Das soll nicht heißen, daß ich das nicht auch getan hätte, *chérie*. Wenn du mich darum gebeten hättest, hätte ich es getan. Es geschieht mir ganz recht, Catherine, wirklich, daß ich dich dazu gedrängt habe, ihn zu heiraten.«

Catherine half ihr, sich auf der Chaiselongue niederzulassen und drückte ihr ein parfümiertes Taschentuch in die Hand. »Ich bin wieder da, Rafael Navarro ist fort, und du brauchst nicht mehr Schwarz zu tragen. Wie kannst du weinen, wenn du so viel Grund zur Freude hast?«

Ihre Mutter tupfte ihre Augen ab und putzte sich die Nase. »Du warst lange Zeit fort, *chérie*. Du mußt mir alles erzählen, was geschehen ist.«

Die beiden Frauen sprachen sich gründlich aus und schmiedeten Pläne für die nähere Zukunft.

Ihre erste Überlegung galt natürlich neuer Kleidung. Catherines Garderobe hing im Schrank in Alhambra, und sie bestellte bei der Schneiderin eine Vielzahl von Kleidern und Kostümen.

Eines der Taftkleider, ein pfirsichfarbenes, war rechtzeitig für die Teeeinladung fertig geworden, die ihre Mutter einmal wöchentlich gab.

Die Gesellschaft von New Orleans war fasziniert von der skandalumwitterten Madame Navarro. Die Frauen waren distanziert, die Herren charmant, allerdings auch eine Spur zu aufdringlich.

Verärgerung glitzerte in Fannys grünen Augen, als sie Catherine umarmte. »Es ist erfreulich, zu sehen, daß es Euch so gutgeht. Aber ich ärgere mich über die Gerüchte, die über Euch und Rafael in Umlauf sind. Wenn sie gesehen hätten, wie außer sich Rafael war, als er annehmen mußte, Ihr wäret ertrunken, dann würden sie sich schämen, solche schrecklichen Dinge über ihn zu sagen. Wenn mir noch ein einziges Mal jemand eine impertinente Frage stellt, dann werde ich schreien.«

»Was niemandem etwas nützen würde«, warf Giles ein und beugte sich über Catherines Hand.

»Die Leute werden immer reden«, sagte Catherine und lächelte.

»Ich muß gestehen, daß ich verblüfft bin, wie viele unterschiedliche Gerüchte über Euch kursieren«, erwiderte Giles in seiner ruhigen, beherrschten Stimme. »Man könnte sich beinahe vorstellen, daß es jemand so geplant hat, um das Volk bei Laune zu halten.«

Catherine sah ihn scharf an. »Das ist doch wohl nicht Euer Ernst, oder?«

Er hob unbehaglich seine Schultern. »Ich habe gestern abend ein paar von Rafaels Flußschiffern getroffen, die eine ganze Gastwirtschaft mit einer Geschichte unterhielten, nach der Ihr, meine Liebe, ein Kind vor dem Ertrinken gerettet haben sollt, bevor Euch der Fluß davon gerissen hat. Es heißt, Ihr hättet einen Gedächtnisverlust erlitten, der noch eine Weile nach Eurer Rettung angedauert habe. Wirklich, eine äußerst rührende Geschichte. Vermutlich werdet Ihr morgen als Heldin gefeiert. Unser Rafe ist eben ein kluger Mann.«

»Ja«, stimmte Fanny zu. »Wenn Ihr mich jetzt bitte entschuldigen wollt, Catherine, ich werde mich auf den Weg machen und zusehen, was ich tun kann, um seinen Plan zu unterstützen.«

»Sie hat mir noch nicht verziehen, nicht wahr?« fragte Catherine, während sie die hohe, schmale Gestalt der jungen Frau durch die Menge gehen sah.

»Sie kann es sich selbst nicht verzeihen«, antwortete ihr Bruder. »Sie hat gegen ihre eigenen Interessen eine edle Tat begangen, und keiner hat etwas davon gehabt.«

»Sie liebt Rafe.« Catherine hätte nicht sagen können, warum sie so sicher war.

»Und wenn sie Euch ohne ein Wort hätte gehen lassen, dann wärt Ihr jetzt Gott weiß wo. Und dann hätte er sich ihr vielleicht zugewandt. Aber so wurdet Ihr für eine kurze Zeit eine Märtyrerin in Rafes Augen. Sie hatte zwar Hoffnungen, stellte aber fest, daß Ihr tot eine ebenso große Rivalin seid wie lebendig. Eine solche Entdeckung ist nicht gerade ein Trost für die Eitelkeit einer Frau.«

»Ihr habt Rafe gesehen und wißt, was geschehen ist? Alles?«

Giles neigte den Kopf. »Rafe hat mich besucht, bevor er nach Alhambra zurückkehrte. Er hat mir die angenehme Aufgabe anvertraut, Euch zu unterhalten. Ich soll Euch begleiten, wo immer Ihr hinzugehen wünscht. Verfügt über mich!«

Nach diesem Teenachmittag wurde Catherine zu Soirées, Matinées, Maskenfesten und Bällen eingeladen. Ganz wie Giles es vorausgesagt hatte, gingen schon nach wenigen Tagen so viele widersprüchliche Gerüchte über sie um, daß sie zu einer Art Heldin wurde. Ihr Name wurde sogar gelegentlich im Zusammenhang mit dem des ehemaligen Gouverneurs James Wilkinson genannt, der sich in mehreren Verfahren vor verschiedenen Gerichten hatte verantworten müssen, weil man ihm verräterische Tätigkeiten vorgeworfen hatte.

Catherine erschien immer mit einwandfreier Haltung in der Öffentlichkeit, soviel hatte sie von Rafe gelernt. Mit Giles an ihrer Seite lächelte sie, parierte aufdringliche Fragen und brachte die aufdringlichen Leute geschickt zum Schweigen.

Aber zu keinem Zeitpunkt war sie so dankbar für seine Gegenwart wie in dem Augenblick, als sie Marcus Fitzgerald begegneten.

Der Anlaß, bei dem das geschah, war ein Empfang bei einer der jungen Gastgeberinnen, die es sich zur Aufgabe gemacht hatten, Opernsänger und Künstler in ihre Häuser einzuladen. Viele von ihnen hatten neureiche Amerikaner geheiratet und wurden deshalb von der alten kreolischen Gesellschaft ignoriert.

»Man sollte dies nicht Empfang, sondern eher Aufstand nennen«, meinte Giles, während er die Versammlung mit gemischten Gefühlen betrachtete.

»Wenn es Euch nicht gefällt, können wir immer noch –«

»Was ist los?« fragte Giles, als Catherine plötzlich verstummte.

Es blieb keine Zeit, ihm etwas zu erklären. Marcus – völlig abgemagert und mit ergrautem Haar – verbeugte sich vor ihnen.

»Ein – unerwartetes Vergnügen«, murmelte er.

Es wäre unhöflich gewesen, ihn vor aller Augen zu schneiden.

»Ich glaube kaum«, sagte Catherine mit einem sanften Lächeln.

»Nicht unerwartet?«

»Kein Vergnügen.«

Es war ein Genuß zu beobachten, wie ihm das Blut ins Gesicht stieg. Daß er jedoch Beleidigungen gegenüber so verletzlich war, fand Catherine beunruhigend. Es schien dafür zu sprechen, daß sie ihm nicht gleichgültig war und daß seine seltsame Haßliebe ihr gegenüber weiterhin Bestand hatte.

»Wir haben Euch in letzter Zeit nicht in der Stadt gesehen«, sagte Giles und beteiligte sich damit beiläufig an dem Gespräch.

»Nein, ich lebe zur Zeit auf dem Land.«

»Vermißt Ihr nicht die Vergnügungen der Stadt?«

»Ich bin sehr beschäftigt«, antwortete Marcus mit einem eigentümlichen Glitzern in den Augen. »Ich habe in den Sümpfen eine Art von *contre-danse* entdeckt, den ich vorziehe. Er wird von den Klängen von Trommeln bestimmt.«

Mit ausdrucksloser Stimme sagte Giles: »Von haitianischen Trommeln, vermute ich.«

»Ja, zufällig ist es so«, erwiderte Marcus und wirkte wieder so matt wie vorher.

»Seid vorsichtig. Derartig primitive Tänze mögen vielleicht auf einer Insel angebracht sein, aber sie könnten sich als gefährlich erweisen, wenn man sie auf das Festland überträgt. Vielleicht geraten sie außer Kontrolle, und dabei werden ganz sicher die Tanzenden Schaden nehmen.«

Catherine runzelte die Stirn und sah von einem zum anderen. Sie spürte, daß hier eine Warnung ausgesprochen wurde, aber die Bedeutung der Worte verstand sie nicht.

»Nun gut«, sagte Marcus, und seine dünnen Lippen schienen noch schmaler zu werden. »Aber jetzt bin ich ja hier, unter den Kultivierten.« Er verbeugte sich höflich, zuerst vor Giles und dann vor Catherine.

»Da fragt man sich doch direkt, warum eigentlich«, sagte Giles nachdenklich.

»Natürlich wegen Catherine. Diese schöne Tote mußte ich mir einfach ansehen.«

»Wir haben auch davon gehört, daß Ihr dem Tode nur knapp entrinnen konntet. Ihr seid zum zweiten Mal dem Degen meines Mannes entkommen, nicht wahr?« fragte Catherine kühl. »Vielleicht sollten wir einander gratulieren.«

»Das ist richtig. Und ich füge auch noch meine Glückwünsche hinzu, daß Ihr so schnell einen neuen Beschützer gefunden habt. Wenn ich das richtig verstehe, wird es Euch kaum etwas ausmachen, wenn ich Euch, falls das Schicksal es will, bei meiner dritten Begegnung mit Rafael zur Witwe mache, oder?«

»Das verdient, bedacht zu werden«, antwortete sie und klopfte sich mit einem Finger ans Kinn. »Aber selbst mit der Hilfe des Schicksals scheint mir das ziemlich unwahrscheinlich zu sein. Ich bin allerdings davon überzeugt, daß Ihr bei einer dritten Begegnung sterben werdet.«

Giles trat vor und nahm Catherines Arm. »Ihr müßt uns entschuldigen. Catherines Mutter muß aus den Fängen der Spieler in Faro befreit werden. Ich habe ihr feierlich geschworen, zu kommen und sie abzuholen, bevor sie ihren letzten Heller verloren hat.«

Ein paar Minuten später, als sie draußen auf ihre Kutsche warteten, beugte er sich vor und flüsterte: »Ihr seid eine Hexe.«

»Danke«, sagte Catherine, aber sie lächelte nicht dabei.

Der Neujahrstag war ein fröhlicheres Fest, an dem man sich beschenkte – nicht an den ernsteren Feiertagen um Weihnachten herum. Für den Abend vor dem Neujahrstag waren einige Soiréen geplant. Catherine hatte versprochen, zu wenigstens zweien zu gehen, nachdem sie ein spätes Abendessen zu Hause mit Giles und ihrer Mutter eingenommen hatte.

Die Straßen waren so schlammig, daß man sich entschloß, die Sänften hervorzuholen. Man sah sie überall durch die Straßen schwanken und um die Ecken verschwinden, wobei vier Sklaven sie an Tragestangen trugen.

Catherine vermutete, daß Giles die Sänfte, die sie bestieg, aus dem Stadthaus der Navarros hatte. Sie fand auch den Buchstaben ›N‹ auf die Kissen gestickt. Sie beugte sich vor, um Giles, der neben der Sänfte herging, danach zu fragen, als die Sklaven so plötzlich stehenblieben, daß Catherine auf die Knie fiel.

»Was ist los?« rief sie. Jetzt hörte sie Pfiffe und Glocken. Rufe wurden lauter und wuchsen zu einem Grölen an.

»Es ist ein Hochzeitszug«, schrie Giles, um den Radau zu übertönen. »Sie kommen diese Straße herunter.«

Catherine seufzte, richtete sich auf, schob den Vorhang zur Seite und sah aus dem Fenster. Eine etwas heruntergekommene Sänfte überholte sie, und ein Mädchen, das kaum mehr als ein Kind war, spähte durch die Vorhänge. Tränen glitzerten auf ihren Wangen, und ihr Brautschleier saß etwas schief. Der Mann, der im Laufschritt neben der Sänfte herlief, war im mittleren Alter, sein Haar graumeliert, der Schnurrbart schon beinahe grau. Sein kleiner, gerundeter Bauch wurde von dünnen Beinen gehalten, und seine Strümpfe rutschten unter den altmodischen Kniehosen heraus.

Schritt für Schritt wurde Catherines Sänfte abgedrängt, während sich die schmale Straße mit der wilden Menge füllte. Der Lärm war ohrenbetäubend.

Und dann änderte sich der Lärm und nahm einen bedrohlichen Klang an. Catherine spürte, daß einer der Träger stolperte. Die Sänfte wurde von einem Stoß erschüttert und fallen gelassen. Irgend jemand versuchte mit kratzenden Fingern die Tür aufzumachen, und ohne nachzudenken streckte Catherine die Hand aus, um den Griff von innen festzuhalten. Ein Mann schrie. Das Scharren an der Tür hörte auf. Stimmen fluchten und gellten. Die Sänfte wurde wie von einem starken Wind geschüttelt, und immer wieder stießen kämpfende Männer dagegen.

Auf einer Seite eingesperrt durch die Hauswand und auf der anderen durch Giles' breiten Rücken, konnte Catherine nicht hinaus.

»Navarro! Für Navarro! Zu mir! Zu mir!«

Das war Giles' Stimme. Plötzlich wurde das Waffenklirren lauter. Das Ächzen und Schreien der kämpfenden Menge verstärkte sich noch. Das feuchte Schmatzen von flüchtenden Schritten im Schlamm ertönte. Innerhalb weniger Sekunden hörte man nur noch schwere Atemzüge.

Die Sänfte hob sich und bewegte sich in die Richtung, aus der sie gekommen waren. Auf einen Blick sah Catherine Giles, der seinen Degen an seinem Taschentuch abwischte. Blut tropfte aus einem Schnitt über einem Auge auf sein weißes Halstuch. Sie lehnte sich zurück, faltete die Hände im Schoß und dachte angestrengt nach.

Beim Haus ihrer Mutter zog Giles sie entschlossen aus der Sänfte und führte sie in den Flur.

Im weichen Licht einer Lampe blieb Giles stehen, nahm Catherines beide Hände in die seinen und sah sie eine ganze Weile an.

Seine Augen verdunkelten sich. Ein schwacher Schauder durchlief ihn. Langsam zog er sie in seine Arme, um ihren Kopf gegen seine breite Schulter zu drücken.

»Catherine«, sagte er, nachdem er einen langen Seufzer ausgestoßen hatte, »schöne, tapfere Catherine. Es ist mehr, als ein Mann ertragen kann – Euch zu sehen und zu wissen, daß Ihr unerreichbar seid. Es ist mehr, als ich ertragen kann – denn ich liebe Euch.«

»Rührend«, ertönte eine Stimme aus dem Salon.

Giles erstarrte, dann gab er Catherines Kopf frei und sah den Mann an, der am Türrahmen lehnte.

»Rührend«, sagte er noch einmal. »Ich empfinde es wirklich so, obwohl ich der Ehemann bin, dem hier Unrecht geschieht.«

23

»Rafe«, sagte Catherine atemlos vor Erstaunen.

»Madame, ich habe das Vergnügen«, sagte er. »Ich wollte dir ein Geschenk überbringen, aber ich scheine im falschen Augenblick gekommen zu sein.« Rafael betrachtete Giles eingehend.

»Ich werde mich nicht mit dir duellieren«, sagte der große Mann nachdrücklich.

»Nein?« lautete die Antwort. »Ich gebe zu, daß ich vielleicht einen gewissen Vorteil hätte, da du gerade von einem Duell zu kommen scheinst.«

»Wir sind von Marcus' bezahlten Schlägern angegriffen worden.«

»Das erklärt also die zärtliche Szene, deren Zeuge ich gerade geworden bin.«

»Nicht ganz, auch wenn ich schaudere, wenn ich daran denke, Catherine könnte noch einmal in die Hände dieses Wahnsinnigen geraten«, antwortete Giles. »Ich liebe sie und möchte sie zu meiner Frau machen. Ich bin in der Gesetzgebung dieser Gegend nicht ganz ohne Einfluß. Eine Scheidung könnte bestimmt durchgesetzt werden, wenn du sie freigibst.«

»Und wie kommst du auf den Gedanken, daß ich das tun könnte?«

»Ich glaube, wir kennen alle die Umstände, die zu eurer Hochzeit geführt haben«, sagte Giles, ohne sich einschüchtern zu lassen. »Niemand kann behaupten, daß du Catherine je besonders zugetan gewesen bist, aber ich würde dir doch immerhin zugestehen, daß du um ihr Wohlergehen besorgt warst.«

»Wirklich? Ich danke dir, Giles. Soll ich das so verstehen, daß es ihr bei dir bessergehen würde?«

»Ich glaube, daß es so ist.«

»Das mag ja alles sein, aber wie denkt Catherine darüber?«

Mit einem Kopfschütteln lehnte Catherine diese Frage ab. »Sagt mir, Giles«, sagte sie, »als Ihr gerade diesen Ruf ›Navarro‹ ausgestoßen habt, wer kam Euch das zu Hilfe? Nicht Navarro selbst?«

»Nein –«

»Waren es vielleicht die Flußschiffer von Rafes Boot?«

Giles nickte und verstand nicht, worauf sie hinauswollte.

»Männer, die du, Rafael, mir nachgeschickt hattest, damit sie spionieren?«

»Ich würde es anders bezeichnen«, sagte Rafe und legte den Kopf schief, »aber ich vermute, daß die Wirkung dieselbe war.«

Sie wandte den Blick ab. Giles wirkte wie ein sicheres Bollwerk hinter ihr. »Ich bin es so leid«, seufzte sie, »in diesem Schachspiel zwischen dir und Marcus immer wieder den Bauern spielen zu müssen.«

»Es war ein aufregendes Spiel«, meinte Rafe.

»Ja«, sagte sie. »Aber im Augenblick will ich nichts mehr als nur Frieden.«

»Und Liebe?« Als sie darauf nicht antwortete, fügte er hinzu: »Nur Mut, *ma Lionne.*«

»Und uneingeschänkte, frei hingegebene Liebe«, stimmte sie ihm vorsichtig zu.

»Diesmal wird dein klarer Blick offensichtlich durch deine Angst getrübt. Eine sichere Ehe ist das, was du möchtest. Überleg dir gut, wie du dich entscheidest.«

Sollte das heißen, daß er ihr die Wahl ließ? Und Giles, was war mit ihm? Er war unkompliziert und immer freundlich zu ihr gewesen und schenkte ihr jetzt seine Liebe. Was hatte sie als Erwiderung zu geben?

»Da du es mir überläßt«, sagte sie so kühl wie möglich, »werde ich dich wissen lassen, wie ich mich entschieden habe, wenn ich mehr Zeit zum Nachdenken gehabt habe.«

Ein spöttischer Blick flammte in den Augen ihres Mannes auf. »Diese Antwort ist, glaube ich, kein Duell wert.«

Catherine war entrüstet, daß er sich in dieser Weise über ihre Vorsicht lustig machte. Ein Mann, der so wenig von ihrer Feinfühligkeit hielt, würde sich nicht dazu herablassen, seine Liebe auszusprechen – falls es sie gab. Nein, wenn sich ihr eine Wahl stellte, dann nur die zwischen Liebe und Begehren.

»Meine Antwort hat dir nicht gefallen?« fragte sie. »Dann laß es mich noch einmal versuchen –«

Die Kälte in ihrer Stimme wirkte wie eine Warnung, und Rafe wurde vorsichtiger. »Nur weil du gekränkt bist?«

»Das könnte ein guter Grund sein. Zumindest könnte ich eine Ehe führen, die ich selbst gewählt habe. Was könntest du gegen ein solches Arrangement unternehmen?«

»Ich könnte sein Leben als verwirkt betrachten.«

Giles bewegte sich, als wollte er Rafael gegenübertreten, aber Catherine hob die Hand und hielt ihn zurück. Ohne den Blick von ihrem Mann zu lassen, fragte sie: »Nur weil dein Stolz verletzt ist?«

Rafael sagte nichts – und er gab Catherine auch nicht die Antwort, die sie erhoffte und befürchtete. Sie beobachtete, wie er das Feld räumte, und sie blieb mit dem hohlen Gefühl, eigentlich doch verloren zu haben, zurück.

»Es tut mir leid«, sagte Giles plötzlich. »Ich hätte Euch diese unangenehme Situation gern erspart, wenn es mir möglich gewesen wäre.«

»Das macht nichts.« Catherine hob die Hände zu dem Verschluß ihres Umhangs, löste ihn und ließ ihn von den Schultern fallen. Giles fing ihn auf, warf ihn auf ein Tischchen und folgte ihr in den Salon.

»Möchtet Ihr etwas trinken?« fragte Catherine. Erst da fiel ihr auf, daß schon jemand die Karaffe mit dem Brandy aus dem Schrank genommen hatte.

»Nein, danke.« Giles' Stimme klang angespannt. »Catherine, Ihr müßt wissen, daß ich nicht geplant hatte, das zu Euch zu sagen. Es war aber auch keine plötzliche Entscheidung oder ein nur aus dem Augenblick geborenes Verlangen. Ich habe meinen Vorschlag schon mit Eurer Mutter besprochen –«

»Aber nicht mit mir«, unterbrach sie ihn.

»Ein wenig Vorsicht müßt Ihr mir schon zugestehen, Catherine. Ihr wäret nicht bereit gewesen, einem anderen Mann zu vertrauen.«

»Ich – ja, Ihr habt recht«, sagte sie und senkte den Blick. »Ich habe alles einfach hingenommen und für selbstverständlich gehalten, es tut mir leid. In aller Form und mit Zartgefühl der Ehe mit einem Mann zuzustimmen und sich gleichzeitig von einem anderen zu trennen, erfordert mehr Feingefühl, als ich im Augenblick aufbringen kann.«

»Ich will mich nicht über irgend etwas beklagen«, erwiderte er und verstummte. Als sie nur mit einem matten Lächeln reagierte und nichts sagte, fügte er hinzu: »Es mag vielleicht unangenehm sein, Euch vor dem Gesetz aus Eurer Ehe zu befreien. Eine Scheidung bringt Unannehmlichkeiten mit sich. Ist es das, was Euch Sorgen macht?«

Catherine schüttelte den Kopf. »Wohl kaum. Ich habe mich inzwischen schon daran gewöhnt, daß man über mich redet. Ihr seid Euch doch im klaren, daß Ihr einer Frau vertraut, die in unzählige Skandale verwickelt war.

»Ihr seid zu hart mit Euch selbst.«

»Wie könnte ich das sein? Ich bin die skandalumwobene, berüchtigte Catherine Navarro.«

»Ich glaube, jetzt übertreibt Ihr etwas«, sagte Giles. »Ihr könnt mich nicht mit einer Liste Eurer Missetaten entmutigen. Ich kenne die Wahrheit.«

»Die Wahrheit ist, was die Welt für die Wahrheit hält. Seid Ihr sicher, daß Ihr Eure Zukunft gefährden wollt, indem ihr eine Frau heiratet, die einen solchen Ruf hat wie ich?«

»Bitte sprecht nicht in diesem Ton von Euch, das dürft Ihr nicht. Ihr seid eine schöne und mutige Frau, die in Ereignisse verwickelt worden ist, die sie nicht kontrollieren konnte.«

»Und die auch unschuldig war?« fragte sie.

Er zögerte keinen Augenblick. »So unschuldig, wie Ihr mir sagen wollt.«

»Ihr seid ein liebenswerter Narr«, flüsterte sie.

»Und wenn Ihr es mir nicht sagen wollt«, fuhr er fort, ohne nur den geringsten Einwand gegen die seltsame Bezeichnung zu haben, die sie ihm gegeben hatte, »werde ich niemals danach fragen. Ich werde mein Leben lang versuchen, Euch zu verehren und zu beschützen.«

»Warum, Giles? Warum gerade ich?« Es war beinahe ein Aufschrei.

»Süße Catherine, Ihr seid wie ein Traum, den ich schon seit Ewigkeiten träume. Als ich Euch zum ersten Mal sah, war mir, als hätte ich Euch erkannt, und ich hätte Euch am liebsten in die Arme genommen und bei mir behalten.«

»Ach Giles –« Mitgefühl lag in ihrer Stimme. Mitleid war ganz ähnlich wie Liebe, aber für diesen Mann war es einfach nicht genug.

Als hätte er ihre Gedanken erraten, hob er den Kopf, und seine blauen Augen leuchteten besonders klar. »Ich verlange nicht von Euch, daß Ihr mich liebt«, sagte er. »Nur daß Ihr mir erlaubt, Euch zu lieben.«

Das war eine Erklärung, mit der er seine Seele offenlegte.

Sanft befreite sich Catherine aus seinem Griff. »Ich werde nicht vergessen, was Ihr mir heute gesagt habt«, erklärte sie sanft. »Im Augenblick bin ich dankbarer dafür, als ich zum Ausdruck bringen kann. Aber wir haben noch viel Zeit vor uns, bis es zu Gelöbnissen und Schwüren kommt. Doch ich verspreche Euch, daß ich Euch meine Entscheidung mitteile.«

Giles neigte zustimmend den Kopf. Wenn er enttäuscht war, verbarg er es erfolgreich. Er trat zur Seite und holte aus einer Innentasche kleine, fröhlich bunt verpackte Geschenke heraus. »Es ist schon beinahe 1811. Öffnet Eure Geschenke, und dann werde ich gehen und Euch in Ruhe lassen. Vielleicht werdet Ihr im neuen Jahr zu einer Antwort finden, die uns beide glücklich macht.«

Sie hatte einen weißseidenen Schal für ihn, den sie selbst bestickt hatte. Sein erstes Geschenk an sie war ein kleiner Fächer fürs Theater aus bemaltem Satin mit Stäbchen aus Perlmutt. Das zweite war ein in rotes Saffianleder gebundenes Bändchen mit einer guten Übersetzung von Homers *Ilias*. Das dritte war ein Ebenholzschächtelchen, in das Perlmutt eingelegt war.

»Ihr habt mir zu viele Geschenke gemacht«, protestierte Catherine, als sie den mit einem besonders trickreichen Scharnier versehenen Deckel hob. Ihre Finger wurden plötzlich wie taub. Die kleine Schachtel fiel ihr aus der Hand, und in einem glitzernden Bogen fiel der Inhalt herunter. Auf dem Teppich lagen goldene Haarnadeln.

»Nein!« rief Catherine, und eine schwarze Welle von Schmerz überschwemmte sie.

Sie hob ihre Röcke, wich Giles Hand aus, mit der er sie zurückhalten wollte, und rannte aus dem Zimmer. Am Fuß der Treppe drehte sie sich um und sah ihn durch einen Tränenschleier an.

»Vergebt mir«, sagte sie, »aber ich kann Euch nicht heiraten. Es ist nicht Eure Schuld. Es ist meine – sie liegt – tief in meinem Innern.«

Dédé weckte sie am nächsten Vormittag, als sie lärmend ins Zimmer polterte. Die schwarze Frau war in den wenigen Monaten, seit Catherine aus dem Haus gegangen war, unwahrscheinlich gealtert. Ihr Haar war weiß geworden, ihre Hände zitterten, und sie war so eingeschüchtert, daß Catherine verletzt war.

»Was, Catherine, du bist immer noch hier?«

Catherine drehte den Kopf und betrachtete die besorgte Überraschung auf dem faltigen braunen Gesicht. »Sollte ich nicht mehr hier sein?«

»Eure Mutter sagte, gestern abend sei Euer Mann, Monsieur Navarro, gekommen, um Euch mitzunehmen.«

Ein kurzes Schweigen entstand. »Hat sie das gesagt?« meinte Catherine nur.

Dédé nickte. »Sie war wirklich traurig, daß du dich wieder in Gefahr begibst und betroffen, weil sie nichts tun konnte, um dich daran zu hindern.«

»Ich verstehe. Dann werde ich gleich einmal versuchen, sie zu beruhigen.«

»Das wäre lieb von dir, *chérie.*«

Catherine lächelte. »Ich habe dir noch nicht ein frohes neues Jahr gewünscht, Dédé. Dein Geschenk liegt auf dem Toilettentisch.«

»Vielen Dank, *chérie* – und dir auch ein glückliches neues Jahr.«

»Ja, danke«, erwiderte Catherine teilnahmslos.

Sie fand ihre Mutter im Bett vor. Yvonne beschäftigte sich mit Briefen, Einladungen, Visitenkarten, den glänzenden Verpackungen von Bonbons und Pralinen und Neujahrsgeschenken. Das alles segelte zu Boden, als Madame Mayfield ihre Tochter auf der Schwelle stehen sah.

Catherine trat ins Zimmer, kniete sich auf den Boden und begann, das Papier und die Süßigkeiten einzusammeln, um sie ihrer Mutter wiederzugeben. »Also hatte Dédé recht. Du hast gedacht, ich wäre fort. Warum warst du dir so sicher?«

»Du hast mich so erschreckt, Kind. Und ich kann dir gar nicht sagen, wie erleichtert ich – nun ja, egal. Warum ich so sicher war? Ich nehme an, weil Rafael Navarro ein solcher Überredungskünstler ist und weil du, ob du es nun zugibst oder nicht, durchaus ansprechbar bist für seine Art der Überredungskunst.«

»Du hast gewußt, daß er hier war und auf mich gewartet hat?«

»O ja, er kam, bevor ich das Haus verließ. Wir hatten ein interessantes Gespräch, bevor ich gehen mußte. Weißt du, ich war mit Monsieur Marigny zum Whistspielen verabredet. Ich wollte dich warnen, wirklich, aber ich habe dich nicht gefunden, und schließlich ist der Mann dein Ehemann. Ich hoffe, daß nichts – schiefgegangen ist?«

»Das hängt vom Standpunkt ab, Mama. Rafe fand mich in Giles' Armen.«

»*Mon Dieu*! Und wie geht es jetzt dem armen *Americain*?«

Ein Lächeln flog über Catherines Lippen. »Es geht ihm sehr gut. Und er ist auch nicht verletzt.«

»Seltsam«, meinte ihre Mutter. »Soll das heißen, daß Navarro dich freigegeben hat?«

»Du sprichst von der Scheidung, die du hinter meinem Rücken schon mit Giles besprochen hast? Ich weiß es nicht. Wie du dir vielleicht vorstellen kannst, war das keine besonders – friedliche – Begegnung.«

»Ja.« Yvonne Mayfield schob sich ein Bonbon in den Mund.

Catherine nahm sich eine kandierte Mandel. »Dédé hat auch gesagt, du hättest dir Sorgen gemacht, daß Rafe mich in Gefahr bringen könnte.«

»Ja. Ich hatte das eigentlich noch nicht so recht bedacht, aber Rafael schien es selbst auch so zu sehen, und das fand ich beunruhigend.«

»Was für eine Gefahr?«

»Na, die Sklaven sind immer noch rebellisch, mehr als zu der Zeit, als du zum letzten Mal in Alhambra warst. Und sie waren besonders verärgert darüber, daß erst vor kurzem alle Sklaven indianischer Herkunft befreit worden sind. Es war Wahnsinn, daß er auch nur daran dachte, dich wieder in eine so gefährliche Situation zu bringen, und ich gestehe Navarro zu, daß er dieses Risiko für dich nur ungern eingehen wollte, aber seine Sehnsucht nach dir hat offensichtlich seine Skrupel besiegt.«

»Hat er das gesagt?« fragte Catherine.

»Nicht mit so vielen Worten, aber ich bin ja keine unerfahrene Frau in solchen Dingen, *ma chérie,* vor allem wenn es darum geht, die Beweggründe eines Mannes zu erkennen.«

»Glaubst du wirklich, daß Rafe mich wegen der Gefahr in Alhambra nach New Orleans gebracht hat?«

»Das ist schon möglich.«

»Aber er hat nicht gesagt, daß das der Grund war?«

Madame Mayfield hob die Hände. »Er sprach von seiner eigenen Dummheit und Ungeduld und seinem mangelnden Vertrauen. Er fragte mich nach deiner Zuneigung zu ihm – als ob ich davon wissen müßte. Dann setzte er sich mit meinem besten Brandy in einen Sessel, um auf deine Rückkehr zu warten.«

»Was wollte er genau wissen?«

»Ich erinnere mich nicht mehr an seine Worte im einzelnen. Ich glaube, er wollte ganz allgemein wissen, was du dabei empfindest, hier bei mir zurückgelassen worden zu sein. Natürlich habe ich mein möglichstes getan, um ihn davon zu überzeugen, daß du dich eines Lebens voller fröhlicher Zerstreuungen erfreust. Aber ich glaube, darüber war er enttäuscht. Andererseits hatte ich den Eindruck, daß er doch nicht so überrascht war, wie man hätte erwarten können. Irgendwie hatte ich das Gefühl, daß er schon von deinen Unternehmungen gewußt hat.«

Am vierten Januar ging Fanny Barton in Begleitung ihres Bruders an Bord des Schiffes, das nach Boston auslief.

Fanny und Giles. Catherine schaffte es nicht, sich von dem Gefühl zu befreien, daß Fanny sie hintergangen und verraten hatte, obwohl sie wußte, was geschehen wäre, wenn sie Rafe nicht von ihrer Flucht unterrichtet hätte.

Selbstvorwürfe bestimmten Catherines Gefühle zu Giles. Als er fort gewesen war, hatte sie noch lange allein dagesessen. Man kann Menschen nicht für die Liebe verantwortlich machen, die andere ihnen ungebeten schenken, sagte sie sich. Sie können sie nicht verhindern und können auch den Schmerz nicht teilen oder erleichtern, den sie hervorruft. Sie sind nur verantwortlich für die Liebe, die sie selbst geben. Und diese Art von Überlegung war nicht gerade dazu angetan, ihre Reue zu lindern.

Es schien möglich zu sein, daß Rafe, wenn er von Giles' Abreise hörte, ihr vielleicht einen weiteren Besuch abstatten würde. Doch die Tage, die Catherine zu Hause verbrachte, vergingen ereignislos. Sie erfuhr ganz zufällig, daß Rafe nach Alhambra zurückgekehrt war und am Silvesterabend zu seinem am Deich festgemachten Schiff gegangen war.

Nachdem Catherine genügend Einladungen zurückgewiesen hatte, überging die Gesellschaft sie schließlich ganz. Sie wurde allein gelassen. Und in diesem Alleinsein fand sie endlich Frieden.

»Catherine?«

»Ja, Mama?«

»Warum liegst du hier im Dunkeln? Warum hast du dir nicht eine Lampe bringen lassen?«

»Ich habe nur nachgedacht.«

»Du warst in letzter Zeit immer so lustlos. Fühlst du dich unwohl?«

»Eigentlich nicht.« Aber sie fühlte sich auch nicht besonders wohl.

»Ich hoffe, du wirst nicht krank.«

»Nein, Mama, ich glaube nicht.«

»Das Abendessen ist fast fertig. Vielleicht fühlst du dich besser, wenn du dir das Gesicht gewaschen und dich umgezogen hast. Soll ich dir Dédé schicken?«

»Ich glaube, ich werde heute nicht zum Abendessen herunterkommen. Vielleicht könntest du mir etwas heraufschicken.«

Madame Mayfield holte hörbar tief Luft, als wolle sie noch eine Frage stellen, doch dann seufzte sie nur.

»Ich bin sicher, daß dir Dédé ein Tablett bringen kann. Aber du wirst deinen Besuch nicht empfangen können.«

»Besuch?«

»Ja. Sie essen im Augenblick, aber der älteste von ihnen schien unbedingt mit dir sprechen zu wollen.«

»Sie essen? Jetzt?«

»In der Küche. Es ist ein Mann, ein Kind und eine Frau, die ich für die Amme des Kindes halte, Leute von Rafael aus Alhambra.«

Catherine stützte sich auf einen Ellenbogen. »Ein Mann mit arabischen Zügen, mit einem kleinen Kind?«

»Woher weißt du das?«

»Es kann niemand anderes sein«, erklärte Catherine, schlug die Decke zurück und suchte nach ihren Schuhen. Mit zitternden Händen glättete sie ihr Haar. Warum war Ali gekommen? Hatte er eine Nachricht für sie? Oder stimmte in Alhambra etwas nicht?

»Vergiß dein Umschlagtuch nicht. Du wirst dich erkälten«, sagte ihre Mutter, bevor sie aus dem Zimmer ging.

Catherine dankte ihr mit einem abwesenden Lächeln.

Ali stand auf, als sie die Küche betrat. Auf einer Decke vor dem Kamin lag das Kind. Er war ein molliger Junge mit leuchtenden runden Augen und vielen weichen schwarzen Löckchen auf dem Kopf. Seine Amme saß direkt hinter ihm und sah ihm zu. Catherine konnte sich nicht mehr an ihren Namen erinnern, aber sie lächelte ihr zu. Sie war eine Zofe der Bartons gewesen und hatte eine Totgeburt, nur eine Woche bevor India niedergekommen war.

»*Maîtresse.* Es ist gut, Euch wiederzusehen.«

Ali schien mehr graue Haare zu haben, aber ansonsten wirkte er unverändert. Er verbeugte sich ebenso tief und respektvoll wie immer.

»Ich freue mich auch, dich wiederzusehen, Ali. Habt ihr alles, was ihr braucht?«

»Man hat mich wirklich königlich bewirtet, *Maîtresse.*«

»*Tres bien.* Meine Mutter sagt, du wolltest unbedingt mit mir sprechen.«

»Ja, ich bitte darum.«

Sein Benehmen sagte ihr, daß er eine Unterredung unter vier Augen vorziehen würde. Catherine nickte. »Dann komm bitte mit.«

Sie legte die Hände zusammen und ging zum kleinen Salon voraus.

»Du hast einen prachtvollen Sohn, Ali.«

»Ich danke Euch. Er ist die Freude meines Lebens. Und ich bin froh, daß er Euch gefällt, Madame Catherine, denn ich möchte ihn zu Euch bringen.«

»Was hast du gesagt?« fragte Catherine verwirrt. Ihre Aufmerksamkeit war abgeschweift.

»Ich habe Euch meinen Rif gebracht. Gebt ihm ein Dach über dem Kopf und den Schutz Eurer Gnade, und er gehört Euch. Ihr könnt mit ihm tun, was Ihr wollt.«

»Das verstehe ich nicht, Ali. Wo gehst du denn hin?«

»Ich kehre nach Alhambra zu meinem *Maître* zurück.«

»Aber du sprichst, als ob – als ob du erwarten würdest, ihn nie wiederzusehen.«

»Wer weiß, *Maîtresse?* Die Dinge stehen geschrieben, aber nur die Hand Gottes kann die Seiten umblättern.«

»Du weißt bestimmt, daß ich deinen Sohn behandeln werde, als ob er mein eigener wäre, aber du mußt mir sagen, warum du ihn herbringst.«

»Meine Treue zu Monsieur Rafe ist größer als meine Vaterliebe. Ich kann es nicht zulassen, da er allein der Gefahr ins Auge sieht.«

»Die Sklaven?«

Er neigte zustimmend den Kopf.

»Also werdet ihr zu zweit gegen sie kämpfen? Ist das alles? Könnt ihr nicht die Polizei oder die Bürgerwehr für euch gewinnen?«

»Die Polizei ist nur für die Stadt zuständig. Die Bürgerwehr will Namen, Daten und Beweise, bevor sie sich in Bewegung setzt. Sie werden uns nicht glauben, Madame. Sie sagen, daß es noch nie Schwierigkeiten gegeben hat.«

»Und ihr seid ganz sicher, daß sie damit unrecht haben?«

»Alle Anzeichen deuten darauf hin. Die Trommeln im Sumpf sprechen vom Töten, die Sklaven verlassen nachts ihre Betten und kehren erst bei Morgengrauen zurück. Die Messer verschwinden aus der Küche, die Äxte und Sensen aus dem Werkzeugschuppen.«

»Wenn ihr so sicher seid, warum bleibst du dann dort? Warum könnt ihr – du und dein Herr – euch nicht in Sicherheit bringen?«

»Ein Araber überläßt die Wüste nicht den Schakalen. Außerdem wird ein Mann oft unruhig, wenn ein Kampf bevorsteht. Außerdem sucht ein Mann, der sein Glück verloren hat, die Nähe des Todes.«

Catherine holte tief Luft, und ihr Mund wurde schmal. »Was meinst du damit?«

»Ich glaube, Ihr versteht mich schon, *Maîtresse.* Auch wenn die Männer es bestreiten, versuchen sie doch, in den Armen der Frauen, die sie lieben, das Leben zu berühren.«

»Und auf wen spielst du damit an?«

»Auf uns beide, *Maîtresse.*«

»Das glaube ich dir nicht. Ich habe noch nicht ein einziges Mal gesehen, das darauf hindeutete, daß Monsieur Rafe nicht sehr gut leben könnte, selbst wenn er mich nie wiedersehen würde.«

»Ihr habt ihn nicht in jener Nacht gesehen, als wir befürchten mußten, daß Ihr ertrunken seid – oder an dem Tag, als er erfahren hat, daß Ihr noch am Leben wart.«

»Es ist eine schwierige Sache, von Liebe zu sprechen«, sagte sie langsam, und ihre Augen wurden dunkel. »Aber unmöglich ist es nicht.«

»Nein. Aber zuerst muß ein stolzer Mann die Hoffnung haben, daß seine Gefühle erwidert werden. Und die Gefahr hat Monsieur Rafael gezwungen, Euch in Sicherheit zu bringen.«

»Wann gehen wir nach Alhambra zurück?« fragte sie entschlossen.

»Das Boot wartet.«

»Gut. Es tut mir leid, Ali, daß ich nicht hierbleiben und mich um deinen Sohn kümmern kann. Aber ich verspreche dir, daß meine Mutter sich um ihn kümmern wird.«

Ali zögert. »Das Boot, Herrin ist nur ein Kanu, das ich für diese Fahrt gemietet habe, schnell, aber nicht bequem.«

»Das ist egal. Ich gehöre nach Alhambra.«

»Monsieur Rafe wird nicht erlauben, daß Ihr Euer Leben gefährdet.«

»Ich kann mir nicht vorstellen, wie er mich davon abhalten könnte«, sagte sie mit leuchtenden Augen. »Vielleicht wird es ihm gelingen, sich selbst zu retten, wenn ich ihm die Mühe mache, mich ebenfalls beschützen zu müssen.«

24

Ein kalter Wind blies über den Fluß. Das Boot, das gegen die Strömung fuhr, wurde immer wieder von einem kühlen Sprühnebel übergossen. Obwohl Catherine dick in Umschlagtücher, Umhang, wollene Schals eingewickelt und noch von Büffelhäuten zugedeckt war, spürte sie doch die Feuchtigkeit und die durchdringende Kälte. Ali und die beiden Indianer, Chocktaws in perlenbesetztem Wildleder und verschiedenen Umhängen aus Büffelwolle, hatten ihr ganzes Mitgefühl. Unermüdlich und endlos beugten sie sich über ihre Paddel und trieben das lange Fahrzeug nordwärts.

Noch unangenehmer als die Kälte war die Übelkeit. Die Bewegung des Bootes war eine Qual für sie, obwohl sie bisher noch nie Schwierigkeiten mit so etwas gehabt hatte, und der Geruch nach längst toten Fischen und ranzigem Bärenfett machte ihr schwer zu schaffen.

In Alhambra stieg kein Rauch auf, und die Fensterläden waren geschlossen.

Catherine, deren Beine ganz steif waren vom langen Sitzen, stolperte, als sie aus dem Boot stieg. Ali stützte sie und drehte sich dann um, um den beiden Indianern ihr Geld zu geben. Sie nahmen es zufrieden entgegen, aber als er sie bat zu warten, spähten sie zum Haus und stießen ohne weitere Vorwarnung ihr Boot wieder ab.

Einen Augenblick lang traf Alis Blick den von Catherine. Sie lächelte und hob ihre Röcke über das vom Rauhreif feuchte Gras und ging auf das Haus zu. Das war kein sehr angenehmer Gang. Ihre Knie zitterten, und ihr Rücken schmerzte.

Dunkle braune Blätter lagen zertreten auf den Stufen und bewegten sich in kurzen Windstößen über die Galerie.

»Was in Gottes Namen tut sie hier?« fragte Rafael seinen Kammerdiener, nachdem er die Tür aufgerissen hatte.

»Ich glaube, daß du die falsche Person fragst«, mischte sich Catherine ein.

Er schien sie nicht zu hören. »Du wirst sie zurückbringen müssen, sofort.«

»Aber wie, *Maître?*« fragte Ali fest. »Das Boot ist wieder fort.«

»Es stehen zwei Pferde hinter dem Haus.«

»Der Weg durch den Sumpf ist nicht sicher, *Maître,* selbst wenn ich Euch so einfach verlassen könnte.«

»Ihr könnt das ruhig ausführlich besprechen, wenn ihr unbedingt wollt«, sagte Catherine bestimmt, »aber nichts kann meine Absicht zu bleiben ändern. Ich würde gern ins Haus gehen. Ich bin müde, und mir ist kalt.«

Rafael sah zuerst aus, als würde er es ihr verweigern, doch dann trat er zur Seite und ließ sie eintreten.

Ein kleines Kohlebecken aus Messing stand in der Eingangshalle und verbreitete Wärme, ohne Rauch zu entwickeln. Catherine hielt dankbar ihre Hände über die Glut. Sie war sich Rafes Gegenwart überdeutlich bewußt, als er die Tür schloß, verriegelte und sich umdrehte und auf sie zukam. Er wirkte erschöpft, aber ihm schien nichts zu fehlen. Die Haltung seiner Schultern strahlte Kraft aus, seine Bewegungen Aufmerksamkeit. Der Ärger, der seine Augen schmal werden ließ, konnte nicht ganz den wilden Glanz der Erwartung von dem, was vor ihm lag, verbergen. Er hatte seine Vorbereitungen getroffen. Auf einem Tisch neben der Tür lag eine Sammlung von Gewehren, Pistolen, Flinten, Musketen und daneben mehrere Pulverhörner und Beutel mit Munition.

Im Innern des Hauses wirkte die Stille plötzlich niederdrückend. Es dauerte eine ganze Weile, bis Catherine klarwurde, daß das auch daran lag, daß die Trommeln aufgehört hatten.

»Nun?« Rafes Stimme klang hart.

Während der Fahrt hatte sich Catherine zurechtgelegt, was sie ihm sagen würde, aber jetzt fielen ihr die Worte nicht mehr ein.

»Du brauchst mich nicht zu behandeln wie einen unerlaubten Eindringling«, sagte sie zu ihrer Verteidigung. »Ich habe ein gewisses Recht, hier zu sein.«

»Du hast dir eine seltsame Zeit ausgesucht, dich daran zu erinnern.«

»Mit ein wenig Ermutigung hätte ich das vielleicht früher schon getan.«

»Ich dachte, dein Interesse läge mehr in Cypress Bend.«

»Ich habe festgestellt, daß ich Fanny dort doch nicht als Gastgeberin ersetzen kann. Giles ist fortgegangen. Falls er je in die Gegend von New Orleans zurückkommen sollte, dann sicher nicht so bald.«

»Unter diesen Umständen ist es natürlich gut, daß du noch einen Mann hast, dem du dich jetzt wieder zuwenden kannst.«

Catherine, die diese spöttische Spitze als sehr schmerzlich empfand, spürte, wie all jene Zweifel zurückkehrten, die sie vor Alis Besuch gehabt hatte. Auch ein schneller Blick auf das dunkle, geheimnisvolle Gesicht des Bediensteten brachte keine Klarheit. »Ja, nicht wahr?« gab sie ihm mit angespannter Stimme recht. »Aber da ich jetzt schon einmal hier bin, könntest du mir erklären, was vor sich geht?«

Ein finsteres Lächeln zog über sein Gesicht. »Alle sind fort. Die Feldarbeiter und ihre Familien waren gestern morgen schon weg. Die Haussklaven, sogar die Köchin und ihre Töchter, sind in der letzten Nacht verschwunden. Ich glaube nicht, daß sie alle Aufständische waren, sie hatten wahrscheinlich nur Angst. Das Ergebnis ist allerdings dasselbe.«

»Wo sind sie hin? Was haben sie vor?«

»Sie sind im Sumpf verschwunden, um sich den anderen Rebellen anzuschließen. Ich habe erfahren, daß sie ihre Zeit damit verbringen, sich gegenseitig ihr Leid zu klagen, Tänze für die Einheit und zur Unterstützung ihres Mutes zu dem Schlag der Trommeln zu tanzen – und sich wie bei den Armeen in Haiti zu Gruppen zusammenzutun.«

»Mein Gott«, flüsterte Catherine.

»Hast du geglaubt, es würde wie beim letzten Mal sein, ein paar verzweifelte Unzufriedene, die sich zerstreuen, wenn der erste von ihnen umkommt? Es wird nicht ganz so leicht werden –«

»Monsieur Rafe?«

Ali warf ihm einen eindringlichen Blick zu. Eine Sekunde später huschte er zu einem Fenster und zog den Vorhang zur Seite. Durch die schmale Öffnung sah Catherine eine Woge von schwarzen Körpern am anderen Ende des offenen Geländes. Hier und da flackerte eine Fackel über ihren Köpfen. Sie näherten sich langsam der vorderen Galerie. Die Stille, die über ihren Reihen lag, war bedrückend. Waren sie schon die ganze Zeit zwischen den Hecken am Rand des Gartens gewesen? Sie schauderte.

Rafe drehte sich um und ging zur Vordertür.

Die Angeln knirschten, als die Tür aufging.

Ali baut sich neben dem Tisch mit den Waffen auf, und Catherine machte einen vorsichtigen Schritt nach dem anderen und stellte sich an seine Seite.

Rafe war auf der Galerie, und seine Stimme erhob sich über das Murmeln. »Wer ist euer Anführer? Er soll vortreten.«

Ein Mann kam nach vorn. Es war ein riesiger, massiger Schwarzer mit einem verfilzten Bart. Er trug eine Muskete in der linken Hand, denn sein rechter Arm endete in einem Stumpf – in manchen Teilen der Welt war es keine ungewöhnliche Strafe, einem Menschen wegen Diebstahls die rechte Hand abzuschlagen. Er sagte nichts.

»Was hast du gegen mich vorzubringen?« fragte Rafe. »Sage es klar heraus, und wir reden wie Männer darüber.«

»Jetzt sind wir Männer, wenn wir eine Waffe in der Hand haben«, rief der Riese. Hinter ihm ertönte ein lautes Murren der Zustimmung.

Rafe brachte seine Anerkennung mit einem Nicken zum Ausdruck. »Was wollt ihr von uns?«

»Freiheit!« rief der große Mann leidenschaftlich. »Freiheit für alle.«

Einen Augenblick schien es, als könnte Rafe die Situation meistern, wenn er eine passende Antwort auf diese Bemerkung finden konnte. Dann ertönte aus der Mitte der wilden Versammlung eine andere Stimme: »Vergeltung!«

Ein Schuß ging los. Rafe kam aus dem Gleichgewicht und fiel schwankend gegen den Türrahmen. Ein Gebrüll des Triumphes ertönte. Sie stürzten auf die gewundene Treppe und schwangen Sensen, Harken, Macheten und Äxte, Gabeln, Stöcke und Knüppel.

Catherine griff sich eine der Waffen und feuerte in die wilde Menge. Ali zielte sorgfältiger und wurde durch einen gurgelnden Schrei und eine kurze Verzögerung des Ansturms belohnt, weil ein anderer das Opfer übersteigen mußte. In diesem kurzen Augenblick zogen Catherine und Ali Rafe, der bewegungslos an der Tür lag, ins Haus, warfen die schwere Tür zu und ließen den Riegel fallen.

Die Barrikaden waren gelegt, aber wie lange würden sie standhalten? Die Tür und die Fensterläden waren so stabil, daß sie den Angriffen plündernder Indianer, aber auch Stürmen standhalten konnten, doch vor einer solchen Übermacht würden sie nicht sehr lange bestehen.

Catherine riß eine Leinendecke von einem Tisch und hielt sie an Rafes Stirn. Seine Hand hob sich und drückte das Tuch gegen seine Augen.

Ein Knoten in Catherines Kehle löste sich. Mit zitternden Fingern wischte sie das Blut weg, um den zackigen Riß besser erkennen zu können, der über seine Schläfe lief. Nur einen Zentimeter weiter links, dachte sie ängstlich, und dann meinte sie nur kurz: »Was jetzt?«

Schläge dröhnten an die verriegelte Tür und brachten die geschlossenen Fensterläden zum Scheppern.

»Mach irgend etwas hiermit«, sagte Rafe und deutete ungeduldig auf die losen Enden des um seinen Kopf gebundenen Tuchs.

Sie gehorchte und wickelte das Tuch um seinen Kopf.

»Rauch, Maître«, berichtete Ali schnuppernd.

Rafe sah von den Gewehren zu Catherine, seine schwarzen Augen wirkten prüfend. Ein kurzes Nicken, er nahm eine Pistole, steckte sie in den Bund seiner Hose und nahm noch in jede Hand eine. »Also zu den Pferden. Hoffen wir, daß die Hunde lieber die Füchse am Vordereingang des Baus fangen wollen.«

Ali nahm ein Gewehr, feuerte zur Abschreckung gegen die Vordertür, nahm dann noch drei andere Waffen und drückte eine davon in Catherines Hand, als sie losrannten.

Rafe ging als erster und blieb am Fuß der Treppe stehen, bis Catherine dicht hinter ihm war, dann trat er entschlossen hinaus und überquerte schnell und vorsichtig den Hof.

Rechts lag die gewundene Straße nach Cypress Bend. Geradeaus waren die verlassenen Sklavenquartiere.

»Da sind sie! Laßt sie nicht entkommen!« rief jemand.

Catherine stolperte – das war Marcus Fitzgeralds Stimme.

Die gellenden Rufe nahmen zu.

In der Ferne läutete die Glocke, die in den Sklavenquartieren hing. Ihr klarer Ton war meilenweit zu hören. Aber sie läutete nicht zum Wecken und nicht zur Ruhe, sondern sie rief zum Töten. Tod für die Herren.

Ali ließ sich auf ein Knie sinken und feuerte auf eine undeutlich erkennbare weiße Gestalt. Aber sie waren wirkungslos. Rafe hatte ein wenig mehr Glück und streckte zwei aus der Horde nieder. Die Gefallenen wurden von den Nachfolgenden niedergetrampelt. Rafe wartete nicht darauf, daß Catherine schoß. Er umfaßte ihr Handgelenk und riß sie mit sich auf die Bäume zu.

Sie hörten die Pferde, die aufgeregt waren von dem Lärm und dem Feuergeruch. Rafael zog die Zügel von dem Baumast, an dem sie befestigt waren, und schwang sich in den Sattel. Er streckte den Arm aus, um nach Catherines Unterarm zu fassen und zog sie mit einer kräftigen Bewegung hinter sich.

Ali hatte nicht so viel Glück. Sein Pferd bäumte sich auf, stieg, stürmte zwischen die Bäume und das Gebüsch. Das wilde Geschrei wurde lauter. Catherine konnte die verzerrten Gesichter schon sehen, von denen manche mit gräßlichen weißen und orangenen Flecken bemalt waren. Ganz vorn lief der Mann mit der fehlenden Hand und schwang einen Speer.

Wenn sie ihre Pistole abfeuerte, würde das Ali vielleicht die letzte Chance nehmen, sein Pferd einzufangen, und es war auch unwahrscheinlich, daß sie vom Rücken des unruhigen Wallachs aus traf. Trotzdem hob Catherine ihre Waffe, senkte sie dann aber wieder.

Plötzlich gelang es Rafael, die Zügel von Alis Pferd zu ergreifen. Ali langte nach dem Sattelknauf.

In diesem Augenblick warf der Anführer der Aufständischen seinen Speer. Er flog in hohem Bogen, drehte sich in der Luft und fiel.

»Ali!« warnte Catherine schrill. Mit einem Fuß im Steigbügel sah der Kammerdiener über seine Schulter nach hinten. Die metallverstärkte Spitze des Speers hatte ihn erreicht und bohrte sich zitternd durch seinen Oberschenkel.

Ali ächzte. Das Bein zuckte, und Blut strömte heraus, während er fiel. Das Pferd bäumte sich in wildem Schrecken auf. Mit einem wilden Fluch ließ Rafael den Zügel los, um zu verhindern, daß Ali zertrampelt wurde. Das Tier warf den Kopf hoch, wirbelte herum und raste zwischen den Bäumen hindurch davon.

»Gib mir die Hand!« rief Rafael.

Der Speer hatte Ali in einem schrägen Winkel getroffen. Er war nicht in der Lage, sich rittlings auf das Pferd zu setzen. Selbst das Stehen mußte ihm schwerfallen. Mit verzerrtem Gesicht schüttelte er den Kopf.

»Los, gehorche!« befahl Rafe scharf.

Rafe beugte sich vor und zog Ali hinauf und über den Widerrist seines Pferdes. Der erste Hagel von Steinen und Stöcken ging auf sie hernieder. Rafe spornte das Pferd zum Galopp an. Catherine drehte sich um und feuerte ihre Pistole ab. Was sie damit für eine Wirkung erzielte, konnte sie nicht sehen.

Der Wallach war schnell, aber so schwer und auch so ungleichmäßig beladen, daß er nicht seine volle Geschwindigkeit erreichen konnte. Dennoch entfernten sie sich zusehends. Die Gestalten fielen zurück.

Ali, der matt über dem Pferd hing, versuchte sich aufzurichten. »*Maître* – Monsieur Rafe. Laßt mich los. Laßt mich zurück.«

Rafe gab keine Antwort.

»Madame, sagt Ihr es ihm. Das Pferd kann zwei Personen tragen, aber nicht drei, selbst wenn ich den Schmerz noch länger ertragen könnte. Ihr müßt mich zurücklassen.«

»Sie werden dich töten«, sagte Catherine.

»Nicht jetzt«, ächzte er. »Die Farbe meiner Haut wird mich schützen. Wenn ich kann, muß ich – einer von ihnen werden. Dort ist der Fluß. Schnell, bitte – bevor wir – noch mehr von ihrer Sorte – treffen, die von dem – Glockenläuten angezogen werden.«

Dennoch hielt Rafe nicht an. Wie hätte er das tun können?

Catherine sah, wie sich die Haut um Alis Augen für einen Moment anspannte, dann sah sie die Bewegung seiner Muskeln, als er sich gegen die runde Brust des Pferdes stützte. Er hob sich mit unerwarteter Kraft empor und schwankte einen Augenblick – lange genug, um nach der Pistole an Rafaels Taille zu greifen, und stieß sich dann nach hinten ab, so daß er auf dem Boden landete.

Rafe zügelte das Pferd und wendete gerade in dem Augenblick, als Ali den Speer mit beiden Händen ergriff und aus seinem Bein zog. Als er den Hufschlag hörte, sah der Kammerdiener auf und griff nach der Pistole.

»Nein«, sagte er endgültig und schaute sie dabei fest an. »Ich werde mich nicht als hilflose Bürde durch den Sumpf schleppen lassen. Ich bin ein Mann, keiner Eurer Sklaven, Rafael Navarro, und ich werde mich selbst retten.«

»Und wenn dir das nicht gelingt, wie soll ich mir das vergeben?« fragte ihn Rafe.

»Ich vergebe Euch, hier und jetzt.«

»Das reicht nicht.«

»Dann denkt an Madame Catherine und daran, wie wenig Ruhe ich im Paradies haben werde, wenn ich weiß, daß ich sie hierhergebracht habe, um sie sterben zu sehen.«

Ihre ruhigen Stimmen machten Catherine nervös. »Aber dein Bein«, rief Catherine. »Du wirst verbluten.«

»Ich kann es verbinden. Und da ist noch etwas anderes, ich habe einen Grund zum Überleben. Ich habe das Gesicht des Mannes gesehen, der den Tod meiner India verursacht hat. Er ist hier unter den anderen – und wird bleiben, bis ihm klar ist, was er getan hat.«

»Ali –«

»Ich habe meine Mission, Monsieur Rafe, und Ihr habt die Eure. Jemand muß die Bürgerwehr holen, um den Schakalen Einhalt zu gebieten. Ihr dürft jetzt nicht absitzen. Ich könnte Euch nicht erschießen, das wißt Ihr genau, und ich möchte mich auch nicht selbst töten müssen, bevor ich Vergeltung für India gefunden habe, aber ich werde es tun, wenn Ihr nicht weiterreitet.«

Rafael richtete sich auf. »Ich wünsche dir eine gute Jagd, mein Freund.«

Dann wendete er das Pferd und ritt davon.

Sie konnten nicht auf der Straße bleiben, aber jede Meile, die sie näher nach New Orleans kamen, war wichtig. Irgendwann würden sie wieder zum Fluß zurückkehren müssen.

Unter dem doppelten Gewicht wurde der Wallach schnell müde. Und Catherine ebenso.

Rafe stieg ab und führte das Pferd in ein Dickicht, und Catherine ließ sich ohne Widerspruch vom Pferd heben. Sie waren gut vorangekommen, hatten aber auch noch ein ziemliches Stück vor sich.

»Wann hast du zum letzten Mal etwas gegessen?« fragte Rafe unvermittelt.

»Wann? Ich – gestern zum Mittagessen, glaube ich.«

»So etwas Ähnliches hatte ich auch erwartet.« Mit sparsamen Bewegungen öffnete ihr Mann die Satteltaschen und gab ihr geräuchertes Rindfleisch und ein dickes Stück Brot.

Catherine nahm es in wortloser Dankbarkeit entgegen, und ihr wurde klar, daß ein beträchtlicher Teil ihrer Schwäche wohl eine Folge ihres Hungers sein mußte. Sie wartete, bis Rafe sein eigenes Essen ausgepackt hatte, bevor sie sich den ersten Bissen erlaubte.

»Du mußt New Orleans ziemlich hastig verlassen haben.«

»Ja«, antwortete Catherine. »Ich scheine beim Planen plötzlicher Aufbrüche nur leider nicht so gut zu sein wie du.«

»Das ist vermutlich alles eine Frage der Übung«, lautete sein Kommentar. »Was mich eher verwirrt ist, warum du gekommen bist.«

Catherine schluckte schwer. »Ich vermute, daß du es bedauerst, denn wenn ich mich nicht eingemischt hätte, wäre Ali jetzt bei dir.«

Donner rollte über ihren Köpfen, ein weicher Winterdonner, der nicht die Heftigkeit eines Frühlingsgewitters hatte. Als wäre er froh über die Ablenkung, betrachtete Rafe den Himmel.

Catherine schaute auch nach oben und sah das Flackern einer Fackel zwischen den Bäumen. In diesem Augenblick erkannte sie an der Helligkeit der Flamme, wie dunkel es geworden war.

Rafe ging schnell zum Kopf des Pferdes, um verhindern zu können, daß es zur Begrüßung wieherte. Catherine atmete kaum, als die Männer lachend vorübergingen. Ihre Stimmen klangen übermütig.

Rafe wartete noch eine ganze Weile und ging dann tiefer in den Wald, der den Sumpf umgab. Catherine stellte keine Fragen und folgte ihm.

Südwärts. Catherine wußte nicht, wie Rafe es schaffte, die Richtung zu halten. Meistens blieben sie auf dem festen Boden des bewaldeten Geländes zwischen dem Fluß und der Straße. Abwechselnd ruhten sie, ritten und gingen zu Fuß, aber nach einer Weile ließ Rafe Catherine nicht mehr zu Fuß gehen.

Der Regen kam erst am Nachmittag. Der Wind blies den stahlgrauen Wasservorhang auf sie zu.

Catherine schloß die Augen vor den dicken Tropfen, die gegen ihr Gesicht schlugen, und als sie sie wieder öffnete, führte Rafe das Pferd gerade unter die dichten Zweige eines riesigen Magnolienbaums. Es war nicht völlig trocken hier, denn die Tropfen drangen immer wieder durch das Blattwerk, aber es war schon eine deutliche Verbesserung.

Ohne auf Hilfe zu warten, rutschte Catherine vom Pferd. Sie landete knöcheltief in einer Schicht trockener, rostbrauner Blätter.

Rafe sattelte den Wallach ab und legte Sattel und Decke neben den Stamm an die Stelle, wo es am trockensten war. Aus der Satteltasche nahm er eine Serviette und rieb damit das Pferd ab. Catherine sah ihm eine Weile zu, bis sie die Kapuze ihres Umhangs zurückstreifte und sich neben den Sattel kniete. Sie zerriß die andere Serviette und knotete die Teile aneinander.

Als sie damit fertig war, sagte sie ruhig: »Komm, laß mich deinen Kopf verbinden.«

Er wirkte unentschlossen. Dann klopfte er dem Pferd noch einmal fest auf die Kruppe und ging zu ihr.

Er ließ sich auf die Satteldecke sinken.

Die Wunde war kein schöner Anblick, aber doch nicht so schlimm, wie sie erwartet hatte. Die Blutung hatte schon aufgehört bis auf eine kleine Stelle am tiefsten Punkt der Wunde in der Nähe der Schläfe.

»Hast du Schmerzen?« fragte sie und griff nach dem Verband und der Kompresse, die sie aus der Serviette gemacht hatte. Es dauerte so lange, bis er ihr eine Antwort gab, daß sie aufsah. Sein Blick ruhte auf ihrem Gesicht.

»Nein«, sagte er hastig, »jedenfalls nicht so sehr, daß ich mir darüber Sorgen mache.«

»Kannst du dich noch an die Nacht erinnern, in der du meine Wunde genäht hast?«

»Ja.« Sie war stolz darauf, wie fest ihre Stimme jetzt klang.

»Warum hast du Giles weggeschickt?«

»Ist das wichtig?« fragte sie und knotete den Verband mit größter Sorgfalt über seinem Ohr zusammen.

»Ich bin mir nicht sicher.«

»Warum hast du dann danach gefragt?«

»Sagen wir – aus Neugier«, sagte er, und seine Augen waren eindringlich auf ihr leicht gerötetes Gesicht gerichtet.

»Ich hätte gedacht, daß meine Gründe ganz offensichtlich sind.«

»Aber inzwischen«, sagte er ruhig, »habe ich mich daran gewöhnt, dem Offensichtlichen zu mißtrauen.«

Catherine starrte über seine Schulter hinweg auf den Regen, der jenseits des Baums auf die Erde prasselte und zwischen den abgefallenen Blättern schlammige Rinnsale bildete. Der Wind schüttelte die obersten Zweige der Magnolie. Ein großer Tropfen klatschte auf Rafaels Schulter, aber er bemerkte es nicht.

»Ich habe ihn weggeschickt, weil ich keine Scheidung wollte«, sagte sie.

Mit magnetischer Langsamkeit hob sich seine Hand an den Verschluß ihres Umhangs. Er rutschte herunter, und Rafaels Finger schlossen sich um ihren Nacken, zogen sie langsam zu sich heran. Sie konnte den Schimmer des Verlangens in seinen Augen erkennen und spürte die plötzliche Sehnsucht in ihrem Innern. Dennoch legte sie eine Hand an seine Brust, um ihn zurückzudrängen.

»Meine Neugier«, flüsterte er, »ist noch nicht – befriedigt.«

Catherine gab ihren Stolz, ihren Widerstand und jeden Versuch, ihm etwas vorzuspielen auf. Daß sie dadurch verletzlich wurde, war nicht zu ändern. Sie brauchte Rafael Navarro mit einer schmerzlichen, ständig wachsenden Verzweiflung, brauchte die Berührung seiner Lippen, die Geborgenheit seiner Arme, das herrliche Gefühl, ganz nah bei ihm zu liegen. Niemand sonst konnte diesen Schmerz der Liebe in ihrem Innern lindern, niemand außer ihm konnte ihre seelische Anspannung lösen.

»Catherine – süße Catherine.« Seine Stimme stockte. Er legte Catherine auf die rauhe Wolle der Pferdedecke und zog ihren Umhang über sie beide. Sie hielten sich ganz fest, während ihr Blut warm und wild durch ihre Adern strömte. Der Regen und der Wahnsinn der Welt waren plötzlich fern, unbedeutend im Vergleich zu dieser umfassenden Ekstase.

In den von seligem Schaudern erfüllten Momenten vergrub Catherine ihr Gesicht an seinen Hals. Ganz eng an ihn gedrückt spürte sie unter ihren Händen die Bewegung seiner Rückenmuskeln, während er ihr Haar von ihrem feuchten Hals strich. Seine Lippen streiften über ihren Scheitel. Seine Hand glitt über ihre Schulter. Ja, dies war der Frieden, nach dem sie gesucht hatte. Einen anderen gab es nicht.

Der Regen wurde immer weniger, bis er nur noch tröpfelte. Das Pferd wurde gesattelt. Rafe wickelte Catherine in ihren Umhang, küßte ihren bebenden Mund und hob sie auf den Rücken des Wallachs. Dann stieg er hinter ihr auf, umschlang sie mit seinen Armen und zog sie nach hinten, so daß sie an seiner Brust lehnte.

Am Nachmittag verließen sie den Wald und ritten am Fluß entlang. Als sie um eine Kurve kamen, brach die Sonne mit wäßrigem Licht durch die bleiernen Wolken. Das bleichgelbe Licht umrahmte die Konturen eines verwitterten Hausbootes. Rauch erhob sich aus dem Schornstein, und der Geruch von gebratenem Fisch lag in der schweren, feuchten Luft.

Es war das Hausboot von Tante Em und Jonathan. Und an das vordere Geländer war ein leise in der Strömung schaukelnder Leichter gebunden.

25

Man braucht nur wenige wichtige Dinge zum Überleben. Das Feuer wurde gelöscht, Nahrung, Bettzeug und Kleidung umgeladen, und das Boot trieb schon, kurz nachdem Rafes Begrüßungsruf verhallt war, in die Hauptströmung des Mississippi.

Tante Em mußte überredet werden, ihr schwimmendes Heim aufzugeben. Sie hätte es vielleicht ganz abgelehnt, wenn nicht ihr neues Familienmitglied gewesen wäre. Die Ehefrau ihres Enkels, sich geweigert hätte, ohne sie abzufahren. Die alte Frau konnte den Gedanken nicht ertragen, ihr zukünftiges Urenkelkind zu gefährden, das im späten Frühling oder im Frühsommer zur Welt kommen sollte. Jonathans Schwiegereltern waren auch an Bord. Zusätzlich war da noch die zwanzig Mann starke Besatzung, die, als sie erst einmal flußabwärts in Bewegung waren, kaum noch etwas zu tun hatten. Es sah nicht so aus, als würde es eine bequeme Fahrt werden.

Rafe übernahm das Ruder. Jonathan, der zuerst einen langen, prüfenden Blick von Catherine zu seiner Frau geworfen hatte, gesellte sich zu ihm.

Catherine versuchte, ihre Erschöpfung nicht zu beachten und Jonathans Frau in ein Gespräch zu verwickeln. Doch die junge Frau war in einer eigenartigen Stimmung. Sie stellte sich zu Catherine in den Bug des Schiffes, antwortete aber auf alles einsilbig. Als Tante Em sich zu ihnen gesellte, beklagte sie immer wieder den Verlust von Gegenständen, die bei ihrem hastigen Aufbruch zurückgeblieben waren. Jetzt wo sie dazu verdammt war, flußabwärts zu fahren, fragte sie sich laut, ob das wirklich nötig gewesen war. Tante Em wies sie schließlich zurecht, und die junge Frau ging schmollend zu ihrem Mann und nahm ihn beiseite, um ihm zu erzählen, wie sie behandelt worden war.

»Denk nicht zu schlecht von ihr«, sagte Tante Em und betrachtete das Paar. »Sie war immer eifersüchtig, ich nehme an, weil mein dummer Enkel nie ein Geheimnis daraus gemacht hat, was er für dich empfand, Und das wird nicht besser dadurch, daß du jetzt hier in blühendem Aussehen erscheinst, wenn sie sich gerade am schlimmsten fühlt.«

Mit gerunzelter Stirn sah Catherine die alte Frau an. »Das tut mir leid.«

»Warum sollte es dir leid tun? Du kannst ja nichts dafür. Jonathan liebt seine Frau. Seine Liebe ist Wirklichkeit und nicht der Traum eines jungen Mannes davon. Es wird schon gutgehen.«

Catherine wünschte, sie könnte so etwas von sich selbst auch sagen. Als sie vom Zustand der jungen Frau gehört hatte, wurde ihr plötzlich klar, daß sie, seit sie Natchez verlassen hatte, keine Monatsblutung mehr gehabt hatte. Auch ihre Brüste waren voller und empfindlicher geworden. Sie war also schwanger, und ihr Kind würde im Sommer geboren werden, vielleicht sechs oder acht Wochen nach Tante Ems Urenkel.

Warum jetzt? Warum hätte sich das nicht ereignen können, bevor sie von Alhambra fortgelaufen war – oder vielleicht erst in zwei oder drei Monaten? Zu jedem anderen Zeitpunkt hätte es ihr Rafe vielleicht näherbringen können. Jetzt konnte es sie nur weiter voneinander entfernen. Man konnte es ihrem Mann kaum übelnehmen, wenn er sich weigerte zu glauben, daß das Kind seines war. Und es wäre auch nicht überraschend, wenn er daraus schloß, daß der einzige Grund für ihre Rückkehr ihre

Schwangerschaft war. Catherine schauderte etwas und hüllte sich enger in ihren Umhang, dann sah sie auf den weiten Fluß. Die Einsamkeit erstreckte sich vor ihr wie die graue Fläche des Flusses, bewegte sich auf einen grenzenlosen Golf zu.

»Warum ißt du nichts?«

»Ich habe keinen Hunger«, sagte Catherine und brachte ein etwas unbehagliches Lächeln zustande, als Rafe sich neben sie stellte. Jonathan hatte seinen Platz im Heck eingenommen, während Rafe zum Abendessen ging.

»Das überrascht mich nicht. Du bist ja ganz durchgefroren«, sagte er und berührte ihre gefühllose Wange mit seinem Handrücken. »Was ist los, warum bist du hier draußen?«

»Nichts ist los«, sagte sie.

»Keine Klagen? Das ist ungewöhnlich, wenn man sich die Frau eines Freundes anhört. Man könnte annehmen, die Schwangerschaft wäre ein Ereignis, das nur sie betrifft.«

Konnte er Gedanken lesen? »Ich nehme an, daß die meisten Frauen dieses Gefühl dann und wann haben«, murmelte sie.

Rafe stellte sich anders hin, so daß sein Körper den Wind von ihr fernhielt. »Aber nicht alle haben das Bedürfnis, dieses Gefühl auch in Worte zu fassen. Das ist eine deiner reizendsten Eigenschaften, Catherine. Wenn du etwas sagst, hat es immer etwas zu bedeuten.«

»Dann frage ich dich direkt, was du vorhast, wenn wir in New Orleans angekommen sind«, sagte sie.

Einen Augenblick sah es so aus, als würde er ihrer neuen Gesprächsrichtung nicht folgen wollen, dann nickte er. »Ich muß Kontakt zu General Wade Hampton aufnehmen. Es ist relativ wahrscheinlich, daß er ein paar Truppen der Bürgerwehr schicken wird. Ich habe die Absicht, mich ihnen anzuschließen.«

»Aber dein Kopf –«

»Deine Sorge um mich schmeichelt mir«, spottete er, »aber ich kenne diese Leute im Sumpf und das Gelände dort wie kein anderer. Ich muß mitgehen.«

»Ja – ja, natürlich«, pflichtete ihm Catherine bei. »So schlimm ist die Wunde ja nicht.«

»Nichts, worüber du dir Sorgen machen mußt.«

»Nein.« Sie runzelte die Stirn und sah das Lachen nicht, das wie ein kleiner Teufel in seine schwarzen Augen tanzte.

Sie hielten bei den Kasernen, als sie die Stadt erreichten. Obwohl Rafe sich so beeilt hatte, die Stadt zu erreichen, war ihm schon jemand zuvorgekommen. Einige seiner Nachbarn war es – gewarnt durch den Rauch, der von Alhambra aufstieg, und das wilde Läuten der Glocke – gelungen, den Fluß vor den Aufständischen zu erreichen. Man hatte die Nachricht auch schon flußaufwärts bis nach Baton Rouge gebracht.

Die Anzahl der revoltierenden Schwarzen nahm ständig zu, während immer wieder Plantagen geplündert und niedergebrannt wurden. Die rebellische Horde zog flußabwärts, um Zerstörung anzurichten, wo immer sie vorüberkamen. Man fürchtete, daß sie die Absicht haben könnten, New Orleans zu überrennen. Von dieser Festung aus würden sie dann genug Leute und Geld, Waffen und Munition auftreiben können, um eine neue Offensive zu starten. Das war in Haiti gelungen und konnte vielleicht auch im Gebiet von New Orleans gelingen.

Die Bürgerwehr unter General Hampton wollte bei Morgengrauen aufbrechen. Und bis dahin war nur noch wenig Zeit. Catherine wollte sich allein auf den Weg zum Haus ihrer Mutter machen. Doch in den Straßen herrschte schon eine deutliche Unruhe, und Rafe lehnte den Vorschlag vehement ab.

Catherine schätzte diese Besorgnis nicht besonders. Es wurde ihr dadurch nur noch viel schwerer, das zu tun, was sie tun mußte. Und je früher sie sich trennten, um so besser.

Eine Fackel brannte vor einem Torbogen, der breit genug für eine Kutsche war. Die Droschke hielt davor an.

»Das ist nicht das Haus meiner Mutter«, protestierte Catherine, als Rafe die Tür öffnen wollte.

»Es ist mein Stadthaus«, antwortete er.

»Aber – ich dachte –«

»Die Bediensteten hier sind ältere Leute. Sie haben mehr Interesse an einem vollen Bauch und einem warmen Feuer als an einem Aufstand. Die meisten von ihnen sind schon im Dienst der Navarros geboren worden. Ich traue ihnen mehr als den Leuten deiner Mutter.«

Er wartete, um ihr beim Aussteigen zu helfen. Sie würde sowieso nicht lange bleiben, wenn er erst einmal fort war.

Er führte sie zu einer kleinen Tür, die in das große schmiedeeiserne Tor eingelassen war. An einer Seite hing eine Glocke, aber die Tür öffnete sich mit einem Quietschen, als Rafe dagegendrückte. Er runzelte die Stirn, dennoch gingen sie hinein und weiter bis zum Innenhof. In der Mitte des mit Steinen gepflasterten Hofs stand ein kleiner Springbrunnen, dessen Becken mit fauligen Blättern angefüllt war. Eine Wendeltreppe ganz ähnlich wie in Alhambra reichte bis zur oberen Galerie und den Haupträumen des Hauses im ersten Stock. Das einzige Licht unterhalb der Galerie war das schwache Schimmern der Glut auf dem Herd in der Küche.

»Mein lieber Rafael – und meine liebe Catherine«, sagte Marcus Fitzgerald mit tödlicher Höflichkeit, »ich freue mich. Kommt doch bitte herein.«

Die völlige Ruhe war der einzige äußere Ausdruck für Rafes Überraschung. Der Degen an seiner Seite war wirkungslos gegen der Pistole. Er stellte sich seinem Feind entgegen. »Sehr freundlich von Euch, daß Ihr in meiner Abwesenheit den Gastgeber spielt, Marcus, aber Ihr wolltet ja immer schon meinen Platz einnehmen.«

Marcus runzelte die Stirn. »Ihr habt mir zuerst mein Eigentum weggenommen«, erwiderte er kindisch.

»Ja wirklich? Ich hatte den Eindruck, daß Ihr Alhambra achtlos auf den Spieltisch geworfen habt. Wollt Ihr das bestreiten?«

»Ich wußte nicht, was ich tat. Ich war betrunken, und Ihr habt das ausgenutzt.«

»Männer, die keinen Alkohol vertragen, sollten nicht gleichzeitig Karten spielen und trinken.«

»Oh, wie überlegen Ihr doch seid. Jetzt könnt Ihr gleich herausfinden, was Euch dieser Ton an dem Ort nützt, zu dem ich Euch jetzt schicken werde.«

Die Pistole in Marcus' Hand hob sich. Catherine machte eine plötzliche Handbewegung. »Warum, Marcus? Warum tut Ihr das? Ist es nicht schon genug, daß Ihr sein Heim zerstört habt? Daß Ihr den Tod von Lulu verursacht und mich dabei unterstützt habt, seinen Namen zu entehren?«

»Nein, niemals! Ich werde nicht zufrieden sein, bis er tot zu meinen Füßen liegt!« Seine Augen glitzerten wild. Speicheltröpfchen lagen auf seinen Lippen und schimmerten feucht im Mondlicht. Er war wahnsinnig, absolut wahnsinnig.

»Warum?« fragte sie noch einmal.

»Alles, was ich je geliebt, und alles, was ich je begehrt habe, hat ihm gehört. Und er hat allem sein Zeichen aufgebrannt und es für mich wertlos gemacht. Aber wenn ich es nicht besitzen kann, soll er es auch nicht haben. Selbst Euch – ich habe Pläne, was ich mit Euch mache, wenn Navarro tot ist. Ich war wirklich wütend, als diese dummen Sklaven mit ihrem Verlangen nach Freiheit außer Kontrolle gerieten. Jetzt glaube ich, daß, noch bevor sie alle tot sind, diese idiotische Revolution auch ihren Nutzen haben wird. Es dürfte nicht allzu schwierig sein, es so erscheinen zu lassen, als hätten sie erst Euren Mann ermordet und dann Euch vergewaltigt. Ich werde Euch danach natürlich zum Schweigen bringen müssen.«

Alles, was Catherine besaß oder zu besitzen erhofft hatte, hätte sie jetzt für ihr Messer hergegeben. Eine kleine Bewegung aus dem Handgelenk, und sie hätte alles wieder in Ordnung bringen können. Sie mußte statt dessen mit einem frechen Lächeln und beleidigenden Worten versuchen, ihn abzulenken. Wenn es ihr gelang, seinen Ärger auf sich zu lenken, konnte Rafe vielleicht einen Weg finden, ihn zu entwaffnen.

»Wie denn?« fragte sie. »Ihr habt nur eine Kugel in dieser Pistole. Ich kann Euch versprechen, daß Ihr keine Zeit haben werdet, noch einmal zu laden, wenn Ihr mich anrührt.«

»Es gibt andere Möglichkeiten«, sagte Marcus, und seine Lippen verzogen sich zu einem bösen Lächeln.

Rafe, der nach einer Blöße suchte, machte eine unwillkürliche Bewegung. Der Lauf der Pistole schwang sofort herum und richtete sich auf sein Herz.

»Dieses Ding beunruhigt Euch, nicht wahr? Der Gedanke, daß meine Catherine unter mir stöhnt, gefällt Euch nicht, stimmt's?«

Catherine, die fürchtete, daß Rafe provoziert werden könnte, sagte schnell: »Ich bin nicht Eure Catherine, ich war es nie und werde es auch nie sein. Ihr seid ein Zerstörer, Marcus. Lulu, India, Alhambra, all die Männer, Frauen und Kinder, die bei diesen Kämpfen sterben werden, die Ihr begonnen habt. Jetzt wollt Ihr auch noch einen Mord an einem unbewaffneten Mann und eine Vergewaltigung der Liste Eurer Verbrechen hinzufügen. Glaubt Ihr, daß Ihr niemals werdet bezahlen müssen? Das ist ein gefährlicher Fehler, Marcus. Wer Gewalt sät, wird Gewalt ernten.«

»Wirklich wortgewandt, Catherine. Ihr habt nur nicht daran gedacht, an mein Ehrgefühl zu appellieren.«

»Weil ich bezweifle, daß Ihr je so etwas besessen habt«, lautete die beißende Erwiderung.

Sinnlose Wut verzerrte seine bleichen Züge. »Dafür wirst du bezahlen.«

Die Pistole zitterte, als sich sein Finger um den Abzug legte. Catherine spürte die angespannte Kraft in dem Mann neben sich, der sich bereit machte, seinen Degen zu ziehen und sich auf Marcus zu stürzen.

In diesem Augenblick zerriß ein greller Schrei die Nacht und hallte durch den Innenhof. Aus der dunklen Öffnung der *porte-cochère* erschien ein Mann, der schnell, aber hinkend auf sie zukam. Ein weißer Turban schimmerte auf seinem Kopf, und ein schwarzweiß gestreifter Umhang hing fließend von seinen Schultern. Er hielt in der Art der Berber mit beiden Händen die gebogene silberne Schneide eines Säbels mit der Spitze nach oben vor sein Gesicht. Es war Ali, er starrte mit schwarzen, rachsüchtigen Augen Marcus Fitzgerald an.

Marcus erschrak, und die Pistole in seiner Hand schwankte.

Rafe machte einen Satz und hielt inne, als Ali erneut einen Schrei ausstieß.

»Er gehört mir! Nur mir!« schrie er.

Marcus feuerte.

Die Kugel traf Ali. Catherine sah den dunklen Fleck auf seiner Tunika. Doch er wurde nicht langsamer, gab mit keiner Bewegung zu erkennen, daß er den Treffer überhaupt gespürt hatte. Er hob den Säbel, und als er Marcus erreichte, spaltete er ihm mit einem gewaltigen Schlag den Schädel.

Ein erstickter Schrei löste sich aus Catherines Kehle. Mit weitaufgerissenen Augen sah sie zu, wie das Blut aus dem Spalt in Marcus' Gesicht strömte. Er taumelte rückwärts, während seine Augen voller Unglauben hervortraten. Ali befreite mit einem Ruck die Klinge und stieß sie in das Herz des Mannes.

Mit dem blutigen Säbel in der Hand wandte sich Ali langsam um und sah Catherine und Rafe an. Er neigte den Kopf in einer Verbeugung, doch das Gewicht seines Turbans schien zu schwer geworden zu sein. Bevor Rafe einen Schritt vortreten konnte, um ihn aufzufangen, brach er zusammen und fiel der Länge nach auf das Kopfsteinpflaster.

Rafe drehte ihn auf den Rücken. Als Catherine sich neben ihn kniete, flatterten seine Augenlider.

»India –«, seufzte er.

Catherine spürte das Brennen salziger Tränen hinter ihren Augen. Ihre Stimme war nur ein Flüstern, als sie antwortete.

»India wird froh sein, heute nacht neben dir im Paradies ruhen zu können.«

Ein Lächeln flog über seine Lippen. »Mein – Sohn?«

Rafe antwortete ihm. »Er wird das Schwert seines Vaters bekommen und aufwachsen wie mein eigener Sohn.«

»Und Ihr, Madame, werdet ihn die Liebe lehren, indem Ihr ihn liebt?«

»Ich werde es versuchen«, sagte Catherine.

»Mehr – erbitte ich nicht.«

Sein Blick suchte die silberne Mondscheibe, dann wurde er trüb.

Ali war tot.

Es hatte gewisse Nachteile, eine starke Frau zu sein. Selbst in Zeiten, in denen man das Bedürfnis zum Weinen und nach Trost empfand, erforderte es der Stolz, daß man Haltung bewies.

Decken, um die Leichen zu umhüllen, einen Tisch, um sie daraufzulegen, diese Dinge fand man bald, da die von dem Lärm erwachten Bediensteten aus ihren Zimmern kamen. Und dann war es schon Zeit, sich von Rafe zu verabschieden.

»Und du kommst zurecht?« fragte er, nahm ihre beiden Hände in die seinen und hielt sie an seine Brust.

»Ja«, erwiderte sie. Es war eine Lüge, aber wenn es ihr gelang, die Tränen zurückzuhalten, würde er ihr vielleicht glauben.

»Du wirst hier so allein keine Angst haben?«

Sie schüttelte den Kopf und lächelte kurz.

»Und du weißt, daß ich kommen werde, um dich zu holen, wenn irgendwelche Gefahren für die Stadt bestehen?«

Ihr Lächeln schwankte, aber es gelang ihr zu nicken. Wenn er kam, würde sie nicht mehr da sein.

Er sah sie eindringlich an und runzelte die Stirn. »Irgend etwas stimmt nicht«, begann er.

»Nein, nein«, sagte sie hastig. »Paß auf dich auf.«

Er drückte sie an sich. Seine Lippen lagen warm und fest auf den ihren, dann mußte sie ihn gehen lassen.

In New Orleans wurde es den Damen erspart, bei Beerdigungen anwesend sein zu müssen. Doch Catherine hatte sich schon daran gewöhnt, den Konventionen zuwiderzuhandeln, und sie kümmerte sich persönlich darum, daß Ali in der Familiengruft der Navarros bestattet wurde. Sein Sohn, Rif, der mit ernstem Blick auf den Armen seiner Amme saß, war auch da. Er würde sich natürlich später nicht daran erinnern, aber es war doch möglich, daß er etwas von der Stimmung aufnahm.

Nach der Beerdigung kehrte sie nach Hause zurück, um ihre Koffer zu packen. Sie hatte eine Kabine auf einem Schiff gebucht, das beim Morgengrauen in See stach und über Kuba nach Frankreich fuhr. Es wäre ihr lieber gewesen, schon früher aufzubrechen, aber die Horden von Menschen, die zur Zeit aus der Stadt flüchteten, machten das unmöglich. Doch jetzt, wo die größte Gefahr vorüber war, hatten einige ihre Fahrkarten zurückgegeben.

Eine Luxuskabine war frei geworden, und sie hatte zugegriffen. Beerdigungen zu arrangieren und sich in einer schwierigen Situation eine Kabine auf einem Schiff zu sichern, waren nur zwei weitere Dinge, die man von einer starken Frau erwarten konnte.

Die revoltierenden Sklaven hatten auf ihren Plünderungen außer Alhambra noch fünf weitere Plantagen niedergebrannt und eine Armee von Aufständischen rekrutiert, die über fünfhundert Mann stark war.

Ein Meile unterhalb der Ländereien der Trepagniers, ungefähr fünfundzwanzig Meilen von der Stadt entfernt, trafen die Truppen der Bürgerwehr unter General Hampton, verstärkt durch Männer aus Baton Rouge unter Major Hilton, auf die Aufständischen. Der Kampf war kurz und entscheidend. Die Sklaven griffen an wie eine schwarze Welle. Die Truppen feuerten eine einzige Salve in die Menge. Sechsundsechzig Mann blieben tot liegen, und Scharen von Verwundeten lösten sich aus der Front und flüchteten in den Schutz der Sümpfe. Mehrere Kompanien der Bürgerwehr wurden zu ihrer Verfolgung losgeschickt. Nach den letzten Berichten fand man immer noch weitere Leichen. Das war einer der Gründe, warum die Bürgerwehr noch nicht in die Stadt zurückgekehrt war.

Die Bürgerwehr hatte sechzehn Mann gefangengenommen, und man brachte sie in die Stadt und stellte sie an jeder Landungsstelle als warnendes Beispiel den Menschen dar. Unter ihnen war auch der einarmige Mulatte, der Rafael in Alhambra entgegengetreten war.

Es hieß, die Gefangenen würden öffentlich auf dem Place d'Armes exekutiert. Man würde ihnen die Köpfe abschlagen und sie auf Pfähle am Fluß spießen.

Catherine war in das Haus ihrer Mutter gezogen und hatte ihr von ihren Schwierigkeiten erzählt. Madame Mayfield konnte die Skrupel ihrer Tochter nicht verstehen, und sie deutete zartfühlend an, daß Catherine, die ja wußte, daß das Kind von Rafael war, vielleicht doch mit ihm leben konnte. Da es ihr aber nicht gelang, Catherine zu überreden, machte sie Pläne, zu ihr zu kommen, sobald sie sich in Europa niedergelassen hatte. Sie würde dann bis nach der Geburt des Kindes bei ihr bleiben.

Geld war kein entscheidender Faktor in dieser Angelegenheit. Rafes Anordnung, daß sie bei seiner Bank Geld bekommen konnte, war immer noch gültig, und da Catherine wußte, daß sie sein Kind erwartete, hatte sie keine Hemmungen, einen Betrag abzuheben, der groß genug war, um ihrer beider Bequemlichkeit und Komfort für eine Weile zu sichern. Sie glaubte nicht, daß ihr Mann je ihren Zugriff auf das Geld würde einschränken wollen, aber sie konnte es sich nicht leisten, in diesem Punkt ein Risiko einzugehen.

Die Sonne ging unter und senkte sich hinter eine Masse weitgesäumter Wolken. Zusehends verfärbte sich der Dunst rosa. Catherine, die vom Fenster ihres Schlafzimmers aus hinaussah, bewegte sich nicht von der Stelle, bis es ganz dunkel wurde.

Hinter ihr standen ihre Koffer. Sie hatte gebadet und ihr Musselinnachthemd angezogen in der Erwartung, sich an diesem Abend früh schlafenzulegen. Jetzt wünschte sie, sie hätte es nicht getan. Die Gesellschaft anderer hätte ihr vielleicht geholfen, die Zweifel zu vertreiben, die in ihrem Kopf spukten.

Hatte sie das Recht, Rafe in Unkenntnis über sein Kind zu lassen?

Sie erwartete nicht, daß Rafe sie verstoßen oder sich weigern würde, dem Kind, das sie erwartete, den Namen Navarro zu geben. So kleinlich war er nicht. Aber auch wenn sie immer und immer wieder die Umstände durchdachte, konnte sie keinen glaubhaften Weg finden, ihren Mann davon zu überzeugen, daß das Kind wirklich ein Recht hatte, seinen Namen zu tragen. Er glaubte, daß sie in Natchez die Rolle der Hure wirklich gespielt hatte. Sie konnte das natürlich alles erklären. Aber wenn er nur so tat, als würde er ihr glauben, und ihr noch einmal den kühlen Trost seiner Vergebung spendete, würde sie vor Scham vergehen.

Sie erwachte mit einer Plötzlichkeit, die sie lähmte. Mit jedem Nerv, jedem Muskel wußte sie, daß jemand im Zimmer war, an ihrem Bett stand und auf sie herabsah. Sie wollte ihre Augen öffnen, doch sie wußte genau, daß es ihr nicht gelingen würde, auch wenn sie es wirklich versuchte.

Ein leises Geräusch befreite sie. Ihre Lider öffneten sich genau in dem Augenblick, als die dichte Fülle eines Daunenfederbetts sich auf sie senkte. Sie schrie, aber das Geräusch wurde in dem dichten, weichen Deckbett erstickt. Starke Arme drehten sie um und hüllten sie in einen dicken Kokon aus Bettwäsche, dann wurde sie hochgehoben. Ihre Arme waren eingeklemmt, und sie konnte nichts sehen, dennoch spürte sie, daß sie aus dem Zimmer und die Treppe hinuntergetragen wurde. Die frische Nachtluft drang bis zu ihr vor, einen Augenblick lang wurde sie fest an einen harten Körper gedrückt und durch eine kleine Öffnung manövriert, dann hörte sie das Geräusch von Kutschenrädern.

Sie lag in den Armen eines Mannes. Wie war es ihm möglich gewesen, ins Haus ihrer Mutter einzudringen? Waren die Bediensteten taub? Oder waren sie vielleicht bestochen worden?

Die Kutsche hielt. Anhand der Geräusche konnte sie erkennen, wie sie über den Straßenrand, durch den Gang der Torbogen über die Pflastersteine des Innenhofs und die Wendeltreppe hinaufgingen. Sie überquerten einen teppichbelegten Fußboden. Der Mann blieb stehen. Catherine bereitete sich auf einen Fall vor, aber sie wurde sanft auf die Matratze eines Bettes gelegt, und die Daunendecke wurde fortgenommen.

Sie holte tief Luft und versuchte so etwas wie Zorn in ihrem Innern zu finden, der ihr als Schutzschild hätte dienen können. Aber es war nichts da außer der Furcht, daß sie sich selbst verraten würde. Langsam hob sie die Lider, um dem Spott in den Augen ihres Mannes zu begegnen.

Er setzte sich auf die Bettkante und beugte sich über sie. »Ermüdend«, sagte er. »Wann wirst du endlich lernen zu bleiben, wo du hingehörst, nämlich in meinem Bett?«

Ihre Stimme war nur fadendünn. »Gehöre ich denn dorthin?«

»Dort und an meine linke Seite, neben mein Herz, für immer.«

»Du verstehst mich nicht –«, sagte sie und wandte ihr Gesicht ab.

»Du mich auch nicht, süße Catherine. *Je t'aime.* Ich liebe dich. Du bist mein Leben, meine Seele. Nichts, nicht einmal der Tod, kann dich mir nehmen, denn ich werde dich für alle Zeiten in meinem Herzen tragen.«

Der Schmerz in ihrer Kehle war scharf, fast schneidend. Sie hätte nicht sprechen können, selbst wenn sie Worte gefunden hätte.

»Und ich werde es auch nicht zulassen«, fuhr er fort, »daß du mich verläßt. Wenn du deine Freiheit gewollt hättest, hättest du niemals nach Alhambra kommen und dich mir nie unter einem Magnolienbaum hingeben dürfen. Damals dachte ich, daß du etwas für mich empfandest. Wenn ich mich täusche, kannst du mir das sagen, aber ich warne dich – es wird nichts ändern.«

Sie befeuchtete ihre Lippen und fing an: »Ich – empfinde keine Liebe –«

»Sei vorsichtig. Willst du einen Meineid schwören nur wegen eines alten Grolls, den du gegen mich hegst?«

Diese Warnung untergrub ihre Entschlossenheit. Sie hob das Kinn. »Ich hege keinen Groll gegen dich.«

»Und du liebst mich auch nicht?« sagte er.

Jetzt brauchte sie nur noch diese Frage zu bejahen. Die Augenblicke verrannen. Gefangen von seinem zwingenden Blick gelang es ihr nicht, die Worte über die Lippen zu bringen.

Plötzlich klärte sich sein Gesicht. »Man sollte mich wegen Dummheit auspeitschen«, sagte er ruhig. »Es ist wegen des Kindes.«

»Rif? Nein.«

»Nein, natürlich nicht, meine kleine Närrin. Dein Kind – und meines!«

»Wie – wie kannst du das wissen?« flüsterte sie, und die Farbe wich aus ihrem Gesicht.

»Hast du wirklich geglaubt, ich würde die Veränderung nicht sehen und fühlen? Ich kenne deinen Körper so gut wie meinen eigenen, *chérie,* vielleicht besser. Und ich habe ein sehr großes Interesse an der leisesten Veränderung.«

Er hatte es also schon vor ihr erraten. »Es könnte doch sein, daß ich zugenommen habe«, behauptete sie stur.

»Nein, ich glaube, unter diesen Umständen wohl kaum. Und außerdem«, sagte er sanft, »hat deine Mutter meinen Verdacht bestätigt.«

Ihre Wimpern senkten sich über ihre Augen. »Sie hatte nicht das Recht, sich einzumischen.«

»Sie hat nur meine Fragen beantwortet. Du mußt verstehen, daß ich verwirrt war, als ich dich bei meiner Rückkehr nicht in meinem Haus vorfand.«

»Und hatte eine deiner Fragen irgendwie damit zu tun, ob du auch wirklich für meinen Zustand verantwortlich bist?«

Er legte seine Hände auf die ihren. »Nein, aber deine Mutter teilte mir mit, daß du es nicht gewagt hast, mir zu sagen, daß ich Vater werde. Warum nur, Catherine?«

»Du mußt doch wissen, warum. Ich habe einmal versucht, dir zu erklären, daß es keinen anderen Mann in meinem Leben gegeben hat als dich. Aber du wolltest mir nicht zuhören.«

Tränen glitzerten in ihren Augen. Als er sie sah, lächelte er. »Bist du mir dafür immer noch böse? Das tut mir leid. Ich war eifersüchtig und hatte Angst. Besorgnis. Du hast mich verlassen, und ich mußte dich so lange suchen. Dafür wollte ich dich bestrafen. Ich vergaß, daß ich auch mich selbst damit verletzte.«

»Du wußtest, was ich sagen wollte, und warst davon überzeugt, daß es die Wahrheit war?«

Er nickte. »Ich wußte es in meinem Herzen. Ich kannte deinen Idealismus, die Ernsthaftigkeit und Empfindsamkeit, die dazu geführt hätten, daß du ein solches Leben zurückweisen mußtest. Aber ich brauchte auch jemanden, der mich überzeugt. Dan, der dich im Hause der Harrelson gesehen hatte, brachte die Damen dazu, von dir zu erzählen. Wußtest du, daß sie dich ›die Nonne‹ nannten? Manche waren neidisch, andere respektvoll, einige hatten dich sogar gern. Doch alle waren sich dahingehend einig, daß du dich nur nach einem einzigen Mann sehntest, den sie für deinen Ehemann hielten.«

»Wie romantisch«, sagte sie mit brechender Stimme.

»Hatten sie recht?«

Sie schaute zur Seite, und das Kerzenlicht bewegte sich in einem elfenbeinernen Schimmer über ihr Gesicht. Man sollte ihn zwingen, Strafe zu bezahlen für die Wunde, die er ihr zugefügt hatte. Aber waren nicht sein ehrliches Eingeständnis und seine Liebeserklärung schon genug? War das nicht alles, was sie je gewollt hatte? »Ja, es war wahr«, erwiderte sie.

»Und jetzt?«

»Es ist immer noch wahr«, flüsterte sie.

Er riß sie in seine Arme und drückte seinen Mund auf ihre Lippen.

Als sie wieder zu Atem kam, sagte sie: »Ich liebe dich, Rafael Navarro.«

Danielle Steel

Das Haus hinter dem Wind
Roman 9412

Verborgene Wünsche
Roman 9828

Alle Liebe dieser Erde
Roman 6671

Doch die Liebe bleibt
Roman 6412

Es zählt nur die Liebe
Roman 8826

Familienbilder
Roman 9230

Glück kennt keine Jahreszeit
Roman 6732

Das Haus von San Gregorio
Roman 6802

Die Liebe eines Sommers
Roman 6700

Liebe zählt keine Stunden
Roman 6692

Nie mehr allein
Roman 6716

Nur einmal im Leben
Roman 6781

Palomino
Roman 6882

Der Ring aus Stein
Roman 6402

Sag niemals adieu
Roman 8917

Schiff über dunklem Grund
Roman 8449

Träume des Lebens
Roman 6860

Unter dem Regenbogen
Roman 8634

Vertrauter Fremder
Roman 6763

GOLDMANN